SABRINA QUNAJ

Der Ritter der Könige

AF196839

GOLDMANN

Buch

Wales im 12. Jahrhundert: Der junge Maurice de Prendergast wird im Haushalt des Constable of Pembroke, Haupt der einflussreichen Geraldine-Sippe, zum Ritter ausgebildet. Nicht nur seine Verlobung mit einer Tochter der Familie, sondern auch die enge Freundschaft zu Richard de Clare, dem Sohn des mächtigen Earl of Pembroke, verschafft ihm bald eiserne Feinde. Maurice geht aber als Ritter seinen Weg und macht sich an Richards Seite im englischen Bürgerkrieg verdient. Doch als de Clare und Maurice bewusst wird, dass sie in Wales keine Zukunft haben, beschließen sie, zu neuen Ufern aufzubrechen – nach Irland. Der Fürst Dermot McMurrough, von seinen eigenen Leuten verbannt, verspricht den Normannen Land und Reichtum, wenn sie ihm sein Fürstentum zurückerobern. Die Grausamkeit Dermots nagt aber schon bald an Maurice' Gewissen – er muss sich schließlich fragen, welchem König er wirklich die Treue schuldet. Und als man eine junge Frau aus seiner Vergangenheit in den Krieg hineinzieht, wird seine Loyalität einmal mehr auf eine harte Probe gestellt ...

Weitere Informationen zu Sabrina Qunaj
sowie zu lieferbaren Titeln der Autorin
finden Sie am Ende des Buches.

Sabrina Qunaj

Der Ritter der Könige

Historischer Roman

GOLDMANN

Penguin Random House Verlagsgruppe FSC® N001967

5. Auflage
Originalausgabe März 2016
Copyright © 2016 by Sabrina Qunaj
Copyright © dieser Ausgabe 2016 by Wilhelm Goldmann Verlag, München,
in der Penguin Random House Verlagsgruppe GmbH,
Neumarkter Straße 28, 81673 München
produktsicherheit@penguinrandomhouse.de
(Vorstehende Angaben sind zugleich
Pflichtinformationen nach GPSR.)

Die Veröffentlichung dieses Werkes erfolgt auf Vermittlung
der literarischen Agentur Peter Molden, Köln.
Umschlaggestaltung: UNO Werbeagentur, München
Umschlagmotiv: FinePic®, München
Karte: Peter Palm, Berlin
MR · Herstellung: Str.
Satz: omnisatz GmbH, Berlin
Druck und Bindung: GGP Media GmbH, Pößneck
Printed in Germany
ISBN: 978-3-442-48372-3

www.goldmann-verlag.de

Für meinen »kleinen« Bruder Alexander,
der noch ganz Großes vollbringt

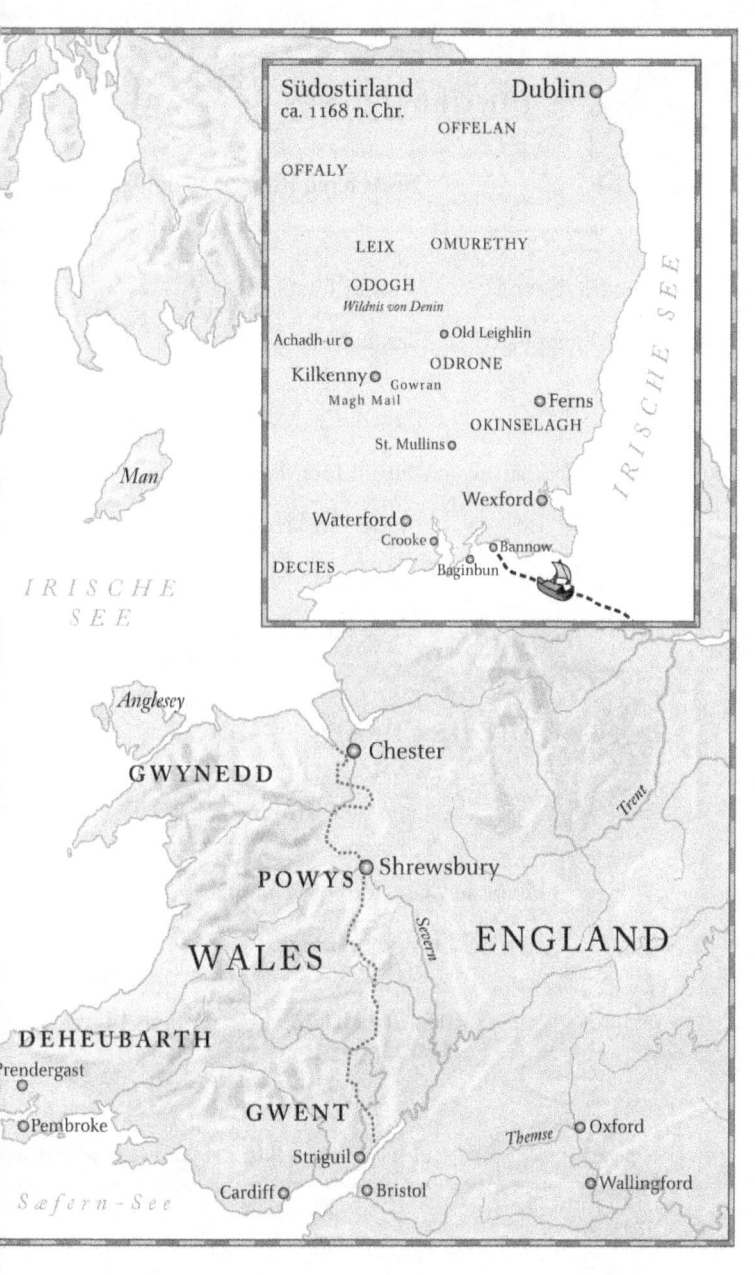

Südostirland
ca. 1168 n. Chr.

Dublin

OFFELAN

OFFALY

LEIX   OMURETHY

ODOGH
Wildnis von Denin

Achadh-ur   Old Leighlin

Kilkenny   ODRONE
        Gowran
Magh Mail   Ferns
        OKINSELAGH
St. Mullins

IRISCHE SEE

Waterford   Wexford
    Crooke   Bannow
DECIES   Baginbun

Man

IRISCHE
SEE

Anglesey

Chester

GWYNEDD

Trent

POWYS   Shrewsbury

Severn

WALES   ENGLAND

DEHEUBARTH
Prendergast

Pembroke

GWENT

Themse   Oxford

Striguil
Cardiff   Bristol   Wallingford

Sæfern-See

DIE GERALDINES

Nesta ferch Rhys ⚭ Gerald de Windsor

William FitzGerald ⚭ Maria de Montgomery	Maurice FitzGerald ⚭ Alice de Montgomery	David FitzGerald
Odo FitzWilliam	Elizabeth FitzMaurice*	Milo FitzBishop
Griffin FitzWilliam	William FitzMaurice	
Raymond le Gros	Gerald FitzMaurice	
Isabel de Carew	Alexander FitzMaurice	
	Nesta FitzMaurice	

DIE DE CLARES

Gilbert de Clare ⚭ Alice de Claremont

Gilbert de Clare, Earl of Pembroke
⚭
Isabel de Beaumont   – Henry I

**Richard de Clare
(Strongbow)**   Isabel FitzRoy

* fiktiv
(Die Stammbäume zeigen die wichtigsten Charaktere und sind nicht vollständig)

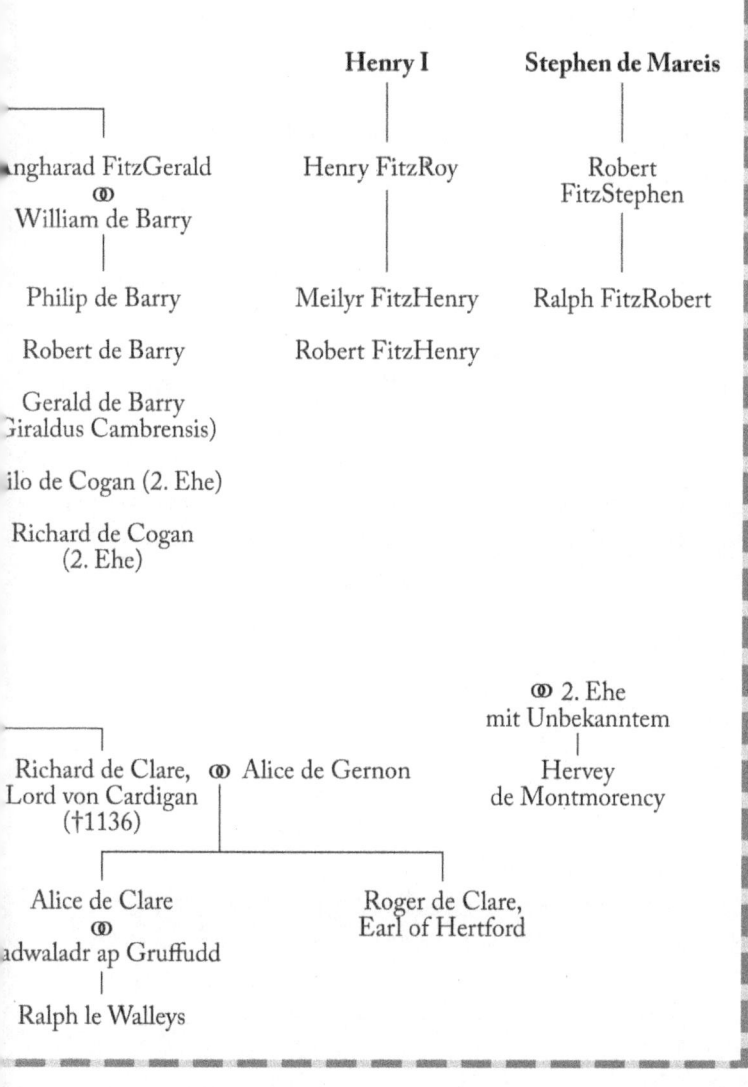

Henry I

Stephen de Mareis

Angharad FitzGerald
⚭
William de Barry

Henry FitzRoy

Robert
FitzStephen

Philip de Barry

Meilyr FitzHenry

Ralph FitzRobert

Robert de Barry

Robert FitzHenry

Gerald de Barry
(Giraldus Cambrensis)

Milo de Cogan (2. Ehe)

Richard de Cogan
(2. Ehe)

⚭ 2. Ehe
mit Unbekanntem

Hervey
de Montmorency

Richard de Clare, ⚭ Alice de Gernon
Lord von Cardigan
(†1136)

Alice de Clare
⚭
Cadwaladr ap Gruffudd

Roger de Clare,
Earl of Hertford

Ralph le Walleys

Dramatis Personae

Historische Persönlichkeiten sind mit einem * gekennzeichnet

DIE NORMANNEN, FLAMEN UND BRETONEN IN WALES

Maurice de Prendergast*, ein Flame, der für seine Ritterlichkeit bekannt wurde

Philip de Prendergast*, sein Vater

Robert Smith*, ein Ritter von Prendergast

Godebert, ein weiterer Ritter von Prendergast

Goedele, die Frau des Gerbers in Prendergast

Eyck, ein Fischer in Prendergast

Anneka, seine Frau und Heilerin

Vater Nicolas, der Pfarrer von Prendergast

Gilbert de Clare*, der Earl of Pembroke, ein mächtiger Marcher Lord

Isabel de Beaumont*, seine Frau, ehemalige Mätresse König Henrys I

Richard de Clare*, der Sohn und Erbe

Roger de Clare*, der Earl of Hertford (meist als Earl of Clare angesprochen)

Hervey de Montmorency*, der landlose Halbbruder von Gilbert de Clare

Robert de Quincy*, ein Ritter in Richard de Clares Dienst und sein Standartenträger

Walter Bloet*, ein Ritter in Richard de Clares Dienst

Geoffrey Arthur of Monmouth*, ein bretonischer Gelehrter und Kleriker, der für seine Geschichten über König Arthur berühmt wurde
Bruder Albert, ein Mönch in Geoffreys Dienst

Die Geraldines

Die Nachfahren der walisischen Fürstentochter Nesta ferch Rhys und ihres normannischen Gemahls Gerald de Windsor nannten sich »Geraldines« – meist werden aber auch Nestas Söhne von anderen Männern in diese Bezeichnung miteingeschlossen.

William FitzGerald*, Lord von Carew und Emlyn, Constable of Pembroke
Maria de Montgomery*, seine Frau
Odo FitzWilliam*, ältester Sohn und Erbe, Fechtmeister in Pembroke
Griffin FitzWilliam*, ein jüngerer Sohn
Raymond FitzWilliam (le Gros)*, der jüngste Sohn

Maurice FitzGerald*, Lord von Llansteffan und Maurice' Vorbild
Alice de Montgomery*, seine Frau
Elizabeth FitzMaurice, seine Tochter, sie wird bei ihrer Geburt mit Maurice verlobt

David FitzGerald*, ein bedeutender Kirchenmann in Wales
Milo FitzBishop*, sein illegitimer Sohn

Henry FitzRoy*, Lord von Narberth und Pebidiog, Nestas illegitimer Sohn von König Henry I

Meilyr FitzHenry*, sein Sohn und Erbe, Maurice' enger Freund

Robert FitzStephen*, Nestas jüngster Sohn von ihrem zweiten Ehemann, Constable von Cardigan

Robert de Barry*, ein jüngerer Sohn von Nestas Tochter Angharad aus Manorbier

Milo de Cogan*, de Barrys Halbbruder aus zweiter Ehe Angharads

Die Waliser

Um Ihnen das Lesen der walisischen Namen zu erleichtern, finden Sie die Aussprache phonetisch geschrieben in Klammern. Dabei ist zu beachten, dass es im deutschen Alphabet oftmalig keinen Buchstaben gibt, um einen Laut des Walisischen korrekt auszudrücken. So soll dies nur eine Annäherung sein. Auch gibt es deutliche sprachliche Unterschiede zwischen Nord und Süd.

Deheubarth, Südwales (De-hay-barth)

Cadell ap Gruffydd* *(Ka-dell ap Gri-ffith)*, der Fürst von Südwales, der um sein Land kämpft

Anarawd ap Gruffydd* *(An-ah-raud)*, sein verstorbener älterer Bruder, der durch Verräter aus Nordwales getötet wurde

Maredudd ap Gruffydd* *(Ma-reh-dith)*, Cadells und Anarawds jüngerer Halbbruder, ein Sohn der berühmten Kriegerprinzessin Gwenllian

Rhys ap Gruffydd* *(Rh-ies)*, Maredudds jüngerer Bruder, der normannische Strategien annimmt

Gwynedd, Nordwales (Gwin-ef)

Owain Gwynedd* *(O-wein)*, der Fürst von Nordwales
Cadwaladr ap Gruffudd* *(Cad-wa-la-der)*, sein Bruder und
zeitweiliger Verbündeter der Normannen

Gwent

Elen ferch Davydd, eine Magd in Striguil
Marared ferch Davydd, ihre Schwester von fragwürdiger Moral
Siwan, Marareds Tochter von einem Unbekannten
Davydd, Elens und Marareds Vater, der Pfeilmacher

England

Kaiserin Matilda*, die Tochter des verstorbenen Königs Henry I, die um ihre Krone kämpft
Stephen de Blois*, ihr Vetter, der sich selbst zum König krönte und gegen Matilda kämpft
Eustace de Boulogne*, sein Sohn und Erbe
Henry Plantagenet*, Matildas Sohn, später König Henry II
Eleonor of Aquitaine*, Ehefrau von König Louis VII, später Henrys Ehefrau
William Boterel*, der Constable von Wallingford, der Stephens Belagerung standhält
Roger Fitzmiles*, der Earl of Hereford, der in Wallingford festsitzt
Robert de Beaumont*, Earl of Leicester, Unterstützer Stephens, der zu Henry Plantagenet überläuft
Henry de Blois*, Bischof von Winchester und Stephens Bruder
William d'Aubigny*, Earl of Arundel, Unterstützer Stephens, der um den Frieden verhandelt
Theobald von Bec*, Erzbischof von Canterbury

Thomas Becket*, Theobalds Nachfolger als Erzbischof von Canterbury, der im ständigen Clinch mit König Henry II steht

Robert FitzHarding*, Lord von Berkeley, Kaufmann in Bristol, Unterstützer von Dermot McMurrough

Humphrey de Bohun*, Lord High Constable unter König Henry II

Irland

Um Ihnen das Lesen zu erleichtern, habe ich mich in diesem Buch großteils für die englische Schreibweise der irischen Namen entschieden, obwohl diese erst nach der Eroberung Irlands entstanden ist. Die gälischen Namen sind hier zu Ihrer Information in Klammern angeführt, wobei es auch hier unterschiedliche Schreibweisen gibt.

Leinster

Dermot McMurrough* *(Diarmait Mac Murchada)*, verbannter Fürst, der in England Hilfe sucht

Enna Kinselagh* *(Eanna Cinnsealaigh)*, sein Sohn und Erbe

Donnell Kavanagh* *(Domhnall Caemhanach)*, Dermots ältester und illegitimer Sohn

Aoife McMurrough* *(Aoife Ní Diarmait)*, Dermots unverheiratete Tochter

Morice Regan*, Dermots Sekretär

Donnell Mac Gillapatrick* *(Domhnall Mac Giolla Phádraig)*,
Fürst von Ossory, der um die Freiheit seines Landes kämpft

Donough Mac Gillapatrick* *(Donnchadh Mac Giolla Phádraig)*,
sein verstorbener Vater, der Enna Kinselagh aus Leinster
blenden ließ

Triscatal, Champion des Fürsten

Weitere Fürsten und Clanführer

Rory O'Connor* *(Ruaidrí Ua Conchobair)*, Fürst von Connacht,
Hochkönig Irlands

Tiernan O'Rourke* *(Tighearnán Mór Ua Ruairc)*, der »Einäugige«, Fürst von Breifne, dem seine Frau von Dermot McMurrough aus Leinster gestohlen wurde

Dermot O'Melaghlin* *(Diarmait mac Domnaill Ua Mael Sech-
lainn)*, Fürst von Meath und O'Rourkes Schwiegervater

Donnell O'Brien* *(Domhnall Ua Briain)*, Fürst von Thomond,
Dermot McMurroughs Schwiegersohn

Faelan Mac Fhaelain*, Clanführer von Offelan

O'More*, Clanführer von Leix

Melaghlin O'Phelan*, Clanführer von Decies

Brian Boru*, erster Hochkönig Irlands und irischer Held

Ostmänner (Dänen und Norweger, einstige Wikinger)

Raghnall*, Stadtführer Waterfords

Sitric*, Stadtführer Waterfords

Hasculf*, Stadtführer Dublins

Der treue Normanne

Gelobt sei der tapfere und treue Feind!
Gib uns noble Feinde, nicht Freunde, die lügen.
Wir fürchten den vergifteten Kelch, nicht den
offenen Schlag.
Wir fürchten den alten Hass in neuer Verkleidung.
An Ossorys König gaben sie ihr Wort. Doch als er in
ihrem Lager stand, brachen sie ihr Versprechen.
Da erhob Maurice, der Normanne, sein Schwert.
Das Kreuz am Heft küsste er und sprach: »So
lange, wie dieses Schwert oder dieser Arm Kraft
haben, schwöre ich bei dem Kreuz, das Herr über
alles ist, bei der Treue und Ehre von Noblen und
Rittern, wer Euch berührt, Fürst, durch diese
Hand soll er fallen!«
So passierten sie Seite an Seite das Gedränge, und
Irland pries den Gerechten und Wahren.
Tapferer Feind! Zuletzt heilt die Wahrheit das
Vergangene.
Im großen Herzen Irlands ist Platz für Euch!

Aubrey De Vere
»Inisfail – a lyrical chronicle of Ireland«, 1863

Pembrokeshire, Südwestwales, März 1145

Sein Tod war gewiss. Der Gedanke ärgerte ihn mehr, als dass er ihm Angst einjagte. Aber er konnte ihn auch nicht vertreiben, als der Windhauch eines vorbeizischenden Pfeils ihn an der Wange streifte. Die Geschosse kamen von überallher, brachen aus dem Nebel, der zwischen den dichtstehenden Nadelhölzern waberte und das Unterholz in einen milchigen Schleier hüllte. Die Angreifer verhielten sich ruhig, da war einzig das Surren der Pfeile, immer und immer wieder aus dem Nichts.

»Holt mir diese dreckigen Waliser aus dem Gebüsch!«, rief der Constable of Pembroke über das Geschrei der Männer. Der Constable war Maurice' Herr, und für gewöhnlich gehorchte er ihm ohne zu zögern, aber dieser Befehl war Selbstmord.

Ein Geschoss nach dem anderen schwirrte an ihm vorbei; das Geräusch wirkte unwirklich laut und schien jedes andere zu verschlucken. Es hüllte Maurice ein, und der Ursprung war einfach nicht auszumachen.

Nach Deckung suchend drehte er sich in der baumumstandenen Senke im Kreis. Seine Hand umklammerte das Heft seines Kurzschwertes, das er noch nicht lange besaß und auch noch nie benutzt hatte. Am liebsten hätte er sich den viel zu großen Helm vom Kopf gerissen. Der Nasenkolben tanzte in seinem Blickfeld und gaukelte ihm eine feindliche Bewegung vor, aber er war sein einziger Schutz vor den Walisern. Außer dem gepolsterten Wams, das seinen Oberkörper kleidete, trug er nichts, das Hiebe oder Stiche dämpfen könnte.

Vierzehn Winter hatte er bereits überlebt, und er hatte nicht vor zu akzeptieren, dass dieser Tag sein letzter war. Sie hatten die Rebellen, die unweit von St. Issels gesichtet worden waren, stellen wollen, aber jetzt fanden sie sich in einem Hinterhalt wieder.

»Komm schon, Mann!«

Maurice fuhr herum und entdeckte seinen besten Freund Meilyr, der einem Ritter folgte, Kurzschwert in der Hand, bereit zum Kampf. Meilyr war ebenfalls ein Knappe im Dienst des Constable und nur wenig jünger als Maurice. Dafür aber sehr viel unüberlegter.

Mit einem Fluch auf den Lippen rannte Maurice los, seinem Freund hinterher. Seine Stiefel pflügten durch knöcheltiefes Laub, Zweige knackten unter ihm und verfingen sich zwischen seinen Beinen, doch in all dem Nebel konnte er nicht erkennen, wohin er trat. Er sah nur den Ritter, der einen Schritt vor Meilyr niederbrach.

»Meilyr, komm zurück!«

Aber Meilyr blieb nicht stehen, er eilte Ruhm oder Tod entgegen, und Maurice beschleunigte seine Schritte, streckte die Hand aus. »Beim Gekreuzigten, willst du dich umbringen?« Mit eisernem Griff packte er Meilyrs Schulter und zerrte ihn fort, ungeachtet der Gegenwehr. »Der Constable hat sich auch schon zurückgezogen, komm endlich, hier gehen wir drauf!«

»Lass los, den krieg ich!«

Maurice warf einen gehetzten Blick zum Gestrüpp aus knorrigen Sträuchern und hatte das Gefühl, die hasserfüllten Augen des Feindes zu sehen und eine Pfeilspitze auf sich gerichtet zu spüren. Er konnte nicht länger warten, verstärkte den Griff um Meilyrs Arm und rannte, ohne loszulassen.

Den Blick auf die schwarzen Schemen der Baumgerippe gerichtet torkelte er vorwärts, setzte einen Schritt vor den anderen, stets das Gefühl im Nacken, jeden Moment getroffen zu werden. Er blickte zurück, sah eine huschende Bewegung im Nebel und schob Meilyr aus einem Impuls heraus vor sich. Nicht mehr weit, sagte er sich, gleich haben wir es geschafft. Er sah den Constable, der seine Männer sammelte, und wähnte sich bereits in Sicherheit, als ein brennender Schmerz seinen linken Arm durchzuckte. Es war, als traf ihn ein Feuerstrahl, der sich tief ins Fleisch brannte, und ein schmerzvolles Stöhnen entkam ihm. Beinahe stürzte er, doch er biss die Zähne zusammen und taumelte weiter. Noch war er in der Lage, seine Glieder zu bewegen und Schmerz zu fühlen. Das bedeutete, er war noch am Leben.

Ein unsanfter Stoß in den Rücken warf ihn gegen den Stamm einer Ulme, sein Helm prallte dagegen, und einen Moment lang tanzten Sterne vor seinen Augen. Als er aber über sich das Knurren des Constable hörte, wusste er, wer ihn empfangen hatte.

»Verfluchte Narren, was lauft ihr hier wie die Hühner in der Gegend herum, als wäre Markttag?«

»Ihr habt befohlen, die Waliser aus dem Gebüsch zu holen, Onkel!«, begehrte Meilyr an seiner Seite auf, während Maurice noch zu sich kam und versuchte, aus dem See des Schmerzes aufzutauchen.

Der Constable schnaubte. »Aber nicht kopflos und ohne organisiertes Vorgehen. Außerdem ist das keine Aufgabe für Kinder, ihr haltet euch zurück, habt ihr mich verstanden?«

Maurice blinzelte. Er warf einen Blick auf seinen Arm und atmete erleichtert auf. Er hatte erwartet, das gefiederte Ende eines Pfeils daraus hervorragen zu sehen, doch er war nur gestreift worden.

»Es sind nicht mehr als zehn«, riss ihn die Stimme seines Herrn vom Anblick des Blutes auf seinem Ärmel. »Eher acht. Und da drüben noch einmal so viele.«

»Zwei hinter den verdammten Haselnusssträuchern dort

drüben«, fügte einer der Männer des Constable hinzu, was Maurice mit Staunen erfüllte. Es hätte ihn nicht gewundert, wären sie von hundert Angreifern umzingelt gewesen, aber er vertraute auf die Einschätzung seines Herrn. Zwar konnte er kaum verstehen, wie es dem Constable gelang, die Zahl der im Nebel verborgenen Schützen zu erfassen, aber der bejahrte Ritter wusste sicherlich, wovon er sprach. Schließlich war er im Kampf gegen Rebellen aufgewachsen.

Maurice wagte einen kurzen Blick am Stamm vorbei und meinte, eine Silhouette auf der gegenüberliegenden Seite der Senke auszumachen. Oben am Hang bewegte sich etwas Dunkles.

Ein weiterer Pfeil zischte knapp an ihm vorbei, nur dieses Mal kam er aus der anderen Richtung. Maurice fuhr zurück, sah sich um und atmete auf, als er bemerkte, dass das Geschoss aus den eigenen Reihen stammte. Der Feind saß nicht in seinem Rücken. Zwar befanden sich in ihrer Begleitung nur eine Handvoll Schützen, zwei mit einer nur langsam ladbaren Armbrust, aber sie stellten die vor ihnen aufragende Hangseite unermüdlich unter Beschuss. Der Rest ihrer Truppe wartete in nervenzerreißender Anspannung. Sie waren nicht mehr als zwei Dutzend Mann, und wenn den Walisern nicht bald die Pfeile ausgingen, bliebe niemand übrig. Zwei lagen schon mitten in der Senke, mit Pfeilen gespickt. Die anderen drückten sich genauso wie Maurice gegen die Stämme der jahrhundertealten Bäume dieses Waldes, die mit Efeu überwuchert waren.

»Warte nur, bis ihre Köcher leer sind.« Meilyr stieß ihn an, was Maurice mit einem zischenden Laut des Schmerzes beantwortete.

»Was ist? Haben sie dich etwa getroffen? Ist es schlimm?«

Maurice winkte ab, er konnte nichts sagen, doch Meilyr schien zufrieden, denn er fuhr sogleich aufgeregt fort: »Heute werde ich einem von ihnen die Kehle durchschneiden.« Er klopfte mit seinem geweihten Kurzschwert auf die Erde und grinste. Augenscheinlich konnte er es nicht erwarten, die Waffe zum Einsatz zu bringen, die er genauso wie Maurice vor zwei Wochen zur Erhebung zum Knappen erhalten hatte. Maurice hingegen konnte darauf verzichten, den Rebellen von Angesicht zu Angesicht gegenüberzustehen. Zwar war er ebenso stolz auf seinen Fortschritt in der Ausbildung zum Ritter und auch darauf, dass sein Vater ihm ein Kurzschwert geschenkt hatte, doch dies schien kein kluger Moment, um Gottes Segen zu testen. Pater Simon hatte das Schwert geweiht, so wie bei allen Knappen, aber Maurice fragte sich, inwiefern ihn diese Gnade gegen die tödlichen Pfeile der kampferprobten Waliser schützen konnte.

»Was ist mit dir, Mann? Keine Lust auf eine Schlägerei? Lass uns zu denen hinüberlaufen und ihnen zeigen …«

»Hör zu, Meilyr, ich erwarte keine Dankbarkeit dafür, dass ich dich gerade davor bewahrt habe, wie ein Wildschwein abgeschossen zu werden, aber wenigstens etwas Verstand! Mach einen Schritt hinter diesem Baum hervor, und ich hätte dich gleich ins Verderben laufen lassen können. Hätte mir ein Hemd erspart.«

Meilyr hob die Schultern. »Dann sterbe ich wenigstens mit Ruhm und Ehre.«

»Mit Ruhm und Ehre? Was soll daran ruhmreich sein, in den sicheren Tod zu laufen?«

»Besser, als sich hier zu verstecken. Wenn du Angst hast …«

»Maul halten!« Der Constable warf ihnen von seinem Stamm aus einen vernichtenden Blick zu, und Maurice drückte sich noch ein wenig fester gegen den Baum in seinem Rücken. Meilyr mochte ihn für ängstlich halten, aber für Maurice gab es einfach einen Unterschied zwischen Mut und unbedachter Waghalsigkeit, den Meilyr nicht verstand. Irgendwann würde sein Freund noch in ernsthafte Schwierigkeiten geraten. Maurice kannte die Konsequenzen eines kopflosen Vorsturms. Von einem Waliser niedergestreckt zu werden, war wohl das kleinere Übel, wenn man die Wutausbrüche des Constable bedachte. Meilyr hingegen kümmerten die Folgen seiner Taten selten, Maurice hatte schon viel zu oft als Stimme der Vernunft gedient. In den sieben Jahren Freundschaft hatte er gelernt, den hitzköpfigen Kameraden zu bändigen, ohne ihn zu verlieren. Dies war anscheinend wieder ein solcher Moment, und so ließ er den Jüngeren nicht aus den Augen.

»Pfeile«, knurrte plötzlich einer der Bogenschützen und erinnerte ihn an seine Pflichten. Die Pferde waren beim ersten Geschoss aus dem Dickicht durchgegangen und mit Bündeln voller Pfeile und Proviant verschwunden, doch die Bogenschützen hatten ein paar Beutel, die jetzt direkt neben ihnen lagen. Im Moment konnten sie nicht danach greifen, und so atmete Maurice tief durch und schob sich ein Stück vom Stamm weg. Er warf Meilyr neben sich einen Blick zu, der ein verwegenes Grinsen im Gesicht trug, das nichts Gutes bedeuten konnte. Zu seiner Erleichterung schob sich der Knappe aber nur durch das nass verfaulte Laub zum nächsten Baum, und Maurice tat es ihm gleich. Der Geruch feuchter Erde stieg ihm in die Nase, und er presste sich so fest gegen den Boden, dass er selbst bald völlig durchnässt war. Seine Finger bohrten sich in den kalten Untergrund, als er plötzlich ein Vibrieren unter sich wahrnahm.

Verwirrt hielt er inne und horchte. Ein dumpfes Geräusch, ferner Donner.

Vorsichtig hob er den Kopf, dabei bemerkte er, dass auch die anderen einen Blick aus ihren Verstecken wagten. Es kamen keine Pfeile mehr. Es war nichts zu sehen, alles war ruhig, bis plötzlich Schreie von der feindlichen Seite der Senke her erschollen. Die Rufe in der fremden Sprache der Waliser klangen nach einer Warnung, und im nächsten Moment zerrissen die

Nebelschleier und gaben Rebellen frei, die den Hang herabliefen – geradewegs auf sie zu.

»Holt euch die Bastarde!« Der Constable sprang auf die Füße und stürmte gemeinsam mit seinen Männern hinter den Bäumen hervor.

Maurice blieb keine Zeit, um nachzudenken. Wie an Fäden gezogen schoss er hoch, rannte zu den am Boden verstreuten Pfeilen, die bei der Flucht aus dem Köcher gefallen waren, sammelte sie auf und eilte zu den Schützen. Beim ersten Stamm, den einer der Männer als Deckung benutzte, ließ er sich wieder fallen und wagte einen Blick nach vorne. Der Schweiß floss ihm trotz winterlicher Kälte unter dem Helm hervor in die Augen, und verschwommen erkannte er den näher kommenden Feind, der auf den Constable und seine Männer traf. Hinter den Rebellen, am Kamm des flachen Hangs, drang der Ursprung des Donners aus dem Nebel. Eine Reihe schwerer normannischer Schlachtrösser galoppierte übers modrige Laub herab, brach durch Gebüsch und Farn und gab den Blick auf eine Gruppe bewaffneter Krieger frei, die zu Fuß folgten. Manche der Waliser stürzten im Lauf, von Pfeilen niedergerissen, andere trafen auf den Constable oder wurden von hinten von den Neuankömmlingen mit ihren Lanzen niedergemacht. Als wehe ein Sturm durch den Wald, fielen die Feinde, die Nebelschleier färbten sich rot, einer nach dem anderen ging zu Boden, bis jeder einzelne Rebell besiegt war und nur noch Maurice' Gruppe aufrecht stand. Die Schützen neben Maurice jubelten und hoben ihre Bögen über die Köpfe, und Meilyr, der sich auf halbem Weg die Senke hinab befand, führte einen Freudentanz auf. Er war nur wenige Schritte von den dahingestreckten Walisern entfernt.

Ein Fluch entrang sich Maurice, als er erkannte, was sein Freund getan hatte. Anstatt die Bogenschützen zu unterstützen, hatte er sich tatsächlich ins Getümmel geworfen. Gut, dass er nicht weit genug gekommen war und die Reiter diesen Platz schneller als ein Orkan von Feinden leer gefegt hatten. Im Moment konnte Maurice sich nicht länger auf ihn konzentrieren, denn sein Blick fiel auf das Wappen der Neuankömmlinge, das hier in Südwales jedes Kind kannte.

»Strongbow!«

Alle liefen aufgeregt den Hang hinab, und auch Maurice beeilte sich hinterherzukommen, um den Earl of Pembroke aus der Nähe zu sehen. Es kam selten vor, dass Vertreter solch hohen Adels sich in dieser hart umkämpften Ecke des barbarischen Wales blicken ließen.

Gilbert de Clare kam in diesem Landstrich einem König gleich, er war der nobelste Lord, den die meisten Menschen hier je zu Gesicht bekommen hatten. Über ihm stand nur noch der König im entfernten England selbst. Majestätisch saßen seine Ritter auf ihren schweren Schlachtrössern, die unruhig tänzelten und mit großen Hufen auf den Boden stampften. Trotz des muskulösen Baus und dem hohen Wuchs verströmten die Pferde mit den edlen Köpfen und dem dampfenden Fell eine eigene Eleganz. Anders als die zottigen Ponys der Waliser.

Die gelben und roten Farben der im Wind wehenden Standarte und der Waffenröcke der Männer leuchteten im tristen Grau des Winterwaldes. Die Knappen und Bogenschützen, die sich daranmachten, die Gefallenen zu durchsuchen, und verschossene Pfeile einsammelten, trübten das prächtige Bild nicht.

Mit seinen vierzehn Jahren hatte Maurice genügend Tote gesehen, dass ihn diese nicht schreckten. Schließlich war sein Leben hauptsächlich von Krieg geprägt gewesen. Der Anblick der besiegten Waliser erfüllte ihn eher mit Erleichterung, da er diesen Tag überlebt hatte. Zwei Männer seines Herrn waren nicht so glücklich gewesen.

»Ich will verdammt sein.« Der Earl of Pembroke schwang sich schwerfällig in seinem Kettenhemd aus dem Sattel und reichte den Helm einem abgemagerten Jungen in Maurice' Alter. Dieser blickte scheu drein und presste das Stück Metall an die hagere Brust, während der Earl mit einem befreiten Schnauben den Kopf schüttelte. Sandfarbenes Haar, mit einer Spur ins Rötliche, flog um das von grauen Bartstoppeln gezeichnete Gesicht. Zwar wirkte es strähnig und an den Schläfen ergraut, aber der Earl schien immer noch kräftig und kampflustig. Sein Ausdruck hatte etwas Flegelhaftes an sich, das sich verstärkte, als er auf den Constable zuging.

»Da will ich meine Burg besuchen«, donnerte er in gespielter Entrüstung und warf seine muskulösen Arme in die Luft, »mit meinem Kastellan trinken, und wo finde ich ihn?« Er klopfte dem Constable auf die Schulter und zeigte ein verblüffend jungenhaftes Grinsen. »In Pembroke sagte man mir, du wärst auf Rebellenjagd, mein Freund. Ich dachte, du kannst ein paar zusätzliche Schwerter gebrauchen.«

Der Constable zuckte mit den Achseln, in seinem Gesicht offenbarte sich wie üblich keine Spur von einem Lächeln. »Unnötig, aber willkommen, Mylord. Es waren nur Gesetzlose, die sich hier herumtrieben, keine von Cadells Schwurmännern. Wir waren gerade dabei, sie zum Teufel zu schicken.«

»Du kannst nicht leben, ohne dich mit den Lauchfressern anzulegen, was?«

»Es liegt mir im Blut. Familienzwistigkeiten konnten mich noch nie schrecken.«

Diese Worte entlockten dem Earl ein schallendes Lachen. »Jaja, ihr und eure Familienzwistigkeiten. Ich kann mich wohl glücklich schätzen, dass du auf der richtigen Seite geboren wurdest und mit deinem kräftigen Arm mich, anstatt die Rebellen unterstützt.«

»Meine Vettern werden auch noch lernen, wer über dieses Land herrscht. Alles nur eine Frage der Zeit.« Die beiden klopften sich noch einmal auf die Schultern und traten schließlich über ein paar Tote hinweg. Dabei befahl der Earl, die Körper der Gefallenen aus der Truppe des Constable auf Pferde zu heben, damit sie mitgenommen und bestattet werden konnten. Die Waliser sollten bleiben, wo sie waren. Sogleich machten sich alle an die Arbeit, während der Earl und der Constable an den Rand der Senke schritten und leise miteinander sprachen.

Maurice warf seinem Freund Meilyr einen Blick zu. Der Knappe schob gerade sein Schwert zurück in die Scheide und hätte nicht fröhlicher aussehen können. Der Constable hatte von Familienzwistigkeiten gesprochen, und wieder einmal fragte Maurice sich, warum es seinem Herrn so leichtfiel, gegen Rebellen zu kämpfen. Noch nicht einmal Meilyr schien Skrupel zu haben, das Schwert gegen seine Landsleute zu erheben. Dabei war Meilyr, genauso wie der Constable, mit den Rebellen verwandt. Einst war Südwales ein walisisches Fürstentum gewesen, ehe die Normannen mit ihren Schiffen den Kanal überquert und England im Sturm erobert hatten. Auch Maurice' Vorfahren aus Flandern waren an der Invasion beteiligt gewesen, und nach der Einnahme von walisischen Gebieten hatte sein Großvater hier Land zugesprochen bekommen. Der einheimische Fürst dieser Gegend war in der Schlacht gefallen und hatte zwei Kinder hinterlassen: Die Tochter Nesta war als Gefangene nach England geschickt und an einen der Invasoren verheiratet worden, während der Sohn Gruffydd den Kampf um sein verlorenes Fürstentum eröffnet hatte. So stammten der Constable, Meilyr und viele andere der Umgebung von der walisischen Prinzessin Nesta ab, die ein Leben unter den normannischen Eroberern geführt und ihre Kinder zu Normannen erzogen hatte. Die Anführer der Rebellen waren hingegen Söhne ihres Bruders Gruffydd und führten sein Werk des Freiheitskampfes weiter. Der Älteste von Gruffydds verbliebenen Söhnen war vor zwei Jahren durch Verrat eines Verbündeten gestorben, doch es gab immer noch drei Brüder, die nicht müde wurden, normannische Burgen anzugreifen, zu plündern und zu brandschatzen. Sie waren Vettern des Constable und doch Feinde. Manchmal kam Maurice das alles absurd vor. Ihm war bewusst, dass er von den Einheimischen als Eindringling, Eroberer und Unterdrücker angesehen wurde, aber er war hier geboren und aufgewachsen, genauso wie sein Vater. Dieses Land war sein Zuhause, und er würde es verteidigen.

Das Lachen des Earls riss ihn aus seinen Gedanken, und er blickte zurück zu den beiden hohen Herrn. »Wo ist dein Pferd?«, wollte der Earl vom Constable wissen, als er sich zwischen den Bäumen umsah. »Sag nicht, die Waliser haben dich aus dem Sattel geschossen.«

»Dafür braucht es einen Schützen wie Euch«, erwiderte der Constable und strich mit der Hand über die grauen Bartstoppeln, die sein großporiges und leicht aufgeschwemmtes Gesicht zeichneten. Goldene Locken, die immer noch dicht und glänzend waren, fielen ihm in den Nacken. Wäre er dem Alkohol nicht so zugetan, hätte man ihm vielleicht angesehen, dass er der Sohn der schönsten Frau Englands und Wales' war. »Durchgedreht sind sie, die elenden Viecher. Als hätten sie diese schreienden Bastarde nie zuvor gesehen. Drei sind auf und davon.« Er spuckte aus und deutete schließlich in Maurice' und Meilyrs Richtung. »Ihr zwei da! Los, sucht die Pferde. Heute noch. Und traut euch nicht, ohne sie in Pembroke aufzutauchen.«

»Mylord.« Maurice unterdrückte ein Stöhnen. Er war müde. Den ganzen Tag war er marschiert, und der Rückweg lag auch noch vor ihm. Er wusste, der Constable würde nicht erlauben, dass sie in einer der benachbarten Burgen unterkamen, die alle paar Meilen auf einem Hügel thronten, um das Gebiet zu sichern. Stattdessen mussten sie sich bis Pembroke Castle zurückschlagen, und das würde ewig dauern. Noch länger, da sie in diesem verwunschenen Wald auch noch die Gäule suchen mussten, die bestimmt längst nach Hause in ihren warmen Stall gelaufen waren. Das taten sie schließlich immer. Aber keinen dieser Gedanken sprach er laut aus. Sogar Meilyr hielt den Mund, denn sie hatten früh gelernt, dass Widerworte mit unerfreulichen Konsequenzen einhergingen. So war Maurice in der Lage, die Kettenhemden der gesamten Garnison von Pembroke Castle in kürzester Zeit auf Hochglanz zu polieren. Die Stimme der Vernunft, für die ihn viele hielten, schien stets zu versagen, wenn sie für ihn selbst, anstatt für andere sprechen sollte.

Nieselregen setzte ein, und da Maurice abends keine Strafarbeiten erledigen wollte, zog er sein Kurzschwert aus der Scheide und setzte sich in Bewegung. Meilyr kam an seine Seite, und so schlurften sie durchs Laub den Hang hinauf. Es blieb nur zu hoffen, dass sie ihre Waffen nicht benutzen mussten, denn es mochten immer noch Waliser dort draußen sein. Jetzt, da die normannischen Lords damit beschäftigt waren, in England einen Bürgerkrieg um die Thronfolge auszufechten, nutzten die Waliser den Moment, um ihr Land zurückzuerobern. Noch gelang es dem Constable und den anderen aus der Gegend, die Rebellen im Zaum zu halten, doch das Erstarken der Feinde war spürbar. Der Tod des ältesten von Gruffydds Söhnen hatte die Waliser nicht nachhaltig geschwächt, und so dauerte der Kampf an. Meist hielten die Rebellenführer zwar Abstand zu ihren normannischen Vettern, aber herrenlose Banden auf Raubzügen verirrten sich immer wieder in diese Gegend.

»Jungs, wartet!« Die befehlsgewohnte Stimme des Earls ließ ihn erstarren. Maurice blickte über die Schulter zurück und sah den hohen Adligen, der den schmächtigen Jungen von vorhin nach vorne winkte.

»Richard, du gehst mit den beiden. Kann nicht schaden, wenn du mal unter Kerle kommst und dich bewegst, anstatt ständig am Rockzipfel deiner Mutter zu hängen.«

Maurice tauschte einen Blick mit Meilyr, doch sein Freund

schien ebenso verblüfft. Jedermann hier wusste, dass Strongbows Sohn Richard hieß, und das feine Gewand des Jungen ließ tatsächlich auf eine hohe Geburt schließen. Doch Maurice konnte sich nicht vorstellen, dass der Earl derart abweisend mit seinem einzigen Sohn und Erben umging. Noch nicht einmal der Constable, der alles andere als zimperlich war, trug so viel Verachtung in der Stimme, wenn er mit seinen Kindern sprach. Doch als der hagere Junge aus dem Nebel trat und auf Maurice und Meilyr zuging, sah Maurice rotes Haar unter dem Helm hervorlugen. Graue Augen, die etwas Gehetztes an sich hatten, blickten ihm aus dem sommersprossigen Gesicht entgegen. Der Junge hatte immer noch die feinen Züge eines Kindes, anders als beispielsweise Meilyr, dem die Ecken und Kanten eines Mannes anzusehen waren – womit er sich natürlich bei jeder Gelegenheit brüstete, besonders, da er sich vor Mädchenherzen kaum retten konnte.

Die Ähnlichkeit zwischen dem Earl und Richard war aber zu deutlich, um noch Zweifel zu haben.

»Willkommen in Pembrokeshire«, begrüßte Maurice den Leidensgenossen und machte eine weit ausholende Geste, die das nasse und trostlose Gebiet des walisischen Waldes umfasste. »Manch einer bezeichnet diesen Ort auch als *das Ende der Welt*.«

»Und ich dachte, von dort komme ich.« Richard de Clare, Strongbows Sohn und damit Erbe eines der mächtigsten Barone Englands, schlug in die dargebotene Hand. »Hier liegt zumindest kein Schnee. England wird davon erdrückt.«

»Du wirst feststellen, Mann«, Meilyr setzte sein charakteristisch schiefes Lächeln auf, »der Regen hier ist auch nicht viel besser. Vor allem, wenn man entlaufene Gäule sucht.«

»Fällt mir nicht schwer, das zu glauben.«

»Also, du bist der zukünftige Earl of Pembroke, hm?« Maurice suchte immer noch nach etwas an dem Jungen, das er mit der Stärke Strongbows in Verbindung bringen konnte. Doch mehr als das karottenfarbene Haar und die Sommersprossen hatte der halbwüchsige Adlige mit seinem Vater wohl nicht gemein. Es blieb abzusehen, ob der Sohn des Barons in der Abgeschiedenheit von Wales Schwierigkeiten machte oder ein eher angenehmer Geselle war. Maurice war von Natur aus misstrauisch, und er wusste nicht, ob ihm dieses Eindringen gefiel. Mit dem Grafensohn an der Seite galt es Vorsicht walten zu lassen und zu überlegen, bevor er sprach. Zwar war Maurice ebenso der Erbe einer Burg, so auch Meilyr, aber ihre Familien konnten nicht mit den de Clares verglichen werden. Sie waren einfache Landritter, die sich ein Lehen erkämpft hatten, während der Neuling aus einem uralten normannischen Adelsgeschlecht stammte.

»Mein Name ist Richard de Clare«, sagte der Grafensohn etwas steif, nickte ihm aber freundlich zu, fast schon etwas schüchtern. Maurice erwiderte das Nicken.

»Und ihr seid …«

»Meilyr FitzHenry von Narberth.« Meilyr wies mit dem Daumen auf Maurice. »Und das ist mein griesgrämiger Freund Maurice de Prendergast. Keine Sorge, der taut noch auf. Er ist Flame, die sind anders.«

Maurice verdrehte die Augen. Sein Arm brannte, und er wollte endlich die Pferde finden, etwas essen und schlafen. »Fall nicht zurück«, sagte er an de Clare gewandt, da er sich an die Worte des Earls über Mutters Rockzipfel erinnerte. »Wir kennen die Gegend hier und marschieren schnell. Wäre ja eine Schande, wenn du dich verirrst.«

De Clare hob die roten Augenbrauen, doch ehe er etwas erwidern konnte, ertönte die Stimme des Constable aus der Senke zu ihnen hoch. »Wollt ihr ein paar Decken und etwas Ale, um es euch gemütlich zu machen, Ladys? Verschwindet endlich!«

Einer weiteren Aufforderung bedurfte es nicht, sie drehten sich schleunigst um und machten sich auf den Weg. Schließlich war der Constable nicht für seine Geduld bekannt.

Zu Maurice' Überraschung fiel de Clare nicht zurück, sondern bewegte sich behände und zügig über Wurzeln und durch stachelige Sträucher hindurch. Eine Weile sprach niemand, stattdessen hielten sie nach den Pferden Ausschau.

Schließlich fanden sie die ersten Spuren der schweren Rösser im aufgeweichten Waldboden. Der Nebel verzog sich dank des Regens, und so war die Schneise durchs Unterholz deutlich zu sehen.

»Die sind zurück zur Burg«, brummte Meilyr, als er auf ein Knie niederging und den Hufabdruck in Augenschein nahm. Sein Blick fiel zum niedergetrampelten Farn und zu den abgeknickten Zweigen der Sträucher, und er schnaubte entrüstet. »Fressen sich im Warmen die Bäuche voll und lassen uns hinterherlaufen.«

»Wäre nicht das erste Mal«, seufzte Maurice und sah hoch zum Himmel. Zu dieser Jahreszeit wurde es früh dunkel, und sie mussten sich beeilen, um die Spur nicht zu verlieren. »Sehen wir zu, dass wir weiterkommen. Ich habe keine Lust, hier draußen zu übernachten.«

»Wäre auch nicht das erste Mal«, grinste Meilyr, wobei er sich bestimmt darüber im Klaren war, dass meist er die Verspätungen verschuldete. Der Knappe sammelte ständig herumliegendes Holz ein, um daraus mit einem Messer Figuren zu schnitzen. Eine filigrane Arbeit, über die Maurice nur den Kopf schütteln konnte. Seine Hände waren für das Führen eines Schwertes geschaffen, nicht für das Erstellen winziger Holzpferde. Genauso wenig für das Formen von Schriftzeichen, wie Pater Simon irgendwann in müder Resignation hatte feststellen müssen.

Heute schien Meilyr aber keine Augen für Holz zu haben, denn sein Blick fiel auf Maurice' Arm. Sofort legte er seine Stirn in Falten. »Eine schöne Sauerei«, stellte er fest und schob den zerfetzten Ärmel aus mehreren Lagen übereinandergelappten

Leinens hoch. Die Wolle, die dazwischen hervorquoll, hatte sich rot verfärbt. »Sieht grässlich aus. Hast du den Pfeil etwa für mich eingesteckt?«

»Nur ein Kratzer«, winkte Maurice ab, auch wenn ihn die Kraft der walisischen Bögen jedes Mal aufs Neue zugleich erschreckte und auch mit Bewunderung erfüllte. Er wollte sich nicht vorstellen, was geschehen wäre, hätte er das Wams nicht getragen.

»Du solltest den Arm verbinden«, meinte de Clare, der die Wunde jetzt ebenso betrachtete, doch Maurice winkte ab.

»Ein Kratzer«, wiederholte er und setzte seinen Weg fort. Die Situation war ihm peinlich. Schlimm genug, dass er getroffen worden war, jetzt wollte er nicht auch noch bemitleidet werden. Schon gar nicht vom Sohn des Earls, den er noch nicht wirklich einschätzen konnte. Freund oder Feind? Das war auf einer Burg, inmitten ständig aufbrandender Scharmützel, bei einem Leben unter einem ganzen Haufen ambitionierter Gleichaltriger, und einem von Wettbewerb bestimmten Alltag schwierig zu erkennen.

Doch de Clare ließ sich nicht so leicht abwimmeln. Vielleicht war er seinem Vater doch ähnlicher als anfangs angenommen. »Ich verbinde die Wunde«, beschied er und hielt ihn an der Schulter fest. »In der Burg solltest du sie dann noch gründlich auswaschen.«

Maurice fuhr zu ihm herum. »Kümmere dich um deinen eigenen Mist«, knurrte er unter Schmerzen, doch de Clare sah ihm ungerührt in die Augen.

»Die Wunde wird brandig werden«, sagte er mit seiner sanften Stimme, die im Widerspruch zum unbeugsamen Tonfall stand. »Du bekommst Fieber und verlierst deinen Arm. Aber wenn du Karriere als einarmiger Ritter machen willst …«

Ein wütendes Schnauben war alles, was Maurice darauf erwiderte. Er wollte endlich zurück. Ewig würde er dieses scheußliche Brennen nicht aushalten, und so riss er mit den Zähnen einen Streifen des Leinens ab und reichte es seinem Gegenüber. »Etwas übertrieben, aber wenn du darauf bestehst, Grafensöhnchen.«

De Clare zuckte mit den Schultern und nahm das Leinen entgegen. »Ich habe oft genug gesehen, was ein *Kratzer* mit einem Mann anstellen kann. Es gibt bessere Arten zu sterben.«

Maurice stutzte. »Ich dachte, du warst bis jetzt bei deiner Mutter. Wo hast du Männer an Kratzern sterben sehen?«

»Ich war in England und diente meinem Vater als Knappe.«

»Im Krieg?!« Maurice hätte nicht verblüffter sein können. Weshalb, in Gottes Namen, behauptete der Earl dann, sein Sohn würde nur an Rockzipfeln hängen?

Plötzlich neugierig beobachtete er den konzentrierten Ausdruck im Gesicht des jungen Adligen, während dieser seinen Arm verband. Im Grunde konnte Maurice froh sein, noch keinen richtigen Krieg erlebt zu haben. Die Scharmützel mit den Walisern waren bestimmt harmlos im Vergleich zu dem, was man sah, wenn ganze Heere aufeinanderprallten. Der Earl hatte seinen Sohn so dargestellt, als wäre dieser ein Schwächling, und das äußere Erscheinungsbild wirkte tatsächlich wenig angsteinflößend. Aber in den grauen Augen de Clares erkannte Maurice, dass er bereits mehr gesehen hatte als alle Knappen von Pembroke zusammen.

»Hast du Schlachten erlebt?«, fragte er, auch wenn er wusste, dass sich Knappen im Hintergrund hielten.

De Clare blickte nicht auf, sondern knotete aufmerksam das Leinen. »Keine sonderlich großen wie etwa bei Lincoln – da war ich noch zu jung. Aber ich war bei meinem Vater, als er vor knapp zwei Jahren Salisbury mit dem König einzunehmen versuchte. Er wollte Matildas Nachschublinie unterbrechen, nur kamen wir nicht weiter als zur Abtei von Wilton. Matildas Bruder war von unserem Vormarsch gewarnt worden und griff mitten in der Nacht an. Es war nicht sehr schön. Der König wurde fast gefangen genommen … schon wieder. Seitdem hat es ein paar Scharmützel gegeben, aber nichts, das ihr hier nicht auch hättet.«

Maurice senkte den Blick, er hatte den Jungen völlig falsch eingeschätzt. »Es tut mir leid.«

Verwundert sah de Clare auf, aber Maurice winkte ab und wechselte das Thema. »Dann kommst du geradewegs aus England?« Er wusste nicht, wie es in England war und was ein Bürgerkrieg anrichtete, aber er hatte eine gute Vorstellungsgabe.

»Nein, wir machten Halt in Striguil – das liegt noch in Wales, wenn auch ganz im Osten an der Grenze, direkt am Fluss Wye. Meine Mutter lebt dort, und mein Vater rekrutiert in seinen Grafschaften weitere Männer für den König.«

Maurice schnaubte ob der Sinnlosigkeit dieses Krieges. »Es heißt, der König kann nicht gewinnen. Es heißt, er ist schwach.«

Abrupt blickte de Clare auf. Einen Moment lang wirkte er erschrocken, doch ehe er etwas sagen konnte, kam Meilyr an ihre Seite. »Na los!« Der Knappe wies zum zertrampelten Unterholz. »Für Plaudereien bleibt immer noch Zeit. Lasst uns erst die Gäule finden, ehe wir hier Wurzeln schlagen.«

Brummend marschierten sie weiter, und es kam Maurice mit seiner Verletzung so vor, als stapfte er eine Ewigkeit durch die Nässe.

Die Wolken jenseits der Wiesen färbten sich blutrot und kündigten den Sonnenuntergang an. Die Wälder lagen endlich hinter ihnen, und das Gras der Weiden knirschte unter ihren Stiefeln, da es bereits deutlich kühler wurde. Immer weiter marschierten sie gen Westen, dabei hielten sie sich abseits der Straßen, um den Spuren zu folgen. Die vielen Wasserläufe des Flusstals erschwerten ihr Weiterkommen, und so verbrachten sie den Weg hauptsächlich fluchend. Ihre Stiefel versanken in eisig kaltem Schlamm, sie passierten Bäche und Felder, umgingen Sümpfe, und selbst de Clare drückte seinen Unmut aus, wenn Meilyr anhielt, um Holzstücke aufzuheben, sie zu überprüfen und dann wieder wegzuwerfen oder in seinen Gürtel zu stecken. Maurice' Arm schmerzte deutlich mehr, er hatte das Gefühl, als fräßen sich Würmer durch sein Fleisch, was seine Laune nicht gerade besserte. Aber zumindest liefen sie keinen Rebellen über den Weg. Zumeist wagten sich diese nicht so weit in den Südwesten, und bis Pembroke Castle waren sie Jahrzehnte nicht mehr gekommen. Die Burg galt gemeinhin als uneinnehmbar und thronte auf einer felsigen Erhebung, die zu drei Seiten vom Fluss umschlossen wurde.

De Clare beobachtete das Umland sehr genau, und das lag wohl nicht nur daran, dass er nach Rebellen oder Gesetzlosen Ausschau hielt. Schließlich würde all das mal sein Land werden. Der schmächtige Junge wirkte stets wachsam und konzentriert, als erwarte er hinter jedem Baum einen feindlichen Schützen. Müdigkeit schien er überhaupt nicht zu kennen, anders als Maurice. Bereits vor Sonnenaufgang war er aus seinem Strohlager gezerrt worden, um in den Osten zu marschieren und die Rebellen zu stellen. Er hatte einen Kampf beobachtet, dem Tod ins Auge gesehen, und der beschwerliche Weg zurück raubte ihm die letzten Kräfte.

Als sie die Burg endlich erreichten, war sie nur noch als schwarzer Schemen im Dämmerlicht zu erkennen, über den leuchtende Punkte der Fackeln tanzten. Müde stapften sie zwischen den von Hecken und Erdwällen gesäumten Katen der Bauern und Handwerker hindurch und blickten sehnsüchtig zu den Rauchfahnen, die mit verheißungsvollem Duft aus den Strohdächern aufstiegen.

»Auch schon da?«, riefen die grinsenden Wachen am Tor der Palisade, als sie verdreckt und müde dort ankamen. »Wo habt ihr denn die Pferde gelassen? Der Constable hat uns aufgetragen, keinen von euch einzulassen, wenn ihr die Gäule nicht dabeihabt.«

»Lass die Scherze, Guy«, stöhnte Maurice und schob sich an dem Wachmann vorbei. »Sind die Pferde zurückgekommen oder nicht?«

Guy lachte und wuschelte ihm durchs Haar, was Maurice hasste, in seiner Erschöpfung aber ohne Kommentar hinnahm. »Keine Sorge, Junge. Wir haben sie eine Meile von hier eingefangen.«

»Danke.« Damit blieb ihnen zumindest der Zorn ihres Herrn erspart. Maurice wollte sich gar nicht vorstellen, was gewesen wäre, hätten die Waliser diese wertvollen Tiere abgeschossen oder sie erwischt und behalten.

Zur Sicherheit sah er mit Meilyr und de Clare aber noch im Stall nach dem Rechten, ehe sie sich in die Halle begaben und sich gleich neben der Tür, am unteren Ende, auf die Bank fallen ließen. Dichter, beißender Rauch umwaberte Maurice, genauso wie der Gestank nach Schweiß und Nässe, aber im Moment machte ihm das nichts aus. Denn auch der Geruch von Essen stieg ihm in die Nase.

Auf dem Podest an der Stirnseite saßen die hochwohlgeborenen Herren beisammen: der Earl of Pembroke, der Constable mit seiner Gemahlin Lady Maria und ihrer Schwester Lady Alice, sowie eine Handvoll ausgesuchte Ritter, die mit dem Earl gekommen waren. An den Längsseiten standen ebenfalls lange Tafeln, an denen sich die übrigen Ritter und Angehörigen des Haushalts eingefunden hatten, genauso wie Maurice und die anderen Knappen. Alle waren in angeregte Unterhaltungen vertieft, während Maurice so müde war, dass er trotz Hunger kaum bemerkte, wie eine Schale Hafergrütze vor ihm abgestellt wurde. Der Schmerz in seinem Arm hatte endlich nachgelassen, doch nun spürte er Übelkeit in sich hochsteigen.

Nach den Erlebnissen dieses Tages fand er gerade noch die Kraft, sich darüber zu freuen, kein Page mehr zu sein. Höfisches Gehabe zu lernen erschien ihm nach den Erlebnissen mit den Rebellen zwar nicht mehr so furchtbar, doch als er die jüngeren Knaben mit den Weinkrügen in der Hand sah, war er froh, diesen Dienst nicht mehr verrichten zu müssen. Anstatt die Herren zu bedienen und beim Essen zuzusehen, durfte er jetzt selbst an der Tafel sitzen und sich den Magen vollschlagen.

Das Eintreffen des Earls bestimmte die Gespräche in der Halle, denn sein Gefolge wusste vom Bürgerkrieg in England zu berichten. Hier in Wales bekamen sie kaum etwas davon mit, sie hatten eigene Kämpfe auszutragen und eigenes Land zu verteidigen. Aber der Earl und seine Männer teilten freudig Neuigkeiten und stillten die Neugierde der Burgbewohner, die sich häufig vom Rest der Welt abgeschnitten fühlten. So lauschten auch die Knappen mit aufgeregten Mienen den Worten des jungen de Clare.

»Matilda hat sich in Wallingford verschanzt«, erzählte dieser, als wären seine Worte alte Nachrichten, denen keine Bedeutung mehr beigemessen werden musste. Für die abenteuerhungrigen Knappen aber war jede Information aus der Außenwelt ein Geschenk. »Der König belagerte sie in Oxford, das ist schon ein paar Jahre her. Matilda entwischte damals, und seitdem sitzt sie hinter uneinnehmbaren Mauern und wartet darauf, dass den König der Schlag trifft und sie ihre Krone bekommt.«

»Wie ist sie damals entkommen?«, fragte Meilyr, ohne von seiner Schüssel aufzusehen. Sein rabenschwarzes Haar hing ihm in nassen Strähnen in die Stirn, was ihn nicht sonderlich zu stören schien. »Hat sie sich rausgebuddelt?«

»Das nicht.« De Clare trank aus seinem Becher und schien gar nicht zu bemerken, dass die meisten ungeduldig hin und her rutschten. Erst als Meilyr von seinem Essen aufsah und ihm mit dunklen Augen einen Blick zuwarf, fuhr er fort. »Sie hat sich von der Burgmauer abgeseilt«, verkündete er, woraufhin sich Meilyr verschluckte und von einem so starken Hustenanfall geschüttelt wurde, dass selbst die Herren von der hohen Tafel kurz aufblickten.

»Erzähl keine Märchen«, knurrte indessen Griffin, ein etwas älterer Knappe und einer der Söhne des Constable, der dasselbe sonnige Gemüt wie sein Vater hatte. Für gewöhnlich ging Maurice ihm aus dem Weg, nur hin und wieder konnte er sich nicht beherrschen und geriet – meist durch Meilyrs Einfluss – in Schwierigkeiten. Maurice' Vater würde wohl sagen, dass er froh sein sollte, jemanden zu haben, der ihm während einer gesunden Prügelei zur Seite stand. Doch Griffin hatte den Ehrgeiz eines jüngeren Sohnes, der sich mit Händen und Füßen gegen eine klerikale Ausbildung hatte wehren müssen. Er musste beweisen, dass er zum Ritter und nicht zum Mönch geboren war. Zudem wurde er als Sohn des Constable meist noch härter rangenommen, um bei den anderen keinen Verdacht auf Bevorzugung aufkommen zu lassen. Wäre Griffin nicht so ein hinterlistiger Widerling, hätte Maurice vielleicht Mitleid mit ihm gehabt. Doch zu seiner Schande musste er gestehen, dass es ihm Genugtuung bereitete, wenn seine Fäuste bei Griffin ein schmerzvolles Ziel fanden.

Den jungen de Clare schien der Einwurf des Älteren jedoch nicht zu kümmern. Noch nicht einmal als Neuling in der Runde musste er sich von der Stellung, die Griffins Vater auf der Burg innehielt, beeindrucken lassen. Der misstrauische Ausdruck seiner Augen blieb zwar immer noch bestehen, doch jetzt funkelte darin etwas, das Maurice nur als Streitlust bezeichnen konnte.

»Mit drei Rittern«, fuhr er fort, als hätte er Griffins Kommentar gar nicht gehört. »Es heißt, Matilda und ihre Männer ließen sich die Burgmauer hinab – komplett in Weiß gekleidet, um im Schnee nicht erkannt zu werden. Dann flohen sie über den zugefrorenen Mühlenzufluss. Niemand bemerkte etwas, bis es zu spät war.«

»Und wieder hat sie dem König ein Schnippchen geschlagen«, murmelte Maurice, der bisher nur wenig Beeindruckendes vom König gehört hatte. Viele hielten ihn für schwach, und Maurice brachte insgeheim Bewunderung für Matilda auf. Zwar sprach er seine Gedanken nicht aus, doch in seinen Augen war Matilda die rechtmäßige Königin. Sie war das einzige legitime Kind des verstorbenen Königs Henry und damit Erbin seiner Krone. Für Maurice spielte es keine Rolle, dass Matilda eine Frau war, auch wusste er nichts über ihren Gemahl Geoffrey, den Grafen von Anjou, den viele Barone verachteten. Sie sagten, eine Frau hätte auf dem Thron nichts zu suchen, und Anjou, durch dessen Adern angeblich Teufelsblut floss, wollten sie noch weniger darauf sehen. Also hatten sie Matildas Vetter Stephen darin unterstützt, sich die Krone zu ergreifen. Doch Matilda wäre nicht Henrys Tochter, ließe sie sich das gefallen. So gab es seit nunmehr zehn Jahren Krieg in England.

»Was ist mit Anjou?«, fragte er de Clare, da er sich nur schwer vorstellen konnte, dass Matilda sich seit Jahren nicht mehr aus Wallingford wagte, ohne dass ihr Ehemann etwas unternahm.

Zu seiner Überraschung winkte de Clare ab. »Der hat sich zum Herzog der Normandie gemacht und geht sicher nicht mehr von dort weg. Matilda hat wohl nach ihm geschickt, aber er riskiert den gerade erlangten Frieden in seinem eigenen Land bestimmt nicht für einen Krieg in England.«

»Besser so«, ließ sich nun wieder Griffin vernehmen. »Soll er da drüben bleiben und verrecken.«

»Soll er sein Weib nach Hause holen und einsperren«, fügte Meilyr hinzu, der rittlings auf der Bank saß und bereits wieder eines seiner Holzstücke bearbeitete.

Maurice verdrehte die Augen. »Hört, hört! Meilyr FitzHenry erneut auf Kriegsfuß mit der Familie.« Er warf ein Stück Brot nach seinem Freund. »Sag mal, Meilyr, welcher Familienzweig bereitet dir größere Bauchschmerzen? Die walisischen Rebellen oder Matilda auf dem Schlachtfeld?«

Meilyr richtete sich auf der Bank auf und legte das Holz beiseite. »Wusstest du eigentlich, de Clare«, wandte er sich an den jungen Adligen, »dass dieses Mannweib Matilda meine Tante ist?«

»Natürlich.« Bestimmt kannte er jeden Adligen dieses Landes mit Namen, Titel und dazugehörigem Lehen. »Dein Vater ist Henry FitzRoy, der Sohn des verstorbenen Königs Henry, während Matilda Henrys Tochter ist. Dein Vater ist also Matildas Bruder.«

»Halbbruder«, warf Griffin ein.

»Schrecklich kompliziert.« Plötzlich leuchteten Meilyrs Augen auf. »Leute, stellt euch mal vor, mein Vater wäre kein Bastard, sondern legitim wie Matilda, dann wäre *er* jetzt König und ich …« Er schüttelte den Kopf. »Nein, ich denke besser nicht darüber nach.« Sein Blick fiel auf die Hafergrütze neben sich. »Hier ist es ja auch ganz schön.«

»Der König hatte noch mehr Bastarde, nicht nur deinen Vater«, beruhigte Maurice seinen Freund. »Da hätte es einige Anwärter auf die Krone gegeben, nicht zuletzt den Earl of Gloucester, der ja der älteste Sohn des verstorbenen Königs ist und jetzt Matilda treu zur Seite steht. Oder den Earl of Cornwall.«

»Meine Schwester ist ebenfalls einer dieser Bastarde«, erklärte zu aller Überraschung de Clare.

»Deine Schwester?!« Griffin ließ den Holzlöffel sinken und schien plötzlich ganz Ohr. »Dann war deine Mutter ja …«

»Eine der zahlreichen Mätressen König Henrys, ganz recht.« De Clare warf einen Blick zur hohen Tafel, und seine Züge verhärteten sich. »Isabel de Beaumont, sie war noch jung, als sie meine Schwester bekam. Später gab der König sie meinem Vater zur Frau.«

Schweigen breitete sich unter den Knappen aus. Alle starrten de Clare an. Maurice überraschte weniger die Information an sich, als die ungenierte Art, mit der de Clare diesen Makel in der Vergangenheit seiner Mutter preisgab. Der Earl hieße bestimmt nicht gut, dass die Knappen von den Abenteuern seiner Frau sprachen. Vielleicht war aber auch genau das der Grund, weshalb de Clare sie ausgeplaudert hatte. Zufriedenheit stand in seinem Gesicht, ein schmallippiges Lächeln, während er seinen Vater beobachtete. Ein kleiner Sieg.

»Warte mal.« Meilyr nahm seine Holzarbeit auf und griff nach dem Schnitzmesser. »Dann sind mein Vater und deine Halbschwester ja …«

»Ebenfalls Halbgeschwister. Ich weiß, das ist verwirrend.«

Meilyr grunzte. »Tja, hätte der König sich häufiger mit der Königin vergnügt, anstatt in fremden Betten, dann hätte er vielleicht einen männlichen Erben gehabt, anstatt zwei Dutzend Bastarde.«

»Amen.« Maurice hob seinen Holzbecher, um auf diese Worte zu trinken, und die anderen Knappen taten es ihm gleich.

Vielleicht war die walisische Art des Erbrechts ja sinnvoller und vermied Kriege wie diesen in England. Denn die Waliser unterschieden nicht zwischen legitimen und illegitimen Kindern. Das Erbe wurde unter allen anerkannten Söhnen aufgeteilt, was durchaus gerecht war. Aber wenn Maurice genauer darüber nachdachte, versprach diese Lösung genauso viele Konflikte. Schließlich teilte sich so das Land – aus einem Reich wurden viele kleine. Schade, dass sich die Rebellen-Brüder von Südwales nicht gegenseitig bekriegten, wie es die Waliser sonst so gerne taten. Doch Meilyrs walisische Verwandte hielten zusammen wie Pech und Schwefel, und das mochte noch gefährlich werden. England war weit weg, und im Moment sollten sie sich wohl eher um die Waliser kümmern.

Verstärkung sollten sie durch Richard de Clare erhalten. Kurz bevor sich die Knappen auf ihre Strohlager auf dem Heuboden zurückzogen, verkündete der Earl, dass sein Sohn auf Pembroke Castle bleiben würde. Er selbst plante, in nur wenigen Tagen in den Kampf gegen die Rebellen zu ziehen. Er wollte die Ruhepause in England nutzen, um sich um seine Grafschaft zu kümmern, und das Land seines verstorbenen Bruders weiter nördlich aus walisischer Hand zurückerobern.

Maurice wusste nicht, was er von dieser Entwicklung halten sollte, doch es war vielleicht ganz gut, einen Kampfgefährten auf dieser Burg zu gewinnen. De Clare kam ihm einsam vor, und das war ein Gefühl, das Maurice durchaus nachempfinden konnte. Natürlich war Meilyr sein Freund, und Maurice vertraute ihm wie niemandem sonst. Doch Meilyr gehörte einem gewaltigen Clan an und war mit fast ganz Wales verwandt, sowohl unter den Walisern als auch unter den Normannen. Im Grunde konnte Meilyr keinen Stein werfen, ohne Familie zu treffen, denn die Geraldines, wie sich seine Sippe nannte, waren überall. Meilyr verstand nicht, wie es war, in einem Landstrich aufzuwachsen, der von einer zusammengeschweißten Familie gehalten wurde, der man nicht angehörte. Maurice war ja noch nicht einmal Normanne, so wie fast alle hier, auch hatte er kein walisisches Blut in sich, wie Meilyr und der Constable. Als Flame war er eindeutig ein Außenseiter. Zwar waren nach Überschwemmungen in der Heimat ein paar Flamen in dieses Land gekommen, aber sie waren nur eine kleine Gruppe im Vergleich zu den Geraldines. Richard de Clare würde das verstehen. Er war ebenso allein, und die Stellung seines Vaters brachte ihm bestimmt nicht viele Freunde. Eher jene, die sich einen Vorteil erhofften. In diesen Zeiten des Bürgerkriegs, in denen Barone stets die Seiten wechselten und jeder seine Macht bis an die Grenzen und darüber hinaus trieb, war es generell nicht leicht, Freunde zu finden. De Clare hatte das wohl auch schon herausgefunden und war sicher froh, dem Hof und seinem Vater für eine Zeit lang zu entgehen. Vielleicht fand Maurice in Strongbows Sohn tatsächlich einen Leidensgenossen, vielleicht würde die Zeit als Knappe nicht so schlimm werden, wie angenommen.

Es war der schlimmste Tag seines Lebens; wieder einmal hatte er das Gefühl, bald sterben zu müssen. Die Schinderei unter dem Fechtmeister trieb ihn nach der Begegnung mit den Rebellen an seine körperlichen Grenzen. Wie es das Schicksal so wollte, gehörte sein Peiniger auch noch dem Clan der Geraldines an und war zudem ein weiterer Sohn des Constable. Ab und zu gönnte der Constable sich selbst das Vergnügen, doch seit dem Tod des vorherigen Fechtmeisters überließ er es zumeist seinem Ältesten Odo, die Knappen zu quälen.

»Bist du müde, Prinzessin? Soll ich dir Stickzeug holen? Vielleicht können deine zarten Fingerlein mit Nadel und Garn besser umgehen als mit einem Schwert. Hoch mit dem Schild!« Ein Tritt traf das Holz und prellte durch Maurice' gesamten Arm. Fast wäre ihm ein Stöhnen entkommen, doch er konnte es gerade noch hinunterschlucken. Sie alle hatten Schwierigkeiten, den Schild zu halten, doch heute schien er Maurice so schwer, als hätte er einen Baumstamm am Arm festgebunden. Es war ihm unmöglich, ihn richtig hochzuhalten, und so steckte er weitere böse Schläge von den glatten Holzschwertern ein.

»Bist du taub? Schild hoch!« Noch ein Tritt, der ihn fast in die Knie zwang. Er hätte ahnen müssen, dass sein blutdurchtränkter Ärmel ihm keine Schonung verschaffte. Es war wohl amüsant anzusehen, wie die anderen Knappen ihn verprügelten. »Hoch damit, Maurice! Hoch!«

Die Spitze des Schilds, der fast so groß war wie er selbst, kratzte über den Boden. Maurice versuchte ihn zu heben, biss die Zähne zusammen, sein verletzter Arm zitterte, Schweiß strömte ihm unter dem Helm hervor ins Gesicht und brannte in seinen Augen. Ein Laut, der sich fast nicht menschlich anhörte, entfuhr ihm. Schmerz, Zorn, Entschlossenheit und schließlich Resignation. Der Schild sank gänzlich zu Boden, und Maurice gab auf. Mit all seinem Gewicht stützte er sich auf das schwere Holzstück und versuchte, seinen schnellen Atem unter Kontrolle zu bringen. Das Gebrüll des Fechtmeisters schwand zu einem fernen Rauschen, das er kaum noch wahrnahm. Odos Ritterschlag lag noch nicht lange zurück, er musste sich also daran erinnern, wie es war, am schwachen Ende der Befehlsordnung zu stehen. Aber vielleicht war auch genau das der Grund, weshalb er so viel Freude daran hatte, die Jüngeren im Staub kriechen zu sehen. Bislang hatte Maurice ihn nie für bösartig gehalten, nicht so wie seinen jüngeren Bruder Griffin. Die Gemeinheiten des Fechtmeisters waren offen und direkt, während Griffin stets hinterrücks angriff. Maurice sollte die Zornesausbrüche wohl der Hinterlistigkeit des Jüngeren vorziehen, zumal der Fechtmeister keinen Unterschied zwischen seinen Verwandten und Außenstehenden machte. Alle wurden mit derselben *Höflichkeit* bedacht, die auch den Constable auszeichnete. Verhätschelung hatte noch niemanden zum Ritter gemacht, pflegte er zu sagen, und vermutlich lag er damit gar nicht so falsch. Vor ein paar Jahren, bei der Schlacht von Lincoln, war sein Bein von einem Pfeil getroffen worden, seither hinkte er. Was jedoch nicht bedeutete, dass er sich von seinem Gebrechen aufhalten ließ. Im Gegenteil – es machte ihn nur noch verbissener. Und entschlossener, aus seinen Knappen gestählte Krieger zu machen.

Nur Maurice fühlte sich weder gestählt noch kriegerisch, während die Beschimpfungen des Ritters dumpf zu ihm durchdrangen. Er sah nur noch den Gegner, den er im Zweikampf besiegen musste, und wartete auf den neuerlichen Schlag gegen seine gepolsterte Schulter. Die Paare wurden immerzu ausgetauscht, und es spielte auch keine Rolle, wem Maurice gegenüberstand. Die Hiebe waren dieselben. Er sah auch ein ums andere Mal das Schwert kommen, doch er war zu langsam. Seine Bewegungen wurden schleppend, und sein Gewand klebte bereits an seinem Körper.

Ein neuerlicher Tritt gegen den Schild ließ ihn zur Seite taumeln. Gerade noch rechtzeitig fand er sein Gleichgewicht, um nicht hinzufallen.

»Angriff Maurice! Schild hoch! Schlag! Schlag! Schild hoch!«

Eine kalte Hand packte ihn im Nacken und riss ihn mit einer Wucht herum, die ihn zu Boden schleuderte. Der Helm flog ihm vom Kopf, und sein Gesicht versank in kaltem Gras. Aus einem Instinkt heraus hob er die Hände schützend über sich. Er wusste, der Fechtmeister schreckte nicht davor zurück nachzutreten. Es gelang ihm gerade noch, einen Schmerzenslaut zu unterdrücken, auch wenn er sich bereits erbärmlich genug fühlte. Hier lag er auf der Übungswiese, zitternd und schwächlich, wo ihn jeder sehen konnte.

In diesem Moment hasste er den Fechtmeister. Nicht für die Schmerzen und die Qualen – die mussten sie alle erdulden. Er hasste ihn für die Demütigung.

»Ein Kratzer!«, hörte er den Mann mit seiner tiefen, volltönenden Stimme über sich brüllen. Er klang wie sein Vater. »In der Schlacht wärst du tot! Tot! Willst du wegen eines Kratzers draufgehen, hm? Soll das von dir in Erinnerung bleiben? Wie willst du deinem König dienen, wenn du dich wegen einer kleinen Verletzung umbringen lässt?«

»Und wie dienst du deinem König, Krüppel?«, entfuhr es ihm, ehe er darüber nachdenken konnte. Doch seiner Schwäche und dem Gras unter seinem Gesicht verdankte er, dass diese Worte ungehört und seine Rippen heil blieben.

»Er ist verletzt, Fechtmeister«, vernahm er plötzlich Meilyrs Stimme wie aus weiter Ferne. »Die Waliser haben ihn gestern abgeschossen.«

»Weil er zu langsam ist. Ich frage mich, Maurice, wie du gestern überhaupt lebend zurückkommen konntest!«

Ein Tritt traf ihn in die Seite, jedoch kein besonders kräftiger. Es war eher einer der motivierenden Sorte, der ihm sagen sollte, dass es jetzt Zeit war aufzustehen. Doch das war leichter gesagt als getan. Wenn man einmal wie ein geprügelter Hund zu Füßen des Fechtmeisters gelegen hatte, war es schwer, die Hände vom Gesicht zu nehmen. Doch Maurice war nicht gewillt, sich länger zu demütigen. Er atmete einmal tief ein, presste die Lippen aufeinander und stützte sich schließlich auf seine Hände. Sein linker Arm zitterte immer noch, und fast knickte er beim Ellbogen ein. Doch bevor das geschehen konnte, richtete er seinen Oberkörper auf, auch wenn ihm dadurch schwarz vor den Augen wurde. Blind kam er auf die Beine, seine Knie wackelten, und sein Arm pochte, aber er musste nur noch etwas länger durchhalten. Nach ein paarmal blinzeln kehrte auch seine Sicht wieder zurück. Er stand tatsächlich aufrecht.

Mit zusammengebissenen Zähnen hob er Schild und Helm auf und griff nach dem Schwert. Dabei bemerkte er das anerkennende Nicken des Fechtmeisters und ein kurzes Zucken des Mundwinkels, als unterdrücke er ein Lächeln – ein seltener Anblick, doch er schenkte Maurice Kraft. Er wollte Odo nicht enttäuschen, und so nahm er seine Position ein.

Es war keine Überraschung zu sehen, dass Griffin ein selbstzufriedenes Grinsen im Gesicht trug, vermutlich, weil diesmal nicht er schikaniert wurde. Maurice konnte nur froh sein, dass er jetzt nicht gegen ihn kämpfen musste, denn Odo winkte seinen neuen Schützling Richard de Clare nach vorne.

Der junge Grafensohn zögerte einen Moment, doch dann gehorchte er und hob sein Schwert.

Maurice atmete tief durch, der erste Schlag kam, doch die Seite des gegnerischen Holzschwertes berührte kaum seinen Schild. Ein Blinder hätte gesehen, dass de Clare sich zurückhielt. Mitleid stand in den grauen Augen, die ihn am Nasenkolben des Helms vorbei ansahen, und Maurice verstärkte seinen Griff um das Schwert. Rücksichtnahme machte den Fechtmeister nur wütender, und wenn sein neuer Kamerad nicht bald Härte zeigte, wäre er der Nächste im Dreck.

»Schlag zu!«, wisperte er eindringlich und holte selbst mit dem Schwert aus. »Mach schon!« Er täuschte einen Hieb gegen de Clares Kopf an, drehte sich im letzten Moment herum und stieß mit einem Aufschrei des Schmerzes seinen schweren Schild vor. Sein Gegner taumelte durch die Wucht des Aufpralls zurück, Überraschung stand in seinen nun weit aufgerissenen Augen, er fiel jedoch nicht hin. Der junge Adlige war nur ein Jahr älter als Maurice, hatte aber weit mehr Erfahrung. Diese zeigte er, indem er nun seinerseits angriff, die Lippen zu einer Linie der Entschlossenheit gepresst.

Maurice' Finger krampften sich um den Griff, sein Atem ging in schweren Stößen und stand in weißen Wolken vor seinem Gesicht. Der Helm verhinderte, dass er etwas anderes als seinen Gegner sah, und je länger er sich auf den Kampf konzentrierte, desto weiter weg kam ihm der Schmerz vor. Die Schwäche schwand, und jedes Mal, wenn de Clares Schwert auf seinen Schild krachte, war er überrascht, dass er anstatt zusammenzubrechen nur eine wachsende Stärke in sich spürte. Alles ging so schnell, Maurice' Körper handelte ganz von selbst, führte die Bewegungen aus, als hinge sein Leben davon ab.

Er konzentrierte sich auf de Clares Gesicht anstatt auf seinen Arm und erkannte am Zucken der Lider, wenn ein Schlag auf den Schild ihm Schmerzen bereitete. Somit wusste er auch, wann de Clare seinen Griff lockern und nachgreifen würde. Maurice sah auch, in welche Richtung de Clare sich wenden wollte, und es kam ihm so vor, als bewegte der Grafensohn sich immer langsamer. Dem Schweiß und der Röte im Gesicht nach zu schließen, hielt er sich aber nicht zurück.

Maurice war entschlossen und siegessicher, seine Schläge waren nicht so gezielt wie de Clares, aber schnell und stark, und mit denen trieb er den Grafensohn jetzt rückwärts. Immer weiter, jeden Moment würde er fallen, aber ehe es dazu kam, brach der Fechtmeister den Kampf ab.

»Meilyr und Griffin!«, donnerte er, woraufhin Maurice sich mitten aus der Drehung seines Schwertstreiches heraus abwandte und sich gegen die Palisadenwand in seinem Rücken fallen ließ. Die Kraft strömte aus ihm heraus, als hätte jemand eine Kerze ausgeblasen, das Heft glitt aus seinen Händen, vorneübergebeugt ließ er den Kopf hängen und rang um Atem. Aus den Augenwinkeln bemerkte er einen Schatten, und an der Kleidung erkannte er de Clare, der sich zu ihm gesellte.

»Gut gekämpft«, sagte der Knappe über das Klackern der Holzschwerter und lehnte sich neben ihm an die Wand. »Ich möchte nicht dein Gegner sein, wenn es mal ernst wird.«

Maurice hob den Kopf, sah in das sommersprossige Gesicht des Älteren hoch. »Und ich nicht der deine«, keuchte er grinsend, wobei ihm ein sonderbarer Gedanke kam. In England herrschte Krieg, Brüder kämpften gegen Brüder, Vettern gegen Vettern. De Clares Vater hatte mehrmals die Seiten gewechselt, einmal für Matilda und dann wieder für Stephen gekämpft. Was, wenn der Krieg noch länger andauerte? Schließlich war ein Ende nicht abzusehen. Was, wenn Maurice irgendwann eine Entscheidung treffen musste und seinen Freunden auf einem Schlachtfeld gegenüberstand? Der Gedanke war zu furchtbar, um ihn weiterhin zuzulassen, und da seine Beine immer noch zitterten, ließ er sich entlang der Palisadenwand zu Boden sinken. Dabei war es ihm egal, dass der Fechtmeister es nicht erlaubte, während der Übungsstunden zu sitzen. Der Ritter sah sogar einmal in seine Richtung, ließ dieses Vergehen aber unkommentiert.

»Du darfst den Arm heute nicht mehr bewegen«, sagte de

Clare, der neben ihm stehen blieb. »Morgen ist Sonntag, da kannst du ihn schonen, und am Montag wird es besser gehen.«

»Grafensohn, Geschichtenerzähler, Kämpfer und auch noch Heiler.« Maurice lachte erschöpft auf. »Gibt es irgendetwas, was du nicht kannst?«

Eine Weile schwieg der Knappe, seine Stiefel scharrten über die Wiese, doch dann erklang seine leise Stimme. »Meinen Vater zufriedenstellen.«

Maurice hob den Kopf, konnte das Gesicht des Jungen aber nicht erkennen, nur das angespannte Kinn. Da er nichts zu sagen wusste, klopfte er dem neben ihm stehenden de Clare also einfach nur auf den Stiefel und beobachtete weiterhin den Kampf, den Meilyr dominierte. Der Knappe war schnell und wendig und befand sich fast auf Augenhöhe mit dem älteren Griffin, der sehr viel kräftiger gebaut war. Hinter den beiden erhoben sich die strohgedeckten Hütten der Bauern und Handwerker, die sich dunkel vor dem wintergrauen Himmel abzeichneten. Sie befanden sich auf der Wiese außerhalb der Burg, zwischen der Palisade und dem Dorf, da hier mehr Platz war und sie niemanden störten.

Lange konnte Maurice sich aber nicht auf die beiden konzentrieren. Die winterliche Kälte zerrte an ihm, und er wusste, er sollte sich bewegen, doch die Schmerzen badeten ihn bereits jetzt in Schweiß. Als er jedoch das Gefühl bekam, sein Arm würde von eisigen Klauen in Stücke gerissen werden, rappelte er sich doch noch auf. Entlang der äußeren Palisade, die den breiten Graben säumte, ging er auf und ab, um sich abzulenken.

»Die Wunde war tief genug, um scheußlich zu werden.« De Clare schloss sich ihm an und wies mit düsterer Miene auf die Verletzung. »Es heißt, die Waliser stecken ihre Pfeile beim Angriff nicht nur in die Erde, um sie schneller abzuschießen, sondern auch, damit der Dreck den Getroffenen umbringt, wenn es der Schuss selbst nicht vermag.«

»Danke, Grafensöhnchen.« Maurice warf ihm ein gequältes Lächeln zu. »Und so starb Maurice de Prendergast an einem dreckigen Pfeil.« Er zog sich den Helm vom Kopf und wischte sich das klitschnasse Haar aus dem Gesicht. Die Kampfgeräusche zu seiner Rechten nahm er kaum noch wahr. Er wusste noch nicht einmal, wie lange er in diesem Zustand umherging, als plötzlich eine schwere Hand auf seine Schulter fiel.

Maurice zuckte zusammen und fuhr herum. Zu seiner Überraschung war es nicht de Clare, der ihn ansah, sondern der Fechtmeister. Die Kämpfe waren vorüber und die Knappen bereits fort. Alle bis auf Meilyr, der bei der Brücke über den Graben auf ihn wartete.

»Geh zu Lady Maria«, sagte der Fechtmeister ungewohnt sanft und warf einen Blick auf Maurice' Arm. »De Clare meint, du gehst noch drauf, wenn sich das niemand ansieht. Meine Mutter wird sich darum kümmern.«

Maurice bemühte sich, das Gesicht nicht zu verziehen, und zwang sich zu einem Nicken. Normalerweise wäre er lieber gestorben, als die bärbeißige Gemahlin des Constable um Hilfe zu bitten. Aber er sah auch ein, dass das womöglich geschehen würde, wenn die Wunde nicht bald versorgt wurde. Also wandte er sich ab und machte Anstalten davonzugehen, als die Stimme des Fechtmeisters ihn innehalten ließ.

»Hast ganz anständig gekämpft heute.«

Erstaunt blickte er über die Schulter zurück und sah gerade noch das flüchtige Zwinkern, ehe der Ritter davonging und Meilyr anbrüllte, er solle nicht wie eine Kuh vor dem geschlossenen Tor herumstehen.

»Bastard«, knurrte Meilyr, als Odo hinter ihm im Torhaus verschwand und Maurice ihn erreichte. »Der steht morgens doch nur auf, um uns in den Schmutz zu treten.«

»Freue dich auf den Tag, an dem du deine eigenen Knappen quälen darfst.« Maurice überquerte ebenfalls die Brücke und passierte das Tor in den Burghof. »Wohin ist de Clare eigentlich verschwunden?«, fragte er, da er den Leidensgenossen nicht entdecken konnte.

»Den hast du mit deiner schrecklichen Laune vergrault«, erklärte Meilyr, bevor er grinsend abwinkte. »Ach was«, sagte er lachend. »Sein Vater hat nach ihm geschickt, als du wie ein Toter über die Wiese getrottet bist. Unser nächster Strongbow kann schon einiges wegstecken, sag ich dir. Wenn er seinen Vater aushält, der ihn wie Dreck behandelt, lässt er sich von dir sicher nicht den Tag vermiesen.«

»Gegen den Earl bin ich ja auch ein Lämmchen.«

»Also mit mir wäre auch nicht gut Kirschen essen, wenn ich so herumlaufen würde.« Meilyr deutete auf Maurice' blutigen Ärmel und erinnerte ihn damit wieder an sein Vorhaben.

»Ich soll Lady Maria bitten, einen Blick daraufzuwerfen.« Er durchquerte den Hof und schob die Tür des hüfthohen Zauns auf, der die Halle mit den Wohngemächern der Herren sowie die Küche umschloss. Schließlich trat er in den dusteren Saal im Erdgeschoss des aus Holzbalken errichteten Langhauses ein. Die längsseitigen Tafeln waren noch nicht aufgebockt, Mägde waren dabei, die alten Binsen hinauszufegen. Zu seinem Leidwesen war auch Lady Maria anwesend, und er konnte sich nicht länger drücken. Die Gemahlin des Constable sprach gerade mit einer Magd aus dem Dorf und wirkte dabei wie immer alles andere als freundlich.

»In deiner Haut möchte ich nicht stecken«, flüsterte Meilyr, als er neben ihm ins diffuse Licht trat. Hier drinnen war es kaum wärmer als draußen, und sie waren fast allein. Die dienstfreien Wachen wärmten sich lieber in der Küche, in der Umgebung heißer Kessel und fürsorglicher Frauen. Zwar brannten ein paar Kohlebecken, aber gegen die winterliche Kälte in dieser großen Halle kamen sie nicht an.

»Sie wird mir schon nicht den Kopf abreißen.«

»Darauf würde ich nicht wetten.« Meilyr trat einen Schritt zurück und ließ Maurice allein weitergehen. Trotz seiner zuversichtlichen Worte trat er zögerlich auf sie zu. Lady Maria war ein kleines, zartes Persönchen und wirkte fast schon mager, was sie eigentlich nicht so angsteinflößend machen sollte. Aber gerade diese hagere Gestalt verdeutlichte den bitteren Zug um den Mund und die harten Augen. Dunkles Haar lugte unter dem strengen Wimpel hervor und betonte den Kontrast zu der blassen Haut ihrer keltischen Abstammung. Niemand ging gerne zu ihr, doch der Constable betonte stets, dass die Knappen sich im Falle von Verletzungen an seine Gemahlin wenden sollten. Auch war Lady Maria dafür zuständig, den Pagen höfisches Gehabe beizubringen, so konnte wohl nichts verkehrt daran sein, wenn Maurice sie jetzt ansprach. Schließlich kannte sie ihn. Oft war sie ohnehin nicht hier, um sich um die Jungen in der Obhut ihres Gatten zu kümmern. Meist hielt sie sich in der nahen Burg des Constable in Carew oder auf dem Familiengut in England auf. Vielleicht hatte sie gar nichts dagegen, dass er sie um Hilfe bat.

»Und wenn ich dich noch einmal dabei erwische, wie du deine ekligen, fetten Wurstfinger in den Honigtopf steckst …!«

»Aber ich habe nicht …« Die Magd wich vor der erhobenen Hand der Hausherrin zurück, und Maurice beeilte sich, die letzten Schritte zwischen ihnen zu überwinden. Mit einer Kühnheit, von der er nicht wusste, woher sie kam, stellte er sich zwischen die zornschäumende Dame und die Magd.

»Madame.« Er senkte höflich den Kopf. »Der Fechtmeister meinte …«

Die Hausherrin riss die Augen auf, und plötzlich färbte sich die fast schon transparent wirkende Haut der Dame rot wie ein Sommerapfel. »Was fällt dir ein, mich zu unterbrechen, Junge? Siehst du denn nicht, dass ich mich unterhalte?«

Maurice straffte die Schultern und bemerkte, wie die Magd

davonhuschte. Immerhin einer von ihnen kam glimpflich davon. »Der Fechtmeister schickte mich zu Euch, damit Ihr Euch *das* hier anseht.« Er hielt der Dame seinen Arm entgegen, der immer noch vom zerfetzten und blutenden Leinen bekleidet war.

Lady Maria wich zischend zurück und verzog das Gesicht zu einer Maske des Ekels. »Scher dich davon!« Sie ruckte ihr spitzes Kinn Richtung Tür. »Wenn du dich bei euren albernen Spielereien verletzt hast, dann kümmere dich selbst darum. Hältst du mich etwa für eine Magd? Ist es das? Soll ich dir jetzt auch noch die Kleider flicken?«

Ich halte dich für ein zänkisches, verbittertes Weib, dachte er, doch dieses Mal sprach die Stimme der Vernunft laut genug, um ihn schweigen zu lassen.

»Welcher von dieser vermaledeiten Bande bist du eigentlich?«, verlangte sie plötzlich zu wissen. »Auch ein Abkömmling der walisischen Hure?«

Maurice verkniff sich ein Schmunzeln. Die aus Irland stammende Dame hatte offensichtlich ebenfalls ein Problem mit den überall herumlaufenden Geraldines. Nicht jeder würde es wagen, die Mutter des Constable eine Hure zu nennen. Aber es war weithin bekannt, dass Lady Maria und ihre Schwiegermutter nicht besonders gut zueinander standen. Das machte ihm die »walisische Hure« gleich sympathischer, auch wenn er die alte Dame nur einmal bei einem Besuch in Pembroke gesehen hatte. In diesem Moment aber hatte sich sofort gezeigt, dass sie die Tochter eines walisischen Königs war. Sie hatte mehr Würde in ihren alten Knochen getragen, als Lady Maria je zustande brächte. Da spielte es auch keine Rolle, dass Lady Marias Großvater irischer Hochkönig gewesen war. In ihr schien sich eher das Naturell ihres Vaters Arnulf de Montgomery widerzuspiegeln – ein Normanne, der diese Burg hier errichtet hatte und von dem es hieß, er wäre des Teufels Sohn gewesen.

»Nein, Madame.« Maurice brachte trotz Schmerzen eine

knappe Verbeugung zustande, so wie Lady Maria es ihm vor Jahren gezeigt hatte. »Mein Name ist Maurice de Prendergast.«

»Ah.« Sie rümpfte die Nase, als betrachtete sie ein Insekt. »Der Flame.«

»Ganz recht, Madame.«

»Sieh zu, dass du dich trollst, bevor mir noch einfällt, dich zu deinem Vater zurückzuschicken.«

Maurice verbeugte sich mit einer wedelnden Handbewegung und versuchte nicht einmal, den Spott aus dieser Geste herauszuhalten. Er sah gerade noch die Dame ob seines Verhaltens empört nach Luft schnappen, als er sich grußlos abwandte und zurück zu Meilyr ging, der grinsend bei der Tür wartete.

»Sie hat abgelehnt«, brummte er mit hochgezogener Augenbraue, als er an Meilyr vorbei zurück in die Kälte hinausging.

Meilyr schnaubte belustigt. »Ich hab's dir doch gesagt. Aber eines Tages werden wir keine Knappen mehr, sondern Lords über unsere eigenen Burgen sein. Mal sehen, wer dann vor wem zu Kreuze kriecht.«

Maurice lehnte sich stöhnend gegen die Holzwand neben der geschlossenen Hallentür. Er konnte sich gar nicht vorstellen, jemals Herr über sein eigenes Land zu sein. Er war ein bedeutungsloser Knappe, sein Ritterschlag schien ihm weit entfernt, und sein Arm schmerzte wie die Hölle. Außerdem ging mit seiner Lordschaft der Tod seines Vaters einher, und daran wollte er gar nicht denken. Wenn er erst mal Lord von Prendergast war, hieß das, er war allein.

»Und was machen wir jetzt mit dir?« Meilyr deutete zurück zur Halle. »Du könntest es ja noch bei Lady Alice versuchen. Die fährt dich bestimmt nicht so an.«

Maurice zögerte. Lady Marias Schwester war zwar sehr viel umgänglicher, aber guter Hoffnung, und Maurice wollte sie nicht belasten. Andererseits sollte er wohl wirklich jemanden nach seinem Arm sehen lassen.

»Geh besser zu ihr, solange sie noch da ist«, sagte Meilyr und deutete Richtung Stall. »Lord Llansteffan kam vorhin an, und ich fürchte, er wird seine Frau nach Hause holen. Dann müssen wir wieder mit Lady Maria vorliebnehmen. Also ich würde diese Gelegenheit nicht verstreichen lassen.«

»Aber vielleicht wird Lord Llansteffan ja eine Weile bleiben.« Zumindest konnte er das hoffen, denn Lord Llansteffan war das genaue Gegenteil seines Bruders, des Constable. Er sprach einzig, wenn es nötig war, und verzichtete darauf, seine Weisheiten aller Welt kundzutun oder seine Männlichkeit mit peinlichen Reden und Gesten unter Beweis zu stellen. Für Maurice war er der Inbegriff eines Ritters. Ehrenhaft, gütig und bescheiden. Solange er hier war, würde es auf der Burg zumindest für eine Weile etwas ruhiger zugehen.

Doch Meilyr schüttelte den Kopf. »Er reitet bald mit dem Earl«, sagte er und strich sich sein rabenschwarzes Haar hinter die Ohren. »Ich habe vorhin mit seinem Knappen geredet. Der Earl hat vor, Carmarthen Castle von den Walisern zurückzuholen. Und da das ja quasi vor Llansteffans Haustür sitzt, wird Lord Llansteffan ihn unterstützen.«

»Großartig.« Maurice ließ seinen Blick zurück zur Halle schweifen und schauderte beim Gedanken an Lady Maria. Vielleicht rührte ihre Verbitterung von den heftigen und vor allem häufigen Wutausbrüchen ihres Gatten her. Vielleicht lag dessen Wut aber auch an seiner Frau? Wer vermochte das schon zu sagen … Gewiss war nur, dass zwei Schwestern zwei Brüder geheiratet und sich die Richtigen gefunden hatten. Nicht auszudenken, was geschehen wäre, wäre Lord Llansteffan mit einer Frau wie Maria gestraft worden oder hätte sich die sanftmütige Alice dem tobenden Constable stellen müssen.

»Gut, ich gehe zu Lady Alice«, beschloss er und sah auf seinen blutigen Ärmel hinab. »Dann kann ich mich auch gleich von ihr verabschieden, falls sie wirklich nach Hause geht.«

»Du bist zu beneiden.«

»Du kannst gerne mit mir tauschen.«

Meilyr verzog das Gesicht beim Anblick der offenen Wunde, aber gleich darauf folgte das schiefe Lächeln, das die Mägde von Pembroke allesamt aufseufzen ließ. »Für Lady Alice lasse ich mir jeden Knochen brechen, nur damit sie ihn wieder richtet«, gestand er, was Maurice trotz der Schmerzen auflachen ließ.

»Nur zu«, forderte er ihn auf. »Und was sagt die gute Bess zu deiner Neigung für ältere Damen?«

»Also erstens ist Lady Alice nicht alt«, protestierte Meilyr gespielt empört. »Sie ist noch nicht einmal dreißig.«

»Eben.«

»Außerdem, was interessiert mich, was die dumme Gans Bess denkt? Die ist Schnee von gestern.«

Maurice hob einen Finger. »Noch haben wir Winter, mein Freund«, erwiderte er lachend, wich dem Schlag gegen seine Brust aus und bereute die abrupte Bewegung sofort, da ihm schwindlig wurde. Resigniert hielt er sich an der Wand neben sich fest.

Meilyr wies bestimmt zum Strohdach der Halle, über dem sich ein kleiner, rechteckiger Aufbau erhob. »Ab ins Frauengemach mit dir! Nun geh schon, ehe ich mir dein Frühstück auf dem Boden ansehen muss. Du siehst schrecklich aus, Mann.«

Vorsichtig, um Lady Marias Aufmerksamkeit zu entgehen, schlich Maurice zurück in die Halle und zum Treppenhaus an der Stirnseite. Die Nachricht von Lady Alice' nahender Abreise betrübte ihn, denn sie war im tristen Leben von Pembroke Castle wie ein gütiger und mütterlicher Engel.

Die Wendeltreppe führte in einen kleinen Vorraum, von dem aus zwei Gemächer abgingen. Als Maurice das von einem Fenster beleuchtete Treppenhaus hinter sich ließ und in die Dunkelheit trat, vernahm er plötzlich herzzerreißendes Schluchzen hinter der rechten Tür. Im nächsten Moment erklang auch schon die ruhige Stimme Lord Llansteffans.

Maurice' erster Impuls war umzudrehen und später wiederzukommen. Doch Gott mochte ihm helfen, er war neugierig und blieb stehen. Mit angehaltenem Atem schlich er dann weiter und lehnte sich neben der halb geöffneten Tür des Frauengemachs an die Wand.

»… mich nicht hierlassen«, hörte er Lady Alice' Stimme, die offensichtlich um Fassung rang. »Mein Platz ist an deiner Seite.«

»An meiner Seite ist es gefährlich, Liebste. Hier bist du sicher. Ich komme dich holen, sobald sich die Lage etwas beruhigt hat.«

»Und du bis dahin noch lebst.«

»So Gott will, ja«, antwortete Lord Llansteffan tonlos. Er erhob niemals die Stimme, und sein stets ruhiger Ton ließ seine Worte meist noch schwerer wiegen. »Llansteffan ist kein Ort für dich«, fuhr er sogleich fort. »In deinem Zustand. Denk an das Kind. So lange versuchen wir es schon und endlich …«

»Ich denke an das Kind!« Lady Alice schien keine Schwierigkeiten damit zu haben, ihre Stimme zu erheben. »Ich will, dass es mit seinem Vater aufwächst!«

»Es wird ihnen nicht gelingen, Llansteffan einzunehmen.«

»Es wird ihnen gelingen, wenn der Earl dir noch mehr Männer wegnimmt! Wenn er dich und deine Garnison nach Carmarthen führt, um *seinen* Kampf auszufechten.«

Einige Augenblicke lang herrschte Stille, ehe Lord Llansteffan das Schweigen brach. »Der Earl of Pembroke ist unser Lehnsherr, wir schulden ihm Treue. Die Waliser glauben, seine häufige Abwesenheit und die Konflikte in England nutzen zu können, um sein Land Stück für Stück an sich zu reißen. Irgendwann wird es auch unseres treffen, Alice.«

»So ein Unsinn! Die Waliser lassen uns in Ruhe, du bist der Vetter ihres Anführers. Aber wenn du jetzt an der Seite des Earls gegen ihn kämpfst, wird er zurückschlagen, auf die Familienbande spucken. Du stichst in ein Hornissennest, begreifst du denn nicht? Soll der Earl zurück nach England gehen und dort seine Kriege führen. Mit den Walisern sind wir seit jeher allein zurechtgekommen. Llansteffan ist unser Zuhause – nicht Pembroke, dieses dunkle, kalte Loch.«

»Dein Vater erbaute einst diese Burg«, erinnerte der Ritter seine Frau, doch diese schnaubte nur.

»Komm mir nur nicht mit meinem elendigen Vater! Deine Absicht bestand von Anfang an darin, mich hierzulassen. Du nanntest es eine vorübergehende Maßnahme, aber jetzt sind schon *Monate* vergangen. Du wirst nicht wieder ohne mich weggehen.«

»Ich wollte dich nicht aufregen, in deinem Zustand …«

»Ich bin aber aufgeregt!«

»Dann beruhige dich wieder, meine Liebe, ich bitte dich.«

»Das werde ich, denn ich werde mit dir gehen.«

Ein Stuhl kratzte über den Boden, die Binsen raschelten.

»Du bleibst hier.«

Maurice hielt beim Klang der ungewöhnlich rauen Stimme des Lords unwillkürlich den Atem an. Auch jetzt waren die Worte in absoluter Ruhe ausgesprochen worden, und doch ließen sie keine Widerrede gelten. Lady Alice schien dies ebenso vernommen zu haben, denn in der Kammer herrschte plötzlich Stille.

Schließlich waren schwere Schritte Richtung Tür zu hören, das Klirren einer Kettenrüstung, und Maurice beeilte sich davonzukommen, ehe er noch beim Lauschen erwischt wurde. Auf leisen Sohlen lief er zurück ins Treppenhaus, doch als er die Tür hinter sich knarren hörte, wusste er, dass es zu spät war. Mit klopfendem Herzen drehte er sich um und tat so, als wäre er gerade hochgekommen. Auf einen Satz heißer Ohren konnte er verzichten, besonders, da ihn sein Arm ausreichend malträtierte.

»Klein-Maurice«, sagte der Lord mit einem freundlichen Lächeln, als er ihn draußen stehen sah. »Hast du dich verlaufen, Junge?«

Maurice schüttelte den Kopf. »Nein, Mylord«, antwortete er mit einem Hauch von schlechtem Gewissen. »Ich bin auf der Suche nach Lady Alice.«

»Da wird sie sich freuen. Dir fehlt doch nichts?« Der Ritter kam auf ihn zu und stieß pfeifend die Luft aus, als er das Blut entdeckte. »Eine Prügelei?« Er deutete mit dem Kinn auf seinen Arm.

Maurice schüttelte den Kopf. »Ein Pfeil, Mylord. Bin einem Lauchfresser in die Schusslinie geraten. Halb so schlimm, aber vorhin hat die Wunde wieder zu bluten begonnen.«

»Mein Neffe hätte dich wohl etwas schonen müssen, aber ich kenne euch Jungspunde ja: nur keine Schmerzen zeigen. Pass nur auf, dass du kein Fieber bekommst.« Er wies mit dem Kopf hinter sich. »Geh nur. Lady Alice ist da drin.«

»Danke.«

Der Lord klopfte ihm auf die Schulter. Die Betrübnis in seinen Augen ließ ihn älter wirken, als er tatsächlich war, auch wenn sein dunkles Haar immer noch voll und ohne jede Spur von Grau sein Gesicht umrahmte. Es war sein Ausdruck, der ihn müde erscheinen ließ.

Maurice wollte sich abwenden, doch da hielt Lord Llansteffan ihn plötzlich auf. »Tu mir einen Gefallen, ja?«, bat er und beugte sich ein wenig zu ihm hinunter. »Alice wird heute von einer düsteren Stimmung heimgesucht. Sie regt sich viel zu leicht auf, liegt wohl am irischen Blut.« Maurice öffnete den Mund zu einer Erwiderung, aber da fuhr Lord Llansteffan schon fort: »Ich wäre dir zu großem Dank verpflichtet, wenn du sie etwas aufheiterst, ja? Ich weiß, du verstehst dich darauf.«

Verblüfft, ja fast schon entsetzt riss er die Augen auf, doch er kam zu keiner Erwiderung, denn Lord Llansteffan schritt bereits an ihm vorbei und überließ ihm die Aufgabe, eine schwangere Frau vom Kummer zu befreien. Als wäre dieser Tag nicht ohnehin schon schlimm genug!

Seufzend trat er an die Tür zum Gemach, sein Arm schmerzte so sehr, dass ihm Tränen in die Augen schossen, obwohl er sich mit aller Kraft bemühte, das Brennen und Pochen zu ignorieren.

Leise klopfte er an die Tür und hörte sogleich die Aufforderung einzutreten.

Lady Alice saß auf einer Bank in der Fensternische und stickte an einem Tuch, das über ihre Knie bis zum Boden fiel. Die Fensterläden waren geschlossen und sperrten die von Talgkerzen und Kohlebecken verräucherte Luft ein. Es fiel ihm schwer zu atmen, ihm wurde gleich noch elender zumute. Doch als er das schwache Lächeln und die geröteten Augen der Dame im diffusen Licht erkannte, überlagerte Mitleid sein Unwohlsein. Maurice konnte sich nicht vorstellen, dass diese zarte Gestalt tatsächlich von Iren abstammen sollte – von heidnischen Barbaren, ähnlich den Walisern. Die Insel war nicht weit von seiner Heimat entfernt, Händler segelten ständig zwischen Irland und Wales hin und her, und doch schien sie ihm unerreichbar – eine fremde Welt.

»Der kleine Maurice«, begrüßte die Dame ihn sanft und winkte ihn näher. »Der eine geht, der andere kommt – die beiden Maurice', die sich gleichen wie ein Ei dem anderen.«

Maurice senkte den Blick. Die Scham, als »klein« bezeichnet zu werden, wich sofort ob des wunderbaren Kompliments. Lord Llansteffan war ebenfalls auf den Namen Maurice getauft, und dass Lady Alice ihren Gemahl mit ihm verglich, ehrte ihn.

»Madame.« Er deutete eine Verbeugung an und trat näher ins Licht. »Bitte verzeiht die Störung. Ich dachte …«

»Du störst nicht.« Lady Alice wies mit der Hand auf den Schemel ihr gegenüber und blickte besorgt auf seinen blutdurchtränkten Ärmel. »Du hättest gestern zu mir kommen sollen. Die Wunde hätte genäht werden müssen.«

»Gestern war es nur ein Kratzer.« Maurice nahm Platz, und in diesem Moment öffnete sich die Tür erneut. Ein Mädchen schlüpfte herein, vielleicht zehn oder elf Jahre alt. Es hielt den Kopf gesenkt, nickte lediglich kurz in Maurice' Richtung und brachte eine Schale Wasser, die es neben seiner Herrin abstellte. Dann nahm es ihr Stickzeug auf und ließ sich damit außerhalb des Lichtkegels auf dem Boden nieder.

»Danke, Niah.« Lady Alice lächelte in ihre Richtung. »Du hast wie immer recht behalten.«

Maurice sah verwundert zwischen dem Mädchen und der Dame hin und her. Womit hatte das Kind recht behalten, und wieso hatte es Wasser gebracht? Es hatte unmöglich wissen können, dass er Hilfe brauchte.

Misstrauisch blickte er in die finstere Ecke neben der Tür, aber er konnte das Mädchen kaum ausmachen.

»Ein Kratzer, ja?« Lady Alice schob seinen Ärmel hoch, um die Wunde knapp über dem Ellbogen anzusehen, und riss seinen Blick damit von dem Mädchen los. »Das sieht schrecklich aus, mein lieber Maurice. Hast du sie denn zumindest ausgewaschen?«

Seiner Kehle entkam ein Krächzen, als sie die Wunde untersuchte. »Ein wenig«, murmelte er und grinste entschuldigend, als Lady Alice ihm einen ungeduldigen Blick zuwarf, als wäre sie hilflos über solcherlei Ausmaß an Dummheit.

»Ihr starken Männer!«, seufzte sie und tunkte einen Leinenstreifen ins Wasser. »Da leidet ihr eher tausend Tode, um etwas Wasser und einer Nadel zu entgehen. Bete zu Gott, dass du diese Torheit nicht teuer bezahlst. Eine Narbe wird auf alle Fälle zurückbleiben.«

Ein Lächeln zog seine Mundwinkel nach oben, woraufhin Lady Alice mit einem bitteren Lachen die Arme ausbreitete. »Natürlich! Meine starken Männer, denen ich vor Kurzem noch mit meiner Schwester Manieren beizubringen versucht habe, freuen sich über jede Narbe, die sie kampferprobter aussehen lässt.« Sie schüttelte den Kopf und tupfte mit konzentrierter Miene das frische Blut von seiner Haut. Vereinzelt blitzten gelockte Strähnen ihres schwarzen Haars unter der geschnürten Haube hervor und glänzten im Kerzenschein wie mit Gold überzogen. Kein Wunder, dass Meilyr sie schön fand – das war sie wirklich –, auch wenn Maurice sich eher zu Gleichaltrigen hingezogen fühlte.

»Kinder, die glauben, sie seien schon Männer. Ihr seid alle noch zu jung, um euch gegenseitig mit Schwertern zu verprügeln und gegen Rebellen zu kämpfen.« Ihre Hände näherten sich der Wunde, und Maurice biss die Zähne zusammen, als sie den Schnitt mit den Fingern auseinanderschob. Der Schmerz machte es ihm leichter, seine Gedanken für sich zu behalten. Lady Alice würde bestimmt nicht gerne hören, dass man sich mit Fäusten und nicht mit Schwertern verprügelte. Schwerter dienten zu ganz anderem. Jeder Knappe seines Alters begleitete seinen Herrn in die Schlacht. Vielleicht war es nicht üblich, dass sie bereits zu Beginn ihrer Ausbildung dem Feind begegneten, aber jetzt, da das Land von Krieg erschüttert wurde, blieb ihnen kaum eine andere Wahl.

»Maurice würde sagen, so könne nur eine Frau sprechen«, murmelte Lady Alice. »Knaben müssen zu Männern werden, aber was sagst du dazu, mein *kleiner* Maurice? Ist es wirklich vonnöten, ein Kind den Eltern zu entreißen, um einen Krieger aus ihm zu machen?«

Maurice wusste nicht, was er darauf antworten sollte. Ihm stand der Schweiß auf der Stirn, er konnte nur schwer ein schmerzhaftes Stöhnen verkneifen, während Lady Alice die Wunde säuberte, und jetzt sollte er auch noch darüber debattieren, dass Mütter ihre Söhne nicht erwachsen werden lassen wollten? Mit einer Frau, die gerade selbst ein Kind unter dem Herzen trug und gewiss nur deshalb auf solch unsinnige Gedanken kam. Er hatte bereits gehört, dass schwangere Frauen absonderlich werden konnten, und ganz offensichtlich hatte er es jetzt mit solch einer zu tun. Ein Umstand, der ihm Unbehagen bereitete.

»Madame«, setzte er an, wobei ihm sofort zischend der Atem entwich, da sie die Wunde mit ihrem Tuch berührte. »Ein Ritter würde im Kampf nicht bestehen, hätte er nicht eine jahrelange Ausbildung genossen.«

»Ach, du redest wie mein Gemahl. Ich frage mich, ob er in deinem Alter genauso war wie du. Ihr seid euch so ähnlich, weißt du.«

Noch ein Räuspern entrang sich ihm. »Ihr schmeichelt mir, Madame.«

Lady Alice blickte auf und schmunzelte. »Das war kein Kompliment, Maurice. Du bist genauso still und verschlossen wie er. Aber bei meinem Gemahl war es das Leben, das ihn zu dieser Flucht in sich selbst veranlasste. Was kann einen Jungen in deinem Alter so ernst werden lassen?« Sie legte den Kopf schief und betrachtete die Wunde. »Es ist zu spät, um zu nähen. Glück gehabt.« Sie sah ihm wieder in die Augen. »Nun? Was ist deine Ausrede, Maurice?«

»Meine Ausrede, Madame?«

»Für deine Schwermut.«

Maurice zwang sich zu einem Lächeln. »Ich hielt mich stets für heiter, Madame.«

Ihr helles Lachen erklang, und auch aus der Ecke, wo das Mädchen saß, hörte er verhaltenes Kichern.

»Na schön«, meinte die Dame und wusch das Leinen in der Schüssel aus. »Und was treibt der Neffe meines Gemahls den lieben langen Tag? Er lässt sich kaum noch bei mir blicken.«

Maurice hob eine Augenbraue. »Welcher Neffe?«, fragte er und entlockte ihr dadurch noch ein Lachen, das ihren grünen Augen etwas Glanz zurückgab. Mit Sicherheit fiel es ihr ebenso schwer wie ihm, die Verwandtschaft ihres Gatten auch nur im Entferntesten zu durchschauen. Die Geraldines waren überall.

»FitzHenry«, antwortete sie schließlich und band ihm ein Stück sauberes Leinen um den Arm. »Mir schien, ihr beide seid unzertrennlich.«

Maurice zuckte mit den Schultern. »Meilyr wurde nicht von einem Pfeil getroffen«, sagte er und begutachtete das Werk der Dame. Die Wunde schmerzte zwar immer noch höllisch, aber er konnte damit umgehen.

»Ja, der gute Meilyr weiß, wie man die richtigen Freunde wählt. Das hat er von seinem Großvater, dem verstorbenen König, der Herr sei seiner Seele gnädig.« Sie tätschelte seine Hand und schenkte ihm ein warmes Lächeln. »Ihr alle habt eure eigenen, von Gott gegebenen Gaben. Du wirst noch herausfinden, was die deine ist.«

»Eine Zielscheibe zu sein, vielleicht?«

Lady Alice schüttelte lachend den Kopf und schob eine dunkle Haarsträhne zurück unter die Haube. »Ich habe gehört, wie du zu dieser Wunde gekommen bist, Maurice. Du magst eine Zielscheibe sein, aber nur, weil du dich vor andere stellst.« Sie erhob sich, woraufhin auch Maurice sich beeilte, auf die Beine zu kommen, und betrachtete ihn, wie er vor ihr stand, bereits genauso groß wie sie selbst. »Heute bin ich aber für deine wahre Gabe dankbar. Du weißt, was andere brauchen, damit es ihnen besser geht.« Sie nahm seine Hand in die ihrige und drückte sie.

Maurice verneigte sich. Er wollte sich eben bedanken und verabschieden, da spürte er plötzlich ein sonderbares Ziehen im Magen, eine Gänsehaut im Nacken, als würde er beobachtet werden.

Mit plötzlich schneller schlagendem Herzen blickte er zur Seite und hielt den Atem an. Dunkle Augen funkelten in den Schatten und sahen ihn aus einem blassen, schmalen Gesicht heraus an. Kaum merklich schüttelte das Mädchen den Kopf, die Lippen zu einem halben Lächeln verzogen, und ihr durchdringender Blick schien zu sagen: »Nein, das ist nicht deine Gabe.«

De Clare behielt recht. Der kampffreie Sonntag tat seinem Arm gut, und zum ersten Mal seit Ewigkeiten langweilte er sich nicht in der Messe. Im Gegenteil. Er war so tief in Gedanken versunken, dass wohl jeder glauben musste, er betete voller Inbrunst. Dabei blickte er zu den hohen Herren und Damen im Seitenschiff der Kirche hinüber, auch wenn es nicht Lady Alice war, die er ansah, sondern das Mädchen an ihrer Seite. Ihr Antlitz war so unschuldig und kindlich, ihr schwarzes Haar, das unter der Haube zu einem Kranz geflochten war, verstärkte diesen Eindruck noch. Trotzdem kam es ihm so vor, als hätte ihn gestern kein Kind angesehen. Ihre dunkel funkelnden Augen gingen ihm nicht mehr aus dem Kopf. Es schien ihm, als hätten sie direkt in seine Seele geblickt, dabei war er der Letzte, der an so etwas glaubte. Die ganze Nacht über hatte er von ihr geträumt und war zwischendurch immer wieder schweißgebadet aufgewacht. Sie war ihm in einem nebelverhangenen Wald erschienen, durchs Laub laufend, völlig unbeschwert, wie es nur Kinder konnten. Das schwarze Haar war wie ein Schleier hinter ihr durch die Luft geflattert. Immer wieder hatte sie sich zu ihm umgedreht und gelacht. Anfangs hatte er noch gefürchtet, er hätte doch noch Fieber bekommen, doch daran lag es nicht. Diese Augen hatten sich in sein Innerstes gebrannt, und er wurde den Anblick des sonderbaren Lächelns nicht mehr los.

Es war ihm ein Rätsel, weshalb Lady Alice ihre Gesellschaft suchte. Fürchtete sie sich nicht vor diesem wissenden Blick?

Erneut sah er zu ihr hinüber, beobachtete, wie sie betete. Mit ihrem gesenkten Kopf und den halb geschlossenen Lidern kam sie ihm völlig abwesend vor. Ganz so, als stünde sie an diesem geweihten Ort in direktem Kontakt mit den Engeln. Ihre blasse Haut, beleuchtet vom Lichtschein, der durch die Bogenfenster fiel, erinnerte ihn an die Statuen, die er bei einem Besuch in der Kathedrale von St. David gesehen hatte. Sie strahlte etwas Unnahbares aus, und Maurice hatte das Gefühl, dass jeder, der es in diesem Moment wagte, sie zu berühren, von einem Blitz getroffen werden würde.

Plötzlich hob sie den Kopf, sah einen Moment lang geradeaus zum Altar und blinzelte ein paar Mal schnell. Dann wandte sie sich ihm so abrupt zu, dass Maurice auf der Bank zurückfuhr. Der in der Kirche beständige Weihrauchgeruch schien sich zu intensivieren und ihm die Luft zu nehmen.

»Was ist los, Mann?«, hörte er Meilyr an seiner Seite, aber Maurice kam sein Freund weit weg vor. Er wollte sich abwenden, nicht zeigen, dass er sie die ganze Zeit über angestarrt hatte, aber er konnte nicht. Sie musste seinen Blick gespürt haben, und jetzt sah sie unverhohlen zurück.

Sein Herz hämmerte so heftig, dass er jeden einzelnen Schlag in der Kehle spürte. Ihr Antlitz hielt ihn gefangen, denn es strahlte so viel Widersprüchliches aus: Sie wirkte stark und über alles erhaben, aber gleichzeitig so hilflos und zutiefst verletzt, dass er am liebsten mitten in der Kirche aufgestanden wäre, um sich schützend vor sie zu stellen.

Was hatten ihre dunklen Augen am Vortag in den seinigen gesehen? Sie schienen auch jetzt weit zu blicken, als durchdrangen sie die Schleier zwischen den Welten. Der fast verborgene Schmerz hinter der alles einnehmenden Kraft zeigte ihm, dass sie Schreckliches sah. Gestern hatte er nichts von den Qualen entdeckt, und unwillkürlich fragte er sich, was er noch alles in ihren Augen finden würde, wenn er nur lange genug hinsah.

»Was ist mit dir?« Meilyr stieß ihn mit der Schulter an, und Maurice schnappte nach Luft, als hätte er die ganze Zeit über nicht geatmet. Er deutete auf das Seitenschiff, doch als er zu dem Mädchen blickte, hatte es den Kopf wieder zum Gebet gesenkt.

»Nichts«, murmelte er und strich sich mit der Hand über die Augen. Er musste verrückt geworden sein. Trotzdem blieb er auch nach Beendigung der Messe in der Kapelle und hing weiterhin seinen Gedanken nach.

Er wusste nicht, wie viel Zeit verging, in der sich die Kirche leerte, bis eine Bewegung zu seiner Rechten ihn aufschreckte. Es war Meilyr, der zurückgekehrt war und neben ihm niederkniete.

»Oh vergib mir, Vater, denn ich habe gesündigt«, flüsterte er, und es war ihm deutlich anzuhören, dass er nur schwer ein Lachen zurückhalten konnte. »Meine Gedanken sind unrein und meine Taten umso mehr. Jetzt will ich Buße tun und vor dir knien, bis ich alt und grau bin.«

Maurice bekreuzigte sich. »Deine blasphemischen Reden bringen dich noch in Teufels Küche. Ist dir denn wirklich gar nichts heilig?«

Meilyr zeigte ein unflätiges Grinsen und folgte ihm aus der Kapelle in den Hof. »Doch«, erwiderte er nach kurzem Nachdenken. »Mein Arm, mein Schwert und mein Gegner.«

»Es wird dich erstaunen zu hören, dass es noch mehr als den Kampf gibt. Du wirst schon noch herausfinden, was.«

»Ach, und was sollte das wohl sein, ehrwürdiger Bruder?«

Maurice drehte sich zu ihm um und deutete zur Kirche. »Gott«, antwortete er und schlug dem Freund mit der flachen Hand vor die Stirn. »Dein Verstand.« Er boxte ihn gegen die Brust. »Dein Herz ...« Er sah Lady Alice mit ihrem Gemahl auf dem Weg zur Halle, und ein Prickeln strömte durch seine Adern. »Geheimnisvolle Mädchen«, fügte er abwesend hinzu, dann wandte er sich an Meilyr. »Wir sehen uns nachher unten am Fluss«, sagte er schnell und lief durch den Hof, ohne auf eine Antwort zu warten.

»Lady Alice«, stieß er atemlos hervor, als er die beiden an der Einzäunung um die Halle einholte. Lord Llansteffan und seine Gemahlin wandten sich ihm zu, ihre Mienen überrascht, und erst jetzt wurde ihm bewusst, wie unangebracht er sich verhielt. Er war einer Eingebung nachgegangen und hatte nicht lange überlegt. Jetzt stand er regungslos vor den beiden und wusste nicht, wie er fortfahren sollte.

»Maurice.« Lord Llansteffan zog die Brauen hoch. »Ist etwas passiert?«

»Ich … ähm … nein, Mylord.« Seine Wangen brannten. Unruhig scharrte er mit dem Fuß über den Boden. »Ich wollte nur …« *Großer Gott, steh mir bei, was habe ich mir nur dabei gedacht?*

»Nun?« Lord Llansteffan schmunzelte und warf seiner Frau einen kurzen Seitenblick zu, die ihm aufmunternd zunickte. »Was können wir für dich tun? Geht es deinem Arm noch nicht besser?«

Maurice fasste sich ein Herz und atmete tief durch. Jetzt hatte er sich bereits zum Narren gemacht, da war alles Weitere auch schon egal. »Das Mädchen gestern«, brachte er mit immer noch glühenden Wangen hervor. »Ich wollte Lady Alice fragen, wer sie ist.«

Lord Llansteffan brach in schallendes Gelächter aus, und Maurice schalt sich innerlich. Wie hatte er so kopflos handeln können? Wo war die Stimme der Vernunft, wenn er sie für sich selbst brauchte?

Zumindest war es ihm gelungen Lady Alice zu erheitern, denn sie lächelte und bat ihren Mann vorauszugehen.

»Erzähl ihm nur von ihr«, sagte dieser zu seiner Gattin und strich ihr mit der Hand über die Wange. Dann wandte er sich an Maurice, und sein Ausdruck wurde wieder ernst. »Sei vorsichtig«, warnte er. »An dieser kleinen Teufelin verbrennst du dir die Finger.«

Maurice zuckte bei dem Wort »Teufelin« unwillkürlich zusammen. Es ging also nicht nur ihm so. Dieses Mädchen hatte etwas Sonderbares an sich. Diese Augen ... Aber mit dem Teufel hätte er sie nicht in Verbindung gebracht. Eher mit etwas Altem, Mystischem, das durch die Erde drang und der Ursprung aller Dinge war.

»Komm, Maurice«, unterbrach Lady Alice seine Gedanken und deutete zu dem einsamen Baum neben der Kapelle. »Ich würde sagen, du hast entweder Fieber bekommen oder dich in meine Gesellschafterin verliebt.«

»So ist es nicht, Madame.« Er wagte es nicht aufzusehen, während er neben ihr herging. »Ich habe mich nur gefragt, woher sie stammt.«

»Weshalb magst du dich denn so etwas fragen?« Sie ließ sich auf dem quer liegenden Baumstamm nieder, der hier als Bank diente, und sah zu ihm auf. »Sie ist hübsch, nicht wahr?«

Maurice wünschte, der Boden unter seinen Füßen möge sich auftun und ihn verschlingen, so unangenehm war ihm die Situation. Lady Alice verstand ihn völlig falsch, und wenn sie mit ihrer Meinung richtiggelegen hätte, wäre er wohl kaum zu einem Gespräch zu ihr gekommen. Er hätte mit niemandem darüber gesprochen! Dieses Mädchen war ein kleines Kind, wie könnte er da Gefallen an ihr finden? Sie beschäftigte ihn einfach, verfolgte ihn in seinen Träumen und brachte ihn dazu, sich wie ein Verrückter zu benehmen. Vielleicht wurde er ja wahnsinnig. »Wer sind ihre Eltern?«, fragte er stockend, ohne auf ihre Anspielungen einzugehen.

Lady Alice hob die schmalen Schultern. »Das weiß ich nicht. Maurice und seine Männer fanden sie vor einem Jahr unweit von Carmarthen, völlig allein. Sie ist Waliserin.«

»Waliserin? Ist sie mit den Rebellen gekommen?«

»Auch das kann ich dir nicht sagen. Doch sie sprach schon damals unsere Sprache. Ihr Name ist Niah.«

»Niah.« Der Klang gefiel ihm.

»Sie liest mir vor«, fuhr Lady Alice fort, als er nicht antwortete und nur abwesend an ihr vorbeiblickte.

Doch bei diesen Worten wachte er auf. »Sie kann *lesen*?!« Er starrte sie voller Verblüffung an. »Ein walisisches Mädchen?«

Lady Alice entfuhr ein helles Lachen. »So ist es, mein lieber Maurice. Sie liest sehr gut. Sogar Latein.«

»Aber wo mag sie das nur gelernt haben?«

»Sie spricht nur wenig und erzählt kaum von ihrer Vergangenheit. Manchmal ...« Sie senkte den Blick und biss sich auf die Lippen.

»Manchmal?«, fragte Maurice nach, doch er hatte kaum ausgesprochen, da erhob sich Lady Alice abrupt und sah ihm in die Augen.

»Denke nicht weiter an sie«, sagte sie sanft, aber bestimmt. »Sie ist ein liebes Kind, aber nichts für einen Normannen, glaube mir.«

»Ich bin Flame«, entgegnete Maurice und tappte damit genau in die Falle. Jetzt musste Lady Alice denken, er hätte sich tatsächlich in das sonderbare Mädchen verliebt. Aber im Grunde war ihm das gleichgültig. Er wollte mehr wissen, sah aber ein, dass Lady Alice ihm heute nichts mehr sagen würde. »Ich fürchte lediglich um Euer Wohlergehen, Madame«, wich er aus, was in Lady Alice' Antlitz ein wohlwollendes Lächeln hervorrief.

»Es ist nicht schwer zu verstehen, weshalb mein Gemahl dich so sehr schätzt.« Sie legte ihm eine Hand auf die Wange. »Du bist Flame«, sagte sie, beinahe schon wehmütig, »ich zur Hälfte Irin, mein Gemahl zur Hälfte Waliser, aber im Grunde sind wir doch alle Normannen.« Sie lachte unfroh auf. »So ist das Leben, Maurice. Wir passen uns den Umständen an. Was bleibt uns auch anderes übrig?« Mit diesen Worten ging sie an ihm vorbei zurück zur Halle.

Maurice blieb stehen, wo er war, und betrachtete die raue Rinde des Baums neben sich. Es gefiel ihm nicht, wie Lady Alice über ihre Herkunft dachte. Sie alle hatten unterschiedliche Wurzeln, und er war nicht gewillt, diese zu begraben, um ein Normanne zu werden. Im Moment beschäftigte ihn aber ohnehin eine kleine Waliserin viel zu sehr, um sich Gedanken über seine Abstammung zu machen.

Meilyr war nicht am vereinbarten Treffpunkt. Aber als Maurice den schmalen Pfad zwischen dem turmhohen Burgfelsen und dem Fluss entlangschritt, sah er Richard de Clare am Ufer stehen.

Kerzengerade wie eine Statue, die Hände im Rücken verschränkt, blickte er über das Gewässer, als gäbe es auf der anderen Seite irgendetwas Besonderes zu bestaunen, inmitten der Schafherden auf den Weiden.

Der Kies knirschte unter Maurice' Stiefeln, de Clare zuckte kurz zusammen, wandte seinen Blick aber nicht ab. »Meilyr lässt dir ausrichten, dass er bei Bess ist. Sie hat ihn vorhin im Hof erwischt, und er kam nicht davon.«

Ein leises Lachen entkam Maurice, als er daran dachte, wie sehr Bess den sonst so unerschütterlichen Meilyr im Griff hatte. Und wie bestrebt Meilyr war, nicht zuzugeben, dass er in die Hirtentochter verliebt war. Verlieben … Lady Alice hatte ihm unterstellt, in Niah verliebt zu sein, aber er war sich ziemlich sicher, dass er zu solcherlei Gefühlen gar nicht fähig war. Er wusste nur, dass Niah seine Gedanken mit nur einer Begegnung auf den Kopf gestellt hatte, dass sie ein Geheimnis war, das er zu lösen gedachte.

»Und was machst du ganz allein hier unten?«, fragte er, um sich von seinen sonderbaren Überlegungen abzulenken.

De Clare blickte zu Boden, und da sah Maurice einen plumpen Holzstab zu seinen Füßen liegen. Erstaunt hob er die Augenbrauen. »Ein Rebellenbogen?«

Ein Schulterzucken war zuerst alles, was der Knappe erwiderte, dann atmete er sichtbar ein und sah Maurice zum ersten Mal an. Seine Augen waren gerötet, sein Kiefer so angespannt, dass seinen Zügen auf einmal das Kindliche fehlte. Sofort wich jeder Gedanke über die rätselhafte Niah aus Maurice' Kopf, und Sorge machte sich breit. Er wollte etwas sagen, aber da ergriff de Clare bereits das Wort: »Weißt du, dass sie meinen Vater Strongbow nennen?«, fragte er, ohne sich die Mühe zu machen, die Bitterkeit in seiner Stimme zu verbergen. »Starkbogen! Dass ich nicht lache.«

»Sie nennen ihn so, weil er mit einem walisischen Bogen umgehen kann, oder nicht? Die walisischen Starkbögen sollen sogar Rüstungen durchschlagen können. Mein Vater sagt immer, dass nur jemand, der von Kind an damit übt, die richtige Kraft entwickelt, um so einen Bogen zu spannen und abzuschießen.«

»Richtig.« De Clare trat mit der Stiefelspitze gegen das Holz. »Aber mein Vater kann ihn nicht spannen und schon gar keinen Pfeil damit abschießen.«

»Wieso nennen sie ihn dann …?«

»Weil er der Herr von Nether Gwent ist, im Südosten von Wales, wo meine Mutter auf unserer Burg in Striguil lebt. Somit befehligt er die besten Bogenschützen des Landes. Seine Untergebenen nutzen die Starkbogen, nicht er. Trotzdem lässt er sich natürlich gerne Strongbow nennen, auch wenn ihm dieser Name nicht gebührt.«

Maurice sah auf den Bogen hinab und wieder in de Clares Gesicht. Er verstand. »Du willst es lernen. Du willst der wahre Strongbow werden.«

»Stell dir das Gesicht meines Vaters vor, wenn sein schwächlicher, stets kränklicher Sohn einen Bogen spannt, bei dem er selbst sich das Kreuz brechen würde.«

»Und wenn *du* dir dabei das Kreuz brichst?«

»Das wäre es mir wert.«

Maurice grinste und gesellte sich an de Clares Seite. Er kannte seinen Vater nicht besser als die meisten Söhne ihre Väter, schließlich verbrachten sie nicht viel Zeit miteinander. Aber Maurice hatte die ersten sieben Jahre seines Lebens in guter Erinnerung. Sein Vater hatte ihn auch in Pembroke hin und wieder besucht, und obwohl Philip de Prendergast eher zurückhaltend war, hatte Maurice sich immer geliebt und vor allem geachtet gefühlt. Er konnte sich nicht vorstellen, wie schmerzhaft es war, wenn der eigene Vater, der zudem als einer der größten Männer des Landes galt, derart verachtend auf einen herabblickte. Aber er konnte sich sehr gut vorstellen, welche Genugtuung es de Clare bereiten würde, über den Tyrann, der sein Vater war, hinauszuwachsen. Also hob er kurzerhand den Bogen auf und drückte ihn dem Knappen in die Hand.

»Jeden Tag nach der Abendmahlzeit.«

»Was?« Verwirrt sah de Clare ihn an, und Maurice musste lachen. »Wir treffen uns hier jeden Tag nach der Abendmahlzeit und sehen zu, dass du eine Sehne in dieses verdammte Ding einzuhängen lernst. Vielleicht motiviert es dich ja, wenn du vor Augen geführt bekommst, dass ich genauso schwächlich bin und nichts von einem walisischen Rebellen in mir trage.«

De Clares Miene hellte sich auf. »Ein Geraldine müsste man sein ...«

»Ja, ein Geraldine müsste man sein. Aber ich fürchte, Rebellenblut allein nützt nichts, um die richtigen Muskeln zu bekommen. Also, jeden Tag nach der Abendmahlzeit.«

»Ich werde da sein.« De Clare wandte sich ab und blickte erneut über den Fluss. Eine Weile schwieg er, ehe er die Stille mit einem Räuspern unterbrach. »Warum tust du das? Ich meine, warum willst du mir helfen? Vermutlich werde ich diesen Bogen ohnehin nie spannen. Und Freizeit haben wir nicht gerade im

Überfluss. Wieso also willst du deine für ein sinnloses Unterfangen opfern?«

Ein belustigtes Schnauben entfuhr Maurice. Er hatte sich selbst für misstrauisch gehalten, aber de Clare übertraf ihn noch. Grinsend klopfte er dem jungen Adligen auf die Schulter. »Na, weil du irgendwann der Earl of Pembroke sein wirst, ist doch klar. Und wer will sich nicht mit dem mächtigsten Mann in Südwales gutstellen?«

De Clare fuhr zu ihm herum. Er wirkte noch blasser, doch als er Maurice' Grinsen erkannte, entspannten sich seine Züge, seine Mundwinkel hoben sich, und dann fing er unvermittelt an zu lachen. So laut und ungezwungen, wie Maurice es noch nie von ihm gehört hatte. Fast hatte er angenommen, der Grafensohn wäre gar nicht zu einem echten Lachen in der Lage, dafür wirkten seine Augen stets zu vorsichtig. Aber jetzt krümmte er sich geradezu und musste sich an Maurice' Schulter festhalten. »Stell dir das mal vor«, gluckste er, um Atem ringend, »ich – der Earl of Pembroke. Ein Kronvasall, einer der mächtigsten Männer von ganz England, Wales und der Normandie.« Ein weiterer Lachanfall schüttelte ihn, und Maurice konnte nicht anders, als darin einzustimmen: »Wer will schon zu den Geraldines gehören, wenn man über sie gebieten kann?«

»Genau!« De Clare schüttelte den Kopf, und sein Lachen klang allmählich zu einem Kichern ab. »Ich kann machen, was ich will, und ich kann mich Strongbow nennen, auch wenn ich mir im Umgang mit einem Starkbogen das Kreuz breche.« Erschöpft ließ er den Kopf hängen, und Maurice spürte, wie die Stimmung umschlug.

»Aber du wirst dich nicht Strongbow nennen, wenn du es nicht verdienst, richtig? Schade eigentlich, würde uns eine Menge Mühe ersparen.«

De Clare sah auf das grobe Stück Holz in seiner Hand und seufzte, aber er sagte nichts. Das musste er auch nicht, denn

Maurice meinte mittlerweile, ihn ganz gut einschätzen zu können. Es tat ihm leid, dass er dem Knappen anfangs so unfreundlich begegnet war, seine Verletzung hatte ihn beschämt und geschmerzt, aber vielleicht konnte er so sein Verhalten wiedergutmachen.

»Wo ist die Sehne?« Er nahm de Clare den Bogen aus der Hand und stellte ihn zwischen seine Beine. »Komm, schau zu, wie ich mich lächerlich mache, dann geht's dir gleich besser.«

»Ich soll mich auf deine Kosten amüsieren?«

»Eine Dame sagte neulich zu mir, meine Gabe wäre es zu wissen, was andere brauchen, um sich besser zu fühlen. Und meine Gabe sagt mir jetzt, dass du sehen musst, was linkisch wirklich bedeutet, damit du deinem Vater nicht mehr so viel Macht über dich gewährst.«

De Clares Augen funkelten. Grinsend nahm er eine Flachssehne aus dem Beutel an seinem Gürtel und reichte sie ihm. »Na, dann will ich deiner Gabe und besagter Dame nicht widersprechen. Aber übertreibe es nicht, dein Arm braucht noch Schonung.«

»Jaja.« Maurice nahm die Sehne entgegen und hängte sie an einer Seite ein. Er wollte sie gerade hochführen, da hörte er neben sich ein Rascheln. Alarmiert fuhr er herum, obwohl sie ja nichts Verbotenes taten. Er kniff die Augen zusammen und starrte zum Gebüsch, aber da war nichts.

»Was ist los?« De Clare blickte ebenfalls den Hang hinauf und zum Gestrüpp, das das Ufer überwucherte, aber keine Menschenseele war zu erkennen.

»Vermutlich nur ein Vogel.« Er widmete sich wieder dem Bogen. »Also los, möge die erste Übungsstunde beginnen.«

 **Pembroke Castle, Südwestwales,
Oktober 1145**

Was habe ich gesagt?! Links vorbei! Links! Du da! Wenn du
runterfällst, versorgst du heute alle Gäule, hast du verstanden?«
Der Fechtmeister Odo stand auf einem zu Ballen gebundenen
Berg Stroh und fuchtelte mit der Peitsche durch die Luft. Die
Pferde warfen ihm zum Glück nur einen gelangweilten Blick
zu und ließen sich von seinem Geschrei nicht beeindrucken.
Trotzdem presste Maurice die Knie lieber noch etwas fester zusammen, um im Sattel besseren Halt zu haben. Einer der Stallburschen, der gerade mit zwei Eimern Wasser am Übungsplatz
vorbeikam, blieb kurz stehen und grinste. Er erhoffte sich wohl
einen freien Abend. Diesen Gefallen würde Maurice ihm jedoch nicht tun. Er saß im Sattel, als wäre er darin festgewach-
sen, und lenkte das Tier mit Knien und Schenkeln durch den
aus Eimern aufgestellten Parcours. Seine Hände waren wie
die der anderen Knappen auf dem Rücken gefesselt, und so
wies er dem Pferd mit Gewichts- und Beinhilfen den Weg. In
der Schlacht hätte er auch keine Hand frei, da er Schild und
Schwert oder Lanze tragen musste, und so marschierten die
schweren Streitrösser seelenruhig über den Burghof, nur nicht
dahin, wohin sie sollten. Die meisten zogen Richtung Stall, und
Maurice wünschte, sie hätten die Übung außerhalb der Palisaden abgehalten, um den belustigten Blicken der Burgbewohner
zu entgehen.

Im Grunde mochte Maurice die Arbeit mit den Pferden –
zumindest lieber als mit Holzschwertern verdroschen zu wer-

den –, aber auf die in den Ohren gellenden Schreie des Fechtmeisters hätte er gut verzichten können. Selbst nach zehn Monaten Ausbildung wünschte er den ältesten Sohn des Constable
noch häufig zum Teufel.

»Wo ist links, Meilyr?«, brüllte Odo auch schon wieder.
»Links! Das ist da, wo gleich meine Peitsche auf deinem Hinterteil landet!«

Der Rappe mit dem schwitzenden Meilyr auf dem Rücken
trabte vorwärts, ein Scheppern erklang, und einer der Holzei-
mer flog davon.

Ein Stöhnen ging durch die Reihe der Knappen.

Keiner von ihnen würde zum Essen gehen, ehe nicht alle den
Parcours fehlerfrei überwunden hatten. De Clare war bisher
der Einzige, der es geschafft hatte, und so wartete er neben dem
Strohhaufen auf seinem Pferd, die Hände auf dem Sattelknauf
abgestützt. Er war in beinahe allen Disziplinen der Beste, einzig
im Zweikampf vermochte Maurice ihn zu schlagen, nur hatte der
Fechtmeister es auf ihn abgesehen. De Clare war neuerdings sein
liebstes Opfer, und so musste der Sohn des Earls beinahe täglich
harte Strafen für irgendwelche Kleinigkeiten erledigen. Sehr zu
Griffins Freude, der damit den Schikanen seines Bruders entging.

Niemand verstand, was Odo gegen de Clare hatte, aber vermutlich lag es allein an der hohen Stellung, die dem Sohn des
Earls die schwere Arbeit verschaffte. Maurice konnte sich auch
gut vorstellen, dass der Earl selbst solch harte Behandlung an-
geordnet hatte. Dass de Clare entgegen der Behauptungen seines Vaters alles andere als verweichlicht war, bewies er, wenn er
sie ein ums andere Mal mit seinem Können beschämte. Einen
walisischen Starkbogen vermochte er zwar noch nicht zu spannen, aber er war auch nicht mehr so dürr wie vor einem Jahr.

Jedes Mal, wenn Maurice seinen neu gewonnenen Freund
mit dem Bogen kämpfen sah, bis seine Hände bluteten, wollte
er den Earl von der nächsten Klippe werfen.

Auch Maurice hatte sich verändert. Zwar war es um die Rebellen ruhig geworden, seit der Earl Carmarthen Castle eingenommen und in den Norden gezogen war, um die Ländereien seines verstorbenen Bruders zurückzuerobern, doch die Kampfübungen wurden von Tag zu Tag härter. Maurice schien es, als bestünde sein Körper nur noch aus ständig schmerzenden Muskeln und Sehnen. Seine Hände waren schwielig, als wären sie aus Leder, und seine Kleidung war bereits zu kurz, da er unaufhörlich in die Höhe schoss. Mit dem Sommer hatte er sogar Meilyr überholt, der bisher immer der größte von allen gewesen war. Auch der ein Jahr ältere de Clare musste zu ihm aufblicken.

Maurice' Haut war ebenfalls anzusehen, wie viel Zeit er im Freien verbrachte, und sein honigfarbenes Haar war im Sommer strohgelb geworden. Es reichte ihm bis zur Schulter, denn Maurice weigerte sich, es, wie unter Normannen üblich, kurz zu scheren. Außerdem ließ er sich auch voller Stolz die ersten goldenen Anzeichen eines Bartes stehen. Die Damen, allen voran Lady Maria, schalten ihn häufig deswegen. Er würde aussehen wie ein Engländer – ein barbarischer Angelsachse –, sagten sie, doch genau deshalb tat er es ja auch. Er war kein Normanne, und die Flamen standen den Angelsachsen in ihrer Kultur sehr viel näher. Auch Maurice' Sprache der Kindheit war Englisch gewesen. Die Engländer behaupteten zwar, die Flamen sprächen mit fürchterlichem Dialekt, doch dank Maurice' angelsächsischer Amme war dieser bei ihm nie so stark ausgeprägt gewesen. Als zukünftiger Herr einer Burg musste er unter normannischer Herrschaft dann auch ihre Sprache erlernen, und nach all den Jahren in Pembroke fürchtete er manchmal schon, tatsächlich seine Wurzeln verloren zu haben und bereits zu einem Normannen geworden zu sein. Er sehnte sich häufig nach der flämischen Siedlung Rhos, wo er unter seinesgleichen wäre, und er vermisste die Burg seines Vaters Prendergast, die er mit sieben Jahren verlassen hatte. Eines Tages würde Maurice diese erben und dann seine eigenen Knappen schikanieren.

»Du bist der Nächste, Griffin!« Einer der Pagen stellte den umgestoßenen Eimer wieder auf und trat schnell zurück, als Griffin antrabte, um das Wunder zu vollbringen.

Die jüngeren Knaben verbrachten ihre wenige Freizeit häufig am Übungsplatz, wo sie die davontrottenden Pferde zurückführten oder einfach nur voller Vorfreude auf ihre eigene Ausbildung zusahen. Sie würden bald herausfinden, wie angenehm die Zeit als Page war.

Abende ohne Essen gehörten dazu, denn selbst als Griffin den halben Parcours bewältigt hatte, glaubte Maurice nicht, dass sie heute noch ihre Mägen füllen würden. Er hatte sich bereits damit abgefunden. Umso überraschter war er, als Griffin doch tatsächlich den letzten Eimer umrundete und einen Jubelschrei ausstieß.

»Mach das nach, Maurice!«, rief er, doch er hatte kaum ausgesprochen, als ein ferner Schrei vom Fluss heraufdrang.

Im nächsten Moment brüllte einer der Wachen von der Palisade: »Es ist Raymond! Er ertrinkt!«

Einen Augenblick lang standen alle da wie erstarrt, ihre vor Anstrengung erhitzten Gesichter verloren jede Farbe. Dann geschah alles sehr schnell. Mit aller Kraft zerrte Maurice an seinen Fesseln, während der bereits befreite de Clare die Fersen in die Flanken seines Pferdes schlug und im gestreckten Galopp über den Hof und durchs Torhaus hinauspreschte. Die umstehenden Pagen, Knechte und Wachen hatten gerade noch Zeit, um zur Seite zu springen.

»Komm sofort zurück!« Der Fechtmeister kletterte vom Strohhaufen und fuchtelte wild mit der Peitsche, doch de Clare ignorierte ihn. So packte er Meilyr und zog ihn aus dem Sattel. »Schnell«, keuchte er und verpasste seinem Vetter einen Stoß in den Rücken. »Hol meinen Vater. Los!«

Meilyr zögerte keine Sekunde. Seine Hände waren immer noch auf dem Rücken zusammengebunden, doch er lief wie der Wind. Maurice befreite sich indessen endlich aus dem straffen Seil um seine Handgelenke und ließ sein Pferd angaloppieren, um de Clare zu Hilfe zu eilen.

»Schneid mir die Fesseln durch!«, rief Griffin, aber Maurice hielt nicht an. Dafür war keine Zeit, und es waren genügend Pagen in der Nähe, die ihm helfen konnten. »Er ist mein Bruder, schneid mich los!«, hörte er ihn noch zornerfüllt rufen, ehe er über die Brücke preschte und das Pferd quer durchs Dorf zu den Klippen trieb. Er hielt sich nahe an der steil abfallenden Kante und ritt schließlich zur braunen Suppe des Flusses hinunter. De Clares Schimmel graste an der Stelle, wo sie ihre Bogenübungen abhielten, doch sein Freund war nirgends zu sehen.

Das Gefühl nahenden Unheils lag in der Luft. Die Ebbe hatte den Fluss in einen wirbelnden Strom verwandelt und zog ihn zurück in den Milford Haven, bis nichts als Sandbänke mit kleinen Wasserrinnsalen übrigbleiben würden. In dieser Strömung konnte niemand überleben, wo war also de Clare?

Mit wild klopfendem Herzen sah Maurice sich um, doch der Helm beeinträchtigte seine Sicht. Kurzerhand warf er ihn weg. Das Ufer war schmal, nur ein Streifen, auf dem sich dorniges Gewächs breitmachte und die Klippen zur Burg hinaufschlängelte.

Plötzlich entdeckte Maurice de Clare zwischen den Bäumen, die weiter vorne an der Böschung wuchsen. Er rannte geradewegs zum Fluss. Weiter vorne, im Wasser zwischen den Wellen, erkannte Maurice dann auch den goldenen Schopf Raymonds. Noch befand der Junge sich in einem langsam fließenden Teil des Gewässers, aber er hatte es irgendwie geschafft, weit in die Mitte hin abgetrieben zu werden. Mit den Armen wild um sich schlagend wurde er vom Fluss allmählich davongespült, dabei ging er immer wieder unter. In all seiner Verzweiflung schrie er um Hilfe, doch das Wasser erstickte seine Rufe. Er würde nicht mehr lange durchhalten.

Maurice presste die Schenkel zusammen, um sein Pferd anzutreiben, als plötzlich zwei andere Reiter an ihm vorbeipreschten.

»Halt, Richard!« Der Constable sprang genauso wie sein Sohn, der Fechtmeister, aus dem Sattel. Maurice folgte knapp dahinter und lief ebenso zum Fluss, wo de Clare atemlos stehen blieb und sich nach der Familie des Ertrinkenden umdrehte.

»Er braucht Hilfe«, stieß er hervor, doch der Constable packte ihn am Arm und riss ihn vom Wasser weg.

»Bist du des Wahnsinns?«, brüllte er mit sich fast überschlagender Stimme. »Du wirst ertrinken!«

»Euer Sohn ertrinkt!« Fassungslosigkeit stand in de Clares Gesicht, und Maurice stellte mit Schrecken fest, dass Raymond in schnelleres Gewässer trieb. Seine Schreie waren kaum noch zu hören.

Weder der Constable noch der Fechtmeister würden ihn retten können. Beide trugen ihre Ringpanzer. Der eine war eben erst von einem Erkundungsritt mit ein paar seiner Männer zurückgekehrt, der andere trug die Rüstung beim Unterricht. Maurice selbst konnte nicht schwimmen, und ein lähmendes Gefühl der Hilflosigkeit ergriff ihn.

Auch er blickte entsetzt zum Constable und konnte nicht glauben, dass dieser seinen zwölfjährigen Sohn sterben lassen wollte. Anscheinend hatte er mehr Angst, dass dem Sohn seines mächtigen Herren etwas geschah. De Clare schien denselben Gedanken zu haben, denn er riss sich so unerwartet und mit solcher Kraft los, dass der Constable ihn nicht mehr zu fassen bekam. Ohne zu zögern, lief der Sohn des Earls zum Ufer und sprang ins Wasser.

»Komm sofort zurück!«, brüllte der Constable, aber de Clare schwamm bereits mit schnellen Schwimmzügen dem Ertrinkenden hinterher.

Maurice war so erstarrt, dass ihn der plötzliche Schlag in den Rücken beinahe das Gleichgewicht verlieren ließ.

»Hol ihn da raus«, keuchte der Constable totenblass. »Schnell! Gnade uns Gott, wenn ihm etwas zustößt.«

Einen Augenblick lang wusste Maurice nicht, was er tun sollte, er wollte dem Constable sagen, dass er nicht schwimmen konnte, doch sein Körper handelte wie von selbst.

Ohne weitere wertvolle Zeit zu vergeuden, drehte er um, schwang sich zurück in den Sattel und preschte los. Der Kies spritzte unter den Hufen seines Pferdes auf, als er den beiden Jungen nachgaloppierte und die Landspitze, auf der die Burg thronte, umrundete. Hinter sich hörte er ein oder zwei weitere Pferde. Vermutlich waren es Griffin und Meilyr, doch Maurice hatte keine Zeit, sich umzudrehen. Er sah, dass de Clare den Jungen tatsächlich erreicht hatte und ihn jetzt in seichteres Wasser zu ziehen versuchte, bevor die Flussschleife sie auf direktem Weg in den Milford Haven zog. Doch es gelang ihm nicht. Sein feuerroter Schopf verschwand immer wieder zwischen den Wellen, und Maurice meinte vor Entsetzen zu ersticken, als er das Ufer nach einer Stelle absuchte, wo er den beiden helfen konnte. Wenn er sie nicht bald erwischte, wären sie verloren, denn der Fluss führte in eine andere Richtung als der beschreitbare Weg.

Raymond war ein schwerer, dicker Junge, zwei Jahre jünger, aber beinahe so groß wie die Knappen. Daher nannten sie ihn auch alle Raymond *le Gros*, was ihm jetzt zum Verhängnis zu werden drohte. Sein wildes Strampeln machte es de Clare fast unmöglich, sich über Wasser zu halten.

»Halt still, Raymond!«, rief Maurice, auch wenn er wenig Hoffnung hatte, dass der Junge ihn von hier aus hören konnte. Doch seine Angst mischte sich mit Zorn. Was hatte dieser Tölpel hier unten überhaupt zu suchen gehabt?

Mit Schenkeln und Zungenschnalzen trieb er sein Pferd bis

zur anderen Seite des Burghügels, von wo ein zweiter Flussarm herführte. Als er erkannte, dass das Wasser dort ruhiger und bereits sehr seicht war, gab er seinem Wallach erleichtert die Sporen. Ohne lange nachzudenken, ritt er durch die Furt zur anderen Uferseite, sodass er de Clare und Raymond weiterhin folgen konnte. Neben Büschen, Sträuchern und weiteren wild verzweigten Gewächsen galoppierte er erneut an und überholte die beiden, ehe sie die Stelle erreichten, wo das Ufer zur Mitte des Flussbetts hin flach abfiel. Hier war das Wasser seicht genug, eine gewaltige Weide beugte sich darüber und berührte mit ihren Zweigen die schäumende Oberfläche. Maurice trieb sein Pferd direkt ins eisige Nass und ließ sich von glitzernden Perlen einhüllen. Er ritt so weit vorwärts, bis das Wasser seine Füße berührte, dann schwang er sich aus dem Sattel und landete mit einem Platsch in der Kälte.

Einen Moment lang verschlug es ihm den Atem. Sein Brustkorb schien sich zusammenzuziehen und seine Lungen zu zerquetschen. Die gepolsterte Kleidung, die ihn vor den Schwertschlägen hatte schützen sollen, sog sich augenblicklich voll und machte es ihm beinahe unmöglich, sich zu bewegen. Wie konnte de Clare noch immer schwimmen? Er musste hier raus.

Zudem war der Gezeitensog stärker, als Maurice an dieser friedlich erscheinenden Stelle angenommen hatte. Er riss ihn fast von den Beinen.

Du gehst drauf, hörte er eine gehässige Stimme in seinem Inneren, als er dem Pferd einen Klaps aufs Hinterteil gab, damit es zurück ins Trockene lief. Und das alles wegen Griffins einfältigem, kleinem Bruder. So schnell Maurice konnte, watete er weiter in die Mitte und sah auch schon de Clare und Raymond, die auf ihn zugeschwemmt wurden.

»Hierher!«, rief er gegen die Strömung ankämpfend und sah selbst aus dieser Entfernung die Erleichterung im Gesicht seines Freundes, das durch blankes Entsetzen entstellt war.

Maurice umklammerte einen der Weidenzweige und stemmte sich gegen die Strömung. Das Wasser stand ihm im wahrsten Sinne des Wortes bis zum Hals. Er streckte seine Hand aus und lehnte sich weiter nach vorn, während de Clare mit einem Arm zu ihm zu schwimmen versuchte und mit dem anderen Raymond festhielt. Doch der Junge wehrte sich so heftig gegen den Griff seines Retters, dass er ihn immer wieder untergehen ließ. Ein ums andere Mal versuchte Raymond, sich auf de Clares Schultern zu stützen, und drückte ihn damit unter Wasser.

Der Junge brachte sie noch alle um, dachte Maurice entsetzt. »Lass ihn los!«, rief er verzweifelt. »Du ersäufst ihn, du gottverfluchter Idiot!«

Raymond hörte ihn nicht. Er schrie lediglich in solch grauenhaftem Ton, dass Maurice dankbar für das Tosen des Wassers war. »Du schaffst das, de Clare!« Maurice streckte sich noch weiter, die beiden hatten ihn beinahe erreicht, als ein Knacken zu hören war. Der Zweig, an dem er sich festgehalten hatte, brach, und Maurice fiel mit einem erstickten Luftschnappen nach vorn. Das war's, dachte er, als sein Gesicht ins eisige Wasser eintauchte und ihm das Gefühl gab, sein Kopf müsse zerspringen. Doch dann packte ihn plötzlich jemand an der Schulter und zog ihn zurück. Prustend kam er hoch, wusste kaum, wie ihm geschah, doch er spürte, dass seine Finger, wie durch ein Wunder, die von de Clare umklammerten. Schnell schloss er seine Hand darum, obwohl er selbst noch nicht richtig stand.

»Halte dich fest!«, keuchte er, und tatsächlich gelang es ihm, de Clares Finger mit starkem Griff zu umklammern. De Clare und Raymond trieben weiter, doch Maurice hielt sie fest, während er selbst von jemand anderem gehalten wurde.

»Hör endlich auf!«, rief er Raymond zu, der sie in seiner Panik immer wieder zurück ins tiefe Wasser riss. »Halt still, oder bei Gott, ich lass dich los!«

Raymonds goldener Lockenkopf fuhr zu ihm herum. Dieselben hellen, beinahe farblosen Augen wie die seines Bruders Griffin starrten ihn aus dem runden Gesicht an. Aber Maurice kümmerte sich wenig um die Bestürzung des Jüngeren. »Zieh mich zurück!«, rief er gegen das Tosen des Flusses nach hinten und stellte erleichtert fest, dass es Meilyrs rettende Hände waren, die ihn um die Mitte packten und rückwärts stemmten. Nur noch wenige schwere Schritte blieben ihnen, bis de Clare endlich auf eigenen Beinen stehen konnte und auch der weinende Raymond sicheren Halt fand.

Außer Atem drehte Maurice sich zu Meilyr um, der ihn spitzbübisch angrinste.

»Wäre schade um dich gewesen, Mann«, sagte dieser und klopfte ihm auf die Schulter. Auch Griffin war bei ihnen und hatte geholfen, sie zu halten, während der Constable und der Fechtmeister gerade am Ufer ankamen.

Zitternd vor Kälte, als würden viele kleine Nadeln in seinem Inneren stecken, und mit schweren Beinen, watete er gemeinsam mit den anderen zurück an Land. Die Miene des Constable war so finster, dass selbst seine üblichen Wutausbrüche dagegen wie Sonnenschein wirkten. Er baute sich vor de Clare auf, der seinen Sohn gerettet hatte, und schlug mit dem Handrücken so schnell zu, dass Maurice die Bewegung kaum wahrzunehmen vermochte.

De Clare fiel durch die Wucht des Schlags ins Kiesbett. Er schien nicht erstaunt über die Behandlung, als er sogleich wieder hochblickte und dem Constable ungerührt in die Augen sah. Anders als Maurice, der nicht fassen konnte, wie Richard für seine heldenhafte Tat belohnt wurde. »Mylord!«, begann er empört, aber der Constable hörte ihn über sein Gebrüll gar nicht.

»Bist du des Wahnsinns, Junge?« Er machte Anstalten, noch einmal zuzuschlagen, Maurice machte einen Schritt vor und wollte ihn aufhalten, als Griffin sich ihm in den Weg stellte.

Er hielt sich zwischen de Clare und seinem Vater – Maurice starrte ihn fassungslos an. Er hätte seine Hand dafür ins Feuer gelegt, dass ehrenhafte Taten, egal wie klein, nicht in Griffins Natur lagen.

»De Clare hat Raymond gerettet«, stieß er zitternd aus und deutete auf das am Boden zusammengerollte Bündel nasser Kleider. »Deinen Sohn, Vater.«

»Ich habe genug Söhne«, knurrte der Constable, ohne seinen Jüngsten eines Blickes zu würdigen. »Der Earl hat nur den einen! Wenn Raymond ersäuft, habe ich immer noch über eine Handvoll aufmüpfiger Bälger, die glauben, mir widersprechen zu können. Wäre Maurice nicht gewesen, wäre der zukünftige Earl of Pembroke jetzt tot!« Er hob noch einmal die Hand, und im nächsten Moment landete Griffin neben de Clare auf dem Boden. Anders als de Clare sah Griffin aber nicht hasserfüllt zu seinem Vater hoch, sondern zu Maurice, was ihn wiederum überhaupt nicht überraschte.

»Mylord! De Clare, Meilyr und Griffin haben …«, begann er, um die Situation klarzustellen, dass nicht er für die Rettung verantwortlich war, aber der Constable fuhr sofort zu ihm herum. Maurice erwartete, ebenfalls im Kies zu landen, aber der Constable zeigte nur mit dem Finger auf ihn.

»Du hast getan, was ich von dir verlangt habe, Maurice, und unseren Kopf aus der Schlinge gezogen. Ohne dich wäre ich nun in Teufels Küche!«

Mit diesen Worten wandte sich der Constable wortlos ab und ließ Maurice mit einem Lob stehen, das er weder verdiente noch wollte. Der Fechtmeister hingegen hielt sich tunlichst raus.

Ein Feigling, dachte Maurice, denn es war ebenso Odos Bruder gewesen, der beinahe ertrunken wäre. Und es war sein anderer Bruder, der jetzt blutend am Boden lag.

»Sieh zu, dass du dir etwas Trockenes anziehst«, knurrte der

Constable noch in de Clares Richtung zurück, dann packte er Raymond am Hemdsaum im Nacken und zog ihn auf die Beine. Raymond schlug sofort die Arme über dem Kopf zusammen, um sich zu schützen, doch der Constable schleifte ihn lediglich zu den Pferden und ritt sogleich mit ihm und Odo davon. Ihm stand wohl Schlimmeres bevor als ein Schlag ins Gesicht. Und auch wenn Maurice Mitleid empfinden sollte, dachte er nur daran, dass sein Freund seinetwegen fast sein Leben verloren hatte. Geschwächt blieben sie am Ufer zurück, und Maurice half de Clare erst mal wieder auf die Beine.

»Danke«, brach dann Griffin das Schweigen und streckte dem Retter die Hand entgegen. »Mein kleiner Bruder verdankt dir sein Leben.«

De Clare nickte nur außer Atem und schlug ein.

Maurice gesellte sich zu ihnen, er musste über seinen Schatten springen, auch wenn es ihm nicht gefiel. »Danke, Griffin. Ohne euch wäre ich jämmerlich ersoffen.«

Ein Schnauben entfuhr dem Älteren. »Glaub nur ja nicht, dass ich das für dich getan habe.«

»Natürlich haben wir es für Maurice getan!«, mischte Meilyr sich ein, der zu ihnen kam. »Für ihn und de Clare. Denn um die fette Kröte Raymond wäre es wirklich nicht schade gewesen, wenn er so dumm ist, in den Fluss zu fallen. Er hätte uns alle umbringen können, und es wäre klüger gewesen, ihn einfach absaufen zu lassen.« Er schlenderte an Griffin vorbei, aber der packte ihn an der Kehle, schleuderte ihn herum, und als Meilyr zu Boden ging, stürzte er sich auf ihn.

»Was sagst du da, du Hurensohn?«

Die Faust prallte in Meilyrs Gesicht, mit einer Stärke, die den Kopf des Jüngeren zur Seite schnellen ließ.

Doch der quittierte dies nur mit einem blutigen Grinsen.

»Meine Großmutter war die Hure, ebenso die deine«, sagte er völlig unbeeindruckt von dem wutschnaubenden Knappen, der rittlings auf ihm saß. Doch noch ehe Griffin erneut zuschlagen konnte, packte Maurice ihn an den Schultern und riss ihn zurück. »Hört auf! Lasst uns lieber sehen, ob wir noch etwas zu essen abbekommen!« Er hielt Griffin am ausgestreckten Arm von sich und ruckte sein Kinn Richtung Pferde, während er erwartungsvoll von einem zum anderen sah.

De Clare war der Erste, der sich regte. »Maurice hat recht«, sagte er mit einer unerwarteten Autorität in der Stimme, die im Angesicht seiner kindlichen Erscheinung beinahe lächerlich wirkte. »Es war ein Unfall, der noch mal glimpflich ausgegangen ist, und niemandem ist geholfen, wenn wir uns hier in der Kälte den Tod holen.«

Griffin warf de Clare einen Blick von der Seite zu, nickte dann aber und stapfte zu seinem Pferd, das artig etwas abseits wartete und an den wenigen Grasbüscheln zwischen dem Kies zupfte. Es schien tatsächlich so, als habe Griffin seinen Groll gegen den Sohn des Earls begraben – zumindest vorerst. Dafür konzentrierte er ihn jetzt wieder allein auf Maurice, aber das war nichts Neues.

»Sehen wir zu, dass wir hier wegkommen«, seufzte er und holte seinen Wallach. Er wollte vom Fluss fort und ins Warme, so wie die anderen auch.

Schweigend ritten sie zurück zur Burg, und als sie durchs Torhaus kamen, lief ihnen schon Lady Alice bedenklich schnell für ihren Zustand entgegen.

»Oh Gott, ich danke dir.« Sie packte de Clare bei den Schultern und küsste ihn auf die Stirn. Dann ließ sie ihren Blick hektisch über die anderen Jungen schweifen, als fürchtete sie, jemand wäre nicht mehr ganz zurückgekommen. »Meine Schwester kümmert sich um Raymond«, erklärte sie und unterzog de Clare noch einmal einer genauen Prüfung. »Ist auch wirklich niemand verletzt?« Sie trat zur Seite und kam mit ausgestreckten Armen auf Maurice zu.

In dem Moment, in dem sie sich von de Clare abwandte, ertönte plötzlich ein schriller Schrei.

Alle fuhren herum, und Maurice' Kehle zog sich zusammen, als er Niah vor der Halle stehen sah. Den ganzen Sommer über hatte er versucht, sie zu vergessen, aber das war ihm mehr schlecht als recht gelungen. Umso mehr er ihr aus dem Weg zu gehen versucht hatte, desto hartnäckiger hatte sie seine Gedanken heimgesucht. Dabei hatte sie ihn nie wieder so sonderbar angesehen, es schien eher, als hätte sie ihn vergessen.

Doch jetzt stand sie da, so unheimlich wie bei ihrer ersten Begegnung, obwohl jener Moment harmlos zu diesem erschien. Aus weit aufgerissenen Augen starrte sie de Clare an und zeigte zitternd auf ihn.

»Niah?« Lady Alice bemühte sich offensichtlich, nicht ängstlich zu klingen, doch spätestens, als die junge Magd auf die Knie fiel und wie wild zu schreien begann, hatten alle Angst. Immer noch starrte sie de Clare an, kreischte und ballte die Hände neben sich zu Fäusten, während sich immer mehr Neugierige in den Hof begaben.

Lady Alice stürmte vor, und Maurice folgte ihr instinktiv. Alle standen im Kreis um das schreiende Mädchen herum, und keiner wagte es, sich ihm zu nähern.

Lächerlich, dachte Maurice und ging neben Niah in die Hocke. Der Drang, sie zu beschützen und vor allen abzuschirmen, war beinahe übermächtig. Auch ihm war sie oft unheimlich erschienen, aber in diesem Moment schien sie hilflos und zu Tode verängstigt.

Die anderen nahm er nur noch am Rande wahr, wie sie um ihn herumstanden und erschrocken flüsterten, er konzentrierte sich nur auf Niah. Plötzlich war sie keine verzauberte Gestalt in der Ferne mehr, sondern ein Mädchen aus Fleisch und Blut, das Qualen erlitt. Unglaublich zart und fragil, als würde der nächste Windstoß sie wie ein Herbstblatt davonreißen.

Er legte behutsam seine Hand auf ihre zitternde Schulter und versuchte, in ihr Gesicht zu blicken. Doch sie krümmte sich wie unter Schmerzen, schaukelte vor und zurück und starrte zu Boden. Das schwarze Haar klebte im tränennassen Gesicht, während sie unverständliche Worte murmelte. Maurice meinte, seinen Namen zu hören, und blickte zu Lady Alice auf. »Meint sie vielleicht Euren Gemahl, Madame?«, fragte er, da Lord Llansteffan ebenfalls Maurice hieß, doch die Dame zuckte mit den Schultern.

»Das wäre möglich. Aber ich weiß nicht, was sie uns sagen will.«

Oder sie meint mich, fuhr es ihm durch den Kopf, doch das war eher unwahrscheinlich. Wieso sollte sie seinen Namen sagen? Sie hatten nie auch nur ein Wort miteinander gewechselt.

»Niah«, flüsterte er und griff sacht unter ihr Kinn, damit sie ihn ansehen musste, doch sie riss den Kopf zurück und schaukelte weiterhin kniend hin und her.

Das merkwürdige Schauspiel war auch den anderen Rittern und Wachen nicht entgangen, genauso wenig Vater Simon, der aus der Kapelle gerannt kam. Jetzt standen alle um Maurice und Niah herum, die dort am Boden kauerten. Manche bekreuzigten sich, andere murmelten, sie wäre besessen.

»Teufelsweib«, knurrte Griffin hinter ihm, was Maurice zusammenzucken ließ, doch er sperrte die Stimmen der anderen einfach aus. Er ergriff Niah bei den Schultern, zog sie an sich und drückte sie an seine nasse Brust. Mit aller Kraft hielt er sie fest und murmelte beschwörende Worte. »Fürchte dich nicht, Kleine«, flüsterte er und streichelte über ihren Rücken, »beruhige dich, du machst den Menschen hier Angst – und dann werden sie unberechenbar.«

Sie wehrte sich nur noch kurz, ehe ihr Körper in seinen Armen erschlaffte und ein herzzerreißendes Wimmern aus ihrer Kehle drang.

»Ich habe es immer gewusst«, hörte er vertraute Stimmen. »Schaut sie euch an. Die war mir schon immer unheimlich.«

Maurice strich Niah die Haare aus dem Gesicht. Sie starrte immer noch ins Leere, klammerte sich mit winzigen, bebenden Händen wie eine Ertrinkende an sein Gewand und wirkte der Welt nicht zugehörig. Ihr Gesicht war schmal, der Mund etwas zu groß und die Lippen zu voll. Eine kleine Stupsnase ließ sie noch kindlicher wirken.

»Weißt du, wer ich bin?«, flüsterte er knapp über ihrem Gesicht, um sie beide vor den lauschenden Ohren der anderen zu schützen. Sein klitschnasses Haar, das sich aus der Schnur gelöst hatte und jetzt nach vorn fiel, schirmte sie vor den anderen ab. »Ich bin Maurice. Du hast meinen Namen gesagt.«

Das Wimmern klang ab, und ihre Lippen bewegten sich, während sie immer noch leicht vor und zurück schaukelte.

Maurice beugte sich noch näher zu ihr und konzentrierte sich. Es waren walisische Worte, die sie murmelte. Es schien ihm, als wiederholten sie sich immer wieder, doch er verstand sie nicht. Sie starrte ihn an, und Maurice stellte verwundert fest, dass ihre Augen blau waren. Bislang hatten sie auf ihn immer fast schwarz gewirkt, das Mädchen mit den dunklen Augen, doch hier und jetzt im Tageslicht zeigte sich ein blaues Leuchten, wie der Himmel in tiefster Nacht.

»Was hat diese walisische Heidin diesmal gemacht?«

Maurice hob den Kopf und sah Lady Maria an die Gruppe herantreten. Mit den Händen in die Seiten gestemmt blieb sie stehen und schaute auf ihn herab.

Eine bissige Antwort lag ihm auf der Zunge, doch Lady Alice kam ihm zuvor.

»Es ist alles in Ordnung, Maria«, versuchte sie ihre Schwester zu beruhigen. »Sie hat sich erschreckt, das ist alles. Die Kinder wären beinahe ertrunken, und sie machte sich Sorgen. Wie geht es Raymond?«

»Nimm sie nicht in Schutz. Ihr Geschrei konnte man bis hinauf in die Gemächer hören. Hatte sie wieder einen dieser Anfälle?«

»Es geht ihr gut«, mischte Maurice sich ein und erhob sich. Er hielt Niah an der Hand und zog sie mit auf die Beine. Mit gesenktem Kopf stand sie da und zitterte – das war nicht ungewöhnlich. Sie alle zitterten in ihren nassen Sachen, auch wenn er das im Moment kaum spürte. Trotzdem tat es ihm leid, Niah beben zu spüren, und so legte er seinen Arm um sie und hielt sie weiterhin nah bei sich. Was auch immer mit ihr geschehen war – es war nicht der Teufel, der in ihr steckte. Weshalb er sich dessen so sicher war, wusste er nicht, doch unerklärlicherweise machten ihn die Verleumdungen der anderen rasend. Sie strahlte eher etwas Feenhaftes als etwas Dunkles auf ihn aus. Und sie war doch noch ein Kind.

»Ich werde nie begreifen, was du dir dabei gedacht hast, dieses Waliserkind aufzunehmen«, zeterte Lady Maria indessen weiter und deutete auf den gewölbten Leib ihrer Schwester. »Dass du selbst jetzt noch eine wie sie in deine Nähe lässt.«

»Sie ist ein einfaches Mädchen, Maria.«

»Sie ist mit dem Teufel im Bunde!«

Der Kopf des Mädchens fuhr hoch. Unter gesenkten Lidern hervor starrte Niah die Frau des Constable mit ihren Mitternachtsaugen an, und Maurice war auf alles gefasst. Er erwartete Beteuerungen, sie sei keine Dienerin Satans, selbst eine Beschimpfung hätte er ihr zugetraut, doch als Niah plötzlich den Kopf in den Nacken legte und die Dame anspuckte, nahm es ihm den Atem.

Er war zu perplex, um zu reagieren, als sie sich von ihm losriss, umdrehte und Richtung Halle davonstürmte. Auch die anderen rührten sich ein paar Augenblicke lang nicht, ehe Lady Maria einen Wutanfall bekam, der ihrem Gemahl Konkurrenz machte.

»Satansbrut!« Ihre Stimme hallte wie die einer Krähe über den Hof. »Habt ihr das gesehen? Sie ist mit dem Teufel im Bunde! Dem Teufel! Niemand kann das mehr abstreiten! Sie ist eine Gefahr für uns alle! Vermutlich haben die Waliser sie uns ja gesandt, damit sie uns ausspioniert und Unfrieden stiftet. Der Teufel unterstützt sie dabei, steht er doch auf der Seite aller Waliser! Und so eine bringst du in unser Heim, Alice? So eine lässt du in unserem Gemach schlafen, wo sie uns verzaubert?« Die Dame baute sich vor ihrer hochschwangeren Schwester auf und stieß ihr einen Finger gegen die Brust. »Dieses Gör muss von hier verschwinden, Alice, und wenn du sie nicht wegschickst, musst du eben selbst gehen. In Llansteffan kannst du sie dir halten, aber nicht hier! Nicht hier!«

»Maria …« Lady Alice streckte die Hand nach ihrer Schwester aus. Von einem Moment zum anderen wurde sie blass wie Schnee.

»Madame, Ihr solltet Euch beruhigen«, sagte Maurice fast schon drohend in die Stille hinein an Lady Maria gewandt, was Meilyr an seiner Seite hörbar nach Luft schnappen ließ. »Niah ist verängstigt. Wäre ich ein Mädchen in ihrem Alter, hätte ich mich bei Eurem Anblick wohl auch schreiend auf den Boden geschmissen.«

Lady Maria riss die Hand hoch, aber Maurice stand ungerührt da. Einen Schlag dieses kleinen Persönchens könnte er ohne Weiteres wegstecken, aber ehe sie dazu kam, eilte de Clare ihm zur Seite und bewies einmal mehr, dass er ein wahrer Freund war. Mit erschöpfter Stimme unterbrach er Lady Marias aufkommende Schimpftirade.

»Lady Alice«, sagte er und ignorierte Lady Maria bis auf einen vorwurfsvollen Blick gänzlich. »Darf ich Euch zu Eurem Gemach begleiten? Ihr seid blass, Madame.«

Lady Alice sah an sich hinab, berührte wohl unbewusst ihren gewölbten Bauch und nickte schließlich. »Ich danke dir,

Richard«, flüsterte sie und reichte ihm ihren Arm. Dabei zwinkerte sie Maurice dankbar zu. Sie hatte offenbar durchschaut, dass er Lady Marias Wut von Niah auf sich hatte lenken wollen.

Er war nicht blind. Niahs Zustand war furchteinflößend gewesen, niemals zuvor hatte er solche Angst in den Augen eines Menschen gesehen, und er konnte nur hoffen, dass Lady Alice und Lord Llansteffan den Constable und seine Frau wieder zur Vernunft brachten.

Weiße Atemwolken stoben aus den Nüstern der Pferde, während Maurice mit den anderen Knappen und dem Fechtmeister auf den Nachzügler wartete. Es sah de Clare nicht ähnlich, zu spät zum Unterricht zu kommen.

Bei Sonnenaufgang, als sie ihre Kammer verlassen hatten, war er noch bei ihnen gewesen und hatte versichert, er komme gleich nach. Das war jetzt schon fast eine Stunde her, und Odo wurde langsam ungeduldig.

»Meilyr«, knurrte er schließlich in die Stille und ließ die umstehenden Knappen mit dieser unerwarteten Regung zusammenzucken. »Sieh nach, wo dieser faule Hund bleibt, und schleif ihn her. Sag ihm ruhig, dass er sich freuen darf.«

»Ich begleite ihn«, bot Maurice schnell an. Er machte sich Sorgen, denn de Clare hatte nicht besonders gut ausgesehen, als sie ihn vorhin verlassen hatten. Auch hatte er ein schlechtes Gewissen, da er nur noch Niah im Kopf gehabt hatte.

Zu seiner Erleichterung nickte der Fechtmeister knapp, und so übergab Maurice sein Pferd und lief gemeinsam mit Meilyr über den Hof zu den Pferdeställen. »Ist Richard de Clare hier vorbeigekommen?«, fragte er einen Stallburschen, der ihren Weg kreuzte, doch der schüttelte den Kopf und deutete mit grimmiger Miene nach oben.

So schnell sie konnten, stürmten sie die steile Treppe hoch

und traten in die vergleichsweise warme Kammer, wo die Knappen ihre Schlafstätten hatten. Große, mit Stroh gefüllte Wollsäcke, die entlang der Wände aufgereiht lagen, dienten als Lager. Die Fensterluke unter dem Giebel war von einem Stück Stoff verschlossen, und die Wärme der Pferde strömte zu ihnen herauf, was den Heuboden zu einem angenehmen Schlafplatz machte.

Doch jetzt sah Maurice schon auf den ersten Blick, dass etwas nicht in Ordnung war. Die hochschwangere Lady Alice saß neben de Clares Schlafstätte auf einem Schemel und hielt die Hand des Knappen, während dieser seinen Kopf unruhig hin und her warf. Als Maurice näher trat, sah er seine Befürchtung bestätigt: De Clare hatte Fieber. Das rote Haar klebte ihm auf der schweißnassen Stirn, seine Lider zuckten unruhig, und sein Gesicht war ungewöhnlich gerötet.

Maurice war sich der Gefahr bewusst gewesen, im Spätherbst in den Fluss zu springen, doch dass es ausgerechnet de Clare getroffen hatte, machte ihn sprachlos vor Fassungslosigkeit und hilfloser Wut. Er selbst war noch lange in seinem triefenden Gewand umhergelaufen, um Niah zu suchen. Er hatte die Kälte gar nicht gespürt, während de Clare sofort ans Feuer geschickt worden war. Er hätte nicht krank werden dürfen.

»Es ist ganz plötzlich schlimmer geworden«, murmelte Lady Alice und strich dem Knappen das nasse Haar zurück. »Vorhin hat er noch gesprochen, aber jetzt ...«

Maurice trat zu ihr. »Madame, Ihr solltet nicht hier sein. Ich hole Lady Maria.«

»Unsinn.« Sie sah nicht auf. »Richard hat sich das Fieber im Fluss geholt. Er wird mich nicht anstecken.« Ein Schluchzen entrang sich ihr. »Alle sind gesund. Raymond, Griffin, ihr beide ... Ausgerechnet Richard wird von diesem Fieber heimgesucht, wo er sich doch so selbstlos geopfert hat. Wieso bestraft Gott ausgerechnet ihn?«

Eine gute Frage, dachte Maurice grimmig und wünschte, es hätte Raymond getroffen. Er wollte gar nicht wissen, was Vater Simon zu solchen Gedankengängen gesagt hätte, doch er konnte nichts dagegen tun. Sein Freund, der besser als alle anderen war und stets nur Frieden wünschte, lag hier und litt. Dieser Anblick schränkte seine christliche Nächstenliebe erheblich ein. Sie reichte nicht mehr für Raymond.

»Versteht mich nicht falsch«, schniefte Lady Alice und sah kurz zu ihnen auf. »Ich wünsche niemandem, krank zu werden, aber Richard ...«

»De Clare ist stark wie ein Ochse«, ließ sich nun Meilyr vernehmen. »Der packt das schon.«

Lady Alice nickte. »Gott gebe, dass du recht behältst, mein lieber Meilyr.«

»Hat der Constable nach dem Earl geschickt?« Maurice blickte auf das gerötete Gesicht seines Freundes und schluckte gegen die Enge in seiner Kehle. Meilyr lag falsch. De Clare war nicht stark wie ein Ochse.

Lady Alice schüttelte den Kopf. »Er möchte beobachten, wie sich Richards Zustand entwickelt. Es wäre möglich, dass das Fieber so schnell weggeht, wie es gekommen ist. Er will ihn nicht unnötig beunruhigen.« Sie lächelte ermutigend, aber die Sorge stand deutlich in ihren Augen. »Aber jetzt geht, bevor euch mein Neffe noch die Ohren lang zieht.«

Meilyr und Maurice tauschten einen beklommenen Blick, machten sich aber auf den Weg zurück.

Es war Maurice unmöglich, sich auf den Unterricht zu konzentrieren. Er fürchtete um das Leben eines Freundes, der ihm in den letzten Monaten eng ans Herz gewachsen war. Vielleicht lag es daran, dass de Clare ebenfalls ein Außenseiter unter den Geraldines war. Einsamkeit schien zu verbinden.

Erst jetzt verstand Maurice die Reaktion des Constable vom Vortag richtig. Richard war der einzige Sohn und Erbe des

Earls of Pembroke. Was würde der Graf mit dem Constable und seiner Familie machen, wenn seinem Sohn in deren Obhut ein Leid widerfuhr?

Es überraschte Maurice nicht, dass er an diesem Tag alle Pferde versorgen musste. Er war unkonzentriert, und der Fechtmeister hatte nicht nur einmal seine Anordnungen wiederholen müssen. Doch er erledigte seine Arbeit im Stall gewissenhaft und blieb danach der Halle und dem Abendessen fern. Stattdessen stieg er die Treppe zum Heuboden hoch und besuchte de Clare, der sich immer noch in seinem unruhigen Schlaf befand. Lady Alice saß erneut bei ihm auf ihrem Schemel und betupfte de Clares Stirn mit einem nassen Tuch.

Schweigend trat er zu ihr und betrachtete besorgt seinen Freund. »Madame.« Er nickte ihr kurz zu, verzichtete aber auf Höflichkeitsfloskeln.

De Clare hatte auf den ersten Blick immer schon schwach und kränklich, ja, gar unschuldig gewirkt, so als könne der kleinste Kältehauch ihn dahinraffen. Dabei wusste Maurice, dass sein Freund es faustdick hinter den Ohren hatte und in ihm eine Stärke schlummerte, die sie alle schon bei ihren Übungen kennengelernt hatten. Doch jetzt schien er dem Tod tatsächlich näher als dem Leben.

Maurice wusste nicht, wie lange er reglos dastand, ehe Lady Alice das Schweigen brach. »Mein Schwager, der Constable, ist sehr beunruhigt«, sagte sie, ohne zu ihm aufzusehen. »Er ist für ihn verantwortlich.«

»Er sollte nach dem Earl schicken.«

Doch Lady Alice schüttelte wie schon am Morgen den von einem weißen Schleier bedeckten Kopf. »Der Earl plant, eine Burg in Dinweiler zu bauen, um die Waliser unter Kontrolle zu halten. Er wäre sehr ungehalten, wenn er zu Baubeginn von dort weggeholt werden würde. Und dann ist da auch noch der König, der nie lange ohne ihn auskommt.«

»Aber Richard ist sein Sohn«, erwiderte Maurice empört. »Der König hat genug Männer um sich. Oder haben Matildas Truppen ihn wieder gefangen genommen?«

»Nicht, dass ich wüsste.«

Besser wär's, dachte Maurice bitter, denn dann wäre wenigstens der Krieg vorbei. Als König Stephen bei Lincoln in Gefangenschaft geraten war, hatte ganz England in der Hoffnung auf Frieden aufgeatmet. Doch die Gemahlin des Königs hatte den Krieg weitergeführt und schon bald Matildas Halbbruder und stärksten Unterstützer gefangen genommen. Somit hatte jede Seite eine wichtige Geisel in Händen gehalten, und die vertrackte Situation war mit dem Austausch der Gefangenen und der Fortsetzung des Krieges gelöst worden.

Maurice wusste nicht, auf welcher Seite er stehen und welches Ende er sich wünschen sollte. Blieb nur zu hoffen, dass der Krieg bald zu Ende war und der Earl noch lange lebte. Maurice konnte sich den friedfertigen de Clare nicht vorstellen, wie er all die Intrigen und Machtkämpfe bewältigte, die sein Titel und die damit verbundenen Pflichten mit sich brachten.

Sein Blick fiel auf das verschwitzte Gesicht seines Freundes, und er runzelte besorgt die Stirn. Um der neue Earl of Pembroke zu werden und damit einer der mächtigsten Marcher Lords, musste de Clare *diesen* Kampf erst mal überstehen.

Ein kaum wahrnehmbares Stöhnen an seiner Seite rief ihn aus seinen Gedanken. Erschrocken fuhr er herum und sah auf Lady Alice hinab.

Schweißperlen standen ihr auf der Stirn, und sie hielt ihre Hand auf den gewölbten Bauch gepresst.

»Madame?« Tiefe Unruhe erfüllte ihn, als er neben ihr auf ein Knie ging. »Madame, fehlt Euch etwas? Habt Ihr auch Fieber?«

Lady Alice setzte ein wenig überzeugendes Lächeln auf. »Es ist alles in Ordnung«, presste sie hervor und blickte an sich hinab. »Es waren aufregende Tage, das ist alles.«

»Vielleicht solltet Ihr Euch hinlegen. Ich bleibe hier und wache über ihn.«

»Ich sagte, es geht mir gut, Maurice. Das Kind tritt, hör auf, dich zu sorgen.«

Maurice warf einen misstrauischen Blick auf die Rundung ihres Bauches, bevor er sich erhob und sich wieder auf seinen schlafenden Freund konzentrierte. Er wollte gerade ein Gebet für ihn sprechen, als Lady Alice erneut das Wort an ihn richtete.

»Maurice hofft auf einen Sohn«, sagte sie und lachte unterdrückt auf. »Natürlich. Er will einen Erben. Einen Jungen, dem er den Schwertkampf beibringen kann. Aber ich glaube, es wird ein Mädchen. Niah ist sich sicher.«

Maurice wandte sich ihr wieder zu und versuchte, sich seine Befremdung über dieses Gesprächsthema nicht ansehen zu lassen. »Es wird bestimmt ein Junge«, versuchte er sie zu beruhigen, doch Lady Alice schüttelte den Kopf.

»Wenn es ein Mädchen wird«, fuhr sie fort und sah ihm so eindringlich in die Augen, dass es Maurice schwerfiel, dem Blick standzuhalten, »dann braucht sie einen guten Ehemann, sie braucht …« Ihr Atem beschleunigte sich.

»Madame …«

Ungewohnt herrisch riss sie die Hand hoch. »Ich will sie nicht an einen walisischen Rebellen oder nach Irland verheiraten, um einen Verbündeten zu erkaufen. Sie soll es gut haben. So wie ich.« Ihre Mundwinkel hoben sich zu einem zaghaften Lächeln, während sein Herz immer schneller schlug. »Maurice wird großzügig sein«, fuhr sie drängend fort, »er wird eine anständige Mitgift zahlen. Du bist ein guter Junge, und du wirst später ein großer Ritter werden. Ein feiner Ehemann.«

Seine Beine fühlten sich schwach an. »Madame?«, krächzte er.

»Maurice ist damit einverstanden«, fuhr sie schnell und eindringlich fort, während sie immer noch seinen Blick gefangen hielt. »Er schätzt dich, und er wäre über eine Verbindung unserer Familien sehr froh. Die Geraldines und die Flamen. Vereint in einem Ehebund.« Sie streckte ihm auffordernd die Hand entgegen, die er behutsam ergriff. »Wenn dieses Kind ein Mädchen wird«, sagte sie in feierlichem Tonfall, »wirst du es dann heiraten?«

Eine Truppe von Schlachtrössern schien über ihn hinwegzutrampeln, während er sie aus großen Augen anstarrte. Er konnte nicht glauben, was sie da sagte. Er sollte der Schwiegersohn von Maurice FitzGerald von Llansteffan werden? Einem Mann, den er stets bewundert hatte? Einheiraten in die riesige Sippschaft der Geraldines, zu der er nie gehört hatte?

»Madame ...«, begann er erneut und räusperte sich. Himmelherrgott, er ging doch gerade erst auf seinen fünfzehnten Geburtstag zu! »Diese Entscheidung ...«

»Maurice ist damit einverstanden«, versicherte sie ihm noch einmal. »Er wollte mit deinem Vater sprechen – wenn es so weit ist und es tatsächlich ein Mädchen ist. Aber jetzt ist er nicht hier, und ich will ... Ich weiß nicht, was aus mir werden wird ... Ich will Sicherheit. Ich will wissen, dass mein Mädchen in guten Händen ist, falls ich ...«

Maurice ließ ihre Hand los und strich sich mit dem Unterarm über die Augen. Alles hatte er erwartet, nur das nicht. Eine größere Ehre könnte ihm gar nicht zuteilwerden – ein größeres Glück. Von allen Knappen und Rittern, von allen, die in Frage kämen, hatte Lord Llansteffan ausgerechnet *ihn* auserwählt! Wer war er denn schon? Der Sohn eines flämischen Landritters. Weder besonders wohlhabend noch ruhmreich. Um genau zu sein: Er war ein Niemand. Lord Llansteffans Tochter hätte eine viel bessere Partie machen können. Einen walisischen Prinzen, vielleicht einen normannischen Lord.

»Maurice und dein Vater sind sehr gute Freunde«, fuhr Lady Alice schnell und aufgeregt fort, als müsste sie ihn dazu überreden, wo er doch derjenige sein sollte, der um diese Ehre bat.

»Genauso wie deine Mutter mir vor ihrem Tod eine Freundin war ... Ich möchte dein Versprechen, Maurice. Ich möchte wissen, dass du meiner Tochter ein guter Ehemann sein wirst.«

Die Fassungslosigkeit über diese Ehre fiel von ihm ab, und mit einem Mal fühlte er sich in die Enge gedrängt.

»Gibst du mir das Versprechen, meine Tochter zu heiraten, Maurice? Gibst du mir deinen Eid?«

Maurice schluckte. Niemals zuvor hatte er an eine Hochzeit gedacht. Dieses Ereignis schien ihm so unendlich weit weg, und schon gar nicht hatte er auf eine solch glückverheißende Verbindung zu hoffen gewagt. Jetzt wurde ihm solch eine geboten, und trotzdem wollte er nur von hier verschwinden. Ein Eid war etwas Heiliges, niemand leistete ihn leichtfertig, und so stand auch Maurice einige Augenblicke regungslos da. Er fragte sich, ob er jemals zuvor in seinem Leben eine solch folgenschwere Entscheidung hatte treffen müssen.

»Maurice!« Schweißperlen bildeten sich auf der Stirn der Dame, und sein Herz pochte unruhig in seiner Brust. Er beschloss, nicht länger nachzudenken, und ging stattdessen vor Lady Alice auf ein Knie nieder und sah ihr in die Augen.

»Ich schwöre es«, sagte er, um eine feste Stimme bemüht, und hörte sich über das Rauschen seines Blutes kaum selbst. »Ich schwöre, dass ich Euer Kind, das Ihr unter dem Herzen tragt, stets beschützen werde, und wenn es ein Mädchen ist, werde ich es heiraten. Ich schwöre, dass ich es mit dem ihr gebührenden Respekt und mit ...« Ihre Hände umklammerten die seinen mit einer Stärke, die bereits schmerzhaft war. Einen Moment verlor er den Faden, doch dann sammelte er sich wieder, »ich werde sie ehren, so wie sie es verdient. Ich schwöre es, Madame.« Er führte ihre Hände kurz an seine Stirn und konnte immer noch nicht glauben, was er da soeben getan hatte. Schon gar nicht konnte er begreifen, was dieser Schwur zukünftig für ihn bedeuten sollte. Er wünschte, sein Vater hätte die Aufgabe übernommen, ihm eine Braut auszusuchen. Oder er selbst hätte sich in vielen, vielen Jahren darum gekümmert.

Doch der Eid war geleistet, und er würde nirgends eine bessere Partie finden, das wusste er.

Mit bleiernen Beinen erhob er sich und bemühte sich um eine feierliche Miene. Schließlich war es seine zukünftige Schwiegermutter, die hier befreit zu ihm hochlächelte. Im nächsten Moment warf sie den Kopf in den Nacken und schrie.

Llansteffan lag knapp dreißig Meilen nordöstlich von Pembroke in einer Bucht am Fluss Tywi. Lord Llansteffan war seit dem Frühling nicht mehr nach Pembroke Castle gekommen und hatte das Umland seiner Burg gegen die Raubbanden verteidigt. Doch jetzt durchquerte er mit schnellen Schritten die Halle. Seine Rüstung klirrte mit jedem Schritt durch den bedrückend stillen Raum. Die Knappen am unteren Ende der Tafel blickten von ihrem Mahl auf und versuchten vergeblich, ein paar Gesprächsfetzen zu erhaschen. Maurice sah nur, wie sich die beiden FitzGerald Brüder auf die Schultern klopften und Lord Llansteffan schließlich neben dem Constable Platz nahm. Er wirkte beunruhigend blass, trank den Wein, den ihm ein Page reichte, in einem Zug leer und klopfte nervös mit den Fingern auf das zerfurchte Holz des Tisches.

Seit gestern Nachmittag lag Lady Alice im Kindbett, und hin und wieder erreichten ihre Schreie vom Frauengemach selbst die darunterliegende Halle. Eine Hebamme war aus dem Dorf geholt worden, und es hieß, sie sei mit ihrer Weisheit am Ende. Gott würde Lady Alice und das Kind zu sich rufen, und keiner hier konnte etwas dagegen unternehmen.

Niemand hatte Appetit, und es war unheimlich still. Maurice wäre der vertraute Lärm lieber gewesen, denn der hätte zumindest die Schreie übertönt. Schlimmer noch als diese waren aber die Pausen dazwischen. Sie alle warteten insgeheim darauf, dass Lady Alice verstummte. Sie warteten auf die fürchterlichste aller Nachrichten, und Maurice' Übelkeit nahm von Stunde zu Stunde zu.

Ein weiterer Blick zur hohen Tafel erfüllte ihn mit Mitleid. Der werdende Vater sah furchtbar aus. Durchnässt von der Reise saß er da und nickte nur hin und wieder zu den Worten seines Bruders oder der anderen Männer. Es sah aus, als wäre sein Haar in den letzten Monaten ergraut.

Maurice dachte an seinen Eid. Hatte Lady Alice gewusst, dass sie sterben würde? Hatte sie deswegen nicht warten können?

Ein Schauer kroch seinen Rücken hinab, doch er konnte sich nicht länger mit diesen Fragen beschäftigen, da plötzlich wütende Stimmen von oben ertönten. Es waren keine Worte herauszuhören, doch das war auch gar nicht nötig, da nur wenig später eine wutentbrannte Lady Maria die Halle erstürmte. Ihre Lippen in dem eingefallenen Gesicht waren zu einer blassen Linie gepresst, und ihre Augen schienen aus den Höhlen zu quellen. Eine Magd und eine untersetzte Frau folgten ihr. Sie versuchten vergeblich, mit dem schnellen Gang der Dame mitzuhalten, die schließlich vor der hohen Tafel stehen blieb.

Lady Maria ignorierte ihren Gatten, der von seinem Stuhl aufgesprungen war, und richtete sogleich das Wort an ihren Schwager. »Du hast diese Wilde hierhergebracht, Maurice!«, kreischte sie so laut, dass es niemandem in der Halle entgehen konnte. »Willst du jetzt auch noch dabei zusehen, wie sie deine Frau umbringt? *Meine* geliebte Schwester?«

Der Ausdruck des Lords blieb völlig unbewegt, und Maurice konnte die Antwort durch seine ruhige Art zu sprechen nicht verstehen, doch dann ergriff plötzlich die rundliche Frau das Wort. Sie stand ihrer Herrin in Sachen Lautstärke in nichts nach. »Sie tötet das Kind, Mylord!«, rief sie und gestikulierte wild nach oben, wo das Gemach lag. »Sie drückt und quetscht an Myladys Bauch, und sie hat ihr einen walisischen *Trank* gegeben! Und wenn das Gift war? Wenn Ihr nur wüsstet, was sie jetzt vorhat! Mit ihren kleinen Händen will sie …«

»Was redest du da?«, schnauzte der Constable, ehe sein Bruder etwas sagen konnte. »Wieso belästigst du uns mit den Belangen von Frauen? Dort oben bist du gewiss nützlicher.«

Die Dicke stemmte die Hände in die Seiten. »Rausgeschmissen hat sie mich, die kleine Teufelin!«

»Ein elfjähriges Mädchen hat dich rausgeschmissen?«

Verhaltenes Lachen klang durch die Halle.

»Sie hat mich verflucht!« Die Frau gestikulierte heftig mit den Händen. Bestimmt war sie die Hebamme aus dem Dorf. »Zum Teufel soll ich gehen, hat sie gesagt! Ich würde alles nur schlimmer machen. Das muss ich mir von einer Wilden nicht sagen lassen. Von einem *Kind*, das meint, sich mit Geburten auszukennen! Ich hab schon Kinder ins Leben geholt, da war dieses Gör noch nicht auf der Welt!«

»Wer ist jetzt bei meiner Gemahlin?«, wollte Lord Llansteffan wissen, der die Stimme erheben musste, um das Geschrei der Hebamme zu übertönen. Ihm war die Anspannung deutlich anzuhören.

Es war Lady Maria, die antwortete. »Die Waliserin und Juliana sind bei ihr«, sagte sie in die Stille. Juliana war die Tochter des Stallmeisters, wusste Maurice. Sie diente hier auf der Burg als Magd. Ein nettes, leider aber sehr hässliches Mädchen mit ihren Pockennarben, den vorstehenden Zähnen und dem zerzausten mausfarbenen Haar. »Juliana ist dortgeblieben, um der Waliserin zu helfen, weil die zu schwach ist, für was auch immer sie mit deiner Gemahlin anstellt, Maurice. Aber sie hat die ganze Zeit nur geheult, das dumme Ding.«

»Dann scher dich zurück«, knurrte der Constable seine Frau

an. »Sieh zu, dass du dieses heidnische Kind von da wegholst. Und dann sperre es irgendwo ein, wo es keinen Schaden mehr anrichten kann.«

Maurice ballte die Hände zu Fäusten. Auch er hatte Angst, dass Lady Alice etwas geschah. Doch er wusste auch, dass die Dame Niah vertraute, sicher mehr als der keifenden Hebamme.

Lady Maria warf einen kurzen Blick zu ihrem Schwager, der kaum merklich nickte, dann drehte sie zufrieden um. Doch sie hatte kaum drei Schritte zurückgelegt, als ein so markerschütternder Schrei von oben zu ihnen drang, dass selbst die gestandenen Ritter in der Halle zusammenfuhren.

»So haben nicht mal die sterbenden Waliser geklungen«, flüsterte Meilyr ihm zu, und Maurice nickte.

Was auch immer in diesem Gemach geschah, spätestens jetzt war Maurice nahe dran, Lady Maria zuzustimmen, und wünschte, sie würde Niah und Juliana von Lady Alice wegholen.

Lord Llansteffan schien derselben Ansicht, denn er sprang so schnell auf, dass sein Stuhl zurückkippte. Mit langen Schritten stürmte er an der Tafel vorbei und sah sich unvermittelt Lady Maria und der Hebamme gegenüber, die ihm den Weg verstellten.

»Du kannst unmöglich zu ihr!«, protestierte Lady Maria und trat einen Schritt zur Seite, als Lord Llansteffan an ihr vorbeiwollte. »Du hast dort nichts verloren!«

Ein weiterer qualvoller Schrei ließ die Anwesenden in der Halle zusammenfahren. Lord Llansteffan packte die furchteinflößende Frau des Constable und schob sie ungestüm zur Seite. Lady Maria stolperte ein paar Schritte, hielt sich aber aufrecht und sah sich hilfesuchend um.

»Du kannst nicht zu ihr!«, kreischte sie, ohne sich um die Blicke des versammelten Haushalts in der Halle zu kümmern. »Das schickt sich nicht!«

Da blieb Lord Llansteffan abrupt stehen. Er befand sich vor

dem schwarzen Schlund des Treppengewölbes und legte den Kopf schief. Es war totenstill, alle lauschten angestrengt, und dann hörten sie es plötzlich: das Weinen eines Neugeborenen! Ein kräftiges, forderndes Schreien, das deutlich nach unten drang und Maurice mit Erleichterung erfüllte.

»Das Kind lebt?«, erklang das Keuchen der Hebamme in das Schweigen, als Lord Llansteffan auch schon losstürmte, gefolgt von Lady Maria und der Wehemutter.

Einige Augenblicke lang blieb es still. Es war, als wäre die Zeit stehen geblieben. Doch dann schlug plötzlich der erste Ritter die flache Hand rhythmisch auf den Tisch, und die anderen fielen mit ein.

Maurice starrte indessen auf den Wein in seinem Becher.

Seine Braut! Womöglich war gerade seine Braut geboren worden! Er hätte es bevorzugt, einer Bande Rebellen gegenüberzustehen, als an das Neugeborene dort oben zu denken. Zu seiner Schande ertappte er sich bei dem Wunsch, dass es sich um einen Jungen handelte.

Bestimmt würde diese Nacht bis zum Ertrinken gefeiert werden, und die Knappen würden beim Unterricht morgen alle einen schweren Kopf haben. Auf dieses Vergnügen konnte er gut verzichten, und so flüchtete er vor den Feiernden und vor allem vor der Nachricht, ob das Kind ein Mädchen oder ein Junge war, und verließ die Halle.

Er hatte schon jetzt einen schweren Kopf, dazu musste er keinen Cidre in sich hineinschütten, der ihm ohnehin nicht schmeckte. Zu seiner Verblüffung torkelte und schwankte er sogar ein wenig, als er den kleinen Zaun um die Halle hinter sich ließ. Jegliche Kraft schien ihn verlassen zu haben. Die letzten Stunden des Bangens und Wartens hatten an ihm gezehrt.

Es war längst dunkel, die schmale Mondsichel spendete kaum Licht, und bei jedem Atemzug fuhr die Oktoberkälte in seine Kehle. Graue Nebelschwaden krochen den Fluss herauf und schwebten gespenstisch über dem Burghof. Doch dieser Anblick konnte ihn nicht mehr beunruhigen, er war ihn schon gewohnt. Das Bild hatte etwas zugleich Tröstendes als auch Ernüchterndes: Sechs Jahre dauerte seine Ausbildung noch, und was danach kam, konnte er sich gar nicht vorstellen. Wer wusste schon, in welche Richtung er seinen Weg mit diesem Eid gelenkt hatte?

Die Hände aneinanderreibend schlenderte Maurice über den Platz. An den Palisaden liefen Wachen lautlos ihre Runden, riefen sich hin und wieder etwas zu, und an manchen Stellen war ein Schnarchen zu vernehmen. Er hielt auf den Pferdestall zu, um nach de Clare zu sehen und sich dann in seinem Strohsack zu verkriechen. Wenigstens bis morgen Früh wollte er nichts von seinem Schwur hören. Er konnte das Schnauben der Pferde und gelegentliches Schlagen von Hufen gegen Holzbretter bereits hören, als er plötzlich zu seiner Rechten ein anderes Geräusch vernahm. Es war das Plätschern von Wasser, das aus der Dunkelheit drang, und Maurice bewegte sich neugierig auf den Brunnen zu. Erst als er ihn schon fast erreicht hatte, erkannte er die Silhouette im Nebel. Eine kleine, zarte Gestalt, die vor dem dunklen Umriss des Eimers am Brunnenrand stand. Mehr fühlte er, als dass er sah, dass es sich um Niah handelte, und er war so erleichtert, dass Lady Maria sie nicht in die Finger bekommen hatte, dass er einen Moment lang die Augen schloss und aufatmete. Die Hände in sein Hemd gekrallt ging er das letzte Stück auf sie zu und betrachtete sie. Die Ärmel ihres Kleides waren bis zu den Ellbogen hochgekrempelt. Ihre dünnen Arme hoben sich weiß von der Dunkelheit ab, und Maurice war erstaunt, wie abgemagert sie war. Zart wie eine Elfe war sie ihm schon immer vorgekommen, aber jetzt sah er, dass sie nur noch aus Haut und Knochen bestand. Das wallende Haar fiel ihr in großen Flechten bis zur Taille und verdeckte einen Teil ihres schmalen Gesichts, das in der nebelverhangenen Nacht noch viel blasser wirkte. Aus dunklen Augen, deren blaues Leuchten in der Nacht nicht zu sehen war, warf sie ihm einen Blick zu.

Er räusperte sich und rieb unaufhörlich die Finger aneinander. »Niah«, begrüßte er sie und hüstelte. »Was machst du da?«

Sie hielt in der Bewegung inne, steckte dann aber wieder wortlos die Hände ins eisige Wasser und wusch sich bis zum Ellbogen.

»Das solltest du vielleicht nicht machen.« Maurice ließ seinen Blick über ihre schwächlich erscheinende Gestalt schweifen und dachte unwillkürlich an de Clare. »Du holst dir noch den Tod in dieser Kälte.«

Zuallererst reagierte sie überhaupt nicht, und Maurice dachte schon, sie hätte ihn nicht gehört, doch dann zog sie plötzlich die Hände aus dem Eimer und machte eine schnelle Bewegung in seine Richtung. Eisige Tropfen trafen ihn mitten ins Gesicht.

»Danke«, murrte er, als er sie wieder ansah, dabei ertappte er sie gerade noch bei einem Lächeln, das um ihre auffällig geschwungenen Lippen huschte. Er hatte sie nie zuvor lächeln gesehen – zumindest nicht fröhlich, sondern nur unheimlich und wissend. Um es noch einmal zu sehen, hätte er sich sogar mit dem ganzen Eimer voll Wasser überschütten lassen, so schön fand er es.

»Vom Waschen stirbt man nicht«, sagte sie und hob den halb vollen Eimer auf den Boden herab, ohne Maurice weiter zu beachten.

Es war auch das erste Mal, dass er sie sprechen hörte, wenn er von den Momenten in diesem angsteinflößenden Zustand absah, als sie walisische Worte gemurmelt hatte. Sie sprach mit dem Hauch eines fremdländischen Akzents, und ihre kindliche Stimme klang heiser, so als wäre sie zu lange in der verrauchten Halle gewesen.

»Richard de Clare würde dir da wohl nicht zustimmen«, erwiderte er und sah zu, wie Niah die Ärmel ihres Kleides hinunterschob und zurechtzupfte.

»Er wird wieder gesund.« Nicht der Hauch eines Zweifels lag in ihrer Stimme.

»Hast du ihm auch einen deiner Wundertränke gegeben, so wie Lady Alice?«

Diesmal hob sie den Kopf und blickte ihm direkt in die Augen. Sofort hatte er wieder dieses krampfartige Gefühl im Bauch, als stünde er an einer Klippe und drohte zu fallen.

»Ich habe ihm einen Heiltrank gegeben«, sagte sie und zog den Umhang nach vorn über ihre Hände. Bestimmt fror sie. Er wollte sie halten, damit ihr warm wurde, konzentrierte sich aber lieber auf ihre Worte, da seine Gefühle ihn irritierten.

»Einen *Heiltrank*?« Er gab sich nicht die Mühe, seinen Argwohn zu verbergen. Zudem stellte er fest, dass es ihm ein außerordentliches Vergnügen bereitete, sie zu necken. Es war ihm vertrauter als das sonderbare Gefühl in seinem Bauch. »Also doch ein Wundertrank? Wie wirkt er? Mit Gottes Hilfe? Oder mit der des Leibhaftigen?«

»Für deine Kirche bestimmt.«

»*Meine* Kirche?«

Niahs Kinn ruckte vor, was sie mehr denn je wie ein Kind wirken ließ. »Meine Kirche ist anders«, erwiderte sie bestimmt und schien sich der Gefahr ihrer Worte gar nicht bewusst. »Ohne all die Wirrungen und Verdrehungen.«

»Wirrungen und Verdrehungen«, wiederholte Maurice amüsiert. »Was denn für Verdrehungen?«

»Einen Kräutersud als Teufelswerk zu bezeichnen.«

»Aber diese Kräuter sind …«

»Hat Gott denn nicht all das hier erschaffen?« Sie machte eine weit ausholende Bewegung. Ihre Augen schienen Funken zu sprühen, und die Leidenschaft in ihrer Stimme ließ ihn schmunzeln. »Die Menschen«, fuhr sie fort. »Die Tiere und

Pflanzen? Hat er nicht die Wälder und Wiesen erschaffen? Jeden Grashalm, jedes Blatt und jedes Kraut? Ist es nicht Gottes Werk ... Gottes *Geschenk*, durch diese Kräuter zu heilen?«

»Also ich ...« Maurice stand da, als hätte sie ihm doch noch den Inhalt des Eimers über den Kopf gegossen. Wie hatte jemals jemand glauben können, Niah wäre vom Teufel gesandt? Sie war einfach bezaubernd! »Dann hast du Lady Alice das Leben gerettet.«

»Ihr und ihrer Tochter«, antwortete Niah leichthin, was Maurice zusammenzucken ließ. Seine Kehle schnürte sich zu, als hätte sie ihn daran gepackt.

»Ach, ich vergaß«, spottete sie. »Eine Tochter ist natürlich eine Strafe Gottes. Vielleicht bin ich ja auch daran schuld.«

Maurice sah sie an und räusperte sich. »Das glaube ich nicht«, er versuchte sich an einem Lächeln.

Einen Moment lang sahen sie sich schweigend an, dann senkte Niah plötzlich den Blick. »Es ging gerade noch gut. Das Kind lag verkehrt herum.«

»Verkehrt herum?!« Maurice konnte sich beim besten Willen nichts darunter vorstellen, doch Niah winkte ab.

»Mit Männern redet man nicht über solcherlei Dinge«, erklärte sie mit verstellter Stimme und verdrehte die Augen, als imitierte sie jemanden.

Maurice grinste. Zum einen, weil er ganz genau wusste, wen sie nachmachte, zum anderen, weil sie ihn gerade als Mann bezeichnet hatte.

Niah zuckte mit den Schultern. »Aber da du ja noch ein Junge bist ...«, fuhr sie seufzend fort und ließ sein Lächeln gefrieren, »... kann ich dir wohl auch die Einzelheiten erzählen.«

Maurice winkte hastig ab. »Lieber nicht.«

»Und was mit deinem Freund ist, willst du auch nicht wissen?«, fragte sie und verschränkte die Arme vor der Brust. »Er hat nämlich nach dir gefragt, als ich vorhin bei ihm war.«

»Er ist wach?«

»Er *war* wach. Jetzt schläft er wieder. Das ist gut. In ein paar Tagen wird er euch wieder mit dem Schwert verprügeln, du wirst sehen.«

Maurice betrachtete sie einige Augenblicke lang fasziniert. Anders als die meisten Mädchen, die er ansah, senkte sie nicht verlegen den Blick, sie errötete nicht, sondern sah ihm direkt in die Augen. Eine Herausforderung stand darin, was ihn wieder einmal zu der Frage führte, woher sie kam, was ihr im Leben bereits geschehen war.

»Gestern«, brachte er schließlich hervor. »Was war das? Weshalb hast du dich so sehr vor de Clare erschreckt?«

Niah sah ihn weiterhin unverwandt an. Er erwartete Ausreden und Gestammel, aber nicht zum ersten Mal überraschte sie ihn. »Ich habe gesehen, was er tun wird«, sagte sie verblüffend frei heraus und schien auf eine Reaktion seinerseits zu warten, doch Maurice starrte sie nur an. Er meinte, sich verhört zu haben.

»Ich habe Feuer gesehen«, fuhr sie fort. »Ich habe die Schreie der Menschen gehört, die er töten wird, habe die Angst und das Leid gespürt. Ich habe die Stimme meines Vorfahren gehört.«

»Deines Vorfahren?«

»Myrddin Wyllt. Ihr nennt ihn Merlin. Seine Worte sind immer dieselben und sehr klar: Erst flackert die brennende Fackel.« Ihre Stimme wurde zu einem Flüstern, das mit einer Gänsehaut über seine Haut kroch. Ohne den Blick von ihm zu nehmen, trat sie einen Schritt näher an ihn heran, sodass sie den Kopf in den Nacken legen musste, um ihn weiterhin anzusehen, »dann lodert das Feuer auf; und wie der Funke die Fackel erleuchtete, so entzündet die Fackel unseren Scheiterhaufen.«

Stille.

Einer der Wachen rief etwas, von der Halle her drangen

dumpf das Gelächter und Gejohle herab, und doch schien das alles nicht zu dieser Welt zu gehören.

»Was ist das?«, brachte Maurice nach einer gefühlten Ewigkeit heraus. »Was soll das bedeuten?«

»Das Ende der Freiheit eines Landes.«

»Welches Land?« Seine ohnehin ständig heisere Stimme war kaum noch zu hören.

»Ich weiß es nicht.«

Ihre Augen schimmerten in der Dunkelheit, wirkten vollkommen schwarz, und Maurice dachte an den Bürgerkrieg, an England, die Normandie und auch an Wales. Wessen Freiheit würde enden? Die von Wales vielleicht? Würden die Rebellen endgültig verlieren? Wegen seines Freundes?

»Was hat de Clare damit zu tun?«

»Er wird ihr Untergang sein«, flüsterte sie, und ihr Antlitz zeigte plötzlich eine Hilflosigkeit, die in ihm den bereits bekannten Drang erweckte, sie vor jedem Übel zu verteidigen. »Weißt du, wie es ist, das Feuer zu spüren, die Todesangst? Dort zu sein, nicht entkommen zu können, auch wenn es nur wenige Momente sind und man im Grunde weiß, dass man zurückkehrt. Das wünsche ich niemandem.«

»Wie kann ich dir helfen?« Er hob seine Hand, wollte sie nach ihr ausstrecken, sie abschirmen vor den Bildern, die sie überfielen. Kein Mensch, schon gar kein Kind, sollte solchen Qualen ausgesetzt werden. Wann hatte es angefangen? Wie lange schon musste sie den Tod anderer erleben? Und wie war das möglich?

Die wichtigste Frage aber lautete: Wieso zweifelte er nicht an ihren Worten? Waren es die Geschichten über die *Awenyddion*, die Meilyr ihm erzählt hatte? Waliser, die der Weissagung fähig waren und sich zuweilen wie Besessene verhielten. Er kannte den Grund nicht für sein Vertrauen, er wusste nur, dass er ihr glaubte.

»Willst du wissen, welche Rolle du dabei spielen wirst, Maurice?«, riss sie ihn aus seinen Gedanken und machte dieses ohnehin schon unheimliche Gespräch weitaus beängstigender. Ihm entging auch nicht, dass sie seinem Hilfsangebot auswich.

»Siehst du …« Er strich sich mit der Hand über die Augen. Das war einfach zu absonderlich. »Siehst du, was geschehen wird? In Visionen?«, fragte er schließlich und erhielt ein Nicken als Antwort.

»Ich sehe auch deinen Weg, Maurice.«

Den sah er selbst auch. Er würde Lord Llansteffans Schwiegersohn werden. Eine vielversprechende Vorstellung, die ihm im Moment jedoch nicht behagte.

»Gib mir deine Hände«, bat Niah unvermittelt.

Maurice zog eine Augenbraue hoch. »Meine Hände?«

»Ja, die zwei Pranken da, gib schon her.« Sie packte sein Handgelenk und drehte die Hand so, dass die Innenfläche nach oben zeigte. »Die andere auch«, murmelte sie und beugte sich knapp darüber, um in der Dunkelheit etwas zu erkennen.

»Und?« Eine Mischung aus Aufregung und Argwohn erfüllte ihn. »Was siehst du?«

Niah richtete sich auf. »Was ich in deinen Händen sehe?«, fragte sie lächelnd und strich sich das Haar zurück hinters Ohr. »Nichts natürlich. Ich wollte nur sichergehen, dass sie auch sauber sind, ehe ich dich anfasse. Und jetzt halt still.«

Maurice blinzelte verwirrt. Er war ohnehin nicht mehr dazu in der Lage, sich zu bewegen. Wie schaffte sie es nur, ihm immer wieder den Kopf zu verdrehen, sodass er nicht mehr klar denken konnte?

Sanft legte sie ihre Handflächen auf seine; eine Berührung, die ihm den Atem stocken ließ und kribbelnd durch seine Adern zog. Mit zur Seite geneigtem Kopf betrachtete er, wie winzig ihre Hände in den seinen wirkten. Sie waren kalt und fühlten sich wie eine Feder auf seiner schwieligen Haut an.

»Sieh mich an«, sagte sie, und als Maurice den Kopf hob und ihr in die Augen blickte, schien die ganze Welt um ihn herum zu verschwinden. Er wollte seine Finger fest um ihre schließen, riss sich aber zusammen und ließ sie weiterhin ausgestreckt unter den ihrigen schweben. Hoffentlich bemerkte sie nicht, dass sie zitterten.

Sie mussten ein sehr verwunderliches Bild abgeben, wie sie mitten in der Nacht am nebelumtanzten Brunnen standen, sich an den Händen hielten und in den Augen des anderen versanken. Doch das kümmerte Maurice nicht. Lieber konzentrierte er sich auf das Gefühl ihrer Hände, die auf seinen langsam wärmer wurden, und auf ihre glitzernden Augen.

»Du bestreitest deinen Weg allein«, hauchte sie schließlich, ohne den Blick von ihm abzuwenden. »Einsam, ohne Freunde, ohne Familie. Von allen verlassen.«

Maurice starrte sie an und schüttelte kaum merklich den Kopf. »Was redest du da?«

Doch Niah fuhr mit ihren düsteren Reden sogleich fort. »Dieses Land, von dem ich sprach – Richard de Clare wird sein Untergang sein, aber du wirst auf der Seite der Gerechtigkeit stehen.« Sie stellte sich auf die Zehenspitzen und lehnte sich weiter zu ihm vor, als sähe sie tief in seinen Augen ein Geheimnis, das sie nicht erfassen konnte. »Du wirst ein wahrhaftiger Ritter sein«, flüsterte sie und betrachtete ihn, als könne sie nicht glauben, was sie sah.

Genauso wenig konnte Maurice glauben, was er hörte.

»Woher kommst du nur?«, flüsterte er und schloss nun doch seine Finger um die ihrigen und hielt den Atem an, als plötzlich der grelle Schein einer Fackel auf sie fiel.

Als wäre ein Blitz zwischen sie gefahren, stoben sie auseinander und blinzelten ins Licht.

»Maurice, was machst du hier?«

Maurice erkannte die Stimme des Constable, und kurz darauf erschien auch schon dessen schwammiges Gesicht, als er mit dreien seiner Männer aus der Dunkelheit trat. Sein goldenes Haar schien im Schein der Fackel zu glühen, genauso wie die grauen Augen. Überraschenderweise sah er im Moment aber nicht wütend aus, eher schuldbewusst. Ein irritierender Anblick. »Sieh zu, dass du schlafen gehst, Maurice«, befahl er ihm, ohne dabei aber streng zu klingen. »Mein Sohn wird morgen keinen von euch schonen.«

Maurice nickte langsam, bewegte sich jedoch nicht von der Stelle.

Was machten der Constable und drei Bewaffnete hier, anstatt in der Halle zu feiern?

Niah schien sich dasselbe zu fragen, denn sie trat einen Schritt näher in seine Richtung, weg von den Männern.

Einem Impuls nachgebend ergriff Maurice ihre Hand und strich beruhigend mit dem Daumen über ihren Handrücken. »Mylord, ist etwas passiert?«, fragte er, und ihm entging nicht, wie sich der Ausdruck des Constable bei seinem Anblick mit dem Mädchen verhärtete.

»Geh schlafen«, trug er ihm erneut auf und wandte sich sogleich an Niah. »Komm mit.« Er streckte die Hand nach ihr aus, woraufhin Niah sofort zurückwich und ihren kleinen, dürren Körper an ihn presste.

Ich beschütze dich, dachte er verzweifelt, und er hoffte, seiner Stimme war nichts von seiner Angst anzumerken. »Was wollt Ihr von ihr?«, grollte er, obwohl ihm bewusst war, dass er sich damit auf dünnes Eis begab. Womöglich waren es Niahs Worte, die voraussagten, dass er ein wahrer Ritter werden würde. Was auch immer ihn bewegte, er wusste, dass er Niah nicht mit dem Constable gehen lassen durfte. Den Drang, sie von ihm fernzuhalten, spürte er so stark, dass sich seine Finger beim Anblick des vor ihm aufragenden Hünen mit einer Kraft um ihre winzige Hand schlossen, die sie hätte zerquetschen müssen.

Der Constable schien indessen nicht wütend zu sein. »Lady Alice fragt nach ihr«, sagte er sanft und streckte dem Mädchen noch einmal die Hand entgegen. »Ich bringe sie zu ihr.«

Weder Maurice noch Niah regten sich. Und wie zur Bestätigung ihrer Befürchtungen hörten sie plötzlich Hufgeklapper vom Stall her. »Die Gäule sind fertig!«, donnerte der Stallmeister hörbar ungehalten, was Maurice sofort einen Schritt vortreten ließ, sodass Niah beinahe zur Gänze hinter ihm verschwand.

»Ihr bringt sie fort?« Hilflose Wut über diese Ungerechtigkeit stieg in ihm auf. »Niah hat Lady Alice und das Kind gerettet! Ohne ihre Hilfe wären sie wahrscheinlich gar nicht mehr am Leben!«

»Die Entscheidung, wer lebt und wer stirbt, liegt allein in Gottes Hand.«

»Trotzdem sollte Niah Dank erhalten, nichts sonst!«

Der Constable war offensichtlich anderer Meinung. »Geh aus dem Weg, Maurice.« Sein allzu bekannter gefährlicher Unterton mischte sich in die aufgesetzte Sanftmut. »Für walisische Wilde haben wir hier keinen Platz.«

»Und was war dann Eure Mutter?« Maurice konnte nicht fassen, dass diese Worte aus seinem Mund gekommen waren. Die Antwort folgte auf dem Fuß, doch sie kam, anders als seine Unbedachtsamkeit, keineswegs überraschend. Ein Schlag, der ihn von den Füßen riss, traf ihn am Jochbein. Seine Schulter knallte gegen den Brunnenrand, stöhnend ging er zu Boden. Einen Augenblick lang glaubte er, sein Kopf wäre vom Rumpf gerissen worden, doch dass er diesen Gedanken hatte, sprach wohl dagegen. Die leuchtenden Punkte vor seinen Augen waren noch nicht verschwunden, da zog ihn jemand hoch, hielt ihn an beiden Seiten fest.

»Bis morgen Früh hast du Zeit, über dein Verhalten nachzudenken«, erklang das Knurren des Constable, und als sich Maurice' Sicht klärte, sah er gerade noch, wie sich sein Herr umdrehte und davonschritt, zurück Richtung Halle, um weiterzufeiern, während seine Männer die Unannehmlichkeiten beseitigten.

Niah! Wo war Niah?!

Voller Sorge blickte er an sich hinab und erkannte, dass sie mit ihm zu Boden gegangen war. Ein Bewaffneter packte sie nun und riss sie am Handgelenk hoch. Niahs Kopf fuhr zu ihm herum, und ihre dunklen Augen starrten ihn an. Sie schrie nicht, auch versuchte sie nicht, sich zu wehren, als der Mann ihren Arm umklammerte. Wortlos ließ sie sich fortführen, doch sie sah immer wieder zu ihm zurück.

»Niah!« Anders als sie versuchte Maurice sehr wohl, den eisernen Griffen zu entkommen. Sie wurde weggeführt, und unter ihrem Blick spürte Maurice den Drang zu kämpfen nur noch stärker. Doch es gelang ihm nicht, sich loszumachen, die anderen hatten zu viel Kraft, zerrten ihn Richtung Palisadenturm, während Niah in der Dunkelheit verschwand.

»Ab ins Loch mit dir, das kennst du ja schon.«

»Denk das nächste Mal lieber zweimal nach, bevor du dich vor eine walisische Heidin stellst.«

Maurice ignorierte das hämische Lachen der beiden Männer, er wusste, was ihn jetzt erwartete. Schließlich kannte er den Turm, wo für gewöhnlich Verbrecher und Diebe bis zu ihrem Prozess oder der Übergabe an den Sheriff festgehalten wurden, sehr gut. Trotzdem überwog seine Angst um Niah. Selbst als er kurze Augenblicke später ohne Decke oder Wasser in absoluter Finsternis saß, dachte er nur daran, wohin sie das zauberhafte, walisische Mädchen brachten. Auf verschimmeltem Stroh, dessen Gestank mangels eines Fensters nicht entweichen konnte, lief er auf und ab und hatte das Gefühl wahnsinnig zu werden.

Was geschah in diesem Augenblick mit Niah? Er wollte gar nicht daran denken, was die rauen Männer des Constable ihr antun könnten – bei dem Gedanken drehte sich ihm der Magen um. Ob Lady Alice und Lord Llansteffan hiervon wussten? Er musste hier raus, ihnen eine Nachricht zukommen lassen.

Das Klirren eines schweren Schlüsselbunds holte ihn aus seinen Gedanken. Es konnte noch nicht Morgen sein, obwohl er bestimmt schon Stunden hier verbracht hatte. Er glaubte aber auch nicht daran, früher entlassen zu werden, und so mischte sich in das anfängliche Misstrauen eine Spur Beklemmung. Ein Gefühl, das sich noch vertiefte, als sich Griffin mit einer Fackel in der Hand in das Verlies schob und sie in die Halterung an der Wand steckte.

Das unerwartet grelle Licht blendete, und Maurice hob den Arm vor die Augen. Eine Unbedachtsamkeit, die er mit einem Tritt in die Rippen bezahlte.

»Jetzt bist du da, wo du hingehörst«, hörte er Griffin über sich, aber da war noch das Rascheln eines anderen im Stroh, etwas weiter weg.

Langsam nahm Maurice den Arm herunter und blinzelte ins Licht. Es war erstaunlich festzustellen, wie groß der Raum tatsächlich war. Er bot vielen Gefangenen Platz, auch wenn er heute allein hier untergebracht war. Die Dunkelheit war gnädig gewesen, denn zu sehen und zu riechen, wie fürchterlich er hauste, waren zwei verschiedene Dinge. Der Gestank nach Urin und Kot wurde beinahe übermächtig, jetzt da er die Spuren davon im Stroh und an den Wänden sah.

Maurice' Blick fiel auf den zweiten Besucher, und er hob verblüfft die Augenbrauen. »Raymond?« Der dicke Junge hielt sich nahe der Tür und trat von einem Bein aufs andere, als müsse er pinkeln. »Raymond«, wiederholte Maurice mit einer schrecklichen Ahnung. »Was tust du hier?« Dem heimtückischen Griffin traute er alles zu. Doch Raymond war ein tollpatschiges Kind, das stets geduckt umherging, als fürchtete es, bemerkt zu werden, was in Anbetracht seines auffällig hohen Wuchses fast schon komisch war. Er konnte den Kopf noch so sehr einziehen, zu übersehen war er nicht. Bislang war er Maurice eher ängstlich vorgekommen, fast verschreckt, völlig anders als Griffin. Doch jetzt trat der Junge näher und verschränkte die Arme vor der Brust, was seine Erscheinung noch mächtiger machte und seinen Spitznamen unterstrich: le Gros, der Dicke. In einem Anflug von Hysterie fragte Maurice sich unwillkürlich, ob aus Raymond eines Tages ein Riese werden würde. Ein gewaltiger Riese mit blonden Engelslocken und grauen Augen, von dem jetzt eines zugeschwollen war. Der Constable hatte also nicht vergessen, seinen Sohn zu bestrafen, und Raymond und Griffin wollten wiederum Maurice dafür büßen lassen.

»Du hättest mich ersaufen lassen!«, schrie Raymond und klang dabei so lächerlich trotzig, dass Maurice beinahe ein Kichern entfuhr. »Du wolltest mich loslassen und nur deinen hochgeschätzten Grafensohn retten! Du hast sogar verhindert, dass mein Bruder mir zu Hilfe eilt!«

Verhindert! Maurice starrte den Jungen an, blinzelte ein paarmal und fing dann an lauthals zu lachen. Die gesamte Nacht erschien ihm unwirklich. Und Raymonds Kommentar brachte das Fass zum Überlaufen. Zuerst die Sorgen um de Clare und Lady Alice, dann die Feststellung, dass er so gut wie verheiratet war, die Ungewissheit um Niah und nun das …

Ein Tritt in die Nieren brachte ihn jedoch schnell zurück in die Realität. »Halt's Maul!«, knurrte Griffin über ihm und trat noch einmal nach. »Das Lachen wird dir gleich vergehen. Glaubst du etwa, wir hätten dich nicht durchschaut? Glaubst du, wir wissen nichts von deinem Plan?«

»Mein Plan ist es, diese Nacht zu überstehen, ohne am Gestank zu krepieren, den ihr hier hereingebracht habt«, keuchte er und rieb sich die schmerzende Stelle. »Macht die Tür von außen zu, damit ich wieder frische Luft atmen kann.«

Noch ein Tritt, diesmal ein besonders kräftiger, direkt in den

Magen, und Maurice konnte gerade noch verhindern, sich zu übergeben.

»Einschmeicheln willst du dich bei de Clare! Damit er dir eine gute Position verschafft, wenn er mal Earl ist! Du glaubst, du kannst uns den Platz wegnehmen! Deshalb wolltest du Raymond gestern absaufen lassen! Einer weniger, der dir im Weg steht!«

Maurice blinzelte die Tränen des Schmerzes aus den Augen und sah fassungslos zu den beiden hoch. »Du bist krank, Griffin.«

»Ich hab's genau gehört!«, entfuhr es Raymond mit einem unangenehmen Kreischen. »Am Fluss, da hast du gesagt, dass du freundlich zu ihm bist, weil er mal Earl sein wird!«

»Sei still.« Griffin fuhr zu seinem Bruder herum, aber Maurice verstand. Das Rascheln, das er am Fluss gehört hatte, als er dabei gewesen war, den Bogen zu spannen – er hatte sich also doch nicht getäuscht. Raymond hatte sie belauscht.

»Wenn sogar de Clare den Witz verstanden hat …«, begann er, aber Griffin ließ ihn nicht ausreden.

»Du hast doch schon alles!«, rief der Ältere mit sich überschlagender Stimme, als bräche er jeden Moment in Tränen aus, was zugleich belustigend als auch beängstigend war, da es den Anschein von Wahnsinn noch verstärkte. »Du bist der Erbe! Ein paar Jahre musst du überstehen, dann bist du fort, auf deiner eigenen Burg! Aber das reicht dir noch nicht! Du nimmst uns auch noch die letzte Möglichkeit, von hier wegzukommen, machst uns bei de Clare schlecht, verhinderst, dass er uns in seinen Dienst nimmt, wenn er aufsteigt.«

»Um dich schlechtzumachen, brauchst du meine Hilfe nicht.« Maurice sah in Raymonds zerschlagenes Gesicht. »Deshalb warst du also gestern am Fluss? Du wusstest, dass de Clare und ich uns nach den Reitübungen dort treffen wollten. Griffin hat dir aufgetragen, uns zu belauschen.«

Griffin holte erneut aus. »Halt's Maul, habe ich gesagt!« Der Tritt ging wieder in die Nieren, und Maurice krümmte sich im schmutzstarrenden Stroh. »Du flämisches Stück Dreck! Du wirst uns nicht los! Da kannst du de Clare noch so sehr in den Arsch kriechen, Raymond wird mal in seinen Dienst treten! Raymond wird von hier wegkommen, hast du mich verstanden? Das wirst du nicht verhindern, du Ratte! Du bleibst ein dreckiger Flame, wirst nie ein Geraldine, deine Verlobung mit meiner Cousine ist ein Witz! Bei de Clare magst du dich eingeschlichen haben, aber nicht in meine Familie!« Die Tritte kamen nun in schnellem Takt. »Nicht in meine Familie! Nicht in meine Familie!«

Maurice hatte Mühe, nicht aufzuschreien. Er wollte den beiden nicht die Genugtuung geben, vor ihnen zu winseln. Er würde zumindest an seiner Würde festhalten, egal, was sie ihm in ihrer Feigheit auch antun wollten. Das Schlimmste war, er konnte ihre Verzweiflung als nachgeborene Söhne eines Mannes wie des Constable verstehen. Aber sie kamen zu zweit zu ihm, wo er geschwächt, mit einer malträtierten Schulter und erfroren im Stroh lag. Er würde sich nicht die Würde von ihnen nehmen lassen!

Diesen Vorsatz betete er sich immer wieder vor, als die beiden die Konversation endgültig leid wurden und ausführten, wofür sie gekommen waren. Maurice konnte noch ein paar Schläge austeilen, ehe der Ältere und der Riese ihn überwältigten und auf ihn einschlugen, bis er meinte, die Würde zum Teufel schicken zu müssen. Es war sein Glück, dass er schon bald mit einem gut gezielten Tritt gegen die Schläfe in die Bewusstlosigkeit davontrieb. Zuvor sah er aber noch durch einen trüben Schleier, wie die Fackel zu Boden fiel und das feuchte Stroh zu knistern begann. Schritte, die sich eilig entfernten, drangen an sein Ohr, und dann umhüllte ihn gnädige Dunkelheit. Er schlief selig, ohne sein düsteres Verlies wahrzunehmen. Er träumte von einem walisischen Mädchen in einem Zauberwald.

Maurice erwachte mit Schmerzen, wie er sie nie zuvor gespürt hatte. Ein Brennen der Haut, als stünde sein Körper in Flammen.

Mit einem erstickten Schrei fuhr er hoch, schlug wie wild um sich und klopfte mit den Händen auf seine Haut, als könne er das Feuer dadurch auslöschen. Doch der Schmerz steigerte sich dadurch ins Unermessliche.

Er nahm eine Bewegung an seiner Seite wahr, eine Stimme, die beruhigend auf ihn einredete und zugleich selbst Panik in sich trug. Keuchend und mit dem Gefühl zu ersticken fuhr er herum. Durch einen Schleier aus Tränen erkannte er Juliana, die Tochter des Stallmeisters. Ihre Augen waren schreckgeweitet, als sie ihn ansah und ihm einen Becher entgegenstreckte.

Maurice starrte darauf. Er wusste nicht, was er damit anstellen sollte. Der Schmerz drohte ihm den Verstand zu rauben.

Dann erschien plötzlich Lady Maria neben ihm, nahm den Becher, packte Maurice im Nacken und schüttete den Wein in seinen Mund, den er zur Hälfte wieder ausspuckte. Er konnte kaum schlucken. Seine Kehle fühlte sich an, als hätte er eimerweise Sand geschluckt, und der Wein brannte wie Feuer. Doch allmählich kehrte er ins Diesseits zurück und war in der Lage, sich umzusehen.

Er lag auf seinem Strohlager über dem Stall. Zwischen den Ritzen der einzelnen Holzbretter der Wand drang Tageslicht herein. Außer Lady Maria und Juliana waren auch noch Vater Simon, Lord Llansteffan und Meilyr anwesend. Sie alle trugen erschreckend kummervolle Mienen zur Schau, und Maurice fing an zu begreifen, dass etwas Fürchterliches geschehen sein musste.

»Was ist passiert?«, krächzte er jämmerlich.

Lady Maria, die neben ihm ein Leintuch über einer Wasserschüssel auspresste, schüttelte den Kopf. Ihre sanfte Stimme war alarmierender als all die langen Gesichter. »Das wollen wir von dir erfahren, Maurice«, sagte sie und wickelte das eiskalte Tuch um seinen linken Arm.

Maurice sah an sich hinab und zuckte entsetzt zusammen. Erst jetzt bemerkte er, dass er nackt war, lediglich von der Hüfte abwärts von einem dünnen Tuch bedeckt. Dies war jedoch nicht das Schlimmste. Ein unkontrollierbares Zittern überfiel ihn, als er an seiner Brust hinabblickte. Eisiger Schweiß brach ihm aus allen Poren, als er die feuerrote Haut an seiner linken Seite betrachtete, die von unzähligen Blasen übersät war. Sein linker Arm musste genauso aussehen, doch der war bereits mit kühlem Leinen verbunden.

Mit zitternden Fingern hob Maurice die Hände und wollte sein brennendes Gesicht betasten, doch Lady Maria packte seine Handgelenke und drückte sie wieder nach unten.

»Es ist nicht so schlimm«, sagte sie und wickelte sogleich ein nasses Tuch um seinen Kopf. Es fühlte sich angenehm an. Die Kälte beruhigte ihn und ließ seinen Verstand zurückkehren. »Dein Haar ist etwas angesengt, aber es war ohnehin Zeit, dass du es abschneidest. Die Verbände werden helfen, bis die Salbe angerührt ist.«

»Und …« Maurice schluckte schmerzhaft. »Mein Gesicht? Ist es … schlimm?«

Der kurze Blick, den Lady Maria über ihre Schulter Vater Simon zuwarf und das schnelle Kopfsenken von Juliana sprachen mehr, als es Worte hätten tun können.

»Du hast Schmerzen«, sagte Lady Maria weiterhin in ungewohnt tröstendem Tonfall, »das heißt, die Haut lebt noch. Du wirst wieder wie neu, du wirst sehen.«

Maurice konnte ihr nicht glauben, doch er hatte ohnehin keine Zeit, darüber nachzudenken. Juliana flößte ihm noch mehr Wein ein – der stärker war als alles, das er bisher getrunken hatte –, während sie ihn alle immer wieder fragten, was geschehen war.

Maurice musste nicht noch einmal an sich hinabsehen, um zu wissen, dass sein Körper von blauen Flecken übersät war. Die anderen mussten es auch gesehen haben. Trotzdem beteuerte er, dass er sich nicht erinnern konnte, auch wenn er genau wusste, wer ihm das angetan hatte. Er erinnerte sich an jeden einzelnen Tritt. Er sah das zornverzerrte Gesicht Griffins noch immer vor sich. Er sah die herabfallende Fackel, vielleicht nahm er sogar den Gestank von brennendem Stroh und Rauch wahr …

Doch er wollte nichts davon erzählen, ehe er nicht wieder klar denken und sich die Konsequenzen ausmalen konnte. Würde ihm überhaupt jemand glauben? Und wenn ja, was würde dann geschehen? Raymond und Griffin würden ohne Zweifel bestraft werden, aber was kam danach? Maurice musste noch mit ihnen zusammenleben. Andererseits konnte er diese Tat nicht einfach vergessen. Er musste in Ruhe nachdenken, wenn seine Schmerzen ihm nicht den Verstand vernebelten.

»Was für ein Glück, dass die Wachen den Rauch bemerkt haben«, sagte Vater Simon, der neben dem Strohlager auf einem Schemel saß. »Nicht auszudenken, was sonst geschehen wäre.«

»Es hat nicht sehr stark gebrannt«, versuchte Lady Maria ihn ebenfalls zu beruhigen. »Ein bisschen sengendes Stroh hat dich im Gesicht erwischt. Deine Kleidung fing kurz Feuer, aber deine rechte Seite ist vollkommen unversehrt. Die Wachen fanden dich schnell.«

Maurice nickte. Er dachte an die Narbe an seinem Arm vom walisischen Pfeil und wie stolz er darauf gewesen war. Und jetzt sollte seine gesamte linke Seite von Brandnarben gezeichnet sein? Vielleicht für immer? Er würde als Monstrum beschimpft werden. Es waren keine Kriegsnarben, auf die er stolz sein konnte.

»Mach nicht so ein Gesicht«, tadelte ihn Vater Simon. Er war ein kleiner untersetzter Mann, der in seiner schwarzen Kutte zu verschwinden drohte. Das Haar um seine Tonsur war bereits ergraut. »Du hättest elendig verbrennen können, wurdest aber gerettet! Das heißt, Gott hat noch einen Plan für dich.«

Was für einen Plan?!, wollte Maurice verbittert fragen. Seine Zukunft bestand vielleicht darin, als Kinderschreck von Dorf zu Dorf zu ziehen. Nein, er wollte ein wahrer Ritter werden, so wie Niah vorhergesagt hatte. Niah ... Wo war sie? Hatten die Männer des Constable sie tatsächlich fortgebracht? Und wie ging es seinem kranken Freund?

»De Clare geht es besser, er ist im Gemach über der Halle«, sagte Meilyr, der wohl bemerkt hatte, wie Maurice sich umgesehen hatte. »Er hat immer noch Fieber, aber er wird häufiger wach und trinkt.«

»Wollen wir hoffen, dass Maurice kein Fieber bekommt«, murmelte Lady Maria, als wäre er nicht anwesend. Vielleicht, weil ihn der Wein müde machte und er nur schwer die Augen offen halten konnte. »Die Wunden dürfen sich nicht entzünden.« Sie stieß Juliana an, die bleich wie der Tod neben ihr stand. »Sieh zu, dass das Leinen immer sauber ist und du es häufig wechselst«, trug sie ihr auf, was der jungen Magd offensichtlich großes Unbehagen bereitete, genauso wie Maurice.

Im Moment wollte er nur noch alleine sein, sich seinem Selbstmitleid ergeben und einfach schlafen. Er war erleichtert, als sich einer nach dem anderen verabschiedete und Lord Llansteffan am Ende auch Juliana hinausschickte.

Die Tür hatte sich kaum geschlossen, da fiel er in einen traumlosen Schlaf des Vergessens. Er wusste nicht, ob er nur einen Herzschlag lang oder den halben Tag weggedöst war, als eine nur allzu bekannte Stimme ihn hochschreckte.

»Wenn du irgendjemandem sagst, dass wir es waren, kommst du nicht mehr so glimpflich davon.«

Maurice riss die Augen auf, hoffte, dass er sich täuschte, dass er doch noch träumte, doch es war tatsächlich Griffin, der sich über ihn beugte.

Er wollte etwas sagen, öffnete den Mund, aber Griffin schnitt ihm mit einer herrischen Geste das Wort ab. »Bislang warst du klug genug, das Maul zu halten, und ich rate dir, es weiterhin zu tun. Wenn du irgendjemandem sagst, dass Raymond dabei war, dann bringe ich dich um, hast du mich verstanden?«

Maurice sah den Knappen schweigend und bebend vor Wut an. Er verfluchte seine Verletzungen, er hätte sich zu gerne auf ihn gestürzt. Maurice wusste nicht, ob es am vielen Wein lag, an den Schmerzen oder an seiner Schläfrigkeit, aber er hätte schwören können, dass in Griffins Augen Angst lag. Ihr Vater würde sie nicht für Brandstiftung hinrichten, aber vermutlich auf andere Weise bezahlen lassen. Und das nicht zu knapp, das sah er in Griffins Blick. Griffin wusste, was ihn und Raymond erwartete, sonst wäre er nicht hierhergekommen.

Maurice wusste, er müsste Mitleid mit den Brüdern empfinden, aber seine Haut, die sich anfühlte, als stünde sie immer noch in Flammen, machte es ihm schwer, solche Gefühle in sich zu wecken.

Stumm sah er Griffin weiterhin in die Augen. Er würde lieber sterben, als ihm irgendein Versprechen zu geben und vor ihm zu Kreuze zu kriechen. Und er wollte in Ruhe darüber nachdenken, wie er ihm seine Schandtaten auf die richtige Art heimzahlen konnte. Ganz sicher würde er nicht zum Constable rennen wie ein Mädchen, um sich zu beschweren. Er musste die Oberhand behalten, was er im Moment nur mit Schweigen und Griffins Ungewissheit vermochte. Griffin sollte jeden Moment überlegen, ob die Wahrheit an diesem Tag ans Licht käme.

»Nimm meine Worte nur ja nicht auf die leichte Schulter.« Sichtlich verstört und wütend über Maurice' stoische Ruhe richtete Griffin sich auf und ballte die Rechte zur Faust, als könne er sich kaum davon abhalten, noch einmal zuzuschlagen, als plötzlich die Tür aufging.

»Raus!«

Griffin fuhr herum, und Maurice hob mit einem leisen Stöhnen den Kopf, verblüfft, seinen Fechtmeister in der Tür stehen zu sehen.

»Odo, was machst du …« Griffin setzte ein falsches Lächeln auf, aber sein Bruder rauschte in den Raum, packte ihn im Nacken und schleifte ihn aus dem Gemach. »Und trau dich ja nicht mehr hier herauf, du kleine Ratte, hast du mich verstanden?« Er warf die Tür hinter dem verdatterten Knappen zu und lehnte sich schwer atmend dagegen.

Maurice sah ihn schweigend an und fragte sich, was der nächste Sprössling des Constable von ihm wollte. Odo stieß sich von der Tür in seinem Rücken ab und kam näher, sein Blick unverwandt auf Maurice' Gesicht gerichtet, die Lippen zusammengepresst.

»Raymond ist nicht wie er«, stieß er unvermittelt aus, und es lag tatsächlich etwas Flehendes in seinen Augen. »Ich weiß, er ist ein Feigling und ein Taugenichts, aber er ist nicht wie Griffin. Er weiß sich einfach nicht zu helfen, Vater ist … Es ist nicht leicht, hier aufzuwachsen, Maurice. Und Raymond sieht zu Griffin auf. Griffin hat ihm nicht nur einmal aus der Klemme geholfen, und Raymond ist ihm gegenüber deshalb loyal. Aber er ist nicht schlecht, er hätte nie von sich aus … Es tut ihm leid, das schwöre ich dir, er bereut, was geschehen ist, und …«

»Raymond hat es dir erzählt?«

Odo blinzelte und sah einen Moment lang überrascht aus, ihn zu sehen, so als hätte er seine Worte nur geübt. Schließlich nickte er und strich sich mit einem gequälten Stöhnen durchs Haar. »Ich weiß, es ist viel verlangt, dich um Stillschweigen zu bitten …«

Ruckartig fuhr Maurice hoch und bereute es sofort. Er biss die Zähne zusammen und versuchte, sich so sanft wie möglich zurücksinken zu lassen, während Odo auf ihn herabblickte.

»Wenn du meinem Vater davon erzählst«, sagte er langsam,

auf jedes Wort bedacht, »wirst du Genugtuung bekommen, ohne Zweifel, und es wäre dein Recht. Die beiden würden hart bestraft werden und sich wünschen, nie geboren worden zu sein. Vielleicht hat Griffin das auch verdient. Ich weiß nicht, was es ist, das ihn so werden hat lassen, wir mussten alle dasselbe erdulden, aber Griffin war schon immer anders. Ich schlug zurück und kämpfte, Raymond duldet alles still, aber Griffin sucht sich immer einen anderen Weg. Keinen offenen Kampf, kein stilles Leiden – er schlägt zurück, nur anders, hinterrücks. Aber Raymond verdient es nicht, für Griffins Taten gebrochen zu werden. Er kann zu einem guten Mann heranwachsen, wenn man ihm die Möglichkeit gibt, Maurice. Und darum bitte ich dich: Verlange von mir, was auch immer du willst, nur verrate niemandem, was dir geschehen ist. Was sie dir angetan haben, beschämt mich zutiefst. Griffin wird erfahren, dass ich es weiß, und er wird sich hüten, auch nur noch ein falsches Wort zu dir zu sagen.«

Maurice war immer noch erstaunt, eine so lange Rede vom sonst so wortkargen Fechtmeister zu hören. Er reihte eigentlich nur mehr als zwei Worte aneinander, wenn es sich um wüste Beschimpfungen handelte. »Er wird Raymond büßen lassen, weil er es dir erzählt hat.«

Odo schüttelte den Kopf. »Ich weiß, du glaubst nicht, dass er dazu fähig ist, aber Griffin liebt Raymond, wie nichts sonst auf der Welt. Raymond ist wohl der einzige Mensch, dem Griffin nie etwas antun könnte. Also sag, was du willst, und es soll dein sein.«

Ein schmerzhaftes Schnauben entfuhr ihm. Er wollte seine heile Haut zurück, aber die konnte Odo ihm nicht geben. Maurice fühlte sich leer und leblos. »Ich will nichts von Euch, Fechtmeister.«

»Maurice …«

Erneut ging die Tür auf, und Maurice wusste nicht, ob er

fluchen oder erleichtert sein sollte. Einerseits wollte er endlich seine Ruhe, andererseits war er aber auch froh über die Unterbrechung.

»Odo. Siehst du nach deinem Schützling?« Lord Llansteffan kam herein, ein gequältes Lächeln im Gesicht.

Der Fechtmeister nickte, sah Maurice noch einmal forschend an, verabschiedete sich und verließ das Gemach.

Maurice wurde schlecht, und er schloss resigniert die Augen. Wenn er nur wieder seinen Frieden zurückhaben könnte.

Schritte näherten sich ihm, doch Maurice hatte keine Kraft mehr. So wartete er darauf, dass sein Besucher das Wort ergriff, aber eine ganze Weile stand Lord Llansteffan nur schweigend neben ihm und blickte auf ihn hinab. Maurice glaubte sogar, dass er zwischendurch eingedämmert war, doch dann brach der Lord unvermittelt das Schweigen.

»Wer ist es gewesen?«

Maurice' Herzschlag beschleunigte sich. Er wandte sein Gesicht ab und starrte die raue Holzwand neben sich an. Nicht jetzt, dachte er müde. Er wollte doch nur einen Moment Zeit, um in Ruhe nachzudenken, wieso ließen sie ihn nicht allein?

»Du hattest keine Fackel bei dir, Maurice. Jemand ist zu dir gekommen. Du hast zwei blaue Augen, dein Körper hat nicht nur Spuren vom Feuer, er ist auch von Blutergüssen übersät. Wer ist es gewesen?«

Maurice schwieg weiterhin. Ein Seufzen war alles, was er herausbrachte, und Lord Llansteffan schloss sich ihm damit an.

»Lady Alice macht sich große Sorgen um dich«, sagte er schließlich. Maurice schien es, als hätte er ihn damit aus einem weiteren nebligen Dämmerschlaf geholt. »Die Hebamme musste sie beinahe schon ans Bett fesseln, um zu verhindern, dass sie zu dir kommt.«

Schlagartig fiel ihm wieder ein, wie krank Lady Alice gewesen war, und er drehte sich zu dem Lord um. »Wie geht es ihr?«, fragte er in Erinnerung an die fürchterlichen Schreie, die ihn schaudern ließen. Er wusste, viele Mütter starben erst in den Wochen nach der Niederkunft, und für Lord Llansteffans Gemahlin war die Gefahr noch nicht vorüber. »Wird sie wieder gesund?«

Der Lord brachte ein zaghaftes Nicken hervor. »So Gott will.«

»Und …« Er hustete gegen das Kratzen in seinem Hals. »Das Kind?«

»Du meinst deine Braut?« Er lachte laut auf, als Maurice die Augen zusammenkniff. »Lady Alice hat mir schon erzählt, was sie dir angetan hat.« Er schüttelte den Kopf. »Frag mich nicht, was in den Frauen vorgeht, Maurice, aber noch hast du die Möglichkeit, von deinem Schwur zurückzutreten.«

»Mylord?«

»Sie hat dich ja geradezu gezwungen. Außerdem ist das keine Sache, die man mit … jungen Männern bespricht.«

Maurice wusste, der Ritter hatte »Kinder« sagen, ihn aber nicht beleidigen wollen.

»Solche Angelegenheiten werden unter Vätern geklärt«, fuhr er fort. »Und ein Schwur unter Zwang ist nicht bindend.«

Mit klopfendem Herzen sah Maurice zu dem Älteren auf. Er wusste nicht, was er sagen sollte. Diese Verbindung war mehr, als er jemals zu erhoffen gewagt hatte, auch wenn ihn der Schwur in lähmende Panik versetzte. Doch er war auch nicht mehr derselbe Mann, den Lady Alice für ihre Tochter haben wollte. Vielleicht würde er ein vernarbtes Monster bleiben. »Mylord, wenn Ihr mich nicht wollt und lieber …«

»Ach, wo denkst du hin.« Der Ritter schenkte ihm ein warmes Lächeln. »Ich könnte mir keinen besseren Schwiegersohn vorstellen.«

»Aber wenn ich …« Er sah an sich hinab, an seinen von nassem Leinen bedeckten Körper. »Wenn ich für immer entstellt bleibe?«

Lord Llansteffan schnalzte missfällig mit der Zunge. »Was redest du da? Ein paar Narben wirst du davontragen, mehr nicht. Außerdem seien wir mal ehrlich. Besonders hübsch wärst du ohnehin nicht geworden.«

Maurice musste lachen und fuhr sogleich vor Schmerzen zusammen. »Es wäre mir eine Ehre, Eure Tochter zu heiraten«, krächzte er, wohl wissend, dass er sich besonders jetzt, nach dem Feuer, umso glücklicher schätzen musste.

»Dann ist es also beschlossen.« Lord Llansteffan klopfte ihm auf die heile Schulter und nickte zuversichtlich. »Eine friedvolle und genügsame Braut hast du übrigens.« Er deutete in jene Richtung, wo die Halle lag. »Keine Spur vom irischen Temperament. Mir scheint, du wirst es einmal besser haben als ich, mein Sohn.«

Maurice' Herz erwärmte sich beim Klang dieser Anrede, und er konnte nichts anderes tun, als seinen zukünftigen Schwiegervater anzustarren. Plötzlich war jeder Zweifel verflogen. Jetzt, wo er wusste, dass er die Zustimmung seines Vorbilds hatte. Die Vereinbarung mit Lady Alice war ihm falsch erschienen, aber Lord Llansteffan hatte seinen Segen gegeben. Es würde alles gut werden. Da war nur noch eines, das ihn beschäftigte. »Mylord.« Maurice starrte einige Augenblicke an sich hinab, ehe er es wagte aufzublicken. »Was ist mit Niah geschehen? Die Männer Eures Bruders …«

Lord Llansteffan presste die Lippen aufeinander und unterbrach ihn. »Sie ist weg. Das braucht dich nicht zu kümmern, Maurice.«

»Wie könnt Ihr …«

»Dem Mädchen wird es gutgehen, wir fanden einen schönen Platz für sie. Dort wird es ihr sicherlich besser gefallen als hier, vertrau mir. Ich weiß, du hattest sie gern, aber sie gehörte nicht hierher. Sie war nicht glücklich. Wenn sie dir wirklich etwas bedeutet hat, dann freue dich für sie.«

Maurice wusste, dass er auf verlorenem Posten kämpfte. Blut war eben dicker als ein Eheversprechen. Sein Namensvetter würde nicht gegen seine Familie sprechen. »Was ist mit Lady Alice? Weiß sie davon, wird sie sich nicht aufregen?«

Lord Llansteffan schüttelte den Kopf. »Genug davon, Maurice! Lady Alice hat jetzt Elizabeth.«

»Elizabeth.« Maurice lehnte sich zurück und bedeckte seine Augen mit dem Arm. Der Name seiner zukünftigen Braut.

»Zwölf Jahre, Maurice«, hörte er den Ritter sagen. »Dann gehört sie dir.«

# Pembroke Cross, Südwestwales, Herbst 1146

Maurice konnte nicht atmen, der Gestank in diesem Raum ließ einen Würgereiz in ihm hochsteigen, den er kaum zu unterdrücken vermochte. Eine der Frauen kam zu ihm und intensivierte den übermäßig süßen Blumenduft in dem von Schweiß- und Fischgeruch geschwängerten Zimmer. Ihre rot bemalten Lippen verzogen sich zu einem Grinsen und offenbarten noch mehr Farbe auf den Zahnstummeln. Die von Kohle umrandeten Augen blickten amüsiert, als er einen Schritt zurückwich und sich nach dem Ausgang umsah.

»Komm her, mein Großer, du hast dir die Richtige ausgesucht, bei mir bekommst du etwas für dein Geld.«

Maurice öffnete den Mund, er wollte etwas sagen, aber er brachte kein Wort heraus. Aus den Augenwinkeln sah er Meilyr, der sich lachend von einer anderen Frau hinter verschlissene Vorhänge ziehen ließ, und auch ein paar Männer der Garnison, die den Constable begleitet und die Knappen hierhergebracht hatten, verschwanden unter Kichern.

Der Constable war nach Pembroke Cross gekommen, dem nahen Hafen im Milford Haven Ästuar, um sich mit seinem Vetter, dem Rebellenanführer Cadell, zu treffen. Die beiden wollten einen Waffenstillstand schließen, nachdem Cadell im Sommer nicht nur Carmarthen von de Clares Vater, sondern auch Lord Llansteffans Burg eingenommen hatte.

Lady Alice' Worte an ihren Gemahl kamen ihm in den Sinn. Einst hatte Maurice das Gespräch belauscht, in dem Lady Alice ihren Gemahl davor gewarnt hatte, in ein Hornissennest zu stechen. Sie hatte gefürchtet, dass sich der Anführer der Rebellen gegen seine normannischen Verwandten stellen könnte, wenn Lord Llansteffan den Earl unterstützte. Und sie hatte recht behalten. Wenige Monate, nachdem sie ihren Gatten dazu überredet hatte, sie und ihre Tochter zurück nach Hause zu bringen, war Cadell eingefallen. Alle Versuche Lord Llansteffans und des Constable, die Burg zurückzuerlangen, waren fehlgeschlagen. Das einzige Glück war, dass die Waliser Frauen und Kinder unbeschadet hatten abziehen lassen, so war auch Maurice' zukünftiger Braut Elizabeth nichts geschehen.

Jetzt lebte Lord Llansteffan mit seiner Familie in der Burg seines Bruders Carew, manchmal auch in Pembroke. Er war landlos und mittellos, und zum ersten Mal fühlte Maurice sich nicht gänzlich unwürdig, wenn er daran dachte, die Tochter dieses Mannes zu heiraten. Vielleicht könnte er Elizabeth etwas bieten, ein schönes Heim, Sicherheit, sogar ein wenig Wohlstand. Vielleicht würde sie darüber hinwegsehen, dass sein Körper von Narben gezeichnet war.

Blasse und bräunliche Flecken an seiner linken Schläfe bis zum Jochbein zeichneten sein Gesicht. Seine Schulter war nicht so schlimm betroffen gewesen, die Brandwunden waren ohne Narbenbildung verheilt. Doch an seiner linken Seite war die Haut gerötet und zerfurcht, dort hatte das Feuer ihn am schlimmsten erwischt. Diese Stellen schmerzten auch nach einem Jahr noch und spannten bei Bewegungen. Aber während er im Fieber dagelegen war und sich mit Salben aus Schweineschmalz, Honig und Pferdeurin hatte beschmieren lassen, hätte er nicht zu hoffen gewagt, so glimpflich davonzukommen. Er war nicht der hübscheste Knappe in Pembroke, aber es hätte sehr viel schlimmer kommen können. Vor allem, da die Damen ihm seit dem Vorfall sonderbarerweise mehr Aufmerksamkeit schenkten als zuvor. Meilyr, der gerne von sich sagte, die Denkweise von Frauen zu verstehen, behauptete, Maurice sähe mit seinem hohen Wuchs, dem langen Haar und den Narben aus wie ein kriegerischer Seefahrer. Das gefiele den Damen besser als brave, goldene Schönlinge. Und wer war er, Meilyrs Worte anzuzweifeln.

Seine Narben waren auch nicht der Grund, weshalb er sich nicht mit einer dieser Frauen zurückziehen wollte. Er konnte einfach nichts anderes als Ekel empfinden, wenn er die ungewaschenen Dirnen mit ihren fleckigen Kleidern und fettigen Haaren ansah.

»Ich muss hier raus.« De Clare kam an seine Seite, blass wie eine gekalkte Wand mit gleichzeitig rot glühenden Wangen. »Soll ich dich auf eine Pastete einladen?«

Maurice nickte erleichtert und sah zu Raymond und Griffin hinüber, die auch nicht besonders begeistert beim Anblick der Hafendirnen aussahen.

»Raymond, wie wäre es mit einer Pastete?«

Der dickliche Junge fuhr zu ihm herum und sah ihn aus großen Augen an. Wie immer stand Schreck in seinem Blick, wenn er sich Maurice gegenübersah, so als würde Maurice gerade jetzt den Moment wählen, um die Wahrheit über den Brand zu verkünden. Auch achtete Griffin darauf, dass Maurice nicht zu nahe an seinen Bruder herankam.

Griffin stieß Raymond in die Seite, der zusammenzuckte und sichtbar schluckte. Dann baute er sich zu voller Größe auf und sagte wie ein abgerichteter Hund auf Griffins Kommando hin: »Steck dir deine Pasteten sonst wohin!« Gemeinsam mit Griffin eilte er aus dem Dirnenhaus, und Maurice seufzte.

»Dann bleiben wohl nur wir zwei.«

De Clare gab ein verächtliches Schnauben von sich und schüttelte den Kopf. »Ich verstehe nicht, warum du es immer wieder versuchst. Nach allem, was er getan hat, solltest du ihn zum Teufel schicken.«

Sie gingen ebenfalls hinaus, unter dem Gelächter der Huren, und atmeten tief ein. Die Luft war nicht viel besser, der Fischgestank sogar noch intensiver, aber der salzige Wind vertrieb die Übelkeit ein wenig.

»Wenn Raymond erst einmal einsieht, dass ich ihm nichts tun will, dass ich ihm nie etwas getan habe ...«

»Aber *er* hat *dir* etwas getan!«

Maurice zuckte mit den Schultern. De Clare war der Einzige, der die Wahrheit über den Brand kannte, Maurice hatte sich jemandem anvertrauen müssen, sonst wäre er an diesem Geheimnis erstickt. Vielleicht hätte er auch Meilyr einweihen sollen, seine Freundschaft zu ihm war sehr viel älter als die zu de Clare, aber Maurice kannte Meilyr. Er war ungestüm und dachte selten nach. Er würde die Wahrheit in einem unbesonnenen Moment einfach verraten, und das konnte Maurice nicht riskieren. Denn die Worte des sonst so verschlossenen Odos waren ihm nahegegangen. Er brachte es nicht über sich, Raymond ans Messer zu liefern, wusste er doch im Grunde seines Herzens, dass dieser ihm in allem unterlegen war. Und er gab die Hoffnung nicht auf, dass, wenn Raymond von Griffin wegkäme, wenn er Vergebung erfuhr, er vielleicht den richtigen Weg finden würde. Außerdem wäre er bald durch eine Ehe mit den Brüdern verwandt.

»Bald steigt Raymond zum Knappen auf, und Griffins Einfluss wird noch größer. Ich weiß, was er mir angetan hat, aber er ist nicht das wahre Monster. Und vielleicht hat Gott noch etwas mit ihm vor, indem er dich sein Leben hat retten lassen.«

»Aber er hasst dich, Maurice.« De Clare zählte ein paar Münzen aus seiner Börse und kaufte ihnen beiden eine Pastete anstatt eine Hure, womit Maurice sehr viel glücklicher war.

»Aber dich verehrt er, de Clare, nicht nur seit du ihn aus dem Fluss gefischt hast.« Sie schlenderten zwischen Lehmhütten und abgestellten Fischerbooten hindurch auf eine Anhöhe, von der die Bucht mit ihrem tiefen Wasser zu überblicken war. Im wogenden Ufergras ließen sie sich nieder und blickten auf die Schiffe hinunter. »Also vergiss nicht, was du mir zugesagt hast.«

De Clare biss brummend von seiner Pastete. »Du bist zu gut für diese Welt, Maurice. Weißt du, wie lange wir dachten, du würdest es nicht schaffen? Dass dich das Fieber kriegt? Und jetzt willst du dem kleinen Scheusal auch noch helfen.«

»Ich hatte genügend Zeit, darüber nachzudenken. Es ist das Klügste, was ich machen kann.«

»Wenn es jemals so weit kommen sollte, werde ich ihm klar sagen, wem er den Platz in meinem Haushalt verdankt.«

»Er wird dir nicht glauben, aber das macht nichts.«

De Clare warf ihm von der Seite einen Blick zu. »Bist du denn wirklich nicht wenigstens ein bisschen bitter?«

»Und wie! Ich könnte jedes Mal, wenn ich jemanden bei meinem Anblick zurückweichen sehe, meine Faust gegen die Wand schlagen – oder in Griffins und Raymonds Gesicht. Aber was würde Rache daran ändern? Jetzt kann ich vielleicht wirklich etwas bewirken. Wie sagte der heilige David so schön? *Gwnewch y pethau bychain mewn bywyd – tu die kleinen Dinge im Leben.* Manchmal macht eine kleine Tat einen großen Unterschied, mein Freund.«

 **Striguil, Ostwales,
Jänner 1148**

Ist es schändlich, Erleichterung zu empfinden?«

Maurice zügelte sein Pferd und wandte sich de Clare an seiner Seite zu. »Das kommt darauf an. Bist du erleichtert, weil die Beerdigung hinter dir liegt, oder weil dein Vater tot ist?«

Ein Schmunzeln hob de Clares Mundwinkel. Er starrte weiterhin auf die Mähne seines Schimmels, während ihm der Atem in fahlen Wolken vor dem Gesicht stand. Verstohlen sah er zurück zu ihren Begleitern, die dem schmalen Uferpfad am Waldrand folgten, dann warf er ihm mit hochgezogener Augenbraue einen verschmitzten Blick zu.

Maurice schluckte ein Lachen hinunter, und auch de Clare senkte schnell die Lider, um den trauernden Sohn vorzugeben. Gleichgültig war ihm der überraschende Tod seines Vaters bestimmt nicht, aber Maurice konnte nachvollziehen, dass ihm eine enorme Last von den Schultern fiel. Nicht mehr im Schatten dieser Macht zu stehen, die mit Missgunst und Verachtung auf ihn herabblickte, musste sich befreiend anfühlen. Gleichzeitig wussten sie aber beide, dass dieses Gefühl der Leichtigkeit kaum lange anhalten würde. Mit achtzehn Jahren zum Earl of Pembroke und Striguil ernannt zu werden – zwei mächtige Grafschaften in Wales –, zum Lord von Pevensey in England und zum Lord von Orbec und Bienfaite in der Normandie, war keine leichte Aufgabe. Allein auf der englischen Seite des Kanals erbte er fünfundsechzigeinhalb Ritterlehen in neun Grafschaften. De Clares kaum unterdrücktem Lächeln nach zu urteilen, hatte er beschlossen, sich später mit dem schwindelerregenden Ausmaß seiner Verantwortung zu befassen.

Vielleicht verdrängte er die Folgen seines Aufstiegs auch nur, so wie er den Tod seines Vaters ignorierte. Als die Nachricht vor zehn Tagen in Pembroke eingetroffen war, hatte de Clare kein Wort gesagt. Er war gefasst in die Halle geschritten und hatte dem Constable mitgeteilt, dass er sogleich aufbreche, um die Beisetzung zu arrangieren. Dann war er weg gewesen, und Maurice hatte ihn erst heute in der Abtei von Tintern wiedergesehen. Zusammen mit dem Constable, Lord Llansteffan, weiteren Geraldines und ihren Knappen war er angereist, um dem Earl of Pembroke die letzte Ehre zu erweisen. Jetzt hielt er sich mit de Clare an der Spitze des Zuges, auf dem Weg nach Striguil, das eine Stunde südlich der Abtei lag. Ein gemeinsames Mahl war geplant, auch wenn Maurice sich seinen zurückhaltenden Freund schwer als Gastgeber für die Nobelsten des Landes vorstellen konnte. Er war aber auch neugierig auf die Burg von Striguil, die der ganze Stolz des verstorbenen Earls gewesen war.

»Mylord de Carew!« De Clares unvermittelter Ruf ließ ihn zusammenzucken. Sein Ton war weder besonders heiter noch gebieterisch. Trotzdem schwang etwas Mutwilliges in seiner Stimme mit, das Maurice vielleicht nur bemerkte, da er de Clare so gut kannte.

Ohne zu zögern, trieb der mürrische Constable sein Pferd an und gesellte sich an ihre Seite, während die anderen weiter leisen Gesprächen nachgingen.

»Mylord?«

Maurice biss sich auf die Unterlippe und wandte den Blick ab, um sein Grinsen zu verbergen. Er konnte nur hoffen, dass de Clare sein Gesicht besser unter Kontrolle hatte, denn zu hören, wie der Constable seinen Knappen mit *Mylord* ansprach, war einer der süßesten Momente, die Maurice je erlebt hatte. Ob er jetzt wohl bereute, de Clare einst am Fluss niedergeschlagen zu haben?

»Mylord de Carew, zuallererst möchte ich Euch danken, dass Ihr die Reise auf Euch genommen habt, um der Beisetzung beizuwohnen.«

»Euer Vater war ein guter Mann … Mylord. Nicht nur mein Lehnsherr, sondern auch ein Freund.«

»Er hielt stets viel von Euch und Eurer Familie. Auch ich lernte während meiner Zeit in Pembroke, Eure Fähigkeiten zu schätzen – in der Verteidigung des Landes und in der Ausbildung zukünftiger Ritter.«

Maurice blickte auf und warf de Clare einen Blick zu. Diese Worte konnte er kaum ernst meinen. Schließlich hatte er unter dem Fechtmeister und dem Constable am meisten gelitten. Er sollte ein Mann aus Stahl werden, hatte der verstorbene Earl befohlen, kein kränklicher Bursche, der sich bei seiner Mutter ausheulte. Dem gefühllosen Gesichtsausdruck seines Freundes nach zu schließen, hatte der Constable Erfolg gehabt. Richard de Clare war bestimmt kein Bürschchen mehr, er war der neue Strongbow. Und anders als sein Vater vermochte er nach drei Jahren verbissener Arbeit einen walisischen Bogen zu spannen. Sein rotes, kurz geschnittenes Haar und die Sommersprossen verliehen ihm aber immer noch ein freundliches Aussehen, und auch seine Züge hatten die zarte Weichheit eines Jungen behalten. Nur die grauen Augen, die den Constable jetzt wie eine mit Frost überzogene Klinge ansahen, zeugten von einer inneren Stärke, mit der man sich besser nicht anlegte.

»Ihr ehrt mich sehr, Mylord.« Das schwammige Gesicht des Constable glühte. War es Zorn oder Scham, die ihn beben ließ? Er musste wissen, dass er keinesfalls so erfolgreich gewesen war, wie de Clare behauptete. Mit dem Verlust Llansteffans hatten die Geraldines einen schweren Schlag erlitten.

»Es ist sehr schade, dass Mylord de Prendergast nicht kommen konnte«, brach de Clare das kurzfristige Schweigen, allerdings sah er nicht Maurice an, sondern weiterhin den Constable.

»Die Gicht«, erwiderte dieser knapp.

De Clare nickte versonnen und ließ seinen Blick über das Watt am Fuße der Böschung schweifen, wo Vögel nach Krabben und anderem Kleingetier pickten. In ein paar Stunden würde sich das schlammige Flussbett wieder in ein schnell fließendes Gewässer verwandeln, aber noch war die Flut fern. »Sehr schade ... denn ich wollte mit ihm sprechen. Aber bis dahin können wir die Angelegenheit ja unter uns klären.«

»Mylord?«

»Maurice de Prendergast ...«, er warf Maurice mit einem flüchtigen Lächeln einen Blick zu, »... steht in Eurem Dienst. Ich möchte, dass Ihr ihn mir übergebt.«

Maurice riss die Augen auf, und auch der Constable schnappte hörbar nach Luft. Er sah zu Maurice und wieder zurück zu de Clare, nun ohne Zweifel bebend vor Zorn, da war Maurice sich sicher. Er dachte bestimmt, dass die beiden Jungen das gemeinsam ausgeheckt hatten, um ihn zu demütigen. Dabei war Maurice nie davon ausgegangen, in de Clares Dienst zu treten, schließlich war er der Erbe einer Burg und würde selbst einmal ein Lord werden. Aber sie hatten nicht ahnen können, dass der Earl of Pembroke so plötzlich verstarb und de Clare so jung zu solcher Macht kam. Was bedeutete das jetzt für Raymond? Würde de Clare sein Versprechen brechen und tun, was Griffin und Raymond ihm seit jeher unterstellten? Maurice den Platz geben, den sie sich wünschten?

»Philip de Prendergast übergab mir seinen Sohn, damit aus ihm ein anständiger Ritter wird«, knurrte der Constable zwischen zusammengebissenen Zähnen hervor, »damit er von einem Mann mit Erfahrung lernt, nicht einem Jungen! Du bist ja selbst noch grün hinter den Ohren, wie willst du Knappen ausbilden?«

Stille legte sich über die Gefolgschaft, und nur die Vögel

im Dickicht des angrenzenden Waldes brachen das Schweigen. Die respektlosen Worte waren niemandem entgangen, und jetzt sahen alle gebannt in das Gesicht des neuen Earl of Pembroke. Es war ihnen anzusehen, dass sie ihn noch nicht einzuschätzen wussten.

»Der grüne Junge kann Euch jederzeit zeigen, zu was er fähig ist, Constable«, erwiderte de Clare ruhig, einzig an der leichten Röte seiner Wangen waren ihm Gefühle anzumerken. »Und da ich bezweifle, dass Mylord de Prendergast Eure Ansicht teilt, wird Maurice nicht mit Euch nach Pembroke zurückkehren, sondern sogleich in meinen Dienst eintreten. Ich werde Euch eine Nachricht an Philip de Prendergast mitgeben, in der ich ihm meine Entscheidung erläutere.«

Maurice unterdrückte ein Lächeln. Er konnte sich nichts Besseres vorstellen, als Pembroke und all seinen Bewohnern zu entgehen. Allen voran Griffin. Der Gedanke, seinem besten Freund zu dienen, und all die Möglichkeiten und die Freiheit, die sich vor ihm ausbreiteten, waren fast schon unwirklich. Auch wenn es vielleicht nicht weise war, sich gleich mit dem Oberhaupt der Geraldines anzulegen.

Warnend, aber mit einem kaum zurückgehaltenen Grinsen, schüttelte Maurice den Kopf, aber de Clare ignorierte ihn. »Viele der treuen Gefolgsmänner meines Vaters starben im Bürgerkrieg«, fuhr er fort und trieb sein Pferd auf einen Pfad in den Wald, da der Weg an der scharfen Flussbiegung endete. »Der Aufstand meines Vaters letztes Jahr kostete weitere gute Männer das Leben. Ihr versteht bestimmt, Constable, und heißt auch gut, dass ich als Earl of Pembroke eine enge Beziehung zu meinen Vasallen anstrebe. Haltet Ihr es nicht für vernünftig, einen jungen Mann der flämischen Gemeinschaft in meinen Dienst zu stellen?« Er warf Maurice einen Blick zu und atmete sichtbar ein. »Auch die Geraldines sind mir überaus teuer«, fuhr er schließlich fort, »und ich hoffe sehr, dass die Verbundenheit, die zwischen Euch und meinem Vater herrschte, weiterhin fortbesteht. Zur Besiegelung dieses Bündnisses habe ich beschlossen, auch Euren Sohn Raymond in meinen Haushalt aufzunehmen.«

Maurice schloss die Augen und atmete erleichtert auf. De Clare stand zu seinem Wort, und es war immer noch schwer zu fassen, dass die schreckliche Zeit in Pembroke hinter ihm liegen sollte. Ein neues Leben stand ihm bevor, der abgebrannte Turm, all die Erinnerungen an den Schmerz und die Demütigungen waren nicht mehr als das – Vergangenheit.

Der still rasende Blick des Constable zeigte aber deutlich, dass er de Clares Entschluss, seinen Sohn aufzunehmen, nicht als Ehre auffasste. Vielleicht waren die Worte unglücklich gewählt gewesen. Anstatt zu fragen, hatte de Clare befohlen.

Stumm sah der Geraldine seinen neuen Lehnsherrn von der Seite aus an. Es war die Stimme eines Jungen, die das betretene Schweigen durchbrach. »Es wird mir eine Ehre sein, Mylord!«, rief Raymond von hinten mit nicht überhörbarer Aufregung und Dankbarkeit. »Mein Bruder Griffin würde Euch auch gerne dienen. Er ist in Pembroke, aber man könnte ja nach ihm schicken lassen.«

»Sei still!«, knurrte der Constable über die Schulter, was de Clare ignorierte. Er drehte sich auf seinem Pferd um und sah mit einem Lächeln zu Raymond zurück. »Sosehr ich deinen Bruder schätze, mein Bedarf an Knappen ist begrenzt. Aber ich bin sicher, Griffin wird irgendwo anders einen guten Platz finden. Er ist fast zwanzig Jahre alt und wird sich schon bald seine Sporen verdienen. Es freut mich aber sehr, dass du so bereitwillig zustimmst, in meinen Dienst zu treten, Raymond.« Er zwinkerte Maurice verschwörerisch zu und ignorierte das Schnauben des Constable.

Der Pfad verengte sich, und Maurice fiel ein wenig zurück, während der Earl und der Constable die Spitze übernahmen.

»Mein Bruder ist sehr geehrt«, ließ sich plötzlich Lord Llansteffan vernehmen, in einem Versuch, die Wogen zu glätten. Er ritt an Maurice' Seite und trieb seinen Schimmel durch den hohen Farn. »Hätte ich selbst einen Sohn, wäre ich überaus dankbar, ihn im Dienst des Earl of Pembroke zu sehen.«

De Clare sah über die Schulter zurück und nickte Lord Llansteffan zu, der eigentlich kein Lord mehr war, sondern nur noch ein landloser Ritter. Aus Höflichkeit sprach ihn aber kaum jemand ohne seinen verlorenen Titel an.

Schließlich wandte de Clare sich wieder an den Constable, abwartend, ihn nicht aus der Situation entkommen lassend und auf eine offizielle Zustimmung wartend.

Der Constable starrte zurück, sein ganzer Körper schien angespannt. Er wusste bestimmt, wie wichtig es war, ein Familienmitglied im Haushalt des mächtigsten Mannes des Landes zu etablieren. De Clare war wiederum bewusst, dass ein Geraldine in seiner Truppe nicht schaden konnte. Trotzdem war dies eine Angelegenheit des Stolzes, und niemand wollte nachgeben. Dass de Clare einen Befehl erteilt hatte, anstatt zu bitten, half bestimmt nicht, um den Constable über seinen Schatten springen zu lassen. Allerdings würde de Clare nicht nachgeben, da der Constable ihn ob seines Alters als unfähig und grün bezeichnet hatte. Die Situation war verfahren.

»Raymond wird genauso wie Maurice in Striguil bleiben, Constable. Ihr könnt Eurem Sohn alles, was er braucht, schicken lassen.« Ein letztes Mal sah er dem Constable ins Gesicht, forderte ihn heraus, dem Befehl seines Lehnsherrn zu widersprechen. Doch der Constable blieb stumm, und so trieb de Clare sein Pferd in den Galopp und verschwand hinter einem von verdorrtem Laub bedeckten Hang. Er hatte allen anwesenden Baronen deutlich gezeigt, dass er kein Knappe mehr war, sondern einer von ihnen.

Striguil war noch beeindruckender, als Maurice angenommen hatte. Die Bäume wichen zurück, und seinen Augen bot sich ein atemberaubender Anblick. Mit offenstehendem Mund sah er eine beweidete Böschung hoch zu hölzernen Palisaden, die den Kamm des Höhenzugs säumten und nicht weiter ungewöhnlich waren. Aber aus deren Mitte erhob sich in majestätischer Pracht ein rechteckiger, aus grauem Stein errichteter Turm, so gewaltig, dass Maurice sich plötzlich ganz klein fühlte. Er hatte schon Steinbauten gesehen, Burgherren wählten immer öfter diese länger anhaltende und widerstandsfähigere Bauweise gegenüber dem Holz. Aber keine der ihm bekannten Burgen konnte sich mit dieser messen. Es war auch nicht allein die Größe, die ihn so beeindruckte, sondern das Alter, das Wissen, dass dieses Werk Generationen überdauert hatte. Vor rund achtzig Jahren, bald nach der Eroberung Englands errichtet, um die Waliser im Zaum zu halten, hatten diese Mauern so einiges gesehen.

»Willkommen in Striguil.« De Clare trug ein breites Grinsen im Gesicht, voller Stolz, und ritt sogleich an, um der unbefestigten Straße zu folgen. Gefrorene Erde knirschte unter den Hufen ihrer Pferde, am Fuße des Burghügels stiegen Rauchfahnen aus den Katen der Dörfler auf. Die von Hecken gesäumten Felder der verstreut siedelnden Bauern lagen von Frost überzogen da. Kaum jemand zeigte sein Gesicht draußen in der Kälte. Maurice erkannte lediglich ein paar Gestalten in der Flussschleife auf dem Weg zu den Behausungen am Ufer; ihre Boote, die aussahen wie halbierte Walnussschalen, trugen sie auf den Rücken.

Rechter Hand passierten sie eine aus gelblichem Sandstein errichtete Priorei-Kirche, die auf einer Erhöhung lag und von bescheidenen Katen umgeben war. Unter den vereinzelten goldenen Strahlen der Mittagssonne schien sie, wie von Gottes Gnade berührt, zu leuchten.

»Der Prior hat Unsummen verlangt, um Messen für meinen Vater zu lesen«, raunte de Clare ihm von seinem Pferd aus zu. »Als hätte ich nicht schon genug Schwierigkeiten mit den Schulden, die mir der alte Herr für diesen hirnrissigen Bürgerkrieg hinterlassen hat. Man könnte meinen, der König wäre dankbar für alles, was mein Vater für ihn getan hat, um ihn auf dem Thron zu halten, aber nein, er zog gegen ihn in den Krieg.«

»Dein Vater hat gegen ihn rebelliert. Wieder mal.«

»Weil der König ihm Ländereien vorenthielt, die ihm zustanden. Wieder mal. Und jetzt darf ich mich auch noch um die Schäden in Pevensey kümmern, die der König mit seinem Angriff dort verursacht hat.«

»Ist es schlimm?«

De Clare zuckte mit den Schultern. »Das werde ich sehen, wenn ich nach England reite. Zuerst muss ich aber das hier hinter mich bringen.« Er warf einen Blick zu den Baronen in ihrer Begleitung, die an der Beisetzung teilgenommen hatten, und schließlich hoch zur Burg. Seine Lippen verblassten zu einer schmalen Linie. »Da oben warten meine Mutter und mein Onkel, die es gar nicht erwarten können, mir zu erklären, wie ich mich als Earl zu verhalten habe. Kannst *du* nicht einfach behaupten, Richard de Clare zu sein, während ich mich auf und davon mache?«

»Ha, sosehr es mich auch reizt, mich Earl zu nennen, genieße ich es in Anbetracht all der Widrigkeiten doch lieber, nur der Freund eines Earls zu sein.«

Ein leidgeplagtes Seufzen entfuhr de Clare. »Und was soll ich jetzt machen? Der König hat schon nach mir geschickt. Matilda hingegen plant angeblich, in die Normandie zurückzukehren, da sie hier nichts mehr ausrichten kann. Jetzt will sie ihren Sohn auf den Thron setzen, anstatt sich selbst. Zu wem gehe ich?«

Eine Frage, die Maurice seit Jahren Kopfschmerzen bereitete und die ihn schneller einholte, als ihm lieb war. »Dein Vater schloss vor seinem Tod Frieden mit dem König. Stephen hat ihm den Aufstand verziehen, also wird er auch dich gut aufnehmen. Jeder wird erwarten, dass du das Werk deines Vaters fortführst, du bist ein de Clare! Die de Clares sind doch schon immer erbitterte Feinde der Plantagenets gewesen, sie waren die Ersten, die Stephen dabei unterstützt haben, sich die Krone zu nehmen! Und trotz mancher Meinungsverschiedenheiten war dein Vater doch auch immer Stephens Mann, oder etwa nicht?«

»Mein Vater hat seine Fahne immer nach dem Wind gehängt.« De Clares Stimme wurde zu einem kaum hörbaren Flüstern. Er warf noch einen Blick zurück und beugte sich dann zu Maurice hinüber. »Ich muss auf die Seite, die am Ende gewinnt.«

»Tatsächlich? Und ich dachte, du musst auf die Seite, die die Krone rechtmäßig verdient.«

Ungeduldig winkte de Clare ab. »Ich weiß, du bist eher ein Anhänger Matildas, aber Sentimentalitäten kann ich mir nicht leisten, sonst verliere ich alles. Und wenn ich schon nach dem Herzen ginge, wäre ich immer noch auf Stephens Seite. Der König ist kein schlechter Mann, Maurice, ich habe ihn häufiger an der Seite meines Vaters getroffen. Wenn er einen Fehler hat, dann, dass er zu gütig ist. Wieso sonst hätte er meinen Vater wieder in seine Gunst aufnehmen sollen? Wie könnte ich ihn verraten, nachdem mein Vater ihn vor seinem Tod betrog und er ihm verzieh? Und Matilda … kann sie überhaupt noch gewinnen? Wie ehrgeizig ist ihr Sohn? Dieser Henry Plantagenet? Hast du gehört, dass er letztes Jahr mit ein paar Söldnern in England landete, aber nichts ausrichten konnte, da er nicht in der Lage war, die Männer oder seine Heimfahrt zu bezahlen?«

»Es heißt, seine Mutter hätte ihm auch nicht helfen können, und so entlohnte am Ende der König die Männer, die ihn eigentlich hätten vernichten sollen. Er ließ Henry auch unbeschadet heimkehren. Weiß der Teufel, wieso. Zu gütig, sagst du? Damit könntest du recht haben.«

De Clare schüttelte den Kopf. »Henry war letztes Jahr beim Feldzug erst vierzehn. Wenn du den König schon einmal sprechen gehört hättest, wüsstest du, dass er nicht einfach den vierzehnjährigen Sohn seiner Cousine wegsperren oder hinrichten könnte. Er tat Henrys Kampagne bestimmt als jugendlichen Übermut ab. Aber die entscheidende Frage lautet doch: Muss man mit Henry rechnen? Er hat letztes Jahr verloren, aber es zeigt sich doch deutlich, dass er nicht bereit ist, den Anspruch seiner Mutter aufzugeben. Und dann darf man auch nicht König Stephens Sohn Eustace de Boulogne vergessen, dem man bestimmt kein zu großes Maß an Güte unterstellen kann. Er ist in meinem Alter, nur ein paar Jahre älter als Henry und sehr bestrebt darin, die Krone seines Vaters zu erben. König Stephen streitet doch auch gerade mit dem Papst darum, Eustace bereits jetzt krönen zu lassen, sodass ihm nichts mehr die Herrschaft nehmen kann. Mir scheint, Stephens und Matildas Kampf hat sich auf die nächste Generation verlagert: Eustace oder Henry? Ich kann es mir nicht leisten, auf der Seite des Verlierers zu stehen.«

»Kannst du dir leisten, auf der Seite eines Wüstlings wie Eustace de Boulogne zu stehen? Du magst Skrupel haben, einen guten Mann wie Stephen zu verraten, aber Eustace? Du weißt, was man über ihn sagt.«

»Und Henry Plantagenet soll Teufelsblut in sich haben. Hier geht es nicht um Überzeugung, sondern ums Überleben. Wie konnte mein Vater sich so lange in diesen Wirren über Wasser halten?«

Maurice berührte seinen Arm. »Wenn meine Erinnerung mich nicht trügt, bist du ein ausgezeichneter Schwimmer, de Clare. Und heute musst du keine Entscheidung treffen. Wir werden uns schon etwas einfallen lassen. Vielleicht ziehen wir einfach ins Heilige Land und kämpfen gegen Muselmanen, bis wir hier einen unumstrittenen Herrscher haben.«

De Clare nickte leise lachend, er schien tatsächlich erleichtert. »Ja, das könnten wir tun.« Er lenkte sein Pferd an den einfachen, aus Flechtwerk und Lehm errichteten Katen vorbei auf den Pfad, der zur Burg hinaufführte. Unter ihnen lag der Fluss, und auf der anderen Uferseite erstreckte sich England. Maurice war diesem Land nie zuvor so nahe gewesen, und es überraschte ihn, dass er leichten Widerwillen verspürte. England stand für ihn für einen sinnlosen Krieg, einen unfähigen König und eine verbissene Frau. Es war sonderbar, dass lediglich ein Streifen Wasser ihn von diesem Land trennte, das ihm immer so weit weg vorgekommen war.

Rufe von Wachen erschollen von den Palisaden, die schweren Torflügel schwangen nach innen hin auf und präsentierten einen weitläufigen Hof, in dem rege Betriebsamkeit herrschte.

Strohgedeckte Verschläge drängten sich an die Palisade und die Mauern des Steinturmes. In einem davon blendete das rote Glühen von Metall, wo der Schmied Eisen für die Pferde herstellte. Hühner liefen frei über den Hof, ein Mädchen versuchte sie zusammenzutreiben und in einen der Verschläge zu sperren. Aus dem Zwinger war aufgeregtes Bellen zu hören.

»Der Herr stehe mir bei«, murmelte de Clare und ließ seinen Blick den Turm hochwandern. Maurice tat es ihm gleich und staunte immer noch über die Macht, die das Gebäude ausstrahlte. Aus der Nähe war das Bauwerk gleich noch einschüchternder, auch erkannte Maurice, dass es nicht nur aus grauem Kalkstein errichtet war, wie es aus der Ferne wirkte, sondern auch vereinzelt Reihen aus rotem Sandstein aufwies. Es war von Osten nach Westen hin ausgerichtet und nahm den schmalen Kamm des Höhenzugs komplett ein, als wäre es direkt aus den Klippen am Fluss herausgewachsen. Zur anderen Seite führten steile Böschungen ins Tal hinab, die die Verteidigung zusätzlich erleichterten. Es gab keinen Weg am Burgturm vorbei, nur eine Galerie, die zwischen die Wehrmauer auf der Flussseite und den

Turm gequetscht worden war. Hinter dem rechteckigen Bauwerk, das bestimmt hundert Fuß lang war, erstreckte sich ein weiterer Hof, soweit Maurice es erkennen konnte.

Mit einem letzten Blick auf dieses Ungetüm schwang Maurice sich von seinem Zelter, schlug die Steigbügel über und sah sich nach den Stallungen um. Knechte waren bereits dabei, die Rösser der hohen Herren wegzuführen, und Maurice schloss sich ihnen an. Als Knappe war er selbst für die Versorgung seines Reittiers verantwortlich, genauso für die Pferde seines Herrn und dessen Begleiter, zumindest war das in Pembroke so gewesen. Aber was de Clare von ihm erwartete, wusste er noch nicht.

Es war etwas sonderbar, seinen Freund plötzlich als Dienstherrn zu sehen, aber er würde sich wohl daran gewöhnen.

»Sieh zu, dass du die Trensen gut wäschst und trocknest, bevor sie rosten«, bellte der Constable unvermittelt in seine Richtung.

Maurice hielt inne, sah über den Rücken seines Pferdes zu seinem einstigen Herrn und verbiss sich einen Kommentar. Aber de Clare war heute nicht so besonnen wie üblich.

»Maurice, du kommst mit mir, und um die Pferde kümmert sich …« Er drehte sich um, auf der Suche nach einem Knappen, sein Blick fiel auf Raymond, als er direkt mit einer Magd zusammenstieß. Der Beutel, den die junge Frau vor sich getragen hatte, platzte auf, und von einem Moment zum anderen verschwanden die beiden in einer Wolke weißer Federn.

De Clare taumelte einen Schritt zurück, die Magd fiel zu Boden, ob vom Aufprall oder aus Unterwürfigkeit vermochte Maurice nicht zu sagen. Aufgeregte Rufe erklangen von überallher, und noch ehe Maurice sichs versah, stürmte der Constable an allen Anwesenden vorbei und versetzte der jungen Frau einen Tritt.

»Tollpatschiges Gör! Sieh nur, was du angerichtet hast!«

Maurice stand da wie erstarrt, und de Clare schien es nicht anders zu ergehen. Er rührte sich noch nicht einmal, als Raymond vor ihm erschien und dienststeifrig Umhang und Bliaut abzuputzen versuchte. Aus den ständigen Fragen nach de Clares Wohlbefinden zu schließen, hatte Raymond vor, sich in seiner neuen Aufgabe mächtig ins Zeug zu legen. Ein Anblick, der ihn freuen sollte, schließlich war Maurice es gewesen, der sich bei de Clare für ihn ausgesprochen hatte. Aber wenn er den zu groß geratenen Fünfzehnjährigen ansah, meinte er oft noch, das Feuer auf seiner Haut zu spüren.

»Steh auf, du nichtsnutziges Weibsbild!« Der Constable verpasste der Frau einen weiteren Tritt. Maurice biss die Zähne zusammen, wünschte sich nur einen Funken mehr Macht, um nicht ständig nur zusehen zu müssen, aber noch war er nur ein Knappe.

De Clare hingegen war keiner mehr, und zu aller Überraschung wischte er Raymond mit einer groben Armbewegung zur Seite und baute sich, übersät von weißen Federn, vor dem Constable auf.

»Es reicht.« Er sprach leise, seine sanfte Stimme klang fast freundlich, und trotzdem hielt der Constable, der die Frau gerade an den Haaren gepackt hatte, inne.

»Lasst sie los.«

Der Constable gehorchte, machte aber keine Anstalten, zur Seite zu treten. »Dieses dumme Ding hat eine Strafe verdient. Euer Gewand ist nicht mehr zu retten. Zahlen soll sie dafür.«

De Clare sah an sich hinab, auf die in der Wolle seines Umhangs verhakten Federn. Einige Schlaufen hatten sich dank Raymonds Versuch der Reinigung bereits gelöst, und Maurice erkannte sogar ein Loch im Gewebe. Das silbrige Fuchsfell, mit dem der Überwurf gefüttert und gesäumt war, wirkte jedoch unversehrt.

De Clare schien seine Kleidung aber weniger zu interessie-

ren als die junge Frau zu seinen Füßen. »Wie ist dein Name?«
Er beugte sich ein wenig hinunter, um ihr ins Gesicht zu sehen,
während Maurice mit seinem Pferd an der Hand näher trat. Er
wusste nicht, was er fürchtete, er hatte nur kein gutes Gefühl
dabei, den neuen Earl of Pembroke im Mittelpunkt aller Aufmerksamkeit zu sehen, mit dem Constable an seiner Seite. Er
wollte ihn ein wenig abschirmen, auch wenn das fast unmöglich
war, schließlich traten auch andere hinzu.

Die junge Frau richtete mit fahrigen Bewegungen ihre Haube und schob ihr schwarzes Haar unter das Tuch. Voller Furcht
in den dunklen Augen sah sie zu de Clare hoch, und einen
schmerzenden Moment lang sah Maurice Niahs Bild vor sich.
Es kam nicht oft vor, dass Maurice solche Angst im Gesicht eines anderen sah, und so fühlte er sich ungewollt an den Moment
im Hof von Pembroke erinnert, als Niah zusammengebrochen
war. Absurderweise hatte auch sie Angst vor de Clare gehabt,
dem sanftmütigsten Menschen, den Maurice kannte.

»Elen, Mylord«, brachte die junge Frau stockend heraus.
Maurice schätzte sie auf sein Alter, siebzehn oder achtzehn
Jahre. »Mein Name ist Elen ferch Davydd. Mein Vater ist Euer
Fletcher, Mylord, ich bringe ihm Gänsefedern für die Pfeile.«

»Dein Vater kann sich die Federn vom Umhang seines Herrn
holen!«, knurrte der Constable, der bestimmt weniger daran interessiert war, sich bei de Clare einzuschmeicheln, indem er dessen gräfliches Gewand verteidigte, sondern es eher genoss, ein
anderes menschliches Wesen zu demütigen.

»Das ist eine gute Idee, Constable.« De Clare öffnete die
Brosche an seinem Hals und nahm seinen Umhang ab. Mit einem freundlichen Lächeln streckte er ihn der Frau entgegen,
die ihn nur aus großen Augen anstarrte. »Hier sind mehr Federn drauf, als auf dem Boden verstreut liegen. Vielleicht kann
dein Vater noch etwas mit ihnen anfangen.«

»Mylord …« Elen streckte die Hände aus, ließ sie dann aber

wieder sinken. Ihr misstrauischer Blick glitt über die versammelten Barone, es war ihr anzusehen, dass sie eine Falle fürchtete.

»Nimm schon, es ist in Ordnung, behalte den Umhang nur.«

Flüstern brandete hinter Maurice auf. »Nur eine Magd«, vernahm er, »eine Waliserin«, und an de Clares plötzlicher Anspannung erkannte er, dass ihm die Verwunderung der Männer über dieses wertvolle Geschenk und seine Sanftmut ebenfalls nicht entging.

»Jetzt nimm schon.« Er drückte der jungen Frau den Umhang in die Hände, seine Stimme ungewohnt scharf, voller Ungeduld. »Und dann verschwinde von hier. Mach deine Arbeit.«

Elen zögerte nur einen kurzen Moment, dann sprang sie auf, presste den Umhang und Beutel an ihre Brust und rannte, als wäre der Teufel höchstpersönlich hinter ihr her.

Im Hof herrschte unheimliche Stille, alle sahen de Clare an, der Maurice einen Blick zuwarf und dann tief einatmete. »Zum Glück war das nicht mein bester Umhang, er war vollkommen ruiniert.« Er lachte laut auf, und wie auf ein unsichtbares Kommando hin fielen die anderen in das Lachen ein. Nur Maurice schien zu bemerken, wie unangenehm seinem Freund die Situation und seine neue Rolle waren, wie er die Hände zu Fäusten ballte und dann wieder die Finger streckte. De Clare war bestimmt kein Mensch, der grundlos auf Untergebene losging, gleichzeitig durfte er aber auch keine Schwäche zeigen.

»Lasst uns endlich etwas essen!«, rief er und klopfte dem einen oder anderen Baron freundschaftlich auf die Schulter, als wäre er nicht erst achtzehn und überfordert.

Die Männer ließen sich nicht zweimal bitten und schritten plaudernd zum Ungetüm von Turm, während de Clare sich etwas zurückfallen ließ und zu Maurice kam.

»Lass die Pferde sein, es wird sich schon jemand finden. Ich habe eine andere Aufgabe für dich.« Er zog ihn zur Seite an die

Palisade und warf einen raschen Blick zurück, als fürchtete er Zuhörer. Oder als plante er sein Entkommen.

»Musst du nicht in die Halle zu deinen Gästen?« Maurice gelang es nicht, sein Amüsement gänzlich verborgen zu halten. Es mochte noch so einige Abenteuer an der Seite des neuen Earls zu erleben geben. Und wenn es nur solche waren, in denen de Clare sein Unwohlsein zu verbergen gezwungen war.

»Ich gehe ja gleich«, brummte sein Freund sichtlich ungeduldig. »Außerdem sind meine Mutter und mein Onkel dort, um die Leute in Empfang zu nehmen.«

»Zu einem warmen Essen würde auch ich nicht Nein sagen.«

»Später, Maurice. Zuerst musst du für mich zum Fletcher laufen. Suche Elen und …« Er verstummte, schüttelte den Kopf und fuhr sich durch das karottenrote Haar. »Sieh für mich nach, ob es ihr gutgeht, ja?«, brachte er schließlich mit glühenden Wangen heraus. »Ich kann nicht selbst gehen, aber ich muss wissen, ob der Constable sie verletzt hat. Das waren ein paar üble Tritte, vielleicht braucht sie Hilfe.«

Maurice sah seinem Freund in die Augen, prüfend, ob er seine Worte ernst meinte, aber de Clare erwiderte seinen Blick gerade und voller Ungeduld.

Ein Lachen entfuhr ihm. »Pass nur auf, *Mylord*, dass keiner von deiner Güte erfährt, sonst raubt dich das Gesinde noch am ersten Tag aus, und die anderen Barone fallen hier ein, um es sich in diesem Monstrum von Burg gemütlich zu machen.«

»Deine Scherze helfen weder mir noch dem Mädchen, also …« Er scheuchte ihn davon, und Maurice lachte noch lauter.

»Ist das ein Befehl, Mylord?«

»Natürlich nicht! Die Bitte eines Freundes.«

»Also schön.« Maurice nickte und wurde sogleich ernst. »Aber wenn du nichts dagegen hast, nehme ich Raymond mit. Er könnte noch etwas lernen.«

»Und mir unterstellst du ein zu großes Maß an Güte …«

»Uns ist wohl beiden nicht zu helfen.«

Maurice machte sich davon und fand Raymond im Stall, wo er neben de Clares gründlich gestriegeltem Pferd den Sattel einfettete.

»Komm mit, wir haben etwas für den Earl zu erledigen.«

ηur damit du es gleich weißt. Ich habe dich schon lange durchschaut.« Raymond schwang sich auf den Zelter und folgte Maurice den Hügel hinunter, ohne Unterbrechung redend. »Du willst einfach alles an dich reißen, dabei hast du eh schon genug. Du bekommst deine Burg, dein Land, aber du willst mehr, du willst meine Familie, du willst de Clare, und jetzt willst du auch noch mich für deine Zwecke. Du willst mich von Griffin entfernen, deshalb tust du immer so nett, aber ich weiß, dass du es nicht ernst meinst. Ich weiß, dass du nur auf den richtigen Augenblick wartest, um dich an uns zu rächen. Ich falle nicht auf dieses Getue herein, Griffin hat mich gewarnt.«

Maurice zuckte mit den Schultern, er hörte diese Worte schon seit Jahren, es gab nichts, das er sagen könnte, um Raymond vom Gegenteil zu überzeugen, und so ritt er schweigend weiter.

Sie erreichten die ersten Katen der Feldarbeiter, die die Äcker ihres Herrn bestellten, ein wenig Vieh hielten und sich ihr Gemüse in den eingezäunten Gärten hinter den Hütten zogen. Eine dicke Strohschicht lag auf den winterfesten Pflanzen, um sie vor Schnee und dem ärgsten Frost zu schützen.

Maurice beobachtete ein Mädchen in einfachem Wollkleid, das mit etwas Lauch ins Warme zurückhuschte – ob wegen seines Erscheinens oder der Kälte, konnte er nicht sagen. Wahrscheinlich hatten das Narbengesicht und der Riese an seiner Seite sie erschreckt. Die Menschen hier sahen wohl nicht alle

Tage einen von Feuer entstellten Knappen und einen hünenhaften Fünfzehnjährigen mit dem Gesicht eines Kindes und den goldenen Locken eines Engels.

Maurice und de Clare waren beide hochgewachsen, sie überragten sogar Meilyr um fast eine Haupteslänge, aber Raymond blickte trotz seines jungen Alters auf alle anderen herab. Auch schien er doppelt so breit wie die meisten Männer, wenn auch nicht länger allein seiner Vorliebe für süße Speisen wegen. Seit dem Beginn der harten Knappenausbildung schien er durchaus muskulös und stark wie ein Bär. Ein Glück, dass er einst im Turm noch nicht solche Kräfte besessen hatte, ansonsten wäre Maurice wohl nicht mit heilen Knochen davongekommen.

»Was sollen wir denn für Mylord de Clare besorgen?«, brach Raymond schließlich mürrisch das Schweigen.

Maurice lächelte. »Wir sehen nach dem Federnmädchen.«

»Warum?«

»Weil dein Vater sie verletzt haben könnte.«

»Na und?«

Maurice warf ihm einen scharfen Blick zu. »Ich glaube nicht, dich erinnern zu müssen, wie es sich anfühlt, den Stiefel deines Vaters zu spüren zu bekommen.«

Raymond schnappte hörbar nach Luft, sagte aber kein Wort mehr. Gut so, denn Maurice fiel seine Güte nicht so leicht, wie de Clare glaubte. Er grollte Raymond immer noch, vielleicht nicht so sehr für seine Tat im Turm als für seine Loyalität Griffin gegenüber. Die Dummheit dieses Jungen machte ihn rasend, und manchmal konnte Maurice sich nur schwer davon abhalten, ihn kräftig zu schütteln.

Ohne ein weiteres Wort an Raymond lenkte Maurice seinen Fuchs zu einem grauhaarigen Mann, der gerade das Eis in den Eimern mit Wasser vor seiner Hütte aufstieß, eine Wollmütze tief ins Gesicht gezogen, die rote Nase am Hemdsärmel abwischend.

»Verzeih, wo finde ich den Fletcher?«, rief Maurice freundlich, hoffend, dass der Mann bei seinem Anblick nicht erschrak.

Aber der Alte zuckte zusammen und sah aus großen Augen zu ihm hoch.

»Der Pfeilmacher«, wiederholte Maurice langsam, ahnend, dass er einen Waliser vor sich hatte, der kaum ein Wort des normannischen Französisch verstand. »Weißt du, wo er lebt?«

»Dort drüben.« Der Mann deutete zum Wald, jenseits der Priorei, wo sich eine einzelne Kate zwischen den Bäumen abzeichnete.

Maurice bedankte sich und ritt an, wissend, dass Raymond ihm folgte und seine erste Lektion in Sachen Gerechtigkeit und Nächstenliebe erhalten würde.

Die Kate des Fletchers lag nicht wie die anderen in der Ebene zwischen Burghügel, Fluss und Wald, sondern hatte sich in den Schutz der Bäume gezwängt. Es sah ein wenig aus, als hätte der Wald sich das von Menschen abgerungene Land zurückgeholt und das Häuschen einfach verschluckt.

»Komm mit.« Maurice schwang sich aus dem Sattel, öffnete das Tor im halb verfallenen, von Efeu überwachsenen Zaun, und klopfte an. Ein Rumpeln erklang drinnen, aufgeregte Stimmen, und nach kurzem Warten schob sich die Tür einen Spalt breit auf, und eine junge Frau, die nicht Elen war, blickte heraus.

»Mylord?« Ihre Stimme klang gepresst, die Kiefermuskeln im scharf gezeichneten Gesicht waren angespannt. Ihre gesamte Körperhaltung und ihr Blick waren abweisend, trotzdem konnte Maurice sie nur stumm ansehen. Er wusste nicht, was es war, aber wenn er einer Waliserin gegenüberstand, fühlte er sich Niah so nahe, als könnte sie jeden Moment um die Ecke biegen. De Clare würde ihn bei diesem Gedanken wohl nur wieder auslachen, da Maurice immer noch an sie dachte und sich, egal wohin er kam, nach ihr erkundigte, in der Hoffnung, sie wiederzufinden. Lord Llansteffan und Lady Alice verrieten ihm nichts über ihren Verbleib, damit er keine Dummheiten beging – nachdem er schon am Brunnen bewiesen hatte, dass er keine Stimme der Vernunft hörte, wenn es um Niah ging. Aber diese Ungewissheit machte alles noch schlimmer.

Diese Frau hier aber sah Niah nicht einmal ähnlich, Elen dafür aber umso mehr. Sie war ebenfalls dunkel und klein gewachsen. Ihr Haar war kurz geschnitten, um die Ohren herum abgerundet und fiel ihr in die Stirn bis zu den Augenbrauen, was er gewöhnungsbedürftig fand, aber er hatte schon häufiger gehört, dass walisische Frauen ihr Haar auf diese Art trugen. Nur war er bislang noch nicht vielen Waliserinnen begegnet.

Erneut dachte er an Niah, die mit ihrer blassen Haut, den blauen Augen und dem rabenschwarzen Haar eher nach der keltischen Linie kam. Niah hatte ihr Haar lang getragen, vielleicht wegen ihrer langen Zeit unter Normannen. Wie wenig er über sie und ihre Herkunft wusste …

»Noch nie eine Frau gesehen?«

Maurice blinzelte, spürte Hitze in seinen Wangen aufsteigen und fluchte stumm.

Betreten räusperte er sich, konnte sich gerade noch davon abhalten, mit den Stiefeln über den Waldboden zu scharren.

»Mein Name ist Maurice de Prendergast, und ich suche …«

»Ihr und Euer Freund, Ihr seid neu hier, hm?«

Maurice stutzte, fuhr sich mit der Hand über den kurzen Bart an seinem Kinn. »Woher weißt du das?«

Die junge Frau strich sich eine Haarsträhne zurück; es war etwas ungewöhnlich, dass sie keine Kopfbedeckung trug. Dabei war sie mit ihren ungefähr zwanzig Jahren bestimmt längst verheiratet. »Ist nicht zu übersehen, denn Ihr habt Euch an der Tür geirrt. Abends arbeite ich in der Taverne am Fluss, dort könnt Ihr Euch mit mir treffen, aber zu Hause möchte ich Euch nie wieder sehen … Mylord.«

»Eigentlich suche ich Elen.«

Die dunklen Brauen der Frau flogen in die Höhe, und wo sie vorhin zurückhaltend gewesen war, ging jetzt unverhohlene Empörung von ihr aus. Sie öffnete den Mund, wollte etwas sagen, als ein vielleicht fünfjähriges Mädchen den Kopf zur Tür heraussteckte. Es fragte etwas in der walisischen Sprache, die Frau zischte einen scharfen Befehl und scheuchte es zurück ins Innere. Dann schloss sie die Tür hinter sich und stellte sich demonstrativ davor, als hätte Maurice geplant, in ihr Heim einzudringen.

»Eure Freunde oben auf der Burg haben Euch falsche Auskunft gegeben, Mylord. Nicht Elen ist es, die Ihr sucht, sondern mich. Mein Name ist Marared. Klingt der Name bekannt?«

Maurice verstand kein Wort, und als er sie weiterhin nur verwirrt ansah, warf sie die Arme in die Luft. »Elen ist nicht in diesem Geschäft, wird es nie sein, habt Ihr mich verstanden? Ihr lasst Eure Finger von ihr! Wenn Ihr wollt, dass sich jemand um Euch kümmert, dann kommt heute Abend in die Taverne und nehmt genug Silber mit. Ich bin nicht billig, aber das haben sie Euch bestimmt schon gesagt.«

Jetzt fiel der Groschen, und Maurice fuhr unwillkürlich einen Schritt zurück, Raymonds Kichern ignorierend. »Du verstehst nicht …« Er atmete tief durch und ärgerte sich umso mehr, da er Raymond mitgenommen hatte, der Zeuge seiner Tollpatschigkeit wurde. »Ich bin nicht hier, um … damit sich eine Frau … um mich kümmert. Der Earl schickt mich, um nach Elen zu sehen, sie …«

Die fast schwarzen Augen weiteten sich noch mehr, rote Flecken zeichneten die gebräunte Haut der Wangen. »Ich sagte, Elen ist nicht im Geschäft!«

»Aber …« *Großer Gott, was hast du mir da eingebrockt, de Clare?* »Du verstehst nicht, Elen war oben in der Burg, und es gab einen Zwischenfall … sie ist vielleicht verletzt!«

Etwas in Marareds Gesichtsausdruck veränderte sich, sie

wirkte nicht weniger wütend, aber mit einem Mal schien sie Mühe zu haben zu atmen. »Verletzt? Aber sie war doch gerade hier und …« Sofort verflog der flüchtige Moment der Verwirrung, und ihre Hände ballten sich zu Fäusten.

»Haltet Ihr mich für dumm? So wollt Ihr an sie herankommen? Elen hat erzählt, was passiert ist, Ihr gehört doch zum Gefolge dieses Grobians und habt Euch wohl in sie verguckt. Aber meine Schwester kriegt Ihr nicht.« Sie sah an Maurice vorbei. »Keiner von Euch.«

»Aber …«

»Holt Euch von mir, was Ihr glaubt, haben zu müssen, aber Elen …«

Langsam verlor Maurice die Geduld. »Oh Jesu, Weib, niemand hier will dir oder deiner Schwester zu nahe treten. Richte Elen bitte aus, dass sie eine Nachricht in die Burg schicken soll, falls sie Hilfe braucht. Wir wollten nur sichergehen, dass sie nicht ernsthaft verletzt wurde.«

»Elen geht es prächtig.«

Maurice nickte. »Der Earl wird erleichtert sein, das zu hören.«

»Oh, es ist also der Earl, dem meine schöne Schwester ins Auge gefallen ist. Er soll sich von ihr fernhalten.«

Maurice seufzte und verzichtete darauf, dieser Waliserin zu erklären, dass de Clare der ehrenhafteste Mann war, den er kannte. Zwar konnte er Marareds Sorgen verstehen, es kam nicht selten vor, dass Herren sich mit Mägden vergnügten. Aber de Clare brachte in Gegenwart des anderen Geschlechts kaum ein Wort heraus, im Gegensatz zu ihm konnte Maurice sich regelrecht als großen Redner bezeichnen.

»Gottes Segen, Marared«, verabschiedete Maurice sich und verneigte sich knapp.

Marared funkelte ihn an. »Lasst Euch hier nicht mehr blicken.« Mit diesen Worten drehte sie um, verschwand in der Hütte und warf ihm die Tür vor der Nase zu.

Maurice schloss die Tür und lehnte sich mit verschränkten Armen gegen die Bretterwand, die das private Gemach des Earls von der Halle trennte.

»Elen geht es gut, sie ist nicht verletzt.«

De Clare hob seinen Kopf von der Tischplatte, und plötzlich schien die Erschöpfung des Tages wie weggewischt. Jetzt strahlten seine Augen eine kaum zu zügelnde Aufregung aus. »Du hast mit ihr geredet?«

»Mit ihrer Schwester. Die von meinem Erscheinen übrigens ganz und gar nicht angetan war.« Maurice stieß sich ab und schlenderte durchs Bodenstroh auf de Clare zu. »Es hat mich gewundert, dass du nicht mehr in der Halle warst. Deine Mutter, dein Onkel, die Gäste, alle sind noch dort.«

Ein Schmunzeln hob de Clares Mundwinkel. »Meine Trauer ist zu groß, um mich lange unter Menschen aufzuhalten.«

Maurice lachte kurz auf. »Aha.« Er wurde aber schnell wieder ernst, ließ sich unaufgefordert auf der Truhe am Fuße der Bettstatt nieder und stützte die Ellbogen auf die Oberschenkel. »Du hast dich heute gut geschlagen.«

De Clare wandte den Blick ab, erhob sich und ging zum Feuer, das in einer Nische in der weiß gekalkten Steinwand loderte. »Mein erster richtiger Tag als Earl und Herr dieser Burg, und ich werde Zeuge, wie eine meiner Mägde gequält wird.«

Maurice verengte die Augen, es kam ihm sonderbar vor, dass de Clare immer noch über Elen sprach. Und wenn Marared recht gehabt hatte? »Oh Mann, du hast dich doch nicht in sie verguckt, oder? Ich meine, du hast sie ja nur ganz kurz gesehen, kaum ein Wort mit ihr …«

De Clare fuhr zu ihm herum. »Mein Vater mag sich einen Dreck um das Gesinde geschert haben, bei Gott, er scherte sich nicht einmal um die eigene Familie, aber ich bin nicht er!«

Abwehrend hob Maurice die Hände. »Lass uns nicht mehr darüber reden, es ist geschehen, und dem Mädchen fehlt nichts.

Lass uns lieber davon sprechen, dass ich jetzt in deinem Dienst stehe.« Mit einem gequälten Lächeln hob er die Schultern. »Was bedeutet das für mich?«

Ein Schnauben entfuhr de Clare. »Du stellst Fragen. Ich weiß ja noch nicht einmal, was mein neues Dasein als Earl für mich bedeutet.«

»Dann lass mich etwas anderes sagen. Es war gut, dass du Raymond zu dir geholt hast. Das wird ihn verändern.«

»Da bin ich mir nicht so sicher, aber ich bin bereit, ihm die Gelegenheit zu geben, sich zu beweisen.«

»Raymond ist der jüngste Sohn des Constable, er wird leer ausgehen. In deinem Dienst kann er sich ein Leben aufbauen, sich Land erkämpfen, auch von seinem Sold leben. Er ist noch jung, wenn er erst mal von Griffin weg ist, wird ihn das verändern. Er verdankt dir sein Leben, bald wird er dir noch mehr verdanken, eine Zukunft. Er wird dir treu sein. Und er ist deine Verbindung zu den Geraldines.«

De Clare seufzte schwer. Er ging zurück zum Tisch und füllte zwei Becher mit Wein, obwohl das eigentlich Maurice' Aufgabe gewesen wäre. Der Knappe de Clare war aber offensichtlich noch nicht gänzlich gewichen, die Umstellung von heute auf morgen war wohl etwas zu viel. »Eine große Verantwortung. Wie alles hier.«

»Hol dir mehr Unterstützung. Was ist mit Meilyr? Kannst du ihn nicht auch in deinen Dienst aufnehmen? Er ist ein Geraldine und noch dazu mit dem Königshaus verwandt. Wir drei gegen den Rest der Welt.«

De Clare schüttelte den Kopf, nahm den Becher und drehte ihn in der Hand, ehe er den Inhalt in wenigen kräftigen Zügen leerte. »Ich weiß, wie nahe du Meilyr stehst, aber er ist nicht geeignet. Raymond zu mir zu holen war politisch klug, aus Gründen, die du schon genannt hast, sonst hätte ich es wohl nicht getan. Aber Meilyr ist Henry FitzRoys Erbe. Er wird einmal

Lord von Narberth und Pebidiog. Er braucht mich nicht. Sobald er zum Lord wird, verliere ich ihn – er geht nach Hause, scheidet aus meinem Haushalt.«

Maurice schüttelte langsam den Kopf. »Und was soll ich dann hier? Ich bin genauso wie Meilyr der älteste Sohn, der Erbe einer Lordschaft, und eines Tages werde ich weggehen müssen, um mich um mein eigenes Land zu kümmern. Es gibt genügend flämische Knappen, die alles dafür geben würden, dem Earl of Pembroke zu dienen.«

De Clare blickte auf die Stundenkerze, die neben dem Weinkrug flackerte, und hob dann den Kopf, sah ihn an, seine blasse Haut vom rötlichen Licht beleuchtet, was die Sommersprossen betonte. In diesem Moment wirkte er so viel jünger als seine achtzehn Jahre, sein eiserner Blick, den er ohne Mühe hervorzurufen imstande war, verschwunden hinter Angst und Verletzlichkeit. »Du bist hier, weil ich das ohne dich nicht überlebe, Maurice.«

Aber der Umhang war ein Geschenk!« De Clare schloss die Tür seines Gemachs hinter sich und baute sich vor Elen und Marared auf. »Wieso bringst du ihn mir zurück?«

Elen senkte den Blick. »Ich habe ihn gesäubert und geflickt, Mylord. Er gehört Euch.«

»Ich will ihn aber nicht zurück!«

Die Schwestern tauschten einen Blick, und de Clare sah hilfesuchend zu Maurice, als erwartete er, dass er für ihn übersetzte.

Maurice zuckte nur mit den Schultern, ein wenig amüsiert über de Clares Hilflosigkeit.

Sie hatten die beiden Frauen in der Halle entdeckt, wo sie den Umhang hatten abgeben wollen, aber der frischgebackene Earl war sofort zu ihnen geeilt und hatte sie zu einem Gespräch in sein Gemach geführt.

»Der Umhang ist zu wertvoll, Mylord.« Elen streckte ihm den gefalteten Stoff entgegen, aber de Clare bewegte sich nicht.

»Ich will, dass du ihn behältst.«

Marared stieß ein ungeduldiges Seufzen aus. »Mylord, wir arbeiten für unsere Habe und brauchen keine Almosen.«

De Clare fuhr zu ihr herum, die Augen zu seinem Frostblick verengt. »Das behaupte ich gar nicht, es war doch nur eine freundliche Geste. Wieso könnt ihr die nicht als solche annehmen?«

»Weil niemand etwas gibt, ohne eine Gegenleistung dafür zu erwarten.« Marared schob ihr Kinn vor, unbeeindruckt von dem so mächtigen Earl. »Und Elen ist keines dieser …«, sie straffte die Schultern, ihr Kiefer arbeitete, »sie ist nicht käuflich, Mylord.«

De Clare starrte sie an, und auch Maurice war sprachlos. Hatte Marared ihm tatsächlich gerade ins Gesicht gesagt, was sie schon am Vortag Maurice unterstellt hatte?

»Vielleicht solltet ihr jetzt gehen.« Maurice streckte die Hand zur Tür aus, da de Clare immer noch mit einem Ausdruck des Unglaubens auf Marared hinabsah. Aber Maurice' Regung riss ihn aus seiner Starre.

»Wartet.« Er wandte sich von der vorlauten Schwester ab und sah Elen an. »Du möchtest das Geschenk nicht annehmen – gut, ich kann es nicht ändern. Aber dann nimm wenigstens meine Entschuldigung für das Verhalten des Lord de Carew an.«

Elen zog ihre dunklen Augenbrauen zusammen, sie sah zwischen ihrer Schwester und de Clare hin und her und nickte schließlich zaghaft.

De Clare lächelte zufrieden. »Schön. Und vielleicht …« Er warf Marared einen Blick zu und strich sich dann etwas hilflos über den karottenfarbenen Schopf. »Also, ich verlange wirklich keine Gegenleistung …« Noch ein prüfender Blick zu Marared, ehe er sich mit roten Wangen Elen zuwandte. »Aber womöglich hast du noch etwas Zeit? Ich möchte mehr über das Handwerk des Pfeilmachers lernen und …« Ein nervöses Lachen entfuhr ihm. »Wenn ich mich schon Strongbow nenne, sollte ich nicht nur über Bogen Bescheid wissen.«

»Aber Mylord.« Elen sah erschrocken zu ihm auf. »Ich arbeite hier auf der Burg als Magd, ich weiß nicht viel über Pfeile!«

»Mehr als ich.« De Clare wies hinter sich in den Raum und bot Elen seine Hand. Dabei wusste Maurice nicht, ob er beim Anblick der Schüchternheit des so mächtigen Mannes lachen oder vor Unglauben den Kopf schütteln sollte. Der Earl of Pembroke und Striguil hatte sich doch tatsächlich in eine Magd verguckt. Ein Mädchen, das voller Gänsefedern zu seinen Füßen gekniet war, ein Häufchen Elend, das kaum ein Wort gesprochen hatte.

Mit einem zitternden Lächeln wandte de Clare sich Marared zu. »Mein Knappe bringt dich nach Hause … Elen kommt nach.«

Marared verschränkte die Arme vor der Brust. »Ich gehe nirgendwohin, Mylord. Wollt Ihr mit Elen sprechen, so tut dies in meiner Gegenwart.«

»Marared!« Elen riss die Augen auf und sah ihre Schwester so schockiert an, dass Maurice sich noch ein Lachen verkneifen musste. Amüsiert lauschte er dem Zischen in der fremden walisischen Sprache, das zwischen den beiden Schwestern an seiner Seite hin und her ging, als de Clare sich räusperte.

»Deine Sorge um deine Schwester ehrt dich sehr«, unterbrach er die beiden und verschränkte die Hände vor sich. »Wenn es dich beruhigt, kannst du gerne hierbleiben. Maurice wird dir Gesellschaft leisten.« Er warf Maurice einen eindringlichen Blick zu, dann bedeutete er Elen, ihm zu folgen. Die junge Magd funkelte die Ältere einen Moment lang noch zornig an, schloss dann aber ihre Arme fest um den mitgebrachten Umhang und ging hinter de Clare zur Fensternische, die zur

Flussseite hinauszeigte und etwas Privatsphäre schuf. Sichtlich nervös bedeutete de Clare ihr, auf der Sitzbank Platz zu nehmen, er strich seine Hände an den Oberschenkeln trocken und ließ sich dann neben ihr nieder. Es war erstaunlich, dass es de Clare so viel leichterfiel, sich mit den nobelsten Baronen und einem wutschnaubenden Constable auseinanderzusetzen als mit einer sechzehnjährigen Magd. Selten hatte Maurice ihn so nervös gesehen.

»Was hat das alles zu bedeuten?«, wollte Marared an seiner Seite leise wissen. Auch sie beobachtete das Geschehen im Bogenfenster.

Maurice schüttelte den Kopf, er hatte keine Ahnung. Leise lachend ging er zum Tisch und schenkte Marared und sich selbst etwas Wein ein. Der Earl und das Federnmädchen, wenn das nicht der Stoff von Liedern war!

»Mein Herr möchte eine Schuld wiedergutmachen«, sagte er an Marared gerichtet und reichte ihr den Becher. »Wir haben selbst so lange unter de Carews Fuchtel gestanden – wir wissen, wie es sich anfühlt, von ihm mit seiner Freundlichkeit bedacht zu werden.«

Nachdenklich beobachtete Maurice weiterhin die beiden Turteltauben in der Nische. Elen reichte de Clare erneut den Umhang, aber de Clare schüttelte den Kopf, gab ihn ihr mit roten Wangen zurück. Ihre Stimmen waren zu leise, um Genaueres zu verstehen, aber Elens dezentes, schüchternes Lachen klang zu ihnen herüber.

»Und was hat es mit diesem Umhang auf sich?«, fragte Marared weiter. »Wieso schenkt der Earl ihn einfach so her?«

»Er war übersät mit Federn. Mein Herr dachte, Euer Vater könnte sie noch benutzen.«

Einen Moment lang sah sie ihn nur schweigend an, dann brach sie in Lachen aus.

Maurice sah auf sie hinab, hob fragend eine Augenbraue,

konnte aber nicht anders, als schließlich kopfschüttelnd zu grinsen. Ihr Lachen war ansteckend, ohne Boshaftigkeit und vollkommen frei.

»Diese Federn waren nicht mehr zu gebrauchen, junger Herr«, stieß sie sarkastisch aus und wischte sich eine Haarsträhne aus der Stirn. »Die Federn in dem Beutel waren sortiert, und in dem Moment des Zusammenstoßes war alles ruiniert. Ihr müsst wissen, auf einen Pfeil dürfen nur die Federn desselben Flügels. Ansonsten stört das die Flugbahn. Meine Schwester hat die Federn nur beseitigt, um den Umhang zurückgeben zu können.«

Maurice nahm einen kräftigen Schluck, um einen weiteren Anfall der Erheiterung zu unterdrücken. »Das habe ich nicht gewusst, und ich bezweifle, dass der Earl darüber Kenntnis hatte.«

»Er ist nicht wie sein Vater.«

Die ruhig gesprochenen Worte ließen ihn aufmerken. Neugierig wandte er sich der jungen Frau ganz zu. »Du kanntest den verstorbenen Earl?«

»Vom Hören und Sehen. Er war ja zum Glück nicht oft hier, und seine Frau, Lady Isabel de Beaumont, ist ganz gut auszuhalten. Sie hat nie ein böses Wort zu Elen gesagt. Ich selber arbeite ja schon lange nicht mehr in der Burg.«

»Nein.« Maurice ließ seinen Blick auf ihr ruhen, was sie nicht im Geringsten nervös zu machen schien. »Du gehst ja einem anderen Geschäft nach.« Sein Blick glitt über sie, er konnte sich nicht bremsen. Sie sah nicht gerade aus wie eine Dirne, zumindest nicht wie diejenigen, die er bei seinem Ausflug ins Hurenhaus von Pembroke Cross gesehen hatte. Und mehr Erfahrung hatte er nicht mit Frauen von fragwürdiger Moral.

Marareds Gewand war von günstigem Tuch, bescheiden, aber sauber und anständig, zeigte nicht mehr als bei anderen auch. Ihr Unterkleid hatte die Farbe von naturbelassenem Leinen, das Überkleid war in einem dunklen Braun gehalten. Es offenbarte eine kurvige Gestalt, schlank, aber nicht dürr. Ihre Zähne waren sauber und gesund, strahlten mit ihrem Lächeln um die Wette, nichts Verhärmtes lag in ihren Zügen. Ihre dunklen Augen waren dezent mit Kohle umrandet, aber obwohl die Kirche jede Art der Eitelkeit verteufelte, war Marared bestimmt nicht die Einzige, die ihre Schönheit mit Farben betonte. Sogar noble Damen griffen zu solchen Hilfsmitteln. Einzig Marareds fehlende Kopfbedeckung ließ auf mangelnde Tugend schließen, trotzdem fiel es Maurice schwer, sie mit den lauten, zahnlückigen und ungewaschenen Metzen von Pembroke Cross in Verbindung zu bringen.

»Jeder muss sehen, wie er sein Geld verdient«, erwiderte sie so nüchtern, dass es ihm nicht gelang, hinter die kühle Maske der Distanziertheit zu blicken. Zweifellos war ihr seine Musterung nicht entgangen, sie schien aber auch gar nichts anderes erwartet zu haben. »Ihr tragt sehr feines Tuch. Prendergast ... wo liegt das?«

»Im Westen von Wales. Meine Vorfahren stammen allerdings aus Flandern.«

»Seid Ihr auch ein junger Lord, so wie Elens neuer Freund hier?« Sie wies zur Fensternische, und als Maurice in dieselbe Richtung blickte, erkannte er amüsiert, dass die beiden sich angeregt unterhielten. Eher sprach Elen, und de Clare hörte zu, aber er schien sich nicht daran zu stören. Seinen leuchtenden Augen nach zu schließen, hätte man meinen können, er lausche einer göttlichen Offenbarung.

Mit einem leisen Lachen wandte er sich wieder Marared zu, bedeutete ihr, sich auf der Bank unter den Wandteppichen niederzulassen. »Noch bin ich kein Lord.« Gott gebe, dass ich es auch nicht so schnell werde, dachte er und holte den Krug, um ihr nachzuschenken.

»Noch? Das heißt, Ihr seid der Sohn eines Lords? Der Erbe?«

»Im Moment bin ich Richard de Clares Knappe.«

Marared lächelte. Im Schein der Öllampen, die in Kugeln auf einem Tischständer angebracht waren, zeigten sich zwei kleine Grübchen in ihren Wangen. »Und noch genauso grün hinter den Ohren wie der junge Earl, nicht wahr?«

Maurice fuhr kaum merklich zusammen und goss sich schnell mehr Wein ein.

»Ach, geniert Euch nicht so«, hörte er sie lachen, als er den Krug zurück auf den Tisch stellte, »ich kenne mich damit aus. Es ist Euch anzusehen, genauso wie ihm. Falls Ihr mal ein paar Münzen zu viel haben solltet ...« Er wandte sich ihr zu, lehnte sich gegen den Tisch und beobachtete, wie sie ihn über den Rand ihres Bechers hinweg mit ihren dunklen Augen ansah, »... dann bin ich gerne bereit, Abhilfe zu verschaffen.«

Maurice zog einen Mundwinkel zur Seite, verschränkte die Arme vor der Brust. Er hätte vielleicht erröten sollen, schockiert sein müssen über ihre Unverblümtheit, aber Marareds Art gefiel ihm. Auch war er nicht so schüchtern wie de Clare. Das lag wohl an seinen Narben. Er wusste, kein Mädchen würde ihm jemals wirklich schöne Augen machen, daher gab es nichts, worüber es sich nervös zu werden lohnte. Solches Geplänkel war oberflächlich, er war verlobt, hatte auch kein Herz zu verschenken. Sie hatte recht, er war unerfahren, aber das lag zum einen an den Mädchen von Pembroke, die lieber einen Verführer wie Meilyr mit ins Stroh nahmen, als auch an seiner Abscheu vor den Dirnen in Pembroke Cross. Als Anhänger der alten Sagen von Ritterlichkeit und Tugend sollte er wohl auf Elizabeth warten, aber er wusste, das war unwahrscheinlich. Dafür war das brennende Drängen seines Körpers zu beherrschend. Ein Verlangen, das weniger Vergnügen suchte als schlicht das Stillen einer Not. Zwar hatte Maurice bislang noch niemanden gefunden, bei dem er gerne seine paar mageren Münzen opferte, aber das hieß nicht, dass er ein Mönch war und nicht irgendwann nachgeben wollte.

Sein Blick schien ihr genau das zu sagen, denn sie nickte langsam, legte den Kopf ein wenig schief, als dachte sie nach. »Ihr werdet es bestimmt nicht bereuen, ich bin mein Geld wert.«

»Auf einmal so freundlich«, murmelte er und war bereit zu testen, wie weit sie dieses Spiel trieb. Ein Spiel, das ihn weniger ängstigte als mit Aufregung erfüllte, denn er wusste, keiner von ihnen nahm es ernst.

»Ich erkenne gute Kunden, wenn ich sie sehe.«

Ein belustigtes Schnauben entfuhr ihm. »Sehe ich so verzweifelt aus?«

»Nicht verzweifelt.« Sie lehnte sich etwas vor, prostete ihm zu. »Nur lohnenswert. Nicht nur für meine Börse.«

Maurice verdrehte die Augen. »Soll ich dir ein Geheimnis verraten?« Er beugte sich ebenfalls vor, auch wenn sie mehrere Schritte von ihm entfernt saß, und senkte seine Stimme. »Wir angehenden Lords sind tatsächlich ziemlich reich. So reich, dass wir uns auch Spiegel leisten können.«

Eine steile Falte erschien zwischen ihren Augenbrauen. »Soll das heißen, Ihr haltet Euch für abstoßend? Wegen der paar Narben?«

Maurice trank von seinem verwässerten Wein, rührte sich nicht, als sie sich erhob und zu ihm schlenderte. »Wer sieht schon Narben, wenn man in diesen blauen Augen versinken kann? Ich habe sie vom ersten Moment an, da Ihr zu meiner Hütte kamt, bewundert.« Sie streckte ihre Hand aus, berührte kaum merklich das zusammengebundene Haar in seinem Nacken. »Gesponnenes Gold, so schön, dass jede Frau neidisch wäre.« Ihr Zeigefinger tippte auf sein Kinn. »Als Britin muss ich den Bart bemängeln, da bleibt mir nichts anderes übrig, aber …« Sie beugte sich zu ihm hinunter, ihr Atem strich über seine Wange. »Ich mag Euer starkes Kinn, Eure Schultern …«, sie ließ ihre Hand hinunterstreichen, »Eure kräftige Brust, Euren harten Bauch …« Sie verharrte an seinem Gürtel. »Und ich kann mir sehr gut vorstellen, was Ihr hier so gut verborgen haltet …« Ihre Finger zupften an der Schnalle.

Maurice nahm noch einen Schluck, sagte so gelangweilt, wie er konnte: »Ist die Poesie im Preis mit inbegriffen, oder verlangst du dafür einen Aufschlag?«

Abrupt richtete sie sich auf, stemmte eine Hand in die Seite. Zu seiner Überraschung schien sie aber gar nicht böse, denn sie grinste übermütig. »Es ist wohl nicht die Poesie, die Euch in Aufregung versetzt, mein junger Herr?« Ihr Blick glitt an ihm hinunter, mindestens genauso auffällig und unhöflich wie Maurice Blick vorhin bei ihr.

Lachend schüttelte er den Kopf. »Du bist dein Geld wirklich wert. Ich fühle mich kaum noch wie ein Monster.«

Ihre Augen verengten sich, prüfend sah sie ihn an. »Welches Geld? Noch habe ich keines gesehen, also muss ich Euch auch nicht schmeicheln.« Sie schüttelte den Kopf und unterzog ihn einer weiteren Musterung. »Sicherlich bin ich nicht die Erste, die Euch sagt oder zeigt, was für eine Wirkung Ihr habt – oder haben könntet. Fühlt Euch wie ein Monster, und Ihr werdet auch so aussehen. Oder hört lieber auf mich, auf eine Frau, die etwas davon versteht, und alle werden Euch zu Füßen liegen.«

Maurice sah sie stumm an, er konnte nicht abstreiten, dass ihre Worte einen Nerv trafen. Er hatte sich immer Sorgen gemacht, wie Elizabeth auf ihn reagieren könnte, und obwohl Meilyrs Worte über den verwegenen Seefahrer ihn ein wenig beruhigten, war es doch etwas anderes, sie von einer Frau zu hören. Seine Unsicherheit war aber nichts, das er gerne weiter ausbreiten wollte, und schon gar nicht sollte sie merken, dass sie ihn bewegt hatte.

»Wie kommt es, dass du unsere Sprache so gut beherrschst?«
Marared nahm den Themenwechsel auf, als hätte sie selbst

ihn eingeleitet. Mit einem Schulterzucken ging sie zurück zur Bank, ließ sich darauf nieder und streckte die Beine aus. »Wenn man im Schatten dieser Burg aufwächst und dann auch noch als Magd den Freinc dient, kann man sich der Sprache nicht ganz verschließen.«

»Das junge Mädchen in der Hütte. Ist sie auch deine Schwester?«

»Meine Tochter.«

Maurice nickte, er hatte es sich schon gedacht. »Wie kommt es, dass du nicht wie Elen als Magd dienst, wie kommt es …«

»… dass ich eine Hure geworden bin? Eine zeitweilige Vergnügung für die Garnison und Ritter Eures Herrn?« Marared lehnte sich zurück gegen die Wand, legte den Kopf in den Nacken. »Einst war ich wie Elen«, sagte sie mit einem sanften Lächeln. »Vielleicht sogar noch schlimmer, noch argloser. Einst dachte ich, die Arbeit hier in der Burg wäre mein Weg zu einem besseren Leben. Inmitten all dieser feinen Ritter musste es doch jemanden geben, der sich in mich verlieben könnte. Kein hoher Baron, natürlich, *so* leichtgläubig war ich auch wieder nicht, aber ein nachgeborener Sohn, ein Ritter mit vielleicht sogar ein bisschen Land. Hässlich bin ich nicht, damals mit vierzehn war ich durchaus noch reizender, liebenswürdiger. Es wurde auch tatsächlich einer der Ritter auf mich aufmerksam. Er war nicht besonders alt, achtundzwanzig damals, und es war eine aufregende Zeit, in der ich all meine Träume wahr werden glaubte.« Sie richtete sich auf, stützte die Hände neben sich auf die Bank und sah ihm in die Augen, ohne Bitterkeit oder Selbstmitleid, sie erzählte einfach nur eine Geschichte. »Ich wurde schwanger. Mein Ritter hatte natürlich nicht vor, eine Magd zu heiraten, eine *Waliserin* schon gar nicht, was ich heute durchaus verstehe, aber damals brach es mir das Herz. Meine Mutter war noch nicht lange tot, und mein Vater war außer sich. Er wusste, dass unter euch Freinc ein Kind, das außerhalb des Ehebetts gezeugt wurde, nichts zählt. *Bastarde* nennt ihr sie, und so stand ich mit nichts da, was mir in einer Verbindung mit einem Mann meines Volkes nicht passiert wäre. Damals wusste ich noch zu wenig über eure Gesetze und Gebräuche. Zwar gilt es auch bei uns als Schande, sich ohne den Segen der Kirche zu einem Mann zu legen, allerdings werden wir Frauen in solch einem Fall immer noch durch unsere Gesetze geschützt, haben Ansprüche, Sicherheit, der Vater muss das Kind versorgen. Wir Briten leben grundverschieden. Nun, mein Vater wollte mich verstoßen, ich hatte die gesamte Familie beschämt, mich zu einem Freinc gelegt und mich schwängern lassen. Aber am Ende brachte er es dann doch nicht übers Herz. Nur konnte ich nicht länger in der Burg arbeiten. Lady Isabel de Beaumont wollte nur Mägde mit untadeligem Verhalten, keine mit einem runden Bauch ohne Ehemann.«

Ein verächtlicher Laut entfuhr ihm. Lady Isabel hatte Nerven, eine Frau zu verurteilen, die einen Bastard bekam, hatte sie doch dem König selbst einen geboren. Aber vielleicht war es gerade dieser Makel in ihrer Vergangenheit, der sie zwang, so akribisch auf Anstand zu achten. Vielleicht glaubte sie, auf diese Art alle vergessen zu lassen, dass sie einst keine Heilige gewesen war.

Marared sah ihn verwundert an, aber als er schwieg, da es ihm nicht zustand, über die Vergangenheit von de Clares Mutter zu sprechen, fuhr sie fort: »Nun, Vater konnte uns mit seinem Geschäft nicht alle ernähren, schon gar kein weiteres Kind. Also fand ich einen Weg, Geld zu verdienen, ich war ja ohnehin schon verdorben. Vater ignoriert es, verdrängt es, wir sprechen nie darüber, dafür kümmert er sich um meine kleine Siwan, während ich … arbeite.«

Maurice stellte seinen Becher nieder, wollte auf sie zugehen und ihr die Hand auf die Schulter legen, ihr irgendein Zeichen seines Mitgefühls geben, aber er ahnte, dass sie Mitleid nur als

Beleidigung auffassen würde. Sie strahlte trotz ihrer Umstände eine gewisse Würde aus, und er war sich sicher, dass ihr Stolz ihr heilig war. Also schwieg Maurice und sah zu de Clare und Elen hinüber, die immer noch ganz versunken im Anblick des anderen waren.

»Mit Elen wird es nie so weit kommen«, hörte er Marareds leise Stimme. »Elen wird eines Tages heiraten, einen der unsrigen, einen, der mal das Geschäft unseres Vaters übernimmt. Sie wird nicht enden wie ich.« Ihre Stimme wurde gepresst. »Niemals. Sie wird ein ehrenvolles Leben führen.«

Maurice wandte sich ihr zu, aber Marared beobachtete weiter ihre Schwester. »Seht sie euch an. Sie hängt an seinen Lippen, als wäre jedes seiner Worte ein wunderbares Geheimnis. Er ist jung und gütig, wirkt so unschuldig, zudem ist er einer der mächtigsten Männer des ganzen Landes. Eine Macht, die ihn noch nicht verdorben hat, so scheint es. Wie sollte sie sich nicht verlieben? Wie sollte sie nicht hoffen?« Sie drehte ihm den Kopf zu, ihre dunklen Augen so eindringlich, als wollten sie ihre Worte in sein Gedächtnis brennen. »Mit Elen wird es nie so weit kommen.«

Ich bitte dich, Maurice, schaff sie uns vom Hals.« De Clare packte ihn am Bliaut und sah ihn eindringlich an. »Wenn du das für mich tust, kannst du von mir haben, was du willst. Ich nehme dich von den Kampfübungen aus, lasse Raymond Rüstungen polieren, bis ihm die Hände abfallen. Du wirst kein Waffenfett mehr sehen – sagen wir – für sieben Tage. Bitte!«

Maurice grinste und warf einen Blick an de Clare vorbei zum Stall, wo Elen eingehüllt im Umhang mit dem silbrigen Fuchsfell gegen die Holzwand lehnte. Sie sah ihn nicht an, starrte auf ihre Füße, ihre Wangen leuchtend rot, was bestimmt nicht an der Februarkälte lag.

»Wenn Marared das herausfindet, gerbt sie uns beiden das Fell.«

»Ich bin der Earl of Pembroke und Striguil, ich brauche nicht die Erlaubnis einer dahergelaufenen Waliserin, um auszureiten!«

Maurice hob eine Augenbraue. »Wieso brauchst du mich dann, um euch aus der Burg hinauszuschleusen? Geht doch einfach.«

Ein ungeduldiger Laut entfuhr seinem Freund. »Du weißt, wie sie ist, verflucht noch mal! Sie verfolgt uns auf Schritt und Tritt, lässt uns keinen Augenblick allein! Sie bringt Elen zur Arbeit und holt sie wieder ab. Sie taucht ständig mit irgendwelchen Vorwänden hier auf, um zu sehen, ob ich Elen in mein Gemach gezerrt habe und über sie hergefallen bin!«

»Was ganz deinem Naturell entspricht.«

De Clare schoss ihm einen entnervten Blick zu. »Ich will Elen die Predigten ihrer Schwester ersparen. Wenigstens heute. Und Marared hört auf dich – einigermaßen. Du kannst mit ihr umgehen.«

Das hielt Maurice für übertrieben, aber de Clare hatte insofern recht, dass Maurice nicht allzu eingeschüchtert war, wenn Marared mit Worten wie eine Pfeilsalve auf ihn einschoss.

»Tust du's?« De Clare sah ihn flehentlich an. »Ich will sie einfach mal von hier wegbringen, ihr die Umgebung zeigen, sie ist noch nie aus Striguil rausgekommen.«

Maurice seufzte. Er verzichtete darauf, de Clare auf die Tatsache hinzuweisen, dass es bald dunkel wurde. Eigentlich wollte er gar nicht so genau wissen, was die beiden vorhatten.

»Die Pferde sind fertig, Mylord!« Der Stallmeister kam mit einem Rappen und einem Grauschimmel an der Hand aus dem Stall, warf einen Blick auf Elen, zurück zu seinem Herrn und wartete schließlich mit ausdrucksloser Miene. Vielleicht fand er es nicht außergewöhnlich, dass ein Earl und eine Magd zusammen ausritten. Vielleicht war er auch einfach nur diskret, oder es war ihm egal.

Maurice hob ergeben die Hände. »Gib mir ein wenig Zeit, ja? Wenigstens eine halbe Stunde. Ich lasse mir etwas einfallen.«

»Du bist der Beste, Maurice! Ich wusste es!« De Clare zog ihn in eine Umarmung, aber Maurice befreite sich schnell.

»Ich helfe dir heute, aber frage mich das nie wieder. Ich will zum Ritter ausgebildet werden, nicht deine Rendezvous organisieren. Außerdem habe ich vielleicht keine Angst vor Marared, das heißt aber nicht, dass ich sie gerne anlüge.« Auch wenn er die Waliserin kaum kannte, respektierte er sie und wie sie ihr Leben meisterte.

»Danke, mein Freund. Es ist eine Ausnahme, versprochen!« De Clare klopfte ihm auf die Schulter und eilte zurück zu Elen, die ob der freudigen Nachricht schüchtern lächelte.

Maurice stöhnte auf. »Das werden wir sehen«, murmelte er, stieg auf den Zelter, den de Clare für ihn hatte holen lassen, und ritt den Burghügel hinunter auf die trostlose, in ihren Brauntönen daliegende Ebene. Rauch stieg aus manchen Katen auf, auch aus der beim Fletcher am Waldrand. Er sah aber gleich, dass er nicht bis dorthin reiten musste, denn Marared kam ihm bereits über den Trampelpfad entgegen.

»Wohin des Weges?«, fragte sie neckend, eine Hand in die Seite gestemmt.

Maurice atmete tief durch und schwang sich aus dem Sattel. Es war besser, auf Augenhöhe mit ihr zu reden, wenn er sie schon anlog. »Wie es der Zufall so will, wollte ich zu dir.«

Verwirrung und Unglauben blickten ihm entgegen, die aber schnell von einem vergnügten Ausdruck vertrieben wurden. »Ist es also endlich so weit.« Sie legte den Kopf schief und ließ ihre Zunge über ihre Lippen gleiten, was ihn einen Moment lang die zurechtgelegten Worte vergessen ließ. Es half nicht unbedingt, dass er in den letzten Nächten oft ihr Bild vor sich gesehen hatte.

»Ich sag Euch etwas, kommt in einer Stunde zur Taverne am Fluss, dort habe ich ein Zimmer für solche Gelegenheiten. Vorher muss ich nur meine Schwester nach Hause bringen.«

Maurice schüttelte den Kopf, um wieder klar denken zu können. Dieses eindeutige Angebot durchzuckte ihn heftiger, als er wollte. Seit ihrem Gespräch in de Clares Gemach hatte er oft daran gedacht, an ihre Berührungen, wie ihre Hand über seine Brust nach unten gewandert war, ihr Lächeln, ihre süßen Worte, ihren wohlgeformten Körper. Er hatte daran gedacht, sie ausfindig zu machen, aber bislang hatte er noch nicht die Verwegenheit aufgebracht, um mit einem so offensichtlichen Anliegen die Taverne zu betreten.

»Deshalb bin ich nicht hier.« Er räusperte sich. »Elen hat mich gebeten, dir auszurichten, dass sie heute nicht nach Hause kommt. Sie will nicht, dass du dir Sorgen machst.«

Sofort wich das Kokette aus ihrem Blick, und ihre Augen verengten sich besorgt. Ehe sie aber nachfragen konnte, fuhr Maurice schon fort, sich selbst ein wenig wundernd, wie leicht ihm die Lüge von den Lippen kam: »Es gibt ein Fest – morgen beginnt ja die Fastenzeit, und heute Abend wird noch alles, was bald verboten ist, bis zum Erbrechen vertilgt. Elen wird gebraucht und kann sich dann in der Küche bei den anderen Mägden schlafen legen. Das ist sicherer, als mitten in der Nacht nach Hause zu gehen.«

»Aber ...« Marared sah an ihm vorbei zur Burg, deutlich verunsichert. »Elen hat nichts gesagt ...«

»Das Ausmaß der Feierlichkeiten hat alle auf der Burg überrascht, es kamen unerwartet Gäste, und jeder muss mit anpacken.« Er ergriff ihren Arm und führte sie über den Pfad zurück zu ihrer Hütte. »Komm, lass mich dich nach Hause bringen, es wird bald dunkel und ...«

Marared stemmte sich gegen ihn. »Wartet ...« Sie sah zu ihm auf, das Lächeln kehrte zurück, das zwei unwiderstehliche

Grübchen neben ihre Mundwinkel zauberte. »Wenn Elen in der Burg ist, heißt das, ich hätte jetzt schon Zeit.« Sie wies zurück zum Fluss, an dessen Ufer sich weiter südlich der verfallene Bretterverschlag befand, der als Taverne diente. »Ich mache Euch einen Sonderpreis – aber nur beim ersten Mal.« Sie zwinkerte ihm zu, ergriff seine Hand und wollte ihn mitsamt seinem Pferd den Pfad zurückziehen, aber Maurice blieb stehen. Sein Blick fiel zum Burghügel, von wo jeden Moment de Clare und Elen auf sie zukommen könnten. Wenn er mit Marared ginge, würden sie ihnen geradewegs in die Arme laufen. Verdammtes Pech, denn das heiße Vibrieren in seinen Adern machte ihm allzu deutlich, dass sein Körper genau dorthin wollte.

Marareds dunkle Augenbrauen zogen sich zusammen, das Lächeln spielte aber immer noch um ihre Lippen, während sie ihn prüfend ansah. »Ihr müsst keine Angst haben …«

Ein Schnauben entfuhr ihm. Wenn sie wüsste, wie lebhaft er sich gerade vorstellte, sie einfach hier auf der Wiese ins Gras zu werfen.

»Komm, ich bringe dich nach Hause.« *Verflucht sollst du sein, de Clare.*

Als sie die wild umwachsene Kate erreichten, warf Maurice einen Blick zurück. Noch konnte er niemanden entdecken.

Marared lächelte zu ihm hoch. »Mein Vater erwartet mich noch nicht zurück. Kommt, wir gehen noch ein wenig spazieren.«

Langsam gingen Maurice die höflichen Ausreden aus. Also wies er in den Wald hinein, hoffend, dass de Clare und Elen sich an die Straße halten würden.

»Erzählt mir Euer größtes Geheimnis«, brach Marared unvermittelt das Schweigen, als sie einen Wildpfad erreichten. Sie stapften durch halb vermodertes Laub, das sich mit Nadeln und Zapfen auf seine Stiefel legte und das Vorwärtskommen schwerer machte. Doch trotz der mit Dornen übersäten Zweige, die an seinen Beinlingen zerrten, genoss Maurice es, mit ihr allein zu sein.

»Wieso fragst du mich so etwas?«

Marared kam an seine Seite, ihr Arm berührte seinen auf der Enge des Pfads, und der Zelter blies ihm warmen Atem in den Nacken. »Ihr kennt meine Geheimnisse. Ihr wisst alles über mich. Und ich bin neugierig.«

Maurice überlegte und suchte nach etwas Unverfänglichem, das gleichzeitig brisant genug war, um sie zufriedenzustellen. Das Feuer und Griffin fielen ihm ein, aber er wollte kein Mitleid.

»Ich bin versprochen.« Schweigen antwortete ihm, und als er auf Marared hinabblickte, sah sie ihn nur amüsiert an. »Was ist daran so lustig?«

»Das soll ein Geheimnis sein? Ihr seid ein Edelmann, natürlich wartet irgendwo auch ein Edelfräulein auf Euch. Und sollte es jetzt noch nicht warten, dann doch in Zukunft.«

Maurice nickte langsam und atmete tief durch. »Ich dachte nur, du solltest das wissen.«

Nun blieb Marared stehen und legte ihm die Hand auf die Brust. »Glaubt Ihr etwa, ich würde mir Hoffnungen machen? Davon träumen, dass Ihr eine walisische Hure zur Frau nehmt und auf Eure Burg bringt? Habt Ihr mir denn neulich nicht zugehört? So dumm bin ich nicht mehr. Ich weiß, was ich von Euch haben kann und Ihr von mir.«

Maurice senkte den Blick und ging weiter. Er hatte nicht geglaubt, dass Marared sich mit jedem Mann, der sie für ihre Dienste bezahlte, eine Ehe erhoffte, aber er hatte auch nicht besonders viel Erfahrung in diesen Dingen.

»Ich will jetzt ein Geheimnis wissen, und zwar ein besseres, bitte schön.«

Er stieß frustriert den Atem aus. »Ich bin versprochen, aber ich bin mir nicht sicher, ob ich heiraten will. Die Wahrheit ist, dass ich über diese Verbindung nicht so dankbar bin und ihr nicht so freudig entgegensehe, wie ich vielleicht sollte.« Er ließ seinen Blick auf ihr ruhen, versuchte in ihrem Gesicht zu lesen, aber ihre Miene blieb ausdruckslos.

»Jetzt wird es schon interessanter. Ist sie etwa hässlich? Eingebildet? Gar gemein?«

»Das weiß ich nicht, sie ist gerade mal zwei Jahre alt.«

Ihre Augenbrauen flogen in die Höhe, aber dann nickte sie verstehend. »Ihr hättet Euch Eure Braut lieber ausgesucht, wenn sie schon eine Braut sein kann.«

»Darum geht es nicht. Ihr Vater ist ein ehrenhafter Ritter, ein guter Mann, den ich immer schon bewundert habe. Ich habe es gar nicht verdient, seine Tochter zu heiraten.«

Ein Schlag traf ihn am Arm, überraschend schmerzvoll.

»Hört auf, Euch ständig selbst niederzumachen, verflucht noch mal! Wäre ich nicht einst auf einen Ritter reingefallen, würde ich Euch glatt schöne Augen machen.«

Maurice sah sie ungläubig an, er wollte etwas Spöttisches erwidern, damit sie nicht merkte, wie sehr ihre Worte ihn trafen, als sie plötzlich vor ihn trat. Etwas Mutwilliges lag in ihren Augen, als sie ihre Hand in seinen Nacken legte und ihn unumwunden küsste.

Einen Moment lang war Maurice zu überrascht, um zu reagieren, doch dann handelte sein Körper wie von selbst. Er schlang seinen Arm um ihre Taille, zog sie näher zu sich heran und küsste sie, viel zu ungestüm, das wusste er. Das Schnauben eines Pferdes aus der Ferne brachte ihn aber wieder zu Sinnen.

Marared hob den Kopf. »Was war das?«

Maurice sah sich um und betete, dass nicht ausgerechnet de Clare und Elen hier vorbeikamen. Dabei fiel sein Blick auf eine halb verfallene Hütte, wie sie die Schäfer in den Sommermonaten benutzten, wenn sie ihre Tiere auf die Weiden trieben.

Fest packte er Marareds Hand, zog sie und den Zelter hinter

sich her, warf die Zügel über einen Zweig, stieß die halb aus-gebrochene Tür auf und sah sich im kreisrunden Raum um. Er war leer, alter Farn bedeckte den Boden, und in der Mitte war die Mulde einer Feuerstelle zu erkennen, aber ansonsten deu-tete nichts darauf hin, dass die Hütte bewohnt war. Hier sollten sie ungestört sein.

Er sah auf Marared hinab, die ihn mit hochgezogener Au-genbraue verführerisch ansah. Ohne weiter zu zögern, drückte er sie gegen die Bretterwand und küsste sie wieder leidenschaft-lich. Marared presste sich an ihn, öffnete ihren Mund und ließ ihre kleine, geschickte Zunge über die seine fahren. Ihre Hand schloss sich um seinen Bliaut zur Faust, krallte sich an ihm fest. »Doch nicht ängstlich«, murmelte sie gegen seinen Mund.

Lachend löste Maurice mit einer Hand die Verschnürung seines Umhangs und ließ ihn zu Boden fallen, dann zog er Ma-rareds warmes Wolltuch von ihren Schultern und machte sich an den Bändern ihres Kleides zu schaffen.

Sie wich zurück, sah ihm in die Augen und zog nicht nur ihr Überkleid, sondern auch das Unterhemd aus, während Maurice seine Beinlinge aufnestelte.

Als sie aber aus den Stoffen zu ihren Füßen stieg, hielten sei-ne Hände inne. Nackt, ihre weiße Haut fast leuchtend in der zu-nehmenden Dunkelheit, stand sie vor ihm, und plötzlich konnte er sich nicht mehr bewegen.

Ein zufriedenes Lächeln lag auf ihren Lippen, ihre dunklen Augen glühten im fahlen Licht. »Zieh dich aus«, wies sie ihn an, und Maurice zog erneut an der Verschnürung seiner Beinlinge, aber Marared schüttelte den Kopf. »Alles. Ich will dich sehen.«

Seine Hände ballten sich zu Fäusten, er dachte an die schreck-liche Narbe an seiner Seite. Vielleicht war es aber auch schon dunkel genug, damit sie sie nicht erkannte.

Angespannt zog er den Bliaut und das Hemd aus und zog verwirrt die Augenbrauen zusammen, als er bemerkte, wie ihr

Blick über ihn glitt, mit etwas, das er nur als Begierde deuten konnte.

»Was für ein Anblick …«, murmelte sie, und hätte Maurice nicht ihren Blick gesehen, hätte er diese Worte für Spott oder leere Schmeichelei gehalten.

Aber das Fieber in ihren Augen wirkte nicht gespielt. Mit zwei schnellen Schritten überwand er die Entfernung zwischen ihnen und zog sie zurück in seine Arme, bei diesem so neuen Gefühl von warmer Haut auf warmer Haut aufstöhnend. Seine Hand umfasste ihre üppige Brust, während ihre Finger spielerisch seinen Bauch hinabwanderten und sich um sein Glied schlossen, Maurice spürte die Februarkälte nicht mehr, Schweiß brach in ihm aus.

Gröber als er wollte, zog er sie auf den Boden, wollte sich über sie beugen, als Marared den Kopf schüttelte und ihn auf den Rücken niederdrückte. Im nächsten Moment setzte sie sich rittlings auf ihn, zwinkerte ihm zu und nahm ihn in sich auf.

Maurice riss die Augen auf und starrte sie an. Was für eine Ablenkung für de Clare, dachte er, immer noch nicht richtig glauben könnend, was er hier tat.

Langsam begann sie sich auf ihm zu bewegen, und Maurice schloss unwillkürlich die Augen, das sagenhafte Gefühl genießend. Er meinte, in tausend Stücke zerspringen zu müssen, und versuchte sich zu konzentrieren. Das leise Keuchen, das sie ausstieß, half ihm aber nicht, die Kontrolle zu bewahren, und er gab auf.

Er öffnete die Augen, richtete sich auf, schlang einen Arm um ihre Taille und drehte sie herum. Mit dem Gewicht seines Körpers presste er sie gegen den Boden. Er versuchte gar nicht mehr, sich zusammenzureißen, und Marared schien es zu gefallen, denn sie stieß kleine, hohe Schreie aus.

Fast wäre er über ihr zusammengebrochen, er schaffte es gerade noch, sich auf die Hände zu stützen, als ein Beben durch seinen Körper fuhr und er sie ebenfalls unter sich erzittern spürte.

Mit einem Stöhnen lehnte er seine Stirn auf den Boden und versuchte wieder zu Atem zu kommen. Marared streichelte ihm durchs Haar, das sich aus dem Band gelöst hatte, und als er aufblickte, sah sie ihn lächelnd an.

Die letzten Momente zogen noch einmal vor seinem geistigen Auge vorbei, und obwohl es wohl die bisher besten Erinnerungen seines Lebens waren, schämte er sich auch plötzlich für seine mangelnde Selbstbeherrschung. »Hab ich dir wehgetan?«

Ein Lachen entfuhr ihr, sie zog seinen Kopf zu sich und flüsterte in sein Ohr: »Ich wusste, du würdest dich lohnen, das war erst der Anfang, Maurice.«

Heilige Jungfrau Maria, stehe ihr bei. Jetzt kommt er auch noch mit einem Bogen der Briten daher.«

Maurice sah belustigt auf Marared hinab, die mit einem kaum merklichen Kopfschütteln ihre Schwester und de Clare beobachtete. Die beiden hielten sich auf der Wiese im oberen Hof auf, westlich des großen Wohnturms in der prallen Julisonne, während sich Maurice mit Marared im Schatten des Obstgartens befand. Wie immer ließ Marared ihre kleine Schwester nicht aus den Augen. Sie war wie ein Schatten, und als de Clares Knappe fiel es Maurice zu, Marared während der Treffen der beiden zu unterhalten. Maurice freute sich für seinen Freund, verstand aber auch Marareds Sorge. Wie sollte er die Ängste der älteren Schwester auch vergessen, wenn sie ihm Tag für Tag damit in den Ohren lag. Der Earl sollte Elen gehen lassen, solange es noch möglich war, wenn er sie wirklich liebte, würde er keine Hure aus ihr machen. Doch Maurice' Predigten fielen nur halbherzig aus, denn einerseits wollte er ungern die Schlange im Garten Eden der beiden sein, zum anderen hatte er gar kein Recht, de Clares Ehre infrage zu stellen. Schließlich gab Maurice nun schon seit einem halben Jahr sein Geld für Marared aus.

Gemeinsam mit ihr betrachtete er jetzt de Clare, der einen walisischen Starkbogen spannte und ohne große Mühe die Mitte der Zielscheibe traf. Elen stieß einen Begeisterungsruf aus, hob die Arme, als wolle sie sie um de Clares Hals werfen, besann sich aber wieder und tauschte lediglich ein verschwörerisches Grinsen mit dem Earl.

Marared atmete hörbar ein, frustriert, und obwohl ihre Sorge manchmal schon etwas Komisches an sich hatte, wusste Maurice auch, dass es ihr wirklich ernst war. Für sie gab es keine schlimmere Vorstellung, als Elen ihre Arbeit und ihr Leben verlieren zu sehen. Schon jetzt sprachen die Menschen über das Techtelmechtel, sowohl jene in der Burg als auch unten bei den einfachen Leuten. De Clare war zu oft mit Elen zusammen, um nicht für Gerede zu sorgen, aber niemand wagte es, sich in seiner Nähe dazu zu äußern. Zum Nachteil gereichte Elen die enge Verbindung zum Earl im Moment wohl nicht, aber Marared sorgte sich um das Danach. Was, wenn de Clare weiterzog und andere Frauen interessant wurden? Was, wenn er heiratete? Wohin dann mit Elen? Maurice konnte nichts anderes tun, als ihr zu versichern, dass de Clare ein Mann der Ehre war. Zudem schienen sich die beiden noch nicht besonders nahegekommen zu sein. Zumindest nicht körperlich, das hatte de Clare ihm nach seinem heimlichen Ausritt erzählt. Und seither hatte Maurice nie wieder für ihn gelogen, de Clare hatte es auch nicht mehr von ihm verlangt. Aber ohne Maurice' Hilfe war es für die beiden so gut wie unmöglich, ungestört zu sein. Marared verfolgte sie auf Schritt und Tritt.

Maurice verbrachte seine Zeit lieber damit, Marared anzusehen anstatt die beiden Verliebten. Sonnenlicht, das durch das Astwerk der Apfelbäume fiel, verfing sich in ihrem schwarzen

Haar, schuf rote Schimmer, und Maurice konnte sich gerade noch davon abhalten, die Hand nach ihr auszustrecken.

Als hätte sie seinen Blick gespürt, riss sie den Kopf hoch und bohrte ihm einen Finger in die Brust. »Denke gar nicht daran. Solange du nicht wieder flüssig bist, brauchst du mich gar nicht so anzuschauen.«

Ein Schnauben gespielter Empörung entfuhr ihm. »Und ich dachte, wir wären Freunde.«

»Meine Freundschaftsdienste enden oberhalb der Gürtellinie.«

Ein Grinsen entkam ihm. »Damit lässt sich schon einiges anfangen.«

»Oh, hör sich das mal einer an. Vor ein paar Monaten war er noch gänzlich unschuldig, und jetzt kommt er mir frech. Er glaubt, sich auszukennen, dabei weiß er noch überhaupt nichts.«

»Wie immer bin ich nur allzu gerne bereit dazuzulernen.« Er zwinkerte ihr zu, und Marared drehte sich schnell wieder zu ihrer Schwester, ihr Lächeln konnte sie aber nicht verbergen. Sie mochte ihn, das wusste er, und Maurice fand die Waliserin ebenfalls bezaubernd. Sie war ein aufregendes Abenteuer, nicht nur, weil sie ihm Dinge zeigte, die er nie für möglich gehalten hatte und die über den reinen Akt der körperlichen Vereinigung hinausgingen. Er wusste schließlich, dass er sie bezahlte und auch ihre geflüsterten Worte nichts bedeuteten. Es war ihre Freundschaft außerhalb dieser Momente, die ihm wirklich wichtig war. Sie vertraute ihm ihre Sorgen an, lachte mit ihm und ließ ihn an ihren Gedanken und Gefühlen teilhaben. Und sie hörte ihm zu. Während der Augenblicke, in denen sie für de Clare und Elen den Anstand wahrten, hatte er ihr sogar von Griffin und Raymond erzählt. Vom Turmverlies. Warum, wusste er selbst nicht, in ihrer Gegenwart fiel es ihm einfach leicht, sich alles von der Seele zu reden. Bis auf eines.

Bislang hatte er stets angenommen, die Ursache für seine

Narben wäre sein größtes Geheimnis. Seine Abneigung beim Gedanken an eine Ehe hatte er ebenfalls verschlossen gehalten, aber es war ein walisisches Mädchen, das er für sich behielt und behütete wie einen Schatz. Gleichzeitig brannte in ihm aber immer noch der Drang, dem Rätsel ihres Verschwindens auf die Spur zu kommen.

»Schon mal was von *Awenyddion* gehört?«, brach er möglichst gleichmütig das Schweigen, konnte aber nicht anders, als de Clare zu beobachten, als wüsste sein Freund sofort, wenn er dieser sinnlosen Suche weiterhin nachging. Aber de Clare war mit seiner Elen beschäftigt, ließ sich von ihr Pfeile reichen, um sein Können zu demonstrieren.

Marared warf ihm einen Blick zu. »Na, wenn du nicht der Lord der Themenwechsel bist.«

»Es heißt, es gibt Waliser, die in der Lage sind, in die Zukunft zu blicken. Wenn man ihnen eine Frage stellt, fallen sie in einen Rauschzustand und antworten in Rätseln. Auch sollen sie Visionen in ihren Träumen haben.«

»Ich kenne die Geschichten.«

»Und hast du schon einmal so jemanden getroffen?«

Nun wandte sie sich ihm ganz zu, ihre dunklen Augenbrauen misstrauisch zusammengezogen. »Wieso?«

»Neugierde?«

Ein Schnauben antwortete ihm, dann widmete sie sich wieder dem Geschehen auf der Wiese. Maurice verstand, dass sie eine ehrliche Antwort verlangte, und er wog seine Möglichkeiten ab. Was war ihm wichtiger? Seine wahren Gefühle für Niah geheim zu halten oder ein Funken Hoffnung auf ein Wiedersehen. Er entschied sich für Letzteres. »Ich kannte mal ein Mädchen …«

»Aha.« Sie grinste, sah ihn aber weiterhin nicht an. »Wir kommen der Sache schon näher. So alt bist du noch nicht, Maurice, siebzehn, nicht wahr? Und du warst noch völlig unerfahren, als du in mein Bett kamst. Was für eine Art der Bekanntschaft war das also?«

»Wenn ich das wüsste …« Maurice ließ seinen Blick den Wohnturm hochwandern, dachte daran, dass Niah womöglich in irgendeiner ähnlichen Burg als Magd diente. Vielleicht sogar ganz in der Nähe. Ihre Gabe musste aufgefallen sein, Lord Llansteffan und Lady Alice hatten ihr vielleicht einen Platz bei einem befreundeten Lord verschafft. Er könnte sie finden. »Sie hat Dinge gesehen und …«

»Hat sie dir deinen Tod vorausgesagt?« Jetzt wandte sie sich ihm ganz zu, sah ihn neugierig, aber nicht mehr belustigt an. »Willst du sie deshalb finden?«

Maurice schüttelte den Kopf. »Meinen Tod nicht. Und es sind nicht allein ihre Fähigkeiten, wegen denen ich sie finden will, auch wenn sie mir einige Rätsel aufgegeben haben. Zu de Clare sage ich immer, dass ich einfach nur wissen will, dass es ihr gut geht.« Ein verärgertes Schnauben entfuhr ihm. »Mir selbst sage ich nichts anderes. Aber die Wahrheit ist …«, er sah ihr in die Augen, ballte die Hände zu Fäusten, zwang sich, nicht wieder in Ausreden zu fliehen, »ich kenne den wahren Grund auch nicht. Wenn du mich nach dem Wieso fragst, habe ich keine Antwort für dich. Ich weiß nur, dass ich sie finden muss, dass mich kaum ein anderer Gedanke umtreibt, dass ich nachts vor dem Einschlafen zuletzt ihr Gesicht sehe.«

Marared sah ihn ernst an, die Lippen zu einer blassen Linie gepresst, und derart durchdringend, dass es ihm vorkam, als könnte sie ihm jedes Geheimnis von den Augen ablesen. Schließlich nickte sie langsam und lehnte sich gegen den Stamm des Apfelbaums. »Ein paar Stunden flussabwärts von hier liegt der Bischofssitz von Llandaff. Vor nicht einmal zehn Jahren wurde ein neuer Bischof ernannt – Uchtryd hieß er. Er starb im April am Fieber, das ja schon geraume Zeit im Land umgeht.«

»Uchtryd … Ist das der, der dazu aufrief, die Sonntage der Kirche zu widmen, und der ein wenig Ordnung in die kirchlichen Feiertage brachte?«

»Und verheiratet war – ein wahrer Brite eben oder Waliser, wie ihr sagt.« Sie lächelte. »Nun, damals, als er zum Bischof ernannt wurde und nach Llandaff reiste, begleitete ihn sein Neffe, der sich Geoffrey Arthur nennt … Der Name sagt dir nichts?«

»Ich komme aus dem tiefsten Winkel von Wales, Neuigkeiten dringen nur schwer bis dahin durch und werden auch nicht unbedingt mit bedeutungslosen Knappen geteilt.«

»Nun, Geoffrey Arthur ist ein bretonischer Gelehrter, seine Vorfahren kamen wohl genauso wie deine mit der Eroberung Englands hierher. Er war mal Mönch im Benediktinerkloster von Monmouth – das liegt keine zwei Stunden nördlich von hier. Er ging dann nach Oxford und kehrte schließlich mit seinem bischöflichen Onkel zurück. Jetzt ist er Erzdiakon in einer Kirche bei Llandaff und hat durch seine Werke Berühmtheit erlangt.«

»Was denn für Werke?«

»*Merlins Prophezeiungen* und die *Geschichte der Könige Britanniens.*«

»Merlins Prophezeiungen?« Unvermittelt sah er wieder Niah vor sich, wie sie neben dem Brunnen bei ihm stand; er hörte das sanfte Flüstern ihrer Stimme. Ihr Vorfahre Myrddin Wyllt. Merlin.

Das Herz pochte ihm bis in die Kehle, am liebsten hätte er sich hingesetzt. War er ihr tatsächlich auf der Spur? Konnte Marared ihm mehr sagen als alle anderen zuvor, die er vergeblich auf der Suche nach Niah angesprochen hatte?

»Es heißt, Geoffrey hätte altertümliche Texte vom Erzdiakon in Oxford erhalten, die ihn bei seinen Arbeiten unterstützten«, führte Marared weiter aus. »Er griff all die alten Sagen unseres Volkes auf, schrieb sie nieder, erzählte von König Artur und seinen Rittern, von den Römern, den Sachsen, von Magie, Heiden und dem Aufleuchten des Christentums. Dann soll er auch die in meiner Sprache verfassten Prophezeiungen Myrddins auf Anfrage des Bischofs von Lincoln ins Lateinische übersetzt haben. Myrddin lebte vor ungefähr sechshundert Jahren, aber Geoffrey Arthur verdrehte unsere Legenden ein wenig und schmückte sie mit seiner Fantasie.«

»Woher weißt du so viel darüber?«

Ein spöttisches Lachen schlug ihm entgegen. »Woher die Tochter des Pfeilmachers, eine herkömmliche Hure, von Geschehnissen der Welt weiß, während ein Edelmann im Dunkeln tappt?« Sie grinste, zeigte wieder die lieblichen Grübchen. »Männer reden hinterher gerne, Maurice, was du eigentlich wissen solltest.« Sie zwinkerte neckisch, fuhr aber sogleich fort. »Die *Geschichte der Könige Britanniens* ist in aller Munde. All die Ritter sprechen von den alten Heldentaten, von der Tafelrunde und Merlins Zauberkräften. Es ist eine Mär, die Geoffrey Arthur erfand, aber gerade, weil er aus dieser Gegend stammt, redet man hier kaum von etwas anderem. Um ehrlich zu sein, kenne ich keine Erzählung, die je beliebter war. In den Hallen werden sie vorgetragen – Elen hat dem Barden des verstorbenen Earls häufiger gelauscht –, Ritter träumen davon, einmal genauso ruhmreich zu sein. Sie wollen zeigen, wie gebildet sie sind, indem sie Verse aus diesem bekannten Werk zitieren, selbst wenn sie sich damit nur vor einer Hure profilieren. Fahrende Händler bringen ebenfalls Neuigkeiten, Kunden meines Vaters stillen unseren Wissensdurst ...« Sie stieß sich vom Stamm in ihrem Rücken ab, warf de Clare und ihrer Schwester einen kurzen Blick zu und trat schließlich an ihn heran. »Weshalb ich dir überhaupt davon erzähle: Nicht nur von alten Texten soll Geoffrey sein Wissen über unsere alten Sagen und Legenden kennen, es heißt, er hätte eine *Awenyddion* bei sich gehabt. Eine britische Frau lebte bei ihm, das Gerücht ging um, sie wäre eine direkte Nachfahrin Myrddins. *Sie* soll ihm die Prophezeiungen übermittelt haben und auch sonst Ursprung seiner Arbeit gewesen sein. Natürlich steht das in keinem seiner Bücher. Aber es heißt, es hätte da eine Tochter gegeben – Geoffreys Bastard, sagen sie, ein Bastard der *Awenyddion*. Aber du weißt ja, wie die Leute reden.«

»Ja, ich weiß.« Maurice schluckte, sein Hals war plötzlich ganz rau, und er brachte kaum Worte heraus. »Was geschah mit ihnen? Mit der Frau und der Tochter? Wo sind sie jetzt?«

Marared zuckte mit den Schultern. »Ich hörte, die Frau wäre schon vor einiger Zeit gestorben. Die Tochter nahm ihren Platz ein, soll dieselbe Gabe besitzen. Aber dann hörte man nichts mehr von ihr, sie verschwand einfach. Wohin, das weiß ich nicht. Natürlich hatten viele ihre eigene Meinung, warum dem Erzdiakon seine *Awenyddion* abhandengekommen war. Von Entführung, Ermordung bis zur Möglichkeit, dass das Kind weggelaufen sei, habe ich alles gehört.«

Ein unruhiges Kribbeln fuhr durch seinen Körper. »Llandaff … wie weit ist das von Carmarthen entfernt?«

»Da fragst du die Falsche, ich bin noch nicht viel herumgekommen. Du musst auf dem Weg hierher bei Carmarthen vorbeigekommen sein – wo Myrddin übrigens geboren sein soll.«

Maurice und seine Männer fanden sie vor einem Jahr unweit von Carmarthen, völlig allein. Sie ist Waliserin. Sie liest mir vor. Sie sprach schon damals unsere Sprache.

Lady Alice' Worte hallten durch seinen Kopf. Das walisische, blitzgescheite Mädchen, alles passte zusammen, wenn sie tatsächlich die heimliche Tochter eines bretonischen Gelehrten war. Dass sie die normannische Sprache kannte, sogar die lateinische, dass sie zu lesen verstand … Maurice mochte nichts über ihren Verbleib erfahren haben, aber möglicherweise über ihre Herkunft.

Ein unbeschreibliches Glücksgefühl machte sich in ihm breit, und ehe er sichs versah, nahm er Marareds Gesicht in beide Hände und presste seine Lippen in einem Anflug von Übermut auf ihre Stirn. Er hörte ihr überraschtes Luftholen und ließ die Hände sinken. »Du weißt gar nicht, wie sehr du mir geholfen hast.« Er zog sanft an einer ihrer dunklen Haarsträhnen. »Aber ich hätte es wissen müssen – wo ich schon so viele neue Erkenntnisse durch dich gewonnen habe.«

Marared verdrehte die Augen, stieß ihn leicht mit der Schulter an. »Es freut mich, dass dich diese alten Geschichten so froh stimmen, Maurice. Wirklich. Aber jeder hier hätte sie dir erzählen können. *Awenyddion* sind selten, und wir sind ein Volk der Geschichtenerzähler. Ein Volk, das nicht lange an einem Ort verweilt und stets weiterzieht. Gerüchte und Neuigkeiten verbreiten sich unter uns schnell.«

»Zum Glück ziehst du nicht weiter.« Er grinste, aber er meinte es ernst.

Marared zuckte mit den Schultern. »Reine Bequemlichkeit. Eure Burgen bedeuten Schutz. Dort draußen sind wir auf uns allein gestellt, den Raubzügen hilflos ausgeliefert, und das Handwerk meines Vaters ist bei euch Freinc gefragt. Ihr habt Veränderung in unser Land gebracht, nicht alles ist schlecht, auch wenn ich bezweifle, dass die Briten im Norden so denken. Aber wir hier an der Grenze müssen uns eure hässlichen Gesichter schon so lange ansehen, dass wir uns an sie gewöhnt haben.«

Maurice hob seine Hand, legte sie an ihre Wange, sich des Risikos ihrer Zurückweisung bewusst, aber zu seiner Überraschung wehrte sie ihn nicht ab. Im Gegenteil. Ihr Ausdruck zeugte von Wärme, sie schmiegte ihre Wange an ihn, und einen Moment lang teilten sie eine Vertrautheit, die er genoss.

»Mylord!«

Maurice zuckte zusammen, fuhr herum und sah Raymond le

Gros vom Wohnturm herbeilaufen. So aufgeregt, wie der Knappe war, brachte er wohl keine guten Nachrichten, und ein Fluch entrang sich ihm. De Clare sah ebenfalls verstimmt aus über das Ende der Ruhe, er reichte Elen seinen Bogen und kam ihnen über die Wiese entgegen. »Was ist los, Raymond?«

Außer Atem kam der Fünfzehnjährige vor ihnen zum Stehen. »Mylord, Eure Lady Mutter schickt nach Euch. Ein königlicher Bote ist gerade eingetroffen.«

Nun fluchte auch de Clare. »Herrgott, ich bin doch schon so gut wie auf dem Weg zu ihm! Wieso hat der König es auf einmal so eilig, meine Huldigung entgegenzunehmen? Das letzte halbe Jahr hat er ja auch akzeptiert, dass ich erst mal das Durcheinander ordnen muss, das mein Vater mir hinterlassen hat.«

»Vermutlich hat er jetzt, da Matilda weg ist, endlich Zeit, das Durcheinander zu ordnen, das dieser Krieg ihm hinterlassen hat«, bemerkte Maurice leise lachend.

De Clare schien alles andere als belustigt. Mit einem Stöhnen strich er sich mit beiden Händen durchs Haar. »Raymond, wir brechen morgen auf zum königlichen Hof. Fang schon mal an zu packen, und vergiss nicht, dass ich Kleider brauche, die vor dem König etwas hermachen. Am besten, du bürstest den waldgrünen Bliaut aus der Truhe bei meinem Bett aus. Und dann suche noch irgendwelchen wertvollen Tand, den ich tragen kann, Ringe, Ketten, Broschen, was du nur findest. Gott stehe mir bei, wenn Stephen sich darauf besinnt, dass ich auch das Amt des Marshals von meinem Vater geerbt habe. Dann hält er mich bei Hofe fest und lässt mich gar nicht mehr gehen.«

»Mylord.« Raymond verneigte sich und eilte zurück, während de Clare sich an Elen wandte, die sich zögernd dazugesellt hatte.

»Bitte verzeih meinen überstürzten Aufbruch.« Er ergriff ihre Hand mit seinen beiden und schloss sie ein, seine Miene so kummervoll, als stünde ihm ein Krieg bevor.

»Solange Ihr nur bald zurückkehrt, Mylord.« Ihre Stimme war kaum mehr als ein Flüstern. De Clare beugte sich vor, gab ihr ungeniert einen Kuss auf die Wange und führte ihre Hände schließlich zu Marared, als übergäbe er sie in ihre Obhut. Dann stapfte er davon, und Maurice beeilte sich, ihm hinterherzukommen.

»Der Krieg ist noch nicht zu Ende«, warnte er seinen Freund, selbst besorgt über das plötzliche Erscheinen eines königlichen Boten. »Wenn du jetzt Stephen huldigst und morgen Henry Plantagenet übersetzt und einen Sieg erlangt? Ich hörte, Henry wäre von den geachtetsten Gelehrten unterrichtet worden, sowohl in England als auch in Anjou. Auch soll er ein hervorragender Kämpfer sein. Er wird nicht ewig fünfzehn bleiben.«

»Meines Erachtens haben die drüben auf dem Kontinent genügend eigene Probleme. Hieß es nicht stets, Geoffrey d'Anjou hätte sich nicht in den Krieg seiner Frau eingemischt, weil er es sich nicht leisten konnte, sein Land zu verlassen? Es soll doch ständig Rebellionen in Anjou gegeben haben.«

»Ja, aber jetzt ist sein Land gesichert, er ist Graf von Anjou und Herzog der Normandie. König Louis ist auf dem Kreuzzug und wird so schnell nichts unternehmen können, um ihm diesen Machtzuwachs streitig zu machen. Außerdem ist Geoffrey vielleicht williger, seinem Sohn auf den Thron zu verhelfen als seiner Frau.«

»Er war aber auch nicht bereit, Henrys Söldnerheer letztes Jahr zu bezahlen.«

Maurice hob die Hände. »Nun, es heißt doch, die da drüben auf dem Festland halten England ohnehin für eine kalte, unwirtliche Insel, die es sich nicht einmal zu betreten lohnt. Vielleicht konzentrieren sie sich ja wirklich lieber auf ihre freundlicheren Gegenden unter dem fränkischen König.«

Ein bitteres Lachen entfuhr de Clare. »Wir beide wissen, dass wir nicht solches Glück haben werden. Die da drüben auf dem

Festland – zu denen gehörten unsere Vorfahren übrigens auch. Und lohnte England sich nicht, hätten unsere Großväter das Land wohl kaum erobert.«

Sie umrundeten den Turm, de Clare nahm die Außentreppe ins erste Obergeschoss mit weit greifenden Schritten, stets eine Stufe überspringend. Maurice sagte ihm nicht, dass er sich nicht zu sorgen brauchte, denn er fürchtete ebenfalls, auf der falschen Seite des Krieges zu landen. Aber sie konnten sich dem fünfzehnjährigen Grafensohn aus Anjou nicht anschließen, während dieser auf der anderen Seite des Kanals in seiner Heimat weilte, König Stephen und sein Sohn Eustace aber sehr real vor ihrer Haustür saßen. Dies war keine Frage der Überzeugung, sondern des Überlebens, wie de Clare nach dem Tod seines Vaters bereits erkannt hatte. Jede Entscheidung brachte schwerwiegende Konsequenzen mit sich, und sie waren noch zu unerfahren in politischen Belangen, um Risiken einzugehen. Zwar fand Maurice seit jeher, dass Matilda den besseren Anspruch auf den Thron hatte, schließlich war sie das einzige legitime Kind des alten Königs Henry, aber Stephens Unterstützer und sein Heer konnte man nicht einfach so ignorieren. Da spielte es auch keine Rolle, dass Henry Plantagenet als Matildas Sohn in seinen Augen der wahre Erbe der Krone war. De Clares Vater war Stephens Marshal gewesen, und ehe sie sich kein eigenes Bild der Lage bei Hofe gemacht hatten, um zu sehen, wer Freund und wer Feind war, konnte de Clare diese wichtige Verbindung zum König nicht aufgeben.

Maurice ergriff de Clares Arm und hielt ihn auf, ehe er die Tür zur Halle öffnen konnte. »Ich kann dir die Entscheidung nicht abnehmen, deine Familie gehört zu König Stephen, während ich Matilda und Henry unterstützen würde. Aber wie du dich auch entscheidest, ich gehe mit dir.«

De Clare sah ihn lange schweigend an, schien die Worte in seinen Gedanken immer wieder durchzugehen, schließlich nickte er und stieß ein schweres Seufzen aus. »Tu mir einen Gefallen. Hilf Raymond beim Packen, bevor ich mein Knie noch nackt vor dem König beugen muss.«

Maurice klopfte ihm auf die Schulter. »Zu Befehl, Mylord.«

Sie lachten beide, hatten sich immer noch nicht daran gewöhnt, nicht nur Freunde, sondern auch Lord und Knappe zu sein. Aber de Clare behandelte ihn nicht abwertend, reizte seine Macht nie aus, und Maurice hatte auch nichts dagegen, seine Aufgaben zu erfüllen.

Der königliche Bote wartete ungeduldig in der Halle, ein Page reichte ihm gerade einen Becher Wein, ansonsten war der Raum verlassen. Maurice warf de Clare noch einen Blick zu und schob schließlich die Tür in der Bretterwand zum abgetrennten Privatgemach auf, um seinen Herrn reisefertig zu machen.

»Wir müssen noch warten.«

Überrascht hielt er inne und blickte auf die Vorhänge, die das Schlafgemach vom Vorzimmer trennten. Es war die Stimme von de Clares Mutter, die aus dem Schlafgemach erklang. Aber wo steckte dann Raymond? Er sollte doch packen.

»Wir können es ihm jetzt genauso gut sagen.« Die Stimme eines Mannes; sie kam Maurice bekannt vor.

»Gilbert ist gerade mal ein halbes Jahr tot«, zischte Lady Isabel de Beaumont hinter den dicken Stoffen. »Der Anstand verbietet es. Richard kann und wird es untersagen, wenn wir nicht behutsam vorgehen.«

»Richard«, schnaubte der Mann voller Verachtung, und spätestens jetzt verflog Maurice' schlechtes Gewissen beim Lauschen. »Dein Sohn wird uns gar nichts verbieten, Isabel, sondern tun, was ich ihm sage. Er wird auch auf dich hören, wenn …«

»Richard ist jetzt der Earl of Pembroke und Striguil, er ist das Familienoberhaupt, mein Vormund. Glaubst du etwa, er wird es gutheißen, wenn ich von seinem Vater zu dessen Bruder gehe?

Er kann uns trennen, kann mich in ein Kloster schicken, mich mit einem anderen verheiraten …«

»Die Charter des alten Königs verbietet, dass Witwen gegen ihren Willen verheiratet werden, mach dir keine Sorgen.«

»Die Charter des *toten* Königs! Welche Gesetze herrschen jetzt? Es ist auch verboten, Burgen ohne die Einwilligung des Königs zu errichten, und trotzdem schießt eine nach der anderen aus dem Boden, wo ambitionierte Lords die Gunst der Stunde nutzen. Das Gesetz untersagt kriegerische Tätigkeiten, alles, was des Königs Frieden stört, aber jeder versucht seine Macht zu vergrößern, indem er benachbarte Herrschaftssitze angreift und sich bereichert. Wir leben in einem Land ohne Gesetze, Hervey. Die Charter ist längst nicht mehr in Kraft. Mitten in einem Krieg, der kein Ende nehmen will. Wenn Henry nur noch am Leben wäre …«

»Damit du dich zurück in sein Bett legen kannst?«

Ein dumpfer Schlag erfolgte. »Rede keinen Unsinn. Halte dich einfach zurück, lass mich mit Richard sprechen, wenn die Zeit reif ist. Wir haben schon so lange gewartet, ein paar weitere Monate …«

»Ich verstehe nicht, wieso du solche Angst vor diesem armseligen Bengel hast. Er hat nicht das Zeug zum Earl. Wenn wir beide erst mal verheiratet sind, werde ich ihm zur Seite stehen, werde ihm zeigen, wie man über sein Land herrscht und …«

Ein neuerlicher Schlag. »Wüsste ich es nicht besser, würde ich sagen, du willst mich nur für Land und Titel. Aber das wird nie geschehen, Hervey, also sprich nicht so über Richard. Du weißt nicht, wovon du redest. Wenn du mich um meinetwillen willst, heirate ich dich, aber mach dir ansonsten keine Hoffnungen. Du unterschätzt meinen Sohn, machst denselben Fehler wie Gilbert. Richard ist stärker, als du glaubst, zudem gütig und gerecht, und er wird meinem Glück nicht im Wege stehen, aber nur, wenn wir ihn mit dem ihm zustehenden Respekt behandeln. Also bitte …«

Maurice hatte genug gehört, trat einen Schritt vor, riss die Vorhänge zur Seite und genoss den Moment der hellen Aufregung in der Kammer.

Lady Isabel de Beaumont schlug bei seinem Anblick beide Hände vor den Mund und sah ihn aus weit aufgerissenen Augen an. De Clares Onkel, Hervey de Montmorency, wurde blass. Trotz seines recht jungen Alters von Anfang vierzig war sein Haar bereits ergraut, an seinen glatt rasierten Wangen zeigten sich feine bläuliche Äderchen. Die Sehnen hoben sich deutlich an seinem langen, dürren Hals ab, was zeigte, wie sehr er um Beherrschung rang.

»Der Flame«, stieß er aus, kaum mehr als ein Knurren.

Maurice verneigte sich knapp. »Der bin ich.«

Lady Isabel wich einen Schritt zurück. »Er ist Richards Vertrauter. Er wird ihm alles verraten!«

Maurice verschränkte übertrieben gleichmütig die Arme vor der Brust. »Dass Ihr Euren Schwager heiraten wollt, Madame? Wieso sollte mich das kümmern?« Er wandte sich an de Montmorency, sah ihn aus verengten Augen an, mit einer Mischung aus Abscheu und Befriedigung, da dieser Mann ihm nie ganz geheuer gewesen war. Die belauschten Worte bestätigten ihn nur in seiner Einschätzung. »*Eure* Absichten hingegen, Sir Hervey, interessieren mich außerordentlich.«

»Dich hat überhaupt nichts zu interessieren, Bursche.« De Montmorency machte zwei bedrohliche Schritte auf ihn zu, baute sich vor ihm auf, aber obwohl sie sich auf Augenhöhe befanden, war de Clares Onkel kein besonders furchteinflößender Anblick. Eher wirkte er, als hätte er in seinem Leben noch kein einziges Mal körperliche Arbeit geleistet, so dürr war er. Für eine Frau mochte er wohl ganz ansehnlich sein, mit seinem scharf gezeichneten Gesicht und den grauen Augen, die denen seines Neffen ähnelten. Aber Maurice konnte nicht verstehen, wie eine Dame wie Isabel de Beaumont ein Scheusal wie de Montmorency freiwillig heiraten wollte. Lady Isabel hatte dem verstorbenen König Henry eine Tochter geboren, war an der Seite des aufbrausenden Gilbert de Clare eine machtvolle Gräfin gewesen, und nun wandte sie sich an den verbitterten Hervey? Was mochte sie nur in ihm sehen?

De Montmorency ließ seine Hand nun beschwichtigend auf Maurice' Schulter fallen. »Deine Treue ehrt dich, doch gibt es nichts, worüber du dich sorgen musst, Junge. Lady Isabel und ich haben einzig Richards Wohl im Sinn.«

Ein schmallippiges Lächeln umspielte Maurice' Mundwinkel. »Oh, ich sorge mich nicht, Sir Hervey. Denn Lady Isabel hat recht: Ein Narr ist der, der Strongbow unterschätzt.« Mit diesen Worten wandte er sich ab, schob die Vorhänge zur Seite und wollte zurück in die Halle, als Lady Isabel ihre Finger um seinen Ärmel schloss.

»Du wirst ihm doch nichts verraten?« Aus großen Augen, die der strenge Wimpel und Schleier noch betonten, sah sie ihn an.

Maurice kämpfte den Drang nieder, ihr an den Kopf zu werfen, dass sie einem Schönredner auf den Leim ging. Er zweifelte nicht daran, dass Sir Hervey zu bezirzen vermochte, aber genauso wenig glaubte er, dass es ihm um Herzensangelegenheiten ging. Hervey de Montmorency war ein nachgeborener Sohn aus der zweiten Ehe seiner Mutter, ohne Land und Einfluss. Nach allem, was Maurice gehört hatte, hielt sich Sir Hervey seit jeher im Schatten des Earl of Pembroke, genoss das Leben in einem reichen Haushalt, ohne selbst jemals etwas geleistet zu haben. Ein schwächlicher Neffe und Stiefsohn wäre ideal, um sich die Bequemlichkeit zu erhalten, vielleicht sogar etwas Macht zu erschleichen.

»Maurice!« Die Dame schüttelte ihn, und fast hätte Maurice ihr versichert, dass er de Clare nichts von dieser heimlichen Liebesbeziehung verraten würde – nicht für sie, sondern weil er de Clare Kummer ersparen wollte. Sein Freund hatte genügend andere Sorgen, musste sich nicht auch noch um das Liebesleben seiner Mutter und die Ambitionen seines Onkels kümmern. Er sollte sich lieber auf Stephen und Henry Plantagenet konzentrieren.

Aber er schwieg, zog seinen Arm zurück, nicht grob, aber bestimmt, sah der Dame noch einmal in die Augen und verschwand schließlich durch die Vorhänge. Er hörte noch ihr scharfes Ausatmen, aber den Gefallen, ihr Gewissen und ihre Angst zu beruhigen, wollte er ihr nicht tun. Wenn sie so blind war und einen Mann heiraten wollte, der dieselbe Verachtung für de Clare hegte, wie es der eigene Vater getan hatte, konnte er ihr nicht helfen.

5 Jahre später, Wallingford Castle, Südengland, Februar 1153

Wir haben Vorräte genug, um Jahre auszuhalten. Ihr habt es schon oft versucht, auch diesmal werdet Ihr scheitern.« William Boterels zornige Worte gingen Maurice nicht mehr aus dem Kopf. Die Burg von Wallingford Castle thronte auf einer steilen Motte über ihm, verhöhnend und unbesiegbar, als könne sie tatsächlich bis in die Ewigkeit bestehen, aber Maurice' Aufgabe war es, genau das zu verhindern. Vor Jahren zum Ritter geschlagen, diente er jetzt mit zweiundzwanzig Jahren immer noch in de Clares Haushalt, der sich wiederum König Stephen angeschlossen hatte. Es waren Jahre der prunkvollen Feierlichkeiten bei Hofe gewesen sowie blutiger Scharmützel, kalter, nasser Nächte auf der Lauer und endloser Lagebesprechungen. Matildas Sohn Henry Plantagenet war vor vier Jahren erneut übergesetzt und hatte sich mit dem Norden Englands und den Schotten verbündet. Der König war ihm entgegenmarschiert, in York hatte er dann sowohl de Clare als auch Maurice zum Ritter geschlagen, aber Henry war in Anbetracht der feindlichen Stärke wieder zurück in die Normandie. Seither weilte er auf dem Festland, während der Kampf um Macht auf dieser Seite des Kanals weiterging.

Es war nun schon fast ein Jahr her, dass sie die Stadt Wallingford und die Brücke über die Themse eingenommen hatten, aber an der Burg bissen sie sich die Zähne aus. Es war ihm, als würden sie nie von hier wegkommen, der König war längst weitergezogen, hatte de Clare zurückgelassen, um die treu zu

Henry stehende Garnison auszuhungern. Aber die so strategisch wichtige Burg wollte einfach nicht fallen, obwohl dies bereits der dritte Versuch im Laufe des Krieges war, sie einzunehmen. Der feindliche Constable hatte recht: Des Königs Männer scheiterten schon wieder.

»Wieso habt ihr aufgehört zu schießen?« Maurice schwang sich aus dem Sattel, er war gerade auf einem Rundritt durch die Stadt gewesen, als er das stillstehende *Trebuchet*, mit dem Steine gegen die Mauern geschleudert werden konnten, am Fuße des Burghügels entdeckte. Eine gewaltige, aus Stein errichtete Ringmauer schloss sich um den unteren Hof der Festungsanlage, aber niemand machte Anstalten, sie zu beschießen. Zimmerleute und ein paar Männer, die für die Handhabung zuständig waren, standen ratlos um die Belagerungsmaschine herum.

»Uns ist eines der Räder zum Ausrichten gebrochen, Sir. Jetzt steht das Ding nicht mehr gerade«, erklärte einer der Männer, der sich aus dem Schlamm erhob und seine von der Kälte roten Hände an den Hosen abwischte.

»Wie lange, bis ihr es repariert habt?«

Betretene Gesichter mit laufenden Nasen blickten ihm entgegen. »Wir müssen die Maschine auseinandernehmen, ein neues Rad montieren und danach wieder zusammenbauen. Das wird den ganzen Tag dauern und den morgigen auch noch.«

»Na, dann lasst euch nicht aufhalten.« Maurice nickte den Männern zu, die nicht länger zögerten und sich sofort an die Arbeit machten. Es war ein unglücklicher Verzug, aber die Zeit war auf ihrer Seite. Irgendwann *würden* der Besatzung Wallingfords die Vorräte ausgehen, auch wenn der Constable so sicher war, dass sie mehrere Jahre aushalten konnten. Trotzdem hätte Maurice Wallingford Castle lieber heute als morgen fallen sehen. Dabei spielte es keine Rolle, dass die Menschen darin genauso wie er daran glaubten, dass Henry den besseren Thronanspruch hatte. De Clare kämpfte für den König, und Maurice kämpfte für de Clare, seinen Dienstherrn und seinen Freund. Das war das Einzige, das in diesem unsinnigen Krieg noch Sinn machte.

Eine Handvoll von de Clares walisischen Bogenschützen lag in einem Graben bereit, ihre Blicke aber nicht zu den feindlichen Wehranlagen gerichtet, sondern auf die Würfel zwischen ihnen. Maurice konnte es ihnen nicht verdenken, wer sollte nach einem Jahr noch sein Gesicht dort oben zeigen?

Sie hatten an der Brücke über die Themse einen Belagerungsturm errichtet, um den Vorratsweg abzuschneiden. Auf der anderen Uferseite bei Crowmarsh stand eine weitere Burg unter de Clares Befehl. Eine ständige Erinnerung an die Belagerten, dass sie in der Falle saßen und eingeschlossen waren. Stephen hatte einst mehrere solche Konterburgen um Wallingford errichten lassen, aber beim letzten Belagerungsversuch waren sie von den Befreiern vernichtet worden. Crowmarsh war daher besser befestigt, mit Gräben und Wällen, und würde einem Angriff standhalten. So unbesiegbar wie die aus Stein errichteten Mauern Wallingfords waren die Holzpalisaden Crowmarshs aber nicht.

»Zu den Waffen! Sie fallen aus!«

Maurice zuckte zusammen, als der Schrei ihn jäh aus seinen Gedanken riss. Er fuhr zu den Zimmerleuten herum, die aufgeregt zum Fluss deuteten. Eine Gruppe Reiter, bestimmt zwei Dutzend an der Zahl, hatte das Ausfalltor der Burg am Themseufer benutzt und versuchte entlang der gefluteten Gräben der äußeren Stadtmauer zur Brücke zu gelangen.

Mit einem Fluch auf den Lippen sah Maurice sich nach Verstärkung um, aber bis auf die paar Bogenschützen und die Handvoll Männer beim *Trebuchet* war er allein auf dieser Seite des Flusses. Der beständige Graupelregen und die letzten ruhigen Wochen hatten de Clares Männer ins Innere der Burg auf der anderen Uferseite getrieben, eine Nachlässigkeit, die der Feind jetzt nutzte. Die Reiter wussten, dass es nur einen Weg aus Wallingford hinaus gab, denn die Stadttore waren in de Clares Hand und geschlossen – sie mussten über die Brücke zum Ostufer, solange de Clare und seine Männer dort drüben nirgendwo zu sehen waren und der Weg frei lag.

»Zu den Waffen!« Maurice schwang sich in den Sattel, riss sein Schwert aus der Scheide und setzte dem Ausfalltrupp nach. Wenn die Besatzung des Belagerungsturms und die Garnison auf Crowmarsh nicht bald aufwachten und die Brücke besetzten, wären die Feinde auf der anderen Seite und auf und davon, ehe sich ihnen auch nur ein einziger Mann in den Weg gestellt hatte.

»De Clare, verdammt noch mal!« Maurice lehnte sich weit über den Hals seines Pferdes, raste zwischen Ringmauer und Fluss zur Brücke hinunter, als er auf der anderen Uferseite endlich Bewegung ausmachte. Er erkannte de Clares roten Schopf sofort, sein Freund hatte die Vorräte für die Garnison überprüfen wollen, versammelte jetzt aber seine Männer, um die Brücke zu versperren und dem Feind den Weg abzuschneiden. Gerade noch rechtzeitig, denn der Ausfalltrupp befand sich bereits auf den Steinbögen über dem grauen Wasser, gefolgt von Maurice, der ihnen nachsetzte. Jetzt konnten sich die Reiter entweder der Übermacht vor ihnen stellen, die unter de Clares Befehl das andere Ufer besetzte, oder umkehren und versuchen, sich doch noch durch die Stadt zu schlagen, um von dort zu verschwinden. Ihnen stand auf dieser Seite nichts im Weg – bis auf Maurice, der sich an der Brücke postierte, sein Schwert in der Hand, allein und entschlossen, sie nicht vorbeizulassen.

»Verschwinde!«, hörte er de Clare von der anderen Seite rufen, als er den Vormarsch über den Fluss begann und den Feind somit geradewegs auf ihn zutrieb.

Aber Maurice hatte nicht vor zurückzuweichen. Wenn er diese Männer entkommen ließ, wäre alles umsonst gewesen.

Die ersten feindlichen Reiter wichen vor der näher rückenden Wand aus Lanzen zurück, drehten um und kamen direkt auf Maurice zu.

Maurice atmete tief ein, das Pochen in seiner Kehle ließ nach, eine alles einnehmende Gelassenheit machte sich in ihm breit, wie meist vor einem Kampf. Er konnte nicht behaupten, gerne zu kämpfen oder Gefallen am Töten zu finden, wie manch anderer. Meilyr würde sich in so einem Moment wohl die Hände reiben und vor Vorfreude, gegen eine Übermacht anzutreten, tanzen. Aber Maurice fand keinen Rausch und keinen Ruhm am Auslöschen von Menschenleben, was ihn wohl etwas absonderlich machte. Er tötete nur, weil es erforderlich war, um nicht selbst umgebracht zu werden. Vielleicht war es das, was ihn so gut machte. Keine Wut, keine Erregung, sondern ein klarer Verstand. Gott hatte sich wohl einen Scherz erlaubt, indem er einen Mann, der von seinem Wesen eher zum friedvollen Kirchenmann taugte, zu einem Ritter und angehenden Lord mit Fähigkeiten im Schwertkampf gemacht hatte.

»Heiliger Mauritius«, murmelte er leise und streckte seine Finger, um sie dann wieder um den Schwertknauf zu schließen. »Führe meine Hand, und gib mir die Kraft, lange genug standzuhalten. Heiliger David, führe meine Seele zu Gott, wenn ich falle.«

»Maurice, verdammt, verschwinde von hier!« Die Panik in de Clares Stimme war sogar über die Entfernung zu hören und wurde über die Brücke zu ihm getragen. Und obwohl Maurice nichts dagegen gehabt hätte, die feindlichen Reiter zwischen ihm und seinem Freund zu überwinden und sich de Clares schnell zusammengewürfelter Streitmacht anzuschließen, war er hier drüben nun mal ganz allein. Er fixierte den Earl of Hereford an der Spitze der Männer Wallingfords. Der Graf war zu seinem Unglück in der Burg eingeschlossen worden und hatte nicht abziehen können, bevor der Belagerungsring sich ge schlossen hatte. Jetzt, nach fast einem Jahr und deutlich abgemagert, versuchte er zu entkommen, mit der Unterstützung von William Boterel, dem ebenfalls fast skelettierten Constable, an seiner Seite.

»Macht den Weg frei oder sterbt!«, rief Hereford ihm zu, aber Maurice blieb mittig stehen, wissend, dass ihn nicht mehr als zwei Reiter gleichzeitig angreifen konnten, höchstens drei, denn die Brücke war schmal. Vielleicht gelang es ihm, den Feind so lange aufzuhalten, bis de Clare bei ihm angekommen war, dann wären die Männer eingesperrt.

Mit ruhiger Hand zog er sich die Kapuze aus Kettengeflecht über den Kopf, nahm seinen Schild von seiner Hüfte und hielt ihn fest in der Linken, anstatt die Schlaufe über seinen Arm zu ziehen. Er musste den spitz nach unten zulaufenden Schild ebenso als Waffe benutzen wie zur Abwehr, wenn er niemanden entkommen lassen wollte.

»Vorwärts! Räumt ihn mir aus dem Weg!« Hereford trieb sein Pferd in den Galopp, die anderen taten es ihm gleich, preschten auf ihn zu, die Hufe donnernd auf der Steinbrücke, und einen Moment lang blitzte Odo FitzGeralds Gesicht vor seinem geistigen Auge auf. Seine Rufe »Schild hoch!« hallten in seinem Kopf, und unwillkürlich musste Maurice lächeln. Wenn sein Fechtmeister ihn jetzt sehen könnte, den Schild haltend, als wiege er nicht mehr als ein von den Bäumen davongewehtes Blatt.

»Ruhig«, murmelte er seinem Pferd zu, seine Stimme nicht mehr als ein tiefes Brummen. Die Ohren seines Wallachs stellten sich auf, zuckten, er machte ein paar tänzelnde Schritte, wollte vorwärts, war aber erfahren genug im Kampf, um nicht zurückzuweichen.

Die Reiter kamen näher, die Zeit schien sich sonderbar in die Länge zu ziehen, alles zu verlangsamen. Maurice führte seinen Arm zurück, um sein Schwert vorzustoßen. Ein Hieb würde nur schwer durch einen Ringpanzer dringen, aber ein gerader Stoß vermochte die Eisenringe zu sprengen.

Hereford sah ihm in die Augen, an seiner Seite Boterel, ein dritter Reiter drängte sich auf der Enge der Brücke zwischen ihnen, sie hatten ihn fast erreicht, hoben ihre Schwerter, als ein Surren an Maurice' Ohr vorbeizischte, und ehe er sichs versah, flogen die ersten drei in der Reihe wie durch eine fremde Macht ergriffen zurück und aus den Sätteln.

Maurice hatte keine Zeit, sich umzusehen, er wusste, die Bogenschützen aus dem Graben, die vorhin noch Würfel gespielt hatten, hatten ihn erreicht. Es waren Waliser mit ihren Starkbögen, deren Pfeile Ringpanzer durchschlugen, als wären sie aus Butter. Sie postierten sich hinter ihm und gaben ihm Deckung.

Aber die nächsten Reiter hatten ihn schon erreicht, setzten über die Gestürzten hinweg, trieben die herrenlosen Pferde an Maurice vorbei und griffen an.

Maurice stieß sein Schwert vor in die Seite eines Feindes, während er gleichzeitig den Schild hob, herumschleuderte und einen weiteren Angreifer damit aus dem Sattel hob.

Klingen sausten auf ihn zu, Maurice wehrte sie ab, mit Schild und Schwert, hörte das laute Singen, wenn Metall auf Metall schlug, Pferde wieherten und schnaubten, verbissen sich in den Hälsen anderer, auf Kampf dressiert. Ein Schlag traf ihn an der Schulter, so heftig, dass sein Oberkörper zur Seite schnellte. Maurice presste die Knie zusammen, konnte sich aber nicht nur mit den Beinen halten. Er wusste, wenn er zu Boden ging, war er ein toter Mann. Ohne zu überlegen, ließ er den Schild los, der im Gedrängel nicht einmal zu Boden fiel, sondern zwischen den Pferden eingeklemmt stehen blieb, und griff in die Mähne seines Wallachs, um nicht zu fallen. Der nächste Hieb raste auf ihn zu, Maurice riss seinen Arm über den Kopf, die feindliche Klinge traf auf sein Schwert, während ein weiterer Reiter von der anderen Seite angriff. Maurice ließ seine Klinge entlang der feindlichen hinuntergleiten und zog sie dem Reiter an seiner Seite in einer fließenden, fast sanften Bewegung über den Hals. Blut spritzte ihm entgegen in seine Augen, mischte sich mit dem Schweiß, der ihm übers Gesicht floss. Blind stieß er seine Waffe vor, traf erneut ein Ziel, Schreie gellten ihm in den Ohren. Schmerzverzerrt und wütend. Sie kamen von überallher, ein weiterer Hieb in die Seite presste ihm die Luft aus der Lunge. Auch dieser schien nicht durchs Kettengeflecht gedrungen zu sein, in dem Durcheinander war es schwierig, gezielt zu treffen. Maurice versuchte, nach seinem Schild zu greifen, schwang sein Schwert in einem Bogen um sich, um die Feinde fernzuhalten, blinzelte währenddessen seine Sicht frei. Ein schrilles Wiehern erklang. Es gellte ihm in den Ohren, ließ sein Herz einen Schlag aussetzen, und erst, als die Vorderhand seines Wallachs einknickte, erkannte er Boterel vor sich auf der Brücke stehen, sein erhobenes Schwert bluttriefend, sein Waffenrock rot gefärbt. Der Pfeil hatte ihn nicht getötet, sondern nur zurückgerissen, jetzt stand er da und hatte Maurice' Wallach die Kehle durchgeschnitten. Ein feiger Zug, kein wahrer Ritter würde ein Pferd angreifen, um einen Mann aus dem Sattel zu holen.

Maurice versuchte abzuspringen, aber sein Wallach rollte sich zur Seite, er fiel, schlug auf dem Brückenboden auf, hob sein Schwert, erwartete eine auf ihn herabfahrende Klinge. Um ihn herum waren Pferdebeine, Hufe stampften auf den Stein, Männer fluchten, stöhnten und schrien über ihm. Ein Huf traf ihn in die Brust, ein anderes Pferd trat ihm aufs Bein, er musste von hier weg, konnte sich nicht aufrappeln, er lag unter den Tieren gefangen.

»Zurück in die Burg! Rückzug!«, brüllte Hereford, der die ersten Pfeile augenscheinlich genauso wie Boterel überlebt hatte. Die Pferde setzten über Maurice hinweg, ein weiterer Huf stampfte auf seine Schulter, Maurice keuchte auf, konnte kaum noch atmen, sank zurück.

»Hinter ihnen her, lasst sie nicht entkommen! Maurice! Verdammt, wo bist du, Maurice!« De Clares Stimme hob sich deutlich vom Schlachtlärm ab.

Maurice versuchte, seinen Arm zu heben, aber sofort fuhr ein stechender Schmerz durch seine Schulter. Er wollte rufen, aber aus seiner Kehle drang nur ein Krächzen. Männer rannten über ihn hinweg, setzten dem Feind nach, der sich den Rufen nach zu schließen, wieder in der Burg verschanzte und den Ausfall aufgab. Neben ihm lagen Tote, er selbst fühlte sich, als wäre er einer von ihnen.

»Zum Teufel noch mal, Maurice.« Plötzlich war de Clares sommersprossiges Gesicht über ihm, das selbst jetzt, da er ein Mann war, immer noch das eines Jungen zu sein schien. »Was sollte das, verflucht? Bist du überhaupt noch am Leben?«

Maurice verzog seine Lippen zu einem Lächeln, er schmeckte Blut in seinem Mund. »Wäre ich tot, würde ich hoffentlich nicht dich vor mir sehen«, hustete er und versuchte auf die Beine zu kommen.

De Clare riss die Hand hoch. »Rühr dich nicht von der Stelle, ich lasse eine Trage bringen.«

Ein empörter Laut entfuhr ihm, der sofort in einen weiteren Hustenanfall überging. »Eher kannst du mich endgültig umbringen, bevor ich mich davontragen lasse. Na los, hilf mir auf, ich brauche was zu trinken.«

»Verdammt, Maurice, du hast den Ausfalltrupp gestoppt. Du hast unsere Belagerung gerettet.«

Maurice winkte müde ab. »Erzähl das meinen Knochen.«

 Oxford, Südengland,
Juli 1153

Ah! Maurice de Prendergast, nicht wahr?«

Maurice blickte auf, sah drei Gestalten zwischen den Feuern der Truppen auf sich zukommen und verengte die Augen, um sie besser erkennen zu können. Seine Hand rutschte ganz von selbst zur linken Seite, umfasste das Heft seines gegürteten Schwertes, auch wenn inmitten des Feldlagers nicht wirklich ein Angriff zu befürchten war. Aber er stand hier vor de Clares Zelt Wache, und wenn nach Einbruch der Nacht Männer auf ihn zukamen, verließ er sich lieber nicht auf blindes Vertrauen. Die Jahre bei Hofe und im Krieg hatten ihn gelehrt, dass man nie vorsichtig genug sein konnte. Zudem erfüllten ihn die trinkenden und hurenden Söldner stets mit Unwohlsein. Vielleicht war er zu lange in der kleinen Truppe bei Wallingford gewesen, sodass ihn das gesamte königliche Heer ein wenig unruhig machte.

Der König hatte de Clare nach dem versuchten Ausfall der Garnison von Wallingford zurück an seine Seite geholt und die Verantwortung über die Belagerung de Clares Vetter Roger anvertraut. König Stephen wollte Maurice' Herrn mit seinen Rittern und Bogenschützen lieber in seiner Nähe wissen und hatte de Clare einen Platz in seinem engsten Kreis angeboten. Eine schicksalhafte Entscheidung, denn schon bald nach ihrem Abzug aus Wallingford war Henry Plantagenet erneut mit einem kleinen Heer übergesetzt und hatte Unterstützung im Norden und Osten Englands erhalten.

Am Fluss Avon waren sie sich schließlich gegenübergestanden, aber der schwere Regen hatte es unmöglich gemacht, das Gewässer zu überqueren, und so war ein vorübergehender Frieden geschlossen worden. Henry war hoch in die Midlands gezogen und hatte Unterstützung vom Earl of Leicester erhalten, der mit all seinen Burgen und Männern zu ihm übergelaufen war. König Stephen war den Sommer über damit beschäftigt gewesen, ein gewaltiges Heer zusammenzuziehen, um gegen den jungen Plantagenet gewappnet zu sein.

Schließlich war Henry in den Süden nach Wallingford marschiert, um seine treuen Anhänger rund um William Boterel endlich aus der Belagerung zu befreien. Boterel und Hereford hatten tatsächlich beide die Pfeile überlebt und waren schließlich zurück in die Burg entkommen, um weiter zu hungern. Jetzt belagerte Henry die Konterburg auf Crowmarsh, um zu seinen Freunden durchzudringen, und Stephen hatte sein gesamtes Heer hier in Oxford zusammengezogen, um Henry morgen zu stellen und den Krieg ein für alle Mal zu entscheiden.

Die Söldner im Lager feierten, als hätten sie den Kampf bereits gewonnen, oder vielleicht auch eher so, als wäre es der letzte Tag ihres Lebens. Lachen und Streitereien, Schnarchen und vielstimmiges Murmeln vermischten sich zu einer ohrenbetäubenden Geräuschkulisse, die nur hin und wieder durch das Bellen eines Hundes unterbrochen wurde. Das Zirpen der Grillen im bewachsenen Dickicht des Themseufers und die gelegentlichen Rufe der Wachen auf den Palisaden der Stadtmauer konnten nur bei genauem Hinhören ausgemacht werden.

Die drei Männer traten näher, zwei von ihnen bereits im Herbst des Lebens angelangt, wohlgenährt, wie es für hohe Kirchenherren üblich war. Der Dritte, ein Lord in feinsten Gewändern, war noch etwas jünger, Mitte vierzig, wie Maurice wusste. Er kannte sie alle drei, und ihr Erscheinen überraschte ihn mindestens genauso wie die Tatsache, dass sie seinen Namen wussten. Schließlich war er nur einer von vielen im Heer des Königs.

»Euer Gnaden, Euer Gnaden.« Maurice sah vom Erzbischof von Canterbury zum Bruder des Königs Henry de Blois, dem Bischof von Winchester. Es wunderte ihn sehr, die beiden hohen Kirchenmänner Seite an Seite zu sehen, schließlich war es kein Geheimnis, dass sie sich verabscheuten. Zu oft waren sie auf unterschiedlichen Seiten des Krieges gestanden, später war es auch um das Amt als päpstlicher Legat gegangen, das nun der Erzbischof bekleidete. Es musste schon etwas sehr Schwerwiegendes sein, das die beiden vereinte und zu de Clare führte.

»Mylord.« Maurice verneigte sich auch vor dem Earl of Arundel, einem treuen Anhänger König Stephens, und wartete auf eine Erklärung für dieses sonderbare Erscheinen.

»Maurice, der Flame«, murmelte der Erzbischof von Canterbury. Er war der Älteste, seine herabhängenden Hautfalten an den Wangen wackelten mit jedem Schritt, den er durch die rot beschienene Dunkelheit auf ihn zumachte. Sein Körper hatte die Form eines Fasses, trotzdem bewegte er sich schnell und flink, überhaupt nicht schwerfällig. »Dass ich von Eurer flämischen Herkunft weiß, ist nicht nur gut geraten, da wir uns hier inmitten eines flämischen Söldnerheeres befinden.« Er wies mit seiner beringten Hand auf Maurice' Gesicht, und Maurice verstand, dass seine Narben ihn preisgegeben hatten. »Ich weiß viel mehr von Euch als das, Sir Maurice. So sollt Ihr der treueste Ritter im Dienste des Earl of Pembroke sein. Auch hörte ich von Eurer Heldentat bei Wallingford Castle Anfang des Jahres.«

»Der Earl befehligt die besten Bogenschützen des Landes – es war also mitnichten die Heldentat eines Mannes«, erwiderte Maurice, ohne den Blick von den durchdringenden Augen seines Gegenübers zu nehmen.

»Ihr seid zu bescheiden. Es war schon ganz recht, dass der König Euch und Euren Herrn schon vor Jahren vorzeitig zum Ritter schlug. Für Eure Tapferkeit hättet Ihr noch sehr viel mehr verdient.«

»Ihr ehrt mich sehr, Euer Gnaden.« Maurice senkte respektvoll das Haupt, sah dann aber zwischen den dreien hin und her, sich immer noch fragend, was die Herren am Abend vor der entscheidenden Schlacht hinausführen mochte, aus der Sicherheit der Stadtmauern ins Getümmel des Heers. Unvermittelt meldete der Earl of Arundel sich zu Wort: »Wir hoffen, der Earl of Pembroke schläft noch nicht? Seid so gut, und meldet uns an, wir haben einiges zu besprechen.«

Maurice verneigte sich knapp, sah die Männer noch einen Moment lang misstrauisch an und schob schließlich die Lederbahn vom Zelteingang zurück.

»Mylord.«

De Clare blickte von der vor ihm skizzierten Karte Wallingfords auf. Er saß bei nur zwei Kerzen am Tisch, deutlich erschöpft von der nicht enden wollenden Lagebesprechung mit den Kommandanten des Heers. Verwundert über die förmliche Anrede zog er die Brauen zusammen, doch Maurice fuhr sogleich fort.

»Der Erzbischof von Canterbury, der Bischof von Winchester und der Earl of Arundel wünschen Euch zu sprechen.«

De Clare sah ihn stumm an, die Ungläubigkeit stand ihm ins Gesicht geschrieben. »Keiner deiner besten Scherze, Maurice.«

»Ah, der Gute scherzt mitnichten, Mylord of Pembroke.« Die Zeltbahn flog zur Seite, und mit der lauen Juliluft traten die angekündigten Herren ein, an ihrer Spitze der Erzbischof von Canterbury.

De Clare sprang so schnell von seinem Stuhl auf, dass er nach hinten kippte. Er öffnete den Mund, sah dann fragend in Maurice' Richtung und schüttelte schließlich den Kopf, als müsse er sich Klarheit verschaffen. »Euer Gnaden.« Er ließ seinen Blick von Erzbischof Theobald zu Henry de Blois, dem Bischof von Winchester und Bruder des Königs, schweifen, was den Erzbischof laut auflachen ließ.

»Was wird bei Hofe nur über uns geredet, Henry?«, stieß er aus, sich den ausladenden Bauch haltend. »Dem schockierten Ausdruck unseres Earls nach zu schließen, könnte man meinen, wir hätten einst den Boden aufgerissen, um uns gegenseitig in den Schlund der Hölle zu stoßen.«

»Ich für meinen Teil kann nicht bestreiten, in Versuchung gewesen zu sein«, erwiderte der Bischof von Winchester mit einem schmallippigen Lächeln.

De Clare verschränkte die Arme vor der Brust. »Es überrascht mich lediglich, Euch zusammen in einem Raum zu sehen«, erwiderte er und nickte Maurice zu, der den Stuhl aufhob und Trinkpokale aus einer Truhe holte. Er hätte einen Knappen rufen können, als Ritter musste er diese Aufgaben nicht mehr erfüllen, aber es schien ihm, dass dieses Gespräch so vertraulich wie möglich bleiben sollte. Auch war er der Jüngste und Rangniedrigste in diesem Raum. So fiel es ihm zu, Wein einzuschenken und die Sitzbank heranzuheben.

De Clare wies dem Erzbischof seinen Stuhl zu, während sich der Bischof von Winchester und der Earl of Arundel auf der Bank niederließen. Maurice blieb im Schatten stehen, abwartend, ob er hinausgeschickt wurde, aber keiner der Anwesenden machte Anstalten dazu.

»Eine ungewöhnliche Stunde für solch hohen Besuch«, meldete de Clare sich nun gefasster zu Wort. »Und eine noch ungewöhnlichere Gesandtschaft.«

»Nicht so ungewöhnlich, wenn man bedenkt, dass wir alle dasselbe Ziel verfolgen«, erwiderte der Bruder des Königs mit einem Blick zu seinem verhassten Rivalen, dem Erzbischof.

»Und was für ein Ziel soll das sein?«, wollte de Clare wissen.

Der Bischof von Winchester sah zu seinem Gastgeber hoch, seine Hakennase war das Einzige im rundlichen Gesicht, das er mit seinem königlichen Bruder gemein hatte. »Frieden, Mylord of Pembroke. Wir suchen Frieden.«

Maurice stieß hörbar den Atem aus, ungläubig, belustigt und auch ein wenig abfällig. *Jetzt* wollten diese hohen Herren Frieden? Nach fast zwei Jahrzehnten des sinnlosen Blutvergießens, der Gesetzlosigkeit und Barbarei? Einen Tag vor der Schlacht?

»Henry Plantagenets Heer ist unserem zahlenmäßig kaum unterlegen«, führte der Earl of Arundel näher aus, »wenn wir ihn morgen stellen, kommt es zu einem Blutbad mit hohen Verlusten auf beiden Seiten.«

»Das wäre nicht das erste Mal«, erwiderte de Clare kühl.

Arundel hob ergeben die Hände, aber es war der Erzbischof von Canterbury, der von seinem einsamen Stuhl neben dem Tisch aus das Wort ergriff. »Wir sind nicht die Einzigen, die des Krieges müde sind, dieser Kampf dauert schon zu lange, hat das Land ausgebrannt. Was gibt es denn noch zu gewinnen? Wer will König über ein Reich aus Asche werden?«

»So will König Stephen ebenfalls Frieden?«, entfuhr es Maurice, ehe er sich zur Besinnung rufen konnte. Zu seiner Überraschung schien sich aber keiner der Anwesenden an seinem Einwurf zu stören.

»Noch nicht gänzlich«, erwiderte der Bischof von Winchester. »Das Ziel meines Bruders war es, seinen Sohn Eustace schon zu seinen Lebzeiten auf den Thron zu setzen, wie es bei den Franken üblich ist, um Eustace' Anspruch zu stärken. Mein Bruder wollte seinem Sohn eine Krone hinterlassen. Aber allmählich muss er einsehen, dass dies niemals geschehen wird. Ihr wart ja letztes Jahr zu Ostern dabei.«

Maurice nickte. Vor gut einem Jahr hatte Stephen seine noch treuen Barone und die Bischöfe einberufen, um seinen Sohn Eustace zu krönen, ihm die Macht zu sichern und Henry Plantagenet damit zu schwächen. Doch der Erzbischof von Canterbury hatte sich geweigert, die Krönung durchzuführen, denn der Heilige Vater hatte es vor seinem Tod verboten. Eustace hatte keine Erbansprüche, hieß es aus Rom. König Stephen hatte den Erzbischof daraufhin gefangen nehmen lassen, aber Theobald war nach Flandern geflohen. Mittlerweile hatten die beiden sich ausgesöhnt. Zumindest war Maurice bis jetzt davon ausgegangen, nur saß der Erzbischof jetzt in diesem Zelt und führte politische Gespräche hinter dem Rücken des Königs.

»Es wird Zeit, dass wir der Wahrheit ins Auge blicken«, drang der Erzbischof auch schon in das nachdenkliche Schweigen. »Es gibt kaum jemanden, der Eustace auf dem Thron sehen will. Er mag stärker sein, als es sein Vater ist, zweifelsohne wäre er auch ein guter Kriegsherr, doch trägt er keinen Funken Güte oder Ehre in sich. Ohne Gewissen schändet er Kirchen und fällt mit seinen Männern aus reinem Vergnügen über Unschuldige her, amüsiert sich in den Dörfern, raubt und mordet und vergewaltigt. Henry hingegen hat sich längst einen Namen gemacht, anders als Eustace, in positiver Hinsicht. Vor ein paar Jahren war er noch ein landloser Grafensohn und Grünschnabel, jetzt ist er Herrscher über die Hälfte des Reiches der Franken. Graf von Anjou, Maine und Touraine, Herzog der Normandie und von Aquitanien. Niemand hier hätte geglaubt, dass er gegen den vom Kreuzzug heimgekehrten Louis und seine vielen Verbündeten besteht, aber er hat alle Zweifler verstummen lassen, hat seine Macht nicht nur aufgebaut, sondern auch gehalten. Ein Mann, der auf dem Festland bereits solch ein Reich errichtet, der sich solch einen Ruf erschaffen hat, kann England dabei helfen zu heilen, kann es in eine Blütezeit führen. Aber nur, wenn dieser Wahnsinn augenblicklich endet, wenn wir nicht zulassen, dass ein Scheusal wie Eustace die Macht ergreift.«

De Clare spuckte das Sediment seines Weins zu Boden. »Mir scheint, Ihr seid im falschen Lager, Euer Gnaden, solltet Ihr nicht in Wallingford an Henrys Tafel sitzen? Und wo wir schon beim *ehrenhaften* Henry sind. Ja, er hat Aquitanien seinem Reich angeschlossen, aber indem er Eleonor geheiratet hat – die Königin der Franken! *Louis'* Königin! Jetzt will Henry sie zur Königin der Engländer machen, was soll daran bitte schön ehrenhaft sein?«

»Zum einen zeugt dieser Schritt von politischer Weitsicht, zum anderen wurde Louis' und Eleonors Ehe längst geschieden.«

»Zwei Monate, bevor Henry sie heiratete! Wir alle wissen ja, dass Louis einiges dazu zu sagen hatte.«

»Louis wollte die Scheidung, schließlich schenkte Eleonor ihm nur Töchter.«

»Hätte er gewusst, dass sie zu Henry Plantagenet geht, dass das ihr Plan war …«

»Nun, er wurde reingelegt und hat dann nicht einmal mit einem Heer gegen Henry bestanden, lasst uns eine Kerze für ihn entzünden, wenn dieser Krieg vorüber ist …«, mischte der Earl of Arundel sich in den Schlagabtausch zwischen de Clare und dem Erzbischof.

De Clare wandte sich erbost ab, nahm einen Schluck aus seinem Becher. Er fühlte sich schon längst nicht mehr unwohl auf engstem Raum mit solch hohen Herren, ganz im Gegenteil. Er genoss längst den Respekt aller an Stephens Hof, war mit seinen dreiundzwanzig Jahren kein unerfahrener Jüngling mehr und hatte reichlich Kampferfahrung. Dieses Selbstvertrauen trug er in jeder Geste, jedem Blick aus stahlgrauen Augen.

Maurice machte die Stellung der Anwesenden genauso wenig nervös, dafür war er durch de Clares hohe Position schon zu lange an sie gewöhnt. Der Grund dieses Erscheinens allerdings beunruhigte ihn.

»Es werden immer mehr Stimmen laut, die sagen, dass Henry den besseren Anspruch auf den Thron hat, dass er geeigneter wäre«, fuhr Arundel fort.

De Clare schnaubte. »Zum Teufel, das fällt Euch jetzt ein? Nach all den gottverfluchten Jahren des Krieges, in denen dieses

Land vor die Hunde ging? Dann hättet Ihr auch gleich Euren Schwur dem alten Henry gegenüber halten und Matilda auf den Thron setzen können.«

Die beiden Kirchenmänner fuhren ob de Clares Flüchen zusammen, und Maurice unterdrückte ein Grinsen.

Der Earl of Arundel hingegen zuckte nicht einmal mit der Wimper. »Jetzt geht es nicht mehr darum, gegen die Farce einer Frau auf dem Thron zu kämpfen, auch nicht darum, ihrem Mann Geoffrey d'Anjou die Krone vorzuenthalten. Die beiden spielen keine Rolle mehr, jetzt zählt ihr Sohn Henry. Stephen mag unser gesalbter König sein, aber Eustace hat keinen Anspruch als Erbe, Henry hingegen schon. Henry ist jetzt Herzog der Normandie und könnte als König die Normandie und England wiedervereinen, so wie es seit William dem Eroberer gehalten wurde. Der Earl of Derby ist schon übergelaufen, ebenfalls Euer Onkel, der Earl of Leicester. Letzterer übergab Henry die Midlands, nachdem dieser schon den Südwesten unter seine Kontrolle brachte.«

»Ihr seid noch jung, Mylord of Pembroke«, warf der Bischof von Winchester ein, »Ihr sucht nach Ruhmestaten im Kampf, habt noch nicht genug Blut vergossen, anders als die meisten anderen Barone auf beiden Seiten, die es längst müde sind, dieses ewige Hin und Her ohne einen Gewinner mitzumachen. Also ersuche ich Euch, lernt die Glorie des Kampfes auf einem anderen Schlachtfeld kennen, nicht in England, in einem Krieg, in dem Landsleute gegeneinander kämpfen. Denn Glorie werdet Ihr hier nicht finden. Es ist ja kaum noch möglich, ohne ein halbes Heer zu reisen, abtrünnige Söldner treiben ihr Unwesen, jeder, der eine Waffe halten kann, nimmt sich, was nicht davonlaufen oder selbst kämpfen kann. Dieses Land ist dem Untergang geweiht, wenn wir nicht hier und jetzt einschreiten.«

De Clare sah den Bischof ohne Gefühlsregung an. »Die Glorie des Kampfes, Euer Gnaden? Ihr meint die Ehre, die Kriege meines Vaters fortführen zu dürfen, die Schlachten von alten Männern zu schlagen, die damals nach Glorie gesucht haben, es jetzt aber müde werden? Redet nicht um den heißen Brei herum, sprecht aus, was Ihr von mir wollt, es ist ja nicht so, als wäre es nicht offensichtlich.«

»Schließt Euch dem Herzog an«, befahl der Erzbischof mit fester Stimme, ehe der Bruder des Königs antworten konnte. »Lauft zu Henry Plantagenet über.«

Maurice öffnete den Mund, Worte lagen ihm auf der Zunge, aber er war so überrascht, dass er nichts herausbrachte. Die Absichten der Männer hatten sich abgezeichnet, sie aber laut ausgesprochen zu hören machte den geplanten Verrat so real, dass sie ihn wider besseren Wissens schockierten. De Clare schien es nicht anders zu gehen, denn er sah stumm zwischen den dreien hin und her.

Der Erzbischof erhob sich schwerfällig und stellte seinen Becher ab. »Nehmt Eure Männer und macht Euch noch in dieser Nacht auf nach Wallingford, um Henry zu huldigen, auf dass Ihr sein Heer verstärkt und König Stephen morgen erkennt, dass ein Kampf zu hohe Verluste mit sich bringen würde. Seine Sache ist verloren, er weiß es längst. Denn auch er ist müde, will sein Volk nicht länger leiden sehen, einzig seine Vaterliebe ist noch stärker, sein Streben, Eustace einen Thron zu vermachen.«

»Es darf keine Schlacht stattfinden«, fügte der Earl of Arundel hinzu, »Stephen und Henry müssen bei einem Ausgleich der Ränge zu einem Handel gezwungen werden, mit dem sie beide leben können. Wir wissen, wie dieser Handel aussehen muss, aber noch glaubt Stephen, gewinnen zu können. Wenn Ihr geht, ein de Clare …!«

»… bricht alles für ihn zusammen.«

Überraschung und Mitleid standen im Gesicht des Erzbischofs. »Ihr seid treuer, als Euer Vater es war, Mylord of Pembroke, aber ich weiß, dass Ihr auch pragmatisch genug seid, um zu erkennen, dass Ihr nur noch an Henrys Seite eine Zukunft habt.«

»Wartet nicht zu lange.« Der Earl of Arundel erhob sich ebenfalls, kam auf de Clare zu und legte ihm die Hand auf den Arm. »Euer Name und Eure Männer können den Unterschied machen. Ein de Clare, der zu Henry überläuft … bereitet all dem hier ein Ende.«

Die drei Männer schritten zum Ausgang, einzig der Erzbischof sah noch einmal zurück. Es war aber nicht de Clare, den er ansah, sondern Maurice. Er zog eine Augenbraue hoch, und in seinem Blick lag eine deutliche Aufforderung, die Maurice sogleich verstand.

Mit einem Stechen in der Brust wurde ihm erschrocken bewusst, wieso er anwesend war. Es musste durchgedrungen sein, dass Maurice in Wahrheit ein Anhänger des Herzogs war, auch wenn er sich nicht erinnern konnte, sich jemals öffentlich dazu geäußert zu haben. Einzig de Clare gegenüber war er ehrlich gewesen, hatte ebenfalls vor Eustace gewarnt und Henrys Anspruch hervorgehoben. Maurice hegte keine Zweifel, dass diese Männer davon wussten, auf seinen Einfluss setzten. *Der treueste Ritter im Dienste des Earls.* Maurice sollte derjenige sein, der den letzten Anstoß zum Überlauf gab, zum Verrat.

»Ich wusste immer, dass dieser Moment kommen würde«, brach de Clare nach einer gefühlten Ewigkeit das Schweigen. Er stand immer noch reglos da, blickte zur zugefallenen Zeltbahn. Ein Knappe sah kurz herein, um zu überprüfen, ob sein Herr etwas brauchte, aber de Clare winkte ihn wortlos hinaus. »Ich dachte, ich könnte tatsächlich nüchtern entscheiden, mein Land, meinen Titel, mein Leben, meine Familie an vorderste Stelle setzen, noch vor die Überzeugung und Ehre. Nie hätte ich für möglich gehalten, wie schwer es ist, seinen König zu verraten.«

»Auch nicht, wenn dieser König die Krone einst an sich riss, seinen Eid brach und die rechtmäßige Erbin bekriegte?«

De Clare warf ihm einen Blick zu. »Du bist gut in deiner vom Erzbischof vorgedachten Rolle.«

Ein müdes Lachen entkam ihm. Es wunderte ihn nicht, dass de Clare die drei ebenfalls durchschaut hatte. »Glaube nicht, dass es mir gefällt, den Tanzbären für den Erzbischof zu spielen, aber …«

»… er hat recht.«

Maurice nickte. »Selbst wenn ihr Plan nicht aufgeht und es morgen zur Schlacht kommt – du weißt, wessen Sieg wahrscheinlicher ist, Henry hat seinen Ruf nicht von ungefähr, und du hast seit jeher gesagt, dass du auf die Seite musst, die am Ende gewinnt.«

»Wenn wir überleben.« Mit einem leisen Fluch stellte de Clare den Becher ab. »Erinnerst du dich an Newbury Castle?« Er sah ihn nicht an, ging unruhig entlang der Seitenwand des Zeltes auf und ab. »Als der König dem Marshal der Gegenseite drohte, seinen Sohn vor seinen Augen zu erhängen, wenn er die Burg nicht übergibt. Aber John Marshal gab nichts auf das Wohlergehen seines Sohnes.«

»Ich erinnere mich. Er sagte, er hätte Hammer und Amboss, um noch weitere, viel bessere Söhne zu zeugen. Die Männer wollten den kleinen William daraufhin mit dem *Trebuchet* über die Burgmauer zu seinem Vater schießen.«

De Clare blieb stehen, sah ihn an. »Ja, aber der König hielt sie auf, nahm den Jungen unter seine Fittiche. Hätte Henry Plantagenet das getan? Hätte er den Sohn eines Feindes verschont, der trotz Abkommen neuen Proviant und Männer in die Burg schaffte?«

»Ich weiß es nicht. Vor allem, da ich mir nicht vorstellen kann, dass irgendjemand ein sechsjähriges Kind töten könnte. Aber ich zweifle nicht daran, dass manche dunkle Seelen tatsächlich dazu in der Lage wären. Und eine von diesen schwarzen Seelen ist Eustace, Sohn unseres gütigen Königs.«

De Clare schüttelte resigniert den Kopf, straffte die Schultern und kam mit Resignation in den Augen auf ihn zu. »Einen Verrat begehen werde ich, aber nicht im Schutze der Nacht. Ich werde Stephen morgen Früh in die Augen blicken, wenn ich ihn verlasse. Zuvor musst du etwas für mich erledigen, das nicht leichter sein wird. Denn ich werde auch nicht blind in Henrys Lager laufen.«

Maurice ritt nicht zum ersten Mal nach Wallingford, aber die Dunkelheit ließ ihn nur langsam vorankommen. Wegelagerer fürchtete er in Anbetracht der beiden nahen Heere nicht, eher die Gefahr, dass sein Pferd sich im Finstern vertrat und er von der Straße abkam und eine Böschung hinabstürzte. Das wäre eine wenig ruhmreiche Geschichte für die Analen über diese Schlacht. Trotzdem blickte er immer wieder über die Schulter zurück, lauschte in die Stille, um mögliche Verfolger oder abtrünnige Kämpfer auszumachen. Die vereinzelten Sterne, die zwischen Wolkenfetzen hervorblitzten, spendeten nicht genug Licht, und so dauerte es fast zwei Stunden, bis er die Brücke bei der Abtei von Abingdon überquerte. Die Fahrt über den Fluss hätte er seinem Ritt zu Pferde vorgezogen, aber auf die Schnelle hatte sich kein Bootsführer finden lassen, schon gar nicht diskret. Nun sah er sich, allein mit seinen Gedanken, gezwungen, all die Möglichkeiten des bevorstehenden Zusammentreffens im feindlichen Lager durchzugehen, und kaum eine war erfreulich. De Clare hatte vorgeschlagen, Raymond le Gros mitzuschicken, der mittlerweile ebenfalls zum Ritter aufgestiegen war. Aber Maurice wollte ihn an de Clares Seite wissen. Zwar war Raymond immer noch nicht gut auf Maurice zu sprechen und ihm eher feindselig gesinnt, aber für de Clare würde er sterben. Und sollte Maurice' Aufbruch oder de Clares bevorstehender Verrat irgendwie zu Stephens treuen Männern durchdringen, wollte Maurice genau solch einen loyalen Ritter bei de Clare wissen.

Angespannt hielt er sich weiterhin entlang des Themseufers gen Süden, ignorierte plötzlich davonstiebende Vögel oder das Rascheln im Geäst des nahen Waldes und konzentrierte sich auf seine Aufgabe. Er dachte, er wäre erleichtert, sein Ziel zu erreichen, aber als sich der von unzähligen Feuern beleuchtete Rundturm Wallingford Castles auf der steilen Motte vor dem Horizont abzeichnete, verkrampfte sich sein Magen, leichte Übelkeit kam in ihm auf. Er hatte schon gekämpft und getötet, aber heute musste er etwas tun, das ihm sehr viel schwerer fiel: zu Kreuze kriechen.

Über der Brustwehr des Verteidigungsrings tanzten Fackeln, und genauso wie vor den Toren Oxfords campierte auch hier ein Heer in der niedergetrampelten Wiese vor den Toren. Auf den ersten Blick schien es ihm nicht so stark wie Stephens, aber wer wusste schon, wie viele Männer in der Burg untergekommen waren.

Auf der anderen Uferseite schwebten ebenfalls Lichtpunkte, sie mussten zu Wachen auf den Palisaden von Stephens Burg auf Crowmarsh gehören. Die Garnison rund um de Clares Vetter hatte sich jetzt wohl verschanzt, würde bestimmt nicht ausbrechen, um es mit den geschätzt dreitausend Mann des Herzogs aufzunehmen.

Die Entscheidung dieses langen Krieges stand kurz bevor, aber wenn es nach dem Erzbischof von Canterbury, Stephens Bruder und dem Earl of Arundel ging, würde diese nicht auf dem Schlachtfeld ausgetragen werden.

Männer blickten auf, als Maurice das um stillgelegte Belagerungsmaschinen gruppierte Lager durchquerte, drehten sich nach ihm um, aber entgegen seiner Erwartung fand er sich nicht sogleich in Ketten wieder. Ein einzelner Reiter wurde augenscheinlich als keine Bedrohung empfunden, schon gar nicht, da nicht auszumachen war, auf welche Seite er gehörte. Einzig das schwere Tor, das im Licht der nahen Feuer deutliche Schäden durch Brände und Rammböcke zeigte, stellte sich als Hindernis dar.

»Mein Name ist Maurice de Prendergast!«, rief er so laut er konnte, dabei fiel ihm auf, dass es in Henrys Heerlager sehr viel ruhiger zuging, disziplinierter, denn seine Stimme trug weit und klar. Entweder war Henry nicht so siegessicher wie die Söldner Stephens, oder er war einfach kein Idiot und wusste, dass es sich mit schwerem Kopf schlechter kämpfte. Die Ordnung des Heers passte zum Bild, das Maurice sich von Henry gemacht hatte.

»Der Earl of Pembroke und Striguil schickt mich mit einer Nachricht für den Herzog, Henry Plantagenet.« Er streckte de Clares Siegel hoch, auch wenn die Wachen es in der Dunkelheit und aus der Ferne wahrscheinlich nicht erkennen konnten. Aber sie sahen immerhin, dass er nicht mit leeren Händen kam und sie seine Worte überprüfen konnten. Es dauerte nicht lange, da öffnete sich ihm das Tor.

»Was will der Earl of Pembroke vom Herzog, he?« Ein Ritter, dessen Gesicht Maurice hinter dem Nasenkolben in der Dunkelheit nicht erkennen konnte, versperrte ihm den Weg. Hinter ihm lag nichts als rötliches Licht der vielen Fackeln, das die Schwärze hier draußen noch vertiefte. »Die de Clares sind Männer des Usurpators. Einen de Clare haben wir sogar da drüben in der Falle.« Er wies Richtung Crowmarsh.

»Das werde ich Seiner Gnaden selbst sagen.«

Der Mann starrte ihn an, Maurice konnte es mehr fühlen als sehen, und zum ersten Mal war er über seine Narben froh. Sie ließen ihn gefährlicher aussehen.

Mit ungerührter Miene streckte er dem Ritter das Siegel entgegen, der es aber gar nicht beachtete.

»Ihr müsst Eure Waffen abgeben.«

»Ich habe nichts anderes erwartet.«

Der Mann ließ seinen Blick noch einen Augenblick lang auf ihm ruhen, dann nickte er und trat beiseite.

Maurice atmete tief ein, versuchte sich seine Anspannung nicht anmerken zu lassen. Er trat durch die Tore Wallingfords, jene Tore, die er monatelang einzubrechen versucht hatte. Er war im Inneren der Burg, deren Besatzung so lange ausgeharrt hatte, und es überraschte ihn nicht, dass sowohl die beiden entgegenkommenden Wachen als auch der Stallbursche bis auf die Knochen abgemagert waren.

Maurice gab sein Pferd ab, löste sich widerwillig von seinem Schwert und folgte dem Ritter schließlich ins Obergeschoss des Burgturms, wo der Mann ihn warten hieß.

Um Ruhe bemüht blickte er auf den dunklen Vorhang und verbot sich, unruhig auf und ab zu gehen. Ihm war zwar bewusst gewesen, dass man ihm die Waffen abnehmen, nicht aber, wie nackt und hilflos er sich ohne sie fühlen würde. Henrys Temperament und seine Zornesausbrüche waren mindestens genauso berühmt wie seine Fähigkeiten als Befehlshaber.

Ob er de Clares Unterwerfung so kurz vor der Schlacht wohl als Segen oder Beleidigung auffasste? Das Gerücht, Henry hätte das Blut des Teufels in den Adern, kam ihm wieder in den Sinn, aber obwohl er es gerne als dummen Aberglauben abtun wollte, nahmen seine Gedanken hier draußen im dunklen Vorraum sonderbare Formen an.

Der schwere Vorhang flog zur Seite, und Maurice zuckte unwillkürlich zusammen. »Seine Gnaden, der Herzog, empfängt Euch jetzt.«

Maurice straffte die Schultern, schloss seine Hand um das Siegel und trat entschlossen in die hell erleuchtete Kammer, wissend, wie viel von diesem Gespräch abhing.

»Sir Maurice de Prendergast, Sire, Gesandter des Earl of Pembroke und Striguil.«

Der Ritter verneigte sich und zog sich zurück, ließ Maurice allein in einem Raum belustigter Gesichter. An Schlafen schien hier noch niemand gedacht zu haben.

Zwei Männer standen vor der Fensternische beisammen, einer von ihnen nur noch ein mit Haut überzogenes Skelett. Maurice erkannte ihn bei genauerem Hinsehen als William Boterel, den Constable dieser Burg, der Maurice' Pferd getötet hatte. Ob er sich daran erinnerte und Maurice erkannte? Hoffentlich nicht, denn so gerne er diesem Mann die mangelnde Ehre an den Kopf geworfen hätte, wusste er, dass es seinem Vorhaben nicht zum Vorteil gereichte, als derjenige erkannt zu werden, der den Ausfall gestoppt und Henrys treue Anhänger bekämpft hatte.

Zwei weitere Männer saßen am Tisch, den einen erkannte Maurice als den übergelaufenen Robert de Beaumont, den Earl of Leicester und jüngeren Zwillingsbruder von Waleran de Beaumont. Zudem war er de Clares Onkel mütterlicherseits, den Richard aber kaum kannte. Leicester war ein Mann um die fünfzig, mit lachenden Augen, der neben seinem einst erbitterten Feind, dem etwas älteren, aber unweit graueren Earl of Chester saß. Es war schon absonderlich, wie sich manche Männer bekriegen konnten und dann gemeinsam Ale tranken, wenn es ihren Zwecken diente. Drei von den vier Männern kannte Maurice, so konnte nur jener neben dem Constable Henry Plantagenet sein. Er war ein hochgewachsener, fast schon dürrer Jüngling, den Maurice eher der hungernden Garnison zugeschrieben hätte als einem Herzog, dessen Name mit Ehrfurcht ausgesprochen wurde.

Beim Aufeinandertreffen der beiden Heere im Frühling, als sie sich beiderseits des reißenden Avon gegenübergestanden waren, hatte Maurice den Herzog nicht aus der Nähe gesehen, auch bei den Verhandlungen war er nicht zugegen gewesen, so war er sich nicht sicher, wie er aussah.

»Euer Gnaden.« Mit der Hand auf der Brust verneigte er

sich, überlegte, ob er auf ein Knie niedergehen sollte, wie vor einem König, aber ehe er sich entscheiden konnte, brach schallendes Lachen hinter ihm aus.

Maurice fuhr herum, mittlerweile das Grölen aller in den Ohren, und blickte in stechend blaugraue Augen, denen kein Amüsement anhaftete und die seinem Lachen etwas Unheimliches verliehen.

Diesmal gab es keinen Zweifel, er wusste sofort, dass er Henry Plantagenet gegenüberstand. Goldenes Haar, das etwas ins Rötliche ging und streng kurz geschnitten war, leuchtete im Schein der Wandkerzen. Der Herzog war nicht so hochgewachsen wie Maurice, eher vierschrötig mit seiner breiten Brust, aber nichtsdestotrotz haftete den taubenblauen Augen ein Funkeln an, das Maurice tatsächlich an den Teufel erinnerte. Er konnte sich gerade noch davon abhalten, sich zu bekreuzigen.

»Sire.« Maurice verneigte sich erneut, aber Henry sah ihn kaum an und ging an ihm vorbei zum Tisch.

»Sir Maurice de Prendergast. Euer Name ist sogar in meinem Lager nicht unbekannt.« Er warf Boterel einen Blick zu, dessen Miene sich verfinsterte.

»Ja, das ist er, ich erkenne ihn an seinen Narben.«

Maurice ballte die Hände zu Fäusten. »Und ich erkenne Euch an der Feigheit, mit der Ihr Euch dort hinten herumdrückt, Constable.«

Boterel stieß sich von der Wand in seinem Rücken ab, richtete sich abrupt auf, und obwohl Maurice wusste, dass er besser seine Zunge gehütet hätte, verschaffte ihm die helle Empörung in Boterels Augen eine gewisse Genugtuung. Er würde sich nicht mit dem Constable schlagen, der Mann war halb verhungert und im Herbst des Lebens, dies wäre kein gerechter Kampf, aber den Verlust seines Pferdes gänzlich unkommentiert zu lassen, brachte er nicht über sich.

»Gebt Ruhe«, befahl Henry knapp in Boterels Richtung und

wandte sich schließlich Maurice zu. »Was ist mit Eurem Gesicht passiert?«

Maurice verengte die Augen. »Ein Feuer.«

»So wie ich es sehe, habt Ihr noch Glück gehabt. Mein Freund John FitzGilbert verlor ein Auge, als man Wherwell Abbey um ihn herum anzündete.«

»Ich hörte davon.« Nur habe ich wenig Mitleid mit John Fitz-Gilbert, nachdem er zugelassen hätte, dass der König seinen sechsjährigen Sohn mit dem Trebuchet über die Burgmauern schießt, fügte er in Gedanken hinzu.

»Wie lange ist es her? Die Narben scheinen gut verheilt.«

»Acht Jahre. Mit Verlaub, Euer Gnaden, ich bin nicht hier, um über mein Gesicht zu sprechen.«

Der Herzog lehnte sich gegen den Tisch, streckte die Beine aus und stützte die Hände neben sich ab. Ein leises Lächeln spielte um seine Lippen. »Ihr seid hier, weil der Earl of Pembroke sich mir anschließen will.« Wenn es Überraschung war, die er erwartet hatte, musste Maurice ihn enttäuschen. Der Grund seines Erscheinens war offensichtlich.

»Mit zwölf Rittern, zwanzig weiteren Berittenen, einhundert Mann Fußvolk und zweihundertsechzig Bogenschützen, den Besten des ganzen Landes, Euer Gnaden.«

»Tatsächlich?« In übertrieben freudiger Aufregung hob Henry die Brauen, warf seinen Verbündeten einen amüsierten Blick zu. »Da lösen sich doch wie durch Zauberhand all meine Probleme. Wie konnte ich nur je ohne den Earl of Pembroke und seine starken Recken zurechtkommen?«

Maurice ignorierte den beißenden Sarkasmus und sah dem Herzog weiterhin ungerührt in die Augen. »Welche Nachricht, wünscht Ihr, soll ich meinem Herrn überbringen? Werdet Ihr seine Huldigung annehmen?«

»Wieso kommt er nicht selbst zu mir, sondern schickt Euch vor? Hat er solche Angst vor mir?«

Ein Lächeln entkam Maurice. »Es kursieren durchaus fürchterliche Geschichten über Euch in Stephens Lager, Euer Gnaden, aber es sind nicht die Mären, die sich Krieger am Feuer erzählen, die meinen Herrn zurückhalten. Die Ehre verlangt, dass er dem Kö… dem Usurpator selbst von seinem Entschluss berichtet und sich nicht bei Nacht und Nebel davonstiehlt. Da das Heer morgen Früh aber schon marschiert, solltet Ihr, noch ehe Ihr Stephens Banner am Horizont erblickt, wissen, dass der Earl of Pembroke zu Euch steht.«

»Schön gesagt.« Henry verneigte sich spöttisch, ließ seinen durchdringenden Blick aber auf ihm ruhen. Ein Blick, der nichts von einem Zwanzigjährigen hatte, sondern der eines erfahrenen Feldherrn war. »Und wenn ich Euch frage, was den Earl bislang davon abgehalten hat, sich mir anzuschließen oder meine Mutter zu unterstützen?«

»Richard de Clare ist noch jung«, begann Maurice, aber Henry hob herrisch die Hand.

»Drei Jahre älter als ich, Sir, also versteckt ihn nicht hinter seinem Alter, das konnte ich mir auch nie leisten. Weder als ich mit vierzehn ein Heer nach England führte, noch als ich König Louis und all seine Verbündeten mit neunzehn besiegte.«

»Eure Taten sind eines Königs würdig, Sire, wie soll ein einfacher Graf sich mit Euch messen?«

Diese Worte entlockten dem Herzog zum ersten Mal ein ehrliches Lachen, aber Maurice war noch nicht fertig. Es ging schließlich nicht nur darum, dass Henry die Huldigung annahm, denn das war wahrscheinlich, schließlich brauchte er Pembrokes Männer, ob er es wollte oder nicht. Vielmehr ging es darum, Henrys Gunst zu gewinnen, damit er de Clare seine im Krieg verlorenen Ländereien in der Normandie zurückgab. Es ging um ihrer aller zukünftige Position am königlichen Hof, sollte Henry diesen Krieg gewinnen, und auf Maurice' Schultern lastete die Bürde, de Clares Zukunft zu lenken.

»Gilbert de Clare war ein treuer Freund und Anhänger Stephens«, führte er näher aus, sich nicht vom verächtlichen Schnauben Chesters oder Leicesters einschüchtern lassend. »Er mag zur Sicherung seines Lebens, Landes und Titels einst die Seiten gewechselt haben, aber er war doch Stephens Mann. Wir, die wir in diesen Krieg hineingeboren wurden, können wohl nichts anderes tun, als die Sache unserer Väter, unseres Blutes zu verteidigen und in ihrem Sinne fortzuführen, wollen wir uns ein bisschen Ehre bewahren.« Maurice hob leicht die Augenbraue und funkelte den Herzog an. »Diese Treue war lange ein zu triftiges Argument, um den Earl of Pembroke die Wahrheit erkennen zu lassen. Väter können irren, und ein Mann sollte nach seinen eigenen Überzeugungen handeln. Richard de Clare hält Euch für den wahren Herrscher dieses Landes … und nicht Eustace de Boulogne.« Maurice verneigte sich erneut und staunte selbst ein wenig, wie leicht ihm die vielen Worte von den Lippen kamen. Henry war einschüchternd, ohne Zweifel, aber er war auch der Mann, den Maurice seit jeher als seinen wahren König angesehen hatte. Die Aussicht auf nahen Frieden und einen fähigen Herrscher, der dieses Land heilte, machte ihn, das wortkarge Narbengesicht, anscheinend zum großen Redner.

Henry sah ihn lange schweigend an. Nachdenklich rieb er sich mit der Hand über das glatt rasierte Kinn und studierte ihn. Schließlich huschte ein Lächeln über seine Lippen. »Ihr wart nie Stephens Mann, nicht wahr, Sir Maurice von Prendergast. Ihr wart ein Anhänger meiner Mutter.«

Maurice zog die Brauen zusammen. Woher wusste der Herzog das? »Sire … Ich war und bin Richard de Clares Mann«, brachte er aus trockener Kehle heraus, weil er nicht zeigen wollte, wie leicht Henry ihn las, andererseits, da er sich in kein besseres Licht als de Clare stellen wollte. Er war nicht hier, um sich selbst Vorteile zu verschaffen, sondern seinem Herrn. »Welchen Weg der Earl of Pembroke auch geht, ich folge ihm.«

»Loyalität. Eine seltene Tugend heutzutage.« Er gab dem Mann an Boterels Seite ein Zeichen, neues Ale einzuschenken, sah ihn aber weiterhin an. »Das sieht einem de Clare ähnlich, mir so kurz vor der Schlacht mein Anrecht auf einen gerechten Kampf zu nehmen. Kein Wunder, dass die Plantagenets und die de Clares nie miteinander konnten. Wahre Loyalität sollte ich wohl nicht von Eurem Herrn erwarten, nachdem schon sein Vater meine Mutter betrogen hat – nicht nur einmal. Der Apfel fällt ja bekanntlich nicht weit vom Stamm, und ein de Clare ist und bleibt ein de Clare.«

Maurice biss die Zähne zusammen, er wusste, es war jetzt besser zu schweigen. Der Herzog war bereit, de Clares Unterstützung anzunehmen, aber Freunde würden die beiden wohl nie werden. Blieb nur zu hoffen, dass die Entscheidung des Seitenwechsels die richtige war.

🌿

Das kannst du nicht machen, Richard!« Der König trieb seinen Grauschimmel zwischen den zum Aufbruch bereiten Rittern und ihren Knappen hindurch. Die Kunde hatte ihn offensichtlich schon innerhalb der Stadtmauern erreicht, denn aus dem prunkvollen Auszug und der anschließend geplanten Rede war ein einziges Durcheinander geworden. Der König schien allen anderen davongeritten zu sein, hielt jetzt vor de Clare an und ergriff die Zügel seines Pferdes, als wolle er ihn davon abhalten davonzureiten. »Bei der Geburt Jesu, Junge, Stunden vor der Schlacht! Wie kannst du mich so verraten?«

»Dieses Land muss endlich Frieden erfahren, Sire.« De Clares Stimme war ruhig und gefasst, umso schwerwiegender klangen seine Worte. Jede Reue oder Scham, die er Maurice nach seiner Rückkehr bei Sonnenaufgang anvertraut hatte, hielt er gut verborgen. Jetzt war er ganz der junge Earl, der eine Entscheidung getroffen hatte und zu ihr stand. Mit seinen eingeweihten Männern hatte er sich vor der Stadt versammelt, um auf den König zu warten. Für ein persönliches Gespräch war es nach Maurice' Rückkehr mit Henrys Gunstbekenntnis schon zu spät gewesen. Außerdem zeigte de Clares Abzug vor dem gesamten Heer eine größere Wirkung, auch wenn es gefährlicher war. Der Bischof von Winchester, der Erzbischof von Canterbury und der Earl of Arundel hatten ihm aber ihre Unterstützung für den Ernstfall zugesichert.

»Ihr seid mein König, Sire, aber Euer Sohn Eustace wird es nicht sein. Henry Plantagenet würde dies nie akzeptieren, der Krieg würde weitergehen, Euer Sohn würde das Land weitere Jahre in Blut tränken, und am Ende wäre wahrscheinlich doch nur Henry der Gewinner.«

»Wie könnt Ihr es wagen, Pembroke?« Nun drängte Eustace sich nach vorne, sein Gesicht so rot, als hätte er sich die letzten Tage oben auf den Wehrmauern in der Julisonne befunden. »Das ist Verrat, dafür werdet Ihr Euer restliches Leben in einem finsteren Loch verrotten, wenn ich Euch nicht gleich selbst umbringe …« Seine Hand fuhr zum Heft seines Schwertes, aber ehe er es greifen konnte, hatten Maurice, Raymond und die anderen Ritter aus de Clares Haushalt die Waffen gezogen und ihre Pferde nach vorne gedrängt.

Maurice' Körper spannte sich an, wartete darauf, dass nicht nur Eustace zum Schwert griff, sondern auch andere Ritter auf der Seite des Königs. Aber abseits von Eustace' Männern sah er nur betretene Gesichter zu Boden blicken. Barone gaben das Zeichen, die Waffen stecken zu lassen, und Söldner hatten ohnehin kein Interesse daran, die Ehre eines Königs zu verteidigen. Nie hatte Maurice so deutlich gesehen, wie müde die Engländer dieses Kampfes bereits waren. Sogar Stephen selbst machte eher einen resignierten Eindruck, er wirkte um Jahre gealtert, dabei war er mit seinen einundsechzig Jahren bislang immer noch voller Energie gewesen. Das Streben, seinem Sohn einen Thron zu sichern, hatte ihm Kraft verliehen, aber spätestens jetzt musste er einsehen, dass er mit diesem Wunsch so gut wie alleine dastand.

»Das ist Euer Tun!« Eustace fuhr mit der blanken Klinge zum Erzbischof von Canterbury herum, was ein kollektives Luftschnappen zur Folge hatte, aber der Erzbischof schien ganz ruhig.

Er musste nichts sagen, denn es war erneut de Clare, der sprach. »Dieser Krieg ist zu Ende, Sire.« Er sah dem König in die Augen, sein Gesicht unter der Ringpanzer-Kapuze blass wie eine gekalkte Wand, das einzige Zeichen, wie sehr ihn dieser Verrat belastete. »Euer Volk blutet, schließt Frieden.« Er hob seine Hand, gab den Männern ein Zeichen und ritt an. Die Menge teilte sich, sah wie benommen zu, wie Ritter, Fußvolk und Bogenschützen abzogen. Ihre Zahl war nicht groß, aber es war ein deutliches Zeichen, deutlicher als es eine heimliche Flucht in der Nacht gewesen wäre. Es lohnte sich nicht mehr zu kämpfen.

Wie schon zu Beginn des Jahres standen sich zwei Heere auf gegenseitigen Ufern eines Flusses gegenüber, nur heute schmorten sie in der Julisonne, anstatt im strömenden Regen zu frieren.

Eine Seite musste die Brücke überqueren, um zum Gegner zu gelangen, ein Moment der Verwundbarkeit, den niemand riskieren wollte. So verharrten sie tatenlos, und als die Schatten länger wurden, trafen sich Henry Plantagenet und Stephen de Blois unter dem Drängen der Bischöfe in der Mitte. Die Erleichterung über einen möglichen friedlichen Ausgang war in der gesamten Truppe zu spüren.

»Ich glaube, Ihr habt eine Schlacht verhindert, Mylord«, sagte Maurice grinsend.

De Clare warf ihm einen Blick zu. »Nicht nur ich, mein

Freund. Aber ich kann mir vorstellen, dass es der eine oder andere dort drüben auf mich abgesehen hat. Angefangen bei Eustace de Boulogne.«

»Wenn Überläufer in besonderer Gefahr wären, träfe es auch deinen Onkel Leicester und Derby.«

»Nur haben die beiden nicht bis zum allerletzten Moment gewartet. Und wo wir gerade von Eustace sprechen …« Er streckte den Arm aus, und als Maurice in die angewiesene Richtung blickte, erkannte er Stephens Sohn, der sich von der Gesandtschaft auf der Brücke abwandte und in wütendem Galopp davonstob, gefolgt von einem Dutzend seiner Männer.

»Friede«, flüsterte Maurice ungläubig. »Ist es tatsächlich vorbei?« Wenn Eustace derart erbost war, hatten die beiden Parteien einen Handel geschlossen. Einen Handel, der ihm zum Nachteil gereichte.

Henry schien auch nicht sonderlich begeistert, als er mit Leicester an seiner Seite umdrehte und zurück ins Lager ritt, und Maurice wusste, dass er diese Schlacht hatte kämpfen wollen. Er war sich seines Sieges sicher gewesen, hatte auf Gottes Wohlwollen gesetzt, und nach seinen Erfolgen auf dem Festland hatte er allen Grund, sich seiner Sache sicher zu sein. Ein vorübergehender Waffenstillstand wie am Avon würde nichts nützen. Der Krieg würde weitergehen. Die Bischöfe mussten sich etwas Andauerndes ausdenken. Hoffentlich hatten sie darin Erfolg gehabt, denn anders als Henry verspürte Maurice kein Verlangen, erneut auf Landsmänner einzuschlagen.

»Es ist vorbei, Pembroke.« Henry brachte sein Pferd vor ihnen zum Stehen, seine treue Entourage im Anhang. »Heute wird nicht mehr gekämpft, Euer kleiner Streich hat sich also bezahlt gemacht.« Ein kaum verhohlener Vorwurf lag in seiner Stimme.

De Clare ließ sich davon nicht beeindrucken. Mit undurchschaubarer Miene neigte er seinen Oberkörper im Sattel zu einer knappen Verneigung nach vorne. »Das Verschonen von Menschenleben ist ein zu großer Verdienst, um ihn allein mir zuzuschreiben, Sire.«

Die taubenblauen Augen Henrys funkelten auf. »Es gibt keinen Grund für Euch, länger hier zu verweilen, Ihr habt Euren Part gespielt. Stephen behält die Krone, aber nicht Eustace wird sie erben, sondern ich.«

Henry schien die Aufregung der Männer im Lager nicht zu bemerken, die Nachricht verbreitete sich in einem erstaunten Flüstern wie ein Lauffeuer, aber er fixierte weiterhin seinen mächtigen Vasallen. »Bis die Bischöfe die Einzelheiten geklärt haben und wir uns alle zum Treueeid wieder treffen, vergehen bestimmt Monate. Es kann also noch viel passieren, bis das Abkommen unterschrieben und die Barone mir als Thronfolger gehuldigt haben. Seid Ihr sicher, dass Ihr nicht doch noch schnell zu Stephen hinüberwollt? Eustace wird sich mit diesem Handel bestimmt nicht abfinden und gleich zu den Waffen greifen. Noch könnt Ihr ihm hinterher, wir wollen ja nicht, dass Eure berühmten Bogenschützen Staub anlegen.«

»Wenn Ihr mich und meine Bogenschützen nicht haben wollt, führe ich sie gerne zurück in die Heimat nach Wales«, knurrte de Clare, seine Hände um die Zügel seines Pferdes zu Fäusten geballt.

Maurice sah ihn verwundert und auch ein wenig stolz an. Wo war der friedfertige Richard hin? Auch Henry schien einen Moment vor den Kopf gestoßen, und Maurice glaubte schon, einen der berüchtigten Wutanfälle erleben zu müssen, so rot lief er an. Aber er atmete sichtbar ein und nickte langsam, etwas Gefährliches funkelte in seinen Augen.

»Das solltet Ihr tun, Mylord of Pembroke. Geht nach Wales, und bleibt dort, hier habe ich keine Verwendung für Euch.« Er schlug die Schenkel zusammen, riss die Zügel herum und preschte zur Burg, gefolgt von Leicester, der es sich aber nicht nehmen ließ, seinem Neffen noch mit deutlicher Überraschung, ja, fast schon Bewunderung zuzunicken. Er war bestimmt nicht der Erste, der sich von einem sanftmütigen Gesicht hatte täuschen lassen.

»Du weißt schon, dass du gerade den zukünftigen König gegen dich aufgebracht hast, wo er ohnehin schon nicht besonders gut auf deine Familie zu sprechen zu sein scheint.«

De Clare schnaubte. »Der kann aufgebracht sein, bis ihm sein Schädel platzt. Ich habe meinen König für ihn verraten, habe den Unglauben und Schmerz in seinen Augen gesehen, ich habe alles riskiert, meine Ehre zum Teufel geschickt, um seine Sache zu unterstützen! Dieser undankbare Platzhirsch soll sich darüber brüskieren, dass ich zu lange an meinen Überzeugungen festgehalten habe, mir soll es einerlei sein. Gehen wir nach Hause.«

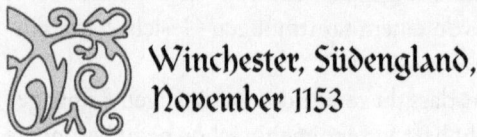 **Winchester, Südengland, November 1153**

€len erwartet ein Kind.«

Maurice riss überrascht an den Zügeln, sodass sein Pferd unwillig den Kopf hochriss. Mit einem Schnauben scheute es, und Maurice mühte sich ab, es wieder in Schritt zu bekommen. Schließlich warf er einen Blick zurück zur Eskorte, um zu sehen, ob andere de Clares Worte gehört hatten, aber es machte den Eindruck, als wäre Maurice der Einzige gewesen. Die Kapuzen tief in die Stirn gezogen, um vom Graupelregen verschont zu bleiben, blickten sie auf die Mähnen ihrer Pferde hinab, ihr Atem stand in blassen Wolken vor ihren Gesichtern. »Bitte sag mir, dass du dich nur von dem Treffen in Winchester ablenken willst, indem du mich veräppelst.«

»Sie ist wirklich schwanger.«

Maurice schüttelte den Kopf. »Aber wann? Wie?« Als de Clare ihm einen belustigten Blick zuwarf, verdrehte er die Augen. »Du weißt genau, was ich meine. Marared ist euch nie einen Augenblick von der Seite gewichen. Ist Elen wie die Jungfrau Maria Opfer einer unbefleckten Empfängnis geworden? Oder hast du sie in deinen Träumen bestiegen?«

»Was für ein Romantiker du doch bist, Maurice.« De Clare deutete zurück, und schon schloss einer der Knappen zu ihnen auf, wischte sich die laufende Nase am Ärmel ab und reichte seinem Herrn einen Weinschlauch. De Clare ließ sich Zeit, trank ausgiebig und winkte den Jungen schließlich wieder davon. »Henry dachte, er versetzt mir einen Schlag, indem er mir einen Platz in seinem inneren Kreis vorenthält«, fuhr er schließlich an Maurice gewandt fort. »Dabei tat er mir einen Gefallen.« Ein Grinsen breitete sich in seinem Gesicht aus, er fuhr sich schnell mit der Hand über die glatt rasierten Wangen, um es zu verbergen, aber seine leuchtenden Augen sprachen Bände. »Und was Marared und deine Künste als Aufpasser betrifft: Was denkst du denn, was Elen seit Jahren macht, wenn Marared mit *dir* zusammen ist? Glaubst du wirklich, wir wären in all den Jahren nie zusammengelegen? Mich wundert ja eher, dass sie nicht schon viel früher schwanger wurde.«

Maurice starrte seinen Freund an, konnte sich ein Grinsen aber nicht verkneifen. »Beim Gekreuzigten, de Clare, Marared bringt uns beide um.«

Ein Schnauben entfuhr seinem Freund. »Ich werde mir von ihr nichts verbieten lassen. Ich weiß, was mit Marared geschehen ist, Elen hat mir alles erzählt, aber ich bin nicht Marareds Ritter, wer auch immer er gewesen sein mag. Mir verrät ja keiner seine Identität. Ich kann dir nur dasselbe sagen, was ich Elen und auch ihrem Vater vor meiner Abreise erklärt habe: Ob Junge oder Mädchen, ich werde dieses Kind anerkennen, und es soll ihm an nichts fehlen. Sollte es ein Mädchen sein, werde ich später eine gute Partie für sie finden, sodass sie ein angenehmes Leben führen kann, und ein Junge wird zum Ritter ausgebildet, erhält die Möglichkeit, etwas aus sich zu machen. Auch wird meine Mutter ein Auge auf Elen haben, das hat sie mir versprochen.«

»Deine *Mutter*?« Maurice konnte sich nur schwer vorstellen, dass Isabel de Beaumont die Verbindung ihres Sohnes zu einer Magd guthieß, auch hatte Lady Isabel Marared einst aus ihrem Dienst ausgeschlossen, nachdem sie schwanger geworden war. Aber de Clares Grinsen wurde nur noch breiter.

»Sie schlägt mir nichts ab, nachdem ich sie meinen Onkel Hervey habe heiraten lassen. Und sie weiß auch, wie ungehalten ich wäre, wenn Elen für das Glück, das sie mir schenkt, auf irgendeine Weise büßen müsste. Elen soll nichts als Respekt und Zuwendung erfahren, das gilt für alle.« Er sah Maurice streng an und deutete mit dem Finger auf ihn. »Und jetzt wird es Zeit, dass du mir gratulierst, verdammt noch mal.«

Maurice lächelte breit, beugte sich von seinem Pferd hinüber und klopfte de Clare auf den fellgesäumten Umhang. »Gott segne dich, Elen und euer ungeborenes Kind.«

Zufrieden nickte de Clare, und Maurice ließ seinen Blick über die frostigen Hügel der South Downs schweifen, die dem Horizont entgegenrollten. Vater werden! Wie wundervoll und erschreckend musste es sein, solche Kunde zu erhalten. Ein Blick in de Clares Augen zeigte ihm, dass sein Freund weniger verängstigt als überglücklich war, und Maurice nahm sich vor, noch heute eine Kirche aufzusuchen und für Elen und das Kind zu beten. Ob Marared ihrer Schwester nicht verraten hatte, wie man eine Schwangerschaft verhinderte? Oder hatte Elen sich solch einer Sünde nicht schuldig machen wollen?

Wenn er ehrlich zu sich war, erfüllte es ihn mit Erleichterung, dass Marared zu verhindern wusste, ein Kind zu empfangen, auch wenn er nicht ganz verstand, wie sie das machte. Er wusste nur, dass die Kirche jede Form der Empfängnisverhütung verteufelte. Seien es irgendwelche Kräuter, das Aufpassen des Mannes oder das Meiden bestimmter Tage, wie Marared es auch machte. Maurice hatte zwar ein ungutes Gefühl dabei, er verstand aber auch, dass Marared das Risiko zu groß war. Und so würde Maurice' Kind einmal von Elizabeth sein, sein Erbe. Diese Zukunft kam ihm weit entfernt vor und erfüllte ihn immer noch mit einem flauen Gefühl im Magen. Er war fast froh, die Stadtmauern Winchesters in der Ferne zu erblicken.

Die Betriebsamkeit auf der Römerstraße nahm noch zu, Händler, Kaufleute, Kuriere und vereinzelte Pilger kreuzten ihren Weg. Es standen wichtige Tage bevor, denn in Winchester sollte das Abkommen zwischen König Stephen und Henry Plantagenet in allen Einzelheiten bekannt gegeben werden.

Stephen behielt wie vereinbart die Krone, adoptierte Henry als seinen Sohn und ernannte ihn zu seinem Erben. Eustace war voller Zorn über den Verrat seines Vaters in die treu zu Henry stehenden Midlands gezogen, um Feuer und Schrecken unter der Bevölkerung zu verbreiten. Der Herrgott, das Schicksal oder auch nur ein kluges Pferd hatte ihn am Ende gestoppt. Eustace war aus dem Sattel gefallen und hatte sich das Genick gebrochen. Eine gerechte Strafe für seine gottlosen Verbrechen, wie es hieß. Stephens jüngerer Sohn William schien zum Glück wenig ambitioniert, den Platz seines Bruders einzunehmen, und wurde mit weitreichenden Ländereien entschädigt. Jetzt zogen sie nach Winchester, um den Frieden zu bezeugen und Henry als Thronfolger zu huldigen.

Ein panischer Schrei riss Maurice aus seinen Gedanken. Er fuhr herum und sah ein Pferd abseits der Straße durch das froststarrende Gras den Hügel Richtung Stadt hinunterpreschen, direkt auf ihn zu. Der Reiter wurde wild durchgeschüttelt, schwankte wie ein Schluck Wasser in einem Becher von einer Seite zur anderen und schrie dabei wie am Spieß. Weitere Reiter zeichneten sich auf dem Hügelkamm ab und versuchten den Mann einzuholen.

Maurice warf de Clare einen Blick zu. »Denk nicht mal dran! Du wirst der Huldigung nicht entgehen, indem du dir jetzt den Hals brichst. Ich übernehme das.«

De Clare lachte und winkte seinen beiden Rittern Raymond le Gros und Robert de Quincy, damit sie Maurice halfen. Aber Maurice trieb sein Pferd schon durch das verdorrte Gestrüpp am Straßenrand, glitt mehr rutschend als schreitend die Böschung hinunter und setzte schließlich dem durchgegangenen Tier nach.

»Pass mir nur ja bei diesem Boden auf«, raunte er seinem

Wallach zu, den er nach dem Ausfall der Belagerten von Wallingford Castle von König Stephen höchstpersönlich geschenkt bekommen hatte. Jarnotte war kein prächtiges Schlachtross, und sein Fell hatte die unmodische Farbe von Erde, aber er war schnell und zuverlässig, ein Reittier, das für seinen Herrn durchs Feuer ging. In schnellem Takt und sicher stampften die Hufe auf den kargen Winterboden, die Nüstern schnaubten weiße Wolken, und Maurice lehnte sich weit über den Hals, ließ die Zügel durch seine Finger gleiten. Er verdrehte die Augen, als der wild gewordene Schimmel an ihm vorbeizog.

»Hört auf zu schreien!«, rief er, aber der hilflose Reiter hörte ihn nicht, kreischte immer weiter, sodass Maurice schon annahm, eine Frau in Not vor sich zu haben, aber als er näher kam, erkannte er das Gewand und die herumfliegende Kette eines Bischofs.

»Schneller, Junge, schneller.« Die Stadtmauern rasten nur so auf ihn zu, gefrorene Erdklumpen des vor ihm laufenden Pferdes flogen ihm entgegen, aber da holte Jarnotte noch einmal alles aus sich heraus, zog mit dem anderen gleich, und Maurice lehnte sich hinüber, fasste die Zügel. Der Mann schrie immer noch, Seite an Seite preschten sie den vor den Mauern gelegenen Gräben entgegen. Das verschreckte Pferd wollte zur Seite hin ausscheren, aber Maurice ließ nicht locker, hielt den Kopf bei sich, und so blieb dem Tier nichts anderes übrig, als langsamer zu werden.

Drei Fuß vor dem ersten trockenen Burggraben kamen sie zum Stehen, und aus den Schreien des Mannes wurde ein zornverzerrtes Brüllen.

»Du gottlose Bestie der Hölle!« Er ließ sich mühselig mit seiner weiten Bischofsrobe wie ein plumper Sack aus dem Sattel fallen und schlug dem Pferd mit der flachen Hand über die Nase. Wäre eine Peitsche zur Hand gewesen, Maurice hatte keinen Zweifel, dass er davon Gebrauch gemacht hätte.

»Mylords, ist alles in Ordnung da unten?«

Maurice winkte den Wachen vom Tor beruhigend zu. Dann schwang er sich ebenfalls aus dem Sattel und packte den aufgebrachten Mann am Arm.

»Seid Ihr verletzt?«

Der Bischof fuhr zu ihm herum, seine Haut unter dem schlohweißen Bart leuchtete von Wind, Kälte und wohl auch aus Zorn wie ein reifer Sommerapfel. Die braunen Augen quollen hervor, und sein Atem entwich ihm mit pfeifenden Geräuschen. »Ich bin gerade noch mit dem Leben davongekommen, was glaubt Ihr denn?«

Maurice senkte demütig das Haupt, konnte die Worte aber nicht hinunterschlucken. »Für die Zukunft solltet Ihr wissen, dass es Pferde selten beruhigt, wenn man schreit … Euer Gnaden.«

Der Bischof riss die Augen auf, sah ihn an, als wünschte er sich erneut eine Peitsche, aber ehe er etwas erwidern konnte, kamen seine Begleiter schlitternd neben ihnen zum Stehen, Raymond und de Quincy an ihrer Seite.

»Bei der Gnade Gottes!« Einer der Männer, dem Aussehen nach ein Ritter, sprang aus dem Sattel und bekreuzigte sich. »Was ist nur in das Tier gefahren?«

Maurice überließ es dem Bischof und seinen Männern, sich über das Pferd zu echauffieren, nahm seinen Wallach und führte ihn zur Seite, als ein rotwangiger Knappe auf ihn zukam.

»Eine Spinne saß auf der Schulter des Bischofs«, raunte der Junge grinsend, seine Sommersprossen leuchteten auf der winterweißen Haut wie aufgemalt.

Maurice' Mundwinkel hoben sich. »Eine Spinne, sagst du?«

Der Knappe nickte ernst. »Als wir aus dem Wald kamen, es war ein giftgrünes Getier mit dürren Beinchen, und als der Bischof es erblickte, kreischte er auf. Das erschreckte die arme Guanhumara so sehr, dass sie durchging.«

Maurice schluckte ein Lachen hinunter, sah den Bischof mit den buschigen weißen Brauen immer noch auf das Pferd schimpfen und entdeckte schließlich de Clare, der mit dem Rest seiner Männer herantrabte.

»Woher kommt ihr?« Maurice wandte sich erneut dem Knappen zu, während de Clare sich in die Menge stürzte und sich nach der Gesundheit des Bischofs erkundigte.

Der Junge sah ihn verwundert an. »Ihr erkennt ihn nicht?«

»Ich sehe, dass er ein Bischof ist, aber …«

»Das ist der Bischof von St. Asaph! Den kennt doch jedes Kind!«

Maurice zog die Brauen zusammen. »Wieso, in aller Welt, sollte man den Bischof von St. Asaph kennen? Ich weiß ja noch nicht einmal, wo St. Asaph liegt.«

Jetzt wandelte sich die Verwunderung in tiefes Befremden. »Aber Sir … Ihr habt doch bestimmt schon von der *Geschichte der Könige Britanniens* gehört.«

»*Das* ist Geoffrey Arthur?«

»Höchstpersönlich.«

Maurice starrte den Jungen einen Moment wie erstarrt an, unfähig, sich zu rühren, geschweige denn zu denken. Wie durch tiefes Wasser hindurch hörte er de Clares Angebot, den Bischof in die Stadt zu begleiten, schließlich hatten sie beide dasselbe Ziel: die Kathedrale von Winchester, wo Henry Plantagenet und Stephen de Blois Frieden schließen wollten. Aber noch nicht einmal die Aussicht auf ein Ende des fast zwei Jahrzehnte lang währenden Kriegs konnte ihn so berühren wie die Tatsache, einem Menschen gegenüberzustehen, der womöglich Niah gekannt hatte. Der, falls Maurice mit seiner Vermutung richtiglag, sogar ihr Vater war.

»Verdammt.« Immer noch wie durch einen Nebel von der Welt außerhalb seiner rasenden Gedanken getrennt, sah er zum Bischof, der sich widerwillig zurück auf seine Stute setzte. Es war Maurice unmöglich, Ähnlichkeiten zwischen ihm und Niah zu finden, aber vor ihm stand auch ein alter Mann. Außerdem war die Erinnerung an Niah verschwommen. Er hörte noch ihre Stimme, klar und deutlich, manchmal sah er sie auch in seinen Träumen, aber die Einzelheiten waren nach all den Jahren wie hinter einem Schleier verborgen. Niah musste jetzt neunzehn oder zwanzig Jahre alt sein, sie war ungefähr drei Jahre jünger als er. Was war nur aus ihr geworden? Hatte sie geheiratet? Oder musste sie sich fremden Männern hingeben, so wie Marared? Der Gedanke verengte ihm die Kehle, brannte sich durch sein Innerstes, sodass er fast den Aufbruch der Truppe versäumte.

Schnell schwang er sich zurück in den Sattel und schloss sich der Gruppe an, dabei hielt er sich weiterhin nahe an der Seite des Knappen. »Sag, hast du mal ein Mädchen … oder eine junge Frau im Gefolge des Bischofs gesehen?«, fragte er so gleichmütig wie möglich. »Also in St. Asaph, gab es da …«

»In St. Asaph?« Der Junge sah lachend von seinem Pony zu ihm hoch. Sie überquerten den Doppelgraben, der sich trocken vor der Westmauer hinzog, durchschritten das Torhaus und hielten sich entlang der geradlinig durch Winchester verlaufenden Hauptstraße Cypstret gen Osten. »Ach, der Bischof hat seinen Sitz noch nie besucht. St. Asaph liegt im Norden von Wales, und kein Mensch mit Verstand wagt sich dorthin.«

Maurice nickte. Er wusste, dass die Normannen im Norden kaum Fuß gefasst hatten und dieser Landstrich immer noch weitgehend in walisischer Hand war. Während die Wälder in seiner Heimat gefährlich waren, kam es einem Selbstmord gleich, sich als Normanne, Flame oder Bretone in den Norden zu wagen. Zudem war allgemein bekannt, dass die Waliser ihre eigenen Bischöfe verlangten, Männer von britischem Blut, die ihre alte keltische Kirche ehrten, und keine Eindringlinge, die dem Erzbischof von Canterbury unterstanden. So wären sie dem Bretonen Geoffrey Arthur gegenüber bestimmt nicht freundlich gestimmt.

»Ich habe Gerüchte gehört«, fuhr er schließlich fort und ließ seinen Blick über die Stadtbewohner schweifen, die sich entlang der Hauptstraße aufgereiht hatten, um die ankommenden Barone zu betrachten. Bettler streckten ihre Hände aus, Händler riefen ihnen Angebote zu, Huren rekelten sich, und Tavernenbesitzer verkündeten lautstark den Standort ihrer Häuser. Unter all dem Durcheinander drängten sich Menschen hindurch, die ihrer täglichen Arbeit nachgingen, Hunde, Schweine und Hühner tummelten sich unter ihnen.

Maurice verabscheute Städte. Zwar verfiel er mittlerweile nicht mehr in eine Art Schockstarre ob des Trubels, Lärms und Gestanks wie zu Beginn seiner Reisen mit de Clare, aber er bevorzugte immer noch die Ruhe und Weite der fast unberührten Landschaften Wales, wo es höchstens ein paar Siedlungen und Dörfer gab.

Und wenn Niah unter all den Menschen hier war? Wie sollte er es wissen? Womöglich war er ihr in den letzten Jahren schon ganz nah gewesen, ohne auch nur etwas zu ahnen …

»Man sagt, der Bischof hatte eine *Awenyddion*«, entfuhr es Maurice unvermittelt. »Sie soll ihn bei seinen Arbeiten unterstützt und …«

»Eine *was*?« Mittlerweile musste der Junge glauben, einen Verrückten vor sich zu haben, zumindest sah er ihn so an.

»Eine Waliserin, die in die Zukunft blicken kann«, erklärte Maurice ungeduldig, sich nicht um das Befremden des Knappen kümmernd, »hast du jemals eine …«

»Aber ich bin doch erst seit einem Jahr im Dienst des Bischofs, Sir, wie sollte ich …« Seine Worte verklangen zu einem bedeutungslosen Rauschen. Maurice presste die Schenkel zusammen und trieb seinen Wallach kurzerhand zwischen der Eskorte des Bischofs und den Männern de Clares hindurch an die Spitze. Er musste mit dem Bischof sprechen: Mit Geoffrey Arthur hatte er jemanden vor sich, der ihm seit Jahren vielleicht zum ersten Mal irgendetwas zu Niah sagen konnte.

»Euer Gnaden.« Sich nicht um die Verwunderung de Clares und der anderen kümmernd, packte er den Arm des Bischofs, der mit einem empörten Luftschnappen zu ihm herumfuhr.

»Was fällt Euch …?«

»Euer Gnaden, verzeiht mir, ich weiß, Ihr habt es eilig und wollt so schnell wie möglich zur Kathedrale, aber wäre es möglich, Euch zu sprechen?« Er spürte die Befremdung der anderen mehr als dass er sie sah. »Unter vier Augen?«

Der Bischof riss seinen Arm an sich und sah ihn abschätzig von oben bis unten an. »Habt Ihr Euch den Kopf gestoßen? Wer seid Ihr überhaupt?«

»Sir Maurice de Prendergast aus Pembrokeshire, Euer Gnaden, und meinem Kopf geht es ausgezeichnet. Es ist eine dringliche Angelegenheit, sie wird nicht viel Eurer Zeit in Anspruch nehmen, wenn Ihr mir nur kurz die Gelegenheit geben würdet …«

»Wie Ihr schon sagtet, ich habe es eilig.« Mit einem Kopfschütteln wandte der Mann sich ab, und Maurice biss die Zähne zusammen, um nicht laut zu fluchen.

»Euer Gnaden!« Er trieb sein Pferd an und drängte es wieder an die Seite des Bischofs. Wenn Niah einst tatsächlich davongelaufen war, aus welchen Gründen auch immer, musste Geoffrey Arthur sich gesorgt haben. Er würde wissen wollen, dass Maurice sie kannte. »Ich bitte Euch, es geht um Niah …« Innerhalb eines Augenblicks wich alle Farbe aus dem Gesicht des Bischofs, und Maurice' Herzschlag beschleunigte sich. Es stimmte tatsächlich! Niah war die Tochter dieser *Awenyddion*, und wenn man den Gerüchten Glauben schenkte, auch Geoffrey Arthurs. »Habt Ihr sie gesehen? Könnt Ihr mir sagen, ob es ihr …«

Der Bischof riss die Hand hoch, seine Augen funkelten. »Ich weiß nicht, wovon Ihr sprecht, Sir, und ich würde es sehr begrüßen, wenn Ihr solch albernes Gerede sofort unterlasst. Ich kenne keine Niah.«

Der walisische Name kam ihm so leicht über die Lippen, dass es Maurice' Verdacht nur noch bestätigte. »Kümmert Euch denn gar nicht, was aus ihr geworden ist?« Die Schultern des Bischofs spannten sich an, seine Wangenmuskeln zuckten unter dem weißen Bart. Stur sah er geradeaus, und Maurice konnte sich nur mühsam davon abhalten, ihn zu schütteln. »Bis vor ein paar Jahren war sie in Pembroke, Euer Gnaden, aber seither hat sie niemand mehr gesehen. Wenn Ihr etwas wisst ...«

Plötzlich fuhr der Bischof zu ihm herum. »Ich weiß nichts!«, platzte es aus ihm heraus, ehe er sich besann und ruhiger fortfuhr. »Ich weiß nichts über eine Niah, Ihr täuscht Euch, Sir.«

»Ich verstehe, aber wenn Ihr bereit wärt, mit mir zu sprechen, vielleicht später in Ruhe ...«

»Niemals! Ich kenne keine Niah und pflege auch keinen Kontakt zu Walisern!«

Maurice atmete tief durch, seine Hände ballten sich um die Zügel zu Fäusten. »Und was ist dann mit der *Awenyddion*, die Euch alles über die britischen Legenden und Merlins Prophezeiungen verriet? Die Ursprung Eurer Arbeit war?«

»Was fällt Euch ein?! Meine Arbeit gründet auf Schriften, die mir der Erzdiakon aus Oxford in seiner Gnade überließ, nicht auf Zauberei!«

Maurice setzte zu weiteren Worten an, als de Clare ihn am Ärmel packte. »Es ist genug, Maurice.« Seine Stimme war wie immer ruhig, aber nichtsdestotrotz hörte Maurice den Befehl heraus.

Sein erster Impuls sagte ihm, de Clare abzuschütteln und den Bischof zu Antworten zu zwingen, aber er sah ein, dass er auf verlorenem Posten kämpfte. Mit einem wütenden Knurren trieb er sein Pferd an, ließ das Gefolge hinter sich und trabte die flach abfallende Straße hinunter, fort von Geoffrey Arthur, de Clare und allen anderen. Er wusste, vom Bischof würde er nichts erfahren, trotzdem wollte er nicht glauben, dass er Niahs Vater gegenübergestanden und nichts erreicht hatte. Wieso war es dem Bischof so wichtig, seine Tochter zu verheimlichen? Er war nicht der erste und bestimmt auch nicht der einzige Kirchenherr, der Kinder hatte.

Frustriert stieß er den Atem in die kalte Luft aus und strich sich mit der behandschuhten Hand über die Augen. Natürlich kannte er die Gründe für Geoffrey Arthurs Zurückhaltung, aber trotzdem musste der Bischof sich doch fragen, was aus seiner Tochter geworden war. Es sei denn, er hatte selbst etwas mit ihrem Verschwinden zu tun gehabt. Wieso war sie aus seiner Obhut völlig allein nach Carmarthen gelangt? Anstatt auf Antworten stieß er nur auf weitere Fragen, was ihn fast wahnsinnig machte.

»Sir?«

Maurice drehte sich um. Ein Mann mittleren Alters mit Tonsur im rotgoldenen Haar und einer schwarzen Benediktiner-Kutte ritt auf einem Maulesel an seine Seite, ein angespanntes Lächeln im Gesicht. »Ich habe angeboten, nach Euch zu sehen und Euch zur Kathedrale zu bringen, wenn Ihr Euch beruhigt habt.«

Maurice schnaubte. »Die Mühe könnt Ihr Euch sparen, Bruder …«

»Albert, Sir. Und ich glaube, wir sollten reden.«

Fragend sah Maurice auf den Mönch mit den zu großen Augen in dem eingefallenen Gesicht hinab, als dieser mit hochgezogener Augenbraue und einem Finger auf den Lippen nach vorn zeigte und ihm bedeutete weiterzureiten. Maurice war zu verwundert, um nicht zu gehorchen. Schweigend hielten sie sich entlang der Cypstret und passierten die Kathedrale, die genauso wie die klösterlichen Gebäude und der Bischofspalast von einer Mauer umgeben und somit von der restlichen Stadt abgetrennt war. Der Mönch hatte also auch nicht vor, das Friedensabkommen zu bezeugen. Schließlich erlangten sie ausreichenden Abstand zu der übrigen Reisegesellschaft, und der Benediktiner wandte sich ihm zu.

»Wenn Euch das Mädchen irgendetwas bedeutet, Sir, erwähnt es nie wieder vor dem Bischof.«

Maurice fuhr zu dem Mann herum. »Ihr kennt sie?«

»Es ist lange her.« Er sah sich noch einmal nach allen Seiten um und brachte seinen Maulesel zum Stehen. »Ich diente dem Bischof als Sekretär, damals, als er noch in Llandaff war. Ich kannte seine Awenyddion und seine Tochter.«

Ein Blitz hätte im Haus neben ihm einschlagen können, er wäre weniger überrascht gewesen.

Bruder Albert sah ihn eindringlich an. »Ich bitte Euch, Sir, Ihr habt schon zu viel gesagt. Jetzt weiß der Bischof, dass sie in Pembroke war, und er wird der Spur nachgehen. Er wird alles tun, um sie zurückzubekommen, und dann war alles umsonst!«

Maurice sah den Mönch ungläubig an. »Ihr hattet etwas mit ihrem Verschwinden zu tun?«

»Ich musste sie von ihm wegbringen, nachdem er schon ihre Mutter umgebracht hat.«

Ein entsetzter Laut entfuhr ihm, aber Bruder Albert hob die Hand. »Vergiftet hat er sie, Sir, immer wieder mit diesen teuflischen Kräutern, damit sie Visionen bekommt. Die Frau war fast schon wahnsinnig, sie zitterte immerzu, fing unvermittelt an zu schreien, hatte Angstanfälle, auch ohne Kräuter zu nehmen. Sie wollte fort, aber der Bischof brauchte sie, er brauchte sie für seine Geschichten. Er sagte, Gott würde durch sie sprechen. Irgendwann stimmte die Dosis nicht, und der Kräutersud brachte sie um. Als der Bischof herausfand, dass Niah dieselbe Gabe besaß, benutzte er auch sie, skrupellos. Dieses kleine Kind … er zwang sie, dieses Gift zu trinken, das sie in eine Welt führte, die kein Mensch mit vollem Verstand verlassen kann. Jeden Tag, bis ich es nicht länger mitansehen konnte. Es war mir nicht möglich, sie fortzubringen. Ich habe keine Familie, keine Freunde, nur meine Position beim Bischof. Also sperrte ich einfach ihr Gefängnis auf, das der Bischof Gemach nannte, und legte ein Feuer im Vorratshaus, um ihr einen Vorsprung zu geben. Sie hat es geschafft, also bitte, erwähnt sie nie wieder.«

Maurice wusste nicht, was er sagen und schon gar nicht, was er fühlen sollte. Erleichterung, mehr über sie erfahren zu haben, Trauer über ihr Schicksal und Zorn. Heiß glühender Zorn auf den Bischof, ihren Vater, der ihr so etwas Schreckliches angetan hatte.

»Wir müssen jetzt zurück, Sir. Die anderen werden schon warten.«

Maurice schüttelte den Kopf. »Geht Ihr nur allein, denn glaubt mir, Ihr wollt mich jetzt nicht in der Nähe des Bischofs wissen.«

Bruder Albert sah ihm mit verengten Augen ins Gesicht, nickte dann aber, da er zu sehen schien, wie ernst es Maurice war.

»Ich danke Euch.« Maurice neigte den Kopf zum Gruß und ritt die Tannerstret hinunter, seine Finger schlossen sich um die Zügel zur Faust. Wie gerne würde er jetzt zur Kathedrale reiten und den Bischof bezahlen lassen. Dass er es nicht konnte, machte ihn nur noch wütender.

Der Gestank vom Urin der Gerber stieg ihm in die Nase, aber Maurice wusste noch von seinem letzten Besuch in Winchester, dass es nahe des in der nordöstlichen Ecke der Stadtmauer gelegenen Durngates eine halbwegs saubere und zudem günstige Taverne gab. Sie war eine der wenigen, die das Feuer vor zwölf Jahren im Kampf zwischen Matilda und Stephen nicht berührt hatte.

Wenn er den Bischof schon nicht stellen und Niah nicht finden konnte, dann wollte er sie wenigstens für ein paar Augenblicke vergessen. Vielleicht fand er ja am Boden eines Bechers Ale den Mut sich einzugestehen, dass er sie nie wiedersehen würde.

Er hatte die Taverne aber noch nicht ganz erreicht, als Raymond wie aus dem Nichts an seine Seite kam und seinen Rappen zügelte. »Der Earl will, dass du zurückkommst und fragt, was zum Teufel mit dir los ist.«

Maurice schnaubte belustigt. »Du kannst ihm ausrichten, dass es besser für ihn ist, wenn ich hierbleibe und so viel Ale in mich hineinschütte, bis ich nicht mehr reden kann. Er will mich ganz bestimmt nicht mit dem Bischof von St. Asaph in einem Raum wissen.«

Die hellen Augenbrauen Raymonds zogen sich über den wachsamen grauen Augen zusammen. Es stand dem Geraldine-Ritter ins Gesicht geschrieben, dass er neugierig war und fragen wollte, was es mit dem Bischof und Maurice auf sich hatte, aber seine Treue Griffin gegenüber verbot es ihm. Schweigend sah er ihm in die Augen, die Lippen zu einer Linie gepresst und das kantige Kinn angespannt. Seine Finger rieben um die Zügel aneinander, und seine breiten Schultern spannten sich deutlich an. Heute erinnerte nichts mehr an den dicken Jungen von einst, bis auf die Unsicherheit in seinen Augen.

»Gegen ein gutes Ale hätte ich auch nichts einzuwenden«, sagte er dann plötzlich und wies an Maurice vorbei zur Taverne.

Maurice sah ihn verwundert an, nickte dann aber und ritt los, schweigend, da er wusste, dass er nicht zu viel auf einmal von Raymond erwarten durfte. Aber wenn der Geraldine zumindest erkannte, dass man sich mit Maurice Seite an Seite bewusstlos trinken konnte, dann sah er dies schon einmal als Fortschritt an.

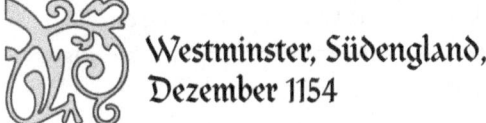# Westminster, Südengland, Dezember 1154

Maurice straffte die Schultern und bewegte den Kopf hin und her, um die Schmerzen im Nacken loszuwerden. Die anderen Ritter und Knappen aus de Clares Haushalt taten es ihm gleich oder traten von einem Bein aufs andere und klopften die Stiefel zusammen, in dem Versuch, sich aufzuwärmen. Dabei sahen sie immer wieder zur Westminster Hall, von wo de Clare von seiner Audienz mit dem neu gekrönten König Henry zurückkehren würde. Er war noch nicht lange fort, aber dieser Dezembertag war ungewohnt kalt, und ihnen froren langsam die Nasenlöcher zu.

Eiskristalle schimmerten auf den sonnenbeschienenen Türmen der Abtei, vor der Maurice und die Männer standen, bis ihnen die Quartiere im Palast für die Weihnachtstage zugeteilt wurden.

»Wir brechen sofort auf!«

Maurice zuckte zusammen, atmete aber erleichtert auf, als er de Clare von der großen Halle auf die Gruppe im Hof zukommen sah.

»Steht nicht so dumm herum, los, auf die Pferde, wir verschwinden von hier!«

»Was ist mit dem weihnachtlichen Hoffest …«, begann Robert de Quincy, der ein paar Jahre älter war als Maurice und de Clares Vater als Knappe gedient hatte. Er war ein jüngerer Bruder des Lord of Long Buckby und verdiente sich genauso wie viele nachgeborene Söhne eines hohen Herrn seinen Lohn als Ritter, in der Hoffnung, sich eines Tages eigenes Land zu erkämpfen. Sie waren an den Hof gekommen, um Weihnachten zu feiern, aber de Clare sah de Quincy nur zornig an.

»Ich sagte, wir brechen auf«, knurrte er und winkte ungeduldig einem der Knappen.

Maurice trat an seine Seite. »Was ist passiert?«, fragte er leise und warf einen Blick zur Westminster Hall. Stephen war Ende Oktober verstorben, zuvor hatte er noch mit viel Aufheben das Land bereist, als wolle er sich nach dem Friedensabkommen mit Henry allen als König präsentieren. Henry war zu Ostern zurück in die Normandie gegangen, zufrieden damit, ernannter Erbe für die Krone Englands zu sein. Niemand hätte erwartet, dass die Herrschaft so schnell auf ihn übergehen würde. Aber Stephen war einer plötzlichen Krankheit erlegen, und Henry Plantagenet war ohne Widerspruch zum König der Engländer gekrönt worden. Gleich nach ihrer Ankunft hatte Henry de Clare zu sich berufen lassen, aber so wie es aussah, war das Gespräch nicht gut verlaufen.

»Schickt er dich etwa fort?«, fragte Maurice ungläubig, denn auch wenn Henry und de Clare nie miteinander warm geworden waren, so würde ein weiser König doch niemals einen seiner mächtigsten Barone grundlos beleidigen.

De Clare ignorierte ihn, sah sich um. »Wo zur Hölle steckt le Gros?«

Alle drehten sich im Kreis, blickten umher, aber von dem hünenhaften Ritter, der alles andere als unauffällig war, fehlte jede Spur.

»Ist wohl wieder in einer Taverne«, brummte Robert de Quincy mit einem verächtlichen Schnauben. »Hat er nicht auf dem Weg hierher gesagt, er wolle die Londoner Hurenhäuser unsicher machen?«

»Er ist in London, der Narr?« De Clare atmete hörbar ein, schwang sich auf sein Pferd und wandte sich schließlich an

Maurice. »Suche ihn, und schließt dann zu uns auf. Wir reiten nach Striguil. Ich verbringe den Heiligen Abend lieber bei meinem Sohn als bei einem gierigen König.«

Maurice nickte, schluckte jeglichen Protest hinunter, denn nicht nur vermied er es geflissentlich, de Clares Autorität als Earl zu untergraben, auch sah er, wie mühsam sein Freund sich zusammenriss. Raymond hatte nicht wissen können, dass der Earl die nächsten Tage nicht in Westminster verbringen, sondern sofort wieder abreisen würde, trotzdem hatte Maurice Mühe, seinen Verdruss hinunterzuschlucken. Denn schlimmer noch, als sich durch die Straßen Londons hindurchzukämpfen, war, sich einen Tag vor Heiligabend durch die Straßen Londons zu kämpfen. Außerdem wusste er, wie viel Raymond trinken konnte, in seinen mächtigen Körper passten ganze Fässer hinein, er würde so schnell nicht zurückkommen.

Die Hurenhäuser rund um Westminster waren alle geschlossen, solange der König hier den Weihnachtshof hielt und sich die Barone versammelten. So blieb Maurice nichts anderes übrig, als sich in die Stadt zu wagen. Er hätte es bevorzugt, mit einem Flusskahn nach London zu reisen, aber er wusste nicht, wo Raymond war, und so beschloss er, erst mal die Freudenhäuser an den Stadttoren zu inspizieren. Von Westminster aus folgte er der Römerstraße entlang des Nordufers der Themse, ritt zwischen Kirchen und den an die Stadtmauern gedrängten Häusern der Vororte hindurch, um schließlich das Ludgate zu passieren.

Vor vier Tagen hatte die Krönung Henrys in Westminster stattgefunden, und für diesen feierlichen Anlass war die Stadt vom schlimmsten Unrat gesäubert worden. Aber schon jetzt türmten sich bereits wieder Abfälle im Schneematsch, der Gestank der auf die Straße gekippten Nachttöpfe und Küchenabfälle war im Winter nicht so schlimm, aber er genügte, um Raymond inbrünstig zu verfluchen. Hätte der Ritter vor der

Westminster Hall auf seinen Herrn gewartet, so wie die anderen auch, wäre Maurice jetzt bereits auf dem Weg zurück nach Wales.

Die Hurenhäuser nahe des Ludgates führten zu keinem Erfolg, und Maurice' Ärger wuchs mit jedem weiteren Moment der sinnlosen Suche. Wie sollte er in einer vollgestopften, nicht enden wollenden Stadt wie London einen einzelnen Mann finden? Raymond könnte den Fluss überquert und ans Südufer nach Southwark gefahren sein, vielleicht war er aber auch in den Osten Richtung Tower oder zu den Tavernen an den nördlichen Toren geritten. Er könnte sich auch irgendwo außerhalb der Stadtmauern vergnügen, wie sollte Maurice ihn finden?

Die Schatten wurden bereits länger, er hatte schon einen halben Tag entlang des Flussufers vergeudet, als er London durch das Newgate verließ, ehe sich die Tore für die Nacht schlossen und er eingesperrt war. Er wollte noch außerhalb der Stadt suchen und dann nach Striguil weiterziehen. Raymond würde früher oder später schon herausfinden, dass sein Herr abgereist war, und folgen.

So hielt er sich gen Norden, zu seiner Rechten erstreckte sich die Priorei von St. Batholomew, während vor ihm die weite Wiesenfläche von Smoothfield am Ufer des Fleet Rivers lag, wo Vieh verkauft wurde.

Maurice hielt darauf zu, erschöpft und mit seiner Geduld am Ende, als ihm am rechten Straßenrand ein Alehaus im Schatten der Priorei ins Auge fiel.

Nach außen hin machte es nicht den Eindruck, als würde er darin das Vergnügen finden, nach dem Raymond gesucht hatte, trotzdem band er seinen Wallach am Pfahl vor der Tür an und trat zu einem letzten Versuch ein.

Das Summen mehrstimmiger Gespräche empfing ihn, genauso dichter Qualm der Feuerstelle und der beißende Gestank von Talgkerzen, vermischt mit dem nach Ale und Schweiß.

Maurice blinzelte, versuchte sich zu orientieren, als er eine auffällig kräftige Gestalt auf einer Bank neben der Tür bemerkte. Sie hatte ihm den Rücken zugewandt, goldenes Haar glänzte in der schwachen Beleuchtung, und der Ringpanzer zeichnete den Mann genauso wie das auf dem Tisch abgelegte Schwert als Ritter aus.

Maurice ballte die Hände zu Fäusten, biss die Zähne zusammen und zwang sich, tief durchzuatmen. Mit dem Vorsatz, keine Predigt zu halten, trat er an den Tisch und hielt abrupt inne.

Raymond und der ihm gegenübersitzende Mann sahen zu ihm auf, und Maurice stockte der Atem.

»Da hol mich doch der Teufel! Es ist der Flame! De Prendergast! Schau dir das an, Ray!«

Die angehaltene Luft entwich seinen Lungen, fast hätte er an seine Seite gegriffen, wo die Brandnarbe spannte. »Griffin.« Seit de Clares Aufstieg zum Earl hatte er den Sohn des Constable nicht mehr gesehen, und es überraschte ihn, mit welcher Macht der Hass ihn traf.

Maurice ließ seinen Blick über ihn gleiten, aber auch wenn einige Jahre vergangen waren und aus dem Jungen ein Mann von Mitte zwanzig geworden war, gab es keine Zweifel. Die durchdringenden, fast farblosen Augen waren immer noch dieselben.

»So überrascht, mich zu sehen?«

»Ich dachte, du wärst in Pembroke.«

Griffin breitete die Arme aus und stieß dabei fast den Becher Ale um, was er mit einem Lachen abtat. »Glaubst du etwa, du bist der Einzige, der es von dort weggeschafft hat? Glaubst du, nur dir stünde das Recht zu, durch die Straßen Londons zu streifen, anstatt in einer Burg im letzten Winkel des Landes festzusitzen?«

Maurice sah ihm stumm in die Augen, hatte kein Bedürfnis, ein weiteres Wort an Griffin zu richten, und wandte sich Raymond zu. »Komm, der Earl ist auf dem Weg nach Striguil, wir reiten sofort los.«

Der junge Ritter sah zu ihm auf und biss deutlich die Zähne zusammen. Er war zweiundzwanzig, zwei Jahre jünger als Maurice, aber sein Gesicht ließ sich immer noch so leicht lesen wie das eines Jungen. Schuld und Unbehagen blickten wie stets aus seinen Augen, und Maurice fürchtete, dass Griffins Rückkehr den jungen Ritter vom Pfad der Loyalität und Ehre führte. Sie hatten letztes Jahr zusammen getrunken, mehr nicht, kein Wort gesprochen, aber Maurice hatte Hoffnung geschöpft. Denn so wie er geahnt hatte, war Raymond zu keinem schlechten Mann herangewachsen, auch wenn sich zwischen ihnen nie eine Freundschaft entwickelt hatte. Sie konnten nebeneinander leben und waren verbunden durch ihre Treue de Clare gegenüber, aber mit Griffin an seiner Seite könnte Raymond vom Weg abkommen, so wie der Junge von einst.

»Wieso sollte Ray irgendwohin gehen?«, schnaubte Griffin und winkte dem Wirt, damit er nachschenkte. »De Clare ist nicht unbedingt der beste Weg zum Aufstieg für meinen Bruder.«

»Und welchen Weg hast du gewählt? Welchem Herrn dienst du, der dem unseren gegenüber so erhaben ist?«

Ein Grinsen zog die von goldenen Bartstoppeln umrahmten Mundwinkel nach oben. »Hervey de Montmorency.«

Ein überraschtes und zugleich ungläubiges Lachen entfuhr Maurice, er konnte es nicht zurückhalten. »Hervey de Montmorency? De Clares Onkel? Er ist kein Lord, wieso sollte ein Ritter in seinen Dienst treten? Er ist genauso landlos wie du!«

Dunkle Röte überzog Griffins Wangen, und altbekannter Jähzorn sah ihm entgegen. Es war Raymond, der das Wort ergriff, tonlos, ohne sich anmerken zu lassen, auf welcher Seite er stand. »Griffin wartet noch auf seinen Ritterschlag, er dient de Montmorency als Knappe.«

»Als Knappe«, wiederholte Maurice ohne jeden Spott, mehr

verärgert über die Tatsache, dass Griffin sich zurück in sein Leben drängte. »Ein Knappe, den doch nur wieder der Earl of Pembroke bezahlt, denn Montmorency lebt seit jeher aus de Clares Tasche. Inwiefern sollte es für deinen Bruder also erstrebenswert sein, seinen Herrn zu verlassen, um sich dessen mittellosem Onkel anzuschließen?«

»Der *Earl of Pembroke*?« Griffin erhob sich bedrohlich, stieß den mit dem Krug herankommenden Wirt beiseite und baute sich vor Maurice auf, was nur wenig einschüchternd war, bedachte man, dass Griffin die Hünenhaftigkeit seines jüngeren Bruders nicht teilte. Umso vernichtender waren seine Worte. »Du meinst wohl den Earl of Striguil, nicht wahr? Denn den Earl of Pembroke gibt es nicht länger. Der König, lang möge er regieren, nahm ihm sein Land und seinen Titel! In Wales hat er abseits von Striguil also nichts mehr zu sagen, er ist nur noch ein kleiner Baron, noch nicht einmal die Ländereien in der Normandie konnte er zurückerlangen, der König hat sie längst anderweitig vergeben.«

»Das ist eine Lüge.« Seine Stimme hörte sich sonderbar rau an, doch zumindest zitterte sie nicht.

»Es ist die Wahrheit«, ließ sich Raymond vernehmen, dem jedoch die Häme fehlte.

Maurice sah ihn nur entsetzt an. Das konnte nicht stimmen. Wieso in aller Welt sollte der König solch einen drastischen Schritt gehen? Einen Kronvasallen nicht zu mögen war eine Sache, aber diese Tat grenzte an Willkür und passte nicht zum politisch klugen Henry. De Clare war kein Aufsteiger oder kleiner Landritter, seine Familie hatte schon vor Englands Eroberung zu den Nobelsten im Frankenreich gehört. Er war ein de Clare!

Griffin lehnte sich gegen den Tisch und verschränkte zufrieden die Arme vor der Brust. »Also, Flame, wem würdest du lieber dienen? Dem gefallenen Grafen oder dem Mann, der ihn kontrolliert?«

»An dem Tag, an dem Hervey de Montmorency Richard de Clare kontrolliert, sehe ich dich beim Verteilen von Almosen, Griffin. Du scheinst denselben Illusionen zu erliegen wie dein Herr.«

»De Montmorency ist de Clares Stiefvater! Er ist mit Lady Isabel de Beaumont verheiratet und …«

»Und damit endet seine Macht – in Lady Isabels Schlafgemach. Man merkt, du warst noch nicht lange auf Striguil, sonst wüsstest du, wer dort das Sagen hat und dass de Clare seinen Onkel und Stiefvater lediglich duldet.«

»Das werden wir ja sehen. Fakt ist, dass de Clare nichts mehr ist als ein Name. Ich war mit de Montmorency auf dem Weg nach Westminster, als wir ihn auf der Straße trafen. Dein werter Herr erzählte seinem Onkel nur knapp, was geschehen war, aber es gibt keine Zweifel: De Clare ist ruiniert.«

»Und was machst du dann hier? Sitzt in einem Alehaus herum und …«

»De Montmorency trug mir auf, dich auf der Suche nach meinem Bruder zu unterstützen. Natürlich wusste ich sofort, wo ich Raymond finde, und hier bin ich nun.«

Maurice nickte langsam. »Herzerwärmend. Nun, da wir uns ja alle gefunden haben, sollten wir aufbrechen.« Er blickte auf Raymond hinab. »Kommst du?«

Der junge Ritter sah zwischen seinem Bruder und Maurice hin und her, sichtlich zwiegespalten. Maurice fluchte innerlich. War es nur die räumliche Trennung der beiden Brüder gewesen, die es Raymond erlaubt hatte, für sich selbst zu denken und frei von Griffins Gift zu leben? Sollte sich das alles jetzt ändern?

Allein der Gedanke, dass Griffin als de Montmorencys Knappe in Striguil leben würde, bescherte Maurice Übelkeit. Es war wieder so wie in Pembroke: Griffin und Raymond vereint. Sofort sah er Marareds Bild vor sich, und das brennende

Verlangen, sie und ihre Familie von Griffin fernzuhalten, ließ ihn seine Hände zu Fäusten ballen.

Endlich regte le Gros sich. Langsam erhob er sich zu voller Größe und sah auf seinen älteren Bruder hinab. »De Clare ist mein Herr, Griffin, er ist immer noch Earl von Striguil, ich werde ihm nicht den Rücken kehren. Oder glaubst du, ich hätte vergessen, dass er einst sein Leben riskierte, um meines zu retten?«

Griffin spuckte aus und warf Maurice einen Blick zu. »Mir scheint, du hast vergessen, wer deine Rettung zu verhindern dachte.«

Maurice verdrehte lediglich die Augen darüber, dass Griffin die Geschichte immer noch wie ein kleines Kind verdrehte, aber er bemerkte, wie Raymond sich neben ihm anspannte. Raymond war heute ein erwachsener Mann und konnte unmöglich an seinem kindischen Zorn festhalten, aber sein Schweigen sagte etwas anderes.

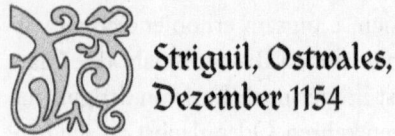 **Striguil, Ostwales,**
Dezember 1154

Das Schreien eines Säuglings empfing ihn, lange bevor er die Hütte am Waldrand erreicht hatte. Sofort beschleunigte er seine Schritte, und seine Hand umklammerte das Heft seines Schwertes. Griffin war nicht bei der Messe gewesen, und Maurice hatte sich kaum auf die Gebete konzentrieren können, aus Sorge, wo de Montmorencys Knappe sich herumtreiben mochte. Maurice war nachts angekommen und hatte weder Gelegenheit gehabt, in Ruhe mit de Clare zu sprechen, noch mit Marared.

Elen war oben in der Burg, diente weiterhin als Magd und half bei den Vorbereitungen für das festliche Mahl, das am heutigen Christtag gereicht wurde, genauso Marareds Tochter Siwan. Aber der kleine Richard, Marared und ihr Vater waren ungeschützt in ihrem Heim.

Mit abgehackten Atemstößen, die in weißen Wolken vor seinem Gesicht standen, stieß er das Zauntor auf, durchquerte den Garten mit wenigen Sätzen, hörte das Weinen noch lauter, riss sein Schwert aus der Scheide und stieß ohne zu klopfen die Tür auf.

»Marared!« Er blickte in jeden Winkel der Hütte, bereit, einen Angreifer niederzustrecken, zu deutlich hatte er sich während der Messe ausgemalt, was Griffin hier anrichten könnte. Raymond wusste von Maurice' enger Freundschaft zu Marared, und wenn Griffin ihm schaden wollte, dann, indem er ihr etwas antat.

Zwei Gestalten wichen im diffusen Licht der Binsenkerzen zurück, eine von ihnen hielt ein Bündel auf dem Arm, das sich bei genauerem Hinsehen als de Clares sechs Monate alter Sohn Richard herausstellte.

»Herrgott, Maurice, du hast uns fast zu Tode erschreckt!« Marared schaukelte ihren Neffen, der immer noch verzweifelt brüllte, und sah ihn mit ihren beinahe schwarzen Augen an. An ihrer Seite hielt sich der Fletcher, dessen buschige graue Brauen sich zusammenzogen.

»Ihr habt hier nichts zu suchen, Sir«, rief er über das Klagen seines Enkels und blickte auf die blanke Klinge in Maurice' Hand.

Sofort schob Maurice sie zurück in die Scheide und atmete erleichtert auf. »Ich dachte ... der Kleine hat geweint und ...«

»Er zahnt, Maurice.« Marared musste sich sichtlich das Lachen verkneifen, wechselte die Position des Säuglings, sodass er über ihre Schulter blicken und sie ihm den Rücken sanft klopfen konnte. Mit einer knappen Kopfbewegung zu ihrem Vater und zur Tür bedeutete sie ihm, von hier zu verschwinden.

Maurice wusste, dass der Fletcher nichts von ihrer Arbeit wissen wollte, aber Maurice war nicht als Kunde hier.

»Wir müssen reden, Marared.«

Empört riss der Fletcher die Augen auf. Er hielt ihn anscheinend doch für einen Freier, der seine Tochter vor seinen Augen verlangte, aber Marared ignorierte ihren Vater. Sie sah Maurice nur prüfend an, erkannte, wie wichtig es ihm war und nickte schließlich. Sie sagte etwas in der walisischen Sprache an ihren Vater gerichtet, wickelte den kleinen Richard in ein Fell und folgte ihm dann zur Tür hinaus.

»Die frische Luft wird ihm guttun, vielleicht schläft er ein.« Marared hielt ihren Neffen dicht an ihrer Brust, und tatsächlich beruhigte er sich etwas, sobald die Tür der Hütte sich schloss und sie allein in der Kälte standen, einzelne Schneeflocken auf sie herniederrieselnd. »Ich habe mich schon gefragt, wo du bist, der Earl kam ohne dich an.«

Maurice sah in Marareds neugieriges und so gütiges Gesicht, und eine Welle der Zuneigung und Erleichterung überkam ihn. Er machte einen schnellen Schritt auf sie zu, schob ihr kurz geschnittenes Haar mit beiden Händen zurück und küsste sie auf den Mund, die Augen geschlossen, um noch deutlicher zu spüren, dass er wahrhaftig wieder bei ihr war, dass Griffin ihr nichts angetan hatte. Seine Hand hielt ihren Hinterkopf fest, sodass sie nicht zurückweichen konnte, doch das tat sie auch nicht. Noch schalt sie ihn für sein ungeheuerliches Verhalten. Im Gegenteil. Mit einem leisen Seufzen öffnete sie ihren Mund, ließ ihn ein und machte es umso schwerer für ihn, an sich zu halten. Es war der kleine Richard, der ihn daran erinnerte, nicht allein zu sein, und ihm gegen die Brust trat. Lachend wich er einen Schritt zurück und blickte auf den dunkelhaarigen Jungen hinab, dem keine Ähnlichkeit mit de Clare anzusehen war. Er war ganz Elen, dafür aber de Clares größter Stolz.

»Ich hatte vergessen, wie sehr ich Unterhaltungen mit dir genieße.« Marared stieß ihn neckend mit der Schulter an und ging an ihm vorbei den Waldrand entlang Richtung Priorei. Tiefer im Wald lag die verlassene Schäferhütte aus Flechtwerk, die sie für ihre privaten Treffen nutzten, aber das musste warten, solange Marared sich um den Kleinen kümmerte.

Maurice folgte ihr und genoss das befreiende Gefühl, das ihre Gegenwart in ihm hervorrief. Er hatte das Schlimmste erwartet. Wenn Raymond Griffin gegenüber auch nur erwähnt hätte, wie nahe Maurice Marared stand, hätte Griffin bestimmt nicht gezögert, die Gelegenheit zu nutzen, um seinem alten, kindischen Groll Luft zu machen.

»De Montmorency hat einen neuen Knappen«, griff er den Grund seines Erscheinens auf und blickte hoch zur Burg. »Du erinnerst dich an das Feuer, von dem ich dir erzählt habe?«

Marared sah zu ihm auf. »Du meinst den Bruder des Riesen? Er ist hier?«

Maurice nickte grimmig. »Griffin FitzWilliam de Carew.« Er umschloss ihren Arm, zwang sie, stehen zu bleiben und ihn anzusehen. »Wenn Griffin herausfindet, wie viel du mir … wenn Raymond ihm sagt, wie oft ich hierherkomme, dann wird es ihm das größte Vergnügen bereiten … deine Dienste in Anspruch zu nehmen, nur um mich zu treffen. Und das wäre noch harmlos, wenn ich daran denke, zu was dieser Mensch fähig ist.«

Marared sah ihn ernst an, legte ihre Hand an seine Wange und strich mit dem Zeigefinger über seine vernarbte Schläfe. »Du weißt, ich kann es mir nicht leisten, mir meine Kunden auszusuchen.«

»Ich weiß.« Seine Stimme war kaum mehr als ein Knurren, während sich sein Magen in einen heiß glühenden Stein zu verwandeln schien. Er vermied es geflissentlich, daran zu denken, dass er nicht der Einzige für Marared war, dass wohl schon die gesamte Burggarnison sie besessen hatte, aber der Gedanke an Griffin ließ sich nicht verdrängen.

»Griffin ist gefährlich. Und an Griffins Seite kann auch Raymond gefährlich werden.«

Ein Lächeln spielte um ihre Lippen, das in ihm das Verlangen weckte, sie noch einmal zu küssen. »Es ist sehr ritterlich von dir, mich beschützen zu wollen, aber ich kann auf mich aufpassen.«

»Sei einfach vorsichtig, ja?«

»Ich bin immer vorsichtig.« Sie blickte auf Richard hinab, der tatsächlich eingeschlafen war, und schließlich wieder hoch in seine Augen. »Maurice, du bist so gut wie nie in Striguil. Oft vergingen Monate, ohne dass ich dich gesehen habe, also was glaubst du, wie ich bislang am Leben geblieben bin? So geschmeichelt ich bin, aber du kannst und musst nicht auf mich aufpassen. Ich bin nur eine …«

Er legte schnell einen Finger auf ihre Lippen. »Für mich nicht, das weißt du.«

Wehmut legte sich in ihre Augen, das Lächeln wirkte nicht mehr natürlich, sondern traurig. »Aber das ändert nichts. Ich muss trotzdem überleben, mich um meine Tochter kümmern, um Elen, meinen Vater, den kleinen Richard ...«

»De Clare lässt euch nicht im Stich, und wenn ich mehr hätte, dann würde ich ...«

Sie schüttelte den Kopf, wusste, dass er von seinem Sold gerade so überleben konnte. Ein Ritter zu sein war nicht billig, er musste ein Pferd halten, seine Ausrüstung pflegen, er musste essen, irgendwann sollte er sich vielleicht auch einen Knappen leisten, um ein nicht ganz so erbärmlicher Ritter zu sein. Für Marared blieb nicht viel, auch wenn er sie hin und wieder gerne mit ausgefallenen Speisen überraschte, die er von den Städten und Häfen mitbrachte. So hatte er erst im Sommer importierte Granatäpfel und Datteln aus dem Süden gekauft und ihr geschenkt, manchmal reichte es auch für Haarbänder für sie und Siwan oder ein exotisches Armband aus dem Heiligen Land. Er konnte schwer an einem Markt vorbeigehen, ohne an ein Geschenk für Marared oder Siwan zu denken.

»Du bist ohnehin schon viel zu großzügig, Maurice, genauso wie der Earl, aber auf eure Güte können wir uns nicht ewig verlassen.« Ihr Blick wanderte hoch zur Burg, eine Welt, in die Elen Einlass gefunden hatte, die ihr aber für immer verwehrt bleiben sollte. »Der Earl war gestern hier und hat Elen von seinem Landverlust erzählt. Er sagt, das ändert nichts, er wird sich weiterhin um Richard kümmern, aber wir müssen auch alleine überleben können. Denn es ist ein offenes Geheimnis, dass der Earl in Schulden ertrinkt. Schulden seines Vaters und seine eigenen. Irgendwann wird er heiraten und einen Erben bekommen, für ein uneheliches Kind wird da nichts mehr übrigbleiben. Gestern habe ich dem Earl noch einmal gesagt, dass Elen ihre Arbeit als Magd nicht aufgeben darf, auch wenn er das von ihr will. Was Elen und seinen Sohn betrifft, sieht er einfach nicht klar, und so muss ich es tun.«

»Elen kann froh sein, eine Schwester wie dich zu haben.« Er legte seinen Arm um sie und gab ihr einen Kuss auf den Scheitel. Er wusste, dass de Clare es nicht gerne sah, dass Elen weiterhin in der Burg als Magd diente, schließlich war sie die Mutter seines Sohnes, aber er konnte sie auch nicht einfach wie eine Ehefrau in der Burg wohnen lassen, ohne alle zu brüskieren. Auch stimmte es, dass de Clare den Juden von Lincoln immense Summen schuldete und diese wegen der Zinsen auch nicht weniger wurden. Es war klug von Marared zu verhindern, dass Elen sich abhängig machte, auch wenn Maurice sich für sie und ihre Familie Besseres gewünscht hätte.

»Sehen wir uns heute Nacht?«, flüsterte er ihr leise ins Ohr und schielte dabei besorgt zum kleinen Richard. Ihm war bewusst, dass er noch nichts verstand, es war ihm trotzdem unangenehm.

Marared zuckte mit den Schultern und sah grinsend zu ihm auf. »Das heißt, du hast noch etwas Geld von den Londoner Hurenhäusern übrig?«

Empört gab er ihr einen leichten Klaps aufs Hinterteil. »Sollte ich es beleidigend oder schmeichelhaft finden, dass du glaubst, ich würde es schaffen, in so wenigen Stunden mein ganzes Geld für Huren zu verprassen?«

Diese Worte quittierte sie mit einem übertriebenen Augenverdrehen. »Wie sehr sich deine Ehefrau freuen wird, dass du deiner Hure so treu bist.«

»Erinnere mich nicht an meine bevorstehende Hochzeit, ich bitte dich. Noch habe ich ein paar Jahre Gnadenfrist.«

Sie lachte, und Maurice fiel darin ein, doch jeglicher Frohsinn verging ihm, als er zwei Reiter über den Trampelpfad auf ihn zukommen sah. Beide so charakteristisch in ihrer Statur, dass sie schon von Weitem zu erkennen waren. Der Hüne Raymond mit seinem goldenen Haar auf einem Rappen und an seiner Seite eine dürre Gestalt mit zu langen, an der Seite baumelnden Armen; das ergraute Haar unter einem Filzhut verborgen.

»Ist das de Montmorency?« Marareds Augen verengten sich, und ihre Arme schlossen sich fester um den kleinen Richard.

Maurice biss die Zähne zusammen. »Du scheinst den Onkel des Earls genauso zu schätzen wie ich.« Und was zum Teufel machte Raymond an de Montmorencys Seite? Hatte er wirklich auf den Rat seines Bruders gehört, de Clare den Rücken zu kehren?

»Es ist schwierig, wenn der Earl nicht da ist«, drang Marared in seine Überlegungen. »Seine Mutter duldet Elen und den Kleinen widerwillig, aber de Montmorency …«

Maurice legte seine Hand auf ihre Schulter. »Was hat er getan?«

Sie sah zu ihm auf, ihre Augen starr, aber ehe sie etwas sagen konnte, fiel ein Schatten auf sie. Raymond thronte über ihnen, an seiner Seite schwang sich de Montmorency gerade aus dem Sattel.

»Dein Vater ist zu Hause?« Der ältliche Ritter sah voller Hochmut auf Marared hinab. »Der Earl hat einen Auftrag für ihn. Wir brauchen Pfeile, um die Waffenkammer aufzustocken.«

Marared knickste flüchtig, ihrer Miene aber waren ihre Gefühle allzu deutlich anzusehen. »Er ist zu Hause, Mylord, und bestimmt überaus dankbar für die Ehre, die der Earl ihm erweist.« Sie wies hinter sich zum Ende des Pfads, wo sich die Hütte des Fletchers zwischen die Bäume drängte, und durchbohrte ihr Gegenüber mit hasserfüllten Blicken.

De Montmorency nickte und wandte sich mit seinem Pferd am Zügel ab, blieb dann aber stehen und sah erneut auf Marared hinunter, ein gefährliches Funkeln in den Augen. »Vorhin habe ich deine Schwester von der Burg weggehen gesehen. Sie schien mir auf dem Weg hierher. Wenn sie ankommt, richte ihr aus, dass sie nicht dafür bezahlt wird, in der Gegend herumzustreifen oder nach Hause zu spazieren.«

Marared reckte ihr Kinn vor. »Es ist Zeit, Richard zu füttern, Mylord. Lady Isabel stimmte zu, dass Elen dafür nach Hause kommt, da sie ihn ja nicht mitnehmen kann.«

Ein verächtliches Schnauben schlug ihnen entgegen. »So weit kommt's noch, dass sie den Bastard in die Burg bringt. Schlimm genug, dass er den Namen des Earls trägt.«

Maurice atmete tief ein, hatte größte Mühe, vor Zorn nicht zu bersten. »Ihr sprecht vom Sohn Eures Neffen, Sir. Von *Eurem* Blut.«

»Von *Waliser*blut«, spuckte de Montmorency mit einem verachtenden Blick auf Marared aus, und fast hätte Maurice die Beherrschung verloren. Es war Marareds Hand, die sich plötzlich um seinen Arm schloss, die ihn etwas zur Besinnung brachte.

Mit einem Lächeln, das ihn einige Mühe kostete, wandte er sich ihr zu, sein Ton freundlich. »Du musst den Mann doch nicht *Mylord* nennen, Marared. Sir Hervey ist nur ein Ritter im Dienste des Earls, genau wie ich. Nein, warte ... ich bin ja ein angehender Lord. Sir Hervey hingegen ... nicht.« Er hörte das scharfe Luftschnappen, spürte richtiggehend, wie de Montmorency kochte, was ihm eine gewisse Genugtuung bereitete.

»Ich bin der Gemahl Lady Isabels!«, stieß der Ritter gepresst aus, »... und wenn der Earl nicht hier ist, unterliegt die Burg *meinem* Befehl!«

»Natürlich ... *Sir* Hervey.« Maurice verneigte sich knapp.

Das Gesicht de Montmorencys färbte sich purpurn, seine Augen schienen aus den Höhlen zu quellen. Er öffnete den Mund, als wolle er noch etwas sagen, drehte dann aber abrupt um und stapfte davon.

Maurice schüttelte angewidert den Kopf, wollte sich an Marared wenden, als er sich Raymonds Gegenwart gewahr wurde. Der Riese wollte gerade seinem neu erkorenen Herrn hinterher, als Maurice seinen Arm packte. »Warte.«

Raymond sah mit ausdrucksloser Miene zuerst auf seinen Arm hinab und dann in Maurice' Augen, sich nicht die Mühe machend, ihn abzuschütteln. Er verließ sich ganz auf seine ein- schüchternde Statur, aber Maurice hatte keine Angst vor ihm.

»Du und ich, Raymond, wir werden niemals Freunde sein, denn du wirst deine Einstellung mir gegenüber nicht ändern, ohne in deinen Augen Griffin zu verraten, und ich verdanke dir mein hübsches Gesicht.« Er deutete auf seine Narben. »Ich erwarte gar nicht, dass du mir einen Gefallen tust, aber …«, er schloss seine Finger noch fester um das Kettengeflecht und beugte sich vor, »… de Clare ist dein Herr, du hast ihm Treue geschworen, und ich weiß, dass Loyalität dir etwas bedeutet, ich weiß, dass de Clares Tat im Fluss dir wichtig genug ist, um das Richtige zu tun. Wende dich ab von de Montmorency und, bei Gott, auch von Griffin, und zeig mir, dass ich einst die richtige Entscheidung getroffen habe, indem du Rückgrat zeigst.«

Raymond sah schweigend auf ihn hinab, seine grauen Augen verengt. Es war nicht Zorn, der von ihm ausging, sondern eher Müdigkeit, Resignation und Traurigkeit. Auffällig langsam zog er seinen Arm zurück, wollte sich abwenden, aber Maurice hielt ihn erneut auf. »Wenn Marared oder ihrer Familie irgendetwas geschieht, dann gnade dir Gott.«

Der Blick, der ihm entgegensah, änderte sich nicht. Griffin hätte mit Hass, Belustigung oder Spott reagiert, aber Raymond nickte seine Zustimmung, schwang sich in den Sattel und ritt Richtung Burg davon. Die entgegengesetzte Richtung, in die de Montmorency verschwunden war.

»Vielleicht war deine Sorge unbegründet. Er ist kein schlech- ter Mensch.« Marared hob eine Hand an ihre Stirn, um ihre Augen vor den plötzlich aus den Wolken dringenden Sonnenstrahlen abzuschirmen und Raymond hinterherzusehen. Der Ritter passierte gerade Elen auf ihrem Weg zu ihnen und grüßte freundlich.

Maurice seufzte schwer. »Ich hoffe, Raymond erinnert sich daran. Aber solange Griffin hier ist und mit de Montmorency das Leid der nachgeborenen Söhne klagt, fürchte ich um alle, die besitzen, was sie haben wollen.«

W usstest du, wie mein Onkel über meinen Sohn spricht?« De Clare warf die Tür zur Halle hinter sich zu, riss die Vorhänge zur Seite und stürmte in sein Privatgemach.

Maurice folgte ihm staunend, da er de Clare noch nie so wütend erlebt hatte. »Ich wurde heute Zeuge ein paar hässlicher Worte, ja.«

Mit einem Japsen fuhr de Clare zu ihm herum. »Und hättest du mir davon erzählt? Oder hinterher gesagt ›ach übrigens, ich wusste davon‹, so wie bei der heimlichen Beziehung meiner Mutter zu meinem Onkel?«

»Es stand mir nicht zu, mich in Lady Isabels Privatangelegenheiten einzumischen.«

»Und wenn es meinen Sohn betrifft? Und Elen?«

Maurice sah seinen Freund stumm an, wissend, dass es keinen Sinn hatte, ihm zu versichern, dass er de Montmorencys Heimtücke nicht unter den Tisch gekehrt hätte. Wenn de Clare so zornig war, kannte er keine Vernunft.

»Und?«, fuhr de Clare ihn an, seine Wangen so leuchtend rot wie sein Haar, die grauen Augen wie ein Gewittersturm.

Maurice verschränkte die Arme vor der Brust. »Ich bin gerade erst zurückgekommen. Wer hat dir erzählt …« Ein erleichtertes Lachen entfuhr ihm, als er sich der Antwort bewusst wurde. »Natürlich. Raymond. Ich denke, das bedeutet, dass er sich entschieden hat.«

Ein frustrierter Laut entfuhr de Clare. »Versteh einer, wovon du schon wieder redest.« Er wandte sich ab, ergriff den Becher, der auf dem Tisch stand, und trank den Inhalt in einem Zug leer. »Ja, Raymond hat mir vom Verhalten meines Onkels erzählt, aber das tut hier nichts zur Sache.«

»Du hast recht. Genauso wenig wie die Frage, ob *ich* dir von den Worten deines Onkels berichtet hätte. Was wirklich zählt, ist, was du zu unternehmen gedenkst.«

»Was soll ich denn tun? Meine Mutter hat mir ihr Wort gegeben. Ihr Wort! Und mein Onkel … Ich kann ihn kaum vor die Tür setzen, auch wenn ich gerade in großer Versuchung bin. Leider ist er immer noch der Gemahl meiner Mutter.«

»Und wenn du ihm eine Aufgabe gibst, die ihn von hier fortführt?«

De Clare sah ihn an. »Er hält die Burg für mich.«

»Das hat deine Mutter früher auch schon ganz ausgezeichnet allein geschafft, und du hast einen Constable. Schicke deinen Onkel mit irgendeinem Gunstbezeugnis zum König, dann fühlt er sich wichtig, und gleichzeitig versicherst du Henry deiner Treue. In der Zwischenzeit wird sich auch bestimmt deine Mutter beruhigen. Wenn dein Onkel nicht ständig auf sie einredet, wird sie sich daran erinnern, dass sie auch einmal … jung und verliebt war«, schloss er, um de Clare nicht unnötig zu beleidigen, indem er ihn an die Mätressen-Vergangenheit seiner Mutter erinnerte.

»Ja, das ist ein guter Einfall. Kurzfristig. Aber dann …« Seufzend ließ er sich auf der Truhe am Fuße der Bettstatt nieder. »Mir graut davor, Elen und Richard alleine hier zurücklassen zu müssen, wissend, dass ihnen von Seiten meiner Mutter und meinem Onkel nichts als Missgunst begegnet. Dabei gibt es keinen Menschen, der es mehr verdient, wie eine Königin behandelt zu werden, als Elen. Gerne würde ich meinen Onkel ganz zum Teufel schicken, das Ruder in Striguil selbst in die

Hand nehmen – viel mehr habe ich ja auch nicht mehr –, aber ich darf jetzt nicht aufgeben. Mein Vater war einer der mächtigsten Barone des Landes, er würde sich im Grabe herumdrehen, wüsste er, dass sein Sohn einen Großteil seines Landes verloren hat. Der Name de Clare ... nicht länger für Macht und Größe stehend, nur noch für ein winziges Lehen.«

»Striguil ist nun wirklich kein winziges Lehen. Du hast immer noch sehr viel mehr als viele andere und Ländereien in England auch noch.«

Ungeduldig winkte de Clare ab, fuhr fort, als hätte er ihn gar nicht gehört. »Alles nur, weil ich zu lange gezögert habe, um mich Henry anzuschließen.«

Maurice hob die Augenbrauen. »Das ist der Grund? Der König nahm dir Pembroke, weil du zu lange auf Stephens Seite standest? Damit warst du ja wahrlich nicht der Einzige, andere standen bis zum Schluss zu ihm.«

»Natürlich sagt er es nicht offen, aber wir beide wissen ja, wie er mir begegnet. Er sieht in mir nicht gerade einen Freund, und ich kann auch nicht behaupten, dass ich ihn besonders schätze. Jedenfalls behauptet er, dass alle Titel, die Stephen vergab, unrechtmäßig gehalten werden, schließlich war Stephen ein Usurpator, kein König. Und Stephen war es, der meinem Vater die Grafschaft von Pembroke gab, genauso wie das Amt des Marshals. All das hat der König für ungültig erklärt, Pembroke geht zurück an die Krone.«

»Trifft es auch andere? Wenn er Stephens Amtshandlungen generell ungültig macht, kommt er aus dem Enteignen gar nicht mehr heraus.«

De Clare nickte. »Roger de Hereford ruft bereits offen zur Rebellion.«

Diese Worte überraschten und erschreckten Maurice zugleich. Hereford war damals beim misslungenen Ausfall aus Wallingford dabei gewesen. Anschließend hatte er Stephen gehuldigt, um aus der Burg herausgelassen zu werden. Sobald er aber frei gewesen war, hatte er sofort wieder für Henry gekämpft, was Stephen in seiner nicht enden wollenden Güte still hingenommen hatte. Nach all dem griff Hereford tatsächlich zur Waffe gegen Henry? Das Land hatte noch kein Jahr richtigen Frieden gekannt, und schon sollte der nächste Krieg ausbrechen.

»Beabsichtigst du, diesem Ruf zu folgen?«

De Clare sah ihn an, als hätte er den Verstand verloren. »Bist du wahnsinnig? Anders als der Narr Hereford ist mir sehr wohl bewusst, was für einen Gegner ich in Henry Plantagenet habe. Die Waliser mögen sich um Hereford scharen, in der Hoffnung, weiterhin vom Unfrieden in England zu profitieren. Auch Hugh de Mortimer ist dumm genug, die Waffen gegen Henry zu erheben, aber ich weiß, dass es einem Selbstmord gleichkommt, sosehr ich es auch hasse, mir das einzugestehen. Henry ist ein König. Er wird seine Krone verteidigen. Erfolgreich.«

Maurice nickte ernst; er war froh, dass sein Freund und Herr sich der Rebellion nicht anschloss, auch wenn erneut die Gefahr bestand, die falsche Seite zu wählen. Schließlich waren de Clare, Hereford und Mortimer bestimmt nicht die Einzigen, denen Henrys Politik nicht passte. Einige Barone hatten von den gesetzlosen Zuständen während des Bürgerkriegs profitiert und ihr Land und ihre Macht ausgedehnt. All das jetzt zurück an die Krone zu verlieren, mochte die Treue vieler auf die Probe stellen. Aber auch Maurice glaubte, dass Henry die Rebellionen niederschmettern würde, sollte er nicht ganz plötzlich Gottes Gunst verlieren.

»Was ist mit William? Stephens Sohn? Hieß es nicht, er hätte eine flämische Söldnertruppe angeheuert, um doch noch gegen Henry vorzugehen und seinen eigenen Thronanspruch durchzusetzen?«

De Clare schüttelte den Kopf. »Er ist schnell wieder zur Vernunft gekommen. Der Vertrag zwischen Stephen und Henry macht ihn ja zum vermögendsten Baron des Landes. Seit Robert de Bellême war kein Mann unter dem König so mächtig. Er wäre ein Narr, all das zu riskieren, um den fähigsten Kriegsherrn, den die Christenheit je gesehen hat, herauszufordern.«

»Und was hast du vor? Wenn nicht gegen Henry zu kämpfen?«

»Ihm in den Arsch kriechen, was sonst? Ich werde an den Hof gehen, ihm treu und ergeben dienen und ihm irgendwie klarmachen, dass ich loyal zu seiner Familie stehe, bis er mir Pembroke zurückgibt. Herefords Rebellion kommt da nur recht. Wenn Henry erst mal sieht, dass ich an seiner Seite bleibe, auch wenn er mich zutiefst beleidigt und gekränkt hat, stimmt ihn das vermutlich gnädig.«

»Und wenn nicht?«

»Dann gnade uns Gott, denn Striguil allein erhält keinen derart großen Haushalt. Ich werde mich von einigen trennen müssen, und wie ich meine Schulden jemals abbezahlen soll, weiß der Teufel allein.«

 Narberth, Westwales,
Juni 1157

Die Schlacht war vorüber, und sein erster Impuls war, nach
Hause zu reiten, nach Prendergast, um seinen Vater zu sehen.
De Clare war schließlich auch unterwegs nach Striguil, um sich
im Herzen seiner eigenen kleinen Familie zu erholen – bei Elen,
seinem Sohn Richard und seinen beiden Töchtern, den Zwil-
lingen Basilia und Alina. Er hatte verstanden, dass Maurice
ein paar Tage für sich brauchte, und ihm gewährt, zurück nach
Pembrokeshire zu gehen, in die Grafschaft, die er verloren und
in der sie ihre Knappenausbildung bestritten hatten.

Aber Maurice war noch gut eine Stunde von seinem Heim
entfernt, als ihm Meilyrs Heim Narberth Castle ins Auge fiel.
Eine Burg, die abseits der Straße auf einem grasbewachsenen
Hügel thronte.

Maurice hatte den Burgherrn nur selten gesehen, Henry
FitzRoy, der Sohn des verstorbenen Königs Henry und Onkel
des jetzigen Königs Henry. So hatte es auch keinen Grund gegeben, die Straße zu verlassen und hochzureiten.

An diesem lauen Junitag aber lenkte er sein Pferd auf den
festgetretenen Pfad zwischen blühenden Weißdornbäumen
hindurch und näherte sich mit klopfendem Herzen den zu-
gespitzten Hölzern der Palisade und dem aus Stein errichteten Turm. Die Nachricht von Henry FitzRoys Tod hatte ihn
während der Friedensverhandlungen zwischen König Henry
und dem Fürsten von Nordwales erreicht. De Clare hatte das
königliche Heer unterstützt, das Owain Gwynedd hätte ver-

nichten sollen, aber stattdessen hatten sie sich mit Überfällen herumschlagen müssen. Noch nicht einmal die hervorragende Taktik Henrys, mit einer Gruppe auszuscheren, die Feinde in einem Bogen zu umgehen und Gwynedds Kriegstruppe in den Rücken zu fallen, hatte sich bezahlt gemacht. Die Wälder Wales waren kein Ort für Eindringlinge. Sie gehörten den Briten, und so hatten sie einen blutigen Preis für den Einmarsch bezahlt. Im Vergleich zu Henry FitzRoy, der mit einer Flotte auf der Insel Anglesey gelandet war und dort mit beinahe dem gesamten Heer sein Leben gelassen hatte, waren sie noch glimpflich davongekommen.

Nacht für Nacht hatten die Waliser ihr Lager terrorisiert, die Moral war stetig geschwunden, und schließlich war Henry gezwungen gewesen, ein Abkommen mit dem Fürsten von Nordwales zu schließen.

Zerschlagen waren sie aus dem verwunschenen Norden abgezogen, und jetzt sah Maurice sich dem grauen Ungetüm von Narberth Castle gegenüber, das in Trauer versank.

Die Tore standen offen, die Wachen riefen ihn nicht an, ein einzelner Mann, noch dazu ein normannischer Ritter, war keine Bedrohung.

Im Hof empfing ihn die vertraute Geräuschkulisse eines Burglebens – Menschen, die ihrer Arbeit nachgingen, Vieh in Verschlägen oder frei laufend, und Hunde, die sich über Besuch freuten. Es schien alles ganz normal, aber die niederschmetternde Stimmung war spürbar. Niemand hätte geahnt, dass der ruhmreiche König Henry Plantagenet eine Niederlage einstecken könnte, schon gar nicht gegen barbarische Waliser, die barfuß in den Kampf zogen und dem Feind lieber feige davonliefen, als sich in einer Schlacht zu stellen. Die Rebellion Herefords und de Mortimers hatte Henry ohne Mühe zerschlagen und dann sein Augenmerk auf Wales gerichtet. Der Süden war halbwegs unter Kontrolle, die Normannen hatten längst Fuß gefasst. Mit dem Tod des Fürsten von Südwales, Maredudd, war die Macht der Waliser noch weiter geschwunden, jetzt hatte der jüngste der Fürstenbrüder Rhys die Herrschaft übernommen. Im Norden hingegen herrschten die Briten ungebrochen, eine Gefahr an der Flanke Englands, die es auszumerzen galt. Die Kampagne war nicht gänzlich erfolglos gewesen, schließlich hatte der Fürst von Nordwales zugestimmt, Henry zu huldigen und seinen treu zu den Normannen stehenden Bruder Cadwaladr wieder aufzunehmen, aber von einem Sieg waren sie ebenfalls weit entfernt gewesen. Die Menschen auf dieser Burg würden ihm da wohl zustimmen, hatten sie doch ihren Herrn verloren.

Sich nach einem Pagen umsehend schwang Maurice sich aus dem Sattel, als er einen Mann entdeckte, der mit einem Rappen an der Hand aus dem Stall trat. Er war nicht besonders hochgewachsen, bestimmt einen Kopf kleiner als Maurice, drahtig von Gestalt, mit breiter Brust und schmalen Hüften. Rabenschwarzes Haar fiel ihm in die Stirn, ernste, dunkle Augen blickten ihm aus einem sonnengebräunten Gesicht entgegen.

Maurice erstarrte, und auch Meilyr blieb stehen wie vom Donner gerührt. Er war nur zwei Monate jünger als Maurice, gerade sechsundzwanzig Jahre alt, und doch wirkte er zu Tode erschöpft und müde.

»Hätte dich fast nicht erkannt, Mann.«

Ein ungläubiges Lachen entfuhr Maurice. Er konnte kaum fassen, wie anders und gleichzeitig vertraut diese Stimme sich anhörte.

»Ist ja auch eine Weile her, Meilyr.« Er hob die Mundwinkel zu einem Lächeln, aber es wollte ihm nicht gänzlich gelingen. Zu deutlich sah er die Trauer in den Augen seines Freundes, und zu unsicher fühlte er sich nach all der Zeit der Trennung. Wie standen sie heute zueinander? In all den Jahren hatte Maurice nichts von seinem einstigen Kameraden aus Pembroke gehört.

Doch er hätte nicht einfach an der Burg vorbeireiten können, ohne zu sehen, ob er hier war und es ihm gut ging.

Zu seiner Überraschung war Meilyrs Lächeln keineswegs bemüht, er schien sich tatsächlich zu freuen, ihn zu sehen. Er ließ seinen Rappen los und kam mit ausgebreiteten Armen auf ihn zu. »Bist noch hässlicher geworden«, lachte er und klopfte ihm auf den Rücken.

Maurice erwiderte die Umarmung kurz und schob ihn schließlich von sich. »Dein Verlust tut mir sehr leid. Dein Vater starb als Held.«

Meilyr senkte den Kopf und nickte. »Die Waliser haben mir den Leichnam geschickt, das muss man ihnen zugutehalten. Die Beisetzung fand vor drei Tagen statt.« Er seufzte schwer und sah ihm wieder in die Augen. »Meiner Großmutter, der alten Nesta, hat es das Herz gebrochen. Ihr ältester Sohn tot, der jüngste, mein Onkel Robert, kämpft noch ums Überleben, nachdem die Waliser auch ihn erwischten und er es gerade noch so zurück auf die Schiffe schaffte … Ich habe ihre Beisetzung versäumt, reite morgen aber runter nach Carew, um zu sehen, ob ich etwas tun kann. Familie ist nun mal Familie.«

Maurice sah an ihm vorbei zu seinem Pferd, das die paar Schritte zum Wassertrog gegangen war. »Und wohin wolltest du jetzt?«

Ein verzweifelt klingendes Lachen entfuhr seinem Freund. »Weg.« Er hob etwas hilflos die Schultern. »Ein wenig Ruhe vom Mylord hier, Mylord da. Dies hier ist die Burg meines Vaters, es sind die treuen Männer meines Vaters – die paar, die es geschafft haben – und die Bediensteten meines Vaters. Ich bin fremd hier, habe mein bisheriges Leben im Dienst meines Onkels verbracht, zuerst als Knappe, dann als Ritter.«

Maurice verzog das Gesicht. »Wie geht es denn dem guten Constable von Pembroke?«

»Ein Sonnenschein wie eh und je. Er hielt ja nichts davon,

sich dem königlichen Heer anzuschließen, die Waliser im Norden gehen uns nichts an, sagt er, außerdem haben wir unser eigenes Land im Süden zu verteidigen. Jetzt, da Maredudd tot und der junge Rhys an die Macht gekommen ist, gilt es abzuwarten, wie ehrgeizig er ist. Wären wir alle hochgezogen, hätte Rhys die Gunst der Stunde wohl genutzt, um anzugreifen und walisische Macht in diesen Gegenden wiederherzustellen.« Er zuckte mit den Schultern, sah zum Tor und ließ dann seinen Blick über ihn wandern. »Du siehst schrecklich aus, Mann, kommst wohl gerade aus dem Krieg, was? Hältst du es noch ein wenig länger ohne Bad, Rasur und etwas zu essen aus und begleitest mich ein Stück? Ich verspreche dir, danach lasse ich dir ein Mahl bereiten, das eines Königs würdig ist. Wäre ja eine Schande, wenn ich es nicht ausnutzen könnte, plötzlich Lord von Narberth und Pebidiog zu sein.«

Maurice nickte lächelnd und fügte dann mit hochgezogener Braue hinzu: »Und der Vetter des neuen Königs …«

Meilyr verdrehte die Augen. »Hoffentlich vergisst er, dass er im tiefen Wales noch einen Vetter hat. Das Hofleben wäre bestimmt nichts für mich. Aber du sollst dich ja ganz gut geschlagen haben. Komm, erzähl mir, was du die letzten Jahre so getrieben hast.«

Maurice wusste gar nicht, wo er anfangen sollte. Bilder des Bürgerkriegs flackerten vor seinem geistigen Auge auf, die letzte Schlacht im Norden von Wales … Er hatte an der Seite von Walisern gegen Waliser gekämpft. Sowohl das Fürstentum Powys als auch Cadwaladr hatten sich mit ihren Männern dem königlichen Heer angeschlossen, um das machtvolle Gwynedd zu vernichten. Powys führte schon längere Zeit Fehden gegen seinen Nachbarn, und Cadwaladr hatte auch noch ein Hühnchen mit seinem fürstlichen Bruder zu rupfen gehabt. Durch eine Eheschließung war er mit de Clare verwandt, er sprach wegen seiner langen Zeit im englischen Exil fließend normannisch und war ein offener, schnell lachender Mann. Aber Maurice kam all der Krieg, in dem jeder gegen jeden kämpfte, immer sinnloser vor. Er war sechsundzwanzig Jahre alt und sehnte sich bereits nach etwas Ruhe, nach einer Kampfpause. Aber nichts davon konnte er mit Meilyr teilen. Sein einstiger Kamerad war nicht dabei gewesen, er hatte in Wales mit den Geraldines seine eigenen Schlachten zu schlagen gehabt, er war zu weit entfernt.

Schweigend schwangen sie sich in die Sättel, verließen die Burg und ritten über sattgrüne Weiden, wo Rinder sich den Wanst vollfraßen. Um sie herum erstreckten sich sanft ansteigende Hügel, zwischen denen sich Flussläufe hindurchschlängelten. Der Frühsommer brachte ein buntes Farbenmeer an Wildblumen mit sich, Milane kreisten über dem Himmel auf der Suche nach Nahrung. Es war ein Idyll, fast unwirklich nach all den Schrecken, die er im Kampf erlebt hatte. Die nervenzerreißende Anspannung, wenn man im Dunkeln im Wald saß, auf Geräusche lauschte und der Nebenmann plötzlich von einem walisischen Speer durchbohrt wurde – Bilder, die einen auch inmitten von Schönheit verfolgten.

»Du siehst dich um, als könntest du dich nicht mehr daran erinnern, jemals hier gewesen zu sein. Ist England so anders?«

»Nicht auf den ersten Blick.« Maurice seufzte und wandte sich Meilyr an seiner Seite zu. »Weißt du schon, was du jetzt tun wirst? Als Lord von Narberth?«

»Mein Land verteidigen. Wenn ein König mit Henrys Ruf nicht in der Lage ist, die Waliser im Norden zu zerschmettern, werden sie auch im Süden aus allen Löchern kommen, in der Hoffnung, uns endgültig zu vertreiben. Gerade ist es um die Flamen ein wenig ruhiger geworden, und schon wird es hier sehr ungemütlich.«

»Die Flamen.« Maurice erinnerte sich noch gut daran, dass König Henry bald nach seiner Krönung den flämischen Söldnern, die im Bürgerkrieg gekämpft hatten, befohlen hatte, in die Heimat zurückzugehen. Doch viele waren nach Wales gezogen, hatten hier Unruhe gestiftet und sich in von Walisern zurückeroberten Gebieten niederzulassen versucht. Sein Vater hatte ihm geschrieben, denn diese marodierenden Söldner hatten nicht gerade zur Beliebtheit der flämischen Gemeinschaft beigetragen. Es war eine schwierige Zeit gewesen.

»Aber was ist mit dir?«, wollte Meilyr wissen. »Wie kommt es, dass der gute de Clare dich von seiner Seite gelassen hat? Bislang hielt er dich ja fest in seinem Griff.«

Maurice verengte die Augen, sah seinen alten Freund prüfend an. War es die Trauer um den Vater, die etwas Schneidendes in seine Stimme legte, oder tatsächlich Groll gegen Maurice?

»De Clare nahm mich in seinen Dienst auf. Natürlich stand und stehe ich ihm treu zur Seite.«

Ein Lachen, das nicht unehrlicher hätte klingen können, entfuhr Meilyr. »Ja, natürlich. De Clare wusste von Anfang an, dass er sich mit dir eine treue Seele holt. Jetzt hält er derart an dir fest, dass er dich nicht ein Mal in den fast zehn Jahren fortließ, um deine Familie oder Freunde zu sehen.«

Plötzlich begann Maurice zu verstehen. »Es ist nicht so, dass wir dich hier vergessen hätten, Meilyr. Aber Striguil ist nicht gerade einen Katzensprung entfernt, und du hast sicher gehört, wie in England alles drunter und drüber ging – die Belagerung Wallingfords, das Friedensabkommen, Eustace' Feldzug und sein Tod, Stephens Tod, Henrys Krönung … Manchmal habe ich mich gewundert, dass wir überhaupt noch Zeit zum Atmen haben.« Er nahm die Zügel in eine Hand und drehte sich im Sattel zur Seite, um Meilyr anzusehen. »Ich habe damals versucht, dich ebenfalls zu uns zu holen, aber de Clare …«

Ein weiteres bitteres Lachen. »Den Ausgang eines solchen Versuchs hätte ich dir vorher mitteilen können. Es stand von Anfang an fest, dass ich dir und de Clare nicht folge.«

»Weil du Henry FitzRoys Erbe warst.«

»*Das* nannte er dir als Grund?« Meilyr zügelte sein Pferd, brachte es zum Stehen und sah ihn mit einer Mischung aus Unglaube und Mitleid an. »Und das hast du geglaubt? Wirklich, Maurice, ich hätte dir mehr Menschenkenntnis zugetraut.«

»Ich verstehe nicht … Seit wann hast du etwas gegen de Clare?«

»Ich habe nichts gegen ihn, nur bin ich auch nicht blind und sehe in ihm nicht den Inbegriff eines edlen Ritters. Er nahm mich nicht mit, weil er wusste, wie eng unsere Freundschaft in Pembroke war.«

»Was?«

Ungeduldig sah Meilyr ihn an. »Wir beide, wir waren Freunde, Maurice, unzertrennlich, wir zwei gegen Griffin und all die anderen. Dann kam de Clare, und was der mächtige, angehende Earl bestimmt nicht mochte, war, das dritte Rad am Wagen zu sein. Er wollte dich für sich allein, deshalb blieb ich in Pembroke zurück.«

Einen Moment lang konnte Maurice seinen Freund nur verständnislos ansehen, dann schüttelte er den Kopf. »Das ist Unsinn, Meilyr.«

»Wie du meinst. De Clare muss mich ja auch nicht mehr kümmern, er ist ja nicht länger Earl of Pembroke und somit auch nicht mein Herr. Er wird auch nicht mehr deiner sein, Maurice. Sobald du Lord von Prendergast bist, musst du ihm nicht mehr als Ritter dienen. Du hast dann deinen eigenen Haushalt, deine eigenen Ritter, so wie ich. Und wie gesagt, de Clare hat den gesamten Südwesten von Wales verloren, über uns steht jetzt nur noch die Krone selbst.«

»Ich weiß.« Seine Worte waren kaum mehr als ein Brummen. Natürlich konnte er Meilyr verstehen. Es war bestimmt nicht leicht gewesen, zurückgelassen zu werden, unter dem Befehl des Constable, in Griffins Nähe. »Du sagst, wir *waren* Freunde,

Meilyr, und ich gehöre nicht zu den Menschen, die sich mit unzähligen Freunden schmücken. Daher hoffe ich wirklich, dass ich dich immer noch zu einem der wenigen zählen darf.«

Meilyr warf ihm einen Blick zu, atmete sichtbar ein und nickte schließlich.

»Lass uns von etwas Fröhlicherem reden.« Er trieb sein Pferd an und lenkte es durch einen seichten Wasserlauf auf die andere Uferseite, wo sich weitere Weiden erstreckten. »Dass du mich nicht besuchen wolltest, kann ich ja noch verstehen, aber was ist mit deiner Braut? Du hast sie in all der Zeit nicht einmal gesehen.«

Maurice presste die Lippen aufeinander. Dieses Thema gefiel ihm nicht unbedingt besser. »Ich hatte …«

»… viel zu tun, ja, ich weiß. Aber du solltest dich auf jeden Fall dort blicken lassen. Elizabeth ist entzückend und wäre bestimmt dankbar, wenn sie ihren Gemahl noch vor ihrem Hochzeitstag kennenlernt. Zudem hat unsere Familie gerade einen schweren Schlag erlitten. Du solltest zu ihr gehen. Begleite mich morgen nach Carew.«

Ein Strick schien sich um seinen Hals zuzuziehen, und er wusste gar nicht, wie er es zustande brachte zu nicken. Elizabeth sehen. Seine Braut kennenlernen. Sein Beileid ausdrücken und seinen Beistand anbieten. Bislang war ihm dieser Moment weit weg vorgekommen. Ein sicherer Abstand. Wenn er daran dachte zu heiraten, für einen anderen Menschen verantwortlich zu sein, gar ein Kind zu bekommen, wurde ihm ganz flau im Magen. Mit sechsundzwanzig Jahren war er bestimmt nicht zu jung zum Heiraten, de Clare hatte auch schon eine Familie. Zudem würde es ja ohnehin noch etwas dauern, bis er sich dieser Verpflichtung stellen musste, schließlich war sie noch ein halbes Kind.

Wieso fürchtete er diesen Moment dann, als müsste er sich allein durch die Wälder des Nordens schlagen, eine walisische

Kriegstruppe im Dickicht lauernd. Wenn sie ihn nicht mochte, er ihr nicht gefiele ... Wie würde ihre Ehe dann aussehen? Der Constable und seine bittere Lady Maria kamen ihm in den Sinn. War er einfältig zu hoffen, dass er eine Ehe, begründend auf Respekt und Zuneigung, führen konnte? Nicht auf Missachtung zu stoßen, jedes Mal, wenn er seiner Frau in die Augen sah?

»Du siehst aus, als hielte ich dir eine Klinge an die Kehle, Mann. Weißt du eigentlich, wie glücklich du dich schätzen kannst? Eine Braut wie Elizabeth findest du nirgends sonst. Außerdem wirst du dann Teil unserer Familie. Oder sind wir dir plötzlich nicht mehr gut genug. Würdest du lieber in die ruhmreiche de Clare Sippschaft einheiraten?«

Maurice warf seinem Freund einen ungeduldigen Blick zu. »Sei nicht so eifersüchtig, Meilyr, dich liebe ich doch auch.« Er grinste ihm zu, wurde aber schnell wieder ernst. »Ich frage mich, wie es sein wird. Verheiratet zu sein.«

Ein Lachen brach aus Meilyr heraus. »Das wirst du ja bald herausfinden.«

»Wieso *bald*?« Sein Herz pochte in der Kehle, was ihm wohl anzusehen war, da Meilyr nur noch lauter lachte.

»Elizabeth wird im Oktober zwölf Jahre alt, Mann. Noch etwas jung, aber ich bezweifle, dass meine Familie länger warten will. Wir haben schwere Verluste erlitten, sind geschwächt. Eine Verbindung der Geraldines mit deiner flämischen Gemeinschaft ist wichtiger als je zuvor, um den Walisern ein Zeichen der Macht zu setzen. Wenn wir uns zusammentun, kommt Rhys erst gar nicht auf die Idee, uns anzugreifen. Meine Cousine Isabel hat schon den Sheriff von Pembroke geheiratet, der ja auch ein Flame ist. Mit deiner und Elizabeths Hochzeit wird der gesamte Südwesten zu einer Einheit.«

Maurice hörte ihn kaum über das Rauschen in seinen Ohren. Zwölf Jahre. Waren es wirklich schon zwölf Jahre her, seit

Maurice den Schwur geleistet hatte? Und wieso kam ihm jetzt, da er mehr als doppelt so alt war, zwölf so schrecklich jung vor? Damals mit vierzehn hatte er nicht daran gedacht, wie es wäre, eine Zwölfjährige zu heiraten, aber heute sah er sich selbst, einen kriegserfahrenen Mann, von Narben und Schlachten gezeichnet, neben einer Kindsbraut. Die schwelende Übelkeit nahm noch zu.

Elizabeth lief ihnen entgegen, kaum dass sie das Tor von Carew Castle passiert hatten. Maurice wusste, dass sie es war, zum einen wegen des Grinsens, das Meilyr ihm zuwarf, zum anderen wegen der aufgebrachten Dame hinter ihr, die »Elizabeth! Elizabeth, bleib sofort stehen!« rief.

Wie erstarrt sah Maurice ihr entgegen, zum Teil mit einer inneren Unruhe und Aufregung erfüllt, zum Teil mit Schock, da sie tatsächlich noch ein Kind war.

Dichtes Haar in der Farbe von Haselnüssen fiel ihr ungebändigt auf die Taille. Sie trug einen dunkelblauen Bliaut mit einem helleren Unterkleid. Ein Strickgürtel hielt das Tuch in der Mitte zusammen und zeigte eine etwas rundlichere Figur, die genauso wie ihr geringer Wuchs die kindliche Erscheinung unterstrich. Ihr herzförmiges Gesicht strahlte ihnen entgegen, und einen Moment lang überlagerte ein warmes Gefühl seinen Schreck über ihre Jugend. Hoffnung. Sie würde älter werden, noch mussten sie nicht heiraten, und sie war fröhlich, lachte, wirkte wie das Gegenteil von Lady Maria. Jemand, der sich an traurigen Tagen wie diesen derart des Lebens erfreute, wäre bestimmt nicht zu Bitterkeit und Abscheu fähig. Vielleicht war sie ja sogar zufrieden damit, ihn zu heiraten. Schließlich wusste sie schon ihr ganzes Leben lang, wem sie angetraut war, auch wenn sie sich bis auf einen Moment nach ihrer Geburt nie begegnet waren.

Seine Angst wich etwas, ließ nur noch Platz für leise Nervosität.

»Lass sie, Maud!«, rief Meilyr der Frau lachend zu, vermutlich war sie die Gemahlin eines Kriegers aus der Garnison, die sich um die Kinder kümmerte oder die Ausbildung der Mädchen übernahm. »Sei lieber so gut, und schicke nach Lady Alice. Sag ihr, ich habe Besuch mitgebracht.«

Er schwang sich aus dem Sattel, breitete die Arme aus, und schon flog ihm Elizabeth entgegen, den angesprochenen Besuch gar nicht bemerkend. »Meilyr! Du bist gekommen! Wir haben dich so vermisst! Wieso hast du mich so lange nicht besucht, ich …« Sie verstummte, trat zurück, und plötzlich füllten sich ihre Augen mit Tränen. Mit einem Keuchen schlug sie sich die Hand vor den Mund. »Es tut mir so leid«, wisperte sie, sich wohl erst jetzt darüber bewusst, warum Meilyr verhindert gewesen war. »Dein Vater, er … sie sagen, dass er … es ist so schrecklich … wie konnte das nur passieren? Mein Vater und Onkel William sind bei Onkel Robert, weil er vielleicht stirbt und …«

Meilyr schüttelte den Kopf, wischte mit der flachen Hand die Tränen von Elizabeths Augen, nicht besonders sanft, aber Elizabeth schien sich nicht daran zu stören. »Lass das Heulen, Kleine, das steht dir nicht. Wir können ja nichts mehr ändern, und mein Vater ist jetzt in Gottes Hand.« Er kniff ihr leicht in die Wange und legte den Arm um ihre Schultern, um sie zu Maurice umzudrehen, der sich gerade von seinem Wallach zu Boden gleiten ließ. »Vor allem, da du heute Grund zur Freude hast, meine unhöfliche Cousine. Sieh mal, ich bin nicht allein gekommen, also begrüße den Besucher, der den weiten Weg von England hierherkam, um uns zu sehen.«

Elizabeth hob den Kopf, sah zu Maurice hoch, ihre von der Sonne beschienenen Augen leicht verengt, trotzdem erkannte Maurice das Leuchten von dunklem Grün, wie das von Moos.

Ein scheues Lächeln spielte um ihre Lippen. »Mylord.« Sie knickste und sah ihn neugierig an, ein gutes Zeichen, seine Erscheinung schien sie also nicht zu erschrecken. Für diesen Anlass hatte er sich den Bart weggeschabt, die Haare gekämmt und im Nacken zusammengebunden. Zudem hatte er seinen besten Bliaut angelegt, sogar die Schnallen seines Schwertgurtes poliert.

»Mylady.« Seine Stimme klang rau, als hätte er lange nicht gesprochen, und er konnte sich gerade noch davon abhalten, sich zu räuspern, was seine Befangenheit noch offensichtlicher gemacht hätte. Stattdessen versuchte er einen so guten Eindruck wie möglich zu machen und verneigte sich formvollendet. »Es ist eine Freude, Euch wiederzusehen. Euer Verlust tut mir von Herzen leid.«

Elizabeth warf Meilyr einen fragenden Blick zu, öffnete den Mund, als wollte sie etwas sagen, als Meilyr sie lachend an einer Haarsträhne zog. »Du erkennst ihn nicht, obwohl wir dir alle schon so viel von ihm erzählt haben, dass du vermutlich mehr über ihn weißt als er über sich selbst? Mach die Augen auf, Kleine, vor dir steht dein …«

»Maurice!«

Meilyr und Elizabeth fuhren zugleich herum, Maurice blickte über die beiden hinweg und erkannte Lady Alice mit gerafften Röcken über den staubigen Hof auf sie zueilen. »Das kann doch unmöglich wahr sein! Du bist tatsächlich gekommen! Nach all der Zeit!« Sie kam vor ihm zum Stehen, nahm sein Gesicht in beide Hände, zog ihn zu sich herunter und küsste ihn fest auf die Stirn. Dann brach sie in Lachen aus. »Bitte entschuldige, ich meinte natürlich *Sir* Maurice.« Sie knickste ebenfalls, verpasste ihm aber gleich darauf eine nicht zu sanfte Ohrfeige. »Wo hast du so lange gesteckt, bei den Gebeinen Christi! Wir dachten schon, du wärst im Bürgerkrieg gefallen oder den Walisern in die Hände geraten! Dein Vater wusste kaum mehr über dein Wohlergehen als wir. Schämen solltest du dich! Nicht ein Mal hast du dich blicken lassen!«

»Er dient doch dem Earl of Pembroke«, ließ sich Meilyr mit einem Zwinkern an Maurice vernehmen, das ihm bedeutete, dass er keinen Groll mehr gegen ihn hegte. »Oh, ich meinte natürlich, Earl of Striguil. Da hat man viel zu tun.«

»Unsinn! Der gute Richard kann seinen Rittern auch einmal eine Auszeit genehmigen. Ihr müsst nicht von einem Krieg in den nächsten, von einer Schlacht in die nächste ziehen. Haltet euch lieber von solchen Unsinnigkeiten fern, bevor ihr mir wirklich noch sterbt.« Lady Alice strahlte, hob die Arme. »Oh, da wir gerade von Richard sprechen. Kinder soll er schon haben? Ist das denn wirklich wahr? Der scheue Richard?«

»Drei an der Zahl«, erwiderte Maurice lächelnd und warf Elizabeth so unauffällig wie möglich einen Blick zu. Er wollte wissen, was sie dachte, aber sein Herz setzte einen Schlag aus, als er sie wie zu Stein erstarrt und bleich zu Boden blicken sah. Hatte er sich getäuscht? War sie doch nicht einverstanden mit der Verbindung? Oder war es nur die Überraschung, so plötzlich ihrem Verlobten gegenüberzustehen? Schnell erinnerte er sich wieder an seine zukünftige Schwiegermutter. »Sein Sohn, der ebenfalls auf den Namen Richard getauft ist, feierte gerade seinen dritten Geburtstag, Madame. Und die Mädchen Alina und Basilia können noch nicht einmal laufen.«

»Das ist …« Lady Alice schlug sich mit einem Laut, der halb Lachen halb Schluchzen war, beide Hände vor den Mund und sah ihn aus feuchten Augen an. »Ich kann nicht glauben, wie erwachsen ihr geworden seid. Sieh dich an, Maurice. Ein wahrhaftiger Mann steht vor mir. Ist es tatsächlich zehn Jahre her, seit ihr fortgegangen seid?« Sie sog scharf den Atem ein, fuhr herum und sah mit einem weiteren erschrockenen Luftholen zu ihrer Tochter hinab. »Gütiger Herr im Himmel. Elizabeth! So kann man doch seinem Verlobten nicht gegenübertreten. Wir hatten diesen Moment doch geplant und so lange darauf gewartet! Was machst du denn überhaupt hier? Und wo ist Maud?«

»Ich fürchte, das ist meine Schuld«, mischte sich erneut Meilyr ein, aber Maurice schenkte ihm kaum Beachtung, er sah weiterhin Elizabeth an, die es immer noch nicht wagte, zu ihm aufzusehen.

»Ich hätte uns ordentlich anmelden sollen.«

»Ach, ihr braucht euch doch nicht anzumelden«, winkte Lady Alice ab und sah mit einem Seufzen zwischen Maurice und ihrer Tochter hin und her. »Da habe ich wohl den wichtigsten Moment verpasst, eure erste Begegnung.«

»Wir können ja so tun, als kämen wir gerade zum Tor herein«, bot Maurice lächelnd an; er hoffte erneut auf eine Regung seiner zukünftigen Braut, aber vergeblich. »Außerdem ist dies ja nicht unsere erste Begegnung«, fuhr er fort. Er beugte sich ein wenig hinunter, versuchte Elizabeths Blick einzufangen, sie irgendwie dazu zu bringen, ihn anzusehen, zu erkennen, dass er kein Feind war. »Ich hielt Euch einst auf dem Arm, Lady Elizabeth. Damals wart Ihr aber sehr viel lauter.«

Lady Alice lachte laut auf, zog ihn noch einmal an sich und drückte ihn erstaunlich fest für ihre kleine Gestalt. Maurice aber hielt seinen Blick weiterhin auf Elizabeth gerichtet, die nicht antwortete und immer noch den festgetretenen Boden anstarrte. Fast wäre ihm ein Seufzen entkommen, als Lady Alice schon weiterplapperte.

»Was für eine Schande, dass mein Maurice nicht hier ist. Er hätte sich so gefreut, dich zu sehen, Klein-Maurice. Obwohl, das darf ich ja jetzt nicht mehr sagen, schaust du doch auf uns alle herab. Ach, es gibt so vieles zu bereden, ehe du wieder verschwindest. Aber Meilyr hat dir wohl erzählt, dass alle in Cardigan sind, um Robert zu unterstützen? Nach Harris Tod können wir nur beten, dass der Herrgott uns wenigstens ihn lässt. Und meine Schwester ist in England auf ihrem Gut in Moulsford.

Sie hält sich ja nicht gerne in Wales auf, ihr müsst also mit mir allein vorliebnehmen. Aber genug des Trübsinns. Jetzt wollen wir uns über diese Begegnung freuen und endlich alles richtig machen. Elizabeth, lauf und suche Maud, damit sie dir hilft, dich angemessen für das erste Treffen mit deinem Verlobten herzurichten. Meilyr, streune nicht herum und lass meine Mägde in Ruhe. Maurice, komm mit, wir wollen uns unterhalten, bis Elizabeth fertig ist. Dann habt ihr zwei die Gelegenheit, euch ein bisschen besser kennenzulernen.«

»Es wäre mir eine Freude, Madame«, brachte Maurice hervor, auch wenn er kein gutes Gefühl dabei hatte, Elizabeth noch länger zu quälen. Aber vielleicht würde es ihm ja bei einem Gespräch gelingen, ihr Vertrauen zu gewinnen. Es wäre bestimmt nicht schlecht, ihr zu zeigen, dass sie keine Angst vor ihm haben musste, bevor sie vor die Kirchenpforten traten. So blass, wie sie war, hatte er aber wenig Hoffnung.

Lady Alice führte Meilyr und ihn in die Halle, wo sie einen Pagen nach Wein und einer kleinen Mahlzeit schickte. Sie gingen hoch zum Podest und nahmen an der hohen Tafel Platz.

Eine Weile erzählte Maurice von England, von König Henry und oberflächlich vom Kampf gegen die Waliser im Norden, um die Dame mit Einzelheiten zu verschonen. Schließlich seufzte Lady Alice schwer und schenkte ihm Wein nach. »Ich hoffe, Elizabeth ist nicht wieder wie ein junger Hund durch den Hof gelaufen und hat sich in Meilyrs Arme geworfen?«

Meilyr grinste in seinen Becher, weshalb es Maurice oblag zu antworten. »Sie war eine perfekte Dame, Madame.«

Lady Alice sah ihn ungeduldig an, vermutlich wusste sie, dass er log. »Du musst verstehen, Maurice, sie hängt schrecklich an Meilyr, sie haben ja auch viel Zeit miteinander verbracht. Oft begleitete er den Constable hierher, oder Elizabeth kam mit mir nach Pembroke …« Sie sah an Maurice vorbei zu Meilyr und zwinkerte ihm zu. »Du weißt einfach mit Kindern umzugehen und gewinnst nicht nur die Herzen von Mägden, sondern auch die deiner Cousinen.«

»Die sind einfacher zu gewinnen als die meiner Vettern«, erwiderte Meilyr grinsend, und wie gerufen kamen Lady Alice' junge Söhne in die Halle gelaufen, die von ihrer Mutter aber sofort wieder hinausgescheucht wurden. Nach Elizabeths schwerer Geburt hatten Lord Llansteffan und Lady Alice noch weitere Kinder bekommen, was für alle außer Lady Maria ein Segen war, wenn man Meilyr Glauben schenken konnte. Die bärbeißige Gemahlin des Constable beschwerte sich wohl häufiger darüber, die Familie ihrer Schwester durchfüttern zu müssen, nachdem Lord Llansteffan sein Heim an die Waliser verloren hatte.

»Du hast einen guten Zeitpunkt gewählt, um hierherzukommen«, fuhr Lady Alice fort, als sie wieder unter sich waren. »Maurice wollte auf dem Heimweg von Cardigan schon bei deinem Vater in Prendergast vorbeisehen. Wie du vermutlich weißt, steht Elizabeths zwölfter Geburtstag kurz bevor.«

Maurice nickte langsam, versuchte, sich nichts von seiner Anspannung anmerken zu lassen. »Es besteht aber keine Eile«, sagte er, in der Hoffnung, nicht ablehnend oder unhöflich zu klingen, gleichzeitig aber auch das Unausweichliche noch etwas hinauszuschieben. »Ein paar Jahre mehr …«

Lady Alice hob die Hand, zupfte ihren Schleier zurecht. »Ich kann nicht glauben, dass ich meinem Gemahl schon wieder zuvorkomme, aber ich hoffe, du nimmst es mir nicht übel, Maurice. So oft bist du ja nicht hier, und ich denke, es wird Zeit, Nägel mit Köpfen zu machen. Eine Verbindung unserer Familien ist wichtiger als je zuvor, wir müssen Elizabeth in Sicherheit wissen. Die Waliser werden nicht länger einen Bogen um uns machen, sie sehen uns nicht mehr als Verwandte, nachdem zwei von uns im Norden den König unterstützten. Du weißt ja, was in Llansteffan geschah, und niemand kann voraussehen, wen es als Nächstes trifft. Rhys ist jetzt Fürst, und obwohl er noch jung ist, heißt es, dass er noch ehrgeiziger ist, das Land seines Großvaters wiederherzustellen. Anders als sein großer Bruder Cadell wird er nichts auf unsere Verwandtschaft mit ihm geben. Er will alle mit fremdem Blut vertreiben oder vernichten. Er will das Land den Walisern zurückgeben, und da ist für uns kein Platz mehr.«

»Mir ist die Gefahr bewusst, Madame, aber Prendergast ist nicht unbedingt sicherer. Es kann jeden treffen.«

»Nur wird diese Verbindung ein Zeichen der Stärke setzen. Rhys wird es sich dreimal überlegen, ob er uns angreift, wenn die Flamen auf unserer Seite stehen, und er wird zögern, die Flamen anzugreifen, wenn sie die Unterstützung der Geraldines haben. Am besten wird noch dieses Jahr geheiratet. Elizabeth ist bereit, sie wusste seit jeher, was ihr bestimmt ist, und sie ist froh darüber.«

Maurice ergriff seinen Becher und trank, um sich nicht anmerken zu lassen, wie er darüber dachte, aus den Augenwinkeln bemerkte er, dass Meilyr es ihm gleichtat. Auch er hatte wohl erkannt, dass Elizabeth alles andere als glücklich über die bevorstehende Hochzeit war.

Lady Alice schien das vielsagende Schweigen richtig zu deuten, denn sie seufzte verärgert. »Sie muss dich erst kennenlernen, das ist alles, Maurice. Sie weiß sehr genau, welches Glück sie hat, den besten und ehrenvollsten Mann zu bekommen, den eine Frau sich nur wünschen kann.« Sie gab Meilyr einen kleinen Klaps. »Außerhalb der Familie natürlich.«

Der beste und ehrenvollste Mann? Woher wollt Ihr das wissen?, wäre es Maurice fast entfahren. *Der Krieg hat mich verändert. Ich bin nicht mehr der Junge von einst. Das Blut unzähliger Männer klebt an meinen Händen. Englisches Blut, normannisches, flämisches, walisisches, bretonisches ... Eure Tochter hat Angst vor mir, sie sieht einen Mann, der sie um fast zwei Haupteslängen überragt, mit Narben im Gesicht und einem Lächeln, das nicht bis in die*

Augen dringt, anstatt immer noch so jungenhaft zu strahlen wie Meilyrs.

Ehe er seine Bedenken aber äußern konnte, hörte er Schritte vom Treppenhaus, das in der Ecke neben dem Podest lag. Gleich daraufhin kamen Maud und Elizabeth zurück, Elizabeth mit gesenktem Kopf und vor dem Bauch gefalteten Händen. Ihr Haar war nun geflochten und mit Kämmen hochgehalten, was ihr pausbäckiges Herzgesicht betonte. Wie verdammt kindlich sie aussah.

Was dachten ihre Eltern sich dabei? Maurice verstand die politische Notwendigkeit dieser Verbindung, aber er hätte lieber noch einige Jahre gewartet. Weniger wegen des Vollzugs der Ehe, er hatte nicht vor, sie anzufassen, bevor sie es wollte. Eher fand er es grausam, sie ihrer Familie zu entreißen, ihrem Heim, das sie kannte und liebte, um sie an einen Ort zu bringen, der ihr vollkommen fremd war. Sein Verstand sagte ihm, dass sie alle dasselbe durchmachen mussten. Mädchen wurden in jungem Alter verheiratet, und er selbst hatte sein Zuhause ebenfalls mit sieben Jahren verlassen müssen, um ein Mann zu werden. Aber wenn er dieses verängstigte Geschöpf vor sich sah, verspürte er nur Mitleid.

Ein Seufzen unterdrückend erhob er sich und blickte seiner Zukünftigen mit einem hoffentlich zuversichtlichen Ausdruck entgegen.

Er zuckte ein wenig zusammen, als Lady Alice seinen Arm packte und ihn zu ihrer Tochter führte, ihre Stimme schrill vor Aufregung. »Maurice ... darf ich dir deine Verlobte vorstellen? Elizabeth FitzMaurice.«

Elizabeth sank in einen tiefen Knicks und verdiente sich so das wohlwollende Nicken Mauds und Lady Alice'.

»Elizabeth, vor dir steht Sir Maurice, der zukünftige Lord von Prendergast, treuer Gefolgsmann des Earl of Striguil und geachteter Ritter im Heer unseres Königs Henry.«

Fast wäre ihm ein Schnauben entkommen. Geachtet! Dem König wäre es bestimmt lieber, de Clare und ihn auf den Kreuzzug zu schicken, auf dass sie im Heiligen Land krepierten.

»Es ist mir eine Ehre«, sagte er, nicht mehr befangen oder rau, sondern so sanft wie möglich. »Auch beim zweiten Mal noch«, fügte er mit einem Lächeln hinzu, das sie aber nicht sah, und so reagierte sie auch nicht auf seinen jämmerlichen Versuch, etwas Humor in die Situation zu bringen.

Mit seinen Weisheiten am Ende, was zwölfjährige Mädchen betraf, warf er Meilyr einen hilfesuchenden Blick zu, aber sein Freund beobachtete Elizabeth mit ungewohnt ernster und besorgter Miene. Kein besonders aufmunternder Anblick.

»Es ist ein wunderbarer Tag«, rief Lady Alice plötzlich aus, ihre Stimme immer noch seltsam hoch. »Maurice, möchtest du nicht einen Spaziergang mit Elizabeth unternehmen?«

»Es wäre mir eine Freude.« Er reichte Elizabeth seine Hand, aber sie ging schon an ihm vorbei Richtung Ausgang. Dabei glaubte er nicht, dass sie ihn absichtlich ignorierte, eher dass sie gar nichts um sich herum richtig wahrnahm.

»Sie ist nur aufgeregt«, wisperte Lady Alice ihm zu und hielt ihn am Ärmel fest. »Gib ihr etwas Zeit, sie war stets sehr behütet. Unser erstes Kind. Die Aussicht auf Veränderung ängstigt sie, aber sie meint es nicht böse.«

Maurice legte seine Hand auf ihre, nickte ihr zu und machte sich schließlich auf den Weg, um Elizabeth einzuholen. Sie hatte bereits den Hof erreicht, ging zielstrebig weiter zum Steinturm, durch den das Torhaus führte, während Maurice einige Schritte hinter ihr folgte. Ihm wiederum kam Maud hinterher, um den Anstand zu wahren, aber sie hielt sich auf Distanz. Dabei hätte er Hilfe ganz gut gebrauchen können.

Auf der Brücke über den ersten Graben, der die Burg und das Dorf voneinander trennte, blieb Elizabeth stehen. »Am Flussufer gibt es einen Pfad, den die Fischer nehmen.«

Maurice nickte, machte eine auffordernde Handbewegung und umrundete schließlich an ihrer Seite die halb fertige Steinmauer, die die Burganlage umgab. Im hinteren Bereich stand noch die alte Holzpalisade, aber es wurde bereits daran gearbeitet, auch sie mit nachhaltigerem Baumaterial zu ersetzen. Jeder Burgherr tat gut daran, sein Heim so gut wie möglich zu verstärken, um die Waliser fernzuhalten. Karren mit Steinklötzen versperrten ihnen den Weg, Staub verdichtete die Luft, und Arbeiter zogen ihre Hüte, als sie schweigend an ihnen vorbeispazierten.

Schließlich überquerten sie die Weide Richtung Fluss, und Maurice überlegte fieberhaft, was er sagen könnte. »Mögt Ihr Pferde, Mylady?«, brach er dann etwas unbeholfen die Stille.

Elizabeth sah zu ihm auf, das erste Mal, wie ihm schien, aber anstatt Erleichterung über das Ende der Stille, Freude oder Aufregung, sah er Zorn und Vorwurf. Er drang unaufgefordert in ihr Leben und drohte, ihr alles wegzunehmen. Wie hatte er auch nur einen Moment lang annehmen können, sie wäre zufrieden mit ihrem Los?

»Ich reite«, erwiderte sie und sah ihn an, als erwartete sie sich eine Erklärung für seine einfältige Frage.

»In der Nähe von Prendergast gibt es ein sehr erfolgreiches Gestüt«, führte er näher aus und war sich nicht sicher, ob er sich wirklich glücklich schätzen konnte, dass sie ihn ansah und mit ihm sprach. »Dort werden flämische Schlachtrösser gezüchtet. Mein Vater hat dem Gestüt ein paar Weiden unseres Landes verpachtet, auf denen meist die Stuten mit ihren Fohlen stehen. Vielleicht findet Ihr Gefallen an ihnen?«

Misstrauen lag in ihren Augen, sie sah zu Boden, still und auf der Unterlippe kauend. Zuerst dachte er schon, sie würde nicht antworten, aber dann fuhr sie unvermittelt zu ihm herum. »Ich mag Katzen!«, stieß sie aus, blieb stehen und stemmte eine Hand in die Seite, Schreck, aber auch immer noch Zorn in ihrem Blick. Ganz so, als müsse sie sich verteidigen, fürchte aber die Konsequenzen. »Ich weiß, Katzen sind keine Haustiere, und junge Damen sollten sich lieber einen kleinen Hund zulegen, den sie auf dem Schoß streicheln und dem sie Befehle beibringen können, aber ich mag Hunde nun mal nicht, und Pferde schon gar nicht. Ich mag Katzen, auch wenn sie noch so verachtet sind, keine Kunststückchen machen und sich nicht richtig zähmen lassen! Meine Tante, Lady Maria, lässt keine in ihre Burg, und wenn sie welche sieht, dann lässt sie sie einfach töten, aber das ist schrecklich und gemein! Sie tun niemandem etwas, sind sogar nützlich, jagen die Mäuse aus den Vorratskammern! Mein Vetter Meilyr hat erzählt, dass die Waliser ihre Katzen mehr schätzen, dass man bei den Walisern sogar eine Strafe bezahlen muss, wenn man eine Katze tötet, weil die dann keine Mäuse mehr fangen kann!« Um Atem ringend, rot im Gesicht und aus weit aufgerissenen Augen sah sie ihn an, und Maurice konnte sich gerade noch ein Lachen verkneifen.

»Ich denke, es wird sich bestimmt machen lassen, dass Ihr Eure eigene Katze in Prendergast bekommt. Und wer weiß. Vielleicht gelingt es Euch ja sogar, ihr ein Kunststück beizubringen.« Er beugte sich ein wenig zu ihr hinunter, senkte verschwörerisch die Stimme. »Wie wär's, wenn wir eine Wette abschließen. Wenn es Euch gelingt, Eurer Katze einen Befehl beizubringen, bekommt Ihr so viele Katzen, wie Ihr wollt. Wenn es Euch aber nicht gelingt, begleitet Ihr mich zu den Fohlen.«

Ihre Augen verengten sich, argwöhnisch sah sie ihn an, einen Moment lang schien sogar ein Lächeln um ihre Lippen zu spielen, aber so schnell es gekommen war, verschwand es auch wieder. Ihr Blick wurde hart, und der eben noch so schön geschwungene Mund wurde zu einer blassen Linie. Voller Feindseligkeit wies sie auf seine Schläfe. »Das war ein Feuer, nicht wahr?«

Abrupt richtete Maurice sich auf. Er hatte fast schon geglaubt, zu ihr durchgedrungen zu sein, aber sie sah nur sein zerstörtes Gesicht. »Das ist lange her.« Sofort klang seine Stimme wieder rau, ein Muskel in seiner Wange zuckte, so sehr biss er die Zähne zusammen. Wieso war das hier so schwierig?

Elizabeth nickte wissend. »Ja, das hat mein Vetter Griffin mir erzählt. Er hat gesagt, sein Vater hätte Euch eingesperrt, weil Ihr Großmutter Nesta eine Hure genannt habt, und dann brach ein Feuer aus.« Ihre Augen schleuderten ihm Blitze entgegen. »Großmutter Nesta starb vor ein paar Tagen an ihrer Trauer, und sie war *keine* Hure! Sie folgte ihrem Herzen, das ist keine Hurerei!«

Entsetzt sah er sie an, und er brauchte ein paar Momente, ehe er einen klaren Gedanken fassen konnte. Es erforderte ein enormes Maß an Willenskraft, um nicht zornig zu werden. Dass er Nesta keine Hure, sondern eine walisische Wilde genannt hatte, würde wohl nicht helfen. »Ihr und Eure Vettern habt ein sehr enges Verhältnis, hm? Meilyr, Griffin …«

»Ich war oft genug in Pembroke, und meine Vettern beschützen mich. Griffin besonders, denn der hat Mitleid, weil ich schon so früh und ohne auch nur meine eigene Meinung äußern zu dürfen, einfach so an …« Sie biss sich auf die Unterlippe, drehte sich abrupt um und starrte auf den Fluss hinaus.

Maurice strich sich mit einem Seufzen das Haar zurück, das sich aus dem Band im Nacken gelöst hatte und der Wind ihm ins Gesicht wehte. Griffin. Natürlich. Wie der Knappe sich ins Fäustchen lachen musste, weil Maurice' Braut schreckliche Geschichten über ihn erzählt hatte. Die Beteuerungen Meilyrs, Lady Alice' und Lord Llansteffans wogen wohl nicht so schwer wie Griffins Schauermären. Schließlich könnten die anderen ja lügen, um sie zu beruhigen und ihr Mut zu machen. Schlechtes glaubte man immer eher.

»Als Verfechterin Eurer eigenen Meinung möchtet Ihr Euch

vielleicht erst eine über Euren zukünftigen Ehemann bilden und nicht auf die bösen Worte anderer hören.«

»Böse Worte?« Sie fuhr zu ihm herum, zitterte deutlich, ob vor Angst, Wut oder beidem, konnte er nicht sagen. »Wollt Ihr es etwa abstreiten? Wollt Ihr bestreiten, dass Ihr Lady Maria beleidigt und Euch gegen Euren Herrn gestellt habt, um ein walisisches Mädchen zu verteidigen? Ein Mädchen, das mit dem Teufel im Bunde war, wie jedermann wusste, ein Mädchen, das meine Mutter und mich umzubringen gedachte!« Sie stellte sich auf die Zehenspitzen, sah ihm fest in die Augen, und eigentlich hätte er ihren Kampfgeist bewundern müssen, aber ihre törichten, unbedarften Worte und Niah mit in den Dreck gezogen zu hören, brachte etwas in ihm zum Kochen. Zwar hatte er sich damit abgefunden, dass er sie nie finden würde, vielleicht als Geoffrey Arthur vor drei Jahren gestorben war. Aber er wollte sich nicht anhören, wie Niahs wundersame Tat bespuckt wurde.

»Ich sehe, es hat keinen Sinn, Euch zu sagen, dass Ihr besagtem walisischen Mädchen Euer Leben verdankt …«

»Ich verdanke *Gott* mein Leben, der meine Mutter und mich vor den bösen Taten dieser Zauberin schützte!«

Maurice nickte langsam, sah sie an und suchte nach irgendetwas, das ihm noch Hoffnung geben könnte, aber vergebens. Da war nur Verachtung, und inzwischen beruhte sie auf Gegenseitigkeit. »Ihr wollt Eure eigene Meinung. Aber Euren einfältigen Worten entnehme ich, dass Ihr noch ein Kind seid. Vielleicht ist es also gut, dass Eure Eltern für Euch entscheiden.« Er führte seine Hand an die Brust und verneigte sich. »Ich nehme an, wir sehen uns dann vor der Kirche. Bis dahin Gottes Segen, Mylady.« Er wandte sich ab, sah Elizabeth noch nach Luft schnappen und zurückweichen, als hätte er sie geschlagen, aber das kümmerte ihn nicht. Mit so leichtem Schritt, wie er zustande brachte, ging er an Maud vorbei, die sofort zu Elizabeth eilte und ihrer Aufregung lauthals Luft machte. »Was hast du zu ihm gesagt, Mädchen? Bist du des Wahnsinns? Was ist mit deiner Erziehung, man könnte meinen, du wärst unter walisischem Gesinde aufgewachsen!«

Elizabeths Antwort hörte er nicht mehr, sie interessierte ihn auch nicht. Er ging zurück in den Hof, ließ sich sein Pferd bringen und ritt davon, gerade als Maud und Elizabeth durchs Torhaus zurückkamen. Er sah sie nicht mehr an, für einen Tag hatte er genug Abscheu in den Augen eines anderen gelesen.

 Striguil, Ostwales,
Juli 1157

Ist sie schön?«

Maurice nahm seinen nackten Arm von den Augen und drehte den Kopf zur Seite. Marared lag neben ihm auf einen Ellbogen gestützt, ein herausforderndes Lächeln im Gesicht, einzelne Strähnen ihres kurz geschnittenen Haars fielen ihr schweißnass in die Stirn, während sie sein Brusthaar um einen Finger zwirbelte.

»Woher weißt du davon?«

»Du hast dem Earl von deiner Begegnung mit ihr erzählt, der Earl hat es Elen gesagt und sie mir.«

Ein Schnauben entfuhr ihm. »Wie erfreulich, dass der Botendienst bei euch so gut arbeitet.«

»Du hast meine Frage nicht beantwortet.«

Maurice setzte sich auf der zerschlissenen Decke auf und strich sich mit beiden Händen übers Gesicht. Er wollte nicht über Elizabeth sprechen. Er war mit Marared in der verlassenen Schäferhütte im Wald und hatte die ihm bevorstehende Hochzeit, genauso wie die unerfreuliche Begegnung in Carew für gnädige Augenblicke vergessen. Noch wollte er nicht zurück in die Realität, also legte er seine Hand auf Marareds Schulter, ließ sie langsam ihren Arm hinuntergleiten, bis sie eine Gänsehaut bekam, und fuhr dann nach vorne zu ihrer üppigen Brust.

Marared schob ihn mit einem warnenden Blick fort, und Maurice wusste aus Erfahrung, wie stur sie war. Bevor sie keine Antwort erhielt, würde sie nicht Ruhe geben.

»Vermutlich«, erwiderte er also und rief sich widerwillig Elizabeths Bild vor Augen, was ihm schwerfiel, da er nur ihren verachtenden Blick sah, worauf er noch mehr verzichten konnte, wenn er mit einer nackten Frau zusammenlag.

»Was soll denn bitte schön *vermutlich* heißen? Ist sie schön, oder ist sie hässlich?«

»Sie ist …« Maurice dachte an die moosgrünen Augen, das haselnussfarbene Haar, die zarte Haut, die Pausbäckchen und den Schmollmund. Keinen ihrer Züge konnte man als hässlich bezeichnen, und doch war sie im Ganzen betrachtet blass, niemand, der auffiel, unscheinbar. Vielleicht hatte er aber auch nur diesen Eindruck, weil sie sich alle Mühe gegeben hatte, auf Distanz zu bleiben und von ihm so wenig wie möglich bemerkt zu werden. Bis zu ihrem Ausbruch. Aber auch da war ihm nie der Gedanke gekommen, sie sei schön. Nicht wie Marared.

Wenn Marared ihn mit ihren dunklen Augen ansah, versetzte sie sein Blut in Wallung, ließ ein Vibrieren durch seinen ganzen Körper fahren. Sie musste nur lächeln, und eine Wärme breitete sich in ihm aus. Marared war eine Frau, die im Detail vermutlich nicht so schön war, mit ihrem kleinen Höcker auf der Nase, dem kurz geschnittenen Haar und dem leicht vorstehenden Kinn. Aber sie hatte eine Wirkung auf ihn. Ihre Grübchen erweckten in ihm jedes Mal den Wunsch, sie zu küssen. Wenn er Elizabeth ansah, wollte er entweder wütend schreien oder einfach verschwinden. Er war ihr nicht böse, nicht mehr, sie wusste es nicht besser, und Griffin hatte sein Übriges dazu beigetragen. Und doch war er von Zorn erfüllt, da seine Aussicht auf ein normales Eheleben zunichtegemacht worden war. Schlimm genug, dass er eine Zwölfjährige vor den Kirchenpforten treffen sollte, aber Elizabeth war auch noch ein Kind, das ihn hasste. Das konnte nicht rückgängig gemacht werden.

»Sie ist jung«, antwortete er also ausweichend und stützte seinen Kopf in die Hände, die Augen frustriert zusammengepresst. »Ich hatte fast schon vergessen, wie jung man mit zwölf ist.« Wie unwissend und leicht zu beeinflussen.

»Ist sie noch keine Frau?«

Maurice warf ihr einen Blick zu. »Was?«

»Na, ist sie … du weißt schon. Ist sie bereit, Kinder zu bekommen, deinen höchst wichtigen Erben?«

»Herrgott, Marared, komm mir nicht damit, glaubst du etwa, ich lege mich zu einer Zwölfjährigen? Glaubst du, ich lasse ein Kind ein Kind austragen?«

»Damit wärst du wahrlich nicht der Erste.« Marared setzte sich ebenfalls auf, legte die Hände auf seine angespannten Schultern und begann sanft, seine Muskeln zu massieren. »Ich meinte ja nur, ob sie körperlich bereits zur Frau herangereift ist.«

»Das werde ich lange nicht herausfinden, das kannst du mir glauben.« Ein unfrohes Lachen entfuhr ihm. »Ich weiß ja noch nicht einmal, wie man sich zu einer Ehefrau legt, wie man mit einer Ehefrau …«

Ihre Hand hielt abrupt inne, sie lehnte sich ein wenig vor und sah ihm in die Augen. »Was meinst du damit?« Ihre Stimme war immer noch sanft und ruhig, bekam aber einen beunruhigenden Unterton. »Weil du nur Erfahrungen mit einer Hure hast? Glaubst du etwa, es ist etwas anderes mit einer Ehefrau, nur weil ihr verheiratet seid? Dass sie anders gebaut ist, nur weil ihr Gottes Segen habt? Ist sie untenrum auf einmal heilig, und man kann sie unmöglich so berühren wie eine Hure, ist es das?« Sie wurde immer lauter, und Maurice sah sie nur verblüfft an.

»Nein«, brachte er schließlich stammelnd hervor. In letzter Zeit hatte er wirklich ein besonderes Talent, mit den Frauen in seinem Umfeld umzugehen. »Ich meinte nur, dass es neu für sie sein wird, sie wird nicht gerade Freude daran haben, sie mag mich ja nicht einmal und …«

»Glaubst du etwa, ich habe jedes Mal Freude daran?« Sie

sprang auf, stand nackt über ihm, rasende Wut in ihren Augen. »Ich kann es mir auch nicht aussuchen, Maurice! Ich muss meine Tochter ernähren, meine Familie unterstützen, zimperlich zu sein, kann ich mir nicht leisten, aber glaube nicht, dass es mir immer gefällt!«

Maurice sah sie lange an und versuchte sich zu beherrschen. »Mit mir auch nicht?«

Sie funkelte ihn noch einen Augenblick lang an, dann stieß sie hörbar den Atem aus und wandte sich ab. Maurice griff nach ihrer Hand, zog sie sanft zu sich zurück auf den Boden und umfasste ihr Kinn, damit sie ihn ansah.

»Du weißt, dass du mit mir nicht auf diese Weise zusammen sein musst, wenn du nicht willst«, sagte er leise und schlang seine Arme um sie, ihre nackte Haut auf seiner, wärmend und beschützend. »Ich würde dich auch so unterstützen, dir helfen, wie ich nur kann. Das Letzte, was ich will, ist, dir wehzutun. Bitte sag mir, dass ich dich nie zu etwas gezwungen habe.«

Marared schwieg, ihr ganzer Körper angespannt, und er sah, wie viel es sie kostete, ihre ungerührte Miene aufrechtzuerhalten. »Du wirst nicht mehr zu mir kommen, nicht wahr?« Sie drehte den Kopf zur Seite, starrte auf die Flicken der Decke. »Wenn du verheiratet bist. Du wirst deiner Braut genauso treu sein, wie du mir treu warst.«

Maurice spürte ein schmerzhaftes Ziehen in der Brust. Dies war ein Abschied, und plötzlich verstand er, warum Marared so reagierte, und das machte alles nur noch schlimmer. »Ich werde weiterhin de Clare dienen, nach Striguil kommen, dich besuchen …« Er strich ihr eine Haarsträhne zurück hinters Ohr, ließ seine Fingerknöchel ihren Nacken hinuntergleiten.

Sie nickte und wischte sich über die Augen. »Aber du wirst nicht mehr bei mir liegen …«

»Marared … du wusstest, dass ich versprochen bin, ich habe dir nie etwas anderes …«

Sie fuhr von ihm zurück und befreite sich grob aus seiner Umarmung. »Was denkst du eigentlich? Dass ich dich in mein Herz gelassen und mir falsche Hoffnungen gemacht habe? Oh, sind wir nicht von uns selbst überzeugt, *Mylord*. Bildest du dir wirklich ein, ich wäre so dumm? Dass ich noch einmal denselben Fehler begehen würde, der mir einst alles genommen hat?« Sie sprang erneut auf, riss sich ihr Kleid an die Brust und hielt es sich vor den entblößten Körper. »Ich habe sehr wohl verstanden, dass du heiraten wirst, Maurice! Es wäre leicht gewesen, dich an mich zu binden, ich hätte dafür sorgen können, ein Kind von dir zu bekommen, du hättest es anerkannt, das weiß ich! Du hättest dich gekümmert! Aber ich habe es nicht getan, habe den Fehler von einst nicht wiederholt, denn ich weiß, du gehörst einer anderen, und ein Kind hätte alles nur noch schwieriger gemacht! Ich wusste *immer*, dass du gehen wirst, ich wusste es von Anfang an, ich wäre nie so einfältig gewesen, ich …« Sie schluchzte auf, schlug sich die Hand vor den Mund, während Tränen unaufhörlich ihre Wangen herabrollten. Bebend stand sie da, um Atem ringend und immer noch voller Wut.

Maurice streckte die Hand nach ihr aus, aber ehe er sie berührte, fuhr ihr Kopf hoch. »Ja, ich bin eifersüchtig!«, schrie sie und schleuderte ihm das Kleid entgegen. »Bist du jetzt zufrieden, wolltest du das hören? Ja, ich hasse dieses Gör, das dich bekommt, nur weil es in die richtige Familie hineingeboren wurde, während ich stets allein zurückbleibe. Ich hasse, dass du dich in mein Innerstes geschlichen hast, ich hasse dich, ich hasse dich …!« Sie flog auf ihn zu, schlug mit den Fäusten auf ihn ein, und Maurice hatte das Gefühl, sie riss ihm damit das Herz heraus. »Ich hasse dich, Maurice! Ich hasse sie, und ich hasse dich! Ich hasse euch Freinc, ich hasse eure Sitten, euer ganzes Volk, ich hasse dich …!«

»Hör auf.« Sanft schob er sie von sich, hielt ihre Handgelenke fest und presste sie an seine Brust. Sie weinte weiter, wehrte sich gegen seinen Griff, aber er ließ nicht los. Er hielt sie mit einer Hand fest und zog sie mit der freien dicht zu sich. Sie stemmte sich nur noch einmal gegen ihn, dann ließ sie ihren Kopf gegen seine Schulter fallen und schluchzte untröstlich.

»Es tut mir so leid«, flüsterte er und hielt sie nah bei sich. »Ich wünschte, ich könnte …«

Sie schüttelte den Kopf, richtete sich auf und sah ihm in die Augen, die ihrigen ein See der Verzweiflung, die er auf gewisse Weise auch in sich spürte. Ihr Atem strich über sein Gesicht, und er konnte sich einfach nicht vorstellen, von ihr wegzugehen, zu Elizabeth, die ihn verachtete. Die schlimmste Erkenntnis aber war, dass selbst wenn Elizabeth ihn mit Freude begrüßt hätte, wenn ihm die Aussicht auf eine wunderbare Ehe winken würde, er Marared nicht loslassen wollte. Er wünschte, er könnte ihr ein besseres Leben bieten. Sie hatte es wahrlich verdient, sie war eine wunderbare, kluge Frau.

Aber er hatte einen Schwur geleistet, es galt, seine Familie zu stärken, sein Land zu verteidigen, eine Einheit gegen die Waliser zu bilden. Er musste sich verabschieden.

»Sie hat dir wehgetan.« Marared zog ihre Hand aus seiner Umklammerung und legte sie an seine Wange, strich mit dem Zeigefinger über seine Schläfe. »Ich habe es sofort gesehen, als du zu mir kamst. Sie hat dich verletzt. Sie verdient dich nicht.«

Maurice lehnte seine Stirn gegen die ihrige. Marared wich ein wenig zurück, zwang ihn, sie wieder anzusehen. »Versprich mir, dass du dich nicht verletzen lässt. Nicht mehr. Versprich mir das.«

Er ließ seine Hand unter ihr Haar gleiten, streichelte mit dem Daumen die empfindliche Stelle hinter ihrem Ohr. »Wovon redest du?«

Sie räusperte sich und sagte nun mit fester, ernster Stimme: »Ich erinnere mich noch, Maurice. Als wir im Gemach des Earls waren und du sagtest, du wärest wohlhabend genug, um dir einen Spiegel zu leisten und dich anzusehen. Du glaubst, du bist entstellt, glaubst, diese Elizabeth verdient etwas Besseres, dass du eine Strafe für sie bist, aber das stimmt nicht. Du bist einer der besten Männer, die ich kenne.«

Er fand keine Worte mehr und ließ seine Hand zurück in ihren Nacken gleiten, drückte sie näher zu sich und küsste sie. Es war ein Kuss, der gleichzeitig vertraut war und sich nach Abschied anfühlte, aber er konnte nicht aufhören, und Marared ging es ganz genauso.

Maurice wusste, er liebte sie. Nicht mit von Verlangen getriebener Eile oder dem verzweifelten Wunsch, alles mit ihr zu vergessen. Er liebte sie, wie er eine Ehefrau lieben würde, sanft und als hätten sie alle Zeit der Welt, als wäre ihre Vereinigung etwas Heiliges.

 **Prendergast, Südwestwales, Oktober 1158**

Auf meine Tochter Elizabeth und ihren Gemahl, einen Mann, den ich stets als einen meiner eigenen Söhne betrachtet habe. Meinen Namensvetter Maurice! Möge der Herrgott über euch wachen, euch mit vielen Kindern segnen und euer Heim vor Eindringlingen behüten.«

»Auf das Brautpaar!«

Die Halle von Prendergast erzitterte unter dem Jubel und den Trinksprüchen der Feiernden, die bestimmt bis England zu hören waren.

Maurice hob pflichtschuldig seinen Pokal, drückte ihn Elizabeth in die Hand und ließ die Feierlichkeiten genauso wie die Hochzeit vorhin an sich vorüberziehen.

Er saß auf dem Podest an der hohen Tafel, neben ihm seine frisch angetraute Gemahlin mit ihren Eltern Lord Llansteffan und Lady Alice. Zur anderen Seite hielten sich sein Vater und de Clare, der zwar nicht mehr Earl of Pembroke war, aber immer noch der hochwohlgeborenste Mann in diesem Raum.

An den längsseitigen Tafeln, gleich unter dem Podest, hatten die übrigen Geraldines Platz genommen, und so fiel es Maurice schwer, Griffins hämisches Grinsen zu ignorieren. Maurice hatte den Knappen mit Elizabeth sprechen sehen, besorgt und fürsorglich, und hätte Maurice sich nicht besser unter Kontrolle gehabt, wäre er wohl wie früher auf Griffin losgegangen. Welche Schrecken konnte Griffin seiner Braut am Tag der Hochzeit wohl noch erzählt haben?

Meilyr sah auch nicht unbedingt glücklich aus, widmete sich lieber dem nicht enden wollenden Strom aus Wein. Vermutlich setzte ihm immer noch der Tod seines Vaters zu, auch wenn dieser inzwischen über ein Jahr zurücklag. Oder es war die Erschöpfung eines Jahres des Krieges, das ihnen allen aufs Gemüt schlug? Vielleicht waren die Feiernden deshalb so bemüht, sich in fast schon erzwungener Heiterkeit zu verlieren. Vermutlich sollte Maurice den Walisern dankbar sein, die nach König Henrys Misserfolg im Norden erwartungsgemäß von ihren Hügeln gekommen waren und den gesamten Süden in Brand gesteckt hatten. So waren alle zu beschäftigt gewesen, um auch nur an eine Hochzeit zu denken. Sogar in de Clares Ländereien im Osten, die als die stabilsten galten, hatte es Aufstände gegeben, und Maurice war es zugefallen, an de Clares Seite das Land zu verteidigen. Walisische Führer hatten sich im Kampf um die beste Position selbst bekriegt, genauso wie die normannischen Herren ihrer Nachbarschaft. Einer walisischen Bande war es sogar gelungen, das mit einhundertzwanzig Rittern stark befestigte Cardiff Castle einzunehmen und den Burgherrn mitsamt seiner Frau und ihrem Sohn zu verschleppen. Einzig die Rückgabe des Landes an die Waliser hatte ihr Leben verschont und ihnen die Freiheit zurückgegeben.

In Pembrokeshire war es nicht ruhiger gewesen. Rhys sah die Grafschaft immer noch als Teil des Fürstentums Deheubarth seiner Vorfahren an. Während des Bürgerkriegs in England hatte er mit seinen Brüdern enorme Erfolge erzielt und einiges zurückerobert, nicht zuletzt Llansteffan, aber nun war er gezwungen gewesen, dem König zu huldigen. Er hatte lediglich einen kleinen Part behalten, der Rest war an die Normannen Walter Clifford und Roger de Clare, Richards Vetter, gegangen. Vielleicht hätte Friede herrschen können, doch Clifford war in Rhys' mageren Rest eingefallen und hatte dort schrecklich unter den dort lebenden Walisern gewütet. Rhys' Beschwerde beim König hatte zu keinem Erfolg geführt, und so war er mit Feuer und Blut durch den gesamten Süden gezogen, bis hoch nach Ceredigion.

Schließlich hatte der König nicht länger zusehen wollen und war mit einem Heer in den Süden gekommen. Auf diese Weise hatten de Clare und Maurice sich erneut an Henrys Seite wiedergefunden, bereit zu einem Kampf gegen einen walisischen Fürsten, wie letztes Jahr im Norden. De Clare hoffte immer noch darauf, für seine Treue Henry gegenüber mit der Rückgabe von Pembroke belohnt zu werden, aber Henry schien de Clares Ergebenheit als ganz selbstverständlich zu erachten und machte keine Anstalten, seine Entscheidung rückgängig zu machen.

Am Ende war es schließlich zu keiner Schlacht gekommen, die beiden Parteien hatten ein Abkommen geschlossen, und Rhys hatte Geiseln übergeben, die sein Wohlverhalten garantieren sollten. König Henry war in die Normandie abgezogen und hatte ein halbwegs geregeltes Land zurückgelassen. Und so war es Zeit geworden, die Geraldines und die Flamen zu vereinen und eine Hochzeit zu schließen.

Elizabeth war nun dreizehn Jahre alt, das war besser als zwölf, aber für Maurice sah sie immer noch viel zu jung aus, um eine Braut zu sein. Vielleicht weil er seit jeher mit einer richtigen Frau zusammen gewesen war. Marared war etwas älter als er und das genaue Gegenteil der eingeschüchterten, zornigen Elizabeth. Ihre Einstellung ihm gegenüber hatte sich im letzten Jahr nicht geändert. Sie sah ihn immer noch kaum an, und wenn, dann mit deutlicher Abscheu.

»Es wurde auch Zeit, dass wir wieder eine Frau ins Haus bekommen!«, ließ sich sein Vater lautstark vernehmen und tätschelte an Maurice vorbei Elizabeths Hand. Elizabeth zuckte unter der Berührung zusammen, was hoffentlich nur Maurice bemerkte. Es ärgerte ihn ein wenig, wie abweisend sie sich verhielt, denn auch wenn sie ihn verabscheute, hatte sein von Gicht gequälter, alter Vater ihr nichts getan. Konnte sie nicht sehen, wie sehr der Burgherr sich über sie freute? Philip de Prendergast war stets ein einfacher Mann gewesen, zufrieden damit, sein Heim zu verteidigen, seine Frau zu lieben und einen Sohn gezeugt zu haben. Mit dem frühen Tod von Maurice' Mutter war eine Welt für ihn zusammengebrochen, und er hatte eine weitere Eheschließung nie in Erwägung gezogen. Er hatte ja seinen Sohn und Erben, er brauchte keine Frau mehr, er wollte einfach nur seine Ruhe, betonte er stets. Trotzdem war er nicht verbittert, sondern freute sich an den einfachen, alltäglichen Dingen des Lebens. Eine Tochter zu gewinnen hob ihn in eine nicht zu bremsende Hochstimmung.

»Du wirst sehen, Elizabeth, hier wirst du eine Königin sein!«, lachte er und schob ihr seinen eigenen Becher zu. Elizabeth trank pflichtschuldig, brachte aber kein Lächeln zustande.

»Ich sehe schon, sie wird hier schrecklich verwöhnt werden«, ließ sich Lord Llansteffan mit einem liebevollen, aber auch etwas kritischen Blick auf seine Tochter vernehmen. Er wusste nichts vom Fiasko ihrer ersten Begegnung, Lady Alice hatte Maurice vor der Hochzeit gebeten, nichts zu verraten. Immer wieder hatte sie beteuert, dass Elizabeth nur Zeit bräuchte, sie hatte ihn um Vergebung und Geduld gebeten, und um ihretwillen war Maurice bereit, sich zu bemühen. Aber das Verhalten seiner Tochter schien Lord Llansteffan nicht unbedingt zu gefallen. »Ich bin froh, sie in so *guten* Händen zu wissen«, betonte er mit einem eindringlichen Blick zu Elizabeth, die ihn aber nicht ansah.

»Das will ich doch auch hoffen! So schnell lass ich sie nicht mehr von hier weg. Maurice lässt sich ja nie blicken.« Sein Vater legte einen Arm um Maurice' Schultern, den anderen um de Clares. »Er hat ja auch eine gute Position, mein Sohn, beim Earl of Striguil. Aber wenn der Waliser Rhys ausnutzt, dass der König auf der anderen Seite des Kanals weilt, werde ich meinen Jungen wieder kaum zu Gesicht bekommen. Dann zieht ihr erneut in den Kampf, aber wenigstens bin ich dann nicht mehr ganz allein, dann habe ich Gesellschaft.« Er warf seiner Schwiegertochter noch ein glückliches Lächeln zu, aber wieder erwiderte sie es nicht und starrte lediglich auf die Tischplatte.

Sie leidet, sagte Maurice sich, im Versuch, sie nicht ebenso hasserfüllt anzustarren, wie sie ihre Mahlzeit. Sie ist ein Kind, das Angst hat, sich alleingelassen und verraten fühlt, sie hat bestimmt trotzdem ein gutes Herz, und alles wird gut, wenn sie uns erst mal richtig kennt.

Diese Worte vergaß er aber sofort wieder, als sein Vater mit einem nachdenklichen Blick zu Elizabeth erklärte: »Mir scheint, unsere Gespräche ermüden die Braut, kein Wunder, es war ein langer Tag. Maurice, ihr solltet euch zurückziehen.« Ihr Kopf fuhr hoch, als wäre sie aus einem Traumzustand erwacht, und Maurice wies sich innerlich zurecht, da er einen Hauch von Genugtuung über ihren Schreck verspürte. Immer noch hörte er Griffins Worte gifttriefend aus ihrem Mund, immer noch sah er Marareds Schmerz bei seinem Abschied. Aber er wusste, er musste Mitgefühl zeigen, auch wenn es schwer an seinem Stolz nagte, dass sie sich schon den ganzen Tag verhielt, als stünde ihre Hinrichtung bevor. Er hatte sich diese Ehe schließlich auch nicht ausgesucht.

Sofort erklangen zotige Sprüche über die Hochzeitsnacht, aber wenn die Feiernden sich eine errötende Braut erhofft hatten, enttäuschte Elizabeth sie erheblich. Sie war blass wie schon den ganzen Tag und starrte weiterhin stoisch zu Boden. Auch Maurice fühlte sich nicht peinlich berührt bei den Wünschen nach Ausdauer und einem Sohn. Er würde schlafen gehen und dann in den nächsten Tagen von hier verschwinden. Vielleicht taute Elizabeth ja etwas auf, wenn er weg war, vielleicht freundete sie sich dann tatsächlich mit seinem Vater an, das war im Moment seine einzige Hoffnung.

»Madame.« Er reichte Elizabeth seine Hand und führte sie unter Jubel und gutmütigem Spott um die Tafel herum Richtung Treppenhaus. Elizabeths Onkel, der Bischof von St. David, der zu dieser wichtigen Verbindung angereist war, ging ihnen voraus, so auch Elizabeths Eltern und Maurice' Vater. Die anderen blieben auf Maurice' ausdrücklichen Wunsch zurück. Je eher der ganze Trubel vorbei wäre, umso besser.

Über der Halle gingen zwei Gemächer vom Treppenhaus ab. Jenes des Burgherrn und das der Frauen und Kinder, das jetzt Elizabeth und Maurice beziehen sollten. Drückende Wärme empfing ihn, Kohlebecken waren entzündet worden, obwohl es in diesen lauen Herbstnächten nicht allzu kalt draußen war. Die Fensterläden waren geschlossen, Lady Alice entzündete eine Vielzahl an Kerzen und streute noch ein paar Kräuter über die glühende Kohle, um den Raum mit einem angenehmen Duft zu erfüllen.

Der Bischof segnete das Ehebett, und dann knieten Elizabeth und Maurice nieder, um ebenfalls die Gnade der Kirche entgegenzunehmen.

Ungeduldig wartete Maurice die Prozedur ab, vermied es, Elizabeth anzusehen, und dachte unwillkürlich an Marared. Was machte sie jetzt? Ging es ihr gut? Wie viel lieber wäre er jetzt bei ihr. Auch Niah kam ihm in den Sinn. War sie schon verheiratet? Lebte sie überhaupt noch? Wann würde er aufhören, sie in seine Gedanken einzubeziehen, wo er doch wusste, dass er nie eine Antwort erhalten würde.

Ein Schluchzen riss ihn aus seinen Gedanken. Maurice blickte auf, die Segnung war zu Ende, er kam auf die Beine, und sofort schlang Lady Alice schniefend ihre Arme um ihn. »Gib gut auf mein Mädchen acht, Maurice«, wisperte sie und drückte ihn fest an sich.

»Natürlich.« Er legte so viel Zuversicht, wie er zustande brachte, in seine Stimme und konnte sich gerade noch zusammennehmen, um nicht erleichtert aufzuseufzen, als sich die Tür endlich schloss und er allein mit Elizabeth zurückblieb.

Die Erleichterung hielt aber nur kurz an, denn er spürte Elizabeths bebenden Körper hinter sich, ihren Blick, der sich ihm in den Rücken bohrte.

»Noch durstig?« Er wandte sich ihr zu, ignorierte, wie sie bei seiner Regung zusammenzuckte, und ging an ihr vorbei zum Kohlebecken, auf dem der Krug mit dem Wein zum Erwärmen stand.

»Nein.«

Ihre Stimme war kaum mehr als ein eingeschüchtertes Flüstern, ganz anders als der Zorn, den er von ihr kannte. Das war aber nicht unbedingt ein Fortschritt.

Maurice ließ seine Hand vom Krug sinken und nickte. »Also gut. Dann ist es wohl Zeit, uns schlafen zu legen. Mein Vater hatte recht, Ihr seid bestimmt sehr erschöpft, das war wirklich ein langer Tag.«

Ihre Brauen verengten sich. »Schlafen?« Es ging solch ein Misstrauen von ihr aus, dass er beschloss, nicht um den heißen Brei herumzureden und sie von ihrer Furcht zu erlösen.

»Hört zu, Elizabeth.« Mit langsam ausgestreckter Hand, um sie nicht erneut zu erschrecken, ging er auf sie zu und berührte sanft ihre Schulter. Sie zitterte, was ihn nicht überraschte, so angespannt, wie ihr ganzer Körper war. »Ich weiß, Ihr habt allerhand grauenvolle Geschichten über mich gehört, und ich bin wirklich zu müde, um jede einzelne mit Euch durchzugehen und zu widerlegen. Griffin ist mir kein Freund, und es tut mir ehrlich leid, dass er Euch benutzte, um seinem Groll gegen mich Luft zu machen.«

Elizabeth öffnete den Mund zum Protest, aber er hob eine Augenbraue und ließ sie mit einem Blick verstummen. »Ich kann nicht rückgängig machen, was er in Euer Herz gepflanzt hat, Euch nur sagen, dass Ihr mich nicht fürchten müsst. Nie und schon gar nicht in dieser Nacht. Legt Euch schlafen, ich werde Euch nicht anrühren.«

»Was?« Mit offen stehendem Mund starrte sie ihn an, ihre Augen weit aufgerissen, rein gar nicht beruhigt oder dankbar, sondern ein Abbild der Empörung. Hatte er sich erhofft, sie ihm gegenüber ein wenig zu öffnen, schien sein Versuch das genaue Gegenteil erwirkt zu haben. Mit einem fauchend klingenden Laut fuhr sie von ihm zurück, sodass seine Hand von ihrer Schulter glitt.

»Ihr bringt mich um meine Hochzeitsnacht? Das könnt Ihr mir nicht antun!«

Sprachlos sah Maurice sie an, versuchte ihre Worte zu deuten, aber er verstand gar nichts mehr.

»Ihr macht mich zum Gespött aller!«, fuhr sie auch schon mit einem Flüstern, das mehr wie ein Schrei klang, fort und warf die Arme in die Luft, sodass die weiten, fast bis zum Boden reichenden Ärmel ihres Bliauts sich wie Flügel aufblähten. »Wenn sie morgen das Laken holen und in die Halle hängen ... alle werden über mich lachen! Meine ganze Familie, der Haushalt – Griffin hatte also doch recht!«

Dieser Name ließ die verblüffte Starre von ihm abfallen. »Womit hatte Euer reizender Vetter diesmal recht?« Seine Stimme war leise, ruhig, aber er selbst hörte die Kälte darin.

Elizabeth ließ die Hände sinken, die aufgeregt durch die Luft gefuchtelt hatten, reckte ihr Kinn vor und sah ihm mit einem Hass in die Augen, der ihn die Fäuste ballen ließ. »Er sagte, ich solle mir nichts von dieser Nacht erhoffen. Ihr würdet eine Enttäuschung werden.«

Die Worte trafen ihn wie eine Ohrfeige. Unvermittelt machte er einen Schritt auf sie zu, die Hand immer noch zur Faust geballt, als hätte er Griffin vor sich, den er so deutlich in ihr wiedererkannte.

Sie wich zurück, nun doch ängstlich, und er blieb sofort stehen, bereute, wie wenig er sich unter Kontrolle hatte. Zu einer Entschuldigung war er aber nicht bereit, dafür machte sie ihm diesen Tag schon zu schwer.

Tief einatmend zwang er sich zur Ruhe, er war der Erwachsene, und er hatte Lady Alice versprochen, ihre Tochter gut zu behandeln. Elizabeth war die Tochter des Mannes, den Maurice in seiner Jugend über die Maßen verehrt hatte, und das Kind einer Frau, die ihm in den wenigen Momenten, in denen sie da gewesen war, die Mutter ersetzt hatte. Er musste wenigstens ihre Eltern ehren, wenn er mit der Tochter schon nichts anfangen konnte.

Mit angestrengter Sanftheit in der Stimme wandte er sich erneut an seine Braut. »Niemand wird über Euch lachen, Elizabeth. Es ist gar nicht ungewöhnlich zu warten, wenn die Braut noch so jung ist wie Ihr.«

»Sie werden sagen, ich wäre nicht schön … nicht reizvoll genug. Das Gesinde wird mich nicht als Eure Ehefrau ansehen, wird hinter meinem Rücken tuscheln, mich nicht als Herrin betrachten, wenn Ihr mich nicht zur Ehefrau macht! Wenn Ihr mich nicht zur Mutter Eures Sohnes macht!«

Er wusste nicht, ob er lachen oder schreien sollte. »Ihr könnt unmöglich ernst meinen, was Ihr da sagt.«

»Natürlich nicht! Wieso solltet Ihr ernst nehmen, was Eure *Ehefrau* sagt?! Ihr nehmt mich ja nicht einmal als Gemahlin an!«

»Die Zeit dafür wird kommen. Ihr werdet älter werden, könnt doch unmöglich jetzt schon ein Kind haben wollen, Ihr seid ja …«

»… selbst noch eines?«

Ein leiser Fluch entfuhr ihm. Erschöpft ließ er sich auf dem Bett nieder und strich sich mit beiden Händen übers Gesicht. Was für eine Hochzeitsnacht!

Er spürte, dass sie ihn ansah, und suchte nach einer Lösung, um sie zu beruhigen. »Habt Ihr mit Eurer Mutter über diese

Nacht gesprochen?«, fragte er schließlich, da er sich nur schwer vorstellen konnte, dass Elizabeths Gedanken von Lady Alice stammten.

Elizabeth schnaubte undamenhaft, wandte sich zur Seite und starrte zu den Wandteppichen, die seine Vorfahren aus Flandern mitgebracht hatten. »Meine Mutter ... sie hat sehr viel geredet, ja. Wie viel Glück ich habe, was für einen großartigen Ehemann sie für mich ausgesucht hat, wie gut Ihr zu mir sein werdet, dass ich mir keine Sorgen zu machen bräuchte ...«

»Und wieso solltet Ihr nicht auf Eure Mutter hören?«

Sie fuhr zu ihm herum. »Meine Tante hat mir alles erklärt! Meine Aufgaben und Pflichten! Sie ließ mich nicht im Dunkeln tappen, speiste mich nicht mit leeren Floskeln ab! Sie wusste, wie es ist! Sie wusste, dass man wissen will, worauf man sich einlässt, was einem bevorsteht!«

»Ah, die reizende Lady Maria, die eine so glückliche Ehe führt, dass sie anderen Ratschläge darüber erteilt, wie sie ihre führen sollen. Aber wenigstens scheint Ihr keine Angst mehr vor mir zu haben, so wie Ihr mich ständig anfahrt.« Seine Mundwinkel hoben sich zu einem Lächeln, weniger, weil er sie besänftigen wollte, sondern weil ihm diese Situation und das Gespräch langsam lächerlich vorkamen.

»Sollte ich denn Angst vor Euch haben?«

Maurice zuckte mit den Schultern. »Das fragt Ihr *mich*? Meint Ihr nicht, dass Griffin oder Lady Maria Euch darüber sehr viel besser Auskunft erteilen könnten?« Sie funkelte ihn an, und sein Lächeln verzog sich zu einem gequälten Grinsen. »Können wir jetzt schlafen gehen, Madame?«

»Das verzeihe ich Euch nie! Ein unbeflecktes Laken, das ist ...«

»Herrgott, dann schneide ich mir halt in den Finger und schmiere das Blut darauf, wenn Euch so sehr daran liegt, die anderen mit dem Verlust Eurer Jungfräulichkeit zu erfreuen!«

»Ihr seid ein abscheuliches Ungeheuer!« Sie griff nach einem der Becher und schleuderte ihn nach ihm, erstaunlich treffsicher, denn er konnte sich gerade noch wegducken.

Überrascht sah er sie an, den Wunsch, ihr Respekt beizubringen, niederdrückend. »Passt nur auf, Madame, sonst stecke ich Euch noch zur Burggarnison. Arme mit solcher Wurfkraft können wir gebrauchen, um Steine auf Belagerer zu werfen.«

Elizabeth funkelte ihn hasserfüllt und mit Tränen des Zorns in den Augen an. »Glaubt nur ja nicht, mich mit Euren lächerlichen Witzen einlullen zu können! Ihr seid nicht lustig, Ihr seid nur ein flämischer Landritter, der sich einen Aufstieg erhofft, indem er in eine ruhmreiche Familie einheiratet, dabei aber nicht einmal dazu imstande ist, die Ehe zu vollziehen!«

»Ach, meint Ihr das?« Derselbe Hass, den er in ihren Augen las, brodelte in ihm hoch. Selbst seine Geduld kannte Grenzen, und obwohl er wusste, dass es ihr Verhältnis nicht bessern würde, sagte er mit zu Schlitzen verengten Augen: »Ihr besteht also darauf?«

Sie reckte ihr Kinn vor. »Mittlerweile habe ich keine Hoffnungen mehr und fange an, mich damit abzufinden, als alte Jungfer zu sterben, so wie Griffin mir vorausgesagt hat.«

Etwas in ihm barst, er presste die Lider aufeinander, um ihren verachtenden Ausdruck nicht mehr zu sehen, atmete tief durch, um dieses versengende Feuer des Zorns in ihm zu ersticken, aber ohne Erfolg. Er sah auf und wusste, dass er diesen Raum nicht verlassen konnte, wollte er diese Ehe nicht damit beginnen, vor seiner Gemahlin davonzulaufen.

»Man hat Euch wirklich den Kopf mit Unsinn vollgestopft. Aber bitte, wenn Ihr es so haben wollt.« Er klopfte neben sich auf die Matratze, sah ihr herausfordernd ins Gesicht, seine Stimme kalt und fremd. »Zieht Euch aus und legt Euch hin.«

Sie starrte ihn an, regte sich lange nicht, und Maurice glaubte schon, sie wollte einen Rückzieher machen. Doch dann reckte sie ihr Kinn vor und trat zu ihm ans Bett.

Maurice stieg die Treppe hinunter in die Halle, wo noch alle ihren Rausch ausschliefen und darauf warteten, das Brautpaar mit Jubel zu begrüßen. Eine Freude, auf die sie verzichten mussten, denn obwohl es ein Laken gab, hatte Maurice nicht vor, länger hier drinnen zu verweilen. Die ganze Nacht über hatte er Elizabeths leises Schluchzen gehört und angefangen, nicht mehr sie, sondern sich selbst zu hassen.

Mit einem quälenden Gefühl im Bauch, das die ersten frühmorgendlichen Sonnenstrahlen, die durch den Nebel brachen, auch nicht besser machen konnten, überquerte er den Hof. Die Luft war klar und kalt, es war wohl eine wolkenlose Nacht gewesen, aber diese Frische eines schönen Herbstmorgens vertrieb sein schlechtes Gewissen nicht. Das Beste wäre wohl, gleich fortzureiten, aber er wollte nicht wegrennen.

Elizabeth hatte die Ehe vollziehen wollen, und er hatte es getan. Vielleicht würde sie ihm jetzt anders begegnen, vielleicht hatte sie nun doch etwas Respekt vor ihm, und sie konnten neu anfangen.

Ein dunkler Schatten huschte im Grau des Morgens durch ein Loch in der Stallwand, und Maurice erinnerte sich an sein Gespräch mit Elizabeth in Carew. An das, was sie sich wünschte, um sich heimisch zu fühlen. Vielleicht war ja noch nicht alles verloren.

Entschlossen schob er die knarzende Stalltür auf und lächelte beim lauten Wiehern, das ihn begrüßte. Die Pferde dachten, der Stallmeister käme, um sie zu füttern, aber noch war es nicht so weit.

Den Geruch der Tiere tief einatmend ging er zwischen den Reihen der Unterstände hindurch zur steilen Treppe, die zum Heuboden führte, wo er sich früher mit den Kindern der Ritter und Dörfler zum Spielen versteckt hatte. Als Einzelkind hatte er sich stets die Nähe anderer herbeigesehnt, und so war er kein besonders zurückhaltender Herrensohn gewesen, der auf gesellschaftliche Grenzen geachtet hatte. Damals war ihm alles noch so einfach erschienen. Kinder und Unfug, aus mehr hatte sein Dasein nicht bestanden.

Von einst wusste er auch noch, dass er auf dem Heuboden finden würde, wonach er suchte.

»Maurice? Was machst du denn schon auf?«

Maurice drehte sich um und blickte über die brusthohe Tür einer Box hinweg, wo Meilyr sich gerade zu den Füßen seines Wallachs aus dem Stroh aufrappelte.

»Dasselbe könnte ich dich auch fragen. Sag nicht, du hast hier geschlafen. Aussehen tust du ja so.«

»Besser hier als in der Halle.« Er grinste und ließ seinen Blick über ihn gleiten. »Und?«

»Was und?«

»*Du* siehst aus, als wärest du gestern nicht aus deinem Festgewand gekommen.«

Maurice sah an sich hinab, er hatte tatsächlich noch dasselbe an. Schließlich war es eine recht schnelle, lieblose Angelegenheit gewesen. Er zuckte nur mit den Achseln und ging weiter.

Meilyr kam ihm nach. »Ah, verstehe – über die Dinge, die im Ehebett geschehen, spricht man nicht. Ich weiß nicht, was dich dazu bewogen hat zu heiraten, Mann. Es klingt nach einer schrecklich langweiligen Angelegenheit.«

»Nun, Mylord of Narberth und Pebidiog, irgendwann wird eine Frau kommen, die dich zu zähmen vermag, und deine zahlreichen Geliebten werden untröstlich sein.«

»Gott bewahre, dass das jemals geschieht!«

Sie lachten beide, wenn Maurice auch eher gezwungen. Schließlich wandte er sich Meilyr zu. »Würdest du mir helfen?« Er wies hoch zum Heuboden. »Ich bin auf der Suche nach einer Katze für Elizabeth. Sie mag Katzen, hat sie erzählt, und vielleicht … vielleicht freut sie sich.«

»Ah, ich sehe schon, du bist fest entschlossen, das Herz deiner schönen Braut zu gewinnen. Ein genialer Schachzug, das muss ich dir lassen, könnte von mir sein.«

»Hilfst du mir, oder nicht?«

»Bin schon auf der Suche. Ich übernehme den Stall, geh du hoch, Mütter verstecken ihre Jungen meistens im Heu.«

Maurice suchte den gesamten Heuboden ab, wühlte durch die Ähren, bis sein bester Bliaut vollkommen davon übersät war, aber weit und breit waren keine Katzen zu sehen. Dafür hörte er unten bereits die Stallburschen bei der Arbeit, draußen liefen Mägde schnatternd und immer noch aufgeregt über das gestrige Fest über den Hof, und die ersten Feiernden torkelten zum Abtritt. Die Burg erwachte, und Maurice musste einsehen, dass er nicht hier oben bleiben konnte.

Den schlimmsten Schmutz abklopfend begab er sich zurück hinunter, ein Lächeln auf dem Gesicht, als er daran dachte, dass irgendwann sein eigener Sohn dort oben spielen würde. Noch war der Moment fern, aber die Vorstellung, Vater zu werden, kam ihm nicht mehr ganz so abwegig vor.

Der Stallmeister begrüßte ihn überrascht und gratulierte ihm noch einmal zur Hochzeit. Dann ging Maurice zurück in den Hof, wo er sofort ein winziges Miauen vernahm.

»Sie war im Vorratshaus, hat sich unter den Säcken ein kleines Nest gebaut.« Meilyr kam mit einer dreifarbigen Katze auf dem Arm auf ihn zu. »Ein Weibchen, kein Junges, aber ganz hübsch, ich denke, sie wird ihr gefallen.«

»Meilyr, du bist großartig, ich danke dir!« Maurice streckte die Hände aus, wollte die Katze entgegennehmen, als Elizabeths Stimme vom Wohnturm her erklang. »Meilyr! Die ist ja wundervoll!« Mit gerafften Röcken eilte sie über den Hof auf sie zu, ihr hellbraunes Haar unter einem Schleier verborgen, den anzulegen ihr bestimmt Lady Alice geholfen hatte. Jetzt war sie eine verheiratete Frau, *seine* Frau. Was für ein ungewohntes, beängstigendes Gefühl.

»Madame.« Er verneigte sich mit der Hand auf der Brust, unterdrückte den leichten Widerwillen und bemühte sich um ein Lächeln. »Ich hoffe, Ihr habt gut geschlafen?«

Sie ignorierte ihn, schob sich zwischen ihn und Meilyr und nahm die Katze an sich, die sich nur kurz wehrte, sich dann aber sofort ihren Streicheleinheiten ergab. Maurice' Erfahrung nach waren Katzen sehr scheu, ließen sich nicht gerne anfassen, aber diese hier musste schon öfter mit Menschen in Kontakt gekommen sein.

»Wie wunderschön sie ist, hast du sie für mich gefangen, Meilyr?«

»Ja, also eigentlich hat Maurice ...«

»Vielen Dank!« Sie schlang ihren freien Arm um Meilyrs Hals und presste ihre Lippen auf seine Wangen. »Ich werde sie Gwendolen nennen, so wie aus Geoffrey Arthurs *Historia Regum Britanniae*.«

Maurice konnte sich ein Schnauben nicht verkneifen. In den letzten Jahren war er nicht umhingekommen, so einiges aus Geoffrey Arthurs Geschichten zu hören. Einerseits hatte er sich wegen der möglichen Verbindung zu Niah dafür interessiert, andererseits konnte man bei Hofe keinen Abend verbringen, ohne etwas daraus vorgetragen zu bekommen. So wusste er, dass Gwendolen eine Königin gewesen war, die ihren Gemahl getötet hatte, um an seiner statt zu herrschen. Nicht aus reiner Grausamkeit, denn ihr Gemahl hatte sich von ihr trennen wollen, um mit seiner germanischen Geliebten und deren gemeinsamem Kind zu leben – eine Geliebte und ein Kind, die Gwendolen im Severn hatte ertränken lassen. Für Elizabeth zählte aber wohl nur, dass Gwendolen eine Frau gewesen war, die ihren Gemahl besiegt hatte.

Die Botschaft war angekommen.

Meilyr schien ebenfalls zu verstehen, schließlich nutzte er diese Geschichten, um junge Frauen zu bezirzen. Seine Miene war ernst, die dunklen Augen auf Elizabeth gerichtet, als studiere er ihr Gesicht. »Der Schleier steht dir, Kleine. Oder muss ich dich jetzt auch Madame nennen?«

Sie warf ihrem Vetter einen Blick zu. »Was immer du meinst.« Sie streichelte der Katze über den Kopf. »Wie lange wirst du denn hierbleiben?«, fragte sie wie beiläufig. »Reist du auch schon heute mit dem Rest der Familie ab oder …?«

Meilyr sah zu Maurice auf, eine Frage in seinen Augen. »Mal sehen.«

Maurice nickte kaum merklich. Meilyr sollte eine Weile hierbleiben, wenn Maurice mit de Clare zurück in den Osten ging. So hatte Elizabeth eine vertraute Person, die ihr das Eingewöhnen leichter machte. »Narberth liegt nur eine Stunde von hier entfernt«, sagte er und legte Meilyr die Hand auf die Schulter. »Was meinst du, Nachbar? Ist es zu viel verlangt, hin und wieder nach deiner Cousine zu sehen?«

Zum ersten Mal schien Maurice das Richtige gesagt zu haben, denn Elizabeth strahlte plötzlich, noch mehr, als Meilyr antwortete: »Du kannst dich auf mich verlassen, Mann.« Er zog eine Schnur mit einem geschnitzten Holzanhänger aus seiner Gürteltasche und hängte sie Elizabeth um den Hals. »Kein Geschmeide zur Hochzeit, aber was soll ich machen?« Er breitete übermütig die Arme aus. »Ich habe einen ganzen Haushalt durchzufüttern.«

Elizabeth ließ die Katze zu Boden sinken und hob den Anhänger, um ihn versonnen zu betrachten. »Der ist besser als Geschmeide. Ich danke dir!« Sie strahlte zu Meilyr hoch, und Maurice zuckte mit den Schultern. Er konnte es ihr nach der letzten Nacht nicht verdenken, dass sie sich demonstrativ ihrem Vetter zuwandte, aber vielleicht hatte sie sich ja etwas eingelebt, wenn er nach Prendergast zurückkehrte.

Prendergast, Südwestwales, Juli 1159

Er hat schon gesamt Ceredigion eingenommen, und nun richtet er sein Augenmerk auf Pembrokeshire. Meine Burgen in Wales sind verloren! Er hat sie allesamt erobert!« Roger de Clare warf die Tür des Gemachs hinter sich zu und machte sich nicht die Mühe, leise zu sprechen, obwohl er wusste, dass Maurice' Vater gegenüber krank im Bett lag.

Maurice mochte de Clares Vetter schon jetzt nicht, aber das lag vielleicht auch daran, dass er sehr empfindlich war, wenn es um das Wohlergehen seines Vaters ging. Die Angst um ihn war allgegenwärtig, und schon im ersten Moment, da de Clare und sein Vetter Roger mit ihren Begleitern durchs Tor geritten waren, hatte Maurice nahendes Unheil gespürt. De Clare hatte ihm erlaubt, für ein paar Wochen zurück nach Prendergast zu gehen, um seinen Vater zu unterstützen, der keine Mahlzeiten bei sich behalten konnte und schreckliche Schmerzen litt. Die Kämpfe im Osten hatten sich beruhigt, und de Clare war selbst bestrebt darin gewesen, etwas Zeit in Ruhe mit seiner Familie zu verbringen. Dass er so schnell zu ihm kam und seine Pläne über den Haufen geworfen hatte, konnte nichts Gutes bedeuten.

»Ihr sprecht von Rhys?« Maurice hieß seine Gäste am Tisch gegenüber der von Vorhängen verhüllten Bettstatt Platz nehmen und ließ sich selbst auf der Bank nieder.

»Von wem sonst?«, knurrte Roger mit einem zornigen Blick. »Er spuckt auf das Abkommen mit dem König, riskiert das

Leben der Geisel, die er ihm überlassen hat, und führt seinen Rückeroberungsfeldzug ohne Rücksicht auf Verluste fort. Aufhängen sollte man all die Geiseln, damit Rhys lernt, was geschieht, wenn er sich gegen den König stellt. Zur Stunde belagert er Carmarthen Castle, könnt Ihr Euch das vorstellen? Carmarthen! Welch eine Frechheit! Carmarthen kontrolliert das Tal des Tywi, wenn Rhys die Burg in seine Finger bekommt, dann ...«

Maurice wandte sich de Clare zu, er konnte Rogers weinerliches Gerede, das an ein trotziges Kind erinnerte, nicht mehr hören. »Weshalb seid ihr hier?«

Ein Lächeln huschte über das müde Gesicht seines Freundes. »Damit Rhys Carmarthen eben nicht in die Finger bekommt.«

»Aber was kümmert dich denn Carmarthen, de Clare? Rhys ist *unser* Problem, das der westlichen Ländereien. Du ...«

»... bist schon lange nicht mehr Earl of Pembroke und solltest dich daher auch nicht in die Kämpfe hier einmischen?«

»Du bist ein Marcher Lord des Ostens«, erwiderte Maurice ungeduldig. »Weshalb deine Männer in einen Kampf schicken, der dich nicht kümmern muss?«

»Der Machtzuwachs der Waliser hat uns alle zu kümmern«, plärrte Roger, ehe de Clare zu einer Antwort kam. »Werden diese Barbaren im Westen erst stärker, dauert es nicht lange, bis die nächsten Aufstände im Osten über das Land hereinbrechen. Außerdem versteht mein Vetter gut, was Familie bedeutet und dass wir uns gegenseitig unterstützen müssen.«

»Von einem Helden wie Euch hätte ich nicht erwartet, dass Ihr um Hilfe bettelt«, entkam es Maurice, ehe er sich eines Besseren besinnen konnte. Im Kampf gegen die Waliser aus dem Norden hatte Roger von sich reden gemacht, da er die von Henry d'Essex gefallene königliche Standarte aufgehoben und somit allen gezeigt hatte, dass der König nicht gefallen war. Maurice hatte Roger de Clare damals gesehen, auch beim Abkommen zwischen Stephen und Henry und bei der Krönung später. Aber bis heute war ihm ein genaueres Kennenlernen erspart geblieben.

Roger riss bei seinen Worten die Augen auf, öffnete den Mund, als wolle er etwas sagen, doch in diesem Moment schwang die Tür auf, und Elizabeth trat mit zwei Mägden ein.

Ein Lächeln huschte über Maurice' Gesicht, das nicht nur von der Erleichterung über eine Unterbrechung dieses mühseligen Gesprächs herrührte. Der Anblick seiner Braut erfüllte ihn nicht länger mit Bitterkeit und Bedauern. Sein verletzter Stolz wegen ihrer offensichtlichen Zurückweisung, der Zorn über Griffins Worte, sein Sehnen nach Marared, war in den Hintergrund getreten. Die Hochzeit lag nun schon fast ein Jahr zurück, und seither war er nur selten nach Prendergast gekommen. In den wenigen Momenten war Elizabeth ihm gegenüber zwar nicht wirklich freundlicher geworden, sie verhielt sich immer noch zurückhaltend, aber sie war seinem Vater eine gute Gesellschaft. Philip de Prendergast schwärmte von seiner Schwiegertochter, von ihrer Herzlichkeit, Güte und Hilfsbereitschaft. Sie hatte sich ihm gegenüber geöffnet, lauschte seinen Geschichten und nähte derweil seine Hemden. Jetzt, da er krank geworden war, kümmerte sie sich sogar persönlich um ihn, anstatt diese Aufgabe den Mägden zu überlassen. Seinem Vater war gelungen, was Maurice nicht vollbracht hatte – einen Platz in ihrem Herzen zu ergattern. Dass Maurice weiterhin auf Missachtung stieß, nahm er nicht mehr so schwer, solange er wusste, dass es seiner Gemahlin nicht zu schlecht ging und dass sein Vater glücklich war. Er rechnete es Elizabeth hoch an, dass sie den Groll auf ihren Ehemann nicht an ihrem Schwiegervater ausließ, und er freute sich, hin und wieder eine sanftere Seite an ihr zu sehen.

»Mylords«, sagte sie leise, schüchtern, und trat näher. Maurice wollte sich erheben, um Elizabeth mit dem schweren Brett mit den Speisen zu helfen, hielt sich aber zurück. Zum einen wegen seines Besuchs, zum anderen, weil Elizabeth es nicht zugelassen hätte. Vor Roger de Clare wollte er in keine eheliche Diskussion verfallen.

»Madame.« De Clare nickte Elizabeth mit einem wohlwollenden Lächeln zu, sein Vetter Roger schwieg, nahm sich lediglich von den Seeforellen, die im Western Cleddau, der Grenze Prendergasts, gefangen wurden. Dabei fiel sein Blick aber noch einmal neugierig auf Elizabeth, und in Maurice kam ein Gefühl auf, das er nie zuvor gespürt hatte. Ein sonderbarer Stolz. Elizabeth war seine Frau, keine herausragende Schönheit, noch nicht, trotzdem aber lieblich anzusehen. Was steckte noch hinter dem so scheuen Mädchen, das von einem Moment zum anderen aus der Haut fahren konnte?

Eine eigentümliche Neugierde machte sich in ihm breit. Er kannte seine Frau kaum. Wusste nichts über ihr Wesen, hatte nie die Gelegenheit gehabt, sie kennenzulernen. Wenn er in Prendergast gewesen war, hatte er es vermieden, im selben Gemach wie sie zu schlafen. Sie war ihm stets blass erschienen, aber ihre unerwartete Freundlichkeit seinem Vater gegenüber, ihr Fleiß im Haushalt und ihre Mühe, ihren Gemahl vor seinen Gästen gut dastehen zu lassen, gaben ihm einen Blick auf eine andere Elizabeth, über die er mehr wissen wollte.

Unvermittelt ergriff er ihren Arm, als sie gerade den Weinkrug abstellte. »Ich danke dir«, sagte er leise und wurde sich erst jetzt, da er diese Worte aussprach, darüber bewusst, dass er damit nicht nur das Mahl meinte, sondern auch ihren Versuch, ihr neues Heim zu akzeptieren.

Deutlich überrascht sah Elizabeth auf ihn hinab. Ihre grünen Augen verengt und wie immer misstrauisch, als suche sie nach einer Erklärung für seine Worte, aber dann nickte sie, sank in einen Knicks, gab den Mägden ein Zeichen und verließ den Raum.

»Eure Frau?«, fragte Roger de Clare zwischen zwei Bissen, die er mit Wein aus dem Frankenreich hinunterspülte.

Maurice' Lächeln wurde noch breiter. »Lady Elizabeth Fitz-Maurice. Eine Geraldine.« Er tauschte einen Blick mit de Clare, der die Veränderung zwischen Maurice und Elizabeth wohl wahrgenommen hatte, denn auch er lächelte. Maurice hatte seine Schwierigkeiten nicht vor seinem Freund verborgen, der sich glücklich schätzte, ein friedliches Leben mit seiner Geliebten zu führen, anstatt zu heiraten. Als Kronvasall musste de Clare aber stets fürchten, dass der König ihm eine Braut auswählte, und so konnte er gut mit Maurice mitfühlen.

»Auf Unterstützung der Geraldines können wir nicht zählen«, sagte Roger und riss damit die Aufmerksamkeit wieder an sich. »Es geht hier genauso um ihr Land, das bedroht wird, aber sie trauen sich nicht, gegen Rhys zu kämpfen! Lieber verlassen sie sich darauf, dass Rhys ihr Verwandter ist und sie in Ruhe lässt. Sie haben Angst, dass wenn sie die Waffen gegen ihn erheben, er zur Abwechslung auch mal in ihr Land einfällt.«

»Ich kenne Rhys zu wenig, um sagen zu können, wie viel er noch auf die Verwandtschaft mit den Geraldines gibt, nachdem zwei von ihnen im Norden gegen Waliser gekämpft haben«, erwiderte Maurice. »Ich persönlich kann es den Geraldines aber nicht verdenken, dass sie sich in diesem Kampf zurückhalten. In der Schlacht gegen die Nordwaliser haben sie große Verluste erlitten – Henry FitzRoy tot und Robert FitzStephen hat sich immer noch nicht richtig von seinen Verletzungen erholt.«

»Wir brauchen die Geraldines ohnehin nicht«, entfuhr es Roger giftig. »Der König hat seinen Onkel, den Earl of Cornwall, beauftragt, das Rhys-Problem ein für alle Mal aus der Welt zu schaffen. Auch mein Freund, der Earl of Gloucester, schließt sich uns an. Nachdem die Waliser aus dem Osten ihn letztes Jahr mitsamt Frau und Sohn aus seiner Burg in Cardiff entführt und erpresst haben, ist er erpicht darauf, auch noch die letzte

Waliserbrut auszulöschen. Na ja, es wird ihm nicht gefallen, an der Seite von Walisern zu kämpfen, aber das wird er tun müssen. Denn die aus dem Norden schließen sich uns an.«

Maurice war nicht überrascht. Der Fürst von Nordwales erhoffte sich wohl Ländereien aus dem Süden und unterstützte deshalb die Normannen. Blieb nur zu hoffen, dass man ihnen trauen konnte. »Ein gewaltiges Heer, das Ihr da zusammenzieht.«

»Es wird noch gewaltiger werden. Mit Euren Männern, Sir Maurice.«

Maurice zog die Brauen zusammen. »Ich kämpfe natürlich für Euch, wenn mein Dienstherr dies wünscht.« Er nickte de Clare zu und wandte sich schließlich wieder an Roger. »Aber über die Männer von Prendergast gebietet mein Vater.«

»Der dem Tod näher ist als dem Leben, heißt es. Ihr seid schon so gut wie Lord von Prendergast, macht Euch nichts vor.«

Mit einem zornigen Brummen sprang Maurice auf, sein Stuhl kippte zurück, und Stille senkte sich über das Gemach. Maurice wollte diesen eingebildeten, unverschämten Schwätzer am Ausschnitt packen, aus dem Gemach zerren und ihn die Treppe hinunterstoßen, sodass er sich das Genick brach. Aber ehe er auch nur einen Finger rühren konnte, stand de Clare neben ihm.

»Wir brauchen Prendergasts Männer, Maurice, bitte sprich mit deinem Vater.«

»Und wer verteidigt Prendergast, wenn Rhys obsiegt?«

»Wie soll der Waliser unserer vereinten Macht etwas entgegensetzen können? Mit Richard und mir haben wir Striguil und Hertfordshire, wir haben Gloucester und Cornwall sowie den Bruder und die Söhne des Fürsten von Nordwales. Gegen *einen* Mann und seine jämmerliche Kriegsbande. Rhys glaubt, die Zeit ist ihm zu Gunsten, dass er unsere Garnison in Carmarthen aushungern kann. Aber während er sie belagert, werden wir unseren eigenen Ring um ihn ziehen, sodass er zwischen dem Fluss, Carmarthen und uns eingesperrt ist. Ihr werdet sehen, Sir Maurice, mit einem einzigen Faustschlag werden wir die walisische Rebellion vernichten, und unsere Ländereien sind wieder sicher.«

Maurice wandte sich an de Clare. »Du willst wirklich kämpfen?«

De Clare nickte, und Maurice wusste, dass es seinem Freund weniger darum ging, seinem Vetter einen Gefallen zu tun und Familienbande zu pflegen. Schließlich waren sich die beiden nie sonderlich zugetan gewesen. Eher konnte Maurice sich vorstellen, dass de Clare sich erneut Henrys Gunst erhoffte, indem er sich an Rhys' Zerschlagung beteiligte.

Das Ende der Freiheit eines Landes, hörte er wie aus dem Nichts Niahs Stimme in seinem Kopf, so klar und deutlich, dass er erneut den Nebel auf seiner Haut spürte, die kühle Oktoberluft am Brunnen und ihre Hände auf den seinigen.

Ein eisiger Schauer schüttelte ihn. Hatte Niah diesen Moment vorhergesehen? Sollte de Clare tatsächlich den Widerstand brechen, ein für alle Mal? *Dieses Land, von dem ich sprach – Richard de Clare wird sein Untergang sein, aber du wirst auf der Seite der Gerechtigkeit stehen.*

Was hatten Niahs Worte bedeutet? Maurice stand auf derselben Seite wie de Clare, nie würde er ihn verraten. Wenn sie gegen die Waliser kämpften, dann gemeinsam.

So drängend wie schon lange nicht mehr sehnte er Niah an seine Seite, um ihm Klarheit zu geben in einem Leben, das immer mehr außer Kontrolle zu geraten schien.

Narberth, Südwestwales, Juli 1159

Maurice kam es so vor, als hätte er diesen Moment schon einmal erlebt. Gemeinsam mit den beiden Rittern seines Vaters und einer Handvoll Männer zu Fuß war er auf der Straße Richtung Prendergast unterwegs und sah schon, wie vor zwei Jahren, die Burg von Narberth über sich thronen. Diesmal aber war es keine spontane Entscheidung, den Weg zu Meilyrs Heim hochzunehmen, denn er hatte Elizabeth zu seinem Freund gebracht, damit sie in Sicherheit war, während er in den Kampf gegen Rhys zog. Auch seinen Vater hatte er mitnehmen wollen, nachdem ein paar von Prendergasts Männern mit nach Carmarthen gegangen waren. Aber Philip de Prendergast hatte darauf bestanden, sein Heim nicht zu verlassen. Blieb nur zu hoffen, dass die Burg weiterhin sicher blieb, jetzt, da sie zu einem Waffenstillstand mit Rhys gezwungen worden waren und der Waliser sich ohne Zweifel als Sieger dieser Auseinandersetzung betrachtete.

Denn Rhys hatte nicht darauf gewartet, bis sich die Schlinge um ihn zuzog. Er hatte mit seiner Kriegsbande Stellung auf einem Hügel nahe Carmarthen bezogen, und es wäre Selbstmord gleichgekommen, ihn in dieser vorteilhaften Lage anzugreifen.

Niahs Prophezeiung hatte sich nicht erfüllt. Dies war nicht das Ende der Waliser, ganz im Gegenteil, die Lage der Normannen und Flamen in Wales wurde immer unsicherer.

Pembrokeshire, das die Waliser Dyfed nannten, war eine Ecke des Landes, die Rhys mit allen Mitteln zurückgewinnen wollte, und Maurice war nicht sicher, ob die eheliche Verbindung der Geraldines und Flamen den walisischen Fürsten von einem Angriff abhielt.

Die Tore waren wie beim letzten Mal geöffnet, Ankömmlinge konnten durch das gerodete Umfeld früh genug ausgemacht werden, um die Dörfler rechtzeitig in Sicherheit zu bringen und die Burg im Notfall zu verriegeln. An diesem Tag drohte Narberth aber keine Gefahr, heute wollte Maurice nur seine Frau nach Hause holen.

»Mylord ist im Stall«, sagte ein Knecht, der ihm das Pferd abnahm und es zum Wassertrog führte.

Maurice bedankte sich, durchschritt den von der Julihitze staubigen Platz und öffnete die Tür des Langhauses an der Palisade des unteren Hofs. Er wollte so schnell wie möglich weiterreisen, um zu sehen, wie es seinem Vater ging, und so ließ er sein Pferd gar nicht absatteln. Im Stall machte er gerade ein paar Schritte ins schummrige Licht, als er auch schon Meilyrs Stimme hörte.

»So wie du dich aufführst, ist das ja auch kein Wunder!«, rief sein Freund so zornig, dass Maurice verwundert stehen blieb.

»Wie *ich* mich aufführe?!«, erwiderte Elizabeth, nicht minder aufgebracht. »Wie sollte ich mich deiner Meinung nach denn verhalten?«

»Deinem Alter und Stand entsprechend, verdammt noch mal!«

»Ist es wirklich das, was du willst?«

Die Umrisse der beiden zeichneten sich am Ende des Stallgangs ab, sie standen sich fast auf Augenhöhe gegenüber, Elizabeth wieder einmal wild gestikulierend, Meilyr angespannt wie eine Katze vor dem Sprung.

»Denke gut nach, Meilyr«, sagte Elizabeth, etwas ruhiger diesmal, aber deutlich gepresst vor unterdrückter Wut. »Vergiss nicht, dass ich dich kenne, dass ich sehe, wenn du etwas nicht so meinst. In Wirklichkeit willst du doch gar nicht, dass ich …«

Maurice räusperte sich, es war nicht sein Platz, hier unbemerkt zu stehen und seine Gemahlin zu belauschen. Sie würde es ihm bestimmt nicht danken, und so hob er die Hand zum Gruß und trat näher.

Die beiden fuhren zu ihm herum, wie vom Donner gerührt, und zum ersten Mal sah Maurice Elizabeth erröten, so tief, dass es selbst im Zwielicht zu erkennen war. Was für ein Gedanke, dass er in der Lage sein sollte, etwas Farbe ins Gesicht seiner Frau zu bringen. Jetzt war er doch neugierig, worüber sie mit ihrem Vetter gesprochen hatte.

»Maurice, verdammt, du bist zurück!« Meilyr kam auf ihn zu, ließ die erstarrte Elizabeth neben sich stehen. »Mann, was ist denn passiert, habt ihr ihn geschlagen?«

Maurice schüttelte den Kopf und betrachtete Elizabeth. Was war nun schon wieder mit ihr los? Aber sie richtete konzentriert ihren Schleier und schien damit beschäftigt, ihn möglichst nicht anzusehen. Es hatte sich also nichts geändert. »Es gab keinen Kampf. Rhys hat uns alle an der Nase herumgeführt.« Er erzählte von Rhys' Rückzug auf den Hügel und dem notwendigen Waffenstillstand, ohne ausschweifend zu werden, um Elizabeth nicht zu langweilen. Auch ging er nicht darauf ein, welche Folgen die letzten Tage für die Normannen und Flamen in dieser Gegend haben mochten. Das Letzte, was er wollte, war, Elizabeth zu ängstigen, nachdem sie schon als kleines Kind einen Überfall der Waliser auf Llansteffan hatte überstehen müssen. Sie sollte sich in Prendergast sicher fühlen, wissen, dass ihr dort nie etwas geschehen konnte. Meilyr verstand auch ohne Worte, dass ihre Position in Wales gefährdet war.

»Madame, wenn es Euch nichts ausmacht, würde ich gerne sofort aufbrechen, um nach meinem Vater zu sehen«, wandte er sich an Elizabeth und war etwas erstaunt, da sie aufblickte und ihn direkt ansah. Nicht feindselig oder ängstlich, sondern fast schon freundlich.

»Mylord of Striguil hat mir gestattet hierzubleiben, bis mein Vater genesen ist«, fuhr er fort. »Wenn Ihr also gerne noch bleiben wollt und Meilyr einverstanden ist, könntet Ihr nachkommen, ich schicke Euch eine Eskorte und …«

Elizabeth schüttelte den Kopf. »Das ist nicht nötig, Mylord, ich komme gleich mit.« Sie warf ihrem Vetter einen glutäugigen Blick zu, ihre Miene verwandelte sich in jene Maske, die ansonsten Maurice entgegenblickte. »Hier möchte ich keinen Tag länger bleiben.« Mit diesen Worten drängte sie sich an Meilyr und ihm vorbei und stürmte aus dem Stall.

Maurice sah ihr verdutzt hinterher, aber als Meilyr ihr folgen wollte, ergriff er seinen Arm. »Was ist passiert?«

Meilyr schnaubte, winkte mit einer fahrigen Geste ab. »Ach, du kennst sie doch. Alles ist immer schrecklich dramatisch. Gut, dass du wieder da bist, Mann. Vermutlich hat sie dich nur vermisst.«

Ein ehrliches Lachen entfuhr ihm, so etwas Absurdes aus Meilyrs Mund hatte er schon lange nicht mehr gehört. »Den Tag möchte ich erleben.«

In Prendergast eilte Elizabeth sofort hoch ins Gemach seines Vaters, um nach ihm zu sehen. Eine Sorge, die nicht gespielt war, das sah er ihr an. Auch hatte sie sich auf dem Weg hierher ungewohnt offen verhalten. Sie hatte sich nach seinem Wohlergehen erkundigt, ob und wann er geschlafen hatte, ob er verletzt wäre. Maurice hatte für jede Antwort viel zu lange gebraucht, denn er hatte sich ein ums andere Mal gefragt, ob er sich verhörte. Wie ein dummer Junge und kein achtundzwanzigjähriger Mann hatte er sie von der Seite betrachtet, sich fragend, was in sie gefahren war. Ob sie sich tatsächlich mit ihrem Los arrangiert hatte? Oder war Meilyr am Ende richtiggelegen? Hatte sie ihn gar vermisst? Oder sich wenigstens ein wenig Sorgen um ihn gemacht?

Der Gedanke war nach all der Kälte, die er von Elizabeth erfahren hatte, zu wahnwitzig, um ihn weiter zuzulassen.

Auch Maurice ging zu seinem Vater, der bereits auf dem Weg der Besserung, aber deutlich abgemagert war, danach zog er sich in sein Gemach zurück, um sich den Straßenschmutz abzuwaschen.

Er streifte sich gerade das Unterhemd über den Kopf, als sich die Tür öffnete und Elizabeth mit einer dampfenden Schale hereinkam. »Mylord, ich bringe Euch ...« Sie blieb stehen, wie erstarrt, blickte auf seinen nackten Oberkörper und dann hoch in sein Gesicht. »Wasser.«

Maurice lächelte, er hätte nicht gedacht, seine Frau gleich zweimal an einem Tag erröten zu sehen, aber etwas schien tatsächlich anders zu sein, seit er von Carmarthen zurückgekommen war.

»Ich danke Euch.« Er streckte die Hände aus, ging auf sie zu, um ihr das Wasser abzunehmen, aber kaum hatte er einen Schritt gemacht, schoss sie nach vorn, stürmte an ihm vorbei und stellte die Schale auf dem Tisch ab. »Etwas zu essen ist bald bereit, Mylord.« Sie warf ihm aus den Augenwinkeln einen Blick zu, sah die Brandnarben an seiner Seite an, und vermutlich entdeckte sie noch mehr alte Verletzungen aus dem Krieg, angefangen bei seiner Pfeilwunde, die er mit vierzehn davongetragen hatte und die sich auf seinem Oberarm zeigte.

Einen Moment lang überkam ihn der Wunsch, nach seinem Hemd zu greifen und es wieder anzuziehen. Er wollte nicht schon wieder Abscheu in ihren Augen sehen, wenn sie seine entstellte Haut erblickte, schon gar nicht an einem Tag, an dem sie ihn wie einen Menschen behandelte, fast schon wie ihren Ehemann. Aber zu seiner Überraschung wich sie nicht angewidert zurück. Sie tunkte ein Stück Leinen ins Wasser, presste es aus und drehte sich damit in der Hand zu ihm um. »Ich hoffe, es ist nicht zu heiß.« Sie machte einen Schritt auf ihn zu, legte ihm den nassen Lappen auf die Brust, wischte vorsichtig über seine Haut, und Maurice fuhr ob der unerwarteten Berührung zurück. Sie hätte ihm eine Ohrfeige geben können, es hätte ihn weniger überrascht.

»Ist es doch zu heiß? Oder tut Euch etwas weh, vielleicht habt Ihr Euch verletzt, ohne …«

Maurice hob die Hand. »Was soll das?«

Ihre grünen Augen verengten sich. »Was meint Ihr …?«

»Was tut Ihr da?«

»Ich wasche Euch.«

Ein Laut, halb Lachen halb Verwunderung, entfuhr ihm. »Ich kann mich selbst waschen.«

Altbekannter Zorn funkelte in ihrem Blick auf. »Aber ich bin Eure Gemahlin, und wenn Ihr aus dem Krieg zurückkommt, ist es doch das Wenigste, das ich tun kann, Euch …«

»… zu waschen?« Er wusste nicht, ob er erneut lachen oder sie für verrückt erklären sollte. Die alte Elizabeth hätte sich freiwillig nicht einmal in einem Raum mit ihm aufgehalten, geschweige denn ihn angefasst.

»Wenn Ihr Euch nicht von mir berühren lassen wollt …«, zischte sie mit vorgerecktem Kinn, »dann sagt es nur, und ich gehe.« Sie stemmte die freie Hand in die Seite, sah ihn herausfordernd an, und Maurice entspannte sich.

Mit einem nur schwer zurückgehaltenen Grinsen breitete er die Arme aus. »Ich bin ganz der Eure, Madame.«

Elizabeth funkelte ihn an, wandte sich ab und tauchte das Leinen erneut ein. Als sie ihn diesmal berührte, fuhr er nicht zurück, er lachte nur leise, was ihre Miene nur noch finsterer machte. »Euer Vater kichert nicht wie ein kleiner Junge, wenn ich ihm beim Waschen helfe«, fauchte sie und strich mit dem Tuch hoch zu seiner Schulter.

»Mein Vater ist auch krank und auf Hilfe angewiesen. Ich hingegen …«

»Ihr hingegen seid zu schüchtern.« Sie nahm die Hand herunter, legte den Kopf in den Nacken und sah ihm angriffslustig in die Augen. »Oder einfach nur zu stur.«

Verflucht, was war in sie gefahren? Wenn sie ihn so ansah, mit großen grünen Augen, ohne Verachtung im Blick, konnte er nicht leugnen, dass sich seine lange Abstinenz bemerkbar machte. Er begehrte doch tatsächlich seine Frau!

Ungläubig blickte er auf sie hinab, wusste nicht, wie lange sie einfach nur so dastanden, als sie sich plötzlich regte. Erneut benässte sie das Leinen, sah nicht mehr zu ihm hoch und legte es diesmal auf seinen Bauch. Seine Muskeln zogen sich unter ihrer Berührung zusammen, ihm entkam kein Lachen mehr, ganz im Gegenteil. Die Augenbrauen zusammengezogen beobachtete er, wie sie zart und langsam über seine Haut strich, die Lippen leicht geöffnet und sich ganz auf ihr Tun konzentrierend. Fast wäre ihm ein Stöhnen entwischt.

»Habt Ihr bei Eurem Vetter eine schöne Zeit verbracht?«, fragte er heiser, um diesen unheimlichen Moment zu unterbrechen.

Ihre Finger krampften sich um das Tuch, sie blickte nicht auf, strich an seine Seite, wo das Feuer tiefe Furchen und Wölbungen hinterlassen hatte. »Ich bin froh, wieder hier zu sein.«

Er legte seine Hand auf ihre, brachte sie zum Stoppen, erwartend, dass sie sich abwandte. Aber Elizabeth sah zu ihm hoch, ließ ihre Hand unter seiner liegen, warm und Hoffnung spendend.

»Ich möchte, dass Ihr Euch hier zu Hause fühlt«, sagte er und streichelte mit dem Daumen über ihren Handrücken. »Mir ist bewusst, der Beginn unserer Ehe war etwas unglücklich, aber ich hoffe, Ihr hattet Gelegenheit zu erkennen, dass ich Euch nichts Böses will.«

Sie presste die Lippen aufeinander, nickte. »Das weiß ich.«

Er wollte noch etwas sagen, ihr mitteilen, wie viel es ihm bedeutete, dass sie willens war, dieser Ehe eine Chance zu geben. Aber ehe er die richtigen Worte fand, führte sie unvermittelt ihre Hand mit dem Lappen tiefer und berührte den Saum seiner Bruche.

Maurice erstarrte und sah sie mit überraschtem, aber nicht weniger loderndem Blick an. Sie erwiderte ihn ungerührt, während sie das Leinen fallen ließ und, ohne ihre Augen von den seinigen abzuwenden, den Gürtel der Bruche löste.

Sein Körper erwachte zu neuem Leben, erinnerte sich daran, wie lange es her war, dass eine Frau ihn berührt hatte. Mit einem Keuchen packte er ihr Handgelenk; er wollte sie daran hindern weiterzugehen, da er ihr misstraute, nicht verstand, was sie zu diesem Verhalten brachte. Herrgott, begriff sie überhaupt, mit wem sie sich im Raum befand? Aber er trat nicht zurück, ließ ihr Handgelenk nicht los, seine Finger schlossen sich fest darum, und sein Blick verankerte sich mit ihrem.

»Elizabeth …« Ihr Name entfuhr ihm mit kaum mehr als einem Stöhnen, das in seiner Brust nachvibrierte, als sie ihre Fingernägel in seine Haut bohrte.

»Ich *will* Eure Ehefrau sein. Ich *will* hier ankommen. Ich *will* Euer Kind in mir tragen.«

Maurice stieß den angehaltenen Atem aus und zog sie an sich. Ungestüm küsste er sie, obwohl er sich immer vorgenommen hatte, besonders sanft und vorsichtig zu sein, sollte sie ihm jemals erlauben, sich ihr zu nähern. Er bemerkte kaum, dass sie durch seinen Vorstoß zurücktaumelte, erst als sie gegen die Wand stieß und er sie dagegendrückte, bekam er eine Ahnung, dass sie sich bewegt hatten. Elizabeth küsste ihn zurück, nicht zaghaft und jungfräulich, sondern als wollte sie es genauso wie er. Ihr Unterleib presste sich an seinen, was ihn fast den Verstand verlieren ließ.

Mit einem Keuchen fuhr er zurück, das alles hier war verrückt, aber er hatte nicht vor, ihr Verhalten weiter verstehen zu wollen.

Ohne ihn aus den Augen zu lassen, löste sie mit geschickten Bewegungen die seitliche Verschnürung ihres Bliauts. Nur noch im knöchellangen Unterhemd stand sie vor ihm, wartend, die Verführung in Person.

»Ich will Eure Ehefrau sein.« Ihre Worte wurden zu einem heiseren Flüstern, ihre Hände zitterten, als sie die Fäden am Halsausschnitt ihres Hemds öffnete und den Ansatz fülliger Brüste offenbarte. Nicht nur ihr Verhalten hatte das Kind abgelegt, auch ihr Körper war eindeutig der einer Frau; ihre rundliche Figur wirkte nicht länger mädchenhaft, sondern aufreizend.

Maurice konnte ihr Zittern gut verstehen, ihm schien sogar das Blut in den Adern zu vibrieren. Sein Körper handelte ganz von selbst; langsam ging er auf sie zu, jeder Muskel in seinem Versuch sich zu beherrschen angespannt. Er beobachtete, wie sie auf sein Näherkommen reagierte, bereit, sich wieder zurückzuziehen, aber sie sah ihm nur voller Erwartung entgegen.

Seine Hand hob sich langsam, sein Blick haftete weiterhin auf ihrem Gesicht. Ein Gesicht das ihm mit jedem Moment, der verstrich, schöner erschien. Das Funkeln im Grün, die rosigen Wangen, ihre so bezaubernd geschwungenen Lippen, wenn sie nicht wütend verzogen waren.

Seine Fingerspitzen streiften ihren Hals. Es war nur eine kleine Berührung, aber ihm entwich die angehaltene Luft, und auch Elizabeth stieß ein leises Keuchen aus. Vorsichtig löste er ihren Schleier, befreite ihr haselnussfarbenes Haar, ließ seine Finger hindurchgleiten.

Sein Blick fiel zurück auf ihre geschwollenen Lippen, die leichte Rötung ihrer Haut von seinem Bart. Er wollte, dass sie Freude daran hatte, er wollte ihr zeigen, wie es sein konnte, dass es nicht nur die Verbindung zweier Körper sein musste, nichts, das sie nur duldete, sondern genoss. Er wollte sie ganz, ihren weichen Körper, der sich an seinen schmiegte, anstatt Distanziertheit und Misstrauen.

»Wenn ich etwas tue, das Ihr nicht möchtet, sagt es. Wenn Ihr aufhören wollt, genügt ein Wort.«

»Ich möchte nicht, dass Ihr aufhört, Mylord.«

»Wenn ich noch ein Mylord von dir höre, Elizabeth, vergesse ich mich. Ich bin ja noch nicht einmal ein Lord, also nenn mich bitte endlich Maurice.«

»Ich möchte nicht, dass du aufhörst, Maurice.«

Er schloss die Augen, im Versuch, an seinem Verstand festzuhalten, aber er konnte nicht leugnen, dass diese neue Seite an ihr ihm den Kopf verdrehte.

Prendergast, Südwestwales, Februar 1160

»Mylord?«

Maurice zuckte bei der Anrede zusammen, sie klang immer noch falsch. Jetzt wusste er, wie Meilyr sich einst gefühlt hatte, als er der heimischen Burg hatte entfliehen wollen, um dem ständigen Mylord hier, Mylord da zu entgehen.

»Mylord, es ist Eure Gemahlin, sie …«

Maurice fuhr zu dem jungen Pagen in der Tür seines neuen Privatgemachs herum. Ein Gemach, das bis vor Kurzem sein Vater bewohnt hatte, das jetzt aber ihm gehörte, genauso wie alles hier. »Was ist mit Lady Elizabeth?«

Der Junge schob unruhig die Füße vor und zurück. »Mylord, ich glaube, Ihr solltet zu ihr gehen.«

»Ist etwas mit dem Kind? Geht es ihr gut?«

Der Junge wies mit kläglichem Ausdruck hinter sich. »Es ist nicht das Kind, Mylord. Lady Elizabeth ist auf dem Friedhof. Schon wieder.«

Maurice schloss die Augen, seufzte. »Danke. Ich gehe sofort zu ihr.« Er hätte es wissen müssen, sie war schon viel zu lange fort, hatte nur ein paar Blumen ans Grab tragen wollen.

Er war nicht überrascht, sie an der letzten Ruhestätte seines Vaters zu finden, gleich hinter der Pfarrkirche, auf Knien und weinend. Sie hörte seine Schritte, blickte auf und wischte sich schnell die Tränen ab, richtete ihren Schleier.

»Es sieht nach Regen aus, Elizabeth. Willst du nicht lieber reingehen?«

Elizabeth blickte hoch in die grauen Wolken, stumm und als könnte sie nicht verstehen, was sich über ihr zusammenbraute. Aber dann nickte sie, stand auf und klopfte ihren Bliaut ab. Zu sehen, wie hart der Tod seines Vaters sie traf, war fast schwerer als sein eigener Verlust, seine Schuldgefühle. Er war so gut wie nie hier gewesen, auch nicht in den letzten Momenten, als dieselbe Krankheit wie letztes Jahr seinen Vater überfallen hatte. Nur diesmal war der alte Körper zu schwach gewesen, um sie zu überstehen. Elizabeth war bei ihm gewesen, jeden Tag, bis zuletzt. Er war ihr einziger Vertrauter in diesem fremden Heim gewesen, und jetzt war er fort.

Maurice nahm seinen Umhang ab, legte ihn ihr um die bebenden Schultern. »Komm mit, du solltest etwas Warmes essen und dich dann hinlegen.« Zärtlich strich er ihr eine Strähne zurück unter den Schleier, hielt sich davon ab, seine Lippen auf ihre Schläfe zu pressen. Er wollte sie trösten, aber seine ständige Abwesenheit hatte die Distanz zwischen ihnen wieder aufgebaut. Sie hegten keinen Groll mehr aufeinander, respektierten sich und das Band der Ehe, aber für wahre Nähe waren sie einander immer noch zu fremd.

»Ist der Earl of Striguil noch da?« Sie folgte ihm Richtung Dorf, ihr Blick auf die Burg gerichtet, die auf einem steilen Hügel thronte.

»Er reist morgen Früh ab.«

Sie sah zu ihm auf. »Aber du gehst nicht mit ihm.« Das war keine Frage, sondern eine Feststellung. Ihr war nicht anzumerken, wie sie darüber dachte. War sie erleichtert, ihren Gemahl an ihrer Seite zu wissen, oder wollte sie, dass er wieder wegging? Im letzten halben Jahr war sie stets freundlich zu ihm gewesen. Wenn er es nach Prendergast geschafft hatte, was nicht oft der Fall gewesen war, hatte sie bei ihm gelegen. Sie war jedoch nie wieder eine so leidenschaftliche Liebhaberin gewesen wie an jenem Tag. Manchmal kam es ihm sogar so vor, als schämte sie sich für einst. Aber sooft er auch versucht hatte, sie wieder auf diese Weise zu berühren, sie an damals zu erinnern, hatte sie ihn fortgestoßen. Es war eher so gewesen, als sähe sie die Zusammenkünfte als Weg zu einem Kind, und sie war meist von sich aus zu ihm gekommen. Vielleicht würde sich das jetzt ändern, da er Lord von Prendergast war und aus de Clares Dienst schied. Vielleicht würde auch das gemeinsame Kind sie einander näherbringen. Die Nachricht ihrer Schwangerschaft hatte ihn während Verhandlungen mit walisischen Landhaltern in der Nachbarschaft von Striguil erreicht. Nur eine Woche später war dann die Kunde von Philip de Prendergasts Tod bei ihm eingetroffen. Es war so schnell gegangen, dass er es nicht einmal ans Sterbebett seines Vaters geschafft hatte, und mehr als jemals zuvor hatte er die ständige Bedrohung durch die Waliser verflucht. De Clare war mit ihm nach Pembrokeshire zurückgekehrt, wissend, dass er ohne Maurice fortreiten würde. Maurice war jetzt, mit neunundzwanzig Jahren, ein Lord, sein eigener Herr und bald auch Vater.

Sein Blick fiel auf Elizabeths Bauch, der noch keine Wölbung zeigte. Gerade jetzt, da er selbst einen Sohn oder eine Tochter erwartete, wünschte er sich seinen Vater umso mehr zurück. Philip de Prendergast hatte sich auf seinen Enkel gefreut, das wusste Maurice, und auch Elizabeth hatte erzählt, wie aufgeregt er über die Nachricht gewesen war. Maurice' Herz wurde jedes Mal schwer, wenn er daran dachte, dass sein Vater sein Enkelkind niemals in den Händen halten würde. Umso bestrebter war er, seine Familie zusammenzuhalten, Elizabeths Vertrauen und vielleicht sogar Liebe zu gewinnen, für seine Kinder da zu sein und sie vor den Gefahren außerhalb dieser Mauern zu schützen. Denn die Waliser wurden des Kämpfens nie müde.

 Prendergast, Südwestwales,
Frühling 1167

Ich will dieses hier!« Philip kletterte auf den Weidezaun und deutete aufgeregt zu einem einjährigen Schimmel, dessen Fell im Moment noch fleckig und dunkel war. Bockend raste der Hengst mit den anderen Jünglingen über die Weide, schnappte nach ihnen, trat in lustigem Winkel aus und hopste weiter, allen zeigend, wer hier das Sagen hatte.

»Nein, das habe ich mir schon ausgesucht! Vater, sag ihm, dass das mein Pferd ist!«

Maurice legte seinen beiden Söhnen die Hände auf die Schultern und warf dem Constable des Gestüts einen amüsierten Blick zu.

»Das ist Charlemagne«, erklärte dieser, sichtlich zufrieden mit der Wahl seiner Kinder. Er ahnte wohl nicht, dass Maurice sich ein Pferd wie dieses niemals leisten könnte. »Er wird einmal weiß wie Schnee, so wie sein Vater. Im Moment ist er noch ein wenig wild, aber das legt sich, wenn wir die Ausbildung beginnen.«

»Er wird nicht kastriert?« Maurice ließ seinen Blick über das Tier wandern, bewundernd und ein wenig sehnsüchtig, da er es tatsächlich gerne besessen hätte. Weiße Pferde waren besonders wertvoll, sie wurden von Königen und hohen Adligen geritten. Ihre Farbe spielte beim Preis eine entscheidende Rolle.

»Nein, der hier bleibt ein Hengst.«

Maurice nickte, er wusste, dass Schlachtrösser anders als simple Reitpferde oft nicht kastriert wurden, um den Kampfgeist zu bewahren und ihr Temperament zu erhalten. »Wie lange, bis er ausgebildet ist?«

Der Constable zuckte mit den Schultern, warf ihm ein Grinsen zu. »Wann soll er denn fertig sein?«

Maurice verkniff sich ein Seufzen. Prendergast verdiente gut am Tuchhandel, ihm unterstanden ausgezeichnete Weber aus Flandern, aber die Erhaltung der Burg, die Verstärkung der Mauern und die ständigen Kämpfe gegen die Waliser kosteten nicht wenig. Sein Sohn musste sich mit einem anderen Pferd zufriedengeben.

»Können wir ihn gleich mitnehmen, Vater?« Philip sprang vom Zaun, zog an seinem Bliaut und hüpfte aufgeregt auf und ab.

Es tat Maurice weh und beschämte ihn, nicht hier und jetzt Ja sagen zu können. Mit seinen sieben Jahren sah Philip zu ihm auf wie zu einem Helden, auch der fünfjährige Gerald verehrte seinen Vater. Maurice genoss die Zuneigung seiner Söhne, verbrachte jeden freien Moment mit ihnen. Er wollte ihnen alles geben, aber die Plünderungen der Waliser hatten ihm enorme Verluste beschert.

Maurice sprach seine Sorgen gegenüber seiner Familie nicht aus, aber die Lage der Normannen und Flamen wurde zusehends unangenehmer in Südwales. Die Waliser gewannen an Macht, jedes Jahr ein wenig mehr. Vor zwei Jahren hatten sich die ständig verfeindeten Fürstentümer zusammengeschlossen, ein Friede unter den einheimischen Briten, wie es ihn nie zuvor gegeben hatte. Mit vereinter Kraft hatten sie das Heer König Henrys besiegt, und seither waren sie kaum aufzuhalten.

»Welches Pferd gefällt dir?«, wandte er sich an den fast dreizehnjährigen Richard, de Clares und Elens Sohn, der ihm als Page diente und sich im Hintergrund hielt.

Richards blasse Wangen färbten sich rot, wie meist, wenn er sich der Aufmerksamkeit seines Herrn gewahr wurde. »Charlemagne ist sehr schön, Mylord. Aber der hier, der Braune, der ist besser gewachsen, er hat gute Gänge, seht nur. Charlemagnes Hinterhand hingegen ist überbaut.«

»Das wächst sich aus!«, protestierte der Constable. »So gut wie jedes Pferd ist als Jährling überbaut!«

Maurice ignorierte ihn und nickte dem jungen Richard zu. Er wusste selbst, dass Pferde ungleichmäßig wuchsen, dass meist zuerst die Hinterhand anschob und sie dadurch eine Weile ungleichmäßig aussahen, aber ihm kamen Richards Worte nur gelegen. Seine Kinder kannten sich mit dem Körperbau von Pferden wenig aus.

Unwillkürlich fragte Maurice sich, ob Richard ihm hatte aus der Klemme helfen wollen. Er war ein stiller, aufmerksamer Junge, ein wenig wie de Clare einst, auch wenn er mit seinem schwarzen Haar äußerlich nicht viel mit seinem Vater gemein hatte. Aber Richard nahm auf dieselbe sensible Art Geschehnisse um sich herum wahr. Er kannte die Gefahr, in der sie alle schwebten, er wusste, dass Maurice kein Vermögen für ein Pferd ausgeben konnte.

»Sehen wir uns den Braunen etwas genauer an.«

Philip warf Richard einen zornigen Blick zu. Ein Blick, der Maurice Sorge bereitete, denn er erinnerte ihn zu sehr an Griffin. Philip hatte die hellen Geraldine-Augen geerbt, obwohl seine Mutter grüne und Maurice blaue Augen hatte. Manchmal hatten Philip und Griffin eine erschreckende Ähnlichkeit. Vor Kurzem hatte Maurice mitangehört, wie sein Sohn Richard einen Bastard nannte. Es graute ihm davor, dass sein eigen Fleisch und Blut auf Schwächere losging, über andere, die nicht das Glück hatten, in die richtige Familie hineingeboren worden zu sein, spottete, anstatt ihnen die Hand zu reichen.

Die Kriege hatten Maurice oft fortgeführt, während Richard als Page in Prendergast zurückgeblieben war, um genauso wie er einst höfisches Gehabe zu erlernen. Maurice wusste nicht, was in dieser Zeit zwischen den Kindern vor sich ging. Einst war er euphorisch darüber gewesen, seine Kinder mit de Clares Sohn aufwachsen zu sehen, sicher, dass sie so gute Freunde werden würden wie ihre Väter. Doch Philip und Richard schienen sich nicht ausstehen zu können. Vielleicht war der Altersunterschied auch einfach zu groß.

Der finanzielle Aspekt hatte sich ebenfalls nicht bezahlt gemacht, indem Maurice den Sohn des Earl of Striguil ausbildete. De Clares Zahlungen kamen unregelmäßig, und meist vergaß er es ganz. Maurice schwieg dazu. Er wusste, dass sein Freund über beide Ohren in Schulden steckte.

»Was ist mit mir, Vater?« Gerald verschränkte die Arme vor der Brust und schob seine Unterlippe vor. »Ich will auch ein Pferd.«

»Wenn du so alt bist wie dein Bruder, mein Sohn. Philip bekommt es ja auch nicht gleich, es muss erst ausgebildet werden.«

»Du könntest ein Tier wie Charlemagne gar nicht reiten«, warf Philip ein und stieß seinen Bruder zur Seite. »Du fällst ja schon von den Ponys herunter.«

»Das ist nicht wahr!«

»Schon wahr!«

»Nicht wahr!«

Maurice wandte sich an den Constable. »Wisst Ihr was? Wir sollten ein anderes Mal nach einem Pferd für meinen Sohn sehen. Er scheint mir noch nicht reif genug dafür.«

»Vater!«

»Wir sollten uns ohnehin zuerst um ein Pferd für Richard kümmern«, fuhr er fort, ohne seinen Sohn zu beachten. »Richard, du bist bald vierzehn und dann ein Knappe. Du brauchst ein Reittier.«

Die Röte erreichte die Ohren des Jungen. »Mein Vater ...«, begann er, aber Maurice wusste genauso gut wie er, dass de Clare sich kein Pferd für seinen Sohn leisten konnte. Seine zahlreichen Ländereien brachten ihm bestimmt mehr ein, als Maurice an Prendergast verdiente, aber de Clare hielt immer noch einen Haushalt, als wäre er Earl of Pembroke, er ertrank in den Zinsen von Kriegsschulden, die seines Vaters und seine eigenen, und er schickte seinem König wertvolle Geschenke, in der Hoffnung, seine Gunst zu gewinnen, was nach wie vor nicht geschehen war.

»Wieso soll Richard ein Pferd bekommen?«, brauste plötzlich Philip auf. »Er ist nicht dein Sohn, Vater, er ist nur ein Bastard und ...«

Maurice fuhr zu seinem Sohn herum, der ob des Zorns in seinem Blick zum Zaun zurückwich.

»So etwas will ich nie wieder hören, hast du mich verstanden, Philip? Richard ist der Sohn des Earl of Striguil, des mächtigsten ...«

»Mutter sagt, der Earl ist gar nicht mehr mächtig. Sie sagt, er ist ruiniert, weil der König ihn nicht leiden kann und ihm niemals seine Ländereien zurückgibt.«

»Das hat dich nicht zu interessieren. Richard ist der Sohn eines großen Mannes, der Sohn meines Freundes und bald ein Knappe, und du wirst ihn mit dem gebührenden Respekt behandeln und so, wie du selbst behandelt werden willst. Haben wir uns verstanden?«

Philip sah ihn mit Tränen in den Augen an, blickte aber nicht zu Boden. »Er ist nicht dein Sohn«, flüsterte er, wandte sich ab und rannte zurück Richtung Burg.

Maurice seufzte und gab seinem Ritter Robert Smith ein Zeichen, Philip zu folgen. Robert war ein ältlicher Mann, der bereits seinem Vater treu gedient hatte und Maurice seit dem Tod des einstigen Burgherrn beratend zur Seite stand.

Der Ritter nickte, schwang sich auf sein Pferd und ritt zurück Richtung Burg. Sie waren immer noch auf Prendergast-Land, aber in Anbetracht der walisischen Banden, die ihr Unwesen trieben, wollte Maurice seinen Sohn keinen Schritt allein gehen lassen.

»Vater?« Gerald zog ihn am Bliaut. »Hast du Richard lieber als uns?«

Bestürzt sah Maurice auf seinen Jüngsten hinab, warf Richard einen entschuldigenden Blick zu und ging dann vor seinem Sohn auf ein Knie nieder. »Natürlich nicht, mein Junge, ihr seid meine Söhne, und ich liebe euch. Aber auch Richard liebe ich, er ist der Sohn meines engsten Freundes, so muss ich ihn lieben, wie ich seinen Vater liebe, verstehst du das? Richard ist fremd hier, es ist eure Aufgabe, ihm das Gefühl zu geben, hier zu Hause zu sein.«

Gerald nickte ernst und sah an Maurice vorbei zu Richard, ein zaghaftes Lächeln im Gesicht.

Maurice schloss erleichtert die Augen. Gerald war sehr viel einfacher und gutmütiger als sein großer Bruder, und vielleicht würde wenigstens er die Tugenden der Ritterlichkeit als seine eigenen verinnerlichen.

Maurice verstand, dass die beiden eifersüchtig waren, Richard war mit sieben Jahren nach Prendergast gekommen, da war Philip noch ein Säugling gewesen und Gerald noch nicht einmal auf der Welt. Für Maurice war Richard schon immer wie einer seiner eigenen Söhne gewesen, was besonders Philip störte. Aber was sollte er tun? Er konnte nicht tatenlos daneben stehen, wenn Philip seinen Mitmenschen mit Grausamkeit begegnete, er würde Richard nicht ausschließen, nur weil er nicht von seinem Blut war. De Clare hatte ihm seinen Sohn anvertraut, mit den Worten: »Nur bei einem wahren Ritter kann er lernen, ein Ritter zu werden.«

»Mylord de Prendergast?«

Maurice blickte auf, er war so in seinen düsteren Gedanken versunken gewesen, dass er den Neuankömmling gar nicht bemerkt hatte. Vor ihm schwang sich ein junger Mann aus dem

Sattel, er war ungefähr achtzehn Jahre alt, mit braunem, kurzgeschnittenem Haar und kräftiger Statur.

»Milo de Cogan, nicht wahr?« Maurice erhob sich. Er erkannte den Neuankömmling als de Clares Knappen, und er ahnte Böses. Was wollte de Clare so Wichtiges von ihm, dass er seinen Knappen den ganzen Weg quer durch Wales schickte?

»Mylord, mein Herr schickt mich in einer dringlichen Angelegenheit. Er bittet Euch zu einem Besuch nach Striguil.«

»Was ist passiert?«

»Mylord of Striguil ersucht Euch, ihn nach Bristol zu begleiten. Und ...« Er sah sich um, warf dem Constable, Gerald und Richard einen Blick zu, bevor er etwas näher trat und die Stimme senkte. »Und er bittet Euch ... etwas Geld mitzubringen.«

Maurice atmete tief aus und strich sich mit der Hand über die Augen. Er hatte es geahnt. Dies war nicht das erste Mal, dass Maurice seinem Freund aushalf, aber er wusste, wie unangenehm de Clare solch eine Bitte war und wie ernst es sein musste, wenn er dafür extra einen Mann zu ihm schickte. »Wie viel?«

De Cogan hob die Schultern. »Das hat er nicht gesagt.«

Das bedeutete, dass es sich um eine solch hohe Summe handelte, dass de Clare sie gar nicht auszusprechen wagte. Vermutlich wäre Maurice' Hilfe nur ein Tropfen auf dem heißen Stein, denn er konnte nicht viel entbehren. Aber er musste de Clare unterstützen, wenn er bereits so verzweifelt war, ihn zu sich zu rufen.

»Ich breche so schnell wie möglich auf.«

Milo de Cogan nickte erleichtert und begleitete ihn zurück zur Burg. Der Pferdekauf musste warten.

Im Hof kam ihnen bereits Elizabeth entgegen, ihre Miene sturmumwölkt. Vermutlich hatte Philip von ihrer Auseinandersetzung erzählt, denn bei seiner Mutter stieß er stets auf offene Ohren. Elizabeth hatte sich nicht nur einmal darüber beschwert, dass Richard ihrer Ansicht nach eine besondere Stellung genoss. Sie war allerdings auch blind dafür, dass Philip ein kleines Scheusal sein konnte. Manchmal ertappte sich Maurice auch bei dem Gedanken, dass Elizabeth wahrscheinlich nicht wenig zum Wesen seines Sohnes beigetragen hatte. Richard wie einen seiner Söhne zu behandeln empfand Maurice jedenfalls nicht als Bevorzugung, sondern als Gerechtigkeit.

»Mylord, Ihr habt Besuch mitgebracht?« Elizabeths Blick fiel auf Milo de Cogan, der nicht nur de Clares Knappe war, sondern auch ihr Vetter, ein Mitglied der Geraldine-Familie; er war der Sohn aus zweiter Ehe ihrer Tante Angharad, und so setzte sie ein Lächeln auf und nickte ihrem jungen Vetter zu.

Maurice musste ihr zugutehalten, dass sie sich vor Fremden und auch vor dem eigenen Haushalt ihm gegenüber immer respektvoll verhielt. Sie unternahm nie einen Versuch, seine Autorität zu untergraben, egal, wie es in ihr aussehen mochte. Sie lebten friedlich nebeneinander, aber nicht miteinander. Es fiel Elizabeth schwer, auch jetzt mit zweiundzwanzig Jahren, Zuneigung zu zeigen, sogar ihren Söhnen gegenüber. Sie war eher von kühlem Charakter, und Maurice hatte sich schon vor langer Zeit damit abgefunden. Jetzt, mit sechsunddreißig Jahren, erlag er keinen Illusionen einer vollkommenen Ehe mehr. Mit dem, was er hatte, war er zufrieden, er konnte sich glücklich schätzen. Er kannte seine Gemahlin gut genug, um nicht länger mehr zu erwarten. So hatte er nach Geralds Geburt auch aufgehört, bei ihr zu liegen, und Elizabeth war auch nicht mehr von sich aus zu ihm gekommen. Sie hatte ihm zwei Söhne geboren, das war mehr, als er verlangen konnte, und auch sie sah ihre Pflicht als erfüllt an.

»Madame, Milo de Cogan kam mit einer dringenden Nachricht des Earl of Striguil. Er bittet mich zu sich. Ich werde sofort aufbrechen.«

Ein scharfes Luftschnappen entfuhr ihr, ehe sie sich unter

Kontrolle brachte, die Hand an der Kehle. Aus weit aufgerissenen Augen sah sie zwischen de Cogan und Maurice hin und her, sichtlich um Zurückhaltung bemüht, um hier, mitten im Hof, keine Szene zu veranstalten.

»Mylord, ist das klug?« Ihre Stimme senkte sich, sie kam auf ihn zu, mit freundlichem Ausdruck, während ihre grünen Augen Funken sprühten. »Die Waliser werden immer gefährlicher. Habt Ihr vergessen, dass Rhys meinen Onkel Robert gefangen genommen und Cardigan erobert hat? Einen Geraldine! Wie lange, bis sie über uns herfallen? Jetzt fortzureiten, Männer zur Eskorte aus der Burg abzuziehen … das ist wie eine Einladung.«

Maurice hob die Hand, wollte sie ihr beruhigend auf die Schulter legen, aber Elizabeth hob die Augenbrauen, warnte ihn stumm, und so ließ er seine Hand wieder sinken.

»Rhys wird es nicht wagen, uns anzugreifen.«

Ein Schnauben entfuhr ihr, sie schob ihn ein wenig zur Seite, um ungestört sprechen zu können, dabei verzichtete sie darauf, wie üblich wild zu gestikulieren. Sie hielt sich nach außen hin ganz sanft, um niemandem ihre wahren Gefühle zu zeigen. »Zweimal habt ihr letztes Jahr versucht, Rhys zu besiegen«, flüsterte sie aufgebracht, immer noch mit einem Lächeln im Gesicht, was grotesk wirkte. »Die vereinten Mächte der Geraldines und Flamen. Zweimal seid ihr gescheitert. Die Frage ist nicht, *ob* Rhys uns endgültig vertreibt, sondern wann und wen zuerst?« Sie hob ihre Hand, zählte mit den Fingern. »Onkel Harri ist tot, Onkel Robert ist in walisischer Gefangenschaft, und meines Vaters Land fiel schon lange an den Feind. Wen trifft es wohl als Nächstes?«

»Fürchte dich nicht, Elizabeth.« Er ballte die Hände zu Fäusten, da er sie fast tröstend in den Arm genommen hätte. »Rhys kämpft gerade mit dem Fürsten von Gwynedd gegen Powys. Er ist nicht einmal in der Nähe und hat alle Hände voll zu tun. Ihr seid hier in Sicherheit.« Er erwähnte nicht, dass walisische

Mönche aufs Festland gereist waren und im Namen des Fürsten von Gwynedd ein Abkommen mit dem fränkischen König Louis getroffen hatten. Louis war immer noch nicht sonderlich gut auf König Henry zu sprechen, der ihm die Ehefrau und weitreichende Hoheitsgebiete weggenommen hatte. Der Fürst von Gwynedd hatte versprochen, König Henry auf englischer Seite mit Überfällen zu malträtieren, während Louis dasselbe in den fränkischen Gebieten Henrys tat. Henry blieb ein ausgezeichneter Feldherr und starker König, aber die Niederlagen gegen die Waliser gereichten ihm nicht zum Vorteil. Auch um ihn schloss sich der Ring.

»Wieso musst du überhaupt so plötzlich zum Earl of Striguil?«, wollte Elizabeth unvermittelt wissen. »Doch nur wieder wegen Geld, nicht wahr? Als bräuchten wir nicht jedes bisschen für uns selbst! Aber du warst ja schon immer den de Clares mehr zugetan als den Geraldines. De Clares Bastard ziehst du ja auch deinem eigenen Sohn vor, willst ihm ein Pferd kaufen, ehe Philip eins bekommt.«

»Philip bekommt eines, wenn er sich als verantwortungsbewusst genug erweist.« Er atmete tief durch. »Ich bin so bald wie möglich zurück, Elizabeth. Wenn du irgendetwas brauchst, schicke nach Meilyr. Ich werde auf meinem Weg nach Striguil bei ihm vorbeireiten und ihn darum bitten, mal nach euch zu sehen.«

»Tu das«, murmelte Elizabeth, den Boden anstarrend, ihre Hand um den geschnitzten Anhänger an ihrem Hals geschlossen. »Mein Vetter scheint ja auch der Einzige zu sein, auf den ich mich verlassen kann.«

Striguil, Ostwales, Frühling 1167

Maurice sah de Clare vor der Hütte des Fletchers sofort. Er verließ den Wald und blickte zu Marareds Heim hinüber, sich wundernd, warum er anstatt Erinnerungen an eine liebliche Zeit eine kleine Menschenansammlung vorfand, in deren Mitte de Clares roter Schopf leuchtete.

Das bedeutete für ihn, dass er hinüberreiten musste, obwohl er nicht gerade erpicht darauf war, Marared wiederzusehen. In den letzten acht Jahren seit seiner Ehe war er ihr aus dem Weg gegangen, um gar nicht erst in Versuchung zu geraten. Er hatte sowohl sich selbst als auch ihr Schmerz ersparen wollen und ihr nur über de Clare Geschenke geschickt, manchmal auch etwas Geld. Aber jedes einzelne Stück war zu ihm zurückgelangt. Sie wollte keine Almosen, er hätte es wissen müssen, und irgendwann hatte er aufgehört, ihr welche zu senden. In Prendergast dachte er oft an sie, besonders wenn er neben seiner regungslosen Frau lag, aber er hatte nie in Erwägung gezogen, seine Beziehung zu Marared wiederaufzunehmen. Jetzt musste er ihr nach all der Zeit gegenübertreten, was ein nervöses Ziehen in seinem Bauch verursachte.

Bemüht gleichmütig bedeutete er der Handvoll Ritter in seiner Begleitung sowie Milo de Cogan und dem jungen Richard, ihm zu folgen. Er hatte Richard mitgenommen, einerseits, damit der Junge nach langer Zeit seinen Vater und seine Mutter wiedersah, zum anderen, um ihn ein wenig von Philip fernzuhalten, vielleicht auch von Elizabeth. Er wusste nicht, was Richard in Prendergast blühte, wenn Maurice nicht da war, doch er ahnte es. Dass seine Familie Wehrlose ungerecht behandelte, konnte er nur schwer ertragen. Dass aus seinem Blut ein Mensch entstanden war, der eher wie Griffin handelte als er selbst, erfüllte ihn mit Bitterkeit, vor allem da er Philip trotz allem über alles liebte. Seine Kinderaugen konnten leuchten vor Freude, er hatte seinen kleinen Bruder oft beschützt, er schnitzte mit Freuden, so wie Meilyr einst. Er war sein Sohn, und vielleicht waren seine Gemeinheiten ja nur kindlicher Übermut.

Aufgeregte Stimmen, die alle durcheinanderredeten, empfingen ihn. Der Fletcher, Elen, die zehnjährigen Zwillinge Alina und Basilia, de Clare, sein hünenhafter Ritter Raymond le Gros und Marared standen vor der Hütte versammelt.

»Das erlaube ich nicht!«, rief de Clare mit so zornverzerrter Stimme, dass Maurice ihn fast nicht wiedererkannte.

Elen stand da mit gesenktem Kopf, flankiert von ihrem Vater und ihrer Schwester, bebend und mit Tränen, die ihre Wangen hinunterliefen. Ihr Haar hatte sie unter einem Kopftuch verborgen, was sie weitaus älter wirken ließ als das junge verliebte Mädchen, das er in Erinnerung hatte.

Das Geräusch von Hufschlag schreckte sie auf. Sie sah hoch, die anderen taten es ihr gleich, entdeckten die Neuankömmlinge, und von einem Moment zum anderen wurde es ganz still.

Maurice' Blick fiel auf Marared, die ihn regungslos ansah, den Mund offen stehend. Sie schien dünner als früher, die Wangen waren eingefallen, und tiefe Furchen umrandeten ihre Augen. Auch ihre Haut war blasser. Sie wirkte leicht und zerbrechlich wie eine Feder, die der Wind jeden Moment davonwehen konnte. Das schwarze Haar trug sie etwas länger als einst, es reichte ihr bis zur Schulter und war mit silbernen Strähnen durchwebt. Die fast vierzig Lebensjahre standen ihr ins Gesicht geschrieben. Trotzdem war es für ihn, als hätte er sie erst gestern gesehen, und ein stechender Schmerz durchfuhr ihn. Die anderen verschwanden aus seinem Blickfeld, während Maurice Bilder längst vergangener Zeiten vor sich sah.

»Dem Herrn sei gedankt, Maurice, du bist gekommen!«

De Clares erleichtertes Seufzen riss ihn zurück in die Gegenwart. Er schwang sich aus dem Sattel, aber ehe er fragen konnte, was vor sich ging, entdeckte Elen ihren Sohn.

»Richard, du bist hier!« Sie schob sich zwischen den Menschen hindurch, eilte an Maurice vorbei und breitete die Arme aus.

Richard ließ sich von seinem Zelter gleiten, legte sich die Hand auf die Brust und verneigte sich formvollendet. »Es ist eine Freude, Euch wiederzusehen, Madame«, begrüßte er sie. Im nächsten Moment klatschte Elens flache Hand auf seine Wange, was alle Versammelten laut nach Luft schnappen ließ. Vom Häufchen Elend, das eben noch Schutz bei ihrer Familie gesucht hatte, war nichts übrig geblieben. Jetzt erinnerte sie eher an Marared.

»Was fällt dir ein, so mit mir zu reden?« Sie hob die Hand, als wolle sie noch einmal zuschlagen, fuhr dann aber zu Maurice herum, ihre dunklen Augen Blitze schleudernd; der Wunsch, *ihm* eine Ohrfeige zu verpassen, stand ihr ins Gesicht geschrieben. »Das habt Ihr also aus ihm gemacht! Kommt nach Hause und nennt seine eigene Mutter *Madame*!« Sie wandte sich wieder Richard zu, der seine Mutter zwar bereits überragte, aber sich trotzdem anspannte, als könne er sich gerade noch zusammenreißen, um nicht zurückzuweichen. »Ich bin keine Madame, Richard! Ich bin deine Mutter, deine *mam*! Hör dich doch einmal an! Du redest wie *er*!« Sie deutete in de Clares Richtung, abfällig, was in Maurice nur noch weitere Fragen heraufbeschwor. »Hast du unsere Sprache etwa schon vergessen? Haben sie einen Normannen aus dir gemacht?«

Richard schüttelte den Kopf, erwiderte etwas auf Walisisch, den Boden anstarrend, mit glühenden Wangen.

»Gütiger Gott«, brach es aus Elen hervor, und genauso überraschend, wie vorhin die Ohrfeige gekommen war, zog sie Richards Gesicht zu sich herab und presste ihre Lippen auf seine. »Wo ist mein kleiner Junge nur hin? Du bist wahrhaftig ein Bild von einem Mann geworden.«

»Mam …« Der Junge wand sich deutlich, und ein Lächeln hob Maurice' Mundwinkel. Es war tatsächlich gut gewesen, Richard mitzunehmen.

»Elen …« Das war de Clare, er trat etwas näher, und sofort fiel Elen in ihre abweisende Haltung zurück, Furcht in ihren Augen.

»Willst du nicht erst deinen Sohn begrüßen, bevor du mir weiter Befehle erteilst?«

De Clare atmete hörbar ein, nickte Richard zu und deutete hinter sich zur Hütte. »Junge, sei so gut, nimm deine Schwestern, und geh mit ihnen zu deinem Großvater und deiner Tante hinein. Deine Mutter und ich haben etwas Dringliches zu besprechen.« Er wandte sich Raymond le Gros zu. »Bring Sir Maurice' Begleitung hoch zur Burg, Milo, folge ihnen.«

Einen Moment lang rührte sich niemand, sie warfen sich nur unsichere Blicke zu, dann trat Marared nach vorne, die vertraute Herausforderung in ihren Augen. »Elen wird dieses Thema nicht allein mit Euch besprechen, Mylord. Wollt Ihr mit ihr reden, so werde ich anwesend sein.«

De Clare riss die Hand hoch, Maurice glaubte schon, er würde sie schlagen, und trat einen Schritt vor, aber da hielt de Clare inne, zeigte lediglich mit dem Finger auf die entschlossene Waliserin. »Komm mir jetzt nicht damit, Marared! Glaubst du etwa, ich weiß nicht, dass *du* es warst, die ihr diesen Unsinn eingeredet hat?«

»Meine Schwester kann selbst denken, das muss ich nicht für sie übernehmen.«

Ein Knurren stieg aus de Clares Kehle, und Maurice fragte

sich erneut, was hier vor sich ging. Er sah den besorgten Ausdruck des Fletchers und wies ihm mit einer knappen Kopfbewegung, mit seinen Enkelkindern in die Hütte zu gehen. Er gehorchte, vermutlich wusste er, dass er hier nichts ausrichten konnte. Zudem war ihm bestimmt klar, dass er mit Marared die beste Beschützerin an der Seite seiner Tochter hatte.

Raymond setzte sich ebenfalls in Bewegung, Maurice' Ritter folgten ihm, und schließlich waren nur noch sie vier übrig, so wie früher, als sie jung und voller Hoffnung auf die Zukunft gewesen waren: Elen, Marared, de Clare und er selbst. Nur diesmal war die Luft nicht von junger Liebe erfüllt, unter der Julisonne im Obstgarten, sondern von Misstrauen, Angst und Ablehnung.

»Wäre jemand so gütig, mir zu erklären, was hier vor sich geht?«

Elen blickte zu Boden, Marared schnaubte verächtlich, und de Clare stieß einen frustrierten Laut aus. »Sie will heiraten, Maurice!« Aus großen stahlgrauen Augen sah er ihn an, so verzweifelt, dass man nicht vermutet hätte, einen siebenunddreißigjährigen, kampferprobten Mann vor sich zu haben, sondern einen Jüngling, dem das Herz gebrochen wurde. Die roten Bartstoppeln und die Falten um die Augen konnten den Eindruck nicht mindern. Maurice wusste, wie viel Elen de Clare bedeutete. Das Thema Hochzeit war bei ihm nie aufgekommen, er hatte nie eine andere gehabt, zumindest keine, von der Maurice wusste. De Clare war sogar jetzt, nach fast zwanzig Jahren, immer noch verzaubert von seiner Elen, so wie sie von ihm. Zumindest war Maurice bislang davon ausgegangen, aber seit er Lord von Prendergast war, hatte er nicht mehr so viel vom Leben in Striguil mitbekommen wie einst.

»Du willst also heiraten«, wandte er sich an Elen, aber ehe sie antworten konnte, brauste erneut de Clare auf.

»Hoch nach Elfael will sie, das noch von Walisern kontrolliert wird, und dort einen Schafhirten heiraten! Einen *Schafhir-*

ten!« Er strich sich mit beiden Händen durchs Haar, sodass es wild vom Kopf abstand, und rang sichtlich um Fassung.

»Er ist ein alter Bekannter meines Vaters«, erklärte Elen mit bebender Stimme. »Er war neulich hier und erzählte vom Tod seiner Frau. Er … ist ein guter Mann, er hat schon Kinder, und er wird die meinen als seine eigenen ansehen und …«

»Als seine *eigenen*?!« De Clare breitete die Arme aus. »Haben sie denn keinen Vater? Habe ich mich nicht immer um sie gekümmert?« Er fuchtelte wild Richtung Hütte, in der Richard, Basilia und Alina verschwunden waren, und sein Gesicht wurde immer röter. »Richard ist auf dem besten Wege, ein Ritter zu werden, und Basilia und Alina werden es einmal gut haben. Ich kann ihnen Wohlstand und Bequemlichkeit bieten, während sie bei deinem Schafhirten nur einen krummen Rücken und aufgerissene Hände bekommen, um mit fünfundzwanzig alte Frauen zu sein.«

»Du meinst, so wie ich?«

Die Verletzung stand Elen ins Gesicht geschrieben, und Maurice wollte etwas sagen, aber er wusste nicht, was.

»Du weißt, so meinte ich das nicht«, begann de Clare, doch Elen schüttelte den Kopf.

»Ich weiß, dass du nur das Beste für uns willst, aber hast du schon einmal daran gedacht, dass es für die Mädchen nicht leicht ist, im Schatten dieser Burg zu leben, unter der Missgunst aller, hochzublicken und an ihren Vater zu denken, aber nie zu ihm zu können, während deine Mutter und dein Onkel sie so offensichtlich verachten?«

»Du weißt, ich habe mit ihnen gesprochen …«

»Unzählige Male. Umsonst. Solange du nur redest, aber nichts unternimmst, wird sich nie etwas ändern. Du bist ja auch nie hier, Richard! Dein Onkel herrscht über diese Burg, wenn du nicht da bist. Und ich sehe nicht länger zu, wie meine Kinder als Bastarde beschimpft werden, ich sehe nicht länger zu, wie du dich immer tiefer und tiefer verschuldest, bis du dich einfach nicht mehr um uns kümmern *kannst*. Oder bis der König dir eine Braut aufschwatzt, oder du selbst entscheidest, eine reiche Erbin zu heiraten! Was soll ich dann machen? Ich bin fünfunddreißig Jahre alt und habe einem Freinc drei uneheliche Kinder geboren. Glaubst du, eine Gelegenheit wie diese bietet sich mir noch einmal? Glaubst du, willige Ehemänner warten hinter jedem Baum auf mich?«

»Du brauchst keinen Ehemann. Ich werde dich nie im Stich lassen!«

Elen schloss die Augen, schüttelte den Kopf, und Marared ergriff ihre Hand. Der Schmerz ging so deutlich von allen aus, und Maurice spürte ihn auch in sich. Wie konnte diese Einigkeit der Jugend so plötzlich zerbrechen? Was war passiert?

»Elen muss an die Zukunft denken«, ergriff Marared das Wort, was de Clare sofort in deutliche Anspannung versetzte. Er gab ihr an allem die Schuld. »Ihr seid viel und oft unterwegs, Mylord. Was, wenn, Gott behüte, Euch etwas geschieht? Wie wollt Ihr Euch dann um die Familie kümmern? Euer Onkel würde nicht zögern, sie davonzujagen.« Sie deutete zurück zur Hütte, ihre Stimme wurde heiser, abgehackter, als fiele es ihr schwer zu atmen. »Vater ist alt, er wird nicht mehr lange Pfeile herstellen, und wovon sollen wir leben, wenn er nicht mehr da ist? Er hat keinen Nachfolger, niemanden, der das Geschäft übernimmt. Elen und die Kinder können neu anfangen, sind versorgt, wenn sie nach Elfael gehen, in ein Land, in dem unseresgleichen noch geachtet wird.«

»Und was wird dann aus dir?«, platzte es aus Maurice heraus.

Marared hob den Kopf und sah ihm in die Augen. Nicht ihrer Miene, sondern nur ihrer Stimme merkte er an, dass er sie aus der Fassung brachte, indem er nach so vielen Jahren das Wort an sie richtete. »Ich komme zurecht.«

Maurice glaubte ihr nicht. Wie lange wollte sie diesem Geschäft noch nachgehen? Wie lange würde sie noch genug damit verdienen? Sie wurde nicht jünger.

Sie schien zu merken, dass er Zweifel hatte, denn sie stemmte eine Hand in die Seite und fühlte sich wohl zu einer Erklärung genötigt. »Ich bleibe bei Vater, solange er ... ich bleibe bei ihm bis zuletzt, kümmere mich um ihn, und danach ... mach dir keine Sorgen. Hauptsache, Elen und die Kinder sind versorgt. Meine Siwan ist schon lange mit einem guten Mann verheiratet, einem Fischer, sie haben Kinder und sind glücklich. Um sie muss ich mir keine Gedanken machen, und ich ... ich finde immer einen Weg zum Überleben.«

»Sehr beruhigend.«

Ein trauriges Lächeln hob ihre Mundwinkel, und Maurice wollte sie in die Arme schließen und fest an sich drücken, er wollte sie in die alte Schäferhütte führen und eins mit ihr werden, ihre Haut auf seiner spüren, er wollte vergessen, wer er heute war, wer sie war, er wollte wieder achtzehn sein. Er wollte festhalten, was schon vor Jahren zerbrochen war. Erst heute, da er Zeuge des Endes wurde, begriff er, wie besonders ihr Vierergespann gewesen war. Elen war immer seine Verbindung zu Marared gewesen, wenn er in Striguil war. Durch sie hatte er erfahren, wie es ihr ging, er hatte sie in Reichweite gewusst, in Sicherheit, auch wenn es ihm unmöglich gewesen war, die kurze Distanz zu überbrücken. Aber wenn Elen fortging, war nichts mehr von ihrer damaligen Verbindung übrig.

De Clares tiefes Seufzen riss ihn aus seinen Gedanken. »Wenn dir schon egal ist, was zwischen uns war, Elen, dann denke wenigstens an die Mädchen.«

»Weil ein ehrliches Leben in der Familie eines Schafhirten unwürdig ist? Weil sie es nicht gut haben werden, wenn sie einen der unsrigen heiraten? Natürlich ist es sehr viel besser, von ihrem Vater an einen Fremden verscherbelt zu werden, an einen deiner Gefolgsmänner, als Lohn für erbrachte Dienste.«

»Ich werde ihnen gute Männer suchen, das weißt du.«

Elen schnaubte. »Normannen«, sagte sie voller Verachtung in der Stimme, obwohl sie doch selbst drei Kinder von einem zur Welt gebracht hatte. »Sie sollen Männer eines Volkes heiraten, das sie Bastarde nennt und von Geburt an verachtet hat? Hast du dir schon einmal überlegt, wie es ihnen dabei geht? Und kannst du es dir überhaupt leisten, eine Mitgift für all deine illegitimen Kinder zu bezahlen, damit überhaupt jemand sie heiratet? Hoffentlich sind nicht allzu viele Mädchen unter ihnen.«

Diese Worte trafen ihr Ziel, de Clares graue Augen verdunkelten sich. »Du weißt sehr genau«, knurrte er und umfasste seinen Schwertgriff so fest, dass die Fingerknöchel weiß wurden, »dass es da keine anderen gibt. Es gab nie eine andere für mich! Und ich kümmere mich um meine Kinder. Sie sind mir teuer, und es soll ihnen an nichts fehlen. Genauso wenig wie dir. Du siehst, nicht ich bin es, der sich anderweitig umgesehen hat.«

Elen verdrehte die Augen, schüttelte den Kopf. »Es soll mir an nichts fehlen? Aber mir fehlt es an so vielem, Richard, siehst du das denn nicht? Mir fehlt es an Achtung und Respekt an diesem Ort, mir fehlt es an Liebe! Ich bin es leid, ein Leben des Wartens zu führen, auf die wenigen Momente hoffend, die du hier bist. Gib mich frei.«

»Nein!«

Marared straffte die Schultern, stellte sich ein wenig vor ihre Schwester. »Wie könnt Ihr Elen derart im Weg stehen und im selben Atemzug sagen, dass Ihr nur das Beste für sie wollt?«

»Lass es gut sein, Marared.« Elen ergriff ihren Arm und sah dann zu de Clare hoch. »Ich *werde* diesen Mann heiraten, Richard. Du kannst mich nicht daran hindern.«

»Oh, und ob ich das kann. Du bist mein Eigentum.«

Von einem Moment zum anderen war es ganz still, selbst die Vögel, die den Frühling besangen, schienen verstummt. Elens Augen wurden groß, Marareds verengten sich in rasendem

Zorn, beide starrten de Clare an, schweigend, und auch Maurice blickte betreten zu Boden. De Clare hatte natürlich recht. Es oblag ihm, über seine Untergebenen zu bestimmen, und ohne seine Erlaubnis konnte Elen nicht heiraten, geschweige denn sein Land verlassen. Aber nach all den zärtlichen Liebesschwüren, deren Zeuge Maurice in den vielen Jahren geworden war, waren diese Worte wohl mehr als ungeschickt.

Die Zeit schien sich zu dehnen, Maurice wusste nicht, wie lange sie hier standen, als de Clare sich plötzlich regte. »Komm mit, Maurice. Das hier hat keinen Sinn mehr.« Er wandte sich ab, ergriff sein grasendes Pferd und preschte davon. Maurice sah zwischen ihm und den beiden Frauen hin und her. De Clare tat ihm unendlich leid, er hatte schon so viel verloren, und Maurice wusste, was ihm Elens Ansinnen antat.

»Du musst ihn überzeugen, Maurice. Bring ihn dazu, Elen gehen zu lassen«, sagte Marared schließlich und ergriff seinen Arm.

Ein gebrochenes Lachen entfuhr ihm. »Das hat ja schon so gut funktioniert, als du wolltest, dass Elen und de Clare gar nicht zusammenkommen.«

Jetzt lachte auch sie, ebenso betrübt und müde, und sie ließ seinen Arm los.

Maurice nickte ihr noch zu, dann ritt er de Clare hinterher. Er verstand Elens Beweggründe für diese Entscheidung, aber er konnte auch mit de Clare mitfühlen, den es innerlich umbringen musste, Elen an einen anderen zu verlieren.

Er holte ihn ein, noch bevor er den Pfad am Fuße des Burghügels erreicht hatte. »Komm, lass uns noch nicht zurückgehen. Erzähl mir, wieso ich hier bin.«

De Clare sah ihn an, derart zerstört, dass Maurice instinktiv seinen Arm um seine Schulter legte. Sein Freund verlor seine Liebe, und die Schuldenschlinge zog sich um ihn herum zu, sonst hätte er keinen Hilferuf ausgesandt. Hätten sie damals in

Pembroke, als Knappen schuftend und kämpfend, geahnt, wo sie zwanzig Jahre später stehen würden?

Sie nahmen den Weg zum Fluss, dessen Ufer mit blühenden Wildblumen übersät war. Die Flut drückte das Wasser des Bristol Kanals herauf und füllte das schlammige Bett mit wogenden Wellen nach und nach auf, bis es eine unüberwindbare Barriere zwischen England und Wales bildete. Aber unüberwindbar war der Fluss auch bei Ebbe, denn dann verwandelte sich der Boden in tödlichen Treibsand, als wolle die Natur verdeutlichen, dass zwei verschiedene Welten nicht vermischt werden sollten.

»Ich habe Geld mit, de Clare. Und etwas Geschmeide meiner Mutter.« Maurice wollte seinen Freund jetzt nicht auf Elen ansprechen, so aufgebracht, wie er war, würde er ohnehin nicht klar denken. Besser, er hatte etwas Zeit, darüber zu schlafen und sich in Ruhe damit auseinanderzusetzen.

De Clare wandte sich ihm zu, seine Augen gerötet, was verstörend anzusehen war. »Manchmal habe ich das Gefühl, du bist der einzig treue Mensch auf der Welt, Maurice.«

»Ach, hab ich dir nicht schon zu Beginn gesagt, dass ich mich lediglich mit dir gutstellen will?« Er beugte sich hinüber und klopfte de Clare auf die Schulter, der aber nicht lachen konnte.

»Ja, beim mächtigen Earl of Pembroke, der schon lange tot ist.« Er strich sich über die Augen, blickte zum Fluss und atmete hörbar ein. »Für das Geld danke ich dir, Maurice, aber das Geschmeide nehme ich nicht an. Es gehörte deiner Mutter und sollte längst an Elizabeth übergehen.«

»Die hat genug Krimskrams.«

De Clare warf ihm einen Blick zu, vielleicht war ihm sein bitterer Unterton aufgefallen, aber Maurice wollte jetzt nicht über seine lieblose Ehe sprechen, wenn de Clares Welt auseinanderbrach. »Milo de Cogan sagte, dass ich dich nach Bristol begleiten soll. Was wollen wir dort?«

»Mich retten?« De Clare schüttelte den Kopf, ohne Hoffnung. »Ich hatte einige Schulden bei diesem Juden Aaron in Lincoln. Die meisten noch von meinem Vater aus dem Bürgerkrieg. Ich zahlte ihm etwas zurück, um ihn endlich für eine Weile los zu sein, aber kaum war ich zu Hause, erreichte mich eine Nachricht von Robert FitzHarding aus Bristol, der mich zu sich bittet.«

»Robert FitzHarding ... ist das nicht dieser Angelsachse ... dieser unanständig reiche Kaufmann in Bristol, der König Henry schon finanziell unterstützt hat, als er noch nicht auf dem Thron saß?«

»Nicht nur Henry, auch mich, fürchte ich.«

Maurice unterdrückte ein Seufzen. Wo hatte de Clare noch überall Schulden? Waren die beiden Falken für Henry letztes Jahr zu Weihnachten wirklich notwendig gewesen? Wieso verkleinerte er nicht endlich seinen Haushalt? »Jetzt will er, dass du ihm alles zurückzahlst.«

»Warum sonst sollte er nach mir schicken? Hätte ich nur nicht den Juden bezahlt! Weißt du eigentlich, dass ich Robert FitzHarding und seinem Sohn Nicholas Land in Somerset verpachtet habe? So weit ist es schon gekommen! Ich vergebe das Land meines Vaters, das er stets zusammenhalten konnte, selbst im Krieg, nur um mein Einkommen zu vergrößern.«

»Kannst du ihm alles zurückzahlen?«

De Clare schüttelte den Kopf. »Ich gehe mit allem, was ich zusammenkratzen kann, und hoffe, dass ich ihn damit ein wenig vertröste. Wenn nicht, ist es mir auch gleich. Soll er mich umbringen, bei Gott, was soll ich noch hier?«

»Noch halte ich dich ganz gut aus, de Clare, aber vielleicht in ein, zwei Jahren ...«

De Clare stieß einen Laut, halb Lachen halb Stöhnen, aus. »Ich bin heute zu Elen gegangen, um ... ich weiß auch nicht ... bei ihr zu sein, ihr von Bristol zu erzählen, ihr zu sagen, dass ich gleich wieder wegmuss, aber jeden freien Moment, den ich zuvor habe, mit ihr verbringen will. Aber ich fand sie zum Aufbruch bereit, ihre letzte Habe zusammenpackend, Alina und Basilia ihre Beutel schnürend. Sie wollte einfach so mit meinen Töchtern verschwinden.«

Maurice schluckte. »Das weißt du nicht. Es ist gut möglich, dass sie auf dich warten wollte, um sich zu verabschieden.«

De Clare warf ihm einen Blick zu. »Weil sie wusste, wie gut ich die Nachricht aufnehmen würde?« Er schüttelte den Kopf, schloss die Augen und ließ sein Kinn auf die Brust fallen. »Lass uns nach Bristol reiten und diese unsägliche Angelegenheit hinter uns bringen.«

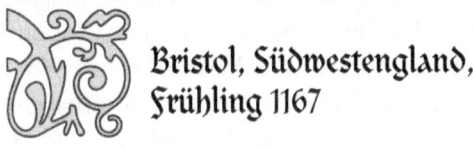

Bristol, Südwestengland,
Frühling 1167

*Henry, König von England, Herzog der Normandie und Aquita-
nien, Graf von Anjou, an all Seine Untertanen, Engländer, Normannen, Waliser und Schotten, und an alle anderen Nationen, Untertanen Seiner Herrschaft, Grüße!*

*Wann auch immer dieser Brief euch erreicht, wisset, dass Wir
Dermot, Fürst von Leinster, in Unserer Gnade und Gunst empfangen haben. Wer auch immer innerhalb der Grenzen Unseres Terri-
toriums gewillt sei, ihm, Unserem Vasallen und Lehnsmann, Hilfe zur Rückerlangung seiner Herrschaft zu leisten, sei sich Unserer
Gunst und Erlaubnis sicher.«* Der Mann in den feinen Kleidern
eines Bediensteten im Haushalt eines hohen Herrn rief so laut,
dass er rot anlief, und fuchtelte dabei derart wild mit einem königlichen Stück Pergament durch die Luft, dass er fast von der
umgedrehten Holzkiste herunterfiel. An seiner Seite hielt sich
ein klein gewachsener Mann mit der Statur eines Fasses, der das
Geschehen beobachtete; in fremdartige Gewänder gehüllt und
mit dichtem grauem Bart.

Die bunt zusammengewürfelten Menschen in dieser schnell-
lebigen Stadt passierten die beiden, als wären sie Teil der krei-
schenden Möwen, die im Straßenschlamm nach Abfall pickten.
Vermutlich hörten sie diese Botschaft nicht zum ersten Mal,
anders als de Clare und Maurice, die ihre Pferde zum Stehen
brachten und neugierig lauschten.

»Hört, brave Leute von Bristol!«, rief der Bedienstete weiter.
Er hielt sich mit seinem Begleiter gleich neben dem angelsäch-

sischen Kreuz an der betriebsamen Gabelung der Broad Street und Corn Street, wo er die größte Aufmerksamkeit erlangte. Menschen aller Herren Länder tummelten sich hier, nach London und Norwich der drittwichtigsten Stadt Englands. Normannischer und fränkischer Wein wurde von den Schiffen geladen, während englische Wolle, Leder, Blei und Taue auf die Reise zum Kontinent oder nach Irland gingen. Auch für den Handel mit Sklaven war Bristol berühmt. Zwar wurde der Verkauf von Leibeigenen nach Irland nicht mehr so offen wie zu angelsächsischen Zeiten betrieben, aber trotz Bemühungen des Königs war das lukrative Geschäft nicht eingestellt worden.

»Hört, was euer König euch mitteilt! Ruhm und Reichtum erwarten euch! So hört!« Der Mann wechselte ins Angelsächsische und dann ins Walisische, schließlich ergriff das vollbärtige Fass an seiner Seite das Wort, in einer Sprache, die Maurice nicht kannte, aber für das Irische hielt.

»Kämpft für meinen Herrn Dermot!«, rief er dann in akzentfreiem Normannisch weiter, seine Worte mit wilden Gesten unterstreichend, »und seid euch Ländereien und Güter sicher! Berichtet euren Herrn, den Lords und Rittern, vom Brief des großen Königs Henry. Geht zum Herrn Robert FitzHarding in die Broad Street und dient der Gerechtigkeit!«

Maurice warf de Clare einen Blick zu. »Robert FitzHarding?« Zu diesem Mann wollten sie gerade, um de Clares Schulden zumindest teilweise zu begleichen.

De Clare zuckte nur mit den Schultern und wandte sich wieder den fremden Männern zu, um interessiert zu lauschen.

»Was für Ländereien?«, rief derweil ein etwas besser betuchter Herr, vielleicht ein Kaufmann, der neben de Clare stehen blieb. »Wenn dieser Dermot alles verloren hat, womit will er dann bezahlen?«

Zustimmendes Gemurmel folgte, und nun hörten weitere Passanten gespannt zu.

FitzHardings Bediensteter sprach kurz mit dem Iren an seiner Seite und wandte sich dann wieder an die umstehende, mittlerweile immer größer werdende Ansammlung. »Wenn ihr Dermot sein Land zurückerkämpft«, rief er über den Lärm der Menge, »dann wird er euch entlohnen! Irland ist reich. Ein jeder Bauer dort trägt Eisenringe, jede Magd feinste Wolle. Üppige Beute wartet auf euch, liebe Leute. Ein jedermann kann dort zu Wohlstand kommen!«

»Hast du schon mal von diesem Dermot gehört?«, raunte Maurice seinem Freund zu.

De Clare schüttelte den Kopf. »Ich weiß nur, dass Leinster ein irisches Fürstentum ist. Die Iren ähneln stark den Walisern. Ihr Land hat keinen König, der über alles herrscht, es teilt sich in einzelne Fürstentümer. Aber ansonsten …« Er griff von seinem Pferd hinunter und tippte einem wild aussehenden Mann, der von der Statur an Raymond le Gros erinnerte, auf die Schulter. Mit unfreundlicher Miene wandte der Hüne sich ihnen zu, sein Kinnbart war in Zöpfchen geflochten, bunte Holzkugeln leuchteten darin, genauso im langen Haar. Er sah zwischen de Clare und Maurice hin und her, und dann hob ein Lächeln seine Mundwinkel. Er erkannte sofort, dass er wohlhabende Männer vor sich hatte, keine Bettler.

»Wie kann ich Euch dienen, Mylord?« Sein Normannisch war gut, wenn auch mit fremdländischem Akzent. Maurice erkannte seine Art zu sprechen und sich zu kleiden als die der Ostmänner, der Dänen und Norweger, die einst als Wikinger über dieses Land hergefallen waren. Später hatten sie sich in Irland niedergelassen und Handelsstädte gegründet, die größte war Dublin. Die Ostmänner waren oft von Irland aus nach Wales gesegelt, um Handel zu treiben oder sich als Söldner in die Kriege der Waliser und Normannen einzumischen. In Pembroke Cross war Maurice ihnen hin und wieder begegnet, genauso wie de Clare.

»Sag mir, was das zu bedeuteten hat.« De Clare wies zu den

beiden Männern, die erneut den Brief König Henrys in verschiedenen Sprachen verkündeten. »Was hat es mit diesem Dermot auf sich?« Er wies auf seinen Gürtel mit der prallgefüllten Börse.

Der Ostmann grinste, verneigte sich knapp und erklärte: »Dermot ist einer von Irlands Fürsten, Mylord. Der *verbannte* König von Leinster, um genau zu sein. Er versteckt sich hier in Bristol, weil ihn die eigenen Leute aus dem Land geschmissen haben.«

»Das Volk hat seinen König verbannt?«

»Aye.« Der Ostmann biss herzhaft von seinem Apfel und deutete damit zu dem Iren neben der Holzkiste. »Gemeinsam mit den anderen Fürsten Irlands. Dermot hat einem von ihnen die Frau gestohlen, entführt hat er sie und ihr Kinder gemacht. Der betrogene Ehemann war natürlich wenig begeistert und hat nur auf eine Gelegenheit zur Rache gewartet. Letztes Jahr im Juli hat er sich dann mit dem Hochkönig und anderen Fürsten zusammengeschlossen, um Dermot endgültig zu vernichten. Da haben sich Dermots eigene Leute gleich angeschlossen, denn Dermot soll sehr grausam sein, heißt es, ein Tyrann sondergleichen. Ich selbst hatte noch nicht das Vergnügen, ihn zu treffen.«

De Clare nickte nachdenklich. »Und Irland hat einen Hochkönig, sagst du? Einen König, der über ganz Irland herrscht?«

»Mal ja, mal nein, seine Position ist natürlich umstritten, aber er nennt sich König der Iren, und die irischen Fürsten haben ihm gehuldigt. Wir Norweger natürlich nicht, unsere Städte sind unabhängig und unterstehen keinem irischen Herrn. Aber in Irland ist derjenige König, der die besseren Verbündeten hat, Mylord. Die Könige werden von den Clans gewählt oder durch die Streitaxt auf den Thron gesetzt, nichts sonst. Nur Dermot wäre selbst gerne Hochkönig, und daher hatte er gleich einen Gegner mehr gegen sich. Letztes Jahr ist er nach England geflohen, hierher nach Bristol, weil er Robert FitzHarding durch seine Handelsbeziehungen kennt, und dann weiter nach Aquitanien, auf der Suche nach dem englischen König Henry. Er will Männer rekrutieren, um sein Fürstentum zurückzuerobern und die anderen irischen Fürsten bezahlen zu lassen.«

Maurice hörte angespannt zu. Die Art der Herrschaft der Iren kam ihm tatsächlich von den Walisern bekannt vor, nur dass die Waliser zum Glück keinen Hochkönig hatten, der die zerstrittenen Fürsten miteinander verband und sie zu einer Einheit machte. Es war keine Freude, gegen Waliser zu kämpfen, das hatte er oft genug am eigenen Leib erfahren. So war er auch nicht erpicht darauf, gegen Iren in die Schlacht zu ziehen. Umso beunruhigender fand er de Clares offensichtliches Interesse.

»König Henry unterstützt diesen Dermot also.« De Clare warf einen Blick die Broad Street hinunter, wo ein Gläubiger auf ihn wartete, aber genauso eine Möglichkeit, Reichtum zu erlangen. »Ein irischer Fürst, der dem englischen König den Lehnseid schwört. So hat es doch in dem Brief gelautet, nicht wahr? *Unserem Vasallen und Lehnsmann.*«

Der Däne verfütterte den Rest seines Apfels an de Clares Pferd. »Was blieb Dermot anderes übrig? Besser einem König huldigen, der eine halbe Welt entfernt ist, und dafür das eigene Reich zurückbekommen, oder den Rest des Lebens im Exil verbringen.«

»Ich danke dir, du hast mir gut gedient.« De Clare öffnete seine Börse und bezahlte den Ostmann viel zu großzügig, was Maurice seufzen ließ. Sein Freund würde nie lernen, mit Geld umzugehen.

»Was hältst du von dieser Sache?« De Clare wies mit dem Kinn zum davonschreitenden Ostmann. »Das klingt nach einem Abenteuer.«

»Indem du nach Irland segelst und dich dort im Kampf für einen irischen König umbringen lässt, bekommst du weder Pembroke zurück noch Elen.«

Die harten Worte trafen de Clare sichtlich, er erstarrte und sah ihn stumm an, aber ehe er einen Wutanfall bekommen konnte, hob Maurice die Hand. »Dies ist nicht dein Kampf, de Clare. Wir haben hier alle Hände voll zu tun, die Waliser in Schach zu halten, und können es uns nicht leisten, Männer auf eine gottverlassene Insel zu führen. Ruhm und Reichtum … das sind doch alles leere Versprechungen. Was wissen wir schon über den Hochkönig oder den Fürsten, dem die Frau abhandenkam? Misch dich nicht in Kämpfe ein, die dich nichts angehen.«

»Der König denkt offensichtlich, dass Dermot Hilfe erlangen sollte.«

»Der König hat einen Weg gefunden, einen irischen Fürsten zu unterwerfen, ohne dafür auch nur einen Mann zu opfern. Er sitzt in Aquitanien, behält seine eigenen Truppen und überlässt den Kampf lieber geldgierigen Söldnern. Gleichzeitig kann er aber sagen, dass er Dermot unterstützt hat. Kannst du dich nicht mehr an die päpstliche Bulle erinnern? Damals, als Henry zum König gekrönt wurde? Der Papst hat ihn aufgefordert, Irland zu erobern, um den wahren christlichen Glauben dort herzustellen. Die Iren feiern ja am falschen Tag Ostern und sind auch sonst wie die Waliser zu sehr in ihren alten Traditionen verankert. Aber Henrys Mutter war dagegen, und er musste sich auch mit den Rebellionen hier herumschlagen und mit den Walisern. Jetzt kann der König sagen, er hat ja Männer seines Reiches nach Irland geschickt. Aber sind das wirklich wir, de Clare? Söldner? Wir dienen einem von Gott gesalbten König, der Gerechtigkeit, wir verteidigen unser Land. Ich weiß nicht, ob ich einfach so in ein anderes Land gehen kann, in einen Krieg, der nichts mit mir zu tun hat, um Beute zu machen.«

»Herrgott, Maurice, du bist immer noch so ein Romantiker.«

Das warst du bis vor Kurzem auch noch, dachte Maurice. Er wusste aber, dass es nichts mehr zu sagen gab. De Clare hatte

Elen verloren, denn auch wenn er wütete und tobte – Maurice wusste, dass er sie am Ende nicht hindern würde fortzugehen. Er hatte Land verloren, seinen König Stephen, der von einem Mann ersetzt worden war, der ihm seine Gunst entzog, und überall warteten Gläubiger auf ihn. Maurice verstand, wie verlockend es klang, alle Brücken hinter sich abzubrechen und fortzugehen, ins Unbekannte, voller Hoffnung. Aber das waren die Hoffnungen von Jungspunden, die den Krieg nicht kannten, die noch nichts vom Leben verstanden. Wollte de Clare tatsächlich solch ein Risiko eingehen?

Die Rufe des Iren und von Bediensteten im Rücken, ritten sie die leicht abfallende Broad Street hinunter, wo in der Nähe der Frome Bridge Robert FitzHardings Haus lag. Die Straße war gesäumt mit Händlern, die aus ihren Unterständen lautstark ihre Waren priesen.

Der schwere Dunst der Flüsse und Marschen, die Bristol umgaben, lag in der Luft, verschlimmerte den üblichen Stadtgestank zusammengepferchter Menschen und ihrem Vieh.

Es war eine Erleichterung, endlich das prächtige Steinhaus FitzHardings zu erreichen, eines angelsächsischen Händlers, der als einer der wenigen die normannische Eroberung ohne Machtverlust überstanden hatte.

Ein ebenso nobel gekleideter Bediensteter wie der an der Straßenkreuzung ließ sie ein und führte sie zur Halle. Raymond le Gros und Robert de Quincy, Milo de Cogan sowie die Ritter in Maurice' Dienst und de Clares Sohn Richard hatten sie hierher begleitet, aber de Clare hatte sie fortgeschickt, um die Tavernen unsicher zu machen. Den Grund seines Erscheinens in Bristol hatte er nur Maurice anvertraut, denn er wollte so wenig Zeugen wie möglich bei seiner Erniedrigung, die Schulden nicht gänzlich zurückzahlen zu können.

Die Halle war prunkvoll eingerichtet, sie verdeutlichte den Reichtum des Händlers, der enge Kontakte zu Irland hielt und eine noch engere Beziehung zu König Henry. Die Wände waren mit schweren Teppichen behängt, die Flammen in den Wandnischen erleuchteten den Raum gemeinsam mit verschwenderisch vielen Kerzen auf der Tafel und in Halterungen an den Wänden.

Silber- und Goldpokale, Krüge und Schalen schimmerten in deren Licht so grell, dass die beiden Herren an der Stirnseite fast in den Schatten verschwanden.

»Ah, mein guter Richard, wie schön, Euch zu sehen. Ihr seid meinem Ruf schneller gefolgt, als ich erwartet hatte.« Robert FitzHarding erhob sich schwerfällig und kam mit ausgebreiteten Armen auf sie zu. Er war ein Mann von wahrhaft biblischem Alter, das sich in jeder einzelnen Falte seines zerfurchten und von Flecken übersäten Gesichts zeigte. Das weiße Haar fiel ihm strähnig und ausgedünnt in den Nacken, unterstrich die insgesamt zerbrechliche Erscheinung. FitzHarding gab einem seiner Diener ein Zeichen, dann nahm er de Clare in den Arm und klopfte ihm auf den Rücken.

Maurice interessierte sich weniger für die Begrüßung der beiden als für den Mann, der an der Tafel sitzen geblieben war. Dermot, nahm er an, der verbannte König von Leinster, und wenn man den Worten des Ostmannes glaubte, ein grausamer Tyrann.

Der Ire sah in seine Richtung, seine Augen funkelten aus den Schatten und richteten sich direkt auf ihn, was ein unangenehmes Prickeln in Maurice' Nacken hervorrief. Ein dichter roter Bart fiel dem Mann lockig hinab auf die stämmige Kriegerbrust und verdeckte einen Gutteil des Gesichts. Graue Strähnen hatten sich darin ausgebreitet, genauso wie auf seinem Haupt, auf dem sich bereits eine Glatze gebildet hatte. An der Stirn, den Schläfen und dem Hinterkopf war das Haar noch voll, weshalb es so aussah, als trüge der Ire einen Fuchspelz wie einen Kranz um die kahle Stelle in der Mitte. Am Hals des Mannes, den

Handgelenken und den Fingern blitzte Gold. Die Kleidung war verhältnismäßig schlicht, sofern Maurice es erkennen konnte.

»Mein Freund, Maurice de Prendergast«, hörte er de Clare, und so zwang er sich, seinen Blick dem Hausherrn zuzuwenden.

»Mylord of Berkeley.«

FitzHarding nickte ihm zu, ließ seinen Blick auffällig über seine gesamte Erscheinung schweifen und nickte dann erneut. »Prendergast. Das ist flämisch, nicht wahr?«

»Mein Land liegt im Südwesten von Wales.«

»Ah! Wo die Geraldines ihr Unwesen treiben.«

»Maurice ist mit einer verheiratet«, mischte de Clare sich mit einem angespannten Lächeln ein, als wartete er bereits darauf, auf die Schulden angesprochen zu werden.

FitzHarding nickte langsam. »Aber nicht nur Geraldines und Flamen besiedeln den Südwesten, nicht wahr? Habt Ihr nicht schreckliche Probleme mit diesem Waliser? Diesem Rhys?«

»Wir haben alles unter Kontrolle, Mylord.«

»Ah ja.« FitzHarding wies hinter sich zur Tafel und bedeutete ihnen Platz zu nehmen. »Wie Ihr seht, habe ich bereits Besuch.«

»Ja, die Spatzen pfeifen es schon von den Dächern«, murmelte Maurice, aber FitzHardings Gehör war trotz seines hohen Alters noch ausgezeichnet. Lächelnd wandte er sich ihm zu.

»Oh, Ihr meint Henrys Brief? Ja, den lassen wir jeden Tag nach der Terz und der Sext draußen auf den Straßen verlesen. Mein guter Dermot hier soll ja ein Heer bekommen.«

»Euer Gnaden.« De Clare nickte Dermot zu und ließ sich neben ihm nieder. Der Ire beobachtete ihn und de Clare sehr genau, wie ein Raubvogel, der auf seine Beute herabblickte. Er sprach nicht, musterte nur, und Maurice wurde immer unwohler zumute. So langsam begann er daran zu zweifeln, dass es hier um die Rückzahlung von Schulden ging.

»Ach übrigens, mein guter Richard. Mein Sohn Nicholas hat

mir die Pacht gebracht, die ich Euch noch mitgeben will, gemeinsam mit meiner.«

De Clare sah den Gastgeber misstrauisch an. »Mylord … behaltet das Geld … zieht es von dem ab, was ich Euch schuldig bin.«

»Ach, das hat doch Zeit. Was soll ich alter Mann mit so viel Geld? Ihr seid jung, mein Guter, Ihr findet bestimmt bessere Verwendung dafür.« Er warf Dermot einen Blick zu, und das Rätsel begann sich zu lösen. Geld für einen Feldzug, meinte er wohl.

Im nächsten Moment flogen die Vorhänge, die die Halle vom Vorraum trennten, zur Seite, und der Diener von vorhin, dem FitzHarding ein Zeichen gegeben hatte, kam gemeinsam mit dem Iren von der Straße herein.

FitzHarding erhob sich. »Ah, meine Herren, darf ich Euch Morice Regan vorstellen, König Dermots Sekretär.«

Der Ire mit der Figur eines Fasses verneigte sich mit ausgebreiteten Armen. »Mylord of Striguil. Mylord of …«

»Prendergast«, half FitzHarding dem Sekretär aus. »Ein Flame aus dem Südwesten von Wales, verheiratet mit einer Geraldine. Ich habe Euch doch von den Geraldines erzählt.«

Der Sekretär nickte und warf Maurice ein Lächeln zu. Es war offen und freundlich, trotzdem wurde Maurice das Gefühl nicht los, plötzlich in ein Puppentheater geraten zu sein und an Fäden zu hängen.

»Nun, da wir alle vollzählig sind, können wir ja zum Grund dieses Zusammentreffens kommen. Morice Regan wird so freundlich sein zu übersetzen, denn ich fürchte, mein Irisch ist mindestens genauso eingerostet wie mein Latein.« FitzHarding ließ sich erneut nieder. Als ein paar Bedienstete Speis und Trank hereintrugen, winkte er sie, kaum dass sie den Wein und den Käse abgestellt hatten, ungeduldig hinaus.

»Ihr wollt, dass ich für König Dermot in den Krieg ziehe«,

ergriff de Clare das Wort, was Maurice innerlich erleichtert aufseufzen ließ. Sein Freund hatte die politischen Winkelzüge erkannt und ließ sich nicht von Versprechen auf der Straße blenden. »Deshalb habt Ihr mich zu Euch bestellt. Ich soll Dermot sein Fürstentum zurückholen.«

FitzHarding prostete ihm anerkennend zu. »Ich sehe, Ihr habt auf den Straßen weitaus mehr aufgeschnappt als nur Henrys Brief. So wisst Ihr, wie schändlich Dermot verraten wurde.«

»Ich weiß genug. Der König hat sein Reich verloren und will Männer, die es ihm zurückholen.«

»Und wer wäre besser dafür geeignet als Ihr, Richard? Und Ihr, Mylord de Prendergast.« Er wandte sich Maurice zu, ein charmantes Lächeln im Gesicht. »Die Situation der Geraldines und Flamen ist brenzlig in Wales. Vielleicht ist es an der Zeit, zu neuen Ufern aufzubrechen. König Dermot bietet Euch allen großzügig Land an, wenn Ihr für ihn kämpft.«

»Ich habe bereits Land«, erwiderte Maurice rau und warf de Clare einen Blick zu, der sich aber nichts von seinen Gefühlen anmerken ließ. Mit undurchschaubarer Miene ignorierte er Dermots durchbohrenden Blick und FitzHardings aufforderndes Heben der Augenbraue.

»Wir beide wissen, dass die Familie de Clare schon mal bessere Zeiten erlebt hat, Richard. In Irland könntet Ihr zu großem Reichtum gelangen.«

»Die Kosten, ein Heer aufzustellen, Schiffe zu organisieren, und das Risiko, in einem fremden Land gegen ein fremdes Volk zu kämpfen, sind zu hoch, nur um ein bisschen Beute und einen gottverlassenen Landstrich zu erhalten.«

»Oh, mein Fürst ist noch zu sehr viel mehr bereit, Mylord of Striguil«, schaltete Morice Regan sich ein, der seinen Stuhl weit zurückgeschoben hatte, um seinem ausladenden Bauch Platz zu schaffen. Maurice konnte nicht sagen, ob er normannischen oder irischen Ursprungs war, so gut beherrschte er beide Sprachen. Vielleicht war er eine Mischung aus beidem oder ein Gelehrter. »Ihr seid ein Mann von nobelstem Geblüt, Mylord of Striguil. Euer Name ist nicht unbekannt, Strongbow nennen sie Euch. Unsere Feinde werden schon allein bei der Kunde Eures Vormarsches erzittern. Unser großzügiger Gastgeber, Mylord of Berkeley«, er nickte FitzHarding zu, »erwähnte, dass unser Angebot bei Euch auf offene Ohren stoßen könnte, daher war er so gütig, Euch eine Nachricht zukommen zu lassen. Er meinte, das Schicksal hätte es in letzter Zeit nicht gut mit Euch gemeint und dass Ihr einem Ortswechsel mit Freuden entgegensehen werdet. Ebenso erwähnte er, dass Ihr noch unverheiratet seid.«

De Clares Augen verengten sich, und Maurice verkniff sich ein Aufstöhnen. Er ahnte, was jetzt kommen würde, er wusste nur nicht, wie de Clare darauf reagieren würde.

Dermot hob seine Hand, gab dem Diener in den Schatten ein Zeichen, und wie erwartet teilten sich erneut die Vorhänge, und ein Mädchen von vielleicht dreizehn oder vierzehn Jahren trat ein.

Es wurde still in der Halle, alle Blicke waren auf die blasse Gestalt vor dem finsteren Tuch gerichtet. Rotes Haar wie Dermots floss in Flechten bis zu ihrer Hüfte hinab, ihre Haut war weiß wie frisch gefallener Schnee, ein ebenso jungfräulich weißes Kleid hüllte ihren wohlgeformten Körper ein. Den Blick zu Boden gerichtet stand sie da, knickste flüchtig und atmete sichtbar ein.

»Aoife«, erklang Dermots heisere Stimme, die etwas rasselte, als müsste er sich räuspern. Er sagte noch etwas in der irischen Sprache, das scharf wie ein Befehl klang, und dann sah das Mädchen hoch, blickte de Clare aus großen, im hellen Schein der zahlreichen Kerzen grün funkelnden Augen an.

Maurice verschlug es die Sprache. Sie war außergewöhnlich schön, und er konnte sich schon vorstellen, wie ihre und de Clares Kinder aussehen mochten, bei Eltern mit derart flammend rotem Haar. Er wollte sich de Clare zuwenden, seine Reaktion sehen, aber da erhob Morice Regan sich und trat um die Tafel herum an Aoifes Seite. Was für ein passender Name. Eva. Eva, die dazu da war zu verführen.

»Prinzessin Aoife MacMurrough, meine Herren, Tochter unseres großen Königs Dermot.« Er grinste zufrieden, beugte sich vor, zog an der Halsverschnürung des hauchdünnen Kleids und schob es dem Mädchen von den Schultern.

Maurice senkte den Blick, er sah nicht mehr, wie das Tuch zu Boden fiel, sondern starrte auf sein leeres Speisebrett, um nicht aufzuspringen und dem Mädchen seinen Umhang überzuwerfen.

De Clare an seiner Seite sog scharf die Luft ein, spannte sich deutlich an.

»Sie ist eine Schönheit, wie Ihr seht«, ließ sich erneut Regan vernehmen, dem Maurice mittlerweile gerne sein Schwert in den Wanst gerammt hätte.

»*Do ut des*«, fügte Dermot hinzu. *Ich gebe, damit du gibst.*

De Clare stieß ein Knurren aus. »Sie soll sich anziehen.« Dann wandte er sich FitzHarding zu. »Wie vielen Lords habt Ihr diesen Preis bereits vorgeführt?«

FitzHarding legte sich übertrieben getroffen die Hand auf die Brust. »Ihr seid der Einzige, Richard! Ihr seid Strongbow! Wenn nicht Ihr es wert seid, eine Königstochter zu heiraten, wer dann? Und Dermot bietet noch sehr viel mehr als nur die Hand seiner über alles geliebten Tochter. Ihr müsst wissen, Aoife ist sein einziges legitimes Kind. Das heißt, wenn Ihr Aoife heiratet, erbt Ihr das Fürstentum Leinster. Ihr werdet über ein Königreich herrschen, mein guter Richard, eine Krone erlangen!«

Angespanntes Schweigen folgte auf diese Worte, und Maurice wollte de Clare packen und ihn beschwören, nicht darauf einzugehen. Es musste einen Haken geben, etwas, das die gesamte Bande hier verschwieg. Maurice und de Clare wussten nichts über Irland, und das konnte leicht ausgenutzt werden.

»Na, was sagt Ihr dazu?«, bohrte FitzHarding weiter, während Aoife sich auf ein Zeichen hin bückte und ihr Kleid hochzog. »Macht Euch über die Kosten keine Sorgen, ich bin gerne bereit, Euer Heer finanziell zu unterstützen. Wenn Ihr erst mal König von Leinster seid, könnt Ihr mir alles tausendfach zurückzahlen.«

»König von Leinster …« De Clare schüttelte den Kopf. »Ich denke, König Henry wird einiges dazu zu sagen haben.«

»Aber König Henry gab seine Erlaubnis!«, rief Morice Regan. »Wir waren bei ihm in Aquitanien. Durch die Normandie sind wir gereist, haben Boten ausgesandt, das ganze Land haben wir abgesucht, bis wir ihn in Aquitanien fanden. Der König hat uns seine Unterstützung zugesagt.«

Dermot knurrte etwas in der irischen Sprache, er schien sich mit jedem weiteren Wort mehr in seinen Zorn hineinzusteigern, bis er mit der Faust auf den Tisch schlug. Alle Anwesenden tauschten verwunderte Blicke. Nur Aoife zuckte nicht mal mit der Wimper, sie stand genauso versteinert da wie vorhin, den Boden anstarrend.

»Mein König ist sehr aufgebracht über den Verrat seines eigenen Volkes, wie Ihr Euch bestimmt vorstellen könnt«, erklärte Regan den Wutausbruch seines Herrn. »Sein Heim in Ferns wurde niedergebrannt, einer seiner Söhne ist in Gefangenschaft, und man droht damit, ihn zu blenden. Es war ein sehr schweres Jahr für uns, und alles, worum wir bitten, ist Gerechtigkeit. Die Gelegenheit zurückzuholen, was gestohlen wurde. Dafür ist mein König bereit, Euch als Erben anzuerkennen, Mylord of Striguil. Kann man um mehr bitten?«

De Clare schwieg lange, und es war Dermot anzusehen, dass er erneut die Tafel attackieren wollte, schließlich nickte er aber. Er wandte sich direkt an den irischen König, sich darauf verlassend, dass Regan übersetzte.

»Euer Angebot ist in der Tat sehr großzügig, Euer Gnaden.« Er wies in Aoifes Richtung, ohne sie anzusehen. »Jeder Mann könnte sich glücklich schätzen, Eure Tochter zur Frau zu nehmen und Euer Schwiegersohn zu werden. Ich ziehe einen Kampf in Irland in Erwägung, aber bitte versteht, dass ich nicht hier und jetzt eine Entscheidung treffen kann. Ich bin nur in Grenzen ein freier Mann, zuallererst bin ich ein Kronvasall König Henrys, und ohne seine persönliche Erlaubnis verlasse ich sein Reich nicht und kämpfe auch nicht für einen anderen König.« Er erhob sich, und Maurice tat es ihm gleich. »Ihr hört so schnell wie möglich von mir, sobald ich König Henry in Aquitanien aufgesucht habe. Ich bitte lediglich um etwas Geduld.«

»Aber der Brief …«, begann Morice Regan, doch FitzHarding schüttelte den Kopf, bedeutete ihm, sich wieder zu setzen.

»Zieht das Angebot nicht nur in Erwägung«, sagte der Hausherr, als er de Clare und Maurice hinausbegleitete. »Auch Ihr, Mylord de Prendergast, solltet darüber nachdenken, den Earl of Striguil zu begleiten. In Wales gibt es nichts mehr für Euch, in Irland aber stehen Euch alle Wege offen.«

Denkst du wirklich ernsthaft darüber nach, Dermots Angebot anzunehmen?«, wollte Maurice wissen, als sie Richtung Hafen ritten, wo sie ihr Gefolge finden würden.

De Clare nickte und sah ihn ernst an. »Was könnte mir Besseres passieren, Maurice? Du weißt, wie es um mich steht. Was hält mich noch hier? Und vielleicht … vielleicht wird es an der Zeit zu heiraten, einen Erben zu bekommen, ich bin siebenunddreißig Jahre alt. Und wenn sogar Elen …«

»Du bist verletzt und hast jedes Recht dazu, aber deshalb überstürzt zu handeln und diese irische Prinzessin zu heiraten, ihr in ein Land zu folgen, dessen Bräuche du gar nicht kennst …«

»Ich werde ein *König* sein, Maurice!« De Clares Augen leuchteten, wie es Maurice schon lange nicht mehr an ihm gesehen hatte. Er unterdrückte einen Fluch, da er seinem Freund einerseits diesen Tatendrang zurückwünschte, gleichzeitig aber trotzdem noch Zweifel an der Richtigkeit dieser Entscheidung hatte.

»Ich habe Pembroke verloren, meine Ländereien in der Normandie, ich habe Land in England verpachtet. Mein Vater würde sich im Grabe umdrehen, wüsste er, was aus seinem einstigen Reich geworden ist. Es hat keinen Sinn mehr zu hoffen, dass der König es mir je zurückgibt. Aber was würde mein Vater sagen, wenn sein Sohn sich ein neues Reich erschafft? Ein Königreich?«

Maurice wollte de Clare darauf hinweisen, dass er schon lange nicht mehr im Schatten seines Vaters stand, doch er wusste, es war zwecklos. Der verstorbene Earl of Pembroke, der seinen Sohn verachtet hatte, übte immer noch Macht über ihn aus.

»Wer sagt, dass du dort ein König wirst?«, wies er also auf das Wichtigste hin. »Dermot? Wieso ihm blind vertrauen?«

»Wenn Aoife tatsächlich seine Erbin ist ...«

»Wir wissen nichts über die irischen Gesetze, de Clare. Sie sind den Walisern doch auch ansonsten sehr viel näher als uns, wer sagt, dass sie in Erbfragen nicht auch dieselben Bräuche haben wie sie? Was, wenn auch sie illegitime Kinder anerkennen und ihr Erbe unter allen Söhnen aufteilen? Dermot könnte dich außerdem dafür benutzen, sein Land zurückzuerobern, und dich dann ganz einfach umbringen.«

»Herrgott, wann hörst du auf, ständig die Stimme der Vernunft zu sein? Ich hatte schon ganz vergessen, wie es sich anfühlt, sie immerzu im Ohr zu haben.«

»Ich will nur nicht an deinem Grab stehen.«

»Das passiert eher hier in diesem Land, wenn ich noch länger zusehen muss, wie alles zugrunde geht.«

Maurice wandte sich nachdenklich ab und ließ seinen Blick über die Menschenmassen schweifen, die alle einen Platz zu haben schienen, an den sie gehörten. Irland mochte ein Abenteuer sein, und vielleicht hätte es auch Maurice angesprochen, wäre er allein und ohne Familie.

»Ich nehme an, deine Einwände bedeuten, dass du mich nicht zum König aufs Festland begleitest ... und nach Irland.«

Maurice starrte zu Boden. Er hasste es, den mächtigen de Clare, Strongbow, so verletzt zu hören. Ein Teil in ihm verlangte, dass er treu zu seinem Freund stand. Aber Maurice trug nicht nur de Clare gegenüber Verantwortung, sosehr es ihn auch graute, seinen Freund allein in dieses Abenteuer oder aber in sein Verderben laufen zu lassen. »Ich habe hier eine Familie, Richard, eine Frau, Kinder, mein Land, das ich verteidigen muss. Ich kann nicht einfach fortgehen.«

De Clare nickte, so offensichtlich enttäuscht, dass Maurice einen Moment lang erwog, alles über den Haufen zu werfen und gemeinsam mit ihm den Kanal zu überqueren, um Henry um seine Erlaubnis für den Feldzug zu bitten. Aber dann blitzten Philips und Geralds Gesichter vor seinem geistigen Auge auf, und er wusste, er musste de Clare im Stich lassen.

Prendergast, Südwestwales, Mai 1167

Vater, Vater! Du bist wieder da!«

Seine Söhne liefen ihm entgegen, kaum dass er das Torhaus passiert hatte, und klammerten sich an sein Bein.

Maurice lachte, als er sich umständlich aus dem Sattel schwang, im Versuch, von seinen Kindern nicht umgeworfen zu werden. Den ganzen Weg hierher hatte er de Clares Ernüchterung vor sich gesehen und war in Schwermut versunken. Die Worte »Manchmal habe ich das Gefühl, du bist der einzig treue Mensch auf der Welt« waren ihm nicht mehr aus dem Kopf gegangen. Aber jetzt sah er vor sich, wofür er sich entschieden hatte. Seine Kinder, seine Burg und irgendwo auch seine Frau. Sie mochte ihn nicht aus ganzem Herzen und mit brennender Leidenschaft lieben, aber er freute sich auf sie, auf ihr sanftes Lächeln, wenn sie ihm eine warme Mahlzeit auf den Tisch stellte; ihre ruhige Art, mit der sie von seinem Vater erzählte, während sie stickte; auf die Kraft, mit der sie ihre Söhne verteidigte, selbst wenn sie nicht verteidigt werden sollten. Jetzt, da er de Clare alles verlieren hatte sehen, schätzte er das, was er hatte, umso mehr.

Er küsste seine Kinder, übergab Richard sein Pferd und blickte hoch zum Wohnturm. »Wie geht es Eurer Mutter? War alles in Ordnung, während ich weg war?«

Philip senkte den Blick, es war Gerald, der ein qualvolles Stöhnen ausstieß. »Ihr geht's gut, Onkel Meilyr ist schon wieder da, und die beiden müssen etwas für Erwachsene besprechen, darum darf niemand sie stören.«

Maurice zog die Brauen zusammen, sah zu Philip. »Kamen die Waliser denn in unsere Nähe? Wo ist Robert Smith?« Er hatte dem betagten Ritter die Verantwortung über die Burg übertragen, während er fort war, aber Gerald wies zum Tor. »Der musste irgendetwas mit den Tuchhändlern bereden.«

Maurice nickte, wuschelte den beiden durchs Haar und machte sich auf zum Turm, wo ihn das Gesinde freudig begrüßte. Er hielt sich aber nicht lange in der Halle auf und stieg sogleich die Treppe hoch zu den beiden Privatgemächern, um von Elizabeth und Meilyr zu erfahren, was vorgefallen war.

Er stieß die Tür seines Gemachs auf, aber es war verlassen. Also drehte er sich um, öffnete die Tür des Zimmers für die Frauen und Kinder und erstarrte.

Ein leiser, aber schriller Schrei erklang. Da war eine schnelle Bewegung, alles schien ineinanderzufließen, Konturen zu verschwimmen, und trotzdem wusste er es sofort.

Der nackte Meilyr hob hastig sein Hemd vom Boden auf und warf es sich über. Elizabeth lag noch auf dem Bett, das die gesamte rechte Wandseite einnahm, das Leinen bis über die Brust hochgezogen und ihn aus weit aufgerissenen Augen anstarrend. Ihre Lippen waren leicht geschwollen, das Haar klebte ihr schweißnass auf den erhitzten Wangen, während sie von Herzschlag zu Herzschlag blasser wurde.

Maurice konnte den Blick nicht von ihr abwenden, der blanke Horror, der ihm aus ihren Augen entgegensah, musste sich in seinem Gesicht widerspiegeln. Er konnte sich nicht bewegen, nicht sprechen, konnte nicht einmal sagen, was er fühlte. Er war vollkommen leer, unfähig, sich zu rühren.

»Maurice …« Meilyrs Stimme durchfuhr ihn wie eine Klinge, und von einem Moment zum anderen brachen die unterschiedlichsten Gefühle über ihn herein – Schmerz, Verrat, aber hauptsächlich Zorn, derart heftig, dass sich ein roter Schleier über seine Augen legte.

Er versuchte zu atmen, ein sonderbarer, nicht menschlich klingender Laut entfuhr ihm, seine Hand fuhr zur linken Seite, umschloss den Griff seines Schwertes. Das Schwert seines Vaters, der seine Frau über alles geliebt hatte. In diesem Gemach hatte Maurice als Kind geschlafen, in diesem Bett war seine Mutter bei ihm gelegen, ehe Gott sie ihm genommen hatte. Nie zuvor hatte er klare Erinnerungen an sie gehabt, aber jetzt sah er sie deutlich vor sich. Jetzt, da Elizabeth in genau diesem Bett lag, Schuld und Angst in ihrem Blick.

Er machte eine schnelle Bewegung, das Schwert fuhr mit dem vertrauten Singen aus der Scheide, das ihn stets mit Ruhe vor einem Kampf erfüllte. Aber jetzt war er alles andere als ruhig, seine Brust hob und senkte sich rasend schnell, er konnte keinen klaren Gedanken fassen.

Elizabeth kreischte auf. Meilyr bückte sich erneut, hob gehetzt etwas vom Boden auf, sein Schwert. Er stellte sich ihm in den Weg, nur mit knöchellangem Unterhemd bekleidet, sein schwarzes Haar wild zerzaust, die dunklen Augen voller Schreck. »Tu das nicht, Maurice!«

Maurice' Hand um das Schwert bebte, er sah seinem Freund in die vertrauten Augen, sah ihn vor sich, als Jungen, im Fluss, als dieser ihn aus der Strömung gezogen hatte.

»Geh mir aus dem Weg.«

»Lass uns darüber reden, bitte. Leg das Schwert weg, bevor du etwas tust, das du hinterher bereust.«

Maurice sah zurück zu Elizabeth, die jetzt im Bett kniete, eine Hand presste das Leinen an ihren nackten Körper, die andere war nach Meilyr ausgestreckt. Tränen flossen ihre Wangen hinab. Sie hatte Angst um ihren Liebhaber.

Ihm gegenüber hatte sie stets behauptet, nur Huren legten sich vollkommen unbekleidet zu einem Mann. Nur Huren würden den ehelichen Akt am helllichten Tag vollziehen, da die Kirche es verbot.

Ein Klirren erklang, und Maurice brauchte einen Moment, um zu begreifen, dass ihm das Schwert aus der Hand gefallen war.

»Maurice …« Erneut Meilyrs Stimme, verzweifelt diesmal, voller Schuld.

Maurice schüttelte den Kopf. »Zieht euch an.« Ohne die beiden noch einmal anzusehen, wandte er sich ab und schlug die Tür hinter sich zu.

Dunkelheit umfing ihn im Vorraum des Treppenhauses, er taumelte, musste sich kurz an der Wand festhalten. Was war passiert? Wie war das möglich? Warum hatte er es nicht geahnt? Elizabeth war nicht so, sie würde doch niemals … Und Meilyr? Er war sein Freund. Maurice hatte sie bei ihm in Sicherheit gewähnt.

Schritte erklangen von der Treppe her, aufgeregtes Kindergeplapper, im nächsten Moment machte er Philips Stimme aus. »Und dann werden wir diesem Bastard schon zeigen, wer hier das Sagen hat!«

»Aber du darfst nicht auf Vaters Pferd reiten!«, protestierte Gerald.

»Das brauch ich mir aber nicht vom Bastard anhören! *Mylord de Prendergast hat befohlen, dass ich ihn versorge*«, imitierte er Richards Stimme, »*ich kann dich nicht auf ihm reiten lassen ohne die Erlaubnis deines Vaters, sonst gerbt er uns allen das Fell.* Ha, dem werde ich noch zeigen, vor wem er besser Angst haben sollte.«

»Aber …« Die beiden erreichten den Vorraum, blieben bei Maurice' Anblick wie erstarrt stehen.

Maurice sah die beiden an, erinnerte sich daran, wie er sie als Säuglinge auf seinem Arm geschaukelt hatte, er sah in ihre so unschuldig aussehenden Gesichter, und eine bleierne Müdigkeit überkam ihn.

»Eurer Mutter ist nicht wohl«, brachte er mit zusammengebissenen Zähnen hervor und richtete sich auf. »Geht hinunter und macht keinen Lärm.« Er scheuchte sie davon, und irgendwie mussten sie spüren, dass jetzt kein Moment für Diskussionen war, denn sie gehorchten sofort. Vielleicht hatte Philip auch nur Angst, dass Maurice seine Worte gehört hatte.

Als ihre Stimmen verklangen, lehnte er sich wieder gegen die kühle Wand und ballte die Hände zu Fäusten. So fühlte de Clare sich also. Deshalb zog er Irland diesem Wahnsinn vor. Alles, was Maurice für richtig und wahr gehalten hatte, lachte ihm jetzt ins Gesicht.

Die Tür an seiner Seite flog auf, und Meilyr trat zu ihm in die Dunkelheit, die nur vom schmalen Fensterschlitz im Treppenhaus an Vollkommenheit verlor. Er bewegte sich wachsam, schloss die Tür hinter sich und stellte sich davor. Ein dunkler Bliaut bedeckte nun seine Blöße, das Schwert hatte er sich umgehängt.

»Ich nehme an, du willst mir eine reinhauen.«

Ich will dich umbringen, sagte etwas in ihm, aber die besinnungslose Wut war von ihm abgefallen. Er konnte wieder denken, auch wenn er den Zorn dem Schmerz und der Resignation vorzog. Mit dem Zorn hatte er sich stark gefühlt, jetzt fühlte er sich hohl.

»Ich will gar nichts mehr von dir. Geh mir aus dem Weg, ich habe mit meiner Frau zu reden.«

Meilyr rührte sich nicht, sah ihn an und seufzte dann schwer. »Ich kann dich nicht zu ihr lassen, Maurice.«

Ein bitteres Lachen entfuhr ihm. »Bitte! Ich flehe dich an, versuche mich aufzuhalten.«

»Ich kann mir vorstellen, wie du dich jetzt fühlst.«

Seine Faust krachte gegen Meilyrs Kiefer, so unerwartet, dass Maurice sich über den Schmerz in seiner Hand wunderte. Vielleicht hatte er sich doch noch nicht ganz unter Kontrolle.

Meilyr krachte zurück gegen die Tür, fluchte und betastete seine Lippe. Maurice konnte nicht erkennen, ob sie blutete, er hoffte es aber.

»Ja, das habe ich verdient.«

»Geh mir aus dem Weg, Meilyr.«

»Damit du mit ihr dasselbe machen kannst?«

Ungläubig sah Maurice seinen einstigen Freund an. Er konnte nicht fassen, dass Meilyr die Frechheit besaß, ihm in dieser Situation Vorschriften zu machen.

»Ihr geschieht nichts, Meilyr, anders als dir, wenn du nicht sofort aus dem Weg gehst. Das ist eine Angelegenheit zwischen meiner Frau und mir. Während du deine Möglichkeiten abwiegst, bedenke aber lieber, dass ich meine Zeit nicht damit verbracht habe, in fremden Betten zu liegen, sondern fast ständig im Kampf war. Du willst dich ganz bestimmt nicht mit mir anlegen. Sosehr ich auch hoffe, dass du es tust und mir einen Grund gibst, eine Begegnung zwischen dir und dem Herrn zu arrangieren.«

Ein abfälliges Schnauben entfuhr Meilyr. »Ja, das warst du wirklich, nicht wahr? Ständig im Kampf. Wenn du dich ein wenig mehr um deine Frau …«

»Wage es nicht, diesen Satz zu beenden, sonst vergesse ich mich! Ich habe getan, was getan werden musste, um meiner Familie Sicherheit und Wohlstand zu geben! Ich dachte, ich ließe sie in guten Händen, dass ich dir vertrauen könnte, dir – meinem Freund!«

»Ich bitte dich …« Meilyrs Stimme fehlte die sonstige Gelassenheit und Arroganz, sie klang fast ein wenig schrill. »Dein Freund! Wann warst du denn ein Freund? Du bist de Clares Hampelmann, nichts sonst. De Clare muss nur rufen, und du rennst zu ihm wie ein abgerichteter Hund. Deine Familie oder deine besagten Freunde haben dich einen Dreck geschert!«

Maurice widerstand dem Drang, noch einmal zuzuschlagen, auch wenn die Kraft, mit der er seine Hand zur Faust ballte, schon wehtat. »Deine Eifersucht rechtfertigt also dieses schändliche Vergehen? Ihr habt euch alle beide seit jeher in eure Missgunst gegen de Clare hineingesteigert, aber dass ihr so weit gehen würdet … Dein Verrat mir gegenüber ist eine Sache, vielleicht hätte ich es dir zutrauen müssen, bedenkt man deinen Charakter. Aber dass du noch nicht einmal davor Halt machst, mir moralische Vorhaltungen zu machen …« Maurice packte den überraschten Meilyr kurzerhand am Bliaut, schleuderte ihn zur Seite und stieß die Tür zum Frauengemach auf.

Elizabeth stand im Unterhemd vor dem Bett mit den zerwühlten Laken, ihre Hand wieder um Meilyrs Holzanhänger geschlossen, den er ihr am liebsten vom Hals gerissen hätte.

Sie sah ihm entgegen, bemühte sich, keine Furcht zu zeigen, Trotz lag in ihren Augen, aber das Zittern konnte sie nicht verhindern.

Ohne den Blick von ihr abzuwenden, griff er nach hinten und schob den Riegel vor, um ungestört sprechen zu können. Dann hob er sein Schwert auf und genoss ein wenig, wie sie zusammenzuckte. »Du kennst mich wenig, wenn du glaubst, ich würde dich mit dem Schwert angreifen. Wollte ich dich umbringen, würde ich meine bloßen Hände dafür benutzen.« Er schob die Klinge zurück in die Scheide, und Elizabeth reckte ihr Kinn vor.

Er wusste nicht, woher er die Kraft nahm, überhaupt mit ihr zu reden, schon gar nicht, wie er Zynismus zustande brachte. Nach außen hin unbekümmert ging er zur Kleidertruhe am Fuße des Bettes, zog sie zu sich heran und ließ sich Elizabeth gegenüber darauf nieder. Er beugte sich vor, legte seine Unterarme auf den Oberschenkeln ab und wartete, den Blick unverwandt auf sie gerichtet. Auf was er wartete, wusste er selbst nicht.

»Willst du nichts sagen?«, brach es dann nach einer gefühlten Ewigkeit aus ihr heraus.

Maurice sah sie schweigend an, rang mit sich und wusste, er konnte es nicht länger aufschieben. Er musste die Wahrheit wissen, auch wenn sie ihn umbrachte. »Sind die Kinder von mir oder von ihm?«

Elizabeth wich zurück, als hätte er sie geschlagen, sie riss die Augen auf und griff Halt suchend nach dem Bettpfosten. »Wie kannst du mich so etwas fragen?«

»Oh, das *Wie* beantwortet sich ganz leicht.«

»Sie sind *deine* Söhne!« Sie machte zwei schnelle Schritte auf ihn zu, sah ihm in die Augen, und was auch immer sie darin sah, ließ sie abrupt stehen bleiben. »Philip und Gerald sind von dir, das schwöre ich!«

»Sei vorsichtig mit deinen Schwüren, einmal hast du vor den Kirchenpforten Treue geschworen und …«

»Es ist doch nicht meine Schuld!«

Maurice hob die Augenbrauen, diese Worte hatte er nicht erwartet.

»Glaubst du etwa, es war leicht für mich?«, rief sie und breitete die Arme aus. »Niemand hat mich gefragt, ob ich heiraten will! Ich war noch ein junges Mädchen und wurde einfach weggegeben an … an …« Sie biss sich auf die Unterlippe und schloss die Augen.

Maurice tat es ihr gleich. Er strich sich das Haar zurück, das sich aus dem Band im Nacken gelöst hatte, und seufzte, als er wieder zu ihr aufsah. »Was war so schlimm an mir, Elizabeth? Was war so schlimm an dieser Ehe, dass du vorgibst, so gelitten zu haben? Wann habe ich dir je etwas getan?«

»Das hast du nicht.« Nur ein Flüstern, dann sah sie auf, sah ihm in die Augen. »Aber mein Herz konnte ich dir einfach nicht geben, denn es gehörte von Beginn an *ihm*.«

Diese Worte dürften nicht so wehtun, und doch trafen sie ihn bis ins Mark. »Er ist dein Vetter.«

»Das Herz fragt nicht nach Verwandtschaftsbeziehungen, Maurice. Meilyr war … er war immer für mich da. Als Mädchen war es wohl nur eine kindliche Liebelei, weil ich mich so sehr auf ihn verlassen habe, aber dann …«

»Also ist es durchaus möglich, dass die Kinder von ihm sind.«

»Nein!«

»Wie kannst du dir da so sicher sein?«

Röte übergoss ihre Wangen, und Maurice biss derart heftig die Zähne zusammen, dass er sie jeden Moment knacken hören musste. Er konnte nicht glauben, dass er solch ein Gespräch mit seiner Frau führte. Er konnte nicht glauben, dass dies das erste Mal in fast zehn Jahren war, dass sie wirklich miteinander redeten. Vielleicht war er tatsächlich zu oft fort gewesen, vielleicht hatte er sich nicht genug Mühe gegeben. Aber dann schlich sich eine Erinnerung in seine Gedanken, während er sie so beschämt dastehen sah, und ein schrecklicher Verdacht kam in ihm auf.

»Als ich von Carmarthen zurückkehrte, verwandeltest du dich aus heiterem Himmel in eine Verführerin. Du wolltest unbedingt in mein Bett. Lag es daran, dass du fürchtetest, schon von Meilyr schwanger zu sein? Weil Philip von ihm ist?«

»Sie sind deine Söhne, wie oft soll ich dir das noch sagen?! Nicht, dass du dich so benehmen würdest, als wären sie dein, du ziehst ja den Bastard vor!«

Maurice sprang von der Truhe, und Elizabeth wich bis zum Bett zurück. »Fang nicht schon wieder damit an, drehe es nicht so hin, als hätte ich das hier verschuldet! Woher soll ich wissen, was die Wahrheit ist, wenn ich einer Lügnerin und Ehebrecherin in die Augen sehe?«

»Ich sage dir die Wahrheit, Maurice! Meilyr und ich ... wir kamen uns zur damaligen Zeit nicht ... körperlich nahe. Das fing erst sehr viel später an. Lange nach Geralds Geburt sogar! Die Jungen sind von dir, bitte, glaube mir!«

»Aber damals nach Carmarthen, als ich dich in Narberth abholte, da hast du mit Meilyr im Stall gestritten. Es war schon damals etwas zwischen euch.«

»Von meiner Seite aus, nie von ihm! Ich ... ich flehte ihn an, mich wegzubringen, mich zu entführen, so wie es dieser Waliser mit unserer Großmutter Nesta machte, aber Meilyr ... er fühlte für mich, aber er sagte mir, ich solle dich annehmen, dir eine gute Ehefrau sein und erkennen, dass du ein guter Mann bist. Ich war wütend auf ihn, wegen der Zurückweisung. Also … also wollte ich ihm beweisen, dass er nicht so ungerührt mir gegenüber ist, dass es ihm wehtun würde, wenn wir beide … unsere Ehe annehmen.«

Maurice starrte sie an und setzte sich so gelassen wie möglich zurück auf die Truhe, obwohl diese Worte ihn erschütterten. »Dieser Moment damals, als du zu mir kamst, war dazu da, um Meilyr zu bestrafen?« Er kam sich vor wie ein Narr. Das Mitleid in Elizabeths Augen machte alles nur noch schlimmer. Es weckte zum ersten Mal den Wunsch in ihm, ihr diesen Ausdruck vom Gesicht zu schlagen. Er musste die Hände um seinen Bliaut krampfen, um dem Drängen nicht nachzugeben. Wie sehr die beiden über ihn gelacht haben mussten, während Maurice sein Leben riskiert hatte, um Elizabeth und seinen Söhnen Prendergast zu erhalten, während er im Heer des Königs gegen Waliser gekämpft hatte, um sie in Sicherheit zu wissen. Jedes Mal, wenn er Meilyr gebeten hatte, ein Auge auf Elizabeth zu haben, musste der ihn für einen blinden Tor gehalten haben.

»Was wirst du jetzt mit mir machen?«

Sah sie, wie kurz davor er war, von seinem Recht Gebrauch zu machen, eine untreue Ehefrau aufs Äußerste zu bestrafen? Was sollte er wirklich tun? Sie in ein Kloster schicken? Und Meilyr? Er könnte ihn zum Kampf herausfordern, seine Ehre wiederherstellen. Aber wem war damit genützt? Einen Geraldine töten und dann der gesamten Sippschaft erklären, dass er es nicht geschafft hatte, seine Frau zu halten, dass sie ihm mit dem eigenen Vetter Hörner aufgesetzt hatte?

»Ich gehe nach Irland.«

Elizabeth sah ihn verwirrt an, und er selbst hatte diese Worte auch nicht erwartet. Aber plötzlich erschienen sie ihm der einzige Ausweg. »De Clare geht nach Irland und holt einem irischen König sein Fürstentum zurück. Ich begleite ihn, dieser Ire hat uns Land für unsere Unterstützung versprochen. Ich gehe nach Irland.«

»Land? Nach Irland?! Aber was ist mit Prendergast? Mit *unserem* Land? Mit den Walisern?«

»Meilyr wird dir schon dabei helfen, es zu halten.«

»Und deine Söhne? Bedeuten sie dir denn nichts?«

»Die hole ich nach, sobald ich in Irland Fuß gefasst habe. Dann kannst du Prendergast haben. Mach damit, was du willst, brenn es von mir aus nieder, oder leg dich zu einem Waliser ins Bett, damit er es für dich hält. Mir ist es gleich.«

 Striguil, Ostwales,
Mai 1167

Wohin des Weges, Fremder?«

Maurice zügelte sein Pferd und blickte zur alten Schäferhütte, die er in einem Anflug von Nostalgie angesteuert hatte. Er verengte die Augen, suchte nach einer Bewegung und glaubte schon, sein Wunschdenken hätte ihm die vertraute Stimme nur vorgegaukelt, aber dann winkte Marared aus der offen stehenden Tür im Flechtwerk.

Maurice stieß hörbar den Atem aus. »Was machst du denn hier?« Er hielt inne. »Du hast doch nicht etwa einen Mann …«

»Unsinn!« Sie kam lachend zu ihm heraus, erhellte sein Gemüt in nur diesem einen Augenblick, und eine tiefe Dankbarkeit überkam ihn.

Er schwang sich aus dem Sattel und sah sich auf der Waldlichtung um. »Also? Was machst du so allein hier draußen? Das ist gefährlich!«

»Gefährlicher, als ganz allein durch Wales zu reiten?«

»Meine Begleiter sind schon zur Burg vorausgeritten, damit sie de Clare von meiner Ankunft berichten und ihn noch erwischen, bevor er sich zum König aufmacht.« Und ich wollte noch einen Moment der Ruhe und Erinnerung, fügte er im Stillen hinzu.

»Da bist du zu spät, der Earl ist schon heute Morgen losgeritten.«

Maurice schloss die Augen und unterdrückte einen Fluch. »Er kam hier an, stellte Elen ein Schreiben aus, in dem steht, dass sie frei ist zu gehen. Dann sagte er irgendetwas von einer Zukunft in Irland, verabschiedete sich von den Mädchen, mit dem Versprechen, sich immer um sie zu kümmern, und war auch schon wieder weg. Er hat aber gemeint, du wärst nach Hause gegangen, nach Prendergast.«

»Dort war ich auch.« Maurice strich sich über die müden Augen, er war die ganze Nacht hindurchgeritten, sich nicht darum kümmernd, ob er walisischen Rebellen in die Hände fallen könnte.

»Ich habe dir doch gesagt, du sollst dir nicht wehtun lassen.« Marared kam auf ihn zu, legte ihre kleine Hand auf seine unrasierte Wange, ihr Blick voller Sorge. Ein Blick, der ihn zugleich beschämte als auch tröstete. Es gefiel ihm nicht, dass ihm seine Gefühle so offensichtlich anzusehen waren, andererseits wollte er in diesem Moment aber einfach nur seinen Kopf auf ihre Schulter sinken lassen und ihren Duft einatmen.

»Du hast wirklich schon mal besser ausgesehen, mein Lieber.«

»Ich habe mich auch schon mal besser gefühlt.« Er führte seine Hand auf ihre und wollte einfach nur vergessen, was in Prendergast gewesen war, wollte sich in ihr verlieren, aber das durfte er nicht. Er konnte Marared nicht benutzen, um seinen Schmerz zu betäuben, und sie dann wieder zurücklassen wie einst. Zudem bereitete ihm Sorge, dass sie auch nicht gerade hervorragend aussah. Schon im Frühling war ihm aufgefallen, wie blass und abgemagert sie war, das hatte sich seither nicht gebessert.

»Was tust du so allein hier?« Er nahm ihre Hand von seiner Wange, ließ sie aber nicht los, sondern verschränkte seine Finger mit ihren.

Marared sah zurück zur Hütte und zuckte mit den Schultern. »Elen und die Mädchen haben sich auf den Weg nach Elfael gemacht. Vater schläft, es geht ihm nicht so gut, und da dachte ich mir ... ich komme hierher ... denke an früher.« Sie sah zu ihm auf und lächelte traurig. »Willst du mit hineinkommen?«

Fast hätte er seine guten Vorsätze und seine Ritterlichkeit zum Teufel geschickt, während sie ihn unter gesenkten Lidern hervor ansah, weniger aufreizend als bedürftig. Als bräuchte sie es genauso wie er, die Welt für ein paar Augenblicke zu vergessen.

Maurice schüttelte bedauernd den Kopf. »Das wäre nicht klug, Marared.«

Sie senkte den Blick und nickte. »Der treue Ritter wie eh und je.«

Ein Schnauben entfuhr ihm. »Ja, und Treue hat mir viel gebracht.« Er schüttelte den Kopf, tippte ihr ans Kinn. »Ich glaube, was wir beide gerade brauchen, ist ein Freund zum Reden.«

Sie hob den Kopf und sah ihm gerade in die Augen. »Was hat sie dir angetan?«

Er wandte den Blick ab, sah geistesabwesend zu den blühenden Bäumen, Sträuchern und grün sprießenden Farnen und bekam kaum mit, dass Marared ihn weiterzog, hinein in die Hütte, wo er sich auf den alten Binsen niederließ. Der muffige Gestank störte ihn nicht, das hatte er nie, stattdessen hatte er immer noch den Frühling in der Nase.

»Na los, erzähl schon, was in Prendergast vorgefallen ist.«

Und Maurice vertraute sich ihr an, so wie einst, als er noch geglaubt hatte, sein Groll gegen Griffin, seine Furcht vor einer lieblosen Ehe und seine Fragen zu Niah wären das Schlimmste, was ihm passieren könnte. Er erzählte von seiner Begegnung mit Dermot, von seinem Bruch mit de Clare und seinem Eintreffen in Prendergast. Er erzählte von den Worten Meilyrs und Elizabeths, dass alles seine Schuld wäre, nicht weil er sich Mitleid erhoffte, sondern weil er allmählich glaubte, dass die beiden nicht so falsch damit lagen.

Marared lauschte, nicht schweigend und mitfühlend, sondern

fuchsteufelswild und fluchend. »Wenn ich dieses Weibsstück jemals in die Finger bekomme! Dann werde ich ihr mal erzählen, von Hure zu Hure, wie viel Glück sie hatte, wie gottverdammt undankbar sie ist und …«

Maurice zuckte bei den Verwünschungen zusammen, ergriff Marareds Arm und stoppte ihr wildes Fuchteln, während sie neben ihm im Stroh kniete.

»Es ist nicht allein ihre Schuld, sie …«

»Warum, in Gottes Namen, verteidigst du sie? Warum hast du die beiden nicht an Ort und Stelle umgebracht?«

Maurice sah sie schweigend an. Er wusste es nicht. Warum hatte er es nicht getan? Er war fortgegangen, hatte alles hinter sich gelassen, anstatt seiner Wut freien Lauf zu lassen. Hatte er ihnen nichts angetan, weil er es nicht über sich brachte?

Oder war die Wahrheit eher, dass sie ihm nicht wichtig genug waren, um sich weiter mit ihnen zu quälen? Seine Ehefrau und sein einstiger bester Freund, der vielleicht gar nicht falsch damit gelegen hatte, dass de Clare ihn überschattete. Dass Maurice' Freundschaft zum Earl von Anfang an tiefer gewesen war als die ihre. Und seine Frau hatte er zwar als solche geschätzt und geachtet, aber war sie ihm nicht eigentlich immer fremd geblieben?

»Ich will nicht mehr über sie reden, ich will ihren Namen und den ihres Geliebten nicht mehr hören, ich will sie nicht mehr vor mir sehen, ich …«

Marared hob die Hand, um ihn zu stoppen. »Und was willst du dann, Maurice?«

Er sah ihr in die vertrauten dunklen Augen, auch wenn er wusste, dass die Antwort sie vielleicht enttäuschte. »Weg«, sagte er ehrlich, anstatt ihr vorzuspielen, dass er sich sein restliches Leben an ihrer Seite vor der Welt verstecken wollte. Zwar war dieser Gedanke verlockend, aber sein Drang fortzugehen war stärker. Er dachte an seine Söhne, die ihm zu entgleiten drohten oder vielleicht nie wirklich in seiner Hand gewesen waren, Philip noch weniger als Gerald. Deshalb hatte er auch Richard mit sich genommen. Er sah es als seine Pflicht an, den Jungen vor Philips Eifersucht und Niederträchtigkeit zu beschützen.

Auch dachte er daran, was für Männer aus seinen Söhnen werden sollten, was er ihnen hinterließ, wenn er aufgab und sich seiner Scham und seinem verletzten Stolz hingab. Im Moment konnte er nichts für sie tun, das war ihm bewusst. Er konnte nicht in Prendergast bleiben, Elizabeth in die Augen sehen, sie Tag für Tag um sich haben, ohne sich irgendwann zu verlieren und ihr entweder etwas anzutun oder sie tatsächlich in ein Kloster zu verfrachten. Er konnte seinen Söhnen nicht die Mutter nehmen, Kindern, die niemals herausfinden durften, welcher Sünde ihre Mutter sich schuldig gemacht hatte. Aber er wollte die beiden Jungen auch nicht gänzlich aufgeben, er wollte sie immer noch mitformen, hoffen, dass er sie zu gerechten, ritterlichen Männern erziehen konnte. Dafür musste er sich aber ein neues Heim aufbauen, fort von Prendergast, Elizabeth und ihrem schändlichen Vergehen, das ihm schon in den Sinn kam, wenn er nur daran dachte, das Torhaus seines einstigen Heims zu durchqueren. Elizabeth hatte ihm mehr genommen als seine Ehre und seinen Stolz, sie hatte ihm sein Zuhause genommen. Es würde nie wieder für eine unbeschwerte Kindheit stehen, für Erinnerungen an liebevolle Eltern. Es würde immer nur der Ort seiner Schande sein.

Daher brauchte er ein neues Heim, einen Ort, an dem seine Söhne lernen konnten, Ritter zu werden. Einen neuen Anfang. Für den musste er kämpfen.

»Ich muss de Clare nachreisen, mit ihm beim König um die Erlaubnis für einen Irlandfeldzug in Dermots Dienst ersuchen und dann ein neues Leben in der Fremde aufbauen. Vielleicht ist es für mich zu spät, aber meine Söhne mögen in Irland eine Zukunft haben. Vielleicht schaffe ich es, ihnen Land zu erkämpfen, wenn in Wales kein Platz mehr für sie ist und Rhys sich alles zurückholt.«

Marared nickte langsam und zog ihren Arm zurück. »Du musst tun, was du tun musst.«

Er sah sie prüfend an, suchte nach stummen Vorwürfen, aber sie schien ihre Worte ernst zu meinen. »Soll ich dich zurück zu deinem Vater bringen? Du siehst wirklich müde aus. Ist alles in Ordnung?«

Marared schüttelte den Kopf, ein Lächeln, das er ihr nicht abnahm, aufs Gesicht gezwungen. »Nur der Abschied von meiner Schwester, der mir auf den Magen schlägt. Ich bleibe noch etwas hier. Geh, verliere keine Zeit, du magst den Earl noch in Bristol einholen, er wird doch bestimmt von dort aus segeln, nicht wahr?«

Maurice nickte, warf ihr noch einen letzten besorgten Blick zu, küsste ihre Stirn und machte sich auf den Weg.

Er kam aber nicht weit. Er ritt aus dem Wald und fand sofort den besorgten Fletcher, der verzweifelt nach Marared suchte. Was Maurice von diesem alten Mann erfuhr, ließ ihn auf der Stelle sein Pferd wenden. Er hatte gedacht, Elizabeth und Meilyr im Bett zu finden, war schmerzhaft, aber der Fletcher hatte ihn gelehrt, was wirklich wehtat.

Von Wut und Trauer erfüllt schwang er sich aus dem Sattel, stieß die Tür der alten Schäferhütte auf und ignorierte, wie Marared erschrocken zurückwich. »Was machst du …?«

»Du stirbst mir nicht, hast du mich verstanden?!« Schwer atmend stand er in der offenen Tür, starrte in ihr blasses Gesicht und kämpfte den Drang nieder, mit den Fäusten auf die halb verfallenen Wände loszugehen.

Mitleid blickte ihm aus ihren Augen entgegen, als wäre *er* derjenige, der gegen den Tod kämpfte. Wie konnte sie so ruhig bleiben, ihn einfach fortgehen lassen, wissend, dass sie ihn nie wiedersehen würde, dass ihn bei seiner Rückkehr die Nachricht ihres Todes erwartet hätte? Wie hatte sie seinen kümmerlichen Problemen lauschen können, während sie viel schwerwiegendere Sorgen hatte?

»Du hast meinen Vater getroffen?«

Er warf die Tür zu, derart heftig, dass sie endgültig ausbrach und zu Boden fiel. »Er sagt, du stirbst, dass du nicht einmal Elen die Wahrheit gesagt hast, damit sie geht und versorgt ist. Er sagt, Siwan weiß auch nichts davon, und dass du … er sagt, du stirbst, Marared, aber wie kann er das wissen? Wie willst *du* das überhaupt wissen? Nicht *du* entscheidest über Leben und Tod, das tut schließlich Gott allein und …«

Sie erhob sich, plötzlich mühevoll und gebrechlich, und ihm wurde bewusst, dass sie ein Übermaß an Kraft darauf verwendet haben musste, ihm vorzuspielen, sie sei nicht todkrank. Es brach ihm das Herz. »Gott hat entschieden, Maurice. Es ist ein zu großes Ungleichgewicht der Säfte, die Schwarzgalle überwiegt. Der Bader findet aber kein Geschwür. Es gibt nichts, das man noch tun kann. Es bleibt nur noch die Frage, wie viel Zeit Gott mir noch lässt. Aber ich spüre, es wird nicht viel sein.«

Er stand da, die Hände zu Fäusten geballt, hilflos. Er wollte einer Kriegstruppe gegenüberstehen, sein Schwert ziehen, etwas unternehmen können, aber diesen Worten gegenüber war er machtlos.

»Du kannst doch nicht einfach gehen.« Er brachte nicht mehr als ein Flüstern zustande und wollte die Augen schließen, um die Tränen in den ihrigen nicht zu sehen.

»Siwan ist versorgt, Elen und den Mädchen wird es gut gehen … ich habe mehr, als ich je zu hoffen gewagt habe. Es ist nicht schlimm, jetzt zu gehen. Wenn du jetzt auch noch endlich verschwinden würdest, um den Earl einzuholen und dein neues Leben zu beginnen, wäre ich rundum glücklich.«

Er warf ihr einen ungeduldigen Blick zu. »Du glaubst doch nicht wirklich, dass ich dich jetzt hier alleinelasse?«

Zum ersten Mal stand Verunsicherung in ihren Augen, fast schon Furcht. »Nein, Maurice! Ich lasse nicht zu, dass ich dir im Weg stehe. Du musst dein Glück finden, das ist alles, was ich will, ich …«

Er überwand die Entfernung zwischen ihnen mit zwei Schritten und schloss sie fest in den Arm, ihren Kopf auf seinen Ringpanzer gebettet. »Sei still«, flüsterte er und strich ihr durchs strähnige Haar. Es roch immer noch so wie einst, nach Sägespänen und Sommer, es brachte Erinnerungen mit sich, die er nicht ausschließen mochte.

Maurice schloss die Augen und dachte an ihr erstes Zusammentreffen, an eine junge, vor Kraft strotzende Marared, an eine Frau, die vor Leben nur so strahlte und ihn auf ihre Art liebte. Von Beginn an hatte er ihre Liebe gespürt, auch wenn sie diese verheerenden Worte nie ausgesprochen hatten, aber ihre Zuneigung hatte ihn die ganze Zeit über begleitet. Wie sollte er in einer Welt leben, in der es Marared und ihre Liebe nicht mehr gab? Was für ein selbstsüchtiger Gedanke. Was für eine selbstsüchtige Beziehung, in der er stets nur genommen, nie aber gegeben hatte.

»Ich bleibe hier, Irland kann warten.«

»Aber deine Zukunft …«

»Die läuft mir nicht davon. De Clare kann den König genauso gut allein um Erlaubnis bitten, und bis er aus Aquitanien zurückkehrt …«

»… werde ich nicht mehr am Leben sein.«

Maurice schob sie von sich, nahm ihr Kinn in seine Hand und beugte sich über sie. »Wenn de Clare aus Aquitanien zurückkehrt, werde ich ebenso bei dir bleiben, denn du wirst noch leben, Marared. De Clare wird den Feldzug vorbereiten und Männer rekrutieren. Das alles kostet Zeit, Zeit, die uns bleibt, Marared.«

»So lange habe ich nicht mehr …«

»Das weißt du nicht. Wir werden um jeden Tag kämpfen, gemeinsam. Aber zuvor musst du Elen und Siwan die Wahrheit sagen. Ich bringe dich zu ihnen, verabschiede dich, ansonsten werden sie es dir nie verzeihen.«

Marared atmete tief ein und senkte dann den Blick. »Wie kann ich so etwas von dir verlangen? Ich kenne dich, deine Loyalität verlangt es, dem Earl zu folgen, und …«

»… mein Herz befiehlt mir, bei dir zu bleiben. De Clare kommt eine Weile ohne mich aus. Ich werde ihm nach Irland folgen, aber nicht, solange du mich brauchst. Er wird das verstehen.«

Marared nickte schließlich und schmiegte sich an ihn. »Es war ein gutes Leben, Maurice. Du hast es noch besser gemacht.«

(M)arared starb im September und kurz darauf auch ihr Vater, der einfach aufgegeben und sich Gottes Händen anvertraut hatte. Der Sommer war auf eine Weise sonderbar friedlich gewesen, seine kurzen Reisen mit Marared zu ihrer Familie, seine gemeinsame Zeit mit ihr in der Schäferhütte, wo sie eine Nähe zueinander gefunden hatten, die ohne körperlichen Kontakt ausgekommen war. Aber es war auch sein schrecklichster Sommer gewesen. Zuzusehen wie Marared das Essen verweigerte, ihr die Knochen schmerzten, dass sie schrie vor Qualen, wie sie in sich zusammenfiel und er schlussendlich jeden ihrer Atemzüge hatte hören können, so schwer war es ihr gefallen, Luft zu holen.

Manchmal hatte er sich gewünscht, Gott würde sie eher zu sich rufen, um ihr die Schmerzen zu ersparen, an anderen Tagen hatte er gebetet, dass er sie ihm noch länger ließ. Am Ende war er allein zurückgeblieben. Seine Gefolgsleute hatten ihn auf seinen Reisen mit Marared begleitet, ohne Fragen zu stellen. Meist waren sie aber auf der Burg in Striguil geblieben, im

Glauben, dass sie hier auf de Clares Rückkehr warteten, auch wenn Hervey de Montmorency nicht begeistert gewesen war von der flämischen Invasion. Er hatte es aber nicht gewagt, sich mit Maurice anzulegen, wissend, wie hoch Maurice in de Clares Gunst stand, und vielleicht auch ein wenig aus Angst, das letzte bisschen Macht in Striguil zu verlieren.

Maurice ließ Marared und den Fletcher hinter der Pfarrkirche beerdigen, auch wenn er sich dafür mit dem Priester anlegen musste. Ihre Beschäftigung war kein Geheimnis gewesen, aber Maurice hatte noch keinen Kirchenmann getroffen, der Nein zum Auffüllen seiner Börse gesagt hätte. Mit dem nötigen Kleingeld war er sogar bereit, Messen für sie zu lesen. So viel zu frommer Barmherzigkeit.

Maurice blieb lange allein am Grab seiner Freundin zurück, um sich zu verabschieden, bevor er sich schweren Herzens auf den Weg zur Burg machte. De Clare war immer noch nicht vom Festland zurückgekehrt, und Maurice konnte nicht länger in Striguil warten und wollte bald mit seinem Gefolge aufbrechen. Er musste nach Hause, auch wenn ihm davor graute, jetzt nach Marareds Tod noch mehr. Aber was sollte er machen? Er wusste nicht, ob de Clare einen Feldzug immer noch in Erwägung zog, oder was sein Freund so lange beim König machte. Auch nicht, ob Dermots Angebot immer noch stand.

Maurice musste also abwarten und überlegen, was er mit Elizabeth machen sollte, jetzt, da er diesem Land nicht so bald entfliehen konnte. Der Sommer hatte ihm genug Abstand gewährt, um Elizabeth vielleicht zumindest in die Augen sehen zu können, auch wenn er noch keine Ahnung hatte, wie es mit ihnen beiden weitergehen sollte. Hätte er sie wahrhaftig geliebt, wäre er wohl fähig gewesen, ihr zu verzeihen, aber so wie die Dinge standen, wollte er sie nicht einmal mehr um sich haben.

»Gute Nachrichten, mein Freund!«

Maurice musste gar nicht aufblicken, um zu wissen, dass

Griffin vor ihm stand. Diese Stimme verursachte jedes Mal ein unangenehmes Ziehen an seiner vernarbten Seite, und der Zorn, der wegen Marareds Verlust in ihm schwelte, drohte auszubrechen.

»Du und deine flämische Bande von Schmarotzern könnt endlich von hier verschwinden.«

»Hat de Clare eine Botschaft gesandt?« Maurice schwang sich aus dem Sattel und machte eine abwinkende Geste zu einem Knappen, der ihm das Pferd abnehmen wollte.

»Ja, das hat er.« Griffin verschränkte die Arme vor der schmächtigen Brust, die ihn ein wenig an de Montmorency erinnerte, als hätten sich Herr und Knappe körperlich angeglichen. »De Clare ist nach Sachsen gegangen.«

»Was, in aller Welt, will er denn dort?«, entfuhr es Maurice, ehe er sich eines Besseren besinnen konnte. Er biss die Zähne zusammen, wollte vor Griffin nicht zeigen, wie sehr er auf Antworten brannte, um einerseits zu wissen, wie es seinem Freund erging, andererseits aber auch, um seine nächsten Schritte zu planen. Wohin sollte sein Weg führen? Nach Irland oder woandershin?

Griffin grinste wie erwartet über Maurice' Unbedachtsamkeit und ließ sich mit der Antwort Zeit. »Der König hat ihn dorthin geschickt«, erklärte er schließlich beiläufig und schlenderte zum Stall hinüber. Maurice blieb nichts anderes übrig, als ihm wie ein Hund zu folgen, seinen Wallach am Zügel führend. »De Clare begleitet die Prinzessin Matilda zu ihrem zukünftigen Ehemann, dem Herzog von Sachsen und Bayern.«

Maurice warf Griffin einen misstrauischen Blick zu, aber wieso sollte er ihn anlügen? Es musste schließlich einen Grund haben, weshalb de Clare nicht zurückgekommen war, und Maurice wusste, dass Henrys und Eleonors Tochter elf oder zwölf Jahre alt war, also heiratsfähig. Es war eine große Ehre für de Clare, die Prinzessin von England in ihr neues Heim nach Sachsen zu geleiten. Aber es sah Henry nicht ähnlich, de Clare eine Gunst zu erweisen. Wieso also vertraute er seinem ungeliebten Kronvasallen seine Tochter an, anstatt ihn ins ferne Irland zu schicken, um ihn los zu sein?

Maurice bedauerte nun mehr denn je, zurück nach Prendergast zu müssen, wo ihn das ungewisse Warten auf Neuigkeiten erwartete, genauso wie seine untreue Ehefrau.

Prendergast, Südwestwales, November 1168

Großvater ist hier! Vater, Vater, wir haben Besuch, komm!«

Maurice blickte vom Grabstein Philip de Prendergasts auf und sah seine beiden Söhne über den Friedhof zu ihm laufen. Sie waren so gewachsen im letzten Jahr, Philip mit seinen acht und Gerald mit seinen sechs Jahren. Philip war etwas dunkler als der goldene Gerald, aber beide hatten die hellgrauen Augen ihres Urgroßvaters mütterlicherseits. Die Augen seiner Kinder waren jetzt weit aufgerissen und leuchteten vor Freude, was jegliche Ähnlichkeit mit Griffin zunichtemachte. Sie erfüllten ihn mit Freude und Stolz, nicht mit Widerwillen, nur weil sie einem verhassten Mann ähnlich sahen. Im letzten Jahr hatte Maurice mehr Zeit denn je zuvor mit seinen Söhnen verbracht, und er hatte Gelegenheit gehabt, sie wirklich kennenzulernen. Sie waren großartige Jungen, manchmal etwas wild, und mit de Clares Sohn Richard schien Philip sich einfach nicht verstehen zu wollen, aber Maurice glaubte, dass sein Ältester mittlerweile verstand, dass Richard keine Gefahr für ihn darstellte. Er war zumindest nicht mehr grausam aus Eifersucht. Manchmal, wenn er mit seinen abenteuerlustigen Jungen tobte, sehnte er sich nach einer Tochter, nach einer kleinen Prinzessin. Aber er hatte Elizabeth seit dem Vorfall mit Meilyr nicht mehr angerührt, auch wenn sie eines Nachts versucht hatte, zu ihm zu kommen, vermutlich in einem verzweifelten Versuch, Buße zu tun. Es war ihm erst nicht leichtgefallen, ihr standzuhalten, er war auch nur ein Mann. Doch dann hatte er das Bild von ihr und Meilyr vor sich gesehen, hatte daran gedacht, wie Meilyr sie berührte, und plötzlich war es ihm nicht mehr schwergefallen, aufzustehen und den Raum zu verlassen.

»Beeil dich, Vater, komm mit, Mutter hat gesagt, wir müssen dich holen!«

Gerald zerrte an seinem Ärmel und zog Maurice auf die Beine. Ihr Großvater war da, und wieder einmal wünschte Maurice sich, dass auch sein Vater noch am Leben wäre, dass er Maurice einen Rat geben könnte.

Aber so blieb ihm nur, sich zu bekreuzigen, einen letzten Blick auf das Grab zu werfen und sich seinen Söhnen zu widmen, die aufgeregt um ihn herumsprangen.

»Komm mit, Vater, komm endlich, Großvater wartet, und Meilyr ist auch hier!«

Maurice erstarrte, er spürte richtiggehend, wie ihm alle Farbe aus dem Gesicht wich. Über ein Jahr hatte Meilyr sich nicht mehr blicken lassen, und jetzt wagte er sich in sein Heim zurück? Wog er sich in Sicherheit, weil sein Onkel dabei war?

»Helft bei der Versorgung der Pferde«, trug Maurice seinen Jungen geistesabwesend auf, als sie zurück im Hof waren, wo rege Betriebsamkeit herrschte – seine angeheirateten Geraldine-Verwandten reisten stets mit großem Gefolge.

»Aber wir wollen zu Großvater!« Gerald stampfte trotzig mit dem Fuß auf. Als er aber sah, dass Richard bereits dabei war, Pferde fortzuführen, trollte er sich sofort. Auch Gerald war meist eifersüchtig auf den älteren Knappen, aber seine Eifersucht lenkte sich nicht in Zorn, sondern ins Streben, alles besser zu machen.

Maurice wäre gerne noch draußen geblieben, um den Moment der Wahrheit hinauszuzögern, aber er musste sich wohl oder übel der Situation stellen.

In der Halle waren gerade alle dabei, Elizabeth zu begrüßen und an der hohen Tafel Platz zu nehmen, während sich die Knappen und Ritter in ihrer Begleitung an den längsseitigen Tischen niederließen. Nicht nur sein Schwiegervater Maurice FitzGerald war gekommen, sondern auch dessen Bruder, der Constable von Pembroke, den Maurice bis auf Familientreffen zu Feiertagen nicht mehr gesehen hatte. Frauen waren keine in ihrer Begleitung, es handelte sich also um keinen Höflichkeitsbesuch, sonst wäre Elizabeths Mutter Lady Alice bestimmt auch hier.

Meilyr war der Einzige, der nicht an Elizabeth herantrat und stattdessen zwei junge Ritter vorließ, die Maurice nicht kannte. Es war ein Durcheinander, alle redeten gleichzeitig, Pagen eilten mit Weinkrügen herein, Mägde brachten Schalen zum Händewaschen, und Maurice stand im Halleneingang und betrachtete Meilyr.

Inmitten der hochgewachsenen Geraldines ging er mit seiner untersetzten Gestalt fast unter, sein schwarzes Haar und der dunkle Ton seiner Haut verbargen ihn in den Schatten der Wandleuchten, aber Maurice erkannte sogar aus dieser Entfernung, wie unwohl er sich fühlte. Meilyrs Blick fiel immer wieder zum Treppenaufgang in der Ecke neben dem Podest, als erwartete er, dass Maurice von dort oben herunterkam.

Seine unruhige Haltung, wie er von einem Bein aufs andere trat, ließ darauf schließen, dass er nicht freiwillig hier war. Vielleicht hatte sein Onkel darauf bestanden. Meilyr hätte sich wohl schlecht weigern können, ohne in Erklärungsnot zu geraten.

»Maurice!«

Sein Schwiegervater entdeckte ihn und kam mit ausgebreiteten Armen auf ihn zu. Er war etwas grauer geworden, mit seinen Mitte sechzig machte er aber immer noch einen robusten Eindruck, den seine strahlenden Augen unterstrichen. Einst hatte Maurice so werden wollen wie er, und beim Anblick des alten Ritters fragte er sich, ob er darin Erfolg gehabt hatte.

»Was für eine freudige Überraschung, Euch hier zu sehen«, sagte Maurice ehrlich.

»Verzeih, dass wir dich unangekündigt überfallen, aber die Angelegenheit duldet keinen Aufschub.«

»Ihr seid hier stets willkommen.« Sein Blick fiel an seinem Schwiegervater vorbei zu Meilyr, der denselben elendigen Ausdruck im Gesicht trug wie Elizabeth bei seiner Rückkehr. Ein stummes Flehen, eine Bitte um Verzeihung.

Maurice wandte sich ab und bedeutete allen, sich zu setzen. Er selbst nahm auf dem Stuhl des Hausherrn Platz, zwischen dem Constable von Pembroke und seinem Schwiegervater.

»Ich glaube, wir sind uns noch nicht vorgestellt worden.« Einer der jungen Ritter ließ sich zwei Stühle weiter nieder und lächelte offen. Sein Haar war sandfarben mit einer Spur ins Rötliche, seine Augen von einem leuchtenden Grün, in denen der Schalk blitzte.»Mein Name ist Robert de Barry«, erklärte er, legte sich die Hand auf die Brust und verneigte sich leicht. »Sohn von William de Barry und jüngerer Bruder von Philip de Barry.«

Maurice nickte – Elizabeths Tante war mit einem Flamen, besagtem William de Barry, verheiratet gewesen. Die Familie hatte ihre Burg in Manorbier, gut zwei Stunden südöstlich von hier an der Küste.

»Und das ist mein Vetter Milo FitzBishop«, fuhr der Ritter mit einer Geste zu seinem Sitznachbarn fort, der von kräftiger Gestalt war und mit einem knappen Nicken in Maurice' Richtung sogleich nach dem Wein griff.

»FitzBishop?« Maurice hob eine Augenbraue, und Robert de Barry lachte laut auf.

»Ja, das Kind meines Onkels, des Bischofs.«

Da musste auch Maurice lachen. »Seid mir willkommen.« Er blickte an Meilyr vorbei und versuchte auch zu ignorieren, wie Elizabeth mit roten Wangen einen Bogen um ihn machte, während sie die Mägde beaufsichtigte, die kaltes Fleisch und Fladenbrot brachten. »Nun, was führt Euch hierher?«

Der Constable griff nach seinem Wein und roch daran. »Ich

habe Besuch in Pembroke bekommen – aus Irland«, begann er und trank einen kräftigen Schluck. »Dermots Sekretär Morice Regan kam zu mir und ersuchte um weitere Unterstützung für seinen Herrn.«

Das überraschte Maurice nicht. Letztes Jahr war Dermot gemeinsam mit ein paar von Rhys' Walisern und einer Gruppe Flamen unter Sir Richard FitzGodobert nach Irland zurückgekehrt.

»Seine beschämend kleine Truppe war also wie erwartet erfolglos.«

»Dermot musste sich einer Übermacht stellen und war gezwungen, dem irischen Hochkönig zu huldigen. Außerdem musste er dem irischen Fürsten, dem er die Frau gestohlen hat, einhundert Unzen Gold als Entschädigung zahlen – gegen die Iren sind die Waliser noch vorbildliche Christenmenschen. Jetzt sitzt Dermot im mickrigen Rest seines Fürstentums, den der Hochkönig ihm gelassen hat, und wartet auf bessere Zeiten, während Regan um Unterstützung fleht. Wir haben gehört, dass Ihr vor fast zwei Jahren gemeinsam mit dem Earl of Striguil gehen wolltet. Nun fragen wir uns, was Ihr heute beabsichtigt zu tun, Mylord de Prendergast.«

Maurice wischte sich mit der Hand über den Mund, um sein Lächeln zu verbergen. Die förmliche Anrede seines einstigen Schinders fand er immer noch ungewohnt und erheiternd. Das zerfurchte Gesicht des Constable sah wie gehabt unglücklich aus, sein goldenes Haar war längst Opfer der Zeit geworden, ergraut und dünn, die von zu vielem Wein und zu fettigem Essen aufgepolsterte Haut hing mittlerweile in Lappen von seinen Wangen. Erstaunlich, dass dieser Mann Maurice einst mit enormer Kraft niedergeschlagen hatte.

»Werden denn die Geraldines gehen?«, fragte Maurice zurück und wandte sich seinem Schwiegervater zu.

Maurice FitzGerald seufzte schwer. »Wir ziehen es ernsthaft

in Erwägung, mein Sohn. Unser Halbbruder Robert sitzt seit Jahren in Rhys' Verlies, und all meine Bemühungen, ihn freizubekommen, waren vergebens. Weißt du, was Rhys als Bedingung stellt? Dass Robert und ich gemeinsam mit ihm gegen König Henry kämpfen! Wir sollen Hochverrat begehen!«

Ein belustigtes Schnauben entfuhr Maurice. »Humor hat er ja.«

»Ja, nur war Morice Regan auch bei Rhys und klagt dort ebenfalls das Leid seines Fürsten. Aber Rhys ist nicht gewillt, noch mehr Männer nach Irland zu schicken, damit sie dort abgeschlachtet werden. Allerdings ist er plötzlich einverstanden, Robert freizulassen, wenn er Wales verlässt und nach Irland geht.«

Was für ein hinterhältiger, kluger Mann dieser Rhys doch war. Er wusste längst, dass er die Oberhand in Südwales gewonnen hatte, so wie Maurice und allen anderen auf der Seite der Eroberer bewusst war, dass sie hier nur noch geduldet wurden. Ein Kampf, um sie endgültig zu vertreiben, würde Rhys aber viele Menschenleben kosten und einen noch zornigeren König Henry. Nun sah der Waliser eine Möglichkeit, seine Feinde ohne Blutvergießen loszuwerden und das Land wieder für sich zu gewinnen, indem er ihnen Irland schmackhaft machte. Er setzte seinen Gefangenen frei, aber seine Geraldine-Verwandten sollten dafür von hier verschwinden.

»Wird Euer Halbbruder dem zustimmen?«

»Wir gehen davon aus«, ließ sich der Constable vernehmen. »Und wenn Robert geht, werden wir folgen. Wir wissen alle, dass uns vor Rhys' Haustür mittlerweile das Wasser bis zum Hals steht. Ein neuer Anfang in Irland wäre für unsere Familie nicht das Schlechteste – neues Land, neue Möglichkeiten. Was ist mit Euch, Mylord de Prendergast? Geht Ihr nach Irland? Und was wird der Earl of Striguil tun? Es heißt doch, Ihr steht so gut zueinander.«

»Ich gehe, wenn der Earl geht. Richard ist aber im Moment auf dem Festland beim König.«

»Was, im Namen Gottes, macht er denn immer noch dort?«

Das fragte Maurice sich auch. Es schien ihm, als fände der König ständig neue Aufgaben für seinen Kronvasallen, um ihn beschäftigt und von seiner Heimat – oder vielleicht auch von Irland – fernzuhalten.

Die faltigen Wangen des Constable färbten sich allmählich rot vom vielen Wein. »Aber Ihr müsst doch ohnehin nicht auf den Earl warten, er ist nicht Euer Herr und schon lange nicht mehr Earl of Pembroke! Ihr könnt auch alleine nach Irland ziehen, ohne ihn!«

»Ich denke, die mächtigen Geraldines werden auch ohne mich in Irland bestehen«, wich Maurice aus, da er nicht glaubte, dass der Constable etwas von Freundschaft verstand. Maurice hatte de Clare für seine untreue Ehefrau im Stich gelassen, aber das würde er nicht noch einmal tun. Auch wollte er seinen Söhnen immer noch ein neues, stabiles Heim aufbauen, das nicht von Rhys' Macht bedroht wurde. Irland kam ihm immer verlockender vor, zumal er im letzten Jahr nicht so untätig gewesen war, wie der Constable annahm. Maurice hatte sich häufiger nach Pembroke Cross begeben und sich dort mit den Ostmännern aus den dänischen und norwegischen Städten in Irland ausgetauscht. Maurice wusste mittlerweile so einiges über irische Krieger, irische Gesetze und irische Fürsten. Es war ein Risiko, aber Maurice glaubte, dass Wissen ihr Weg zum Triumph war. Solange sie Dermot nicht blauäugig folgten, waren sie auf der sicheren Seite. Er musste nur endlich Gelegenheit finden, in Ruhe mit de Clare zu sprechen, damit sie gemeinsam ihre Zukunft planen konnten; die Nachrichten Hervey de Montmorencys, dass de Clare einem Irlandfeldzug gegenüber immer noch aufgeschlossen war, reichten ihm nicht aus, um Wales ohne seinen Freund zu verlassen.

»Wir sind stark. Unser Heer wird vereint mit Dermots irischen Kriegern enorme Erfolge erzielen«, unterbrach der Constable knurrend seine Gedanken, »aber je mehr wir sind, desto besser. Schließlich müssen wir auch Dermot gegenüber eine einschüchternde Macht bilden, damit er gar nicht erst auf die Idee kommt, uns zu benutzen und dann abzuschreiben. Wenn wir nach Irland gehen und Dermot zu alter Macht verhelfen, werden wir einfordern, was uns versprochen wurde. Das können wir aber nur mit einem gewaltigen Heer im Rücken. Wir Geraldines reichen dafür nicht aus, wir brauchen auch die Flamen.«

Die Geraldines und die Flamen vereint – so war es bei Elizabeths und seiner Hochzeit gedacht gewesen. Ein Bündnis gegen die Waliser, das jetzt gegen die Iren standhalten sollte?

»Schließlich gehörst du auch zu unserer Familie«, warf sein Schwiegervater ein und machte es ihm schwerer, die nüchterne, undurchschaubare Miene aufrechtzuerhalten. Seine kindliche Bewunderung für diesen Ritter hatte er mit voranschreitendem Alter anscheinend immer noch nicht abgelegt.

Maurice nickte langsam, kaute an den Worten, die er nicht aussprechen wollte, die eine Schwäche waren, und doch brauchte er eine Antwort auf eine Frage. »Was mag Meilyr in Irland wollen?«

Sein Schwiegervater sah ihn verständnislos an.

»Ihr habt schon vor langer Zeit Euer Land verloren, Sir. Ihr lebt mit Eurer Familie bei Eurem Bruder – Euch hält hier nichts. Robert de Barry ist ein jüngerer Sohn und hat in Wales nichts zu gewinnen, Milo FitzBishop ist der Bastard eines Kirchenfürsten, auch für ihn sieht es hier schlecht aus, Robert FitzStephen hat keine andere Wahl als zu gehen, will er seine Freiheit zurückerlangen … aber was ist mit Meilyr? Er hält Narberth und Pebidiog, und auch wenn Rhys eine Bedrohung darstellt, ist das Risiko, dieses Land zu halten, doch sehr viel geringer, als es aufzugeben und in der Fremde zu kämpfen. Die

Versprechen von Land und Reichtum sind ja allesamt sehr erfreulich, aber Gott allein weiß, wer von uns am Ende noch am Leben ist. Dieser walisische Prinz, den Rhys mitgeschickt hat, weiß wohl, wovon ich rede, die Krähen tun sich gerade an seinem Fleisch gütlich.«

»Ich …«, meldete sich Meilyr, der Maurice' Worte mitangehört hatte, als ihm sein Vetter dazwischenfuhr.

»Das hab ich mich auch schon gefragt«, lachte Robert de Barry und beugte sich am Constable, Maurice und seinem Schwiegervater vorbei, um Meilyr anzusehen, »was will ein Mann, der es hier gut hat und sowohl mit dem walisischen Fürsten als auch mit dem englischen König verwandt ist, in Irland?«

»Jeder hat seine Gründe«, knurrte Meilyr in de Barrys Richtung, dann sah er auf und erstarrte. Maurice folgte seinem Blick und sah Elizabeth mit zwei Mägden vor der hohen Tafel stehen, Bretter voll mit Honigkuchen. Sie sah Meilyr an, der Schreck stand ihr ins Gesicht geschrieben. Sie wollte wohl nicht hören, dass ihr Geliebter auf Nimmerwiedersehen verschwand und sein Leben riskierte. Meilyr aber drehte den Kopf weg, was Elizabeth zusammenzucken ließ, als hätte er sie geohrfeigt. »Wenn du noch mehr Fleisch in dich hineinstopfst, platzt du bald aus allen Nähten, Vetter«, brummte er schließlich in Richtung FitzBishop.

Der bischöfliche Bastard schien nichts von der Anspannung zu bemerken und grinste breit. »Was kann ich dafür, wenn dieser Page dahinten mir ein Stück nach dem anderen auflegt?«

»Weil du auch immer hungrig bist!«, lachte de Barry.

»Ein großer Mann muss sehen, wo er bleibt. Oder wie mein bischöflicher Vater zu sagen pflegt: Genieße fröhlich Gottes Gaben.«

»Das ist die Lieblingsbibelstelle deines Vaters, he?« De Barry stieß seinen Vetter mit der Schulter an. »Guter Onkel David. Er hat deine Mutter wohl auch als eine von Gottes Gaben betrachtet, was?«

»Na, das ist sie ja auch. Wie alle Frauen.«

Lachen erfüllte die Halle, und der peinliche Moment der Stille schien vergessen. Nur Meilyr zeigte sich weiterhin ernst und trank stumm von seinem Wein.

»Dermot verspricht allerhand«, griff der Constable das ernste Thema erneut auf und rief einen Knappen von den unteren Tafeln herbei, der ein Schriftstück brachte und laut vorlas: *Wer auch immer sich Land, Pfennige, Pferde, Rüstungen, Streitrösser, Gold und Silber wünsche, den soll ich großzügig entlohnen. Wer auch immer Land und Weiden wünsche, reich werde ich ihn belehnen.*

Der Constable winkte ihn zufrieden davon und wandte sich Maurice zu. »Der Brief soll an jeden Earl, Baron, Ritter, Knappen und Reiter in allen Himmelsrichtungen gegangen sein. Wir sollten also rasch handeln, bevor auch andere auf die Idee kommen, Dermots Angebot anzunehmen, und uns das Land dort wegnehmen.«

Maurice verdrehte die Augen. »Mich wundert ja, dass Dermot seine Tochter in dem Brief nicht erwähnt, ist er doch so begierig, sie zu verkaufen.«

Sein Schwiegervater lachte auf. »Oh, er hat es bei meinem Bruder und mir durchaus mit seiner Tochter versucht, aber da wir bereits verheiratet sind, musste er sich auf materielle Güter beschränken.«

Das spontan entstandene Familienfest zog sich bis in den späten Abend und wurde immer ausgelassener. Maurice versuchte, gelassen zu bleiben, als Meilyr sich entschuldigte, um den Abtritt aufzusuchen, während auch Elizabeth fort war. Er sah die beiden vor sich, verstohlene Küsse tauschend, ihr Leid klagend über den grausamen Ehemann, der ihnen ihr Glück raubte.

Seine Fantasie drohte mit ihm durchzugehen, und er entschied, an die frische Luft zu gehen, einerseits, um seinen Kopf wieder klar zu bekommen, andererseits aber auch, um nachzusehen, ob an seiner Befürchtung etwas dran war. Er entschuldigte sich mit der Begründung, nach seinen Söhnen zu sehen, und ging mit bleiernen Beinen hinaus.

Er hatte kaum die Halle verlassen, da stürzte Elizabeth aus der Dunkelheit und packte seinen Arm. »Ich habe ihn nicht hierhergebeten, das schwöre ich, Maurice, bitte glaube mir, schick mich nicht weg! In einem Kloster komm ich um!«

Maurice sah einen Moment lang verständnislos auf sie hinab, dann löste er ihre Finger von seinem Ärmel und blickte über sie hinweg. »Wo ist Meilyr?«

Sie wich zurück. »Woher soll ich …?« Sie schlug sich die Hand vor den Mund. »Du glaubst doch nicht etwa, dass wir … Ich habe die Kinder zu Bett gebracht und die Unterkünfte für unsere Gäste vorbereitet. Ich schwöre dir, Maurice, ich habe Meilyr nicht gesehen, nur in der Halle vorhin kurz, das ist alles, ich …«

Maurice legte seine Hand an ihre Wange, er wusste gar nicht richtig, warum. »Geh hinein zu deiner Familie, du siehst sie nur selten.«

Sie starrte ihn an, ihre grünen Augen wirkten riesig in der Dunkelheit. »Kann ich dir etwas bringen? Vielleicht den walisischen Meteghlin, den du so gerne trinkst.«

Vielleicht eine Frau, deren Augen nicht voller Schuld sind, wann immer sie mich ansieht. Eine Frau, bei der ich nicht bei jeder freundlichen Geste den Verdacht hege, dass sie es nur tut, um nicht fortgeschickt zu werden. Er wusste gar nicht mehr, wie es sich anfühlte, seinetwegen gebraucht zu werden, und in diesem Moment vermisste er Marared schmerzlich.

»Nichts, Elizabeth. Ich brauche nichts. Geh nur hinein, ich komm gleich nach.«

Elizabeth sah ihn noch einen Moment lang traurig an, dann nickte sie und verschwand ins Warme.

Maurice aber blieb draußen im Hof, schlenderte zu den Stallungen, auf der Suche nach einem Ort, an dem er nachdenken konnte. Die Geraldines wollten nach Irland, um für Dermot zu kämpfen. Was sollte er tun?

Der vertraute Geruch nach Pferden und Heu hüllte ihn ein, es war dunkel, aber er hörte das beruhigende Schnauben und Stampfen der Hufe. Er konnte nicht lange bleiben, seine Gäste erwarteten ihn zurück, aber er wollte wenigstens einen Moment lang frei atmen können.

»Sie haben mich mitgeschleift, Mann, ich konnte nichts dagegen machen.«

Maurice ballte die Hände zu Fäusten. Er hörte raschelnde Schritte hinter sich, drehte sich aber nicht um. »Warum gehst du nach Irland?«

»Weil *du* gehst.«

Mit einem Fluch fuhr er herum, seine Augen hatten sich ausreichend an die Dunkelheit gewöhnt, um Meilyrs untersetzte Gestalt ausmachen zu können. »Was?!«

»Glaubst du etwa, ich lasse dich nach Irland rennen, um dich dort umbringen zu lassen? Meinetwegen?«

»Oh bitte, halte dich nicht für wichtiger, als du bist. Ich gehe für eine bessere Zukunft nach Irland, nicht um mich umbringen zu lassen.«

»Bevor du Elizabeth und mich entdeckt hast, wolltest du nicht gehen. So oder so, ich komme mit. Hier hält mich nichts.« Meilyr kam auf ihn zu, setzte bedächtig einen Schritt vor den anderen. »Ich habe keine Familie, keine Eltern mehr, keine Ehefrau, keine Kinder. Mein einziger wahrer Freund hasst mich und wünscht, ich wäre tot, also was soll ich noch hier? Ich gehe, um zu retten, was zu retten ist, ich gehe, um …«

»… Buße zu tun?!«

»Wenn du es so nennen willst.« Meilyr atmete hörbar ein, strich sich mit beiden Händen das Haar zurück. »Ich hasse mich für das, was ich getan habe, Maurice. Ich weiß, ich kann nicht verlangen, dass du mir vergibst. Ich will einfach nur, dass du mir die Möglichkeit gibst, dir zu beweisen, dass ich mich verändert habe. Ich bin nicht mehr der hurende, selbstvergessene Jungspund, den nichts auf der Welt kümmert. Ich habe alles verlieren müssen, um das zu erkennen, aber ich weiß jetzt, was wichtig ist. Mit der Schande, die ich über uns alle gebracht habe, kann ich nicht leben, schon gar nicht, wenn du auch noch so verdammt großmütig bist. Du hättest uns auffliegen lassen können, verdient hätten wir es, nicht nur wegen unserer Taten, sondern vor allem wegen dem, was ich hinterher zu dir gesagt habe. Du warst mir immer ein besserer Freund als ich dir, selbst wenn du nicht da warst. Das hast du einmal mehr bewiesen, als du unser Geheimnis bewahrt hast. Ja, du warst immer schon besser als ich, das wissen wir beide. Also gehe ich nach Irland und achte darauf, dass du deine Zukunft bekommst.«

Maurice schüttelte den Kopf, immer noch voller Wut. »Glaube nicht, dass dein Süßholzraspeln mich erweicht. Das mag dich bei deinen einfältigen Weibern weiterbringen, aber nicht bei mir.« Er machte einen bedrohlichen Schritt auf Meilyr zu und sah auf ihn hinab. »Du hast mit meiner Frau geschlafen, Meilyr. Nicht nur einmal, ihr habt mich monate… nein jahrelang belogen. Weißt du, wie es sich anfühlt, daran zu zweifeln, Vater der eigenen Söhne zu sein?«

Meilyr wich einen Schritt zurück, und Maurice schien es, als könne er ihn in der Dunkelheit blass werden sehen.

Er riss die Hand hoch. »Geh mir aus den Augen, Meilyr, und wenn du mir wirklich einen Gefallen tun willst, dann halte dich von mir fern, gehe nicht mit nach Irland.«

»Das kann ich nicht, Mann. Nenn mich verrückt, aber ich weiß jetzt, was Loyalität einem Freund gegenüber bedeutet, und plötzlich krieg ich diesen Teufel nicht mehr ausgetrieben.«

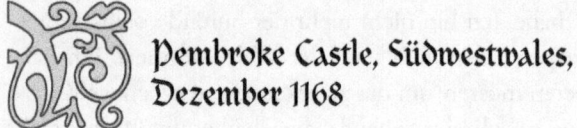

Pembroke Castle, Südwestwales, Dezember 1168

Wie viel Zeit vergangen ist!« De Clare schlenderte an seiner Seite den Wehrgang von Pembroke Castle entlang und ließ seinen Blick über das froststarrende Umland schweifen. »Ist es wirklich zwanzig Jahre her, dass wir Pembroke als grüne Jungspunde verlassen haben?«

Maurice lachte auf. »Ich war seither öfters hier – Familienfeierlichkeiten und so. Es kann ja nicht jeder auf dem Festland herumscharwenzeln und sich in des Königs Glorie sonnen.«

»Sonnen würde ich das weniger bezeichnen, auch wenn es den Sommer über dort unerträglich heiß war. Da lob ich mir doch diese verdammte Insel, auch wenn es ständig regnet.« De Clare lehnte sich gegen die Brüstung und sah ihn zugleich amüsiert wie auch erschöpft an. »Der König schlägt sich seit Jahren mit jedem, der ihn nur schief ansieht, vom Kirchenfürsten bis zum König, und ich musste mich um seine Kinder kümmern.«

»Um seine Kinder?«

De Clare zuckte mit den Schultern. »Erst hatte ich Prinzessin Matilda nach Sachsen zu ihrem Verlobten zu verfrachten, und dann sollte ich Friedensverhandlungen und Heiratspläne mit dem König der Franken führen. Prinz Richard wird beizeiten Louis' Tochter Alys heiraten. Und rate mal, wem es zufiel, das achtjährige Mädchen nach England zu bringen?«

»Aber wieso? Hast du es tatsächlich in den Kreis von Henrys Favoriten geschafft?«

Ein Lachen entkam seinem Freund. »Ganz und gar nicht. Ich

weiß auch nicht, was plötzlich in ihn gefahren ist. Ich sprach mit ihm über Irland, und er meinte, dass es sehr nobel von mir wäre, einen irischen Fürsten zu unterstützen, vorher hätte er aber eine wichtige Aufgabe für mich. Als ich dann von Sachsen zurückkehrte und erneut um die Erlaubnis für den Irlandfeldzug bat, war Henry in Scharmützel mit Louis verstrickt, und ich musste ihm zur Seite stehen. Dann meinte er, der Name de Clare wäre unter den Franken so geachtet, dass *ich* die Friedens- und Heiratsverhandlungen mit Louis führen sollte und dass dies meine Gelegenheit wäre zu beweisen, dass ich seine Gunst verdiene.«

»Hast du denn wenigstens Pembroke dafür zurückbekommen?«

De Clare ließ seinen Blick über die Burganlage wandern, Bitterkeit zeichnete sich auf seinem Gesicht ab. »Nichts habe ich dafür bekommen. Er hat mich mit der kleinen Alys nach England geschickt, ich soll aber so schnell wie möglich zu ihm zurückkehren. Ich sag dir, kein Kronvasall spielt derart den Hampelmann für den König, aber ich fürchte, wenn ich nicht gehorche, nimmt er mir auch noch Striguil. Dabei ist alles, was ich will, von hier zu verschwinden und in Irland neu anzufangen.«

»Es ist gut, dass du gekommen bist, auch wenn du nicht lange bleiben kannst.« Maurice sah zur Halle hinunter. Sie hatten sich hier versammelt, um die Weihnachtsfeierlichkeiten zu begehen, aber auch, um den Irlandfeldzug zu besprechen. Der Ire Morice Regan war ebenfalls auf der Burg, genauso Robert FitzStephen, den Rhys nun endlich freigelassen hatte. Der einstige Lord von Cardigan war um die fünfzig Jahre alt und hinkte seit jenem Kampf gegen die Waliser, bei dem sein Halbruder, Meilyrs Vater, ums Leben gekommen war. Das Verlies hatte ebenfalls an ihm gezehrt, auch wenn er berichtete, dass er es als Rhys' Gefangener nicht allzu schlecht gehabt hatte. So zerfallen, wie sein Körper auch wirkte, so bestrebt schien er, in Irland Erfolge zu erzielen. Die Geraldines würden gehen, nur Maurice wusste noch nicht, was er tun sollte. »Was glaubst du, wann der König dich endlich für Irland freigibt?«

»So langsam habe ich das Gefühl, dass das nie geschehen wird. Aber ich schicke meinen Onkel Hervey mit den Geraldines nach Irland, damit er dort meine Interessen vertritt. Dermot soll nicht vergessen, was er mir versprochen hat, und es nicht anderweitig vergeben. Irgendwann werde ich kommen, mit einem Heer, und all dem hier den Rücken kehren.«

Maurice schüttelte den Kopf. »Dermot hat meinem Schwiegervater und seinem freigelassenen Halbbruder die Stadt Wexford und das Umland versprochen, eine Stadt im Besitz der Ostmänner, über die Dermot nicht verfügt. Dir hat er das Erbe eines Königreichs und seine Tochter versprochen, obwohl in Irland ein Mädchen nicht ohne seine Zustimmung verheiratet werden kann und die Clans ihren König wählen. Laut irischem Gesetz bist du weder berechtigt, Aoife zu heiraten, solange sie das nicht will, noch der Erbe Leinsters.«

De Clare klopfte ihm auf die Schulter und pfiff durch die Zähne. »Da war aber einer fleißig.«

»Einer in dieser Bande blinder Hoffnungsvoller muss die Wahrheit erkennen. Dermots Versprechen sind nichts wert, wenn wir nicht bereit sind, sie mit Waffengewalt einzulösen.« Maurice sah zum Brunnen hinunter und erinnerte sich mit einem drückenden Gefühl der Schwere im Bauch nach langer Zeit wieder an Niah. »In Wales ist kein Platz mehr für uns, also geht der Eroberungsfeldzug nach Irland weiter. In euch Normannen ist das Wikingerblut wirklich nicht verloren gegangen.« *Das Ende der Freiheit eines Landes.* War es immer schon um Irland gegangen?

»Oh, wir erobern nicht«, grinste de Clare und richtete sich auf, »wir werden ja von Dermot eingeladen. Und wenn er uns Land dafür schenken will, wer sind wir, das abzulehnen?«

Maurice ging nicht weiter auf die Spitzfindigkeit ein, er

selbst wollte ja auch einen Neubeginn, dabei war er nicht so blauäugig zu glauben, dass dieser nicht auf Kosten einheimischer Iren ging. Aber wenn Dermot ihn mit Land belehnte, würde er nicht Nein sagen. Dermot hatte um Hilfe gebeten, er war der Fürst, auch wenn Maurice nicht fand, dass der Mann seine Loyalität wert war. De Clare allerdings schon, und wenn de Clare erst mal Fürst von Leinster war, würde Maurice ihm ohne zu zögern die Treue schwören.

»Du vertraust die Geschicke deiner Zukunft also Hervey de Montmorency an. Deine Gutgläubigkeit erlangt neue Größen.«

De Clare verzog den Mund, als hätte er Zahnschmerzen. »Er braucht was zu tun, in Striguil hat er sich zu einem Tyrannen entwickelt, noch mehr, seit meine Mutter tot ist. Ich will ihn nicht dort haben, und in Irland kann er keinen allzu großen Schaden anrichten, gleichzeitig fühlt er sich geehrt, mich dort vertreten zu können.«

»Aus dir ist ein wahrer Politiker geworden.«

»Wäre ja eine Schande, wenn all die Zeit bei Hofe für die Katz gewesen wäre. Außerdem vertraue ich Onkel Hervey nicht blind. Du bist ja auch noch dort.«

Maurice hob eine Augenbraue. »Bin ich das?«

»Du gehst doch ebenfalls nach Irland, sagt man sich.«

»Man sagt sich viel im Winter, wenn man im Dunkeln sitzt und nichts mit sich anzufangen weiß.«

»Aber es stimmt doch, dass du deine Meinung geändert hast. Ich erinnere mich noch an deine Predigt, werte Stimme der Vernunft, als du mir in Bristol von Irland abgeraten hast.«

»Ich habe von blindem Vertrauen abgeraten, was ich immer noch nicht empfehle, aber mittlerweile kenne ich mich in Sachen Irland einigermaßen aus.«

»Und deswegen musst du für mich dorthin und dir ein Bild der Lage machen.«

Maurice sah seinen Freund überrascht an. »Ich dachte, du

bittest mich darum, mit dir aufs Festland zurückzukehren. An deiner Seite zu stehen, während der König einen Narren aus dir macht. Dermot schulde ich nichts, ich kann mit Irland warten, bis du es auch dorthin schaffst.«

De Clare lächelte, so wie er vor zu vielen Jahren als Junge am Fluss gelächelt hatte, als Maurice ihm angeboten hatte, ihm beim Umgang mit dem Starkbogen zu helfen. »Du würdest auf deinen Neuanfang verzichten, um dich auf dem Festland über politische Intrigen zu ärgern? Du brauchst eindeutig wieder eine Frau.«

Maurice lachte unfroh, er hatte de Clare nur grob von seinem Bruch mit Elizabeth erzählt, aber genug, damit sein Freund wusste, dass eine Versöhnung ausgeschlossen war. »Brauchen wir die nicht alle?« Er seufzte und dachte zurück an Marared, auch an Elen und wie es ihr in ihrer Ehe erging.

Als hätte de Clare seine Gedanken erraten, legte er ihm die Hand auf die Schulter und seufzte schwer. »Das mit Marared tut mir wirklich leid, ich mochte sie.«

»Hast du etwas von Elen gehört?«

»Ich war kurz bei ihr, um nach den Mädchen zu sehen – ihr Gatte war über meine Ankunft wenig erfreut.«

»Das kann ich mir vorstellen.« Maurice atmete tief ein und sah seinen Freund an. »Ich soll also meine Zukunft in Irland in Angriff nehmen, während du dich allein mit dem König rumschlägst. Eigentlich hatte ich gehofft, wir legen uns gemeinsam mit den Iren an.«

»Ich brauche dich dort drüben. Sei meine Augen und Ohren und sprich für mich. Ebne mir den Weg, bis ich zu euch stoßen kann. Ich komme nach, versprochen.«

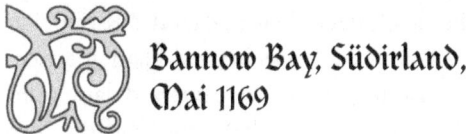

Bannow Bay, Südirland, Mai 1169

»Mit dem Wind, de Barry, nicht gegen den Wind, ich bitte dich, in Gottes Namen!«

Ein Knurren war alles, was der junge Ritter als Antwort hervorbrachte, und Maurice wünschte fast schon, de Barry hätte die Schiffe seiner Geraldine-Verwandten nicht verpasst, die einen Tag zuvor losgesegelt waren. Aber im Grunde machte sein Gast keinen Unterschied, denn die Hälfte seiner Männer war seekrank. Da war einer mehr, der sich die Seele aus dem Leib spie, auch schon egal.

Widerstandslos ließ de Barry sich von Maurice durch das Gedränge zur anderen Seite des Schiffes ziehen, um sich dort sofort wieder über die Bordwand zu beugen. Der Kettenpanzer des Ritters war längst mit Erbrochenem besudelt, und der Gestank der vielen Mitleidenden breitete sich überall auf dem Schiff aus. Noch nicht einmal die salzige Brise im Fahrtwind konnte etwas dagegen ausrichten. Nie zuvor hatte Maurice derart viele eisenhart gestählte Männer spucken sehen, und der Anblick dieser kampferprobten Hünen, die sich an die Bordwand klammerten, war sowohl besorgniserregend als auch fast schon belustigend. Die Männer litten, und das, obwohl der Wind gerade ausreichte, um das Segel über ihnen zu blähen. Maurice wollte sich nicht vorstellen, was hier los wäre, wenn das Wetter umschlüge und die See rauer wurde. Im Moment jedoch herrschte strahlender Sonnenschein, und sie konnten nur hoffen, dass sich daran in den nächsten Stunden nichts änderte.

Die Übelkeit machte keinen Unterschied zwischen einfachem Fußvolk, Bogenschützen, Rittern oder Lords. Bei de Barry mochte sie aber auch daran liegen, dass der Ritter sich in den Tavernen von Pembroke Cross hatte volllaufen lassen, so die Abfahrt der Geraldine-Schiffe versäumt und dann grün und verzweifelt vor Maurice gestanden hatte, mit der Bitte, ihm eine Passage nach Irland zu gewähren. Maurice verzichtete darauf, den jungen Ritter darauf hinzuweisen, dass er sich dieses Leiden erspart hätte, wäre er maßvoller mit dem Wein umgegangen. Nie hätte er gedacht, zu den wenigen Glücklichen zu gehören, die von der Seekrankheit verschont blieben, doch er schien tatsächlich fürs Meer gemacht und fühlte sich wohl – wenn man vom Gefühl der nagenden Ungewissheit absah. Vor ihm lag Irland, das Unbekannte, Gefahren, aber auch Möglichkeiten. Gott allein wusste, was dieser Entschluss für Folgen nach sich ziehen würde.

Sein Blick schweifte über das Schiff, über die eng stehenden Reihen sich erbrechender Männer. Ein paar Krieger hatten auch mittschiffs am Fuße des Masts ein Plätzchen im Gedränge gefunden, um zu würfeln. Neben ihnen hielt sich Hervey de Montmorency, mit grimmiger Miene Richtung Heimat blickend. Maurice war gezwungen gewesen, auch diesen Mann mitzunehmen, genauso dessen Knappen Griffin. Das Schaukeln des Schiffes schien de Montmorency bedauerlicherweise nichts auszumachen. Er hatte die Arme verschränkt, und in seinem ohnehin blassen Gesicht konnte man nicht erkennen, ob ihm übel war. Er trug einen Ringpanzer, dem Aussehen nach einen, der schon die Eroberung Englands erlebt hatte, so geschwärzt war er.

Wie würde sich der Mann, der stets vom Reichtum anderer gelebt hatte, in Irland schlagen? Einen besonders beeindruckenden Anblick bot er nicht. Seine Stiefel begannen sich aufzulösen, und wenn das Schwert an seiner Seite genauso schartig und abgenutzt war wie das Leder der Scheide, dann dürfte er keine besonders große Gefahr für den Feind darstellen. De Clare war wohl nicht gewillt gewesen, seinen tyrannischen Onkel noch weiter zu finanzieren, und hatte ihn einfach nur forthaben wollen. Das dunkle Haar de Montmorencys war beinahe vollständig ergraut, und sein dürrer Körper wirkte mit zunehmendem Alter besorgniserregend ausgemergelt. Von de Clare wusste Maurice, dass de Montmorency seit dem Tod Lady Isabels noch religiöser geworden war und sich gerne mit Fasten, härenen Hemden und Züchtigung bestrafte. Kein Wunder, dass er stets so übler Laune war.

Maurice fand sich inmitten seiner leidenden Männer aber auch nicht gerade in Hochstimmung. Er war erschöpft und das noch vor Beginn des Feldzugs.

Den Frühling über war er damit beschäftigt gewesen, sein Heer aufzustellen, Schiffe zu organisieren und Männer zu rekrutieren. In den flämischen Siedlungen seiner Nachbarschaft konnten sich viele im Angesicht der Bedrohung durch Rhys einen Neubeginn gut vorstellen, und das Versprechen von reicher Beute hatte sie ebenfalls gelockt. Seine Bauern und Hirten, die ihm Kriegsdienst schuldeten, hatte er lieber zu Hause gelassen, denn niemandem war geholfen, wenn Prendergast hungerte. Auch wusste er nicht, wie lange der Feldzug dauern würde. So musste er sein Heer bezahlen, was ihn ruinieren könnte, bliebe die versprochene Entlohnung Dermots aus.

Auch viele einheimische Waliser hatten sich ihm angeschlossen, Hirten, Fischer und Handwerker, die in dieser neuen walisisch-normannischen Welt inmitten raubender Banden und ständiger Scharmützel keine Zukunft mehr sahen.

An diesem sonnigen Tag Anfang Mai führte er nun über zweihundert flämische und walisische Schützen auf seinen beiden Schiffen mit, genauso ein Dutzend gut ausgerüstete Reiter mit ihren Pferden.

Männer, die Prendergast zur Verteidigung hätte brauchen können, aber Maurice ging nicht davon aus, dass Rhys die Ländereien der Irland-Abenteurer angriff. Schließlich begrüßte der Waliser den Feldzug. Ein Angriff auf Prendergast oder Geraldine-Land würde zur vorzeitigen und überstürzten Rückkehr führen, dabei wollte Rhys ja, dass sie sich in Irland ein neues Leben aufbauten. Maurice hielt sein Land erst mal für sicher, was Elizabeth anders sah, vor allem, da Robert Smith sich am Feldzug beteiligte, anstatt sich wie üblich um Prendergast zu kümmern. Aber Maurice wollte den erfahrenen Ritter an seiner Seite, damit er die Bogenschützen befehligte. Keinem anderen hätte er diese Aufgabe zugetraut.

Es war ein kühler Abschied gewesen. Elizabeth nahm ihm den Kriegszug übel und hatte ihm in der letzten Nacht vor seinem Aufbruch nach Pembroke Cross an den Kopf geworfen, dass sie durch seine Entscheidung niemals wieder zueinander finden würden. Maurice hatte sie nur sprachlos angesehen, schließlich hatte er nie die Absicht gehabt, diese Ehe noch zu retten. Und Elizabeth hatte sie von Anfang an nicht gewollt. Er war gegangen, und nun stand er auf einem Schiff, das ihn entweder ins Glück oder Verderben führte. Würde Dermot sie erwarten? Morice Regan war bereits zu Beginn des Jahres auf die Insel gesegelt, um seinem Herrn die freudige Nachricht der baldigen Rettung kundzutun. Dermot konnte eine enorme Macht erwarten, denn die Truppe der Geraldines war noch stärker als Maurice' flämisch-walisische. Der freigelassene Robert FitzStephen führte dreißig Ritter, sechzig weitere gepanzerte Reiter und gut dreihundert Bogenschützen, die Blüte der walisischen Jugend, wie er sagte, auf drei Schiffen nach Irland. Maurice' Schwiegervater war noch in Wales, um weitere Männer zu rekrutieren.

Der Schiffsführer am Steuerriemen kannte die Strecke nach Irland und hatte ihn bereits gewarnt, dass sie keinen Hafen in

Dermots Fürstentum anlaufen konnten, denn die Städte waren in der Hand der Ostmänner. Dänen und Norweger, die daran beteiligt gewesen waren, Dermot ins Exil zu vertreiben, und den Fürsten nicht zu alter Macht kommen sehen wollten.

»Gottes Wege sind unergründlich«, stöhnte plötzlich de Barry an seiner Seite, der wohl Maurice' nachdenklichen Blick zu Hervey de Montmorency bemerkt hatte. »Wir sollten seine Entscheidungen nicht infrage stellen.«

»Weil er in seiner unergründlichen Weisheit entschieden hat, dich und all die anderen leiden zu lassen anstatt den König der Selbstgeißelung da drüben?«

»Amen«, murmelte de Barry lediglich und erbrach sich wieder einmal unter schlimmsten Krämpfen.

Maurice grinste. »Amen.« In den wenigen Stunden, die er den jungen Ritter erst kannte und in der noch kürzeren Zeit, in der sie sich hatten unterhalten können, bevor de Barry der Seekrankheit anheimgefallen war, hatte Maurice Gefallen an dem übermütigen Geraldine gefunden. Der junge Ritter erinnerte ihn ein wenig an ihn selbst, Meilyr und de Clare von früher, ein Gedanke, der ihn wohl alt machte, dabei war er mit seinen achtunddreißig Jahren der jüngste Befehlshaber auf dieser Reise. »Jetzt müssten wir auf Iren treffen«, murmelte er, als er über die graue Oberfläche des Meeres blickte und darauf wartete, einen Schatten in der Ferne zu erkennen, auch wenn er wusste, dass Irland noch fern war. »Die hätten leichtes Spiel mit uns.«

»Sobald der verdammte Boden unter meinen Füßen aufhört zu schwanken, ist mein Arm wieder brauchbar.« De Barry drehte sich um und lehnte sich an die Bordwand. »Bei den Gebeinen Jesu, in mir ist nichts mehr drin, und trotzdem drücken meine Gedärme immer noch durch den Hals hinauf.«

»Es wird dir besser gehen, wenn du ein paar zornigen Iren gegenüberstehst und um dein Leben kämpfst.«

»Ja, die Iren. Ich bin neugierig, wie die wohl sind.«

Maurice lächelte. »Behaart und nackt, hab ich gehört.«

»Na, solange sie keine solch lächerlichen Oberlippenbärte tragen wie die Waliser.« Er sah zu ihm auf, ein gequältes Grinsen im Gesicht. »Entschuldige, mein Freund, ich muss noch mal die Fische füttern.« Und schon fuhr er herum und stieß ein trockenes Würgen aus; zum Fischefüttern hatte er längst nichts mehr im Magen.

Maurice seufzte schwer und klopfte dem Ritter den Rücken. »Erhol dich bald, denn die Bartmode der Iren ist wohl unsere geringste Sorge.«

Irlands Küste hüllte sich in Nebel, die Sonne wollte sich an diesem Morgen nicht zeigen und tauchte die Welt in graue Düsternis.

Die Nacht über hatten sie eine Laterne entzündet und ihre Fahrt verlangsamt, da es im Dunkeln in Küstennähe zu gefährlich war. Auch hielt es der Schiffsführer für klüger, im Morgengrauen anzukommen, um vor feindlichen Einheimischen so lange wie möglich verborgen zu bleiben. In Dermots Fürstentum Leinster gab es genügend, die ihn tot sehen wollten, und es war schwer abzuschätzen, wo entlang der schroffen Klippen Freunde lebten und wo jene, die sich gegen ihren Fürsten gestellt hatten.

»Irland teilt sich in mehrere Fürstentümer, wie Ihr wohl schon gehört habt«, brach der Schiffsführer das Schweigen. Er wies auf die Küste, konzentriert durch den Nebel starrend. »Die Fürsten haben Rory O'Connor gehuldigt – er ist nun ihr *Ard Rí*, ihr Hochkönig.«

»O'Connor war einer der Fürsten, die Dermot verbannten?«

»Mitunter. Im Grunde hat sich fast ganz Irland gegen ihn gestellt. Dermot und seine Ambitionen waren vielen ein Dorn im Auge. Und als er dann auch noch O'Rourkes Frau entführte, haben sich alle gegen ihn verbündet, auch die Clans in seinem eigenen Fürstentum. Wobei die Frau aber nicht ganz unfreiwillig gewesen sein soll. Ihr einäugiger Gatte ist angeblich ein noch größerer Unmensch als Dermot.«

Maurice sagte nichts dazu, denn von den Ostmännern rund um Milford Haven hatte er viel Interessanteres erfahren. Es war bei der Entführung nicht um Liebe gegangen, obwohl das in Liedern besser geklungen hätte. Die Ehe zwischen diesem einäugigen Fürsten und besagter Frau war geschlossen worden, damit der Einäugige nicht länger in das Land ihres Vaters einfiel. Aber der Einäugige hatte auf das Abkommen gespuckt und weiterhin geplündert. Irgendwann hatte der Schwiegervater dann genug gehabt. Wozu die Tochter an einen Fürsten verheiraten, wenn der nichts auf das Abkommen gab? Wieso sich nicht nach einem anderen umsehen? Im Süden gab es ja noch einen Fürsten, der auch noch Verbündete brauchte und ehrgeizig war. Eines Tages verschwand die Frau dann plötzlich mit all ihren Rindern, Gewändern und ihrem Vermögen zu Dermot. Zwar hatte Dermot sie später zurückgegeben, als es bereits brenzlig für ihn geworden war, aber das hatte nichts an seiner prekären Situation geändert.

Nachdenklich blickte Maurice auf das Land vor ihm. Er wusste, dass sich ein irisches Fürstentum, so auch Dermots Leinster, in Clans gliederte. Jede Sippe wählte ihr Clan-Oberhaupt, und diese Anführer wählten dann ihren Fürsten. Es war eine sonderbare Vorstellung, dass ein König nicht durch Erbschaft, sondern durch Mitbestimmung der Verwandten gewählt wurde. Ein Clan-Führer ernannte seinen Erben, der meistens widerstandslos die Nachfolge antrat, aber im Grunde, so hatte Maurice erfahren, beratschlagten die Familienoberhäupter im Clan, wer über sie bestimmen sollte.

»Welcher Clan regiert hier?«, wollte Maurice wissen und zeigte auf die Küste. Sie fuhren in ausreichendem Abstand entlang der rauen Felsgebilde, auf der Suche nach einem Ort, wo sie ihre Schiffe an Land ziehen konnten. Aber noch schraubten sich weit und breit Klippen aus dem Meer und machten ein Landen unmöglich.

»Der Süden Leinsters ist Okinselagh«, erklärte der Bootsführer und gab seinen Männern beim Segel ein Zeichen. »Okinselagh ist Dermots Heimat und wohl das einzige Gebiet, das halbwegs treu zu ihm steht. Es ist auch alles, was von seinem Fürstentum übrig blieb, alles, was der Hochkönig ihm ließ.«

»Das Fürstentum Leinster existiert gar nicht mehr?«

»Nein, wieso auch? Für den Hochkönig war die ganze Situation ein Vorteil. Er hat ein mächtiges Fürstentum mit einem zu ehrgeizigen Fürsten zerstückelt. Jetzt herrscht dort jeder Clan für sich. Eine kluge Entscheidung, aus einem Land viele Teile zu machen und es so zu schwächen. Er hat Dermot nur die Oberherrschaft über Okinselagh gelassen. Aber um Leinster als Ganzes wiederherzustellen, seid Ihr ja nun da, nicht wahr?«

Maurice nickte angespannt. Sie umfuhren eine Landspitze und näherten sich durch die unheimlich über dem Wasser tanzenden Schwaden den Klippen. Das Land schien nicht so anders als seine Heimat Wales, gleichzeitig aber bescherte es ihm eine Gänsehaut.

Éire nannten die Iren ihre Insel; sie war die Heimat eines grundverschiedenen Volkes mit seinen eigenen Gesetzen und Gebräuchen, ein Volk, das sich die Insel mit den einstigen Wikingern teilte und kampferprobt war. Zwei Kulturen, zwei Gegner, bestimmt so robust wie die unendliche Reihe an zerklüfteten Felsen.

Doch dann sah Maurice plötzlich dunkle Umrisse im ewigen Grau, und auch der Bootsführer winkte seinen Männern aufgeregt zu. Es waren die Geraldine-Schiffe. »Sie haben den einzigen Landeplatz gefunden, den es hier weit und breit gibt«, lachte dieser und ließ ein Horn blasen, um ihre Ankunft anzukündigen. Die Nebelschleier zerrissen, und Maurice erkannte, dass die drei Schiffe Robert FitzStephens auf einer sandigen Insel vor der Küste lagen. Zelte, Menschen und Pferde tummelten sich als dunkle Flecken darauf, während sich hinter ihnen die raue Landschaft Irlands abzeichnete.

»An die Riemen!«

Das Segel über ihnen blähte sich, trotzdem drängten sich die Männer, die noch stehen konnten, an die Seiten, ließen sich auf den Kisten nieder und griffen nach den Riemen.

Die Geraldines und ihr Gefolge jubelten über die Verstärkung, riefen immer wieder »Prendergast« und führten Freudentänze auf. Die Ruderer stöhnten vor Anstrengung, gleichzeitig lag aber auch Triumph in ihren Stimmen, Hochstimmung, die Fahrt geschafft zu haben, über die Wellen zu reiten und der Zukunft entgegenzufliegen.

So fühlte er sich also an, der Neubeginn.

Seid gegrüßt, ihr elenden Landratten! Willkommen am Ende der Welt!« FitzBishop stapfte durch den Sand auf sie zu und umarmte seinen Vetter de Barry an Maurice' Seite. »Herrgott, du stinkst vielleicht, Vetter. Hast die ganze Fahrt über gekotzt, was?«

De Barry gab einen empörten Laut von sich. »Nur weil du dich gewaschen hast, heißt das nicht, dass du besser aussiehst. Du bist immer noch grün im Gesicht!«

Mit einem Lachen sah FitzBishop an sich hinab. Er trug ein knielanges Kettenhemd, und auf seinem makellosen Waffenrock prangte das Wappen seines Onkels FitzStephen. Das Schwert pendelte an seiner linken Seite, den Helm trug er unter den Ellbogen geklemmt, als erwartete er jeden Moment einen Angriff der Iren. Auch Maurice hatte seine Rüstung während der Überfahrt anbehalten. Da er ohnehin nicht schwimmen konnte, wäre sein Schicksal im Falle eines Schiffbruchs besiegelt gewesen, mit der Rüstung ging es nur schneller.

»Wasser ist für Fische bestimmt, nicht für Männer.« FitzBishop strich sich mit der Hand über das rasierte Kinn und grinste, wobei seine glatte Haut die kränkliche Blässe noch betonte. »Hätte nicht gedacht, dass mein Körper Nahrung freiwillig wieder hergeben kann.«

FitzBishop klopfte seinem Vetter auf die Schulter und sah dann zu Maurice auf, die Augenbrauen zusammengezogen. »Ihr seht schrecklich gesund aus, Mylord de Prendergast. Das ist ja fast schon beleidigend. Aber wenigstens seid Ihr gut angekommen. Wir dachten schon, Eure Schiffe hätten den Weg nicht gefunden, so lange hat es gedauert.«

»Manchmal befürchtete ich auch, wir kämen nie an«, murmelte er, als er an das Stöhnen und Klagen seiner Männer dachte, an das Würgen und Fluchen. »Aber wenigstens sind wir jetzt alle zusammen. Gut sechshundert Mann, damit lässt sich doch was anfangen.«

»Mein Onkel FitzStephen hat schon einen Boten zu Dermot nach Ferns geschickt – das ist sein Fürstensitz oder wie das heißt. Die anderen Fürsten haben ihm Ferns vor ein paar Jahren abgefackelt, aber Dermots Bruder soll es wieder aufgebaut haben. Mal schauen, was er sagt, ob wir ihn dort treffen sollen oder gleich in die Schlacht ziehen, um uns ein bisschen Land zu holen.« Er rieb die kräftigen Hände mit den Wurstfingern aneinander und warf dann seinen Helm hoch, um ihn sich aufzusetzen.

Maurice lächelte und erinnerte sich daran, dass er vor seiner ersten Schlacht ebenso aufgeregt gewesen war. Ein Wiehern, gefolgt von einem erschrockenen Ruf, riss ihn aus seinen Gedanken. Er fuhr zu den Schiffen herum und entdeckte seinen Knappen Richard, der gerade versuchte, zwei von Maurice' Pferden die Rampe hinunter auf den Strand zu führen. Doch Maurice' neu erworbenes Schlachtross stemmte die Beine auf die Planken, riss den Kopf hoch und versuchte rückwärtszugehen. Der Hengst war schon die ganze Überfahrt nervös gewesen, und Maurice konnte nur hoffen, dass er sich im Kampf auf das Tier verlassen konnte. Maurice' treuer Wallach Jarnotte, König Stephens Geschenk nach dem Ausfall der Belagerten von Wallingford, war letzten Sommer gestorben. So hatte ein neues Pferd hermüssen, wenn auch kein prächtiges wie der reinweiße Charlemagne, den er sich mit seinen Söhnen angesehen hatte und sich nicht leisten konnte. Er hatte einen schön gewachsenen Grauschimmel gewählt, der gut ausgebildet sein sollte. Nur gegen Wasser schien Espee etwas zu haben.

»Warte, Richard, ich mach das! Hol die anderen Pferde.« Maurice rannte die Rampe hoch und übernahm sein Schlachtross und seinen Zelter. Mit lockerer Hand hielt er die Zügel und blieb einen Moment lang zwischen den beiden Tieren stehen, damit sie sich beruhigen konnten. Dann setzte er bestimmt einen Schritt vor den anderen, die Riemen immer noch durchhängend, und die beiden folgten ihm wie erwartet. Meist reichte es schon aus, Sicherheit auszustrahlen, eine Autorität, auf die sie sich verlassen konnten. Richards Nervosität hatte sich auf sie übertragen.

Lächelnd betrachtete er das Durcheinander zu seinen Füßen. Die kleine sandige Insel, auf der sie gelandet waren, hatte sich längst in einen Ort der Unordnung verwandelt. An Land gezogene Schiffe und tänzelnde Pferde bevölkerten den Strand, Krieger wuselten wie Ameisen herum und schlugen provisorische Lager auf, die bunten Zeltbahnen von FitzStephens Männern, die schon am Vortag angekommen waren, flatterten im Wind, Waffen wurden geschärft, Vorräte ausgeladen, Befehle gebrüllt, und Seevögel kreischten.

»De Prendergast!«

Ein ältlicher Ritter hinkte durch den Sand auf ihn zu, und Maurice erkannte den Anführer der Geraldines, FitzStephen, der bis vor Kurzem ein Gefangener Rhys' gewesen war. Sie hatten sich bereits zu Besprechungen in Pembroke getroffen.

»Seht Euch das an!«, lachte der Ritter schon von Weitem. »Die Männer sind in Hochstimmung, sogar die Waliser! Dabei habe ich sie gestern noch klagen hören, dass sie ihr Fruchtbarkeitsfest zum ersten Mai nicht feiern können, denn wir haben zu wenige Frauen dabei!«

Maurice fiel in das Lachen ein. Wenn zu wenige Frauen vor Kurzem noch das größte Problem der Waliser gewesen waren, musste der Feldzug ja ein voller Erfolg werden. Hier zu stehen und einfach nur über Unsinnigkeiten zu lachen fühlte sich befreiend an, fern der Heimat, seiner Gemahlin und all seinen Problemen, die hinter ihm lagen. Vor ihm erstreckten sich Möglichkeiten, und die Hochstimmung im Lager war ansteckend. »Dann werden sie sich gleich noch mehr freuen, denn ich habe weibliche Gesellschaft dabei.« Er wies zu der kleinen Gruppe Frauen, die gerade einen Kessel auf die Feuerstelle hoben und sich von einem Krieger ein Fass Trinkwasser herantragen ließen. Manche hatten ihre Ehefrauen dabei, es waren aber nur wenige, denn auch bei den Walisern war es nicht üblich, Gemahlinnen in den Kampf mitzunehmen. Auch hätte Maurice es nicht erlauben können, wäre jeder seiner Männer mit einer Frau dahergekommen, schließlich war der Platz auf seinen Schiffen begrenzt. Dann gab es natürlich noch die überschaubare Zahl an Huren, die sich angeschlossen hatten, um die Männer bei Laune zu halten und genauso von einem Feldzug in der Ferne zu profitieren.

FitzStephen hob den Becher in seiner Hand und prostete ihm zu. »Gebt die Pferde weg, Mylord de Prendergast, und kommt her, um zu trinken.«

Maurice übergab die beiden Tiere an einen vorbeigehenden Knappen und wollte gerade auf FitzStephen zugehen, als er eine Bewegung auf dem Kamm der Klippen ausmachte.

Er hielt inne, kniff die Augen ein wenig zusammen und ging rückwärts die Rampe hoch, ohne den Blick von der Küste zu nehmen. »Wir bekommen Besuch.«

»Verdammt will ich sein, das ging aber schnell.« FitzStephen hinkte an seine Seite auf die Rampe und sah ebenfalls zu der Gruppe Reiter, die einen schmalen Pfad die Klippe herunterkam und dann die Ebbe nutzte, um das seichte Watt zu überqueren, das das Hauptland mit ihrer Insel verband. Es waren vielleicht zwei Dutzend Iren.

»Sind das alle? Das ist aber kein Heer.«

Maurice zuckte nur mit den Schultern und setzte sich in Bewegung, an seine Seite gesellten sich die jungen Ritter de Barry und FitzBishop, die Hände an den Waffen. Hervey de Montmorency eilte ihnen nach, bestrebt darin, nichts zu versäumen, um seine Aufgabe als de Clares Stellvertreter zu erfüllen.

»Du bist gut angekommen?«, fragte plötzlich eine vertraute Stimme an seiner Seite.

Beinahe wäre Maurice stehen geblieben, seine Hochstimmung verflog.

»Hast du gekotzt?« Meilyr ignorierte seinen offensichtlichen Widerwillen, ein erzwungenes Lächeln im Gesicht.

Zum Teufel mit dir, wollte Maurice ihn anbrüllen, vor allem weil er sich bewusst wurde, wie sehr er sich in der Fremde seinen Freund zurückwünschte. Ein Abenteuer, Seite an Seite, wie früher. Aber sein Stolz erlaubte es ihm nicht, auch nur ein winziges bisschen nachzugeben, und er war erleichtert, als sie die Iren erreichten.

»Mann, so was sieht man nicht alle Tage«, murmelte Meilyr an seiner Seite, und Maurice hätte ihm fast zugestimmt.

Die Köpfe der Iren schienen nur aus langen, zottigen Haaren zu bestehen. Wuchtige Bärte fielen manchen bis zur Brust. »Behaart und nackt«, hatte er gescherzt, und so falsch hatte er damit nicht gelegen. Manche der Krieger trugen tatsächlich keine

Oberbekleidung, trotz der kühlen Vormittagsstunden, und präsentierten ihre muskulösen Körper. Andere hatten zwar knielange, in bunten Farben schillernde Hemden über den engen Beinlingen an, aber im Gegensatz zu den Rittern in Rüstung wirkten auch sie nackt. Zudem saßen die Iren ohne Sättel auf ihren Pferden, was Maurice am verwunderlichsten fand.

Aber nicht nur das normannische Heer stand da, als hätte es fremde Wesen aus einer anderen Welt vor sich. Auch die Iren staunten nicht schlecht ob der eisengekleideten Männer und ihrer gerüsteten Pferde. Geflüster brandete auf beiden Seiten auf, und Maurice überlegte, wie zwei solch unterschiedliche Kriegstruppen Seite an Seite kämpfen sollten.

»Ah, mein guter Sir Robert FitzStephen!« Dermots Sekretär, der eifrige Morice Regan, drängte sich durch die Gruppe, ein breites Lächeln im Gesicht. »Willkommen, willkommen auf unserer wunderschönen Insel! Und Mylord de Prendergast, was für eine Freude, auch Euch wiederzusehen.«

»Wo ist Euer Herr?« Maurice wies mit dem Kinn zu den Iren, wo Dermot durch Abwesenheit glänzte.

Morice Regan schlug affektiert die Hände zusammen. »Verzeiht dem Fürsten, er wäre am liebsten sofort losgeeilt, um seine Helden im Kampf für die Gerechtigkeit persönlich zu begrüßen. Doch muss er seine Männer sammeln, um an Eurer Seite so bald als möglich in die Schlacht ziehen zu können und das Unrecht, das ihm widerfahren ist, zu vergelten. Er wird bald eintreffen, sorgt Euch nicht. In der Zwischenzeit hat er seinen Sohn, den tapferen Krieger Donnell Kavanagh, gesandt.« Er wies hinter sich zum Anführer im Lederwams, ein wild erscheinender Mann in Maurice' Alter, sofern man das durch all den roten Bart sagen konnte. Eine langstielige Axt hing an seiner Seite, auf dem Rücken trug er einen runden Schild, wie Maurice sie bei den Angelsachsen gesehen hatte.

»Der Süden ist bereits in Dermots Hand?« Maurice sprach

den Fürstensohn an, auch wenn er wusste, dass Regan antworten würde. Er musste wissen, ob sie mit einem Angriff auf ihrer kleinen Insel rechnen mussten, denn die flache Sandbank wäre schwer zu verteidigen.

»In der Tat, Mylord de Prendergast. Okinselagh hat sich unserem Fürsten angeschlossen, der Süden steht zu uns.«

»Aber nicht der ganze Süden, hörte ich.« FitzStephen wies gen Osten. »Die Ostmänner haben sich gegen Dermot gestellt, und wir können nicht in den Norden ziehen und das Land dort für ihn zurückkämpfen, wenn wir mit Wexford einen Feind im Rücken sitzen haben.«

Und Wexford eine Stadt ist, die den Geraldines versprochen wurde, fügte Maurice im Stillen hinzu, eine Stadt, die FitzStephen für sich wollte.

Kavanagh knurrte etwas in der irischen Sprache, die mit ihren vielen »ch«-Lauten ans Walisische erinnerte, auch wenn die Sprachmelodie eine ganz andere war, harscher. Er deutete in die entgegengesetzte Richtung als FitzStephen vorhin und schwang sich vom Rücken seines Pferdes, die Hand auf dem Stiel seiner Axt. Maurice verbot sich, das Heft seines Schwertes zu umfassen, wie sein Instinkt ihm riet.

»Es ist unserem Fürsten und seinem Sohn ein Bedürfnis«, erklärte Morice Regan mit erhobenen, flehend wirkenden Händen, »das westlich von hier gelegene Fürstentum alsbald anzugreifen. Ossory ist nur ein kleines Reich und untersteht dem Recht nach Dermot, als Teil Leinsters. Aber die Mac Gillapatricks haben es an sich gerissen und den *Tánaiste*, Dermots Sohn und Erben, geblendet. Wir *müssen* Rache an Ossory nehmen und es zurückholen.«

FitzStephen breitete die Arme aus. »Von mir aus. Aber zuerst kommt Wexford dran.« Mit diesen Worten hinkte er davon, zurück zu seinem Zelt.

Maurice sah ihm hinterher und blickte dann zum Fürstensohn Kavanagh. »Ich dachte, Dermot hätte keine Söhne. Es hieß, seine Tochter Aoife wäre sein einziges Kind, und derjenige, der sie heiratet, erbt Leinster. Aber nun sprecht Ihr vom *Tánaiste*.«

Es wurde still, Regan schien zum ersten Mal sprachlos und sah zwischen den Normannen und den Iren in seiner Begleitung hin und her. Kavanagh sah den ältlichen Sekretär mit hochgezogener Augenbraue an, der sich schließlich fasste und wieder Maurice zuwandte. »Nun, Enna ist ja jetzt nicht länger *Tánaiste* – ein Blinder kann nicht Fürst werden, deshalb hat Mac Gillapatrick ihn ja überhaupt erst geblendet.«

»Und Kavanagh?« Maurice ruckte sein Kinn zum rothaarigen Iren, der eine nicht zu übersehende Ähnlichkeit mit seinem Vater Dermot hatte. »Wieso soll *er* nicht erben?«

»Donnell Kavanagh ist illegitim, Mylord.«

»War Enna denn ein ehelicher Sohn?«

Wieder schwieg Regan, und seine Wangen färbten sich rot.

Zorn wallte in Maurice auf. »Wie viele Söhne Dermots habt Ihr uns noch verschwiegen?«, verlangte er zu wissen und warf de Montmorency an seiner Seite einen Blick zu. Wollte der Mann nichts sagen, er war doch hier, um für de Clare einzustehen. De Clare war das Erbe Leinsters versprochen worden, nur hier liefen überall potenzielle Erben herum. Aber de Montmorency schien mit seinen Gedanken weit weg, er blickte hoch zum Himmel, als würde er Gott um Beistand fragen.

»Von seiner Erstfrau hat Dermot eine Tochter«, stammelte Regan, dem das aufgesetzte Gehabe abhandengekommen war. »Aber die ist schon verheiratet!«, beeilte er sich hinzuzufügen. »Mit dem Fürsten von Thomond! Und von seiner Zweitfrau hat Dermot die schöne Aoife und … und … noch einen jüngeren Sohn, aber der ist … nicht verfügbar.«

Maurice hob die Augenbrauen und sah Regan unverwandt an, bis dieser fortfuhr: »Mein Fürst war gezwungen, dem Hochkönig Geiseln auszuliefern, wie Ihr bestimmt gehört habt. Sein jüngster Sohn war eine dieser Geiseln. Und Enna und Kavanagh …«, er wies zu dem Iren an seiner Seite, »… sind illegitim. Enna kann nicht mehr Fürst werden, und Kavanagh begrüßt die Hilfe der Normannen, die für seinen Vater kämpfen.«

Maurice schüttelte langsam den Kopf. Was für ein Durcheinander. Dermot war ein Lügner, Regan war ein Lügner, und wenn de Clare Leinster eines Tages erben wollte, musste er dafür kämpfen. Seine Ehe mit Aoife mochte ihm gewisse Ansprüche verleihen, aber irische Gesetze ähnelten eher denen der Waliser, und das mochte ihnen noch zum Verhängnis werden. Denn illegitime Söhne konnten sehr wohl erben.

»Erbe ist derjenige, den der Fürst zum *Tánaiste* ernennt!«, rief Regan deutlich aufgebracht. »Wenn Dermot den Gemahl seiner Tochter Aoife zum Erben ernennt, ist dies Gesetz. Der Earl of Striguil muss sich nicht sorgen.«

Maurice setzte ein Lächeln auf, das gar nicht beruhigend wirken sollte. Regan und seine Iren sollten wissen, dass er ihnen nicht traute. Denn es war immer noch so, dass ein *Tánaiste* ohne die Unterstützung der Clanführer nicht weit kam, und die Clans würden einen Normannen bestimmt nicht als ihren König anerkennen.

Aber noch war es nicht Zeit, Land zu verteilen, das sie noch gar nicht gewonnen hatten. Erst mussten sie es erobern.

Nach einer feuchten und kalten Nacht im Sand traf am nächsten Tag zur Mittagsstunde Dermot mit seinem Heer ein. Es war ungefähr so stark wie Maurice' und FitzStephens Truppe, vielleicht sechshundert Mann, und die wenigsten waren beritten. Der Mangel an Rüstungen und das Übermaß an zottigem Haar und Bart wunderten ihn heute nicht mehr. Bogenschützen entdeckte er keine unter den Iren, die sich auf dem schmalen Streifen Sand am Fuße der Klippe versammelt hatten. Die Fremden waren mit langstieligen Äxten, Speeren und Wurfspießen bewaffnet, die den Eindruck machten, als wären sie aus einer längst vergangenen Zeit auferstanden. Sie sahen eher wie ein wilder Haufen Barbaren aus, und Maurice' Bedenken nahmen noch zu.

»So viele nackte Männer auf einem Haufen!«, erklang plötzlich Meilyrs Stimme neben ihm.

Maurice ignorierte ihn, ergriff die Zügel seines Grauschimmels von Richard und rückte den Sattel zurecht. Er konnte und wollte sich jetzt nicht mit seinem Schatten auseinandersetzen, der es sich zur Aufgabe gemacht hatte, eine zerstörte Verbindung wiederherzustellen.

»Mut haben sie ja, das muss man ihnen lassen, die gottverdammten Wilden.« Meilyr trat vor ihn hin, scheinbar entschlossen, nicht aufzugeben. Maurice stutzte kurz, da Meilyr, anders als gewöhnlich, zerzaust und ungepflegt aussah. Bläuliche Ringe zeichneten sich unter den dunklen Augen ab, als hätte er die ganze Nacht nicht geschlafen, und im halblangen Haar war immer noch Sand.

»Erhofft Ihr, mit Gotteslästerungen den Sieg zu erringen, Mylord of Narberth?«

Sie wandten sich zur Seite, und Maurice konnte sich gerade noch einen Fluch verkneifen, als er Hervey de Montmorency erblickte. Der ältliche Ritter durchbohrte Meilyr mit zornerfüllten Blicken, die bei dem Geraldine aber nur ein Lächeln hervorriefen, das beleidigender nicht hätte sein können.

»Einen wunderschönen guten Morgen wünsche ich Euch, Sir Hervey.« Meilyr verneigte sich mit einer weit ausholenden Geste. »Und was Eure Frage betrifft, so kann ich Euch leider nur eine wenig befriedigende Antwort geben: Ich bin ein hoffnungsloser Fall. Fragt meinen Onkel, den Bischof. Er wird es Euch nur allzu gerne bestätigen.«

»Vielleicht überdenkt Ihr Eure Worte zukünftig etwas besser, ehe Ihr uns damit noch alle in Teufels Küche bringt.«

»Wo wir gerade vom Essen reden …« Meilyr sah sich zwischen den herumwuselnden Männern um und winkte schließlich Maurice' Knappen Richard zu sich. »Ah, der junge de Clare. Sei so gut, such mir was zu essen, ja? Der verfluchte Wein meines Onkels hat mich verschlafen lassen. Ich hab sogar die Messe versäumt! Wessen Idee war es überhaupt, das Frühstück zu solch unchristlicher Stunde anzusetzen? Zur Hölle mit ihm!«

»Mylord!« De Montmorency riss erschrocken die Augen auf, und Maurice musste gegen ein Lächeln ankämpfen. Er selbst hatte Meilyr nicht nur einmal für seine unbedachten Worte gerügt, aber de Montmorencys Empörung war erheiternd genug, um über die Flüche hinwegzusehen. Fast konnte er auf dieser Insel fern der Heimat vergessen, was Meilyr ihm angetan hatte.

 Wexford, Südostirland,
Mai 1169

Maurice strich sich den Regen aus den Augen und das Blut vom Gesicht. Er blickte auf all die Toten zu seinen Füßen; die erste kriegerische Auseinandersetzung mit Einheimischen lag hinter ihm, aber er fühlte keinen Triumph. Diese Männer waren ihnen sowohl zahlenmäßig als auch an Waffenstärke unterlegen gewesen. Fischer und Hirten, die sich zusammengeschlossen hatten, um den vorrückenden Feind aufzuhalten. Eine Verzweiflungstat, die man schon heroisch nennen konnte. Der erste Beweis dafür, wie unwillkommen sie hier waren, wie verhasst Dermot in seinem eigenen Land war.

Dermots Iren waren gar nicht dazu gekommen, ihre Waffen zu zücken, FitzStephens und Maurice' Männer hatten die Kriegstruppe auf dem Weg nach Wexford aufgehalten, ehe der Kampf richtig begonnen hatte. Die meisten, die sich ihnen in den Weg zu stellen versucht hatten, waren gefallen, manche über den Fluss geflohen.

»Ein kleines Scharmützel«, kicherte der Sekretär Regan an seiner Seite und schwang sich auf sein Reitpferd, den blutigen Pfützen geschickt ausweichend. »Man sieht, dass wir Wexford näher kommen. Die Männer in dieser Gegend waren in ihrer Loyalität schon immer wankelmütig. Vor ein paar Jahren hat Kavanagh Wexford besiegt und die Ostmänner gezwungen, Dermot zu huldigen. Aber als Dermot in Bedrängnis geriet, waren sie mit unter den Ersten, die ihm in den Rücken fielen. Jetzt werden sie bezahlen.«

Maurice schwieg und blickte auf die zaghaft brennenden Hütten, die im Nieselregen mehr Rauch als Flammen produzierten. Sie waren am Morgen nach Dermots Ankunft mit ihrem zusammengewürfelten Heer aus Normannen, Flamen, Walisern und Iren losmarschiert, um Wexford einzunehmen, das die Iren Loch Garman und die Ostmänner Waesfiord nannten. Dabei waren sie einer Straße durch Okinselagh gefolgt, die die Bezeichnung »Straße« kaum verdiente. Es war ein aus dem Wald geschlagener Weg, abschnittsweise mit Steinen ausgelegt, aber es zeigte sich deutlich, dass die Römer, die in England und Wales so deutliche Spuren hinterlassen hatten, nie bis auf diese Insel gekommen waren. Hier gab es kein ausgeklügeltes Straßennetz, keine Steinbrücken, die Jahrhunderte überdauerten. In Irland erstreckten sich nur wild verwachsene Wälder, auf deren sumpfigen Böden die schweren Schlachtrösser nur langsam vorankamen.

Es regnete den ganzen Tag über, und Maurice wusste nun, wieso die Iren lederne Kapuzen trugen, die den Hals hinunterfielen, sich an den Schultern verbreiteten und auch einen Teil der Arme bedeckten. Seit seiner Ankunft hatte er noch kein einziges Mal die Sonne gesehen, dafür aber ein paar Einheimische abseits des Heers. Die Menschen starrten die normannische Truppe an, als käme sie direkt aus der Hölle. »Graue Krieger« übersetzte Regan ihm das ehrfürchtige und verängstigte Geflüster. Maurice lernte auch, dass die Iren nicht viel auf Ackerbau gaben, nur selten entdeckte Maurice ein Haferfeld zwischen all den Rinder- und Schafherden. Eine Eigenart der Lebensführung, die ihn wieder an die Waliser erinnerte, denn auch die Briten waren eher Viehhüter als Bauern.

Die Verständigung zwischen Iren und Normannen war schwierig. Dermot sprach etwas Latein, und Regan übersetzte, aber es machte Maurice nervös, nicht zu wissen, was die Iren um ihn herum besprachen. Auch gefielen ihm die Blicke nicht, die diese Männer über ihre dichten Bärte hinweg seinem Heer zuwarfen. Dass er weder Dermot noch seinem Sohn Kavanagh traute, machte ihn auf dem Weg zu ihrem ersten Ziel nicht ruhiger.

»Gut eine Meile noch«, gab Regan gerade die Entfernung nach Wexford durch, als FitzBishop auf seinem Schimmel durchs Gehölz auf sie zupreschte.

»Sie sind aus der Stadt gekommen!«, keuchte er auf seinem verschwitzten Pferd und deutete in den Wald gen Osten. Er war mit einer kleinen Gruppe Reiter auf Erkundung gewesen. »Bestimmt zweitausend Mann. Sie kommen direkt auf uns zu!«

»Zumindest verstecken sie sich nicht hinter ihren Mauern«, knurrte FitzStephen und bedeutete dem Trupp mit einer ungeduldigen Geste weiterzugehen. »Zweitausend, sagst du? Dann hat jeder von uns zumindest zwei zum Abschlachten, und es gibt keine Streitereien.«

Maurice warf Meilyr einen Blick zu, der die Augenbraue hob und mit den Schultern zuckte, ein schlecht verborgenes Grinsen lauerte in seinen Mundwinkeln. Maurice prüfte kurz den Sitz seiner Rüstung und Waffen. Die feindliche Truppe war ihnen fast doppelt überlegen, kein Wunder, dass sie es nicht für nötig hielten, im Schutz ihrer Mauern zu verbleiben.

Der Wald lichtete sich, und Maurice erreichte mit den anderen eine Ebene, von wo aus er die turmbewehrte Stadtmauer Wexfords erkennen konnte. Dem Anschein nach reichte sie bis zum Meer und schützte somit auch den Hafen mit den zahlreichen Schiffen der Ostmänner.

Zwischen den grauen Mauern und ihm befanden sich noch ein paar Gehöfte, und dort erblickte Maurice die gegnerischen Krieger, die ihnen entgegenzogen.

Es war kein schöner Anblick, denn die nahende Horde war mit Äxten und Speeren bewaffnet und von solch erschreckender Anzahl, dass es schwerfiel zu glauben, es wären nur doppelt so viele wie ihre eigene Truppe. Schläge auf runde Holzschilde und Rufe in einer fremden Sprache hallten zu ihnen herüber. Der Klang überzog seinen Körper mit einer Gänsehaut und brachte sein Blut in Aufruhr. Gleichzeitig beruhigte er seinen Geist. All die Fragen und Bedenken verzogen sich in einen dunklen Winkel seiner Seele, jetzt ging es nur noch darum, wer starb und wer überlebte.

»Reihen bilden!« Er gab seinen Männern ein Zeichen und nickte Robert Smith zu, damit dieser seine Bogenschützen mit FitzStephens verband und in Aufstellung brachte.

Der junge Richard reichte ihm eine Lanze hoch, überprüfte vom Boden aus noch einmal den Sitz des Sattels und zog sich dann schweigend zurück zu den anderen Knappen, die so wie Maurice einst helfen würden, die Bogenschützen mit Pfeilen zu versorgen, entlaufene Pferde einzufangen und die Karren und Wagen zu bewachen.

»Bereit für den Kampf?«

Maurice biss die Zähne zusammen, er wollte Meilyr fragen, wann er endlich aufgeben würde, ihn in ein Gespräch zu verwickeln. Aber als er den Kopf drehte, erkannte er, dass es Robert de Barry und nicht Meilyr war, der sein Pferd an seine Seite trieb.

Ein Lächeln entkam ihm. »Wie geht's dem Magen, de Barry?«

»Ich sagte doch: Sobald der Boden unter meinen Füßen nicht mehr schwankt ...«

»Jaja, ich fürchte nur, diesmal ist unseren irischen Verbündeten schlecht geworden.« Er wies zu Dermots und Kavanaghs Iren hinüber, ein wenig belustigt darüber, wie regungslos die Krieger am Rande standen und zusahen, wie Maurice' und FitzStephens Männer Formation einnahmen.

Das gepanzerte Fußvolk bildete das Zentrum des Heers, gemeinsam mit den Bogenschützen in den hinteren Reihen, die Pfeile vor sich in die Erde steckten und auf ihren Einsatz warteten. An den Flanken hielten sich Maurice und all die berittenen Ritter mit ihren Lanzen, Panzerreitern und Armbrustschützen.

Dermots Iren sahen beim Anblick der schnurgeraden Linien ihrer Verbündeten aus, als sähen sie Elfen und Feen vor sich. In diesem Moment wären sie jedem Feind gegenüber hilflos gewesen, so verdattert, wie sie waren. Eisenmänner waren ihre erste Überraschung gewesen, eine Schlachtaufstellung schien ihnen aber noch fremdartiger.

»Was ist das?« De Barry packte Maurice' Arm und deutete zu den Häusern vor der Stadt, wo ein orangefarbener Fleck im grauen Licht des Nachmittags funkelte.

»Sie brennen die Häuser nieder«, bemerkte de Montmorency, der sich in seiner ramponierten Rüstung ebenfalls dazugesellte.

Und tatsächlich, in diesem Moment gingen die Gehöfte in Flammen auf, und die wilde Horde Ostmänner, die ihnen gerade noch so mutig entgegengekommen war, eilte zurück in die Sicherheit der Stadtmauern.

Maurice schnaubte. »Sieht so aus, als wäre unsere Aufstellung nicht nur für unsere eigenen Iren eine Überraschung gewesen. Sie haben es sich bei unserem Anblick doch tatsächlich anders überlegt.«

»Das darf doch wohl nicht wahr sein!« FitzStephen galoppierte an ihre Seite und schlug seinem Pferd über den Mähnenkamm. »Feiglinge! Verdammte Bastarde! Erst ziehen sie uns zahlenmäßig überlegen entgegen, und kaum sehen sie etwas anderes als einen Haufen Wilder, ziehen sie sich zurück hinter ihre Mauern!«

»Aber wieso das Feuer?«, wollte de Montmorency wissen. »Es sind ihre eigenen Siedlungen, die sie da vernichten.«

»Was für eine Frage, Sir Hervey!«, bellte FitzStephen, was de Montmorency zusammenzucken ließ. »Natürlich brennen sie die verdammten Häuser nieder, oder glaubt Ihr, die wollen uns auch noch während unseres Aufenthalts verkösrigen? Oder uns Deckung vor ihren Angriffen von der Mauer aus geben? Solche Hasenfüße! Wenn ich das zu Hause erzähle, das glaubt mir kein Mensch!«

»Diese Männer haben noch nie ein Heer wie das Eure gesehen«, beeilte Morice Regan sich zu sagen, der mit Dermot zu ihrem kleinen Kreis der Anführer kam. Er warf einen bangen Blick zur irischen Truppe ihres Heers, als fürchtete er, dass sie sich beim Anblick der normannischen Reihen genauso wie die Ostmänner davonmachen könnten. »Bisher haben die Männer Wexfords nur gegen Fürst Dermots Iren gekämpft, aber das hier ...« Regan schüttelte den Kopf; die tadellose Aufstellung seiner Verbündeten neben der wahllos durcheinandergewürfelten Kriegstruppe Dermots verfehlte auch bei ihm seine Wirkung nicht. Maurice war hingegen eher von der mangelnden Struktur unter den Iren überrascht. Die Krieger standen einfach nur da, als warteten sie, dass jemand zum Angriff blies, um dann ohne Sinn und Verstand nach vorn zu stürmen. Dermot selbst sah mit seiner farbenfrohen Kleidung und behängt mit Gold und Edelsteinen an diesem Tag genauso fehl am Platz aus. So konnte er in seiner Halle sitzen, aber doch nicht in den Kampf ziehen! Ohne Rüstung, sondern in gelbgrünem Hemd, das von einem Gürtel gehalten wurde, thronte er auf seinem Schimmel. Sein dichter rotgrauer Bart fiel in gepflegten, säuberlich gekämmten Locken bis auf seine Brust hinab und verdeckte einen Gutteil des zerfurchten Gesichts. Nichts an ihm machte einen kriegerischen Eindruck, bis auf seine sturmumwölkten Augen, die sich auf die Flammen der Höfe richteten.

»Was machen wir jetzt?« Meilyr kam auf seinem Schlachtross zu ihnen. Er gab die Lanze zurück an einen der Knappen und stützte die Hände auf den Sattelknauf. »Eine Belagerung wird schwer«, meinte er mit einem Wink zum Wasser, was Dermot dazu veranlasste, heftig zu nicken. Er knurrte ein paar Sätze in der irischen Sprache.

»Es ist unmöglich, Wexford auszuhungern, die Stadt kann jederzeit vom Meer aus versorgt werden. Die Schiffe liegen in einem geschützten Hafen, an den es kein Herankommen gibt«, übersetzte Regan eifrig.

FitzStephen seufzte. »Dann eben keine Belagerung. Wir machen es auf die gute alte Art.«

Dermot hob fragend die Augenbrauen, aber da gab FitzStephen schon den Befehl, Holz zu schlagen und Leitern zu bauen. Die Bogenschützen schickte er auf die Anhöhen jenseits der Stadt, damit sie von dort aus die Türme unter Beschuss nahmen und für Deckung sorgten. Währenddessen sollten die gerüsteten Männer aus dem Fußvolk in regelmäßigen Abständen die Gräben auffüllen, um den Weg zur Stadtmauer zu ebnen.

»Was lungerst du hier herum, Bastard? Los, beweg dich, die Gräben füllen sich nicht von selbst!«

Maurice fuhr bei den harschen Worten de Montmorencys herum und erkannte mit Schrecken, dass de Clares Onkel mit dem jungen Richard sprach.

Zornig trieb er sein Pferd an und drängte de Montmorency zur Seite. »Richard, geh zu den anderen Knappen, hilf beim Holzschlagen.« Dann wandte er sich de Montmorency zu und konnte sich nur mit Mühe beherrschen. »Meinem Knappen gebe immer noch ich die Befehle«, sagte er so ruhig, wie er konnte, und wies zu den hohen Mauern Wexfords. »Aber Ihr habt recht, die Gräben füllen sich nicht von selbst. Wollen wir?« Er hob auffordernd die Augenbraue, im Wissen, dass de Montmorency sich niemals an den gefährlichsten Ort begeben würde.

»Ich bin im Auftrag des Earl of Striguil hier! Wie könnt Ihr glauben, ich würde die Aufgaben eines einfachen Mannes aus dem Fußvolk übernehmen?«

Maurice wendete wortlos sein Pferd und hob seine Hand, um FitzStephen ein Zeichen zu geben. »Ich übernehme den Graben!«, rief er und galoppierte den Fußsoldaten hinterher.

»Die Ostmänner haben ganze Arbeit geleistet.« Wie aus dem Nichts kam Meilyr hustend durch den Rauch der brennenden Gehöfte auf ihn zu, und Maurice unterdrückte einen Fluch.

»Was machst du hier?«

»Na, auf dich aufpassen, was sonst? Wenn du dich lebensmüde zu den Gräben beorderst …«

»Ich hatte gehofft, de Montmorency derart zu beschämen, dass er mit mir geht, und dann hätte ich ihn abschießen lassen.«

»Was für unchristliche Pläne von meinem sonst so ehrenhaften Freund.«

Maurice zuckte beim Wort »Freund« zusammen und warf Meilyr einen Blick zu. Er konnte aber nichts mehr erwidern, denn sie erreichten die bedrohlich vor ihnen aufragenden Mauern und Türme, die sich auf der anderen Seite des Grabens aus einem Erdwall erhoben.

Beschimpfungen prasselten auf sie nieder, Maurice konnte die wütenden Gesichter hinter den Fensterschlitzen erahnen, aber im Moment kümmerte er sich weniger um die Worte als die Steine, die diesen hinterherflogen.

»Nehmt eure Schilde, schützt euren Nebenmann!«

Maurice schwang sich aus dem Sattel, ergriff einen der gepanzerten Kämpfer und drückte ihm seinen spitz nach unten zulaufenden Schild in den Arm. Dann zog er ihn zu einem der Männer, der gerade dabei war, Schutt aus den Siedlungen herbeizutragen und in den Graben zu werfen. »Gebt ihm Deckung. Bildet eine Reihe!«

Er positionierte die Männer so, dass sie Holz und Steine von einem Mann zum anderen nach vorne reichen konnten, während an der Spitze ein Schild für relative Sicherheit sorgte. Die Bogenschützen auf den Hügeln feuerten bereits, um die Ostmänner hinter den Brüstungen zu halten, aber es flogen immer wieder Geschosse von den Mauern zu ihnen herunter.

Die Männer stöhnten, sie mussten geduckt arbeiten, aber sie

waren schnell, und bald würde der Graben an manchen Stellen zu überqueren sein. Die schweren Baumstämme, die die Belagerten zu ihnen herunterwarfen, um sie zu zermalmen, kamen ihnen zugute, da sie sie zum Füllen benutzen konnten. Auch wenn Maurice jedes Mal zusammenzuckte, wenn der Donner des Aufpralls oder Schmerzensschreie von Getroffenen ihm durch Mark und Bein gingen.

»Die Leitern sind fertig!«

Maurice fuhr auf seinem Pferd herum, er wusste nicht, wie viel Zeit vergangen war, die Sonne senkte sich aber bereits über den Kronen des Waldes, als FitzStephen an seine Seite galoppierte, ein zufriedenes Lächeln im Gesicht. Hinter ihm eilten die Männer mit provisorisch zusammengezimmerten Leitern auf der Schulter zu den Gräben, das Horn zum Angriff erscholl, und Maurice bekreuzigte sich. Jetzt war es also so weit. Er zog sein Schwert, warf FitzStephen die Zügel seines Pferdes zu und sprang aus dem Sattel.

»Stellt die Leitern auf! Überwindet die Mauer!« Seine Worte gingen im Lärm des anstürmenden Heers und der Schläge von Steinen auf Schilde und Körper beinahe unter, aber er musste in vorderster Reihe kämpfen und seinen Männern Anweisungen geben, damit sie dem vor ihnen aufragenden Hindernis mit Mut begegneten.

»Erstürmt die Stadt!« Die Woge der drängenden Leiber riss ihn mit über den aufgeschütteten Bereich des Grabens, und Maurice wehrte sich nicht dagegen. Er ließ sich von der Flut tragen und fand sich am Fuße der Mauer wieder, wo das Sterben begonnen hatte und die Schreie von Verwundeten ihm in den Ohren gellten.

»Hoch mit euch!« Maurice schob die Männer zu den Leitern und warf einen Blick nach oben, von wo weitere Steine herabprasselten. Getroffene fielen neben ihm zu Boden, und Maurice fluchte. »Beeilt euch, erklimmt die verdammte Mauer!«

Maurice packte eine der Leitern, schob einen Mann, der gerade hochsteigen wollte, zur Seite und machte sich selbst an den Aufstieg.

»Wer schneller oben ist!«

Verblüfft sah er zur Seite und erkannte den jungen Robert de Barry auf der Leiter gleich neben ihm, grinsend, die Augen hinter dem Nasenschutz seines Helms leuchtend.

Maurice verdrehte die Augen, er wollte sich gerade wieder an den Aufstieg machen, als ein Warnruf erklang, gefolgt von Scheppern, Donnern und Schmerzensschreien. Maurice presste sich flach gegen das Holz der Leiter, einer der Steine traf ihn trotzdem an der Schulter. Ein schmerzverzerrtes Stöhnen entfuhr ihm. Schnell blickte er zur Seite, um nach de Barry zu sehen, als er den jungen Ritter rücklings von der Leiter stürzen sah, direkt in den Graben.

»Verdammt, de Barry!« Maurice sprang zu Boden, drängte sich zwischen den zur Mauer drückenden Leibern hindurch und blickte in den Graben hinunter, wo inmitten von Unrat und Geröll ein bewusstloser Geraldine mit einer Delle im Helm lag.

»Los, helft mir, ihn da herauszuholen, und gebt uns verdammt noch mal Deckung!« Maurice rutschte die aufgeweichte und schlammige Böschung hinunter, die Steinschläge ignorierend.

»Komm schon, Junge, willst du mich etwa so leicht gewinnen lassen?« Er kniete neben dem jungen Ritter nieder und stieß erleichtert die Luft aus, als er sah, dass de Barrys Brust sich gleichmäßig hob und senkte.

»Wie sollen wir ihn da rausholen, Mylord?«

Maurice blickte auf und sah eine Handvoll Männer über sich stehen, Schilde hochhaltend, um die Geschosse von der Mauer fernzuhalten. Mit spürbar schnellerem Herzschlag sah er sich um, schüttelte de Barry, aber der Ritter regte sich nicht.

Der gesamte Ansturm auf Wexford drohte in einem Desaster zu enden. Soweit Maurice erkennen konnte, hatte noch niemand die Mauer erklommen. Sie mussten hier weg, aber nicht ohne de Barry.

»Gebt mir einen Schild!«

Seine Männer gehorchten und halfen, den jungen de Barry auf das bemalte Holz zu ziehen, um ihn halbwegs tragen zu können. Am Kamm des Grabens wartete bereits Meilyr mit weiteren Männern, über die sich ebenfalls ein Schilddach erstreckte, um sie zu schützen. Maurice war zum ersten Mal wirklich froh, das Gesicht seines einstigen Freundes zu sehen.

Meilyr beugte sich zu ihm hinunter und befahl den anderen, seine Knöchel festzuhalten. »Hebt ihn hoch!« Er ergriff den oberen breiten Teil des Schildes, wo de Barrys Kopf lag, während Maurice die andere Seite hochstemmte und den wahnsinnigen Kampfeslärm auszuschließen versuchte, um sich auf sein Tun zu konzentrieren. Trotzdem vernahm er das Horn, das zum Rückzug blies, und hoffte, dass die Männer nicht kopflos davonstürmen und ihn in diesem Graben zurücklassen würden.

Meilyr schien denselben Gedanken zu haben. »Niemand zieht sich zurück, solange noch ein Mann im Graben festsitzt! Ich schwöre euch, ich hänge jeden persönlich auf, der auch nur Richtung Lager blickt!«

Es sollte Maurice ärgern, dass er auf Meilyrs Hilfe angewiesen war, als er aber nach einer gefühlten Ewigkeit endlich den Kamm erreichte und sich mit den anderen von der Mauer zurückzog, fühlte er nur Dankbarkeit.

Ossory, Südostirland, Mai 1169

Wexford war gefallen, die Ostmänner hatten schon am nächsten Morgen kapituliert, um die Stadt vor der Plünderung zu bewahren. Aber Maurice spürte, dass ihr neuer Gegner nicht so leicht aufgeben würde.

»Sie sagen, es sind fünftausend Mann! Fast doppelt so viele wie unsere.«

Maurice warf de Barry an seiner Seite einen amüsierten Blick zu. »Zum Glück kannst du nach dem Schlag auf den Kopf noch rechnen.« Er ließ seinen Blick über den vor ihm aufragenden Waldhügel schweifen. Die Bäume standen hier nicht so dicht wie weiter talwärts, aber Maurice wusste, dass abseits des Pfades Sumpflöcher auf Unvorsichtige warteten. Somit mussten sie direkt auf den Feind zugehen, das Moor war eine natürliche Verteidigungsanlage, die sie einsperrte. Der gegnerische Fürst von Ossory hatte sich hier am Pass von Gowran einen wahrlich vorteilhaften Ort ausgesucht, um sie auf ihrem Vormarsch in sein Fürstentum aufzuhalten, das musste man ihm lassen.

»Ich zähle drei Gräben.« Meilyr deutete auf die dunklen Reihen zwischen dem Bodengestrüpp, und Maurice nickte grimmig.

»Die Palisade hinter den Gräben sieht mir aber nicht sonderlich stabil aus, in der Schnelle aus Astwerk zusammengeflochten. Sie hat bestimmt Lücken.«

»Wir müssen erst mal dort hinkommen«, brummte der ältliche FitzStephen neben Maurice.

Dermots Bastardsohn Kavanagh knurrte etwas, das Maurice nicht verstand, aber sein Übersetzer Regan war sofort zur Stelle.

»Mein Herr besteht darauf anzugreifen, werteste Lords, Donnell muss für seine Taten bezahlen. Vergesst nicht seinen Bruder Enna, der jetzt blind durchs Leben geht, barbarisch verstümmelt von Donnells Vater. Vergesst nicht Ossorys Treuebruch. Ossory gehört Leinster, es ist kein unabhängiges Fürstentum, auch wenn Donnell das gerne hätte. Wir müssen es zurückholen und diesen Verräter bezahlen lassen.«

Maurice blickte von seinem Schlachtross auf Regan hinab. »Ich bewundere Eure Leidenschaft, und Ihr müsst Euch nicht sorgen. Wir haben nicht vor davonzulaufen.«

»Nur müssen wir uns etwas einfallen lassen. Wir haben dreitausend Mann, und denen aus Wexford traue ich nicht.« FitzStephen wies zurück zum Heer und spuckte aus.

Maurice musste ihm recht geben. Die Männer aus Wexford hatten ihre Truppe mit tausend Männern gestärkt, aber niemand konnte sagen, ob sie nicht im entscheidenden Moment davonlaufen würden. Auch die Iren aus Dermots einstigem Fürstentum Leinster, die ihn zuerst verraten hatten, bei seinem Erfolg in Wexford aber zurückgekommen waren, konnten nicht als vertrauenswürdig bezeichnet werden. Mit Fortuna stand oder fiel seit jeher die Treue.

Und da war immer noch das Problem von drei hintereinanderliegenden Gräben auf einem steilen Hügel, die sie überwinden mussten, nur um sich dann vor einer Palisade wiederzufinden, die ihnen den Weg versperrte. Dahinter warteten fünftausend zornige Iren, während sie zu beiden Seiten von Sümpfen eingeschlossen wurden.

»Wir können die Pferde nicht einsetzen«, ließ sich de Barry mit einem Seufzen vernehmen und schwang sich aus dem Sattel. »Ich hasse Gräben, hab ich das schon mal gesagt?«

Maurice rang sich ein Lächeln ab. »Wenigstens schmeißen diese Iren keine Steine.« Er stieg ebenfalls ab und winkte Richard, damit er Espee für ihn übernahm. Dann wandte er sich an die Befehlshaber in seiner Runde. »Ich schlage vor, wir testen, wie stark diese Palisade wirklich ist. Schicken wir eine Gruppe unserer Bogenschützen nach vorne, die Pfeile in die Lücken im Astgeflecht schießen. Ein paar gepanzerte Männer aus dem Fußvolk geben ihnen mit ihren Schilden Deckung. Die anderen Bogenschützen sollen über die Palisade zielen – mal sehen, was die nackten Iren sagen, wenn Pfeile vom Himmel fallen. Der Rest – die Iren und Ostmänner aus Wexford – greift die Palisade direkt an und versucht, eine Bresche in dieses Ding zu schlagen.« Er wandte sich an Kavanagh, der den Übersetzungen Regans lauschte. »Mit was haben wir zu rechnen, wenn wir diesen verdammten Hügel hochrennen und uns durch drei Gräben schlagen? Ebenfalls Pfeile?«

Regan schüttelte den Kopf. »Speere, Mylord, und Wurfspieße. Und wer nahe genug herankommt, mag auch die eine oder andere Axt zu spüren bekommen.«

Maurice hob ergeben die Hände. »Na wenigstens wissen wir, was uns erwartet. Noch Fragen?«

Schreie, Stöhnen, Flehen, Weinen und Flüche erfüllten das Waldstück. Der Wind fegte zwischen den Bäumen hindurch, Nieselregen fiel herab und verwandelte den Hügel in sumpfigen Schlick. In roten Rinnsalen floss das Blut den Hang hinab, Tote füllten die Gräben auf, und über allem lag der ohrenbetäubende Lärm, der einem beim Einschlafen noch in den Ohren klang und bis in die Träume verfolgte.

»Mylord, wir müssen uns zurückziehen, sie schlachten uns alle ab!« Der junge Armbrustschütze umklammerte seinen Arm und versuchte ihn fortzuziehen, den Hügel hinunter, weg vom Feind, aber Maurice stemmte sich dagegen.

»Halte deine Waffe fest, Junge, hier läuft niemand davon!«
Er packte das zitternde Kinn des Flamen und zwang ihn, ihm
in die Augen zu sehen. Ehe er aber dazu kam, noch etwas zu
sagen, rutschte Meilyr zu ihm in den Graben hinunter, über und
über mit Schlamm bedeckt, packte den jungen Schützen an der
Schulter und wies zum Feind hoch. »Diese Palisade hat Lücken,
so groß wie die Brüste deiner Mutter, Mann, siehst du? Da wirst
du wohl hindurchtreffen? Bring die Bastarde um, verdammt
noch mal! Zeig ihnen, was eine Armbrust ist, oder ich schieb
dir diese Bolzen den Arsch hoch, hast du mich verstanden?!«

Der Schütze sah aus weit aufgerissenen Augen zwischen
ihnen hin und her, dann nickte er entschlossen, packte die Armbrust mit beiden Händen und rannte los, zurück den Hügel
hoch.

Maurice verpasste Meilyr einen nicht zu sanften Klaps auf
den Hinterkopf.

»Was? Hättest du nicht dasselbe gesagt?«

»Wo sind deine Vettern schon wieder?« Maurice wies zurück
zu den Karren, wo die Knappen eilig Pfeile und Bolzen aus-
gaben. »Ich habe de Barry und FitzBishop gesagt, sie sollen die
Ausrüstung bewachen!«

Meilyr zuckte mit den Schultern und wischte sich den
schlimmsten Schmutz vom Gesicht. »Irgendwo da oben, nehme ich an!«

Ein Fluch entrang sich Maurice. Er packte Meilyr am
klitschnassen Kettengeflecht der Kapuze. »Was ist es nur mit
euch, dass ihr ständig die Helden spielen müsst? Du bist doch
auch über und über mit Blut besudelt, anstatt die Pferde zu bewachen!«

»Glaubst du etwa, ich schaue bei diesem Gemetzel zu? Da
kämpfe ich lieber!«

Blinder Zorn wallte in Maurice auf, er konnte ihn nicht unterdrücken, vielleicht sah er schon zu lange dem Sterben zu.

»Glaubst du etwa, *mir* macht es Spaß, hier unten zu stehen, während die anderen kämpfen? Glaubst du, mir juckt es nicht in den Fingern einzugreifen? Dass ich es liebe, hier unten die Ordnung zu halten und die Männer, die sich vor Angst in die Hosen machen, zurückzuschicken?!« Er stieß Meilyr von sich, strich sich mit beiden Händen grob das nasse Haar aus dem Gesicht.

»Komm mir nicht mit der Stimme der Vernunft, Mann, das ist eine Schlacht, sieh hoch, unsere Männer krepieren wie die Fliegen!«

»Und du willst dich ihnen unbedingt anschließen?«

Meilyr zog sein Schwert aus der Scheide. »Ich bin froh, dass du dir wieder Sorgen um mich machst. Schon allein deshalb hat sich dieses Elend hier gelohnt.« Mit einem Grinsen warf er sich wieder ins Getümmel.

Maurice fluchte lautstark und trat einen Stein fort. »Ihr da!« Er winkte einer Gruppe Iren bei den Karren hinten. »Bringt noch mehr Pfeile nach vorne!« Die Iren sahen ihn nur blödsinnig an, und so versuchte Maurice es mit Zeichensprache, bis sie endlich verstanden.

»Robert, habt ihr da drüben noch genug Pfeile?« Maurice winkte seinem Ritter Robert Smith, der die Bogenschützen befehligte, die die Pfeilsalven abschossen. Die walisischen Bögen waren zwar eher für gezielte Schüsse in gerader Linie geeignet, aber so langsam hatten sie den Dreh raus.

Robert schüttelte den Kopf und gab sofort wieder den Befehl zum Loslassen der Pfeile. Mit einem Zischen, das die Kampfesschreie überlagerte, schwirrten hunderte Geschosse von den Sehnen, und Maurice folgte ihrer Flugbahn hinter die Palisade, von wo markerschütternde Schreie erklangen.

»FitzStephen!« Er winkte dem ältlichen Geraldine auf der anderen Seite des Grabens, der gemeinsam mit Maurice und Dermots Sohn den Oberbefehl hielt. »Sagt Kavanagh, er soll ausgeruhte Iren nach vorne schicken und die anderen ablösen!«

Sein Blick ging hoch zum Himmel, der sich nur als graue Flecken zwischen dem dichten Blätterdach zeigte. Die Sonne würde bald untergehen, dabei kämpften sie schon seit den Morgenstunden, und die Männer wurden schwächer.

Plötzlich anschwellender Schlachtenlärm lenkte seinen Blick zurück zum Hügelkamm. Panik, Triumph, alles vermischte sich in ein Geschrei, aus dem keine einzelnen Wörter herauszuhören waren. Zuerst glaubte Maurice schon, die feindlichen Iren hätten ihre Position hinter der Palisade aufgegeben, um einen Ausfall zu wagen und mit ihrer verbleibenden Macht den Hügel herunterzukommen. Aber dann erkannte er, dass die verbündeten Ostmänner nach vorne drängten, immer weiter, als stünde ihnen kein Hindernis mehr im Weg, bis sie aus seiner Sichtweite verschwanden.

»Die Palisade ist gefallen.« Maurice starrte einen Moment lang wie gebannt zu den jubelnden Männern, als plötzlich Robert Smith an seine Seite lief.

»Denen haben wir's gezeigt! Die Pfeile waren ihnen am Ende zu viel! Sie rennen wie die Hasen!«

»Mylord!« Richard eilte zu ihm und zog Espee an den Zügeln hinter sich her.

Maurice klopfte dem Jungen auf die Schulter, schwang sich in den Sattel und ritt den Hügel hoch, vorsichtig durch die Gräben, zwischen lachenden und weinenden Männern hindurch, und dann über die Trümmer der Palisade hinweg; er konnte es immer noch nicht glauben. Donnell von Ossory, der aus dem Nichts eine Verteidigungsanlage mitten im Wald errichtet hatte, um sie am Weiterkommen zu hindern, war besiegt. Sie hatten es geschafft.

»Da nehmen sie die Beine in die Hand!« FitzStephen kam auf seinem Pferd an seine Seite, verließ mit ihm den verwunschenen Wald. »Schaut Euch an, wie die Bastarde rennen können.« Er wies lachend nach vorne über die grasbewachsene

Ebene, wo die Iren Ossorys liefen, verfolgt von den jubelnden Männern aus Leinster. Es regnete immer noch, aber die Landschaft auf diesem Höhenzug wurde von einem sonderbar gelblichen Zwielicht eingehüllt, das mit der klaren Luft, fern des Schlachtgestanks, etwas Magisches schuf. Als hätten sich die Himmelspforten in göttlicher Gnade geöffnet.

Maurice bekreuzigte sich, blickte zum Horizont und betrachtete den fliehenden Feind, als er plötzlich eine dunkle Gestalt in der Ferne erblickte. Sie kletterte auf einen aus dem hüfthohen Gras emporragenden Felsen und richtete sich auf. Schwarzes Haar wehte in den stürmischen Böen, das Gesicht war fast zur Gänze hinter einem ebenso schwarzen Bart verborgen. Der Mann blickte in seine Richtung, breitete die Arme aus und verneigte sich übertrieben und mit wedelnder Hand, ehe er zurück hinunterkletterte und in der Menge der fliehenden Männer verschwand.

»So wie es aussieht, haben wir Donnell nicht erwischt«, murmelte FitzStephen an seiner Seite.

Maurice nickte. »Aber er hat eine Niederlage erlitten, von der er sich erst mal erholen muss.« Er trieb seinen Hengst an, um die Männer davon abzuhalten, den Feind noch weiter zu verfolgen, in Gebiete, die ihnen nicht vertraut waren.

Es kam gerade wieder so etwas wie Ordnung in ihr Heer, als Meilyr auf seinem Pferd an seine Seite ritt.

»Jetzt sehne ich mich nach einem schönen Feuer.«

Maurice nickte abwesend und versuchte dann in der zunehmenden Dunkelheit seinen Knappen Richard auszumachen. Es war Zeit, das Lager aufzuschlagen und die Verwundeten zu versorgen, deren Stöhnen durch die Nacht klang.

»Du hast ja recht«, platzte Meilyr unvermittelt heraus. »Ich habe nicht die Disziplin und Kraft, mich zurückzuhalten, und schon gar nicht hätte ich den Überblick, um tausende herumwuselnder, verschreckter Männer zuzuweisen und unter Kontrolle zu halten. Ich bin ein Krieger, kein Befehlshaber, Maurice. Ich war nie etwas anderes, und ich werde es wohl auch nicht mehr werden.«

Maurice wandte sich ihm zu und beschloss, über seinen Schatten zu springen. »Ich weiß«, sagte er seufzend. »Und auch du hast recht … ich mache mir Sorgen um dich. Auch daran wird sich wohl nie etwas ändern.«

Ein Grinsen ließ Meilyrs Zähne aufblitzen. »Da komme ich nach Irland, um auf dich aufzupassen, dabei ist es wieder mal genau andersherum.«

Maurice senkte den Blick, biss die Zähne zusammen, zwang sich aber zu einem Nicken.

Der Rauch breitete sich schnell aus, kratzte in der Kehle und brachte einen bestialischen Gestank mit sich. Holzhütten und Lehmhäuser qualmten, genauso Pferche mit eingesperrtem Vieh, aus denen die panischen Laute der Tiere das Tosen der Flammen übertönten. Sogar eine Kirche gab es hier, doch selbst das Strohdach des aus Steinquadern erbauten Gotteshauses brannte lichterloh. Der Gestank von Exkrementen und Tod wehte mit dem Wind zu ihm herüber. Eine beißende, zum Schneiden dicke Luft, die erfüllt war von Schreien. Maurice hatte stets gedacht zu wissen, was Krieg bedeutete, er hatte schon in genügend Schlachten gekämpft, aber was sich ihm in den Tälern Ossorys offenbarte, war kein Krieg mehr. Das war die Hölle.

»Mylord?«

Mit einem unterdrückten Schaudern wandte er den Blick von der brennenden Siedlung ab und versuchte die Verzweiflung und Schreie auszusperren, als er sich der brüchigen Stimme an seiner Seite widmete. Es war wie erwartet der junge Richard, der aus weit aufgerissenen Augen zu ihm hochsah.

»Mylord, das kann nicht richtig sein, man muss sie aufhalten!«

Maurice presste die Lippen aufeinander und legte Richard die Hand auf die Schulter. Es erleichterte ihn ein ums andere Mal in diesen gottverlassenen Tagen, seinen Knappen an seiner Seite und nicht dort drüben im Getümmel zu wissen. Er hatte also doch etwas richtig gemacht. Er hatte Richard gelehrt, was Ritterlichkeit bedeutete. Er mochte die Männer nicht von diesen Gräueltaten abhalten können, sie würden sich sofort von ihm abwenden, aber er hatte de Clares Jungen bei sich, einen angehenden Mann, der Recht und Unrecht zu unterscheiden wusste.

»Ich bin froh, dich hier zu sehen«, sagte er, so wie jedes Mal in den letzten Tagen, in denen sie diesen Schandtaten hatten beiwohnen müssen.

»Ich bin auch froh, Euch hier zu sehen, Mylord.«

Schweigend sahen sie zurück zu den Flammen, die sich gierig ausbreiteten und ihren grauen Schleier über die Siedlung legten. Richards Hände an seiner Seite zuckten, als wolle er sie sich auf die Ohren pressen, um die Schreie nicht länger hören zu müssen und die Grausamkeit des Krieges für einen kurzen Moment zu vergessen.

»Wie ist so etwas nur möglich?« Richard starrte unverwandt auf einen der walisischen Bogenschützen, der ein irisches Mädchen zu Boden drückte und seine Röcke hochschob, ungeachtet seiner Schreie und vergeblichen Versuche, sich zu wehren.

Maurice krampfte seine Finger um das Heft seines Schwertes, konzentrierte sich auf das Kreuz, das sich in seine Haut bohrte, während er mit aller Macht gegen den Drang kämpfte, sein eigenes Heer anzufallen. Seine Männer waren bis auf ein paar Getreue fast allesamt Söldner, sie waren hier, um Beute zu machen, nicht weil sie für Ideale kämpften. Wenn Maurice sie vom Plündern abhielte, während FitzStephens Männer und die Iren sich bedienten, hätte er bald keine Streitmacht mehr. Er musste tatenlos zusehen, und in ihm wuchs ein Hass, der ihm die Kehle verengte und ihn zu ersticken drohte.

»Mylord, wie können sie nur …«

»Sie sind nicht sie selbst«, murmelte er, doch auch seine Stimme war brüchig vor Entsetzen.

»Ist das eine Entschuldigung?«

»Nein. Für solche Taten gibt es keine Entschuldigung. Und doch können wir zwei nichts ausrichten.«

»Und wie soll man das ertragen?«

Maurice atmete tief ein. Er dachte zurück an den Kampf gegen Donnell von Ossory, im Wald, im Regen, in grauer Trübnis. Da hatte er noch gedacht zu begreifen, was Krieg war, zu wissen, wie ein Blutbad aussah. Aber im Vergleich zu dem, was er nach diesem Kampf erlebt hatte, war jene Schlacht ein Spaziergang gewesen. Sie hatten gesiegt, und seither brandschatzte das siegestrunkene Heer und plünderte jedes Dorf, das auf ihrem Weg nach Norden lag. Dermots Sohn Kavanagh, der den Befehl über die verbündeten Iren hielt, ließ seine Männer auf alles los, das sich bewegte, und erschuf ein Ausmaß von Leid, wie Maurice es nie zuvor gesehen hatte.

»Das ist der Krieg«, erklärte Regan stets, der das Heer begleitete, um für Kavanagh zu übersetzen. »Sicherlich ist es Euch nicht fremd, das Land Eures Feindes anzugreifen. Wir haben eine Schlacht gewonnen, aber der Fürst von Ossory ist noch nicht besiegt. Sein Land soll für seinen Verrat und seine Taten brennen.«

Doch diese Art des Krieges war Maurice tatsächlich fremd, sie hatte nichts mit den Scharmützeln mit den Walisern gemein und nichts vom organisierten und von Ehre bestimmten Kriegstreiben der Normannen. Dies war keine Schlacht gegen einen bewaffneten Gegner, es war ein seelenloses Abschlachten. Gewiss hatte er von jener Zeit gehört, in der seine Vorfahren in England und Wales eingefallen waren, auch damals sollte schlimm gewütet worden sein, und die einfache Bevölkerung hatte zu leiden gehabt. Das tat sie heute auch noch, wenn Raubbanden ihr Unwesen trieben. Aber diese Kaltblütigkeit, mit der gegen Frauen, Alte und Kinder vorgegangen wurde, wie selbstverständlich seine irischen Verbündeten diese Verbrechen gegen Landsmänner begingen, entsetzte ihn. Noch mehr, da sich zu viele der Normannen, Flamen und Waliser freudig anschlossen. Männer, die er für ehrenhaft gehalten hatte, von denen er angenommen hatte, dass sie dieselben Werte wie er selbst teilten, zeigten nun ein anderes Gesicht.

»Diese Männer haben gekämpft«, brachte er mühsam hervor, um Richard eine Erklärung für diese Gräuel zu geben, vielleicht auch sich selbst, »sie haben gelitten und getrauert. Sie sahen Freunde, Brüder und Kameraden auf grausame Weise sterben, verspürten Angst, als Nächster an der Reihe zu sein, sie dürsten nach Rache und sind trunken vor Freude, noch am Leben zu sein. Eine gefährliche Mischung, die sie in Tiere verwandelt und ihnen die Menschlichkeit nimmt.«

»Aber all das habt Ihr auch erlebt, und Ihr seid nicht dort drüben im Dorf ...«

Maurice sah auf seinen fast fünfzehnjährigen Knappen mit Elens schwarzem Haar hinab und rang sich ein Lächeln ab. »Wieso bist du nicht dort, Richard? Wieso kommst du jeden Tag zu mir? Die anderen Knappen sind wohl auch dort und nehmen sich, was sie kriegen können.«

Richard nickte nachdenklich und sah zu ihm hoch. »Ritterlichkeit, Treue, Ehre, Gerechtigkeit – das habt Ihr mich gelehrt –, dass die Stärke der Seele und des Verstands genauso wichtig ist wie die Kraft des Körpers.«

Wehmut umklammerte Maurice' Herz mit eisiger Faust. Würden seine Söhne auch irgendwann mit solchem Vertrauen, Zuversicht und Verehrung zu ihm aufsehen, die ihn beinahe peinlich berührte? Würden seine Söhne seine Werte teilen?

Er führte diesen Kampf in Irland für die beiden, für Philip und Gerald, er wollte ihnen in diesem Land eine Zukunft aufbauen, aber während sein Blick über die Zerstörung glitt, fragte er sich, was diese in Blut errichtete Zukunft überhaupt noch sollte.

Ein markerschütternder Schrei riss ihn aus seinen Gedanken und lenkte seinen Blick zu einem Eibenhain abseits der Siedlung. Direkt an der Baumgrenze lag eine kleine Gestalt in den Wildblumen, ein Kind, das sich nicht regte. Eine klagende Frau beugte sich über den Körper, an ihrer Seite lag ein hingestreckter Mann, dessen Hand sich immer noch um eine Axt schloss.

Maurice verengte die Augen. Hatte diese Frau ihren Angreifer etwa getötet? Nicht rechtzeitig genug, um ihr Kind zu schützen, aber um ihre Ehre zu bewahren? Wie hatte sie das angestellt?

Als hätte sie seinen Blick gespürt, fuhr ihr Kopf hoch, ihre Augen fanden ihn über die kurze Entfernung, und Maurice fröstelte ob des Hasses, der ihm entgegensah.

Die Frau hob ihre Hand, und Maurice erkannte darin eine kurze Klinge, mit der sie wohl den irischen Krieger umgebracht hatte. Langsam erhob sie sich, sah zwischen dem Messer und ihm hin und her und blickte zur brennenden Siedlung, die etwas entfernt an ihrer Seite lag. Sie und ihr Kind mussten versucht haben, zwischen die Bäume zu fliehen.

Die Klinge glitt der Frau aus der Hand; mit einer Ruhe, die Maurice' Herzschlag beschleunigte, beugte sie sich hinunter, hob die langstielige Axt des Iren auf und setzte sich in Bewegung, direkt auf ihn zu über die Wiese, sicheren Schrittes und ohne den Blick von ihm abzuwenden, ein grimassenhaftes Lächeln im Gesicht.

»Mylord?!«

»Bleib hinter mir.« Maurice schob seinen Knappen mit einem Arm zurück und sah der Frau entgegen. Beruhigend streckte er die Hand aus. »Ich will dir nichts tun!«, rief er, wissend, dass die Irin kein Wort verstand, aber hoffend, dass sie an seinem Tonfall seine guten Absichten erkannte.

Aber die Frau hielt nicht inne, ihre Schritte beschleunigten sich, ihr Kopftuch hatte sich zum Teil gelöst, hing an einer Seite über die sommersprossige Wange, rot leuchtendes Haar zeigte sich. Die Frau war noch unglaublich jung, vielleicht zwanzig Jahre alt. War das Kind ihr eigenes gewesen oder ein Bruder?

»Bleib stehen.« Maurice sah ihr in die Augen, flehend, aber sie hörte nicht auf ihn, hob die Axt mit beiden Händen und holte mit einem qualvollen Schrei aus.

»Mylord!«

Maurice wich zur Seite, spürte den Windhauch der vorbeizischenden Axt und starrte die junge Frau einen Moment lang überrascht und bestürzt an. Sie wollte ihn töten, und sie war stärker, als sie aussah.

»Verschwinde von hier«, knurrte er in Richards Richtung und versuchte der Frau den Weg zu verstellen. Sie holte erneut aus und stürzte sich mit einem schrillen Schrei auf ihn. Maurice reagierte aus reinem Instinkt, drehte sich zur Seite und packte das Handgelenk der verzweifelten Irin. »Ich will dir nicht wehtun, beruhige dich!« Er griff nach dem Axtschaft, wollte ihn ihr wegnehmen, aber die Frau ließ mit einer Hand los und schlug ihm ihre Fingernägel ins Gesicht.

Ein Fluch entfuhr ihm, er wich zurück, und seine Hand glitt von der Waffe. Die Irin nutzte diese Unbedachtsamkeit sofort aus, spuckte ihm Verwünschungen entgegen und schwang erneut die Axt in seine Richtung.

Maurice taumelte zurück, sie war verdammt schnell, und zum ersten Mal fing er an zu begreifen, dass sie eine Gefahr für ihn werden konnte. Er hatte sie unterschätzt, aber Menschen, die nichts mehr zu verlieren hatten, konnten unbesiegbar werden.

»Hör auf!« Er riss sein Schwert aus der Scheide, wollte ihr

den Ernst der Lage begreiflich machen und streckte ihr die Klinge entgegen. Die Irin hielt inne, eine Handbreit vor der tödlichen Spitze. Sein Blick traf den ihrigen; ihre Augen waren von einem hellen Grün, das ihn einen Moment lang bannte und die Schrecken der Siedlung in den Hintergrund drängte und nur sie beide übrig ließ. Sie starrte ihn an, Regen fiel vom Himmel, klatschte auf ihre Haut und rann wie Tränen über ihr herzförmiges Gesicht. Gleichzeitig kamen einzelne Sonnenstrahlen aus den Wolken und tauchten die Mittagsstunde in goldenes Licht. Der Wind frischte auf, zerrte an den roten Strähnen ihres Haars, ihre Lippen öffneten sich, Atem strömte heraus, im selben Takt wie seiner.

»Bitte …« Seine Stimme hörte sich fremd an, kaum mehr als ein Flüstern, das in der sonderbaren Stille um ihn herum aber laut wie ein Schrei klang. »Lauf weg.«

Ihre Augen verengten sich, sie neigte den Kopf, ihre Hände schlossen sich um den Stiel ihrer Axt, bis die Fingerknöchel weiß wurden. Dann holte sie abermalig aus.

Maurice wehrte den Hieb mit seinem Schwert ab und versuchte noch einmal ihren Blick zu treffen, wollte ihr in die Augen sehen, um sie irgendwie von ihrem Vorhaben abzubringen, aber die Frau kannte kein Halten mehr. Kreischend flog sie auf ihn zu, schwang die Axt, und Maurice fiel es immer schwerer, Luft zu holen.

»Hör auf!« Er stieß sie mit den überkreuzten Waffen von sich, aber sie stürzte sofort wieder auf ihn zu, schrie ihn an, nun waren es keine Regentropfen mehr, sondern Tränen, die ihre Wangen hinabflossen.

Maurice wich ihr aus, unternahm einen erneuten Versuch, ihr die Axt abzunehmen, aber sie war so unglaublich entschlossen, ihn tot zu sehen. Seine Finger verstärkten ihren Griff um das Heft, er sah ihr ins Gesicht, und wo er vorhin noch alles unnatürlich klar gesehen hatte, schien seine Sicht nun plötzlich zu verschwimmen. Da waren nur die Fratze des Zorns und der Schleier des durch die Luft zischenden Axtblattes.

Als sie erneut auf ihn zuflog, machte sein Arm eine abrupte Bewegung nach vorn, er spürte den Widerstand, als die Spitze der Klinge traf. Sein Körper kannte die Bewegungsabläufe und führte sie selbsttätig aus. Seine Hand drehte das Schwert im Körper, riss es zurück, und erst als die junge Frau vor ihm zusammenbrach und er einen Arm um sie schlang, um sie zu halten, begriff er, was er getan hatte.

Ein Laut entfuhr ihm, beinahe ein Schluchzen. Die Spitze seines Schwertes sackte zu Boden, seine Finger konnten gerade noch den Griff festhalten, während er den schlanken Körper mit seinem freien Arm an sich zog und gegen seine Brust presste.

»Nein …« Nach Atem ringend sah er auf das Gesicht der Irin hinab, sah das helle Grün, das ihm wie ein klarer See erschien, und flehte stumm um Vergebung.

Die Irin öffnete die Lippen, ein Flüstern drang aus ihrem Mund, er wusste, dass es keine Absolution war, sondern ein Fluch. Dann brach ihr Blick.

Maurice presste die Lippen aufeinander. Er hörte Richards erschütterte Worte wie durch Wasser hindurch, ignorierte sie aber. Behutsam ließ er den leblosen Körper zu Boden gleiten und schloss die Augen. Er kniete mit einem Bein nieder, lehnte seine Stirn gegen das Kreuz am Heft seines Schwertes und gab sich der Leere in seiner Seele hin.

So allein, Mylord de Prendergast?«

Maurice blickte auf und erkannte Morice Regan, der sich zwischen den marschierenden Männern auf seinem Pferd nach hinten hindurchdrängte. »Ich hätte Euch an der Seite der Geraldines erwartet, vorne bei den Anführern, stattdessen reitet Ihr einsam unter den Bogenschützen.«

»Manchmal ist es für einen Mann erforderlich, seinen Gedanken in Ruhe nachzuhängen, die eigenen Taten zu reflektieren und sich zu überlegen, wie man sie vor Gott rechtfertigt.«

Regan nickte verständnisvoll. »Ich habe Euch während des Plünderungszugs abseits stehen sehen. Für einen Anführer ziemt es sich wohl nicht, sich am Vergnügen der einfachen Krieger zu beteiligen.«

Maurice schloss die Hände fester um die Zügel und atmete tief durch. »Kann ich etwas für Euch tun, oder seid Ihr zufällig hier vorbeigekommen?«

Der Sekretär mit dem grau durchsetzten Fuchshaar und seiner langen Robe verengte die Augen. Wie beinahe alle Iren trug er seinen Bart lang, was ihm aber etwas Würdevolles anstatt Wildes verlieh. Das zerfurchte Gesicht wirkte gütig wie das eines liebevollen Großvaters. Trotzdem hätte Maurice ihm das falsche Lächeln am liebsten aus dem Gesicht geschlagen. Er war also doch noch zu Gefühlen fähig, wenn diese sich nur noch zwischen Zorn und Hass bewegten. Ob er sich nach seinen Taten jemals wieder an der Schönheit einer Landschaft erfreuen konnte, ohne sie in Flammen aufgehen zu sehen? An Kinderlachen, ohne an jene Seelen aus den Dörfern erinnert zu werden? Er ritt als Teil dieses Heers und wusste nicht länger, warum.

»Ich dachte mir nur, ich leiste Euch etwas Gesellschaft, damit Ihr unsere wertvolle Habe nicht ganz allein bewachen müsst.« Regan wies nach vorne zum Plündergut, das sich im Herzen des Heers befand. Ihre Truppe war nicht weit ins feindliche Ossory vorgedrungen und zog sich jetzt nach diesem Raubzug wieder zurück. Sie trieben Rinder, Schafe, Schweine und Menschen durch den Bruchwald und zogen Karren voller Waffen, Geschirr und Edelmetalle. All das sollte Fürst Dermot übergeben werden, einem König, der seinen Thron zurückerlangte.

»Mein Fürst wird über den Sieg sehr erfreut sein«, brach Regan viel zu schnell das Schweigen. »Der Sieg beweist, dass Gott wahrlich auf unserer Seite steht und die Gerechtigkeit unterstützt.«

Gerechtigkeit. Gefangene zu blenden, Frauen und Kinder abzuschlachten … wo lag darin die Gerechtigkeit? Wo war Gott auf dieser Insel? Maurice erinnerte sich daran, dass König Henry kurz nach seiner Krönung vom Papst den Auftrag bekommen hatte, in Irland den wahren Glauben herzustellen. Zwar waren die Iren Christen, aber genauso wie die Waliser waren sie noch zu sehr in ihren alten keltischen und vor allem heidnischen Traditionen verankert. Nun fragte Maurice sich, ob Gott die Insel nicht längst verlassen hatte.

»Bald werden wir Fürst Dermot am Barrow wiedertreffen«, fuhr Regan fort, da Maurice nichts mehr auf seinen Unsinn geantwortet hatte. »Dort drüben sind die Slieve Marcy Hügel, und hinter denen gelangen wir ins Tal des Barrow. Und dieses Gebiet hier nennen wir *Fásach* – die Wildnis von Dinin.«

»Wie passend.«

»Gewiss. Ein Land, wie Gott es in seiner Allmächtigkeit geschaffen hat, unberührt von menschlichem Einfluss. Erinnert Ihr Euch noch an unser Zusammentreffen in Bristol einst? Ihr wart an der Seite des Earl of Striguil, habt seine Zusage gehört. Wann wird er uns denn mit seiner Anwesenheit beehren?«

Maurice sah auf den Iren hinab. »Das solltet Ihr Sir Hervey de Montmorency fragen, er ist der Onkel und Stellvertreter des Earls.«

»Ja, aber Ihr seid sein Freund, nicht wahr? Ihr könntet ihm eine Nachricht zukommen lassen, ihn zur Eile bitten und …«

»… der Earl kommt, sobald es ihm möglich ist. Solange König Henry ihn nicht entbehren kann, wird er seine Reise nach Irland aufschieben müssen.« Und vielleicht rate ich ihm auch ganz davon ab.

»Wird er das wirklich? Die gute Aiofe sehnt sich bereits

danach, in den Stand der Ehe zu treten, und wir können die Unterstützung des Earls gut gebrauchen. Donnell Mac Gillapatrick von Ossory ist nicht der einzige Feind meines großen Herrn, müsst Ihr wissen. Da sind immer noch der Einäugige O'Rourke, der Hochkönig O'Connor und andere, die meinen Fürsten tot sehen wollen. Wenn die sich erst mal vereinen, Mylord, dann …«

Seine letzten Worte gingen in den Rufen eines vorbeipreschenden Ritters unter. »Aus dem Weg! Macht Platz!« Die Männer wichen, so gut es ihnen möglich war, an den Rand des schmalen Pfades zurück, und der junge Reiter schoss an ihnen vorbei zu den Anführern.

»Das war ein Kundschafter. Ich muss Kavanagh als Übersetzer dienen.« Regan trieb sein Pferd an, und Maurice tat es ihm gleich, ahnend, dass der aufgeregte Ritter keine guten Nachrichten brachte.

Meilyrs Stimme empfing ihn bereits, bevor er die Spitze erreichte. »Hat er noch immer nicht genug?! Wie oft müssen wir seine Leute noch mit Pfeilen spicken, bis er es begreift?«

»Gut zweitausend dieser Bastarde kleben uns am Arsch«, berichtete FitzBishop. »Gleich hinter dem Hügel da. Es wird nicht lange dauern, bis sie uns eingeholt haben.«

Maurice ließ seinen Blick durch den Wald gleiten und streichelte den Hals seines Pferdes, um es am Tänzeln zu hindern; die plötzliche Aufregung machte den Hengst nervös – oder der nahende Feind, der Rache für die geplünderten Dörfer wollte. Der Fürst von Ossory wusste also nicht nur, wie man aus dem Nichts Verteidigungsanlagen mitten im Wald errichtete, er gab sich auch nicht so schnell geschlagen. »Auf diesem Untergrund können wir unsere Pferde nicht einsetzen – und ich bin mir sicher, dass Donnell das sehr genau weiß. Die Bäume stehen zu dicht, und in den Sümpfen kann uns jeder falsche Schritt zum Verhängnis werden.« Maurice blickte zu Kavanagh und den

Iren hinüber, auf einen Lösungsvorschlag wartend, schließlich kannten die Iren diese Gegend, aber die Männer redeten nur aufgeregt durcheinander.

»Ah! Regan, da kommt Ihr ja!« FitzStephen entdeckte den Übersetzer zwischen der immer dichter werdenden Menge und winkte ihn zu sich. »Seid so gut und sagt Eurem Herrn Kavanagh, dass Donnell Mac Gillapatrick seine Männer zusammengeflickt hat und uns mit zweitausend Mann am Schwanz hängt.«

Der Alte übersetzte, und sofort brach ein noch größerer Tumult unter den Iren aus. Kavanagh und ein anderer schrien sich an, andere versuchten, sie zu übertönen, und jeder schien eine eigene Meinung zu haben.

»Wo liegt das Problem? Sehen wir zu, dass wir von hier verschwinden.« Maurice deutete gen Osten; er kannte Irland mittlerweile gut genug, um zu wissen, dass die oberen Hänge der Hügel meist besseren Boden aufwiesen und frei von Bäumen waren. Dorthin trieben die Einheimischen ihr Vieh zum Grasen, und dorthin musste auch Maurice mit seinen Männern.

Regan hob die Hand und schüttelte den Kopf. »Mein Herr ist dafür, die Truppen im Wald zu verstreuen, werte Ritter, bis Donnells Kriegstruppe vorbeimarschiert ist. Wir müssen fliehen, und zwar so schnell es nur geht.«

»Fliehen?« Maurice sah ungläubig auf Regan hinab. Er war nach all den Plünderungen nicht versessen auf einen Kampf, aber er hatte nicht vor, seine Streitmacht zu zerreißen, in der Hoffnung, dass Donnell dann nur einen Teil von ihnen erwischte. Gute Männer waren im Kampf gegen Donnell gestorben, in diesen drei verfluchten Gräben, er rannte jetzt nicht einfach davon und überließ seine Männer ihrem Schicksal.

»Dieser Ort bringt meinem Fürsten Unglück, Mylord de Prendergast. Schon dreimal wurde Dermot hier geschlagen.«

»Dermot ist nicht hier, oder? Er sitzt am Barrow und wartet auf seine Beute.«

»Kavanagh trägt sein Blut in sich.«

Maurice schüttelte ungeduldig den Kopf, ehe er aber etwas sagen konnte, ergriff Meilyr das Wort. »Er ist ja nicht allein. Wenn wir hier noch lange tatenlos verweilen, müssen wir bald alle fliehen, also sagt Eurem Herrn, er soll sich zusammenreißen!«

Doch dafür war es längst zu spät. Die irische Truppe begann sich aufzulösen. Ihr Glaube, dieser finstere Wald hätte die Macht, eine Niederlage herbeizuführen, war stärker als die Vernunft. Dermots Bastard zögerte nicht länger und machte sich genauso wie seine Leute davon. Die Iren suchten ihr Heil in der Flucht und zogen die Gefangenen an ihren Stricken mit sich, während Maurice mit den anderen Normannen fassungslos zusah. Noch nicht einmal der aufbrausende Meilyr oder sein Onkel FitzStephen fluchten bei diesem Anblick oder warfen den Hasenfüßen Beleidigungen hinterher. Die davonrennenden Iren verschlugen allen die Sprache. Auch Morice Regan verschwand nach einer gemurmelten Entschuldigung im Dickicht. Der Pfad leerte sich so schnell, dass Maurice fast ein Lachen entkam, das ihm jedoch schnell wieder verging. Völlig allein standen sie da, zwischen herumirrendem Vieh und zurückgelassenen Karren. Knapp über vierzig Mann zählte Maurice – vielleicht zwei Dutzend Ritter, ein paar Knappen und einfaches Fußvolk. Außerdem noch ein Haufen Bogenschützen, aber die konnten die Unterzahl auch nicht mehr wettmachen. Der Großteil seiner und FitzStephens Männer war bei Dermot am Barrow, um ihre Wunden zu versorgen und Dermots Sicherheit zu gewährleisten.

In der Ferne erklangen bereits die Rufe des Feindes. Dreiundvierzig Mann gegen zweitausend.

Beklommenes Schweigen herrschte. Die Knappen und Bogenschützen sahen mit vor Angst geweiteten Augen zu ihren Anführern hoch, Maurice spürte Richards Blick und überlegte, wie de Clare reagieren würde, wenn er vom Tod seines Sohnes hörte.

Der zunehmende Lärm jagte ihm eine Gänsehaut über den Rücken. Vielleicht sollten sie wirklich fliehen, aber im Grunde wusste er, dass ein kopfloses Davonrennen gefährlicher wäre. Diese Wälder bargen Todesfallen hinter jedem Baum, es war Donnells Land, und wenn der Fürst sie zwischen den Bäumen fand, hatte er leichtes Spiel mit ihnen. Maurice' Truppe bestand fast hauptsächlich aus Bogenschützen, und die waren keine Nahkämpfer. Im Gegenteil, es waren zum großen Teil walisische Bauern, von denen kaum einer je ein Schwert in der Hand gehalten hatte.

»Was für eine Sauerei«, hörte er Meilyr murmeln, der seinem Knappen bedeutete, eine Lanze von den Zeltern zu nehmen.

Maurice wandte sich an seinen treuen Ritter Robert Smith bei den Bogenschützen: »Nehmt fünfzig Männer und verbergt euch im Dickicht. Bewegt euch nicht, bis die Iren euch passiert haben, und dann lasst sie die Macht eurer Bögen spüren.«

»Mit Gottes Segen, Mylord.« Robert Smith nickte und zeigte auf Männer in seiner Truppe, die er wohl als die zuverlässigsten Schützen kannte.

Fünfzig Bögen gegen zweitausend Wilde. Wie viele Pfeile aus dem Hinterhalt würden ihr Ziel finden, ehe eine Gruppe Iren kehrtmachte und sich von diesem Übel befreite? »Verstreut euch im Wald, wenn es zu brenzlig wird. Ich werde versuchen, euch eine Truppe zu schicken, um euch zu helfen, sobald der Überraschungsmoment vorbei ist.«

So blieben ihnen zwei Dutzend Ritter und das Fußvolk gegen zweitausend Äxte. »Wollt ihr darauf warten, abgeschlachtet zu werden? Bewegt euch!« Meilyr ritt an, und Maurice folgte ihm, dabei bemerkte er den bewundernden Blick des ältlichen Geraldine FitzStephen, der zwischen ihnen beiden hin und her wanderte.

Hastig bewegten sie sich den bewaldeten Hang hinauf, das Gebrüll von zweitausend rachsüchtigen Iren im Rücken. Zweifellos dachten diese, die Normannen wären auf der Flucht, doch schon bald würden sie ihren Fehler bemerken.

Sie kamen kaum voran, mit jedem Schritt durch den Schlamm rutschten Mensch und Tier einen halben zurück. Auf dem schmalen Pfad mussten sie hintereinander laufen, und manche fielen zu Boden.

Schweiß stand Maurice auf der Stirn. Die Zeit lief ihnen davon. Er behielt den jungen Richard im Auge, der sich mit den anderen Knappen weiterkämpfte, Packpferde am Zügel, die Wangen leuchtend rot, die Haare schweißnass. Sein Wollhemd klebte ihm bereits am Körper.

Der Kamm des Hangs näherte sich, der Wald lichtete sich, und Maurice atmete auf, als sie eine grasbewachsene Hochebene erreichten, so wie er es sich gedacht hatte.

»Lanze, Richard!« Maurice nahm seinem Knappen die Lanze aus der Hand und bedeutete ihm weiterzulaufen ans andere Ende der grün wogenden Weide, um die Iren aus dem Wald zu locken.

»Euer Schild, Mylord.«

Maurice nahm den blattförmigen Holzschild mit seinem Wappen entgegen, richtete seinen Helm, damit der breite Nasenkolben seine Sicht nicht beeinträchtigte, und brachte die Lanze an. Die ersten Iren kamen aus dem Wald, rufend und triumphierend; eine wilde Horde, die ihn mit ihren gewaltigen Äxten und Speeren an die Geschichten der Berserker erinnerten. Hunderte drängten auf die Wiese, manche mit nacktem Oberkörper, andere geschützt durch Lederkleidung, aber nur wenige mit Rüstungen aus Eisen.

»Reihen bilden!« Maurice bedeutete den Bogen- und wenigen Armbrustschützen hinter ihnen Aufstellung einzunehmen, um die Iren zu befeuern, die dem Angriff ihrer Reiterei entkamen. Die Knappen sollten sich in ihrem Rücken positionieren, das war der sicherste Ort, und sie konnten die Bogenschützen unterstützen, falls es ein paar Iren auch durch die Pfeile schafften.

»Verdammt viele, Mann.« Meilyr kam an seine Seite, ein gequältes Lächeln im Gesicht.

Maurice nickte grimmig. Es war ein unheimlicher Moment, die schweren Pferde in eine Reihe zu führen und die brüllenden Iren näher stürmen zu sehen. So als hielte die Welt den Atem an. Die Banner der Geraldines und sein eigenes flatterten in der Luft, strahlten auf Waffenröcken und Schilden, Sonnenlicht reflektierte auf ihren Rüstungen.

Maurice warf FitzStephen einen Blick zu, der machte eine auffordernde Geste. Er wollte, dass Maurice den Befehl zum Angriff gab. Dieser ließ seinen Blick über den Feind schweifen, versuchte den schwarzhaarigen Fürsten Ossorys auszumachen, aber er konnte ihn auf die Schnelle nicht finden.

Er streckte sein Schwert in die Höhe und brüllte: »St. David!« Die Männer fielen in seinen Ruf ein, sein Hengst preschte gemeinsam mit den anderen Schlachtrössern los, begierig darauf, die angestaute Anspannung loszulassen. Spätestens jetzt mussten die Iren begriffen haben, dass ihre normannischen Feinde keineswegs flohen, aber es war zu spät, um umzukehren.

Maurice sah ein paar Männer Ossorys beim Anblick der stampfenden Hufe stocken, aber immer mehr strömten aus dem Wald, schoben die vorderen weiter. Der Donner der Pferde dröhnte ihm in den Ohren, er vernahm ihn sogar unter dem Helm, vermutlich bebte sogar die Erde, so wie Maurice es vor langer Zeit bei der Ankunft des alten Earl of Pembroke im Wald gespürt hatte.

Die Lanzen senkten sich. Noch ein paar Herzschläge. Maurice atmete aus, und im nächsten Moment prallten sie aufeinander. Ein ohrenbetäubendes Krachen, schrille Schreie, ein schmerzhaftes Rucken in seinem Ellbogen und der Schulter, das Taktverlieren seines Hengstes, während er durch die Massen preschte und über Gefallene stolperte oder sprang. Maurice hielt den Schild dicht an seiner Seite, um wenigstens einen Teil seines Körpers zu schützen, aber so wie es schien, machten die Iren gar keinen Versuch, sie zu treffen. Sie waren viel zu überrumpelt von der Macht der Panzerreiter.

Maurice versuchte den Überblick zu behalten. Menschen wurden aufgespießt, von den massigen Leibern der Pferde davongeschleudert oder unter ihren schweren Hufen begraben. All jene, die den Ansturm der Ritter überstanden und weiterliefen, fielen den wartenden Bogenschützen zum Opfer. Und im Rücken des Feindes feuerte bestimmt auch längst Robert Smith mit seinen Männern. Schon nach seinem ersten Ansturm schien das irische Heer deutlich geschwächt. Der Feind schien vor Schock beinahe kampfunfähig.

»Zurück!« Er legte erneut die Lanze an. Sie sollten die Macht der Pferde noch einmal nutzen, um in die Menge einzudringen, aber Rufe von der Seite lenkten seinen Blick vom Schlachtfeld.

»Verdammt will ich sein!« Es war tatsächlich Kavanagh, der an der Spitze seiner Iren aus dem Wald stürmte; wildes Gebrüll auf den Lippen und die Äxte erhoben machten sie sich an ihr blutiges Werk. Der Feind war vollkommen überrumpelt, und hätte Maurice vorhin in den Augen Kavanaghs nicht gesehen, dass ihm die Flucht ernst war, hätte er seine Tat für einen geschickten Schachzug gehalten. So war es vielleicht eher die Tapferkeit der Normannen, die die Iren zu ihrer Meinungsänderung gebracht hatte. Jetzt blieb ihnen nur, den Vorteil zu nutzen und Donnell aus Ossory endgültig zu schlagen.

»Godebert!«, rief er einen seiner Ritter über den Schlachtlärm. »Nimm dir eine Handvoll Reiter und Iren und schlag dich durch zu Robert Smith und seinen Bogenschützen!«

Der Ritter nickte ernst und riss sein Pferd herum, Befehle

brüllend. Plötzlich riss der durchdringende Schrei eines Tiers Maurice' Blick zurück ins Herz des Getümmels. Mit Schrecken erkannte er das zusammensinkende Pferd FitzBishops. Eine Axt war in die Vorderbeine des Schimmels gefahren, und der junge Ritter war nirgends mehr zu sehen. Er war untergegangen zwischen Schwertern und Äxten.

Maurice unterdrückte einen Fluch, ließ seine Lanze fallen, da ein kontrollierter Angriff im Getümmel jetzt ohnehin nicht mehr möglich war. Er zog sein Schwert, trieb seinen Hengst an und versuchte FitzBishop auszumachen, um ihm zu helfen. Aber ein Ire kam ihm dazwischen, schwang seine Waffe ebenfalls nach den Pferdebeinen, um ihn aus dem Sattel zu holen. Maurice drückte den linken Schenkel in den Pferdebauch, und Espee reagierte sofort, wich zur Seite und entging in der Enge des Gemetzels dem scharfen Axtblatt. Maurice nutzte den Moment und stieß seinen schweren Holzschild vor, traf den Iren mitten ins Gesicht und wartete gar nicht darauf zu sehen, welchen Schaden er angerichtet hatte. Er sah sich weiter nach Fitz-Bishop um, der zu seiner Erleichterung gerade de Barrys Pferd erklomm und sich in Sicherheit brachte.

»Bringt es zu Ende!« Maurice sammelte seine Männer um sich und kämpfte sich zu den Schützen und Knappen zurück, die mittlerweile in arger Bedrängnis waren. Ein ganzer Haufen Iren hatte beschlossen, die Gefahr der tödlichen Pfeile auszuschalten, und dort sah Maurice plötzlich eine bekannte Gestalt.

Ein Mann mit schwarzem Haar, den ein Goldreif als König auswies, kämpfte wie ein Berserker. Mit enormer Kraft schwang er die langstielige Axt, vernichtete zwei von Kavanaghs Iren in nur einem Augenzwinkern und riss dann einen von Maurice' Bogenschützen nieder, der zuckend am Boden liegen blieb.

Maurice stieß einen Kampfschrei aus, trieb Espee zu größerer Eile an, als der Fürst von Ossory zu ihm herumfuhr.

Ein Lächeln klaffte im dichten Bart des Iren, die dunklen Augen funkelten. »Diesmal habt Ihr mich erwischt!«, rief er, und Maurice brauchte einen Moment, um zu begreifen, warum er den Fürsten verstand. Er sprach normannisch.

»Ich verneige mich vor Euch, de Prendergast!« Und der Fürst ließ Worten Taten folgen. Er verbeugte sich mit ausgebreiteten Armen, grinste ihn noch einen Moment lang an, drehte dann um und rannte, Befehle in irischer Sprache rufend.

Maurice knurrte einen Fluch und trieb Espee zurück in die Menge. Wo war der Fürst hin? Er war eben noch da gewesen. Er musste ihn kriegen, wenn er wieder entkam, würde er seine Männer erneut sammeln und noch einmal angreifen.

»Sie hauen ab!« FitzStephen kam zu ihm, gemeinsam mit de Barry und FitzBishop auf einem Pferd. »Wir haben gesiegt!«

»Donnell ist noch am Leben!« Maurice wollte weiter, wollte ihn finden, aber FitzStephen griff von seinem Pferd zu ihm hinüber und packte seinen Arm. »Wir machen nicht denselben Fehler wie die Iren. Wir rennen ihnen nicht hinterher, wenn sie fliehen, an einen Ort, der uns zum Nachteil gereicht. Kommt, lasst uns sehen, wie hoch der Schaden ist.«

Maurice wandte sich ab, blickte zum Wald und versuchte zu verstehen, was gerade geschehen war. Sie hatten tatsächlich überlebt, gesiegt, nachdem alle Zeichen auf Tod gestanden waren. Und er war dem Fürsten Ossorys gegenübergestanden, einem Mann, der normannisch sprach, seinen Namen kannte und seine Scherze auf dem Schlachtfeld trieb.

»Richard!« Maurice sah sich nach seinem Knappen um und war erleichtert, als er ihn wohlauf wiederfand, über einen verwundeten Schützen gebeugt. Er wusste nicht, wie hoch ihre Verluste waren, von den Rittern fehlte niemand, er sah zwei Bogenschützen am Boden liegen, und Robert Smith war noch im Wald. Seine irischen Verbündeten konnte er nur schwer von denen Ossorys unterscheiden, so konnte er auch nicht sagen, wie viele von ihnen ihr Leben gelassen hatten. Aber nichtsdestotrotz war es ein Sieg.

»Sieh dir das an. Wie die Krähen.«

Maurice drehte sich um und erkannte Meilyr, der blutbesudelt an seine Seite ritt und zurück aufs Schlachtfeld zeigte. Maurice sah in die gezeigte Richtung und blickte schnell angewidert zur Seite.

»Haben die denn gar keine Ehre?!« Wie Raubvögel fielen Kavanaghs Männer über die Toten der Feinde her. Sie liefen über das Schlachtfeld, drehten Leichen um und schlugen manchen von ihnen den Kopf ab, mit solch gleichmütiger Miene, als bereiteten sie die Abendmahlzeit zu. Das flaue Gefühl in Maurice' Magen zog bis in den Hals hoch, er musste durch den Mund atmen. Der Gestank der Toten und ihrer Ausscheidungen stand in der Luft. Noch nicht einmal der zerrende Wind auf dieser Hochebene konnte dagegen etwas ausrichten. Wie hatte er auch nur einen Augenblick glauben können, es läge doch etwas wie Glorie in einem Kampf?

※

Es waren zweihundert Köpfe, die die Iren den Feinden vom Körper trennten und auf ihrem Weg zum Fluss mit sich führten. Sie trieben das Vieh wieder zusammen, holten die aneinandergefesselten Gefangenen zurück und die Karren mit dem Plündergut. All das und die stinkenden Köpfe legten seine Verbündeten dem Fürsten Dermot am Fluss Barrow dar, wo Hervey de Montmorency und andere Normannen mit ihm auf die Rückkehr der Kriegstruppe gewartet hatten.

Maurice hatte angenommen, nach diesen Kämpfen und den Plünderungen wäre er abgebrüht, nichts könnte ihn mehr schrecken. Er wäre leer und taub geworden. Aber als er an diesem Abend nach Sonnenuntergang in der Nähe der großen Feuer stand, erlebte er, was Barbarei wirklich bedeutete.

In einer endlos erscheinenden Reihe legten die Iren die verwesenden Köpfe der Feinde vor ihrem Fürsten nieder, und nicht nur Maurice beobachtete dieses Schauspiel voller Abscheu. Meilyr, de Barry und FitzBishop hielten sich an seiner Seite, während der Geraldine-Anführer FitzStephen und de Clares Onkel de Montmorency an Dermots Seite blieben und eine tapfere Miene aufrechtzuerhalten versuchten.

»Was will Dermot mit den Toten?«, fragte Robert Smith, der sich zu ihnen gesellte; er war mit seinen Bogenschützen heil zu ihrem Heer gestoßen, nachdem sie Unterschlupf im Wald gefunden hatten. »Tot ist tot. Wieso lässt er sie nicht in Frieden?«

»Versteh einer diese Iren.« FitzBishop, der den Verlust seines Pferdes betrauerte, trank vom erbeuteten Wein, von dem er seit ihrer Ankunft kaum abgelassen hatte.

Maurice sah zurück zu Dermot, der Jubellaute ausrufend die grauenhafte Reihe entlangschritt und jeden Einzelnen der Köpfe umdrehte, um in die Gesichter zu sehen. Das flackernde Licht der Feuer tanzte durch die Dunkelheit, und Dermot wirkte wie ein Dämon, der direkt aus der Hölle aufgestiegen war. Die Iren schienen nicht verwundert, als ihr Fürst dreimal in die Hände klatschte, einen Freudentanz aufführte, die Arme in die Luft streckte und Gott pries – oder vielleicht auch den Teufel. Maurice hatte zu viel Zeit an der Seite dieser Iren verbracht, um sie noch als Christen bezeichnen zu können. Dann begann Dermot zu singen. Es war ein schauriges Lied. Ein Lied, das einem bis in die Knochen fuhr, und als Maurice dachte, es ginge nicht mehr schlimmer, hob Dermot einen der Köpfe auf. Es war ein ungewohnt bartloser Kopf mit kurz geschorenem Haar, dessen Antlitz jedoch nicht zu erkennen war. Dermot hielt ihn an einem Ohr hoch, um ihn allen zu zeigen, dann drückte er ihn an sein Gesicht. Zuerst sah Maurice nicht, was Dermot mit diesem besonderen Iren anstellte. Vermutlich war er ein erbitterter Feind gewesen, wenn auch nicht der Fürst von Ossory selbst, den hatten sie ja nicht erwischt. Doch dann drehte Dermot sich um, der Schein des Feuers fiel auf ihn, und Maurice erkannte, dass der Fürst dem Toten Lippen und Nase mit den Zähnen wegriss, als wäre er ein wildes Tier.

Maurice riss die Augen auf, hörte das Würgen seiner Gefährten an seiner Seite, aber er war zu entsetzt, um seiner Übelkeit nachzugeben.

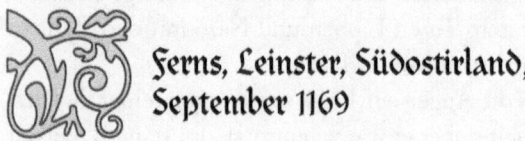

Ferns, Leinster, Südostirland, September 1169

Die Männer stehen zu Euch, Mylord. Niemand hier sieht Dermots Sache noch als seine eigene an.« Robert Smith warf einen Blick zurück zur Siedlung von Ferns, und Maurice tat es ihm unwillkürlich gleich. Die Halle von Dermots Fürstensitz war hell erleuchtet in der Nacht, Licht strömte aus dem offen stehenden Tor, während die umliegenden Gebäude fast alle im Dunkeln lagen. Die einfachen Leute, die Bediensteten und Unfreien konnten es sich nicht leisten, Kerzen zu entzünden, und legten sich mit Sonnenuntergang nieder, nur die hohen Herren blieben auf und feierten zukünftige Siege.

Einzelne Feuer der Kriegstruppen brannten auf den nahe liegenden Weiden, und ferner Gesang drang zu ihnen an den Waldrand. Über fünftausend Mann stark war ihr Heer nun schon, Dermot hatte fast ganz Leinster zurück unter seiner Kontrolle, und die kampfeswilligen Männer strömten ihm nur so entgegen, um sich dem unbesiegten Heer anzuschließen. Die letzten Wochen hatten sie Stämme im Norden Leinsters geplündert, Offelan, Omurethy und Glendalough, die sich geweigert hatten, sich Dermot zu unterwerfen. Die aufständischen Clanführer sahen ihr Land lieber verwüstet, als dem verhassten Fürsten zu huldigen, und verwüstet war das Land inzwischen.

Maurice hatte eine weitere blutige Schlacht gegen Donnell aus Ossory am Pass von Achadh-ur erlebt. Der Fürst hatte sie in der engen Passage zwischen zwei Hügeln abgepasst, einen Graben und Erdwall errichtet sowie eine aus ineinandergeflochtenen Zweigen bestehende Palisade. Dann hatte er die Ostmänner Wexfords erfolgreich zurückgeschlagen und sich drei Tage lang gehalten, ehe er den Pfeilen und Lanzen hatte weichen müssen. Maurice kam nicht umhin, Bewunderung für diesen Mann aufzubringen, einen Feind, der nicht aufgab und den Dermot hasste wie niemanden sonst. Einen Feind, der vor seinem Rückzug erneut eine Botschaft für ihn gehabt hatte: »Ich erkenne Euch als würdigen Gegner an, de Prendergast, und die zu vernichten macht besonderen Spaß. Ich freue mich auf den Moment, wenn unsere Wege sich erneut kreuzen.« Maurice wusste nicht, wieso der Fürst sich unter allen Befehlshabern stets an ihn wandte, und auch nicht, ob seine Worte eine Drohung waren. Aber er war sicher, dass er mit Donnell ebenfalls einen würdigen Gegner hatte, der zwar keinen Sieg davontrug, aber entschlossen war, sein Land zu verteidigen.

Maurice fühlte Erleichterung, sich nicht länger mit Donnells Unbezwingbarkeit oder Dermots Grausamkeit auseinandersetzen zu müssen.

Wie Diebe schlichen Robert Smith und er durch die Finsternis, und Diebe waren sie wohl auch. Sie planten, zweihundert Mann zu stehlen, ein Drittel der normannischen Streitkraft, einer Macht, die all die Schlachten für sich entschieden hatte. Sie mochten tausende von irischen Kriegern haben, aber viele von ihnen waren eher Kriegsbeute. Es waren die Reiter und die Bogenschützen aus Wales, die einen Kampf entschieden.

»Habt Ihr den Männern eingeschärft, wie wichtig Diskretion ist? Wenn durchdringt, was wir vorhaben ...«

»Die Männer werden nichts sagen, Mylord. Eure Reiter machen die Pferde fertig, sobald die Abteiglocken Mitternacht läuten, und die Bogenschützen werden im Wald auf uns warten. Ihr bringt die Knappen, nicht wahr?«

Maurice nickte und versuchte seinen schnellen Herzschlag zu ignorieren. Er verriet einen Fürsten, einen König, dem er

Unterstützung zugesagt hatte. Er stahl sich bei Nacht und Nebel davon, aber ihm blieb nichts anderes übrig. Er konnte das seelenlose Abschlachten in diesem Land schon lange nicht mehr mit seinem Gewissen vereinbaren. Er hatte nur auf den rechten Augenblick gewartet, hatte die Stimmung seiner Männer einschätzen wollen.

Nun war es so weit, und Irland sollte zu seiner Vergangenheit gehören. Er ließ die Geraldines im Stich, aber es war zu gefährlich, sie einzuweihen, schließlich waren FitzStephen und seine Verwandten noch voller Tatendrang, begierig auf ihr versprochenes Land. FitzStephen konnte auch gar nicht weg, bedachte man, dass Rhys ihn nur unter der Bedingung freigelassen hatte, dass er nach Irland ging. Er hatte nichts mehr in Wales und in Irland alles zu gewinnen.

Maurice aber hatte nicht gefunden, wonach er gesucht hatte, keinen gerechten Kampf für einen enteigneten König, kein neues Heim, in dem es sich zu leben lohnte. Er musste einen anderen Weg finden, de Clare und seinen Söhnen zu dienen. Seine Treue einem falschen König gegenüber konnte er nicht länger aufrechterhalten.

»Wir sollten bei Morgengrauen in Wexford sein, und von dort segeln wir, sobald der Wind es erlaubt, zurück nach Wales.«

»Ihr entscheidet weise, Mylord. Die Moral Eurer Männer sinkt. Sie mögen sich der Beute erfreut haben, doch Dermots Barbarei und der heidnische Aberglaube der Iren setzt ihnen zu. Sie fühlen sich fern von Gott und sehnen sich in die Heimat zurück.«

»Die Heimat?!«

Maurice fuhr herum, zum Pfad, der zur Abtei führte, und von wo sich eine finstere Gestalt näherte. Seine Hand fuhr zum Knauf seines Schwerts. Er tauschte einen Blick mit Robert Smith und bedeutete dem ältlichen Ritter, ins Dickicht zurückzuweichen. Er wusste, der Ritter würde seine Männer alarmieren und darauf vorbereiten, dass sie sich womöglich aus dem Lager kämpfen mussten.

»Seit Tagen sehe ich dich aus der Halle verschwinden, mit dem Alten herumschleichen und konspirieren.« Griffin schlenderte auf ihn zu, eine Mischung aus Zorn und freudiger Erregung in der Stimme. Im ständigen Durcheinander des Heers war es Maurice meist erspart geblieben, in Kontakt mit de Montmorencys Knappen zu geraten, und Griffin schien auch nicht erpicht darauf gewesen zu sein, in Maurice' Nähe zu sein. Aber nun standen sie sich gegenüber, und Maurice wusste, dass sein heimlicher Abzug auf Messers Schneide stand.

»Hätte ich gewusst, wie viele Gedanken du dir über meinen Verbleib machst, hätte ich dich über meine Wege auf dem Laufenden gehalten. Ich muss sagen, ich fühle mich geschmeichelt ob deiner Sorge um mein Wohlergehen.«

»Du willst abhauen.«

Maurice ballte die Hände zu Fäusten, er musste etwas unternehmen. Wenn Griffin von seinem Vorhaben erzählte, kämen sie hier nicht mehr lebend raus. Sie wären Verräter. FitzStephen und die Geraldines würden sich vielleicht sogar für ihn aussprechen, aber gegen tausende von Iren konnten auch sie nichts ausrichten.

»Es stellt sich heraus, dass Land und Reichtum nicht für jeden Preis zu erlangen sind. Es gibt Grenzen, meine Ehre ist eine davon.«

»Deine Ehre!« Griffin lachte böse auf und machte einen bedrohlichen Schritt auf ihn zu. Sein helles Haar leuchtete im Dunkel und vertiefte die Schatten um seine unheimlich funkelnden Augen, mit denen er zu ihm aufsah. »Feigheit wäre wohl das passendere Wort. Du hast gehört, dass der Hochkönig gegen uns zieht. Dass Irland sich gegen uns vereint, und du hast Angst! Du haust ab, bevor sich die Schlinge um uns zuzieht!«

»Zum Teil.« Maurice machte einen Seitenschritt, versperrte

den Weg zur Halle hinunter, auch wenn er noch nicht wusste, was er machen sollte, um Griffin davon abzuhalten, Alarm zu schlagen. »Aber willst du mir wirklich erzählen, dass Dermots und Kavanaghs Methoden dich unberührt lassen? Ich habe dich bei unserer Rückkehr aus Ossory gesehen. Du warst genauso angewidert wie wir anderen. Und ich habe auch bemerkt, dass du dich nie an einer Gefangenen vergriffen hast.«

»Und weil ich meinen Schwanz nicht in eine dreckige Irin stecken will, macht mich das zu einem Verräter an meinen Leuten?«

»Es macht dich zu einem Mann, der vielleicht noch zwischen Recht und Unrecht zu unterscheiden weiß. Einem Mann, der überdenkt, ob er einem gottlosen Wilden folgt und seine Tyrannei unterstützt. Großer Gott, Dermot ließ ein Kloster schänden und Ordensschwestern vergewaltigen und töten! Das kann nicht mal dich unberührt lassen, Griffin.«

»Versuche keine Spielchen mit mir, de Prendergast, mir ist gleich, was Dermot macht, er ist alt und lebt nicht mehr ewig. Wenn er erst mal weg ist, bricht unsere Zeit heran, und dafür bleibe ich hier. Dafür kämpfe ich. Die vereinten Iren machen mir, anders als dir, keine Angst.«

»Vielleicht sollten sie das.«

»Feigling.«

Maurice zuckte mit den Schultern. Es war ihm gleichgültig, ob Griffin ihm Feigheit unterstellte, denn Maurice war tatsächlich nicht willens, sein Leben weiterhin hier zu riskieren, schon gar nicht gegen ein vereintes Irland. Nicht mehr.

Die erschreckende Nachricht vom Näherkommen einer gewaltigen Truppe kam ihm gelegen. Der Hochkönig Irlands verbündete sich erneut mit jener Macht, die schon zweimal gegen Dermot gezogen und ihn zweimal zur Unterwerfung gezwungen hatte. Der einäugige Fürst von Breifne O'Rourke sollte dabei sein, da er trotz Entschädigungszahlung immer noch einen Groll wegen der Entführung seiner Frau gegen Dermot hegte. Sein Schwiegervater O'Melaghlin aus dem nördlich von Leinster gelegenen Fürstentum Meath war dabei, genauso die Ostmänner aus Dublin, die schon lange in Blutfehde mit Dermot standen. Zudem wussten die Ostmänner, dass ihre Stadt Dermots nächstes Ziel war und er zuvor nur noch seine Flanke sichern und somit Fürst Donnell aus Ossory zu Fall bringen musste. Und obwohl Maurice den Fürsten von Ossory für sein Durchhaltevermögen respektierte, sprachen die Nachrichten aus seinem Land gegen ihn. Seine Männer waren es leid, gegen die normannische Truppe zu kämpfen, und immer mehr Clans wandten sich von ihm ab.

Jetzt war es aber Dermot, dem eine beeindruckende Macht nach Okinselagh entgegenzog, eine Macht, die Maurice hier nicht mehr erleben wollte. Er wäre gegangen auch ohne diese Bedrohung, Dermots Gräueltaten setzten ihm schon lange zu, die ermordeten Nonnen waren der Tropfen gewesen, der das Fass zum Überlaufen gebracht hatte. Und seinen Männern ging es genauso.

»Ich werde gehen, Griffin, versuche erst gar nicht, mich aufzuhalten.«

Griffins Zähne blitzten mit einem grimassenhaften Grinsen auf. »Oh, ich werde mein Schwert nicht gegen dich ziehen, de Prendergast. Wenn mich die Zeit bei meinem Vater eines gelehrt hat, dann einzuschätzen, welchen Gegner ich mit welchen Mitteln bekämpfen muss. Und eine Waffe gegen dich zu ziehen, erachte ich als sinnlos, ich schäme mich nicht, das einzugestehen. Aber die anderen werden von deinem Verrat erfahren, du wirst nicht weit kommen. Denn dann ziehen tausende ihre Waffen gegen dich.«

»Davon werde ich dich abhalten müssen.«

»Das wirst du nicht tun ... deine Ehre verbietet es.«

»Meine aber nicht.«

Maurice fuhr herum und erkannte Meilyr vom Siedlungsweg heraufkommen.

»Misch dich nicht ein, Meilyr.« Griffin versuchte, seinen Vetter zur Seite zu schieben, aber Meilyr war schneller. Er packte den überraschten Knappen an der Kehle, schob ihn zurück und drückte ihn gegen den Baum. Im nächsten Moment blitzte eine Klinge auf.

Maurice streckte den Arm nach vorne, aber da hielt Meilyr schon inne, warf ihm einen amüsierten Blick zu. »Dachtest du etwa, ich steche meinen eigenen Vetter ab, Mann?«

»Einen Moment lang war ich nicht sicher … wer weiß, bei einem solchen Vetter …«

Ein Lachen entfuhr dem Geraldine. »Ja, meine Ehre ist wohl mehr als nur angeknackst, das wird Griffin gleich herausfinden. Er wird verstehen, dass ich keine Skrupel habe, ihm das Maul zu stopfen, bis du mit deinen Männern von hier verschwunden bist.«

»Du bist ein Verräter, wie de Prendergast!« Griffin versuchte sich zu befreien, aber Meilyr antwortete ihm, indem er die Klinge an seine Kehle legte.

»Verschwinde jetzt von hier, Mann, ich werde ihm ein schönes Plätzchen im Wald suchen, wo ich ihn anbinde und bewache, bis ihr das Weite gesucht habt.«

»Wieso?«

Meilyr zuckte mit den Schultern. »Glaube nicht, dass es mich freut, dich gehen zu sehen, aber ich bin auch erleichtert, dich zu Hause zu wissen, wenn der Hochkönig mit seinen Verbündeten hier eintrifft.«

»Du kannst ebenfalls gehen.«

Schweigen herrschte, dann erklang Meilyrs Seufzen. »Wohin?«

Maurice wollte etwas sagen, aber da hob Meilyr die Hand mit der Klinge und scheuchte ihn fort. »Verschwinde endlich von hier.«

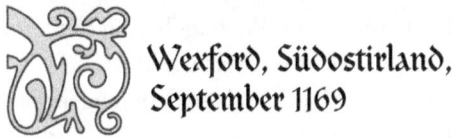 Wexford, Südostirland,
September 1169

Schnürt die Bögen in Bündel«, befahl Maurice den Bogenschützen seiner Truppe und drehte sich dann zu den Reitern um. »Und wir müssen die Zügel der Pferde zusammenbinden, bevor wir sie an Bord bringen.« Die Männer nickten und liefen in unterschiedliche Richtungen davon, um sich um Pferde und Ausrüstung zu kümmern. Die Menschen am Hafen warfen ihnen sonderbare Blicke zu. Der friedliche Fall Wexfords lag noch nicht allzu lange zurück, und bestimmt waren die Männer und Frauen hier nicht erfreut, so schnell wieder Eisenmänner zu sehen. Maurice hatte seine Truppe direkt zum Hafen hinuntergeführt, anstatt bei den Statthaltern vorstellig zu werden, wie beim Einlass nach Wexford gefordert. Sein Knappe Richard erkundigte sich im Moment bei den Kapitänen nach einer Passage nach Wales. Er wollte so schnell wie möglich weg von hier.

»Der Wind scheint gut zu sein, Mylord. Wir sollten noch im Laufe des Vormittags ablegen. Das Verladen geht schnell, wenn wir zusehen, dass unsere Männer sich nicht in die Tavernen verlaufen.«

Maurice lächelte beim Gedanken an die heimische Küste und legte Robert Smith die Hand auf die Schulter. »Gott gebe, dass Ihr recht behaltet. Ich will keinen Moment länger auf dieser Insel verweilen als notwendig.«

»Da geht es mir ganz genauso …«

»Mylord, Mylord!«

Maurice drehte sich um und sah Richard von den Schiffen zu

ihm hochlaufen, so schnell, dass seine dürren Beine sich beinahe verhakten. Seine Augen waren weit aufgerissen, er fuchtelte mit der Hand durch die Luft, um ihn am Weitergehen zu hindern, dabei hatte Maurice ohnehin nicht vor wegzugehen.

»Richard, was ist passiert?!« Maurice sah an dem Jungen vorbei zu den abfahrbereiten Handelsschiffen, um einen Grund für die Aufregung des Knappen zu finden, aber ihm kam alles friedlich vor. Die größte Unruhe boten ein paar Möwen, die sich um einen vom Karren gefallenen Fisch stritten.

»Mylord, die Kapitäne ...« Richard kam außer Atem vor ihm zum Stehen und beugte seinen Oberkörper nach vorne, die Hand auf die Brust gepresst. »Mit fünf verschiedenen hab ich gesprochen, sie ...« Er sah zu ihm auf, gleichzeitig kränklich blass, verschwitzt und mit vom Lauf rot glühenden Wangen, als hätte er Fieber. »Sie nehmen uns nicht mit, Mylord! Wir kommen nicht nach Wales!«

»Unsinn!« Robert Smith drängte sich nach vorne und packte Richards Arm. Mit seinem grauen, vom Wind zerzausten Haar und den ebenso grauen Bartstoppeln sah er um Jahre gealtert aus, die letzten Monate hatten auch an ihm gezehrt. »Was redest du da, Junge?«

Richard japste nach Luft und sah zwischen Robert und Maurice hin und her. »Wir sollen zu den Statthaltern gehen, um mehr zu erfahren. Denn die haben allen Bootsführern verboten, uns mitzunehmen. Kein Schiff darf auslaufen, das Maurice de Prendergast und seine Männer an Bord hat, haben die Kapitäne gesagt. Und sie verstoßen nicht gegen diesen Befehl, sie brauchen den Hafen ja auch zukünftig noch.«

Maurice fuhr sich durch die Haare, er weigerte sich, das flaue Gefühl in seinem Magen zuzulassen. »Das werden wir ja noch sehen.« Er griff nach den Zügeln seines Pferdes, schwang sich in den Sattel und winkte Robert Smith zu sich. »Behaltet die Männer im Auge, sie sollen sich abfahrbereit halten und gar nicht erst auf die Idee kommen, ihr bisschen Beutegut in den Hurenhäusern auszugeben. Ich bin gleich wieder zurück.« Mit diesen Worten presste er die Fersen in den Pferdebauch, schnalzte mit der Zunge und preschte die schmale Gasse zwischen den Verschlägen der Händler hoch, quer durch die Stadt, direkt zur großen Halle der dänischen Stadtführer.

Das Tor in der ringförmigen Palisade stand offen, im Hof tummelten sich ein paar Knechte und Mägde, die bei seinem Ansturm verwundert aufblickten. Aber Maurice kümmerte sich nicht um sie, sprang vom Pferd, ehe es richtig zum Stehen gekommen war, und stürmte zum weiß gekalkten Langhaus. Er wollte gerade das Tor aufstoßen, als dieses nach innen hin aufschwang und einer der Statthalter, Sitric Weitblick, vor ihm stand.

Erschrocken ob seines plötzlichen Erscheinens wich der Däne zurück, und als er Maurice erkannte, sanken seine Schultern unter dem mächtigen Fellumhang, seine Worte waren kaum mehr als ein Seufzen. »Mylord de Prendergast. Ich hörte von Eurer Ankunft und wollte mich gerade auf den Weg zum Hafen machen.«

»Die Mühe könnt Ihr Euch sparen, ich bin hier.«

Sitric, der aufgrund seiner Handelsbeziehungen ausgezeichnet normannisch sprach, gab den ihm nachfolgenden Männern ein Zeichen, in die Halle zurückzugehen, und trat schließlich zu Maurice in den Hof. »Kommt mit, wir müssen reden.«

»Fangt am besten mit den aberwitzigen Worten der Kapitäne an, dass sie meinen Männern und mir keine Passage nach Wales gewähren können.«

»Das können sie auch nicht. Dermot hat es verboten.«

Maurice biss sich auf die Innenseite der Wange und atmete tief ein. »Ihr könnt uns nicht einfach hier festhalten. Dermot ist weit weg und sieht sich bald einer Übermacht gegenüber.« Er nahm sein Pferd bei den Zügeln und folgte Sitric zurück auf die Straßen Wexfords.

»Bitte glaubt mir«, sagte der Däne und schlug die Gasse zum Hafen hinunter ein. »Ich sähe nichts lieber als Dermot geschwächt und für seine Taten bestraft, aber ich kann nichts für Euch tun. Wenn ich Euch helfe, kommt der Fürst mit seinen normannischen Verbündeten über uns, und noch einmal entgeht unsere Stadt der Plünderung nicht.«

»Dermots normannische Verbündete sind nicht mehr so stark, wenn Ihr mich mit meinen zweihundert Mann nach Wales schafft. Ich weiß, dass Ihr Dermot nicht freiwillig folgt, dass Ihr ihn verachtet, also löst Euch von ihm. Ihr könnt Euch die Stadt zurückholen, gerade jetzt, da Dermot sich mit dem Hochkönig herumschlagen muss.« Er versuchte bestimmt zu klingen, aber Sitrics Blick zeigte, dass Maurice seine Verzweiflung nicht gänzlich verbergen konnte.

»Ich kann das Risiko nicht eingehen, Mylord de Prendergast, sosehr ich es auch bedaure. Dermots Bote kam Stunden vor Euch an, er ritt wie der Teufel, und er brachte Dermots ausdrücklichen Befehl, Euch nicht von der Insel zu lassen. Mir sind die Hände gebunden.«

Und Griffins gebundene Hände waren irgendwie befreit worden, um Alarm zu schlagen und Dermot über Maurice' nächtliches Verschwinden zu informieren. Sorge um Meilyr verschlimmerte das Brennen in seinem Bauch, Angst um seine Männer. Er konnte nicht zu Dermot zurück, er konnte nicht von dieser Insel weg, wenn die Wexforder Kapitäne sich weigerten, ihm eine Passage zu gewähren … Er war gefangen und hatte seine Männer verdammt.

Eine Weile gingen sie schweigend zum Hafen hinunter, wo Maurice' hoffnungsvolle Männer auf die Heimfahrt warteten. Wie sollte er ihnen sagen, dass sie in der Falle saßen?

Nach einer Lösung suchend betrachtete er die reisefertigen Handelsschiffe, die flatternden Segel, die geschäftigen Hafenarbeiter und Besatzungen. Die Takelagen knarrten neben ihm im Wind, Wellen schlugen an die algenbewachsenen Holzpfosten der Stege, laute Rufe in einer fremden Sprache waren zu hören, und überall wurden Fässer, Kisten und Tiere transportiert. Gab es denn hier nirgends Waliser oder Engländer, die willens waren, ihn von hier fortzubringen?

»Mylord …« Sitrics Stimme senkte sich, und Maurice musste sich zu ihm hinüberlehnen, um ihn über das Kreischen der Möwen, dem Rauschen der Wellen und dem üblichen Hafenlärm überhaupt zu verstehen. »Es gäbe da vielleicht eine Möglichkeit für Euch.« Er blieb stehen, sah sich nach allen Seiten hin um und führte ihn schließlich zwischen zwei abgestellte Karren, die den Gestank nach Fisch verströmten. »Ich kann Euch nicht mit Schiffen helfen, aber ich kann einen Boten nach Ossory schicken, zu Donnell Mac Gillapatrick.«

»Zu Donnell?!« Das Bild des schwarzhaarigen Fürsten, der sich spöttisch vor ihm verneigte, blitzte vor seinem inneren Auge auf. »Was, in aller Welt, wollt Ihr von ihm erwirken?«

»Schließt Euch ihm an.«

Maurice wich einen Schritt zurück, und nun war er es, der sich nach Zuhörern umsah, auch wenn er gar nicht wusste, wieso. Diese Worte waren einfach zu absurd.

Sitric schien seinen Unglauben zu erkennen und hob die Hand. »Lehnt nicht vorschnell ab, Mylord. Ihr könnt die Insel nicht verlassen, zu Dermot könnt Ihr auch nicht mehr gehen – er wird Euch, ohne mit der Wimper zu zucken, für Euren Abzug in der Stunde seiner größten Not köpfen. Schließt Euch Donnell an, unterstützt mit Euren Flamen seine Sache, und sollte der Hochkönig Dermot besiegen, steht Ihr auf der richtigen Seite.«

Maurice starrte den Mann sprachlos an, dann strich er sich mit der Hand über die müden Augen. Er musste seine Gedanken ordnen. »Von einem Barbaren zum nächsten … Dasselbe noch einmal von vorne beginnen …«

»Oh, täuscht Euch nicht, Mylord, Donnell ist alles andere als ein Barbar. Er ist ein Mann der Ehre, vertraut mit den Rittertugenden Eures Volkes. Er lernte bei einem normannischen Mönch und hat nichts von seinem Vater oder Dermot. Er ist nicht wie die anderen und Eurer Treue wert.«

Deswegen also sprach Donnell seine Sprache. Er war kein ungeschulter Barbar, sondern wusste mehr über seine Feinde, als ihnen lieb sein konnte. Dem Fürsten war von Anfang an bewusst gewesen, wie er die Normannen schwächen konnte, und so hatte er ihnen mit seinen drei Gräben inmitten des Moors ihre stärkste Waffe – die Reiterei – genommen. Er hatte verloren, aber immer wieder sein taktisches Gespür bewiesen. Aber nur weil Donnell normannisch sprach und ihre Stärken und Schwächen kannte, hieß das nicht, dass Maurice für ihn kämpfen wollte.

Frustriert trat er gegen einen der stinkenden Karren. Er hatte Dermot und seine Freunde verlassen, um heimzugehen, nicht, um sich ihrem Feind anzuschließen. Natürlich hatten die Geraldines dieselbe Wahl gehabt wie er, sie hätten sich ebenfalls abwenden können, sich aber dagegen entschieden. Es lag also vielleicht nicht an ihm, ihr Leben zu retten, denn er musste schlussendlich seine Taten vor Gott verantworten, und er wusste, diese seelenlosen Plünderungen konnte er nicht rechtfertigen. Aber sich auf die gegnerische Seite stellen? Überlaufen? Griffins Worte würden in aller Munde liegen. Ein Feigling, ein Verräter. Dermot hätte ihn einfach gehen lassen sollen, aber er war rachsüchtig und jähzornig.

Welche andere Wahl hatte er? Donnell war sein einziger Ausweg, und auch wenn dieser Schritt ein Risiko war und Maurice wenig Lust hatte, sich weiterhin in die Geschicke dieser Insel einzumischen, so glaubte er, dass Donnell seine Unterstützung annehmen würde. Und ein kleiner Teil in ihm sagte auch, dass dieser Fürst vielleicht sogar seiner Unterstützung wert wäre.

»Lasst mich einen Boten schicken und Donnell Eure Lage darlegen, Mylord«, drang Sitric auf ihn ein, unverkennbar zufrieden mit seinem Plan, Dermot zu schaden. »Und vor Dermot werden wir behaupten, Ihr wärt abgezogen, um zu ihm zurückzukehren. Unsere Stadt wäre sicher, und Ihr habt die Möglichkeit, Euch und Eure Männer zu retten.«

Maurice riss seinen Blick von der wogenden See. Als er Richard zu ihm laufen sah, wusste er, dass die Entscheidung bereits feststand. »Schickt den Boten.«

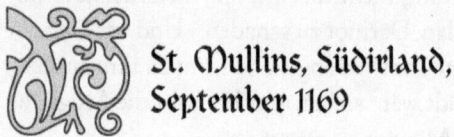 **St. Mullins, Südirland,
September 1169**

Na, wenn uns das nicht in Teufels Küche bringt.« Robert Smith trat an seine Seite und blickte genauso wie er den Hügel hoch, wo sich nach drei Tagen des Wartens Reiter vor dem grauen Himmel abzeichneten. Mit jedem Herzschlag wurden es mehr, Männer zu Fuß folgten, bis sich eine ganze Kriegstruppe dort oben versammelt hatte.

»Er will nur Eindruck machen, das ist alles.« Maurice gab seiner Handvoll Ritter ein Zeichen, und gemeinsam setzten sie sich mit ein paar Knappen in Bewegung, entfernten sich vom Lager jenseits der Klostermauern von St. Mullins.

Donnell tat es ihnen mit einer kleinen Gruppe gleich, kam den Hügel herunter, und zum ersten Mal hatte Maurice Gelegenheit, seinen Gegner genauer zu betrachten. Ein Mann, der weder besonders hochgewachsen noch kräftig war. Eher schlank und von mittlerem Wuchs, ungefähr im selben Alter wie Maurice, Ende dreißig. Anders als Dermot aber machte er eher den Anschein eines Kriegsherrn, auch wenn Donnell sich zu diesem Treffen genauso herausgeputzt hatte. Das schwarze Haar hatte er in gleichmäßige Zöpfe geflochten und im Nacken mit einer goldenen Spange zusammengefasst; der lange Bart fiel ihm in sorgfältig gekämmten Wellen auf die Brust. Auf seinem Kopf trug er wieder einen schmalen Goldreif, um seinen Status als König von Ossory zu verdeutlichen. Seine Hände blitzten vor Gold und Edelsteinen, das Gewand in den Clanfarben war mit Broschen und anderen Schmuckornamenten verziert, sein

Umhang wallte in purpurner Seide. Selbst sein Schimmel trug eine Decke in den Clanfarben. Doch all der Tand schien bei ihm nicht so aufgesetzt und fehl am Platz. Donnell trug die Ornamente mit Würde, während Dermot immer etwas verkleidet ausgesehen hatte. Vielleicht lag dieser Eindruck aber nur daran, dass der Fürst von Ossory ihn von Anfang an mehr beeindruckt hatte als Dermot.

Aber auch Donnells Männer schienen von ihren neuen Verbündeten fasziniert. Dies war das erste Mal, dass sie sich gegenüberstanden, ohne Waffen zu ziehen. Die Iren hatten Gelegenheit, die flämischen Schlachtrösser eingehend zu betrachten, die die irischen Reitpferde an Wuchs und Stärke übertrafen und mit so zerstörerischer Macht über sie gekommen waren. Sie konnten ihre Sättel begutachten, die ihnen wohl fremd vorkamen, bedachte man, dass sie darauf verzichteten. Sie sahen mit Skepsis auf die normannischen Helme mit den Nasenkolben und Kettenhemden; auf ihre im Wind wehenden Banner und Wappen auf den Waffenröcken und zu den Zelten auf der Wiese.

»Willkommen in St. Mullins.« Donnell breitete die Arme aus, ein Grinsen im Gesicht, wie ein unartiger Junge, der sich an einem Streich erfreute. »Ich hoffe, Ihr habt gut hierhergefunden. Wir waren alle schon ganz gespannt auf Euch.«

Maurice nahm seinen Helm ab, reichte ihn Richard an seiner Seite und schob die Kapuze aus Eisengeflecht zurück in den Nacken. Flüstern brandete unter den Iren auf, was Maurice auf seine Narben schob. Zwar waren die Feuerspuren mit den Jahren verblasst, aber sie zeigten sich immer noch deutlich genug, um Reaktionen des Schreckens hervorzurufen.

Donnell aber zeigte keine Abscheu, sondern sein zahnlückiges Grinsen – vermutlich war ihm der vordere Schneidezahn in einem Kampf ausgeschlagen worden. »Verzeiht meinen Männern, Mylord de Prendergast. Es kommt nicht alle Tage vor, dass wir dem Ritter gegenüberstehen, der meine Kriegstruppe in der Wildnis von Dinin mit nur vierzig berittenen Männern das Fürchten lehrte. Euer Name ist in aller Munde.« Donnell neigte anerkennend den geschmückten Kopf, schwang sich vom Rücken seines Pferdes und kam auf ihn zu. Eine Handvoll seiner Iren tat es ihm gleich, sie sahen wichtig aus und hielten wohl eine hohe Stellung bei Hofe, einer von ihnen schien ein Kaplan zu sein.

Kaum, dass Maurice aus dem Sattel geglitten war, packte er ihn an den Schultern, küsste ihn fest auf die Wangen und drückte ihn in eine starke Umarmung. Dann fuhr er zu seiner Kriegstruppe herum und rief etwas in der irischen Sprache, das seine Männer mit Jubelrufen beantworteten. »Mein Waffenbruder.« Donnell klopfte ihm noch einmal sichtlich zufrieden auf die Schulter und sah dann an ihm vorbei zum Lager, von wo das Stöhnen einiger Verwundeter zu ihnen herüberklang. »Gab es etwa Schwierigkeiten auf dem Weg hierher?«

Maurice zuckte mit den Schultern. »Dermot hörte von unserem geplanten Treffen und schickte uns Kavanagh mit fünfhundert Männern entgegen. Jetzt hat er nicht mehr ganz so viele.«

Eine schwarze Augenbraue hob sich im wettergegerbten Gesicht des Fürsten. Seine dunklen Augen strahlten auf, was ihn noch jünger aussehen ließ. »Ihr seid zweihundert Mann ... und Ihr habt die fünfhundert Krieger Kavanaghs vernichtet? Sosehr mir manche meiner Berater auch von diesem Treffen abgeraten haben ... ich möchte mir gerade selbst auf die Schulter klopfen.«

Nun musste auch Maurice grinsen, was ihm sonderbar vorkam, bedachte man, dass sie sich vor Kurzem noch mit gezückten Waffen gegenübergestanden waren.

»Ich freue mich, dass wir endlich einen gemeinsamen Feind haben.« Donnell wies zum Kloster in der Talsenke hinunter, von wo sich der Abt mit einer Schar Mönche auf den Weg zu ihnen machte. »Aber bevor wir uns mit der Prozedur der Schwüre und der nicht enden wollenden Messen quälen, lasst uns in Ruhe miteinander reden. Unter vier Augen.« Er wies mit dem Kinn zur anderen Seite hinunter, wo der Fluss lag und sich auf einem Hügel ein Rundturm erhob.

Maurice sah Donnell in die Augen und versuchte im verschmitzten Ausdruck des Fürsten zu lesen. Er konnte aber keine Spur von Heimtücke erkennen, nur eine kaum verhohlene Aufregung. Also nickte er Robert Smith zu, schwang sich zurück in den Sattel und gesellte sich an Donnells Seite, der hinunter zum Fluss ritt. Als wären sie alte Freunde, ritten sie in einvernehmlichem Schweigen über die Weiden. Vor ihnen färbte die untergehende Sonne den Horizont in eine rostrote Farbe; die Luft war nach dem Regen angenehm klar und verstärkte mit dieser sagenhaften Idylle der beleuchteten Hügel das Gefühl des Unwirklichen. Die Waliser glaubten daran, dass es eine durch nur dünne Schleier getrennte Parallelwelt gab, deren Bewohner in Reichtum und Überfluss lebten. Vielleicht war es in so einer Welt auch möglich, dass sich Gegner freundschaftlich die Hand reichten, ohne die Vernichtung des anderen zu planen.

Donnell schien seine Gedanken lesen zu können, denn er lachte plötzlich laut auf. »Das erlebt man nicht alle Tage, nicht wahr? Es ist schon ein eigenartiges Gefühl, auch für mich. Aber es ist nicht schlecht eigenartig, ganz im Gegenteil. Ich spüre es in meinen Eingeweiden. Unsere Verbindung wird Großes vollbringen.«

»Ihr wisst, dass ich mich Euch anschließe, weil ich keine andere Wahl habe.«

Donnell warf ihm einen amüsierten Blick zu. »Und ich habe vor, diesen Umstand schamlos auszunutzen.«

»Sollte ich merken, dass Ihr ein ebenso unmenschlicher Schurke wie Dermot seid, werde ich auch Euch den Rücken kehren. Wenn ich kämpfe, dann gegen eine Kriegstruppe. Nicht gegen Frauen und Kinder.«

Donnell sah ihn ernst an. »So wie ich.«

Wie könnt Ihr nur in solchen Kleidern gehen, geschweige denn kämpfen?« Donnell zerrte an seinem knielangen Kettenhemd und versuchte dann den Helm zu richten, um am Nasenkolben vorbeizusehen. »Der macht mich ja halb blind!«

Maurice schüttelte leise lachend den Kopf und führte Donnell den Kreuzgang des Klosters hinaus. Jenseits der Kirche lag ein Friedhof und wie Donnell ihm erzählt hatte, auch eine heilige Quelle. Aber jetzt hielten sie auf die Weiden zu, wo die Pferde, umringt von keltischen Hochkreuzen, standen.

»Richard, hol schon mal Espee und sattle ihn.«

Der Junge machte sich eilig davon, während Donnell ein schweres Seufzen ausstieß. »Ach ja, einen Sattel gibt es ja auch noch. Ich habe ja schon welche gesehen, bin aber noch nie auf einem gesessen.«

»Er gibt Euch besseren Halt im Kampf, Stöße werfen Euch nicht so leicht ab.«

Donnell sah ihn ungeduldig an. »Mich bringt man auch ohne Sattel nicht so schnell vom Pferd.«

»Das wollte ich nicht behaupten, aber Ihr werdet die Vorzüge dieser Art des Kampfes zu schätzen lernen.« Maurice blickte zu Richard hinüber, der das Fell seines Schlachtrosses bürstete, um es zum Satteln bereit zu machen. Donnell hatte ihn bei den Mahlzeiten immer wieder gebeten, ihm die flämischen Pferde zu zeigen, und sich sehr für die normannischen Rüstungen und Waffen interessiert. Also hatte Maurice ihn ermutigt, eine anzuziehen und einen Sattel zu testen.

Vor zwei Tagen hatten sie sich am Schrein des heiligen St. Moling gegenseitige Treue geschworen, und nach Ankunft der umliegenden Clans mit ihren Männern, die ebenfalls auf das Bündnis schwören mussten, sollte es hoch zu Donnells Fürstensitz Kilkenny gehen. Donnell hoffte, weitere Krieger zu rekrutieren und Clans zurückzugewinnen, die durch Maurice' Seitenwechsel den Kampfesmut und Hoffnung wiederfanden.

Erst mussten sie jedoch abwarten, wie Dermot sich gegenüber dem Hochkönig schlug. Dieser Schlacht sah Maurice mit gemischten Gefühlen entgegen. Einerseits wollte er Dermot nicht gewinnen sehen, andererseits fürchtete er aber auch um seine Freunde. Er konnte nicht eingreifen, er hatte sich entschieden und abgewandt. Eine Entscheidung, die er nicht bereute, aber sie nagte trotzdem an ihm.

»Was ist eigentlich mit Eurem Gesicht passiert?« Donnell wies auf Maurice' linke Schläfe. »Sieht nach Brandnarben aus.«

»Das sind sie. Ist schon lange her, ich war noch ein Junge.«

»Ein Unfall?«

»Nein.«

»Habt Ihr den Schuldigen umgebracht?«

»Noch nicht.«

Donnell nickte verstehend. »Ah, Ihr wartet auf den richtigen Moment.«

»Die Bibel lehrt uns verzeihen, unseren Feind zu lieben.«

»Und obwohl mir gerade diese Stelle zugutekommt, da ich nun Euch – meinen einstigen Feind – wie einen Bruder lieben darf, lehrt uns die Bibel doch auch Auge um Auge, Zahn um Zahn …«

Maurice zuckte mit den Schultern. »Aber wem wäre damit gedient? Mit meinem Gesicht habe ich meinen Frieden gemacht. Vielleicht bin ich aber auch einfach nicht von der vergeltungssuchenden Art.«

»Das haben wir gemein.« Donnell strich sich über den schwarzen Bart, der unter dem Helm hervorwucherte. »Wir Iren sind ein rachsüchtiges Volk, aber ich habe schon immer mehr Sinn in Versöhnungen als Blutfehden gesehen. Vielleicht hatte mein normannischer Lehrer zu viel Einfluss auf mich.« Er sah an Maurice vorbei und straffte die Schultern. »Ah, da kommt ja schon mein Untergang, was für eine Bestie.«

Richard führte Espee heran, fertig gesattelt und gezäumt,

mit glänzendem Fell, und reichte Donnell mit einer Verneigung die Zügel.

Maurice trat hinter ihn und wies auf die Steigbügel. »Ich muss Euch aber nicht erklären, wie man aufsteigt, oder?«

Donnell warf ihm über die Schulter einen vernichtenden Blick zu und bemerkte sarkastisch: »Jetzt verstehe ich, wofür diese Riemen hier da sind. Ohne die kommt man ja nie auf so ein Ungetüm.«

»Mein Knappe unterstützt Euch gerne, reicht ihm einfach Euren Fuß.«

»So weit kommt's noch.« Donnell packte den Sattel, aber ehe er einen Aufstiegsversuch machte, riss er plötzlich den Arm hoch und winkte. »Triscatal!« Er rief etwas in der irischen Sprache, und ein glatzköpfiger Krieger auf einem der schlanken Reitpferde näherte sich.

»Mein *Trén-fher*«, stellte Donnell vor, und als Maurice nur eine Augenbraue hob, erklärte er: »Mein Champion.« Maurice nickte, er hatte solch einen Krieger schon an Dermots Hof gesehen. Der Champion war der beste Krieger eines Fürsten, und seine Aufgabe war es, an seiner statt Zweikämpfe auszufechten, die den Ausgang einer Schlacht bestimmten. Anstatt Kriegstruppen gegeneinander anlaufen zu lassen, entschieden die Iren sich oft dafür, Leben zu schonen und stattdessen nur zwei Krieger stellvertretend kämpfen zu sehen.

Donnells *Trén-fher* war nicht unbedingt das, was Maurice sich unter dem stärksten Mann eines Fürsten vorgestellt hätte. Er wirkte schmächtig, bestimmt überragte Maurice ihn um mehr als eine Haupteslänge. Einzig die Nase des Kriegers, die nach mehreren Brüchen schief und verkrümmt war, zeigte seine Aufgabe. Anders als die meisten anderen Iren, denen Maurice begegnet war, hatte er das Kopfhaar und den Bart kurz geschabt, was die Entstellung seines Gesichts noch betonte.

»Oh, ich weiß, was Ihr denkt«, lachte Donnell und legte

ihm die Hand auf die Schulter. »Aber Triscatal ist kräftiger, als er aussieht. Und verdammt schnell. Nur sein Haustier ist mir noch immer nicht geheuer.« Er wies auf den riesigen, struppigen Wolfshund mit grau zerzaustem Fell, der neben Triscatals Pferd herlief, und schüttelte sich. »Wenn man mal sieht, wie das Vieh einem Mann die Kehle herausreißt, hält man sich lieber fern. Aber meinem guten *Trén-fher* frisst dieses Mädel im wahrsten Sinne des Wortes aus der Hand.«

Maurice lächelte, doch es verging ihm sofort, als er Triscatals finsteren Blick bemerkte. Der *Trén-fher* betrachtete seinen Fürsten in der normannischen Rüstung zuerst fast erschrocken, dann mit deutlicher Abscheu, und spuckte schließlich aus, irische Worte knurrend.

Donnell antwortete etwas mit hörbarer Ungeduld, machte eine auffordernde Handbewegung und fügte dann harschere Worte hinzu. Triscatal schwang sich vom Rücken des Braunen, ließ ihn stehen und stapfte wütend, Wolfshund an der Seite, in Richtung Kloster davon.

»Euer *Trén-fher* scheint kein Freund Eures neuen Aufzugs zu sein.«

»Er wird lernen, dieses Bündnis zu akzeptieren.« Donnell wandte sich ihm zu, den Mund verzogen, seine Stimme entschuldigend. »Er verlor Freunde im Kampf gegen Euch, in der Wildnis von Dinin.«

»Wir alle verloren Freunde.«

Donnell nickte. »Es waren gerechte Kämpfe, tapfere Männer verloren auf beiden Seiten ihr Leben. Ich zürne Euch nicht deshalb, aber ich vergesse auch nicht, was Dermot mit meinen Männern getan hat, die heldenhaft für ihr Land gestorben sind. Ich vergesse weder ihre Verstümmlung noch das sinnlose Abschlachten ganzer Dorfgemeinschaften und sogar Dienern Gottes. Es ist meine Aufgabe, Dermot zu vernichten, Dermot, der ganz Irland an sich reißen würde, wenn er könnte, Dermot, der seit jeher in mein Land einfällt und meine Leute tötet. Und der Herr hat mir Euch geschickt, um dem endlich ein Ende zu bereiten und mein Volk von diesem Teufel zu befreien.«

Maurice sah seinen irischen Verbündeten wortlos an. Er wusste nicht, woher Donnell dieses Vertrauen in ihn nahm. Der Fürst hatte keinen einzigen Moment seit ihrem Zusammentreffen an seiner Aufrichtigkeit gezweifelt. Auch hatte er am Schrein von St. Moling darauf bestanden, dass auch seine Befehlshaber Maurice gegenüber Loyalität schworen. Er hatte gelobt, Maurice und seine Männer nie zu verraten, und Maurice glaubte ihm. Nichts an diesem Mann gab ihm Anlass, ihm zu misstrauen, er fühlte keine ständige Wachsamkeit oder Unruhe wie in Dermots oder Kavanaghs Nähe. Nein, neben Donnell fühlte er sich seit langer Zeit, vielleicht auch zum ersten Mal, nicht zerrissen. Er hatte keinerlei Zweifel, auf der richtigen Seite zu stehen, was selbst im Krieg zwischen Stephen und Henry niemals der Fall gewesen war.

»Ihr habt Euren *Trén-fher* vergrault.«

Donnell winkte ab. »Das macht nichts, ich wollte nur sein Pferd. Denn so wie ich lernen werde, auf die normannische Art zu reiten, werdet Ihr es wie die Iren tun. Direkt auf dem Rücken des Pferdes. Und wenn Ihr runterfallt, bekommt Ihr das den ganzen Weg bis Kilkenny von mir zu hören.«

»Seht Ihr nur zu, dass der Sattelknauf Euch nicht aufspießt, wenn Ihr aufsteigt.« Er wartete, bis Donnell, gar nicht so tollpatschig, aufsaß und sich ob der Unbequemlichkeit beschwert hatte, ehe er in die Mähne des Braunen fasste und sich in einer fließenden Bewegung auf dessen Rücken schwang.

Er sah gerade noch Donnells überraschten Blick, als er das Pferd auch schon in den Galopp trieb und entlang des Flussufers davonstob.

Lachend ritt er weiter, jede Bewegung des Pferdes spürend, den Blick auf das grüne Funkeln des Wassers und das goldene Leuchten des Herbstwaldes gerichtet, der das andere Ufer säumte. Grelle Sonnenstrahlen brannten ihm entgegen und bahnten sich ihren Weg durch das Blätterdach der vereinzelten Bäume auf seiner Seite.

Es war ein Paradies, und zum ersten Mal konnte er sich vorstellen, in Irland zu bleiben. Hier ein neues Heim zu errichten und neu anzufangen.

»Ihr habt gewonnen!« Donnell holte ihn mit dem kräftigen Espee ein, im Sattel gefährlich hin und her rutschend, den Knauf mit beiden Händen umklammernd. »Bleibt stehen, Ihr seid ein Teufelskerl, das habt Ihr bewiesen, aber dieses Ungeheuer bricht mir noch den Hals!«

Maurice zügelte das irische Reitpferd, und auch Espee fiel in einen gemächlichen Schritt.

»Verzeiht mir«, lachte er, beim Anblick von Donnells blassem Gesicht nur noch amüsierter. »Ich hätte vielleicht erwähnen sollen, dass ich neben einem Gestüt aufgewachsen bin und mein Vater und ich ständig ohne Sättel geritten sind.«

Donnell warf die Zügel in die Luft. »Ja, vielleicht hättet Ihr das tun sollen. So werde *ich* wohl bis Kilkenny die Ohren vollbekommen.«

»Erzählt mir lieber von Euren Leuten. Ihr habt davon gesprochen, dass einige Eurer Männer gegen dieses Bündnis waren. Ich nehme an, der *Trén-fher* war einer von ihnen. Aber wie sieht es mit den anderen aus? Fürchtet Ihr nicht, sie werden sich gegen Euch stellen?«

Donnell sah ihn von seiner erhöhten Position aus ungeduldig an und ließ seine Hand durch Espees Mähne gleiten. »Sorgt Euch nicht, mein Freund. Die Männer werden Euch zu lieben lernen, wenn Ihr die ersten Siege für uns verbucht habt. Dermot wird vernichtet werden, wenn nicht durch den Hochkönig, dann durch uns.«

 Pass von Gowran, Südostirland,
Oktober 1169

Maurice konnte die Anspannung des gesamten Heers deutlich spüren. Sie bewegten sich fast schweigend durch den Wald, in dem sie die blutige Schlacht der drei Gräben gegeneinander geschlagen hatten. Maurice erinnerte sich sofort an den Gestank, die Schreie und all das Blut, das mit dem Regen die Hänge hinabgeflossen war. Heute schlugen sie sich gemeinsam durch den dunklen Forst, auf dem Weg nach Kilkenny, immer noch nicht an dieses unerwartete Bündnis gewöhnt. Nur Donnell schien die unheimliche Stille nicht zu stören. Er beugte sich von seinem irischen Reitpferd zu ihm hinüber und klopfte ihm mit einem Zwinkern auf den Oberarm. »Ohne diese vom Teufel geschickten Pfeile hätten wir euch damals fertiggemacht, und Ihr wäret nicht neben mir.«

Maurice lächelte. »Das fürchtete ich zuerst auch. Ihr habt schon eine Gabe, den Feind an den unangenehmsten Stellen abzupassen.«

»Oh, das ist nicht allein mein Verdienst. Ich hatte Hilfe, von der ich Euch erzählen möchte, auch wenn ich fürchte, dass Ihr mir kein Wort glauben werdet.«

Maurice wollte gerade nachfragen, als ein Alarmruf von weiter vorne erklang. Sie tauschten einen Blick und wandten sich dann an den irischen Reiter, der durch die Reihen auf der Enge des Pfads zu ihnen ins Herz der Truppe preschte.

Der Ire redete schnell und aufgeregt, und Donnells Blick verfinsterte sich zunehmend, was ungewohnt anzusehen war, schließlich kannte Maurice den Fürsten als einen Mann, der stets zu einem Lachen aufgelegt war. Jetzt aber wandte er sich an Maurice, seine Stimme kaum mehr als ein Knurren. »Die Männer haben weiter vorne Rauch aufsteigen sehen, und als sie dem nachgingen, fanden sie ein ganzes Heer, unweit von Kilkenny, das augenscheinlich auf uns wartet.«

Unwillkürlich sah Maurice gen Westen, wo Donnells Fürstensitz lag; durch die dicht stehenden Bäume konnte er aber nichts erkennen. »Etwa schon wieder Kavanagh?«

Donnell schüttelte den Kopf. »Es ist der Hochkönig. Rory O'Connor.«

Maurice gab einen überraschten Laut von sich. Was hatte der Hochkönig hier zu suchen, er war doch gegen Dermot gezogen. War die Schlacht so schnell vorüber gewesen? Was war mit den Geraldines?

Donnell knurrte eine Frage in Richtung des Iren, der mit den Schultern zuckte, grimmig, aber auch ein wenig furchtsam ob des unvermittelten Stimmungsumschwungs seines Fürsten. Dann wandte Donnell sich Maurice zu. »Kommt, mein Freund, lasst uns herausfinden, weshalb der Hochkönig mit seinem Heer durch mein Land marschiert und Kilkenny heimsucht.« Er winkte seinem *Trén-fher* sowie einer Handvoll weiterer Männer, knurrte ein paar Befehle und ritt schließlich an, während Maurice sich an Robert Smith wandte, damit er mit dem Rest ihrer Truppe und den Iren folgte.

Sie mussten nicht lange durch den Wald reiten, bis sich ihnen eine grün wogende Graslandschaft erschloss, auf der sich ein mehrere hundert Mann starkes Heer in der herbstlichen Nachmittagssonne um Feuer gruppierte.

Die Wachen entdeckten sie schnell und führten sie zwischen neugierig aufblickenden Kriegern hindurch zum Fluss, auf dessen anderer Seite Kilkenny lag. Unweit der Brücke, die das graue Gewässer überspannte, erhob sich ein auf Holzpfosten errichtetes Zelt. Einer der Krieger meldete sie an, und kurz darauf hieß man Donnell und ihn auch schon eintreten.

Maurice straffte die Schultern. Nun sollte er also jenem Mann gegenüberstehen, der sich König aller Iren nannte, der Dermot mindestens zweimal verbannt hatte und der es geschafft hatte, die Fürsten Irlands unter sich zu vereinen.

»Es ist der Unhöfliche mit dem Fuß auf dem Tisch«, raunte Donnell ihm zu. Maurice stellte erleichtert fest, dass er wieder er selbst war, der Fürst, der jede Situation mit Humor nahm.

Der Raum war größer, als er von außen gewirkt hatte. Er beherbergte ein breites, mit Fellen bedecktes Schlaflager, eine Feuerstelle, deren Qualm kaum durch das Loch im Tuch über ihnen abzog, mehrere Truhen und einen schweren Eichentisch in der Mitte. Dort entdeckte Maurice drei Männer. Einer von ihnen saß auf einem Stuhl an der Stirnseite, den Fuß auf dem Tisch abgelegt, und sah ihnen im Schein von Öllampen entgegen, die Miene sturmumwölkt und feindselig.

Rory O'Connor sah zwischen ihnen hin und her, nahm gemächlich den Fuß vom Tisch und richtete sich in seinem Stuhl auf. Er war erstaunlich jung, Mitte dreißig vielleicht, sein dunkles Haar fiel ihm nass bis auf die breiten Schultern, der Bart erinnerte an den einer Ziege. Sein Gewand war aus bestem Tuch und sauber. Er sprach irisch, und Donnell antwortete, stellte Maurice vor und wies dann hinaus zum Heer, eine Frage in der Stimme. So wie es schien, hatte der Hochkönig sich bereits von seinen Verbündeten, den anderen Fürsten, getrennt, denn die Truppe draußen war nicht stark genug. Auch waren hier keine weiteren Fürsten anwesend, soweit Maurice das beurteilen konnte. Was war also in Leinster geschehen?

O'Connor nahm seinen Becher in die Hand und betrachtete ihn, trank aber nicht. Dann begann er etwas zu erzählen, ruhig und ohne aufzusehen, fast schon gelangweilt. Die beiden anderen am Tisch fielen hin und wieder ein.

Als sie geendet hatten, wandte Donnell sich ihm zu. »Es gab keine Schlacht.« Der flüchtige Humor von vorhin war gänzlich verschwunden, jetzt sah Donnell aus, als könnte er sich gerade noch davon abhalten, seine Axt zu holen. »Der Hochkönig bevorzugte es, Frieden mit diesem Bastard zu schließen und Dermots Huldigung sowie weitere Geiseln zur Garantie seines Wohlverhaltens anzunehmen. Als würde Dermot etwas auf seine Söhne geben! Er hat ausländische Hilfe geholt, wissend, was seinem Sohn Enna blüht, und er hat sogar weitergemacht, als mein Vater Enna blendete. Was soll ihn daran hindern, auch jetzt noch weiter über uns herzufallen?«

Er wandte sich an den Hochkönig, und dem Klang nach stellte er dieselbe Frage nun direkt.

Der Hochkönig erhob sich, der abfällige Ton des Fürsten schien ihm nicht zu gefallen. Er sprach in bedrohlichem Ton, aber Donnell schnaubte nur, ehe er sich erneut Maurice zuwandte. »Dermot und Eure englischen Freunde verschanzten sich in den dunklen Wäldern westlich von Ferns«, erklärte er. »Gräben, Wälle, der Sumpf. Nur auf einer schmalen Schneise war es möglich, sie zu erreichen, und Eure verdammten Bogenschützen hätten das Heer des Hochkönigs in aller Ruhe niedermachen können. Die Bastarde wussten, was sie taten, und die Überzahl des Hochkönigs war nutzlos. Also wurde verhandelt.« Donnell knurrte eine Frage in O'Connors Richtung, der ernst antwortete und Maurice misstrauisch ansah. Maurice hielt dem dunklen Blick stand, versuchte zu erkennen, was im Kopf dieses Mannes vorging, aber schließlich wandte Donnell sich ihm wieder zu. »Der Hochkönig sprach mit dem Anführer, dem mit dem geteilten Wappen …«

»Robert FitzStephen.«

Donnell nickte. »Er versprach ihm Gold, Reichtümer, alles, um ihn dazu zu bewegen, Dermot auszuliefern und Irland zu verlassen. Vergeblich. Dann sprach er mit Dermot.« Seine

Worte wurden zu einem tödlichen Flüstern. »Er bot ihm ganz Leinster, wenn er sich mit ihm gegen Robert FitzStephen und seine Fremden verbündet, aber wenigstens lehnte Dermot, dieser Hurensohn, das ab.«

Maurice sah zu O'Connor hinüber, kein Wunder, dass Donnell so außer sich war. Dermot sollte nach all seinen Schandtaten einfach so davonkommen und als Fürst von Leinster wiederhergestellt werden, wenn er dafür seine Verbündeten verriet. Die Verluste im Kampf gegen ihn wären umsonst gewesen, Donnells Männer, die so tapfer standgehalten hatten, würden dies wie einen Schlag ins Gesicht empfinden. Trotzdem war es auch ein schlauer Zug. Der Hochkönig hatte versucht, Dermot und seine Unterstützer gegeneinander auszuspielen, denn bestimmt fürchtete er im Moment weniger Dermot als die Normannen, die für einen Sieg nach dem anderen verantwortlich waren. Er musste wissen, was mit England und Wales geschehen war, als die Normannen dorthin gekommen waren. Auch hatte er bestimmt von der päpstlichen Bulle gehört, die König Henry dazu aufforderte, einen Feldzug nach Irland zu führen, um dort den wahren römischen Glauben herzustellen. Er sah die Gefahr der Eindringlinge und wollte lieber sie loswerden als einen irischen Fürsten, den er schon zweimal hatte besiegen können. Aber Donnell waren diese politischen Winkelzüge offensichtlich gleichgültig. Er war es gewesen, der dem vereinten Heer standgehalten und geblutet hatte, Maurice verstand, wie verraten er sich jetzt fühlte.

»Der Hochkönig sagt, dass es in einem Blutbad geendet hätte, Dermot in dieser für ihn vorteilhaften Lage anzugreifen«, erklang Donnells zornige Stimme. »Er meint, er hätte wohl gesiegt, aber der Preis wäre zu hoch gewesen. Er hätte Dermot vernichtet, sein eigenes Heer dabei aber aufgerieben, und Irland hätte nichts mehr gehabt, um sich den Fremden zu stellen. Also traf er eine Übereinkunft mit Dermot. Eine Abmachung, von der die Fremden nichts wissen.«

O'Connor warf Worte ein, die wie eine Warnung klangen, aber Donnell gab nur einen verächtlichen Laut von sich und wandte sich wieder an Maurice. »Der Hochkönig will nicht, dass ich Euch davon erzähle, Ihr seid auch ein Fremder, sagt er, aber ich habe ihm gesagt, dass Ihr mein Bruder seid und ich nichts vor Euch geheim halten werde.« Er wandte sich erneut an den Hochkönig, der nun nicht mehr ruhig war, sondern wild in Maurice' Richtung gestikulierte. Vermutlich warnte er Donnell vor der normannischen Art, ein Land nach dem anderen zu erobern, Schlachten zu kämpfen, zu gewinnen und dort Burgen zu errichten, bis das ganze Land unterworfen war. Donnell aber erhob ebenfalls seine Stimme und legte Maurice bekräftigend eine Hand auf den Arm. Maurice hätte nicht überraschter sein können. Zwar war ihm Donnell von Anfang an anders, ehrlich und ehrenhaft vorgekommen, aber diese leidenschaftliche Verteidigung hatte er nicht erwartet.

»Ich will Euch nicht in Schwierigkeiten bringen«, warf Maurice ein und wies zum Hochkönig, der die Macht hatte, ihn sofort zu beseitigen. Es war bestimmt nicht klug, sich so unbedacht mit ihm anzulegen. Aber Donnell winkte ab und wechselte zurück in die normannische Sprache.

»Ihr seid der Einzige hier, der mich nicht in Schwierigkeiten bringt, mein Freund. Anders als mein eigener König, dem ich huldigte, im Glauben, einen Mann vor mir zu haben, der in der Lage wäre, das Land zu führen. Ihr seid der Einzige, mit dessen Hilfe ich Ossory noch retten kann, denn mein König hat uns längst aufgegeben.«

Maurice sah ihn schweigend an, er spürte den Blick des Hochkönigs auf sich und fragte sich, ob der Mann jetzt, an Ort und Stelle, etwas gegen Donnell und seinen Verbündeten unternehmen wollte. Instinktiv sah er sich nach Waffen um, sein Schwert hatte er abgeben müssen.

Die Stimme des Hochkönigs riss ihn aus seinen Gedanken.

Er sagte etwas, das begütigend klingen sollte, aber Donnell wurde nur noch wütender. Er stieß Worte aus, die sogar Maurice als Flüche erkannte, und er kam nicht umhin, den Fürsten für seine Kühnheit zu bewundern, auch wenn es sie womöglich den Kopf kostete.

»Stellt Euch nur vor! Nicht nur soll Dermot ganz Leinster, Ossory und die Städte der Ostmänner für sich bekommen, sein Sohn Connor soll auch noch die Tochter des Hochkönigs heiraten, wenn sie im richtigen Alter ist.«

»Werdet Ihr Ossory aufgeben?«, fragte Maurice.

Donnell riss die Augen auf. »Nie im Leben!«

»Aber wenn Euer König befiehlt …«

»Der König wird nichts gegen mich unternehmen, denn ich bin der Einzige, der noch gewillt ist, sich gegen Dermot und seine Fremden zu stellen. Wenn es mir gelingt, diese Macht zu vernichten, gut, wenn ich verliere und Dermot Ossory an sich reißt und die Fremden dann laut Abmachung fortschickt, ist er genauso zufrieden. Nur bedenkt er nicht, dass Dermot mit meinem Grab nicht aufhören wird und die Fremden schon gar nicht! Dermot will Hochkönig werden!« Er wiederholte dieselben Worte in der irischen Sprache, doch O'Connor blieb unbeeindruckt. Er sprach ruhig weiter, ging auf Donnell zu, zog ihn in eine Umarmung, die dieser nicht erwiderte, und wies schließlich zum Zeltausgang. Maurice kam es so vor, als hätte der König gerade Abschied von einem seiner Fürsten genommen, den er zu opfern bereit war.

Donnell ließ sich nicht zweimal bitten. Mit einer Verbeugung, die spöttischer nicht hätte ausfallen können, drehte er auf dem Absatz um und rauschte hinaus. Maurice blieb, wo er war, sah dem Hochkönig in die Augen und nickte ihm schließlich zu. »Ossory ist nur ein kleines Land, Ihr glaubt, es ist ein geringer Preis, um Irlands Freiheit zu bewahren. Aber Ihr unterschätzt Donnell. Und Ihr unterschätzt Dermots Grausamkeit und Machtgier und FitzStephens Ehrgeiz.«

Die Augenbrauen des Hochkönigs verengten sich, sodass zwei steile Falten dazwischen entstanden, aber Maurice war sich sicher, dass er ihn verstanden hatte, und folgte Donnell zurück ins Lager.

Dort sah er den Fürsten, der zur Brücke stapfte, sich das Haar raufte und wild auf Irisch fluchte, sodass er alle Blicke auf sich zog. Unvermittelt, als hätte er Maurice' Schritte hinter sich gehört, fuhr er zu ihm herum.

»Ich gebe nicht auf, mein Freund, mein Land hat zu sehr geblutet, ich kann es Dermot nicht kampflos überlassen. Ihr habt mir Eure Unterstützung zugesagt, und jetzt frage ich Euch noch einmal, ob Ihr mein Land an meiner Seite verteidigen werdet, auch wenn unsere Situation aussichtsloser aussieht als jemals zuvor.«

Maurice musste nicht überlegen, nicht nur weil er keine andere Wahl hatte und hier festsaß, sondern weil er in Donnell gefunden hatte, was er in Irland schon für verloren gehalten hatte: einen Herrscher, dem er folgen wollte, der es wert war, für ihn zu bluten. Donnell kämpfte für sein Land, für die Menschen, die dort lebten, er verteidigte es vor einem Mann, dessen Grausamkeit Maurice mit eigenen Augen gesehen hatte. Und obwohl es Maurice' Ziel gewesen war, sich hier ein neues Heim für sich und seine Familie zu errichten, erkannte er, dass dieser Kampf plötzlich zu seinem eigenen geworden war. Ossorys Freiheit war etwas, das ihn plötzlich persönlich betraf, und er bereute zutiefst, dass er im Streben nach Land und Reichtum blind die falsche Seite unterstützt hatte.

»Ihr könnt auf mich zählen.«

Donnell schloss erleichtert die Augen und stieß die Luft aus. Schließlich blickte er über die Schulter zurück über den Fluss nach Kilkenny. »Dermot will ganz Irland an sich reißen, und ich weiß, sein großes Ziel ist Dublin. Mit den Ostmännern von dort hat er noch eine Rechnung offen, außerdem hätte er mit dieser Stadt einen Posten inmitten der Ostküste, der auch noch von Mauern geschützt und stark im Handel vertreten ist. Aber bevor er dorthin kann, muss er seine Flanke sichern. Er muss mich beseitigen. Aber nicht, wenn wir vorher angreifen. Lasst uns nach Kilkenny gehen und meine Truppen sammeln, dann werden wir Dermot spüren lassen, dass er sich an uns die Zähne ausbeißen wird.«

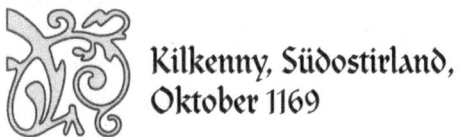# Kilkenny, Südostirland, Oktober 1169

Kilkenny war nicht das, was Maurice sich unter dem Herrschaftssitz eines Königs vorgestellt hatte. Nur ein Erdwall umrundete die Halle des Fürsten und die Häuserkolonie der Wirtschaftsgebäude. Aber es gab keine steinernen Mauern, keine Palisaden, nichts, das auch nur Ähnlichkeiten mit einer Burg hätte oder Sicherheit versprach. Das kam ihm sonderbar vor, schließlich lebten die Ostmänner auf dieser Insel sehr wohl in fortschrittlichen und stark befestigten Städten, und Maurice hatte angenommen, dass ihre Lebensart ein wenig auf die Iren abfärbte. Kilkenny wäre schwer zu verteidigen und erinnerte Maurice eher an angelsächsische Dörfer. Dermots Fürstensitz Ferns war genauso unscheinbar gewesen, was Maurice auf die Tatsache geschoben hatte, dass er in kurzer Zeit mehrere Male abgebrannt war. Aber hier sah er vor sich, dass die Geschichten von den freiheitsliebenden Iren, die die Weite der Natur dem Zusammenpferchen von Städten vorzogen, alle der Wahrheit entsprachen.

Doch wenn die Iren sich nicht auf den Burgenbau verstanden, so dann aber auf das Ausrichten von Festen. Maurice begann an diesem ersten Abend in Kilkenny bereits doppelt zu sehen, denn Donnell ließ ihm immer wieder nachschenken und achtete darauf, dass Maurice, sein treuer normannischer Freund, die Becher auch leerte.

Maurice war mit seinen Männern mit großer Freude empfangen worden, nachdem er auf dem Weg hierher die Kriegstruppe eines Clanführers von Dermot vernichtend geschlagen hatte. Der Retter der Iren von Ossory. Er wusste gar nicht mehr, wie oft er junge Mädchen von fragwürdiger Moral von seinem Schoß geschoben hatte. Die lebhafte Musik der Harfe- und Timpanspieler, deren Finger nur so über die Saiten flogen, erfüllte die Halle und riss die Anwesenden mit in ihre Hochstimmung. Maurice sah seine Männer an den längsseitigen Tafeln untereinander lachen, anstatt weiterhin misstrauische Blicke zu den Iren zu werfen, und er selbst fühlte sich auch ungewohnt ausgelassen, was nicht nur am vielen Wein lag. Er hatte Dermot verlassen, Kavanagh und eine weitere von Dermots Truppen besiegt und mit Donnell einen Fürsten an seiner Seite, der ihm in der geringen Zeit, die sie sich bislang kannten, tatsächlich schon ein Freund geworden war.

»Ist es nicht eine Freude, unter uns Männern zu feiern? Ohne Frauen, die einem ins Ohr nörgeln und uns zur Mäßigung mahnen?«

»Ohne Frauen?« Maurice umfasste die Halle mit einer ausschweifenden Geste, einen Raum, der gefüllt war mit Frauen in bunten Gewändern.

Donnell lachte laut auf und prostete ihm zu. »Ich meinte ja auch Ehefrauen. Meine werte Gattin ist schon zu weit in der Schwangerschaft fortgeschritten, um sich das hier anzutun, wie sie sagt, und wer bin ich, sie zu zwingen, wenn sie nicht will?« Das zahnlückige Grinsen blitzte zwischen seinem dunklen Bart auf. »Ich habe dich nie gefragt, Maurice … Bist du eigentlich verheiratet?«

Maurice nickte und griff nach den mit Honig gesüßten Haferkuchen, die ausgezeichnet waren.

»Hast du nur die eine Frau oder mehrere?«

Maurice lachte laut. Er kannte zwar die Eigenart der Iren, mehrere Ehefrauen an ihrer Seite zu haben, aber die Heilige Kirche war entsetzt darüber. Einer der vielen Gründe, weshalb der Papst in Irland für Ordnung sorgen wollte. Als Flame, der die Ehe als heiliges Sakrament betrachtete, konnte er mit mehreren Gemahlinnen auch nichts anfangen.

»Wir sind keine Iren, Donnell, die furchtlos ohne Rüstung in die Schlacht ziehen … oder sich einbilden, gleich mehrere Ehefrauen bewältigen zu können, so wie ihr.«

Donnell übersetzte Maurice' Worte für die Iren in ihrer Nähe, die daraufhin allesamt in schallendes Lachen ausbrachen. Donnells Krieger aus seiner Haustruppe, der Rechtsgelehrte, den die Iren *Brehon* nannten, und der Barde sowie sein Hauskaplan prosteten ihm zu. Nur Donnells *Trén-fher* Triscatal brummte mürrisch in seinen Becher, und Maurice dachte nicht zum ersten Mal, dass er diesen Mann im Auge behalten musste. Noch war er nicht betrunken genug, um alle Vorsicht schweifen zu lassen.

»Ich bin ganz deiner Meinung, mein Freund«, sagte Donnell, der erneut noch mehr Ale einschenken ließ. »Ich hatte schon überlegt, mir eine Zweitfrau anzuschaffen, aber dann habe ich mir gedacht, warum mir das antun? Aber deine Frau muss ja eine außergewöhnliche Schönheit sein, wenn du keines meiner Mädchen hier ansiehst. Sie sind schon alle ganz beleidigt.« Er winkte eine weitere junge Frau heran, aber als Maurice den Kopf schüttelte, gab er ihr ein Zeichen, und sie zog sich wieder zurück.

»Gefallen sie dir nicht? Sind normannische Mädchen wirklich so viel besser?«

Maurice trank vom Ale und zuckte grinsend mit den Schultern. Er konnte auch nicht genau sagen, warum er sich nicht mehr zu den Mädchen hingezogen fühlte. Vielleicht, weil sie ihn mit ihren roten Haaren alle an die junge Frau mit der Axt erinnerten. Donnells Augen leuchteten plötzlich auf, und er winkte einen der Bediensteten herbei, die in ihren schwarzen, naturbelassenen Wollhemden in den Schatten hinter den

Stützpfeilern auf Befehle warteten. Er raunte ihm ein paar Worte zu, und als der Diener fortging, wandte er sich ihm mit dem ihm schon bekannten Grinsen eines Jungen zu.

»Ich möchte dir eine außergewöhnliche Frau vorstellen, eine, die schon sehr lange darauf wartet, dir zu begegnen.«

Maurice öffnete den Mund zum Protest, aber Donnell hob die Hand und ließ ihn gar nicht zu Wort kommen. »Nein, lass mich ausreden. Sie ist etwas Besonderes, glaub mir. Ich hab dir doch erzählt, dass ich nicht ohne Hilfe im Kampf gegen euch handelte. Denn *sie* war es, die mir von dir erzählt hat, die mir gesagt hat, dass sich unsere Wege noch einmal kreuzen werden im entscheidenden Moment. Sie hat gesagt, dass unsere Schicksale miteinander verwoben sind. Ich dachte immer, sie meint auf einem weiteren Schlachtfeld, denn sie redet immer in verdammten Rätseln, aber als der Bote aus Wexford kam, wusste ich, dass sie dich an meiner Seite sah. Die anderen haben mich davor gewarnt, dich zu treffen, sie hielten es für eine Falle, aber ich vertraue dieser Frau blind, und sie sagte, dass wenn es einen Mann gibt, dem ich trauen soll, dann bist du das.«

Eine sonderbare Stille breitete sich um ihn herum aus, Donnells Worte hallten darin nach, und Maurice starrte den Fürsten an, unfähig, sich zu rühren, geschweige denn zu antworten. Er begann, an seinem Verstand zu zweifeln. Wie viel hatte er getrunken? Wieso pochte sein Herz plötzlich so stark? »Woher will diese Frau das alles gewusst haben?«

»Sie ist eine Inspirierte, eine Seherin. Eigentlich stammt sie aus Wales, dort nennt man sie *Awenyddion*. Ah, da kommt sie ja schon.« Donnell wies über die Tafel hinweg zum Gang zwischen den längsseitigen Tafeln, wo in regelmäßigen Abständen Feuerstellen loderten, und winkte die Seherin näher. Aber Maurice sah weiterhin Donnell an. Er wagte es nicht, den Blick abzuwenden. Konnte es wirklich wahr sein? Konnte es wirklich sie sein?

»Komm, ich dachte mir, du möchtest den treuen Ritter sehen, mit dem du mir schon so lange in den Ohren liegst.«

»Mylord.«

Diese Stimme … sanft und doch ein wenig heiser. So wie das Mädchen mit seiner rauen Stimme, die gleichzeitig so lieblich klang.

Donnell legte ihm die Hand auf die Schulter. »Ach ja, habe ich erwähnt, dass sie sogar deine Sprache spricht? Normannisch, Latein, Walisisch, Irisch … Niah stellt uns alle in den Schatten, fürchte ich.«

»Das Normannische ist nicht seine Sprache«, erklang wieder die wundervolle Stimme und überzog seinen Körper mit Gänsehaut. Jedes Wort schien in ihn zu dringen und zitternd durch seine Adern zu fließen. »Er ist schließlich Flame.«

Maurice schluckte und wandte sich ihr so unbekümmert wie möglich zu. Doch er konnte nicht so tun, als wäre dieser Moment nichts Besonderes, als hätte er nicht seit Jahren von ihr geträumt. Sie musste es ihm im Gesicht ablesen können, als sich ihre Blicke endlich trafen.

Er sah ihr tatsächlich in die Augen! Niah, sie war hier! Nach all der Zeit erschien sie wie aus dem Nichts, nachdem er längst aufgegeben hatte, sie jemals wiederzusehen. Es waren wirklich ihre Mitternachtsaugen, die so dunkel waren, dass sie im schummrigen Licht der Halle schwarz wirkten, aber er wusste, dass sie im Tageslicht ein blaues Leuchten in sich trugen. Es war Niah, die so prächtig gekleidet wie eine Königin vor ihm stand, Niah, die ihn lächelnd ansah, ohne bei seiner Erscheinung zusammenzufahren. Erschreckten sie die Narben gar nicht? Dann ging ihm auf, dass sie sie wahrscheinlich in ihren Visionen gesehen hatte.

Sein Blick glitt über sie, er konnte sich nicht sattsehen. Um die Taille ihres safranfarbenen Überkleids trug sie eine breite Goldkette, genauso an den Oberarmen und an den Handgelenken. Ihr schwarzes Haar fiel ihr in glänzenden Flechten bis zur Taille hinab und verstärkte den Kontrast zu ihrer Haut, die immer noch wie frisch gefallener Schnee aussah. Sie musste Mitte dreißig sein, aber er sah immer noch das Mädchen von einst in ihr – er hätte sie wiedererkannt, auch wenn Donnell ihren Namen nicht genannt hätte. Ein Stirnreif, auf dem Edelsteine funkelten, krönte ihr Haupt, und Erleichterung überkam ihn. Sie war die ganze Zeit in Irland gewesen, an Donnells Hof, in Sicherheit und anscheinend geachtet.

Sie sah ihn an, ihre vollen Lippen zitterten leicht, und ihre Brust hob und senkte sich deutlich.

»Ah, habe ich doch richtiggelegen. Ich wusste, ich würde dir eine Freude machen, mein Freund. Du bist also kein Mann für diese jungen Dinger, du willst eine richtige Frau.«

Maurice konnte Donnell nicht ansehen. Er starrte weiterhin Niah an, als könnte sie sich in Luft auflösen, wenn er seinen Blick nur einen Herzschlag lang von ihr nähme. Und sie schien auch keinen anderen als ihn wahrzunehmen, während um sie herum die Musiker weiterhin fröhlich an ihren Instrumenten zupften, Männer und Frauen lachten, und die Flammen der Wandleuchten zu einem goldenen Schleier wurden, der alles um sie herum einhüllte und in die Ferne rückte.

»Geht nur, ihr beiden, redet.« Donnell legte ihm die Hand auf die Schulter. »Ich lasse Niah sonst nie unbewacht allein, aber ich weiß, ich kann dir trauen, Maurice. Ihr habt bestimmt viel zu besprechen. Niah sagte mir, dass ihr euch über zwanzig Jahre nicht gesehen habt.«

Langsam und immer noch sonderbar entrückt wandte Maurice seinen Blick von Niah und sah Donnell an seiner Seite an. Er wusste nicht, was er sagen sollte, nur dass er mehr denn je davon überzeugt war, einen Freund gewonnen zu haben.

Maurice schwieg, als er Niah aus der Halle folgte. In Begleitung zweier irischer Krieger überquerten sie den vom Regen aufgeweichten Hof und atmeten die klare Luft, die den Geruch von Heu in sich trug. Es war sonderbar ruhig, die schmatzenden Geräusche ihrer Stiefel die einzige Unterbrechung der Stille, in der Maurice' rasende Gedanken umso lauter schrien. Sie gingen zu dem kleinen Rundhaus, das ihm als Schlafplatz zugewiesen worden war. Seine Männer hatten ihr Lager außerhalb des Erdwalls aufgeschlagen, auf den Wiesen jenseits der eingefriedeten Grundstücke der Pächter. Die Glocken des Klosters St. Canice, das auf einer Anhöhe im Herzen der Siedlung thronte, läuteten zur Matutin, und Maurice wunderte sich ein wenig, wie normal alles um ihn herum wirkte, während in seinem Inneren ein Tosen herrschte.

Die Iren stießen die Tür seines vorübergehenden Heims auf, das sehr viel angenehmer war als ein Feldlager und sahen sich im Inneren nach möglichen Angreifern um. Dann nahm einer von ihnen einen glühenden Kienspan aus der Feuerstelle im Herzen des Raums und entzündete die Kerzen auf dem Tisch neben der Schlafstätte.

Maurice beobachtete die beiden im nun besseren Licht, wie sie schwer bewaffnet und grimmig vor Niah traten, sich verneigten und ehrerbietige Worte murmelten.

Niah legte ihnen die Hände auf die gesenkten Häupter und erwiderte etwas, ihre Stimme kaum mehr als ein Flüstern.

Schließlich wandten die Männer sich mit einem Nicken in seine Richtung ab und ließen ihn allein zurück, mit einer Frau, die er immer noch für eine Sagengestalt hielt.

Niah ging auf den kleinen Tisch zu, auf dem zu seiner Überraschung Wein und zwei Kelche bereitstanden. Sie bewegte sich mit einer Gelassenheit, die in ihm den Wunsch weckte, sie am Arm zu packen und Antworten aus ihr herauszuschütteln. Den geschmückten Kopf hocherhoben hielt sie sich wie eine Königin in ihrem Palast, als könnte nichts sie erschüttern. So lange hatte er nach ihr gesucht, noch viel länger hatte er sich mit ihrem Verschwinden abgefunden, und plötzlich kam sie wie aus dem Nichts in sein Leben zurück. Hätte er sie vorhin in der Halle nicht zittern gesehen, hätte er in Anbetracht ihrer plötzlichen Ruhe glauben können, sein Erscheinen ließe sie unberührt.

»Willkommen, Maurice, mein Ritter der Könige. Ich habe sehr lange auf deine Ankunft gewartet.« Niah drehte sich zu ihm um, mit je einem Kelch in der Hand. Ihre Stimme schnitt durch den Raum, die Art, wie sie seinen Namen sagte, die vertrauliche Anrede … Maurice verspürte das Verlangen, sie in seine Arme zu ziehen und sie zu berühren. Der viele Wein benebelte seinen sonst so kühlen Verstand. Stattdessen zwang er sich, mit ruhigem Schritt zur Tür zu gehen und den Riegel vorzuschieben, auch wenn ihm bewusst war, wie das wirkte. Dann fuhr er zu ihr herum.

»Wo bist du gewesen?!«

Sie sah ihn überrascht an, ließ die Hände sinken, und Maurice musste tief ein- und ausatmen, um sie nicht doch noch zu schütteln. »Am Tag von Elizabeths Geburt bist du verschwunden, und seither …«

»Ich bin nicht verschwunden, Maurice. Man hat mich weggebracht, das ist etwas anderes.« Sie sah zu ihm auf, das Leuchten der Kerzen in ihren fast schwarzen Augen, und er spürte sein Herz in der Kehle pochen.

»Ich habe dich gesucht.« Seine Stimme war rau. »Lady Alice und Lord Llansteffan wollten mir nichts verraten, aber ich habe trotzdem weitergesucht. Sogar deinen Vater hab ich gefunden.«

Ihre Augen weiteten sich kurz, ehe sie den Kopf schüttelte und sofort wieder ihre ungerührte Miene aufsetzte. »Ich hörte, er ist tot.«

»Ja, er starb vor fünfzehn Jahren.«

Niah nickte ernst, stellte die Kelche ab und nahm, ohne den Blick von ihm zu wenden, den Goldreif von ihrem Kopf. Lächelnd sah sie ihn an. »Das Ding drückt ganz schrecklich.«

»Niah, ich weiß, was dein Vater dir angetan hat. Ich habe Bruder Albert getroffen.«

Ihre Augen leuchteten auf. »Den jungen Schreiberling Albert … Ich wünschte, ich könnte ihn noch einmal sehen, ihm sagen, dass er mich gerettet hat.«

»Oh, das weiß er. Er hat dich sogar Jahre später noch beschützt, als ich kopflos deinen Vater konfrontiert habe.«

Ein Lachen entfuhr ihr, so unerwartet hell und fröhlich, dass er wieder das Mädchen von einst vor sich sah. »Das hast du getan?«

Er nickte. »Ich musste doch herausfinden, was mit dir geschehen ist. Eine Frage, die mich immer noch beschäftigt.«

Zärtlich sah sie ihn an. »Ich habe dich genauso gesucht, Maurice.«

Er verengte die Augen, suchte in ihrem Ausdruck eine nähere Erklärung, aber da wandte sie ihm den Rücken zu. Ihr Körper verdeckte die beiden Kerzen auf dem Tisch. Der Raum hüllte sich in Dunkelheit, während ihre Silhouette von einem glühenden Schein umhüllt war.

Maurice machte einen Schritt auf sie zu, hielt dann aber inne. »Du wusstest, dass ich hierherkomme?«

»Ich sah dich an Donnells Seite.«

»Natürlich.« Er strich sich über die schmerzende Stirn. »Niah … Was ist damals passiert? Wo hat man dich hingebracht? Wie bist du hierhergekommen …?«

Sie wandte sich ihm zu, ihr Lächeln so mysteriös wie einst. Sie hatten sich als Kinder nur kurz gekannt, aber da war etwas zwischen ihnen gewesen, eine Verbindung, die er noch immer spürte.

»Lord Llansteffan schickte mich nach Irland zu Verwandten seiner Frau«, sagte sie und kam auf ihn zu, was jeden Muskel in seinem Körper in Anspannung versetzte. Sie drückte ihm einen Kelch in die Hand, dabei berührte sie seine Haut, was seine Finger zucken ließ, als wirke sie irgendeinen Zauber auf ihn. »Ich war eine Magd, eine Unfreie, aber es ging mir nicht allzu schlecht, bis mich eine Vision vor versammelter Halle befiel. Du kannst dir vorstellen, dass es mit meiner Ruhe als einfaches Dienstmädchen vorbei war.«

»Du warst beim Hochkönig.« Maurice wusste, dass Lady Alice' Großvater mütterlicherseits Hochkönig Irlands gewesen war, und es ärgerte ihn, dass er nicht eher an diese Verbindung gedacht hatte.

Aber Niah schüttelte den Kopf, trat wieder einen Schritt von ihm zurück. »Ich war beim König von Munster. Die Familie hatte nur einmal für kurze Zeit einen Hochkönig, jetzt halten die O'Connors aus Connacht diesen Titel. Rory O'Connor ist Hochkönig.«

»Ja, ich habe ihn getroffen.« Er musste einen Schluck vom Wein nehmen, um all diese Informationen zu verdauen. Zu seinem Glück war das Getränk stark, und Maurice genoss, wie es sich durch seinen Hals in die Brust brannte.

Niah lächelte und schlenderte zum breiten, von reichlich Fellen bedeckten Bett. »Es ging alles wieder von vorne los. Alles, was ich bei meinem Vater erlebt hatte. Der König wollte, dass ich für ihn in die Zukunft sehe, und er zwang mich, allerlei Mittel dafür zu schlucken. Dabei verstand er nicht, dass ich keinen Einfluss darauf habe, was ich sehe, und schon gar nicht, dass ich ihm nie helfen würde. Ich wusste, ich würde nicht dortbleiben.«

»Ach nein?« Maurice lachte auf, weil Niahs Ton so unbekümmert und vehement war, als wäre die Idee, dass ein König sie kontrollieren könnte, völlig absurd.

»Ich erinnerte mich an dich.« Sie ließ sich auf dem Bett nieder, ihr Gesicht lag in Schatten, er sah nur das Funkeln ihrer Augen. »Ich hatte einst eine Vision mit dir geteilt, und die sah ich immer wieder vor mir.«

»Du hast gesagt, dass ich von Freunden und Familie verlassen meinen Weg allein bestreite. Dass de Clare auf der Seite der Unterdrückung stehen wird, während ich die Gerechtigkeit verteidige. Ich habe nie verstanden, was das bedeutet.«

»Aber jetzt weißt du es?«

Er blickte in den Kelch, auf die dunkel schimmernde Flüssigkeit. Es war eine finstere Vorahnung, die ihn befiel, seit er zu Donnell übergelaufen war – seit er Donnells Kampf als seinen eigenen zu sehen begonnen hatte. Denn wenn de Clare die Erlaubnis König Henrys bekam, würde er nach Irland kommen, um den Barbaren Dermot zu unterstützen, seine Tochter zu heiraten und der Fürst Leinsters zu werden. Er würde sein Gegner werden.

Frustriert schüttelte er den Kopf. »De Clare ist nicht in Irland, und so wie die Lage aussieht, wird er auch nicht in naher Zukunft herkommen.«

Niah hob ergeben die Hände und trank dann aus ihrem eigenen Kelch.

»Wie bist du nach Ossory gekommen?«

Sie zuckte mit den Schultern ohne aufzusehen. »Mit Trug und Schein.«

Er hob die Augenbrauen, dabei sollte er sich bei ihr über gar nichts mehr wundern. »Und wieso ausgerechnet Ossory? Wieso bist du nicht zurück nach Hause? Nach Wales?«

Nun blickte sie auf, und Maurice glaubte, Belustigung in ihrem Gesicht zu lesen. »In Wales gab es nichts mehr für mich. Wieso die Reise übers Meer riskieren und dass mein Vater – ein Mann mit damals nicht wenig Einfluss – mich wieder in seine Gewalt bringt? Außerdem wusste ich ja, dass du hierher kommst.« Sie nahm einen weiteren Schluck und ließ den Kelch in ihrer Hand kreisen. »Donnell kam einst an den Munster Hof, ein junger Prinz im Auftrag seines Vaters. Ich erkannte ihn aus meinen Visionen wieder, ich wusste, dass du eines Tages auf seiner Seite stehen würdest. Und wenn Maurice de Prendergast, der sich schon in Pembroke vor mich gestellt hat und in meinen Visionen immer noch die Schutzlosen verteidigte, diesen Mann als ehrenwert betrachtete, so konnte auch ich ihm vertrauen.«

»Du hast dich ganz auf deine Visionen verlassen.«

Ihre Augenbrauen zogen sich zusammen. »Sie sind alles, was ich habe. Ich kann meine eigene Zukunft nicht sehen, nur das, was Myrddin bereit ist, mir zu zeigen. So bleibt mir nur, das Wenige zu nutzen, das ich habe. Aber glaube mir, darin bin ich eine Meisterin.«

Ein Lachen entfuhr ihm, und er prostete ihr zu. »Daran habe ich nie gezweifelt, Niah.« Er ging näher, um sie im Zwielicht besser erkennen zu können, und nahm einen weiteren Schluck aus seinem Kelch. »Du hast also Donnells Aufmerksamkeit auf dich gezogen.«

»Nicht sofort. Zuerst habe ich mich als Mann verkleidet und in sein Gefolge gemischt«, sagte sie, deutlich amüsiert ob seines überraschten Luftholens, »nicht in seine Kriegstruppe, da wäre ich aufgefallen, aber unter die Knechte. Ich muss zugeben, ich flog auf, aber Donnell war, wie ich erwartet hatte – gütig und ehrenhaft. Er fand es eher charmant, ein junges Mädchen unter seinen Knechten zu finden, und meine Geschichte interessierte ihn – natürlich besonders der Part, in dem ich ihm erklärte, wie ich ihm nützlich sein konnte.«

»Und seither lebst du hier in Ossory?«

Sie erhob sich. »Donnell hat mich wie seinen Augapfel behütet. Er hielt meine Gabe geheim, nur seine treuesten Männer wussten von mir. Er wollte nicht, dass sein Vater etwas von mir erfuhr, der mich genauso skrupellos benutzt hätte. Fürst Donough war kein Mann, dem man in die Hände fallen will.«

Sie stellte den Kelch ab und kam auf ihn zu, ihre Haut funkelte golden im Schein der Kerzen, das Licht legte sich über ihr rabenschwarzes Haar und tanzte. »Jetzt helfe ich Donnell so gut ich kann, leite Visionen ein, in der Hoffnung, dass Myrddin mir den Weg weist. Mittlerweile habe ich auch gelernt, wie ich mich innerhalb der Bilder zurechtfinde, kann sie besser verstehen.«

Maurice sah sie erschüttert an. »Aber du vergiftest dich weiterhin. Diese Kräuter, die du einnimmst, um etwas zu sehen ... deine Mutter starb daran.«

»Weil mein Vater die Dosis ständig erhöht hat, weil er immer mehr wissen wollte und sie immer tiefer in die Anderswelt geschickt hat. Aber ich weiß inzwischen, wie ich mit den Kräutern umgehen muss, und ich lasse mir von niemandem mehr etwas einflößen.«

»Und doch ist es gefährlich.«

Sie trat vor ihn hin und lächelte zu ihm hoch. »Hast du etwa Angst um mich?«

»Natürlich.« Er musste sich räuspern. »Wieso ich, Niah? Du sagst, du hast mich genauso gesucht, dass du zu Donnell gegangen bist, weil du wusstest, dass ich eines Tages zu ihm kommen würde. Wieso?«

Sie sah ihn unverwandt an. »Weißt du es immer noch nicht?« Ihre Stimme senkte sich zu einem Flüstern, sie machte einen Schritt auf ihn zu, berührte ihn fast schon, und ein Rauschen toste durch seine Ohren. »Deinetwegen, Maurice. Seit sie mich an diesem Tag vor über zwanzig Jahren wegholten, auf ein Schiff verfrachteten und mich in eine Hölle brachten, aus der ich lange kein Entrinnen sah, hatte ich immer nur dein Bild vor mir. Ich hielt mich an dir fest, an meinen Erinnerungen an dich, an meinen Visionen von dir.«

»Wir kannten uns kaum. Wie konntest du all deine Hoffnungen auf einen fremden Jungen setzen?«

Ihre Hand hob sich an sein Gesicht, berührte die Narbe an

seiner Schläfe. »Weil ich damals einen Teil von mir bei dir gelassen habe. Und weil ich einen Teil von dir mit mir nahm. Wir mussten einander finden, um wieder ganz zu werden.« Ihre Fingerspitzen strichen hinunter zu seinen Lippen, und Maurice hielt den Atem an. Seine Hand hob sich, umfasste ihr Handgelenk und führte es von seinem Gesicht fort.

Er verstand, was sie meinte, wenn sie sagte, dass er endlich wieder ganz war. Wenn er ihr ins fahl beleuchtete Gesicht sah, hatte er das Gefühl, dass sich ein Kreis schloss.

Er ließ sie nicht los, als er seinen Kelch abstellte und die freie Hand an ihr Gesicht hob, um die samtige Haut ihrer Wange zu berühren. Zuletzt waren sie sich am Brunnen in Pembroke gegenübergestanden, zwei Kinder, aber heute waren sie erwachsen. Sie war eine Frau, die er wollte und nie wieder loszulassen bereit war.

Mit sanfter Kraft zog er sie näher, drückte ihren Körper an seinen, dann beugte er sich über sie und küsste sie mit eiserner Zurückhaltung, um den Moment auszukosten.

Niah schmiegte sich an ihn, ihr Körper so weich und nachgiebig, als sehnte sie sich genauso nach ihm wie er nach ihr. Aber er übte sich in Selbstbeherrschung, küsste sie immer weiter mit quälender Langsamkeit, während seine Hände bewundernd über ihren Körper glitten.

Es war eine halbe Ewigkeit her, seit er zum letzten Mal eine Frau berührt hatte, aber es kam ihm vor, als wäre es heute das erste Mal. Niah fühlte sich so zart an … die Rundung, wo ihr Hals zur Schulter überging … er könnte sie immer wieder entlangstreichen. Ihr Kinn, über das er seinen Daumen gleiten ließ, wie sie zusammenzuckte, wenn er ihr Ohr berührte …

Niah löste sich von ihm und strahlte zu ihm hoch, wie eine Frau, die etwas Kostbares gefunden hatte, fern des Unheimlichen und des Schmerzes, die sie früher stets umhüllt hatten.

Maurice lächelte und ließ seinen Blick über sie gleiten, das prächtige Kleid, den Schmuck, ihre ganze königliche Erscheinung. Einen Moment lang fürchtete er, der Wein spielte ihm all das nur vor, dass er morgen mit einem brummenden Kopf erwachen und ihre Rückkehr in sein Leben nur geträumt haben würde.

Ungestüm schlang er erneut seine Arme um sie und hob sie zu ihm hoch. Er küsste sie, mit der Absicht nie wieder aufzuhören, und auch wenn morgen erneut Krieg und Blut und Schrecken über ihn hereinbrachen, in diesem Moment störte ihn das nicht. Er hatte Niah wiedergefunden.

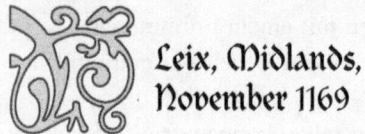
Niah kommt mir anders vor.« Donnell streckte seine Hände
dem schmiedeeisernen Feuerkorb vor seinem Zelt entgegen
und rieb sie mit einem schmerzverzerrten Stöhnen aneinander.
Regentropfen fielen zischend in die Flammen, waren aber nicht
stark genug, um das Lodern zu löschen.

Maurice sah an ihm vorbei zu Niah, die abseits des Lagers
an einen winterknorrigen Baum gelehnt saß, den Kopf in den
Nacken gelegt, die lederne Kapuze tief ins Gesicht gezogen.
Ihre geschmückten Hände ruhten in ihrem Schoß, zuckten aber
immer wieder, während ihr restlicher Körper absolut regungslos
verharrte. Ein irdener Becher lag neben ihr umgestoßen, und
Maurice hätte sie am liebsten gepackt und kräftig geschüttelt.
Er wollte ihr verbieten, sich weiterhin mit diesen teuflischen
Kräutern zu gefährden, egal, ob sie ihnen damit nützlich war
oder nicht.

»Ich mache mir Sorgen. Sie will uns helfen, aber ich weiß
nicht, ob sie es nicht übertreibt. Es muss andere Wege geben …«

»Sie weiß schon, was sie tut. Und ob sie es übertreibt oder
nicht – ein kleiner Hinweis darauf, was die da drinnen besprechen, wäre im Moment ganz angenehm. Wie lange muss
O'More sich noch beraten? Rausgeschmissen aus meinem eigenen Zelt!« Donnell ging die paar Schritte zum von Stoffbah-
nen verdeckten Eingang und streckte seine Axt hindurch. Er
rief etwas in der irischen Sprache, das mit einem ungeduldigen
Knurren beantwortet wurde.

Der Clanführer von Leix, O'More, hatte den Kampf gegen Donnells und Maurice' Truppen verloren, unzählige Rinder- und Schafherden hatte Donnell aus diesem Land zurück nach Kilkenny führen lassen. Jetzt verlangte Donnell die Huldigung als Fürst und Auslieferung mehrerer Geiseln, um sicherzugehen, dass O'More seine Treue Dermot gegenüber aufgab. Bislang war es Maurice mit seinen Männern zugekommen, die Clanführer Ossorys zurück an Donnells Seite zu bringen und sie zur Weiterführung des Kampfes zu bewegen. Sie hatten ein zerfallenes, von Niederlagen erschüttertes Reich wiederaufbauen müssen, Scharmützel gegen plündernde Kriegsbanden aus Leinster ausgefochten und Ossorys Grenzen geschützt. Leix war seit dem Kampf gegen Kavanaghs Übermacht ihr erster großer Sieg, und wenn O'More aufgab und Donnell huldigte, stand Ossory wieder vereint unter Donnells Herrschaft. Er wartete nicht darauf, dass Dermot noch einmal mit all seiner Macht in sein Land eindrang und die Bevölkerung abschlachtete, stattdessen holte er sich einen Clan nach dem anderen von Dermot zu sich.

Die Zeltbahn flog zur Seite, und der untersetzte O'More trat mit seinen Beratern heraus. Vor ihnen erhob sich mitten im Flachland ein Hügel, auf dem O'Mores Fürstensitz lag, aber Donnell hatte darauf bestanden, die Gespräche in seinem Lager führen zu lassen. Zwar hatte Niah keinen Verrat vorausgesehen, aber schon allein der gesunde Menschenverstand gebot ihnen Vorsicht. Sie wussten, dass O'More Dermot gegenüber treu wie ein abgerichteter Hund war. Hierher hatte Dermot einst die gestohlene Ehefrau O'Rourkes gebracht, der Clan von Leix hatte ihn seit jeher unterstützt, und so fühlte Donnell sich am Fuße des Hügels, von dem aus es möglich war, bis zu den Slieve Bloom Bergen zu blicken, sicherer.

O'More sprach lange, und seine Worte schienen Donnell nicht zu gefallen, aber dann entließ er den feindlichen Fürsten mit einer entnervten Geste und wandte sich Maurice zu.

»Der Bastard ist bereit, uns seinen ältesten Sohn zu geben, der ist aber in Dublin und kommt erst in drei Tagen zurück. Bis dahin sind wir eingeladen, hier zu warten.«

Maurice' Augen verengten sich. »Klingt verdächtig …«

»Wir werden sehen. Aber eins sag ich dir, mein Freund, wenn O'More auch nur versuchen sollte, mich zu hintergehen, brenne ich sein ganzes Land nieder.«

Maurice legte ihm die Hand auf die Schulter und ließ seinen Blick über das Lager schweifen. Manche der Männer schliefen, um den grauen Nachmittagsstunden zu entfliehen, andere starrten in die Flammen der kleinen Feuer, andere wetzten Messer oder schnitzten. Sie alle waren müde vom langen Marsch und den vorhergehenden Kämpfen und das Warten leid. Es würde sie nicht erfreuen, dass sie noch drei Tage länger in diesem Wetter ausharren mussten. Zweitausend gereizte Krieger auf engem Raum, es würde schwer werden, sie unter Kontrolle zu halten.

Mit einem Seufzen ging er zu den angepflockten Pferden hinüber, wo er seinen Knappen Richard fand. »Wir bleiben«, teilte er ihm ohne Umschweife mit. »O'More wird Donnell in drei Tagen Geiseln übergeben und ihm als Fürst huldigen. Bis dahin halten wir Frieden. Sattle die Pferde ab, reib sie trocken und stell sie da drüben bei den Bäumen unter, wo sie ein wenig vom Regen geschützt sind. Und dann – sei so gut – mach ein Feuer im Zelt und fette mein Schwert ein. Bei diesem gottlosen Wetter rostet alles zusammen.«

Richard nickte. »Mylord.« Er wollte sich gerade abwenden, als er an Maurice vorbeisah und die Stirn in Falten legte.

»Was ist?« Maurice hielt sich davon ab, sich umzudrehen, und blickte stattdessen abwartend auf Richard hinab.

Der Junge sah zu ihm hoch, seine Stimme senkte sich zu einem Flüstern. »Mylord, dieser Ire … der *Trén-fher*, er starrt Euch die ganze Zeit über an – und nicht besonders freundlich, fürchte ich.«

Das war keine Überraschung. Maurice hatte Triscatal in den letzten Tagen häufiger mit einer Gruppe Krieger zusammen gesehen und auch beobachtet, welche Blicke sie ihm und seinen Männern zuwarfen. »Geh ihm aus dem Weg, Richard.« Maurice legte ihm die Hand auf die Schulter und beugte sich ein wenig vor. »Und leg niemals dein Messer ab, auch nicht im Schlaf.«

Richards Augen weiteten sich, er nickte aber ernst und machte sich an seine Arbeit.

»Ein guter Rat, Mylord.«

Maurice lächelte, er musste sich nicht umdrehen, um zu wissen, dass Niah hinter ihm stand, nicht nur, weil sie die einzige Frau weit und breit war. Ihre Stimme würde er inmitten einer vollen Halle noch heraushören.

»Hast du etwas gesehen?« Er drehte sich zu ihr um und war nicht mehr überrascht über das plötzliche Klopfen seines Herzens, wenn er ihr ins Gesicht sah.

Niah schüttelte den Kopf. »Ich weiß nicht, warum Myrddin meine Fragen unbeantwortet lässt. Ich sehe nichts als einen verregneten Wald, ein Reh, Stille, absoluten Frieden, egal, wie oft ich es versuche.« Sie verschränkte die Hände ineinander, ließ den Stoff ihres Umhangs darüber fallen, aber Maurice erkannte trotzdem, dass sie zitterten.

Er wollte sie festhalten, sie wärmen, aber hier inmitten des Lagers musste er den Anschein wahren. Donnells Männer würden es bestimmt nicht gutheißen, ihre wertvolle Seherin in den Armen eines Eisenmannes zu sehen, sosehr sie ihn auch für seine Unterstützung im Kampf preisen mochten. Und Donnell stand sehr beschützend über Niah, nicht nur wegen ihrer Gabe, sondern fast wie ein großer Bruder. Maurice wollte gar nicht herausfinden, was er zu seinen Gefühlen Niah gegenüber sagen würde. Vielleicht ahnte er es, vielleicht glaubte er aber auch nur, dass ihre Freundschaft aus Kindertagen sie verband. Dass Maurice genauso wie er Niah eher als ein heiliges, unantastbares Wesen betrachtete. Niah mochte etwas Heiliges an sich haben, aber auf ihn hatte sie alles andere als eine unantastbare Wirkung.

Ein Grinsen entkam ihm bei der Erinnerung an ihren ersten gemeinsamen Abend und den Kuss, er fand aber schnell zurück zur nötigen Ernsthaftigkeit.

»O'More wird uns erst in drei Tagen Geiseln aushändigen, sein Sohn ist in Dublin.«

Ihre Augen verengten sich, und ihr Blick fiel zu Donnells Zelt. »Das kann eine Falle sein. Er hält uns hier fest ...«

»Und wenn es keine ist?« Donnell trat an sie heran, der mächtige Fellumhang um seine Schultern und der Goldreif ließen ihn trotz der Nässe königlich wirken. »O'More hat uns seine Huldigung und Geiseln zugesichert, wenn wir ihm jetzt offen misstrauen und abziehen, gäbe ihm das einen Grund, uns in den Rücken zu fallen. Wir können uns gerade nicht leisten, ihn zu beleidigen, ihn als Lügner und Verräter darzustellen.«

»Was er höchstwahrscheinlich aber ist«, warf Maurice ein.

Donnell hob die Hände und wandte sich an Niah. »Warten wir ab, auf die Gefahr hin, dass O'More in der Zwischenzeit unsere Vernichtung plant? Oder vertrauen wir ihm und beweisen, dass er mit mir einen Fürsten hat, dem es sich zu folgen lohnt?«

»Du hast ihn geschlagen.« Niah trat einen Schritt zurück, weg von den Pferden, die angepflockt darauf warteten, versorgt zu werden, und blickte den Hügel hoch. »Er weiß, dass du keine Gnade walten lässt, wenn er dich zu betrügen versucht. Er weiß, dass er dich nicht besiegen kann. Aber gerade die Schmach seiner Niederlage wird ihn rachsüchtig machen.«

»Rachsüchtig genug, um in nur drei Tagen etwas zu unternehmen?«

»Ich weiß es nicht.«

Donnell fluchte lautstark, um das zu wissen, musste Maurice

kein Irisch sprechen. Er trat gegen den Stamm eines Baums und strich sich über den dichten Bart. »Wofür soll deine Gabe gut sein, wenn du mir im entscheidenden Augenblick nichts sagen kannst, gottverflucht noch mal!«

Niah sah den Fürsten regungslos an, einzig am Zucken ihres Mundwinkels erkannte Maurice, dass seine Worte sie trafen.

»Sie tut, was sie kann«, knurrte er, wissend, dass Donnell angespannt war und um seine Männer fürchtete, trotzdem konnte er nicht schweigend danebenstehen, während er Niah angriff. Er wollte verhindern, dass Niah noch höhere Dosen einnahm, um etwas zu sehen.

Niah sah lächelnd zu ihm auf und wies mit ihrer kleinen blassen Hand über das Weideland, das sich bis zum Fluss Barrow erstreckte. »Ein schneller Reiter schafft den Weg nach Dublin in ein paar Stunden. Wenn man den Rückweg miteinberechnet …«

»O'More braucht keine drei Tage, um seinen Sohn hierherzubringen«, schloss Maurice und blickte ebenfalls den Hügel hoch, wo der Clanführer mit seinen eingeschworenen Männern verschwunden war. »Wie lange braucht ein Bote nach Ferns?«

Donnell drehte sich zu ihm um, die schwarzen Augenbrauen düster zusammengezogen. »Nicht länger als nach Dublin«, knurrte er und fluchte erneut. »Ich gebe ihm einen Tag! Wenn sein Sohn bis morgen Abend nicht hier ist, brenne ich alles nieder!«

Maurice starrte auf den Zelteingang und betrachtete die Fasern im dunklen Wolltuch, das die Sicht nach innen versperrte. Er hörte mehrere tiefe Stimmen, was bedeutete, dass Donnell nicht alleine war, was wiederum hieß, dass die Angelegenheit sehr viel schwieriger werden würde als ohnehin schon.

»Ihr wisst, er wird kämpfen wollen, Ihr kennt ihn.« Robert

Smiths Worte waren kaum mehr als ein Flüstern an seiner Seite, und Maurice fuhr sich müde durchs Haar.

»Ich werde ihn überzeugen.«

»Diese Iren kennen keine Vernunft, Mylord, wir sind lange genug hier, um das zu wissen. Bevor er aufgibt, lässt er sich lieber mit seinen Männern abschlachten. Zahlen, Strategie, Geduld, das ist nichts, was diese Kriegsherren kennen. Sie bilden einen Haufen und werfen sich in den Kampf, um zu sehen, wer am Ende übrig bleibt.«

»Ich denke, Donnell hat oft genug bewiesen, dass er kein solcher Anführer ist. Er wird auf mich hören.«

»Er hat angedroht, im Falle von Verrat alles niederzubrennen.«

»Er wird einsehen, dass dafür keine Zeit mehr ist, und O'More hat sich da oben verschanzt. Es gibt nichts mehr, das wir tun können.«

»Er wird es aber nicht gut aufnehmen.«

Maurice warf seinem Ritter einen Blick zu, ungeduldig und angespannt, da ein Teil von ihm fürchtete, dass er recht haben könnte. Aber Robert Smith war noch nicht fertig, seine weisen Augen sahen ihn eindringlich an.

»Wir sind hier, um für Donnell zu kämpfen und zu siegen, Mylord, darin liegt unser Nutzen. Wenn Ihr ihn jetzt von einem Kampf abhaltet, wird es uns schlecht ergehen. Er wird uns loswerden wollen und auf seinen besten Krieger hören, der ihm schon lange genug damit in den Ohren liegt.«

Maurice wunderte sich nicht, dass auch andere Triscatals Abneigung bemerkt hatten, aber Maurice glaubte nicht, dass Donnell zu so etwas fähig wäre. »Donnell ist ein Ehrenmann. Und selbst wenn Eure Befürchtung wahr wäre – welche andere Wahl haben wir? Sollen wir uns still und heimlich davonmachen? Schon wieder? Nur um dann am Hafen zu stehen und wieder nicht wegzukommen? Donnell kann die Ostmänner Waterfords genauso davon abhalten, uns Passage zu gewähren, wie Dermot es den Männern Wexfords verboten hat. Wir sind auf ihn angewiesen.« Er straffte die Schultern, sah den ältlichen Ritter noch einmal an und schob schließlich das Wolltuch zur Seite.

Aufgeregte Stimmen empfingen ihn, was in Anbetracht von O'Mores Verrat nicht verwunderlich war. Der Clanführer von Leix hatte schon bei Donnells Eintreffen am gestrigen Morgen heimlich einen Boten zu Dermot nach Ferns geschickt und ihn um Unterstützung gebeten. Und dieser war nur allzu gerne bereit, dem Ersuchen seines treuen Verbündeten nachzugeben und bei der Gelegenheit seinen verhassten Feind Donnell endgültig zu vernichten. Aber Dermot zog zur Stunde nicht allein mit seiner Kriegstruppe gen Norden. Robert FitzStephen und seine Geraldines begleiteten ihn mit ihrer Reiterei und den Bogenschützen. Und wenn die Gerüchte wahr sein sollten, hatten die Geraldines nach Maurice' Verschwinden auch noch Verstärkung erhalten: Maurice' Schwiegervater Maurice FitzGerald war angeblich mit zehn Rittern, weiteren dreißig Berittenen und hundert Bogenschützen in Irland gelandet. Es war ein gewaltiges Heer, das ihnen entgegenzog, mit einer enormen normannischen Streitmacht, die Maurice' bei Weitem übertraf. Es wäre Selbstmord, sich ihnen zu stellen. Auch war er nicht versessen darauf, seinen Schwiegervater, den hinkenden Robert FitzStephen, die beiden jungen und stets gut gelaunten Ritter de Barry und FitzBishop oder Meilyr auf der gegnerischen Seite einer Schlacht zu sehen.

Aber Maurice zweifelte nicht daran, dass Donnell sofort zu den Waffen rufen wollte. Wie würde er reagieren, wenn Maurice ihm zum Abzug riet, wenn er den Kampf verweigerte? Was würde geschehen, wenn Donnell bemerkte, dass Maurice ihm nicht länger nützlich war? Lag Robert Smith mit seiner Einschätzung richtig, oder konnte Maurice auf die Ehrenhaftigkeit Donnells vertrauen?

Als er Donnells wutverzerrtes Gesicht sah, konnte er schon glauben, dass der Fürst im Zorn zu einer Unbedachtsamkeit fähig war. Niah hatte immer noch nichts gesehen, egal, wie sehr sie es auch versuchte, und das machte nicht nur sie unruhig.

»Mein Fürst.«

Donnell, Triscatal und eine Handvoll weitere Männer aus seiner Haustruppe fuhren zu ihm herum. Donnell atmete bei seinem Anblick erleichtert auf.

»Ich nehme an, du weißt es auch schon, mein Freund?«

Maurice nickte und sah in die Runde. »Mein Fürst, ich würde gerne allein mit Euch sprechen, wenn es Euch gefällt.«

Donnell zog ob der Förmlichkeit die Augenbrauen zusammen, winkte die anderen aber mit einem knappen Befehl hinaus, ohne seinen besorgten Blick von Maurice zu nehmen.

Die Männer gehorchten sofort, bis auf Triscatal, der erst noch Worte ins Ohr des Fürsten raunte.

Glaube nicht, dass ich nicht weiß, was du tust, dachte Maurice, als Triscatal an ihm vorbei aus dem Zelt ging, ein dünnes Lächeln auf den Lippen.

Das dunkle Tuch fiel zurück vor den Eingang und ließ sie allein zurück, im schwachen Licht einer Feuerstelle und zweier Lampen.

»Wir müssen uns vorbereiten, Maurice, wir können sie besiegen.« Donnell kam mit ausgebreiteten Armen auf ihn zu und zog ihn in eine feste Umarmung. »Jetzt wird sich unsere wahre Macht zeigen. Die Fremden auf Dermots Seite schrecken mich nicht, ich habe meine eigenen!« Er schob sich von ihm, grinste ihn an, nahm dann unvermittelt sein Gesicht in beide Hände und küsste ihn auf die Wangen. »Wir sind Brüder, nicht wahr, Maurice, wir werden mein Land endgültig von Dermot befreien und …«

Maurice trat einen Schritt zurück und schüttelte bedauernd den Kopf. Der Gedanke, dass er mit seinen nächsten Worten einen Keil zwischen sie treiben konnte, bedrückte ihn. »Wir werden nicht kämpfen, weder meine Männer noch du.«

Das Lächeln in Donnells Gesicht gefror, die leuchtenden Augen wurden starr. Einen Moment lang sah er ihn wie zu Eis gefroren an, dann lachte er laut auf. »Fast hätte ich's dir abgenommen, mein Freund, ich …«

Maurice hob die Hände und sprach so ruhig wie möglich auf Donnell ein: »FitzStephen hat Verstärkung erhalten und somit fast dreimal so viele Männer wie ich. Auch Dermots Iren sind uns zahlenmäßig weit überlegen.« Er deutete Richtung Norden. »O'More hat sich mit seiner eigenen Kriegstruppe auf seinem Hügel hinter Erdwällen verschanzt und kann uns jederzeit in den Rücken fallen. Ein Kampf würde Ossorys Ende bedeuten, deinen Tod, Donnell. Ziehst du dich aber jetzt zurück, werden sich neue Gelegenheiten ergeben, Dermot zu vernichten.«

Donnell sah ihn an, so still und unbewegt, dass Maurice erwartete, ihn jeden Moment aus der Haut fahren zu sehen. Aber zu seiner Überraschung sprach der Fürst gefasst.

»Geht es hier wirklich um eine Überzahl, Maurice? Du hast dich einst zweitausend Kriegern gestellt, die Rache geschworen haben, mit nur vierzig Getreuen an deiner Seite.«

Maurice nickte. »Vierzig gut ausgebildete Ritter gegen einen Mob wütender Bauern und Hirten ohne Rüstung oder Pferde. Aber wenn wir hierbleiben, sehen wir uns nicht nur einem irischen Kriegshaufen gegenüber, sondern ebensolchen gerüsteten Reitern und den tödlichsten Bogenschützen, die es gibt.«

»Ich habe keine Angst vor denen, und ich glaube, dir geht es eher darum, dass du nicht gegen deine Freunde kämpfen willst.«

»Du hast recht, ich will nicht gegen sie kämpfen, das ist aber nicht der Grund. Denn es gibt einen Unterschied zwischen Mut und grenzenloser Dummheit. Damals in der Wildnis von Dunin hatte ich keine andere Möglichkeit, als mich dir mit meinem traurigen Häuflein zu stellen. Jetzt aber bietet sich ein Ausweg. Wir können uns noch zurückziehen, das Ruder herumreißen und uns in Ruhe überlegen, wie wir Ossory verteidigen. Tod nützt du deinem Land nichts!«

Die Wangen unter dem dichten Bart begannen zu zucken, und nun war deutlich, dass Donnell einem Wutanfall nahekam. »Du verrätst mich?«

»Ich beratschlage dich, wie es ein Freund und Verbündeter tun sollte. Ich zeige dir einen Ausweg für dich und dein Land, ich spreche mit der verdammten Stimme der Vernunft zu dir, um weiterhin an deiner Seite stehen und kämpfen zu können. Ich bitte dich, mir zu vertrauen.«

»Wir können sie besiegen!«

Maurice schüttelte langsam den Kopf, und Donnell ballte die Hände zu Fäusten. Er öffnete den Mund, um etwas zu sagen, als die Zeltbahn zur Seite flog und ein irischer Krieger hereinstürmte, aufgeregte Worte ausstoßend.

Donnell biss sichtlich die Zähne zusammen und wandte sich dann an Maurice. »Gib deinen Männern den Befehl, das Lager abzubrechen. Dermot und sein Heer sind nur noch wenige Stunden entfernt. Wir ziehen uns zurück nach Ossory.«

Ossory, Südostirland, November 1169

Einzelne Sonnenstrahlen brachen aus den Wolken und fielen auf die wild durcheinandergewürfelten Häuser, die sich um einen flachen Hügel drängten. Der Rundturm bei St. Canice erhob sich über ihnen, und Maurice sah auch bereits die Rauchfahnen der Pächterhäuser in der Ferne aufsteigen. Ein tröstlicher Anblick, denn auch wenn es bislang noch nie richtig kalt in Irland geworden war, fand er den Gedanken angenehm, der Feuchtigkeit zu entrinnen. Kilkenny war nicht mehr weit, eine Atempause stand ihnen bevor. Dermot und die Geraldines würden es nicht wagen, sie noch weiter zu verfolgen, und sie hätten Gelegenheit, sich zu sammeln und einen Plan zu entwerfen, um den Feind an weiterem Eindringen zu hindern. Nur wie sie das ohne eine gut befestigte Burg anstellen wollten, wusste er nicht.

Es war für Maurice immer noch ungewohnt, die Herren und Könige dieses Landes in den kreisrunden Hütten leben zu sehen. Gräben und Erdwälle waren alles, was die Iren zu bauen imstande waren, und nicht einmal diese Sorgfalt brachte der Großteil von ihnen auf, das hatte er auf seinen Reisen durch dieses Land gesehen. Die meisten Siedlungen waren ungesichert. Die Clanführer wohnten mit ihrer gesamten Sippschaft in einer großen Halle zusammen, wo gespeist, geschlafen und gelebt wurde. Nur in manchen hatte Maurice so wie hier in Kilkenny eigene Schlafhütten für die Familie gesehen. Hier gab es auch ein Fort, in dem die Krieger unterkamen und das im Falle eines Angriffs Sicherheit bieten sollte. Doch ansonsten war der

Fürstensitz genauso wenig einem Fürsten angemessen wie die Siedlungen der anderen Noblen Irlands. Und er war schlichtweg nicht zu verteidigen.

»Kilkenny muss verstärkt werden«, sprach Maurice seinen Gedanken laut aus, als er den Erdwall um die Siedlung weiter vorne erblickte. »Ein Heer wird hiervon nicht aufgehalten, wir brauchen eine befestigte Basis, von der aus wir uns verteidigen können. Du sitzt hier auf dem Präsentierteller.«

Donnell schwieg, er schien ihn gar nicht richtig zu hören. Stattdessen sah er zu den Winterweiden hinüber, als erblickte er sie zum ersten Mal.

»Donnell, hörst du mich? Es ist noch nicht vorbei, der Kampf fängt gerade erst an!«

Unvermittelt fuhr der Fürst zu ihm herum, sah ihn aus seinen dunklen Augen an, so düster, wie Maurice es nur selten an ihm sah. »Ich weiß das, mein Freund, glaube mir. Aber wir werden den Kampf nicht gemeinsam bestreiten.«

»Was meinst du damit?« Sein Magen schien sich in einen schweren Stein zu verwandeln. Wollte Donnell ihn loswerden? Maurice war nicht dumm, er hatte das wütende Knurren der Iren Ossorys gehört, den ganzen Weg von Leix hierher. Sie empfanden den Rückzug als schmähliche Flucht, ein Davonrennen vor Dermot und dem gerechten Kampf. Maurice hatte die einzelnen Worte nicht verstanden, aber er wusste auch so, dass die Iren ihn nicht länger »Maurice von Ossory« nannten.

Donnell fuhr sich über das regennasse Kinn, das Haar klebte ihm im Gesicht, der Bart tropfte traurig hinab. »Ich kann nicht länger für deine Sicherheit garantieren, und ich würde meinen Schwur nur ungern brechen.«

Maurice sah an ihm vorbei zu Niah, die die Schenkel unauffällig zusammenpresste und ihre Stute zu größerer Eile antrieb, um mithören zu können. Maurice schüttelte kaum merklich den Kopf und wandte sich wieder an Donnell. »Das heißt was?«

Donnell sah ihm in die Augen, lange und ohne ein Wort zu sagen, dann riss er die Zügel herum, gab ihm ein Zeichen, ihm zu folgen, rief ein paar Befehle in der irischen Sprache und preschte schließlich los.

Maurice fluchte leise und folgte dem Fürsten zu dem kleinen Flusslauf, der die Siedlung im Süden begrenzte und keine halbe Meile von hier in den mächtigen Nore mündete.

Donnell hatte sich schon aus dem Sattel geschwungen, ihm den Rücken zugewandt und warf Kiesel auf die langsam fließende Wasseroberfläche.

»Was hat das alles zu bedeuten?«, verlangte Maurice, am Ende seiner Geduld, zu wissen.

Donnell sah ihn nicht an, warf einen weiteren Stein. »Sie wollen dich töten, Maurice, dich und deine Männer, und den Anteil eurer Beute unter sich aufteilen.«

Die Worte sollten ihn nicht so mitnehmen, er hatte es schließlich geahnt, und trotzdem gingen sie ihm beim Gedanken an seine Männer, an die jungen Knappen, an Richard, durch Mark und Bein.

»Du bist nutzlos, wenn du nicht kämpfst, sagen sie, und sie grollen dir wegen der Schmach des Davonlaufens. Wir haben schon genug Niederlagen gegen Dermot eingesteckt und das jetzt …«

»Und was ist mit dir?«

Donnell warf ihm einen Blick über die Schulter zu, aber in der Dunkelheit unter den Uferbäumen konnte Maurice seinen Ausdruck nicht lesen. »Ich verstehe, dass wir die Schwächeren waren, dass Dermot uns vernichtet hätte, das heißt nicht, dass mir diese Flucht gefallen hat.« Er wandte sich ihm ganz zu, die Hände gelassen an seinen Seiten, aber Maurice sah ihm trotzdem an, wie angespannt er war. »Das heißt aber auch nicht, dass ich euch einfach abschlachten lasse, als wären wir ein Haufen Barbaren und keine Christenmenschen.«

Donnell strich sich mit beiden Händen über die Augen

und stieß einen frustrierten Laut aus. »Es gefällt mir nicht, so machtlos in dieser Situation zu sein, aber du musst weg von hier, mein Freund.« Er ließ die Hände sinken und kam auf ihn zu. »Hier seid ihr nicht länger sicher, ich weiß nicht, wie lange ich die Männer noch unter Kontrolle habe, sie wollen Blut sehen.«

Maurice verkniff sich die Worte, wie es sein konnte, dass ein Fürst um den Gehorsam seiner Untertanen bangen musste, denn er wusste, sie waren hier nicht in England. Hier hielt sich jeder Clanführer selbst für einen König, und nur weil sie einem Mann über ihnen gehuldigt hatten, hieß das nicht, dass sie nicht bereit waren, sich jederzeit abzuwenden, wenn es ihrem Zweck diente.

»Geh nach Waterford«, beschwor Donnell ihn und sah an ihm vorbei zum passierenden Heer. »Die Ostmänner bringen euch zurück nach Wales. Hier kannst du nicht bleiben, geh in die Heimat.«

Maurice sah dem Fürsten, seinem Freund, stumm in die Augen. Robert Smith hatte Verrat gefürchtet, aber Donnell verhielt sich ehrenhafter als viele Männer, denen Maurice in seinem Leben begegnet war. Er stellte sich gegen die Wünsche seiner Männer und ließ Maurice gehen. Der Gedanke, seinen Freund in seinem gerechten Kampf im Stich zu lassen, war beinahe unerträglich. Und was würde aus Niah, wenn er ging? Würde sie mit ihm kommen? Würde Donnell sie gehen lassen? Sie war ihm in diesem Krieg womöglich zu wertvoll geworden, um Herzensangelegenheiten zu verstehen. Aber wie sollte Maurice sie hier zurücklassen?

»Wie willst du allein gegen Dermot und die Geraldines bestehen?«

Donnell zuckte mit den Schultern. »Wenn meine eigenen Leute dich hier umbringen, kannst du mir auch nicht gegen Dermot und seine Fremden helfen. Ich sehe dich lieber lebendig in Wales als tot in Irland. Und außerdem habe ich ja noch

Niah. Sie wird schon wieder ihren Zugang zu diesem Myrddin finden. Sie hat mir gesagt, dass ihr am Pass von Gowran in mein Land eindringen werdet, welchen Weg zurück ihr nehmt, sie hat mich gelehrt, wie ich eure Reiterei bremsen kann. Wir sind nicht länger in Leix, jetzt müssen sie in mein Land, und das werde ich verteidigen, und wenn es das Letzte ist, was ich tue.«

Maurice wusste nicht, was er sagen sollte, denn es würde sehr wahrscheinlich tatsächlich das Letzte sein, was Donnell tat. Er wollte nicht fort, seinen Freund allein zurücklassen und Abschied von Niah nehmen. Aber da waren auch seine eigenen Männer, für die er verantwortlich war, die tapfer für ihn gekämpft hatten. Er musste sie beschützen.

Donnells Lippen formten ein trauriges Lächeln, dann zog er ihn in seine Arme und klopfte ihm auf den Rücken. »Reist so schnell es geht ab, packt eure Habe, und verschwindet von hier, noch bevor die Sonne untergeht.«

Maurice schob sich von ihm und nickte ernst. Es sollte nach Hause gehen, nach Prendergast, nach einem halben Jahr des Kampfes, das ihm wie ein ganzes Leben vorkam. Wie würde es zu Hause sein? Was erwartete ihn dort? Was machte de Clare? Was ließ Maurice hier in Irland zurück? Einen Freund und eine Frau, die er nicht schon wieder verlieren konnte. Aber würde sie ihm überhaupt folgen wollen? Donnell war auch ihr ein Vertrauter, er hatte sie aufgenommen und sie beschützt, sein Kampf war auch der ihrige. Er wusste nur, dass der Gedanke, sie nicht mehr um sich zu haben, ihn wahnsinnig machte.

Maurice ritt gemeinsam mit Donnell nach Kilkenny und informierte als Erstes Robert Smith vom sofortigen Aufbruch. Donnell ließ inzwischen seine treuesten Männer Maurice' Anteil der Beute und seinen Lohn auf Karren schaffen.

Schließlich sammelte Maurice die Lederschläuche der Ritter ein, warf sie in einen Korb und machte sich auf den Weg zurück zum Fluss, um sie aufzufüllen. Eine Aufgabe, die Richard erledigen könnte, aber Maurice entdeckte Niah im Hof und hoffte, sie würde ihm folgen. Er wusste, dass dies die einzige und vermutlich letzte Möglichkeit wäre, ungestört mit ihr zu sprechen.

Schweren Herzens über den bevorstehenden Abschied füllte er den Wasserschlauch. Als es hinter ihm raschelte, war er nicht alarmiert.

Niah kam auf ihn zu, ihr Kleid streifte durch die hohen Grasähren der Winterweide. Ihr offenes Haar flatterte im Wind, und einzelne Strähnen spielten um ihren Mund.

Langsam richtete er sich auf, schloss den Wasserschlauch, stellte ihn neben sich und ging dann auf sie zu. Seine Hände fühlten sich von der Kälte des Wassers taub an, und er schloss sie um den Waffenrock. Wie sollte er gehen, wenn ihre Mitternachtsaugen ihn so traurig ansahen?

»Ich hörte, du brichst auf.«

»Niah, ich …«

Sie schüttelte den Kopf, hob ihre Hand an seine Brust und legte sie über sein Herz. »Geh, Maurice, bring dich und deine Männer in Sicherheit. Verschwinde von hier, ehe Triscatal die anderen noch überredet, sich offen gegen Donnell zu stellen.«

»Du musst mit mir kommen, irgendwie …«

»Ich kann nicht. Donnell braucht mich, um dir einen sicheren Abzug zu gewähren. Die Männer achten mich, mein Wort zählt hier etwas, und ich kann sie an Donnells Seite halten. Donnell braucht mich.«

»Aber ich …«

Sie schüttelte den Kopf, schloss ihre Finger um seinen Waffenrock und stellte sich auf die Zehenspitzen. Sie küsste ihn, und Maurice war nicht bereit zu akzeptieren, dass dies das Letzte von ihr sein sollte, das er sah und spürte.

Aber er musste wohl einsehen, wie verfahren ihre Situation war, und so löste er sich langsam von ihr, lehnte seine Stirn gegen die ihrige.

»In Wales wärst du in Sicherheit …«

Sie hob einen Finger an seine Lippen. »Wenn ich jetzt verschwinde, hast du erst recht ein Heer an deinen Fersen. Geh, mein Ritter, ich komme schon zurecht.«

Maurice presste seine Lippen auf ihre Stirn. Er wollte ihr versichern, dass er zurückkommen würde, um sie zu holen, dass er einen Weg finden würde, aber er wusste, es wäre vielleicht ein leeres Versprechen. Sowohl Dermot als auch Donnells Männer wollten seinen Tod – er wusste nicht, ob er je wieder einen Fuß auf diese Insel setzen konnte. Dies war vielleicht ein Abschied für immer, und eine ungekannte Leere breitete sich in Maurice aus.

Wir werden verfolgt.«

Maurice nickte seinem Ritter aus der Nachhut zu und warf einen Blick zurück. Die Sonne ging gerade unter, aber der Wald war schon länger in Dunkelheit gehüllt. Es war nicht möglich, irgendetwas zwischen dem dichten Gestrüpp abseits des Weges zu erkennen.

»Wisst Ihr, wie viele es sind?«

Sir Godebert schüttelte den Kopf. »Es war zu dunkel, und wir konnten nicht näher ran, der Wald abseits der Pfade ist gemeingefährlich. Es könnte ein einzelner Reiter sein oder auch ein ganzes Heer, das versucht, sich still zu verhalten.«

»Soll ich die Männer kampfbereit machen?«, fragte Robert Smith.

Maurice nickte erneut. Zwar waren sie auf ihrem Weg nach Waterford immer noch in Ossory, aber es konnten trotzdem Raubbanden abseits lauern, Clans, die die Seiten gewechselt hatten, eine Truppe Dermots oder Männer Donnells, die ihn doch noch vernichten wollten.

Leise Befehle rauschten mit dem Wind durch das herabgefallene Laub über den Pfad. Ritter ließen sich ihre Lanzen bringen, Bogenschützen hängten Sehnen ein, holten Pfeile, Armbrustschützen machten ihre Waffen bereit. Es war ein Lärm, der Vögel aus dem Gebüsch trieb. Wer auch immer hinter ihnen war, wusste spätestens jetzt, dass sie angehalten hatten, um sich zu stellen.

»Reihen bilden!« Maurice ließ die Ritter in Dreierreihen Aufstellung einnehmen, mehr hatten auf dem Pfad nicht Platz, die Bogenschützen sollten ihre Flanken und die Karren schützen. Er nahm gerade selbst seine Position ein, als ein ihm bekanntes Lachen aus der Dunkelheit drang.

»Beeindruckend, immer wieder, ich weiß nicht, ob ich mich je daran gewöhnt hätte.«

Maurice verengte die Augen. »Donnell? Was machst …« Er verstummte, als er den Fürsten mit einer Handvoll Krieger näher kommen sah, so heiter, als hätten sie sich verabredet. Dabei hatte Donnell nach Maurice' Aufbruch mit einem Teil seiner Kriegstruppe nach Fertagh gehen wollen, um die Grenze zu sichern. Sein plötzliches Erscheinen mitten im Nirgendwo war nicht gerade beruhigend. So unauffällig wie möglich versuchte Maurice hinter der kleinen Gruppe weitere Männer auszumachen. Es war aber kein Heer, das sich dort aus der Finsternis schälte, sondern Niah, deren helles Kleid in der grauen Trübnis leuchtete.

Maurice sah sie einen Moment nur perplex an, sie kehrte zu schnell in sein Leben zurück, um klare Gedanken zu fassen. Doch Donnell kam mit erhobenen Händen näher und begann zu erklären.

»Du warst noch nicht lange weg, mein Freund, da hatte Niah eine Vision.« Er bedeutete ihr näher zu kommen, und sie sah ihn ernst an.

»Der Wald, die Stille, das Reh … ich konnte sie erkennen. Die Männer, die im Dickicht auf dich warteten. Ich sah Triscatal und verräterische Clanführer mit ihren Männern.«

Donnell gab ein Knurren von sich. »Zweitausend Mann hat Triscatal dazu gebracht, meinen Befehl zu missachten und dir aufzulauern. Als ich davon hörte, sandte ich sofort meinen Rechtsgelehrten und meinen Barden los, zwei Männer, denen ich vertrauen kann. Sie haben den Kriegern gesagt, dass ihr euch anders entschieden, dass ihr noch bleiben und für uns kämpfen wollt. Eine simple List – aber sie hat funktioniert.« Er atmete hörbar ein, sah ihm ins Gesicht. »Ich entschuldige mich für den Betrug meiner Männer, ich hätte nicht gedacht, dass Triscatal so weit gehen würde.«

»Was geschieht jetzt mit ihm?«

»Ich kam mit Niah bald nach meinen beiden schnellen Reitern an und ließ Triscatal gefangen nehmen. Er wird jetzt nach Kilkenny gebracht, und ich überlege mir noch, was ich mit ihm machen werde. Aber wir konnten die Männer von deiner Treue überzeugen. Niah beteuerte ihnen, dass du noch eine wichtige Rolle für Ossory spielen wirst, und die Männer glauben ihr wohl noch mehr als mir. Sie haben sich zerstreut, und ich zog weiter, um dich zu beschwören, auf schnellstem Weg nach Waterford zu gehen. Mach keine Pausen, schlag kein Nachtlager auf, zieh weiter und verschwinde von hier, mein Freund.«

Mein Freund. Maurice sah zwischen Donnell und Niah hin und her und nickte schließlich. »Ich danke euch. Ihr habt nicht nur mein Leben, sondern auch das meiner Männer gerettet.«

»Mylord?« Robert Smith wies hinter sich. »Der Fürst hat recht, wir sollten keine Zeit verschwenden. Wer weiß, ob die Männer sich nicht erneut sammeln, um uns doch noch anzugreifen. Wir sind nur zweihundert, wir sollten von dieser Insel weg, solange es noch geht.«

»Hör auf deinen Ritter.« Donnell breitete die Hände aus, und ein Lächeln zeigte das Leuchten seiner Zähne. »Es war mir eine Freude, Maurice. Du warst nicht lange bei mir, aber ich werde die Zeit an deiner Seite vermissen. Grüße deine schöne Frau von mir.«

Maurice versuchte ruhig zu atmen, Donnells Worte verzerrten sich zu einem Rauschen, das seine Ohren ausfüllte. Dieser irische Fürst hatte ihn und seine Männer gerettet, er war tatsächlich ein wahrer Freund, und Maurice musste ihn hier seinem Schicksal überlassen, allein. Und ihm wurde plötzlich klar, dass er nicht einfach so gehen konnte. Nicht ohne die feengleiche Waliserin an Donnells Seite.

»Lass Niah mit mir gehen.«

Donnells Augen verengten sich umgehend zu Schlitzen. Er sah zu Niah und dann zurück zu ihm, ein Murmeln brandete um sie herum auf, sowohl unter Maurice' Männern als auch unter Donnells.

»Was redest du da, Maurice? Niah gehört zu mir, sie ist meine Seherin.«

Maurice ignorierte ihn und wandte sich direkt an Niah. »Komm mit mir. Lass mich dich in Sicherheit bringen. Du musstest dein ganzes Leben lang kämpfen, anderen dienen und deinen Körper vergiften. Es ist genug, du musst das nicht mehr tun.«

Niah starrte ihn an, ihr Mund leicht geöffnet. Sie sah zu Donnell und dann zurück zu ihm. Maurice wusste nicht, was sie dachte.

»Ich musste dich über zwanzig Jahre lang suchen. Ich kann dich nicht gefunden haben, nur um mich jetzt von dir zu trennen.«

»Zusammen sind wir ein Ganzes«, sagte sie leise, und Maurice lächelte traurig. Er nickte.

»Donnell …«, begann sie, aber der Fürst riss die Hand hoch.

»Wie kannst du mich so verraten, Maurice? *Ich* habe Niah zu mir geholt, ihr ein Heim gegeben, sie beschützt! Sie gehört hierher!«

»Ja, das hast du alles getan, aber du hast sie auch für deine Zwecke benutzt und siehst dabei zu, wie sie sich langsam selbst zerstört. Wenn es dir wirklich nicht nur um ihre Gabe geht, Donnell, wenn Niah dir etwas bedeutet, dann lass sie gehen. Lass sie in eine Freiheit, in der sie nie wieder Visionen erleiden muss, in der sie ihr Leben in Frieden und ohne Gefahren verbringen kann.«

Donnell starrte ihn ungläubig an, und Maurice fiel es schwer, den Blick zu erwidern. Er kam sich schäbig vor. Gleichzeitig konnte er aber nicht davonreiten und Niah hier ihrem Schicksal überlassen, während Dermot und die Geraldines zur tödlichen Gefahr wurden, und Niah sich selbst in ihrem Wunsch, das verlorene Ossory zu retten, vernichtete.

»Geh, Maurice.« Donnells Stimme war rau, und seine Augen funkelten fast schwarz aus der zunehmenden Dunkelheit. »Geh mit deinen Männern, und verlasse diese Insel, ehe ich es mir anders überlege. Ehe ich glaube, dass Triscatal recht hatte.«

Donnells Hand fuhr zu seiner Axt, und Maurice warf einen Blick auf die irischen Krieger, die ebenfalls kaum merklich ihre Position veränderten und ihre Waffen griffbereit hielten.

Maurice schüttelte müde den Kopf. Seine rechte Hand glitt zur linken Seite, umfasste den Knauf seines Schwertes und riss die Klinge heraus. Das helle Singen von Metall erfüllte den Wald, ein überraschtes Keuchen seiner Männer als auch der Iren folgte.

Einen Moment lang geschah gar nichts, die Zeit schien stehen zu bleiben, niemand bewegte sich, bis unvermittelt auch Robert Smith seine Waffe zog und mit ihm die anderen Ritter. Pfeile wurden angelegt, es passierte alles so schnell. Seine Männer gehorchten ihm blind, und so dauerte es auch nicht lange, bis die Iren ihre Äxte erhoben, Flüche in der irischen Sprache knurrend.

»Niah, komm her«, sagte er langsam, er wollte sie nicht in der Nähe der wütenden Iren haben. »Ich werde sie mit mir nehmen, Donnell. Versuche nicht, uns aufzuhalten. Ihr seid ein Dutzend, wir zweihundert.« Er wandte sich an Robert Smith an seiner Seite. »Bildet mit einer Gruppe Bogenschützen die Nachhut. Schießt auf jeden, der Anstalten macht, uns zu folgen.«

»Maurice!« Donnells Stimme wurde zu einem zornverzerrten Knurren. Schweren Herzens wandte Maurice sich von seinem Freund ab. Er sah zu Niah, die zu ihm herüberritt, während so viele Pfeile auf Donnell und seine Männer gerichtet waren, dass ihnen nichts anderes übrig blieb, als sie ziehen zu lassen.

»Komm. Gehen wir nach Hause.«

Prendergast, Südwestwales, Dezember 1169

Maurice konnte nicht glauben, dass er wirklich zurück war und über die vertrauten Weiden blickte, die sich eingesperrt zwischen zwei Flüssen erstreckten.

In Wales gab es selten Schnee, Maurice hatte zuletzt vor fünf Jahren welchen hier gesehen, aber so warm wie an diesem Dezembervormittag war es ihm im Winter schon lange nicht mehr vorgekommen. Fast erwartete er schon, die ersten Blumen sprießen und Kinder mit bunten Schleifen in den Haaren über sattgrüne Wiesen laufen zu sehen. Dabei stand das Weihnachtsfest kurz bevor.

»Dein Blick ist ganz verklärt, Mylord.« Niah sah ihn grinsend an, und ihm entkam ein Lachen.

»Und du strahlst, wie ich es nie zuvor an dir gesehen habe.« Es war die Wahrheit, seit sie das Schiff in Pembroke Cross verlassen hatte, schien sie ihm anders, voller Leben und unbeschwert. Dieser Eindruck mochte an seiner momentan romantischen Sicht auf die Welt liegen, die ihn mit der Ankunft im heimischen Hafen befallen hatte, aber für ihn war Niah nie zuvor so schön gewesen. Sie war in Sicherheit, und er war zu Hause. Die ganze Überfahrt lang hatte er sich wegen Donnell gegrämt und gebetet, dass der Fürst in seinem Herzen Vergebung für ihn finden mochte, vielleicht sogar ein wenig Verständnis, aber sobald er Fuß auf walisischen Boden gesetzt hatte, war die Last ein wenig von ihm geglitten. Irland, Dermot, die Geraldines und auch Donnell, der sein Freund gewesen war, der Niah aber mit in den Untergang geführt hätte, waren in weite Ferne gerückt. Zwar musste er jetzt in der Heimat seinen Seitenwechsel zu Donnell erklären, aber das würde ihm leichtfallen. Kein Christenmensch konnte von einem anderen erwarten zuzusehen, wie Klöster geplündert und Nonnen geschändet wurden. Die Geraldines mochten keine andere Wahl haben – FitzStephen und Maurice' Schwiegervater hatten in Wales alles verloren. Sie setzten auf die Zukunft, darauf, was sich ihnen erschloss, wenn Dermot nicht mehr hier war. Aber Maurice hatte ein Heim in Wales, er musste sein Gewissen und seine Seele nicht mit solchen Gräueltaten belasten.

Seine Kriegstruppe hatte sich am Hafen zerstreut, die Männer gingen nach Hause, während Maurice mit seinen Rittern und übrigen Männern aus Prendergast nur noch eine kleine Gruppe bildete. Sie war aber auffällig genug, um von den Menschen in den eingezäunten Gehöften außerhalb des Dorfes bemerkt zu werden. Männer, die draußen Reparaturarbeiten vornahmen, holten ihre Frauen und Kinder aus den Häusern, sie winkten ihnen zu und riefen Segensworte. Maurice schickte Richard und die anderen Knappen aus, damit sie ein paar Münzen verteilten. Er kam von einem erfolgreichen Kriegszug zurück, und die Menschen von Prendergast sollten davon abhaben.

»Gott segne Euch, Mylord! Wir danken dem Herrn, dass Ihr wohlbehalten zu uns zurückgekommen seid! Wir haben für Euch gebetet, Mylord!«

Maurice nickte den Menschen zu und sah dann nach vorne, wo er die Rauchfahnen der Häuser aus dem Dorf aufsteigen sah, kleine, strohgedeckte Hütten, die sich am Fuße des Burghügels um eine Kirche drängten und das Bild seiner Heimat vervollständigten.

»Worauf freust du dich am meisten?« Niah ließ ihren prüfenden Blick auf ihm ruhen, und Maurice wusste, sie spielte auf seine Frau an. Er hatte ihr nichts Genaues erzählt, nur dass er

Elizabeth tatsächlich geheiratet, sie aber kein gutes Verhältnis hatten und im Streit auseinandergegangen waren; auch von seinen zwei Söhnen hatte er ihr erzählt. Jetzt musste er sich überlegen, wie er Elizabeth erklärte, dass er in Irland die Frau gefunden hatte, der sein Herz gehörte. Er wollte seine Frau nicht verletzen, aber sich von Niah trennen konnte er auch nicht.

»Ich freue mich auf die Kinder«, sagte er ehrlich und stellte sich vor, wie sie ihm entgegenliefen. Ob sie sehr gewachsen waren mit ihren neun und sieben Jahren? Er war nicht so lange weg gewesen, aber es kam ihm wie eine Ewigkeit vor, vermutlich hatten sie sich gar nicht verändert.

»Wird Elizabeth sich über deine Rückkehr freuen?«

»Ich habe keine Ahnung.« Maurice warf einen Blick zu Robert Smith und den anderen Rittern hinüber, er wollte nicht, dass sie dieses Gespräch mitanhörten, und Niah verstand. Elizabeth war immer noch seine Frau und verdiente seinen Respekt. Nur seine Liebe konnte sie nicht haben, und daher würde er einen Weg finden müssen, diese prekäre Situation so diskret und würdevoll wie möglich zu lösen.

»Da hat es aber jemand eilig.« Robert Smith deutete nach vorne, und Maurice sah eine kugelrunde Frau aus dem Dorf über die Weiden laufen. Sie schien die näher kommende Truppe gar nicht zu bemerken, sondern rannte ohne Umschweife gen Süden, ihre kurzen Beine flinker, als sie aussahen.

Maurice trabte an und schnitt der Frau den Weg ab, die überrascht und mit einem Schreckenslaut stehen blieb.

»Sir, bitte, lasst mich vorbei, ich muss …« Sie sah zu ihm auf, das ältliche Gesicht knallrot, das grau durchwebte Haar, das sich aus dem Kopftuch gelöst hatte, schweißnass. »Mylord!« Sie riss die Augen auf und sah von ihm zu Niah und den anderen Männern, die aufgeschlossen hatten, und wieder zurück zu ihm. »Ihr seid zurück! Gott segne Euch, wir haben so für Euch gebetet und hatten Angst, dass diese barbarischen Wilden in Irland

Euch mit ihren Äxten erwischen. Der Herr Richard FitzGodobert aus Rhos war im Sommer zu Besuch, und seine Gefolgsleute haben uns von den Iren erzählt. Schauerhafte Geschichten von wilden Kriegern und grausamem Feenvolk. Ich habe mich einen Mond lang im Dunkeln nicht mehr nach draußen gewagt, und meinem Fietje hab ich gesagt, ein ehrenhafter Mann, wie unser Lord Prendergast, der wird den Iren schon zeigen, wie ein Christenmensch sich zu ...«

Maurice hob die Hand, und die Frau verstummte mitten im Satz. »Wohin willst du denn so schnell?«, fragte er sie, was die Frau nach Luft schnappen ließ. Sie presste sich die Hand auf die üppige Brust und deutete aufgeregt hinter sich. »Es ist Anneka, Mylord, sie liegt in den Wehen, aber irgendetwas stimmt nicht. Das Kleine will einfach nicht kommen, und Anneka schreit nur noch, wir sollen es rausholen. So kenne ich sie gar nicht, die kann ja normalerweise nichts schrecken, und jetzt muss ich runterlaufen, nach Haverfordwest, und schauen, ob ich da jemanden auftreibe, der sich auskennt!«

Maurice sah an ihr vorbei zum Dorf und zog die Augenbrauen zusammen. Er wusste, dass Anneka selbst die Frau war, die in diesem Dorf bei Geburten half, sie hatte auch Philip und Gerald zur Welt geholt. Letztes Jahr hatte er die Zustimmung gegeben, dass sie einen seiner Fischer heiratete. Haverfordwest lag auf der anderen Seite des Flusses. Es war nicht weit, vielleicht eine Meile, aber trotzdem bezweifelte Maurice, dass die Frau schnell genug sein würde, wenn es tatsächlich so schlimm um Anneka stand.

»Niah, wie steht es heutzutage um dein Wissen über Geburten?« Er wandte sich ihr zu. Es war ihm unangenehm, sie nach der langen Reise um einen Gefallen bitten zu müssen, der sie weiter von Rast und Erholung entfernte, aber sie lächelte ihn immer noch überglücklich an.

»Es ist nicht schlecht, Mylord. Was ist denn das Problem?«

Sie kam mit ihrer Stute näher und sah von ihm zu der ältlichen Frau, von deren Worten sie wohl kaum etwas verstanden hatte. Sie mochte vier Sprachen sprechen, aber das Flämische gehörte bestimmt nicht dazu.

»Sie stirbt noch!« Die Alte, die Maurice allmählich zuordnen konnte, breitete die Arme aus. Sie war die Frau des Gerbers, er glaubte, sie hieß Goedele. »Ich muss jemanden holen, sonst stirbt Anneka uns noch weg!« Sie sprach nun normannisch, wenn ihr auch deutlich der schwere germanische Akzent anzuhören war. Flehend sah sie zu Niah hoch und konnte sich sichtlich nur schwer davon abhalten, sie zu packen und mit sich zu ziehen. »Könnt Ihr ihr helfen, Mylady? Ich weiß, das ist keine Arbeit für eine Dame, aber was sollen wir machen. Und wenn Ihr wisst, was zu tun ist, Mylady … Man muss ihr doch helfen und kann sie nicht einfach da allein liegen lassen, und wenn Ihr das schon einmal gemacht habt, Lord Prendergast sagt ja …«

Niah schnitt der Frau mit einer Handbewegung das Wort ab, und erneut verstummte Goedele sofort. Immer noch lächelnd schwang Niah sich aus dem Sattel und ging, das Pferd am Zügel führend, auf die Frau zu. Beruhigend legte sie ihr die Hand auf die Schulter, ihre Stimme trotz der Heiserkeit so sanft, dass es Goedele wohl so vorkommen musste, als spreche ein Engel zu ihr. »Es ist schon eine Weile her, aber ich werde mein Bestes versuchen, solange du mich nicht Mylady nennst.«

Goedele stieß einen Schrei aus, breitete die Arme aus und fuhr dann zurück, erschrocken über das, was sie fast getan hätte. Niah aber lachte, zog die Frau an sich und drückte sie fest. Dann sah sie zu Maurice hoch. »Es tut mir leid, dass du ohne mich weitermusst, aber vielleicht ist es ohnehin besser so.«

Maurice sah sie ungläubig an. Wenn er sich nicht schon vorher sicher gewesen wäre, dass er diese Frau liebte, wäre es ihm in diesem Moment klar geworden. »Komm zur Burg, wenn du fertig bist!«, rief er ihr nach, aber sie winkte nur und rannte weiter. Er sah den beiden nach und atmete tief ein. Mit Niahs Verschwinden wich die Hochstimmung ein wenig, und ihm wurde allzu bewusst, dass an seiner Heimkehr nicht alles romantisch und problemlos war. Wie würde Elizabeth auf ihn reagieren?

Helle Aufregung herrschte, als er mit seinen Männern durchs Torhaus einritt, die Nachricht ihrer Ankunft war ihnen schon vorausgeeilt. Von überallher strömten die Menschen in den Hof. Männer aus der Garnison, ihre Frauen und Kinder sowie Mägde, Pagen, Knappen, Stallburschen, die Köchin und noch mehr Kinder.

Hunde sprangen zwischen den Pferdebeinen umher, Hühner gackerten, eine Ziege riss sich im Trubel von einem jungen Burschen los, der ihr schimpfend nachlief.

Seine Ritter schwangen sich aus den Sätteln und sahen sich von Freudentränen überströmten Ehefrauen gegenüber. Robert Smith feierte ein herzliches Wiedersehen mit seinem Vetter Arnulf, der ihm während des Feldzugs die Aufgabe als Constable abgenommen hatte. Alle fragten nach dem Grund für ihre plötzliche Rückkehr, nach ihren Abenteuern auf dieser fremden Insel. Das Einzige, was Maurice nirgends entdecken konnte, war seine Familie.

Maurice sah sich um, er wollte schon Sir Arnulf nach seinen Söhnen fragen, als Elizabeth die Außentreppe des Turms herunterkam, ihr Haar vollständig unter einem strengen Wimpel verborgen, ihr dunkles Kleid erinnerte ihn an eine Nonne. Seine Söhne hielt sie an den Händen. Das Haar seiner Jungen leuchtete in der Sonne und sah frisch gekämmt aus, wenn auch in aller Eile, wie sich an einzelnen Strohähren zeigte, die noch auf der Kleidung hafteten. Vermutlich hatten sie auf dem Heuboden gespielt oder den Schwertkampf mit Strohpuppen geübt.

Ein warmes Gefühl breitete sich bei diesem Anblick in ihm

aus, und er verstand nicht, wie ihm irgendjemand unterstellen konnte, er würde seine Söhne nicht genug lieben. Wenn er sie ansah, war sein Innerstes so von Zärtlichkeit erfüllt, dass er aussehen musste wie ein weibischer Narr.

Maurice glitt von seinem Hengst und warf die Zügel Richard zu, der sich bei Elizabeths Anblick sofort anspannte und den Blick senkte.

Gemessenen Schrittes kam Elizabeth auf ihn zu, einen Punkt auf seiner Brust fixierend. Dann blieb sie stehen, knickste und sah endlich zu ihm auf. Ihre grünen Augen blickten ihm wie immer misstrauisch entgegen.

»Mylord. Ich danke dem Herrn, dass Er Euch gesund zu uns zurückgebracht hat.« Sie ließ Philip und Gerald los und bedeutete ihnen, sich zu verneigen. »Eure Söhne, Mylord.«

Maurice lächelte ob ihres Auftritts. Als hätte er seine Kinder das letzte Mal gesehen, als sie noch Säuglinge waren und sie ihm vorgestellt werden müssten.

»Es tut gut, wieder zu Hause zu sein.« Er trat vor, küsste seine Söhne auf die Stirn und dann Elizabeth, die Augen aller Anwesenden im Hof auf sich spürend. Er konnte das förmliche Prozedere aber trotzdem nicht aufrechterhalten und wuschelte Gerald durchs Haar. »Wenn du so weiterwächst, holst du deinen Bruder noch ein. Später musst du mir alles über deine Pagenausbildung erzählen.« Dann wandte er sich Philip zu, ein wenig nervös. »Du bist kräftig geworden, mein Junge, übst du fleißig mit dem Schwert?«

Philip sah ihn nicht an, starrte zu Boden. »Ja, Mylord.«

Maurice verengte die Augen, sah zu Elizabeth, die unter seinem Blick erschrocken einen Schritt zurückwich, ihre Miene, die sagte: »Frag mich nicht, es ist nicht meine Schuld.«

Maurice seufzte und streichelte Philip über die Wange, auch wenn er das bei einem Jungen nicht machen sollte. »Zeig es mir später, ja?«

»Wenn es Euch gefällt, Mylord.«

Fast wäre ihm noch ein Seufzen entkommen, er beschloss aber, sich erst mal zu waschen, bevor er fragte, was sich während seiner Abwesenheit im Land getan hatte. Dann wollte er sich ausreichend seinen Söhnen widmen.

Es war fast schon komisch, Elizabeth ins Gemach kommen zu hören, kaum dass er Richard mit seinem Schwert hinausgeschickt und sein Hemd abgelegt hatte. Er wusste, auch ohne dass er sich umdrehte, dass sie eine Schale heißes Wasser bei sich hatte, so wie damals, als er von Carmarthen zurückgekehrt war. Heute verstand er, dass es nur darum gegangen war, Meilyr zu verletzen. Aber er war immer noch so froh, zurück zu sein, Niah in Sicherheit zu wissen, und seine Söhne kraftstrotzend und wohlauf wiedergesehen zu haben, dass ihm diese Erinnerung eher ein Lächeln auf die Lippen zauberte, anstatt ihn zu grämen.

»Habt Ihr Euch Euer Land erkämpft, Mylord?«

Maurice drehte sich zu ihr um und wurde beim Anblick seiner jungen Frau von einer Welle des Mitgefühls überschwemmt. Jetzt wusste er, wie es war, jemanden so zu lieben, dass man bereit war, Treue, Loyalität und Ehre in den Wind zu schießen, nur um mit diesem Menschen zusammen zu sein. Endlich konnte er verzeihen, was aber nichts an seinem eigenen schlechten Gewissen änderte. Ohne zu überlegen, ging er auf sie zu, nahm ihr die Schale ab, stellte sie auf den Tisch und legte ihr dann die Hände auf die Schultern.

Überrascht sah sie zu ihm auf, Wachsamkeit in den Augen, aber Maurice schüttelte den Kopf und ließ sie gar nicht das Wort ergreifen.

»Ich bin froh, wieder hier zu sein, Elizabeth. Land habe ich keines erkämpft, aber ich bin auch nicht mit leeren Händen zurückgekommen. Der irische Fürst, für den ich gekämpft habe, hat mich gut bezahlt.« Bevor ich ihm seine Seherin gestohlen habe.

»Also hat sich dein Abenteuer bezahlt gemacht? Deine Reise, die den einzigen Zweck hatte, deinem Heim zu entfliehen?« Ihre Stimme war schrill, und sie trat von ihm zurück, sodass seine Hände von ihr glitten. Sie ging an ihm vorbei auf die Schale zu. Aber ehe sie den Lappen nehmen konnte, ergriff Maurice ihr Handgelenk und hielt sie auf.

»Die Jungen … sie kommen mir kühl vor.«

»Sie haben dich ein halbes Jahr lang nicht gesehen.«

»Das ist nicht das erste Mal, früher war ich noch viel länger weg.«

»Vielleicht haben sie diesmal einfach nicht den Grund verstanden, wieso ihr Vater auf einer Insel, die uns nichts angeht, seine Jugend sucht und den Helden spielen will.«

Die zärtlichen Gefühle schwanden augenblicklich, plötzlich erinnerte er sich wieder, warum er es so schwer in einem Raum mit ihr ausgehalten hatte. »Du meinst, *du* hast es nicht verstanden. Und deine Meinung natürlich auch nicht vor unseren Söhnen verborgen gehalten.«

Sie hob ihr Kinn und funkelte ihn an. »Du hast uns hier alleingelassen, wo uns weiß Gott was hätte passieren können! Alle seid ihr fort, mein Vater, mein Onkel, meine Vettern, auf der Suche nach etwas, von dem ihr selbst nicht einmal wisst, was es ist!«

Maurice verstand genau, dass es hier nicht um ihn ging, sondern dass ein besagter Vetter ebenfalls die Heimat verlassen hatte.

»Euch ist aber nichts passiert, oder? Rhys befürwortet den Feldzug nach Irland, er greift keine Burgen von Lords an, die dort kämpfen. Oder willst du behaupten, du hättest während meiner Abwesenheit eine walisische Kriegstruppe von diesen Toren abwehren müssen?«

Elizabeth presste die Lippen aufeinander, rote Flecken erschienen auf ihren Wangen, und sie sah aus, als würde sie jeden Moment vor Zorn bersten. »Was ist mit meiner Familie?«, presste sie schließlich mit einem Fauchen hervor. »Kommt sie auch zurück?«

»Nein.« Maurice beugte sich über die Schale und spritzte sich Wasser ins Gesicht. Er verzichtete besser darauf, ihr zu erzählen, dass er die Geraldines verlassen und für deren Feind gekämpft hatte. Das würde sie früh genug erfahren.

»Und … gab es Tote unter meinen Angehörigen?«

Langsam drehte er den Kopf zur Seite und sah sie an, das Haar tropfnass in seinem Gesicht. »Denkst du nicht, ich hätte dir das gesagt?«

»Ich will doch nur wissen, was dort drüben geschehen ist, ob es allen gut geht«, brachte sie im Flüsterton hervor. »Wieso bist du zurück und die anderen nicht?«

Mit einem tiefen Einatmen straffte Maurice die Schultern und sah auf sie hinab. »Meilyr ist wohlauf«, zwang er sich zu sagen. »Dermots Iren singen schon Lieder über ihn, er ist ein richtiger Held geworden.«

Elizabeth trat einen Schritt auf ihn zu, streckte die Hand nach ihm aus. »Maurice, ich …«

Maurice griff seufzend nach seinem Hemd und ging wortlos hinaus. Er musste einen Boten finden, der de Clare für ihn suchen sollte. Sein Freund sollte wissen, dass er zurück war und ihm zur Verfügung stand.

Um Rhys war es tatsächlich ruhig geblieben, erzählte Arnulf ihm in der Halle, wo sie sich ein ruhiges Eckchen suchten und Maurice sich etwas zu essen bringen ließ. Auch um den König gab es keine größeren Neuigkeiten bis auf seine üblichen Differenzen mit dem fränkischen König Louis, dem Erzbischof und seiner Familie.

In Prendergast war von Ruhe aber keine Rede. Elizabeth

sorgte an diesem Abend für ein festliches Mahl, und die heimgekehrten Männer genossen das heimische Essen und die vertrauten Menschen, die in ihrer eigenen Sprache redeten. Maurice erzählte vor versammelter Halle von Dermots Grausamkeiten, seinem Entschluss heimzukehren und Dermots Rache, die ihn nach Ossory gezwungen hatte. Wie erwartet begegnete ihm weniger Zorn über den Verrat an den Geraldines, vor allem, da er nicht gegen sie gekämpft hatte, sondern eher Befremden über die barbarischen Zustände in einem Land, das ihnen sehr weit weg erschien.

Das Fest dauerte an, und Maurice konnte sich kaum davon abhalten, unruhig auf- und abzugehen. Wo blieb Niah? Dauerte die Geburt von Annekas Kind tatsächlich so lange? Er hatte die Wachen am Tor angewiesen, sie einzulassen, aber noch konnte er sie nirgendwo entdecken.

Gleichzeitig nagten an ihm die Überlegungen, wie er Niah seiner Frau erklären sollte. Wo sollte er sie unterbringen? In seinem Gemach? Das würde für Gerede sorgen, selbst wenn er sich in der Halle einen Schlafplatz suchte. Im Frauengemach bei Elizabeth, den Kindern und den Gemahlinnen der Männer aus der Garnison? Das wäre eine Möglichkeit, aber da war immer noch die Frage, mit welcher Erklärung er Niah in die Burg brachte. Er wollte sie nicht als Magd einstellen, sie hatte schon genug geschuftet, und er wollte ganz sicher nicht ihr Dienstherr sein. Heute verstand er mehr denn je, wie sehr es de Clare gestört hatte, Elen als Magd in seiner Burg zu sehen, die von Rückenschmerzen geplagt war und deren Hände schon ganz rau wurden. Niah könnte vielleicht eine irische Noble sein, die er befreit hatte. Oder die frischgebackene Gemahlin eines seiner Männer? Aber dann brauchte er einen Ritter, der mitspielte, und der Gedanke, Niah auch nur vorgetäuscht in den Armen eines anderen zu sehen, gefiel ihm überhaupt nicht.

Wie er es auch drehte und wendete, Elizabeth würde an die

Decke gehen, und da konnte er ihr wohl genauso gut die Wahrheit sagen.

Ihr erster gemeinsamer Abend in Kilkenny kam ihm in den Sinn, und sofort verengte sich seine Brust, ließ ihm den Atem stocken. Seither war er ihr nie wieder so nahe gekommen. Er wollte Niah in die Burg holen, ihr ein Heim und Sicherheit bieten, nachdem sie ihr ganzes Leben darauf hatte verzichten müssen. Aber wie? Mit Elizabeths Zorn könnte er leben, aber was würden seine Söhne denken? Elizabeths Gift hatte die beiden ohnehin schon von ihm abgewendet. Wenn er ihre Mutter jetzt auch noch beschämte, indem er eine andere Frau in die Burg holte, würde er sie wohl endgültig verlieren.

Maurice stieß erschöpft den Atem aus und entschuldigte sich bei den Anwesenden, da er müde von der langen Reise war. Richard folgte ihm in sein Gemach, aber Maurice schickte ihn weg, er brauchte Ruhe, um seinen Gedanken nachzuhängen. Ohne eine Kerze zu entzünden, ließ er sich auf dem Bett nieder und versuchte die Sorge um Niah zu verdrängen. Die Augen fielen ihm zu, er wollte sich kurz ausruhen und dann ins Dorf reiten, um nach ihr zu sehen. Aber als er die Augen wieder öffnete, schien die Sonne durchs Fenster.

Mit einem Keuchen fuhr er hoch und rief nach Richard, der sich wohl wieder vor der Tür auf seiner zerschlissenen Decke zum Schlafen zusammengerollt hatte.

Wie erwartet dauerte es nicht lange, da kam der Junge auch schon hereingestürmt. »Mylord?«

Maurice fuhr sich mit den Händen übers Gesicht. Dabei spürte er seinen Bart, den er sich gestern hatte wegschaben wollen. Er wollte gar nicht wissen, wie verwahrlost er schon aussah, vermutlich wie ein Ire. »Ist Niah gestern Abend noch zurückgekommen?«, brachte er heiser hervor. Richard und all seine Männer hatten sich natürlich über Niahs Anwesenheit gewundert. Aber nahmen bestimmt ohnehin an, sie wäre seine

Mätresse. Nichts Ungewöhnliches, bedachte man seinen Stand, doch in der heimischen Burg musste es diskreter zugehen als in einem fernen Land inmitten einer Kriegsbande.

Richard sah ihn erschrocken an. »Nein, Mylord, nicht dass ich etwas davon gehört hätte. Hätte ich nach ihr sehen sollen? Ich kann gleich runter ins Dorf …«

Maurice winkte ab und strich sich das Haar zurück, das auch nicht mehr nur schulterlang war, sondern längst geschnitten werden musste. »Geh und frag Arnulf oder Robert Smith, ob sie jemanden gefunden haben, der nach Striguil oder aufs Festland reist, um de Clare zu finden. Ich sehe in der Zwischenzeit im Dorf nach dem Rechten, wer weiß, mit Gottes Gnade haben wir ein neues Mitglied zu begrüßen.«

»Mylord.« Richard verneigte sich und machte sich, diensteifrig wie immer, an die Arbeit.

Maurice vergeudete ebenfalls keine weitere Zeit und verzichtete auch darauf, die Kapelle aufzusuchen. Er trieb den Stallburschen ungeduldig zu größerer Eile an, damit er ihm einen Zelter sattelte. Im Dorf unten herrschte bereits rege Betriebsamkeit, Kinder kamen mit Wasser vom Fluss zurück, Frauen schürten das Feuer und bereiteten Haferbrei zu, Männer schlugen Holz, begannen Hanf zu Seilen zu verarbeiten, schärften ihre Werkzeuge oder flickten Fischernetze.

Als er sich Annekas winziger Hütte aus Astgeflecht und Lehm näherte, hörte er bereits das Schreien eines Säuglings und musste lächeln. Niah und Anneka hatten es tatsächlich geschafft, Prendergast war um einen Jungen oder ein Mädchen reicher.

Gut gelaunt schwang er sich aus dem Sattel, warf die Zügel über den halb vermoderten Pfahl des Nachbarzauns und wollte gerade eintreten, als das Tuch, mit dem die Türöffnung verdeckt war, zur Seite flog und Pater Nicolas gebückt herauskam.

Maurice spürte sofort, dass etwas nicht stimmte, dabei hätte der Pater auch kommen können, um das Kind zu taufen. Es war sehr wichtig, ein Kind so schnell wie möglich nach der Geburt in den Schoß der Kirche zu führen, denn sollte es ungetauft sterben, blieb ihm aufgrund der Erbsünde der Himmel verschlossen. Aber Maurice sah dem Pater im faltigen, von Grimm gezeichneten Gesicht an, dass er jemanden hatte verabschieden müssen.

»Mylord de Prendergast, ich hörte, dass Ihr zurück seid und …«

Maurice wies hinter ihn ins Innere der Hütte, wo das Kind immer noch schrie. »Was ist mit Anneka?«

Der Pater zog die weißen, buschigen Brauen zusammen und wunderte sich zweifelsohne, was Maurice am frühen Morgen bei der Hütte eines Fischers wollte. Doch dann zeigte sich wieder die Trauer in den glasigen Augen. »Der Herr hat sie mit sich genommen, Mylord. Ich konnte ihr noch die Beichte abnehmen, und so ist sie jetzt an einem besseren Ort.«

»Aber das Kind …«

»Eyck muss sich nach einer Amme für seine Tochter umsehen, und das sehr schnell.«

Maurice bekreuzigte sich und nickte betrübt.

Pater Nicolas tat es ihm gleich und stieß ein schweres Seufzen aus. »Immer ein Jammer, so junge Leute gehen zu sehen, aber Gottes Wege sind unergründlich. Eyck hat gute Freunde an seiner Seite, sie werden ihm helfen.« Er neigte den Kopf und machte sich mit einem gemurmelten »Mylord« auf den Weg zurück zur Kirche.

Maurice atmete tief durch. Er hatte Anneka kaum gekannt, aber sie hatte Elizabeth beigestanden, und es fiel ihm schwer zu akzeptieren, dass sie einfach fort war. Sie war Teil seines Heims gewesen und zuletzt so voller Freude und Lebendigkeit vor ihm gestanden, kurz vor ihrer Hochzeit. Wieder einmal erkannte er, wie machtlos sie unter Gottes weitem Himmel waren.

Das Schreien in der Hütte ließ nicht nach, er wollte gerade das Tuch zur Seite schieben, als Niah zu ihm herauskam, blass, mit dunklen Ringen unter den Augen, die zum ersten Mal zeigten, dass sie kein junges Mädchen mehr war.

Ohne Überraschung sah sie zu ihm auf und wischte sich das verfilzte Haar aus dem Gesicht. »Ich habe dich mit Pater Nicolas sprechen hören. Du solltest da nicht reingehen.«

»Ich habe mir Sorgen um dich gemacht, Niah.«

»Um mich musstest du dich nicht sorgen.«

Maurice nickte und presste die Lippen aufeinander. »Komm mit zur Burg«, stieß er schließlich aus. Er wollte sie wegholen von diesem Ort des Todes, an den er sie gebracht hatte. Sie sollte wieder so strahlen wie zuvor.

Aber Niah sah ihn verständnislos an. »Was soll ich denn auf deiner Burg?«

»Dich ausruhen, schlafen … dort leben?«

»Als was?«

Darauf hatte er genauso wenig eine Antwort wie gestern Abend, sie sollte einfach mit ihm kommen, sich vielleicht in der Küche von den Frauen pflegen lassen, Wärme spüren, etwas zu essen bekommen. Er kannte die Köchin, sie würde Niah unter ihre Fittiche nehmen und wieder aufbauen. Danach würde ihm schon etwas einfallen, und wenn er sich wirklich mit Elizabeth überwerfen sollte, dann war es eben so. Er würde eine Möglichkeit finden, seinen Söhnen die Situation zu erklären. Denn er konnte Niah nicht einfach aus Irland mitnehmen und sie dann sich selbst überlassen.

»Komm mit mir, oben auf der Burg kannst du dich waschen, etwas essen …«

Niah schüttelte den Kopf, warf einen Blick zurück in die Hütte, wo nun ein Schwein unglücklich zu grunzen begann und das Geschrei der Kleinen fast übertönte. Ungeduldig sah sie zu ihm auf. »Komm mit.« Ohne ihn noch einmal anzusehen oder zu warten, ob er ihrer Aufforderung folgte, ging sie davon Richtung Fluss. Sichtlich rastlos und immer wieder zurück Richtung Annekas Hütte blickend, wandte sie sich ihm schließlich zu.

»Ich kann nicht mit auf deine Burg, Maurice.«

»Ich weiß, es ist schwierig, aber im Moment zählt nur, dass …«

»Deine Männer halten mich für deine Mätresse!« Sie stemmte eine Hand in die Seite und sah ihm direkt in die Augen. »Bin ich deine offizielle Mätresse, Maurice?«

»Ich …« Wieso war sein Mund plötzlich so trocken? Schon wieder beschleunigte sich sein Herzschlag, und er spürte, wie Hitze in seinen Wangen aufstieg, als wäre er wieder ein unerfahrener Junge.

Maurice wusste nicht, was er sagen sollte, denn ihm wurde klar, dass er die Antwort auf diese Frage sehr genau kannte. Er wollte es. Er wollte mit ihr zusammenleben, er wollte alles von ihr, ungeachtet dessen, dass er Elizabeth Treue geschworen hatte, dass es unehrenhaft war, dass er gegen alles verstieß, woran er glaubte, was er sich selbst zum Kodex gemacht hatte. Er wollte Niah, es war nie anders gewesen. Er wollte sie lieben und beschützen und in seinen Armen halten, er wollte alles von ihr.

»Antworte, Maurice! Bin ich hier, um deine Mätresse zu werden?«

Maurice versuchte sich an einem Lächeln, auch wenn es kläglich ausfiel. »Nur, wenn du es willst.«

Sie riss die Augen auf, hatte offensichtlich keine Ehrlichkeit von ihm erwartet. Beinahe trotzig schüttelte sie den Kopf. »Nach irischem Recht darf eine Ehefrau die Geliebte ihres Mannes umbringen.«

»Na, Hauptsache, die Iren halten sich gleich mehrere Ehefrauen gleichzeitig.«

»Das ist etwas anderes, diesen Ehen hat die Hauptfrau dann zugestimmt. Eine Geliebte aber kann sie schlagen, wie es ihr gefällt. Und nach dem Recht meines eigenen Volkes darf sich die Ehefrau scheiden lassen, wenn sie ihren Gemahl dreimal mit einer anderen erwischt hat!« Sie trat einen Schritt zurück, sah ihm ins Gesicht, mit ihren Mitternachtsaugen, die aus ihrem blassen Gesicht loderten. »Ich werde nicht auf deine Burg kommen.«

Sie schloss die Augen und atmete sichtbar ein. Als sie wieder zu ihm aufsah, wirkte sie noch müder. »Maurice, dort oben ist kein Platz für mich. Ich brauche keine Visionen, um das vorherzusehen. Außerdem werde ich hier gebraucht. Eyck steht mit dem Kind allein da, Annekas Körper liegt immer noch da drin, bis zur Beisetzung dauert es Tage. Ich muss helfen. Und außerdem hat Goedele mir angeboten, erst mal bei ihr zu bleiben. Wir werden Eyck zusammen mit dem Kind unterstützen, und jetzt, da Anneka nicht mehr da ist, gibt es noch viele andere, die meine Hilfe brauchen. Ich kann ihre Arbeit übernehmen. Es gibt niemanden mehr, der sich mit Geburten auskennt, ich komme also wie gerufen.«

»Niah. Ich habe dich mitgenommen, damit …«

»… ich in deiner Burg wie eine Königin lebe? Unter dem Hass deiner Frau und deiner Söhne, den missgünstigen Blicken deines Gesindes und deiner Männer? Hier bin ich nützlich, hier werde ich gebraucht. Hier bin ich frei.«

Maurice räusperte sich. »*Ich* brauche dich, Niah.«

Sie trat noch einen Schritt zurück. »Ich muss gehen, die Kleine benötigt Milch, und Goedeles Mann hat eine Ziege im Haus.« Sie drehte sich um, aber Maurice überwand die Entfernung zwischen ihnen und hielt sie am Arm fest.

»Ich habe dich nicht mitgenommen, damit du meine Mätresse wirst, sondern weil ich dich liebe. Ich streite nicht ab, dass ich dich bei mir haben will. Ich dachte, es ginge dir genauso.«

Niah legte eine Hand auf seine, die noch ihren Arm umschloss, die andere hob sie an seine Wange. »Du hast dich nicht getäuscht, Maurice. Das heißt aber nicht, dass ich in dein Leben eindringen und es zerstören will oder dass ich als verachtete Mätresse in deinem Haushalt leben möchte. Lass mich mein eigenes Leben finden, bevor wir versuchen, mir einen Platz in deinem zu suchen.« Mit einem traurigen Lächeln hob sie sich auf die Zehenspitzen, küsste ihn schnell und lief dann Richtung Goedeles Haus davon.

Striguil, Ostwales, Juni 1170

Auf der weiten Wiesenfläche vor dem Wald, auf dem die prächtige Burg thronte, wimmelte es vor Menschen. Maurice hatte schon auf den Straßen ungewohnt regen Betrieb bemerkt, und jetzt erkannte er, dass alle Richtung Striguil gezogen waren. Anders als bei einem Markttag waren hier aber weit und breit keine Frauen und Kinder zu sehen, nur Männer; von jungen Burschen bis zu ergrauten Greisen, die fast alle einen geschnürten Beutel über der Schulter trugen und einen langen Stab in der Hand hielten. Sie sammelten sich am Fuße des Hügels, und Maurice ahnte, was sie hier machten.

»Mylord, ist es das, was ich denke?« Richard sah mit einer Mischung aus Besorgnis und Aufregung zu ihm auf, und Maurice nickte.

»Dein Vater stellt ein Heer auf.« Mit einem unterdrückten Fluch presste er die Schenkel zusammen und trieb seinen Zelter an, dabei vermied er es, zu der verfallenen Hütte im Wald zu blicken. Er wollte Marareds Grab später besuchen. Auch Richard schien nicht zu seinem alten Heim zu wollen, in dem er geboren und aufgewachsen war. Er starrte immer noch zu den vielen Leuten, die im Vergleich zu Maurice' Kriegstruppe im Vorjahr wirklich beeindruckend waren.

Sie näherten sich der Menschenansammlung, und Maurice erkannte nun über die Köpfe der aneinandergedrängten Männer hinweg Sir Robert de Quincy, der de Clare schon viele Jahre diente. Er saß gemeinsam mit zwei anderen Männern an einer provisorisch aufgebockten Tafel, Pergamente vor ihm ausgebreitet und dem Kleriker an seiner Seite Anweisungen gebend.

»Mach hier dein Zeichen«, befahl der Ritter einem der Männer, die sich für den bevorstehenden Feldzug meldeten, als Maurice näher ritt. Er wiederholte die Worte in gebrochenem Walisisch, und der junge Mann nahm misstrauisch die Feder entgegen, wie eine fremdartige Waffe, und kleckste einen Punkt aufs Pergament.

»Schön, schön, der Nächste. Name und Alter.«

Maurice schüttelte bei diesem Anblick den Kopf. De Clare meinte es also wirklich ernst, und Maurice ahnte, welche Rolle er dabei spielen sollte. Ein Gedanke, der ihn mit Unbehagen erfüllte. De Clare wusste, wie Maurice zu Irland und insbesondere zu Dermot stand. Maurice hatte seinem Freund in einem ausführlichen Brief alles über seine Erlebnisse erzählt. Auch hatte er ihm davon abgeraten, Dermot zu unterstützen. Anfang des Jahres hatte ihn dann die Nachricht erreicht, dass de Clare noch auf dem Festland beim König weilte, und Ruhe war in sein Leben eingekehrt. Doch vor ein paar Tagen war dann ein Schreiben von de Clare eingetroffen, mit der Bitte, ihn in Striguil zu treffen. Er hatte nicht mehr dazu erklärt, aber Maurice musste sich hier nur umsehen, um zu verstehen. Es war ihm nicht leichtgefallen, Niah in Prendergast zurückzulassen, auch wenn sie im Dorf hervorragend ohne ihn zurechtkam. Sie schien in den Augen der Dörfler die neue Anneka, eine gute Frau, die etwas vom Heilen verstand, sie kümmerte sich um Annekas Tochter und schien ihm unzertrennlich mit der alten Goedele.

Sie brauchte ihn ganz und gar nicht, was ihn freuen sollte, aber stattdessen störte es ihn.

»Sir Robert!« Maurice winkte dem Ritter, der nur ein paar Jahre älter war als er, Anfang vierzig vielleicht.

De Quincy blickte von der Schreibarbeit auf und lächelte bei seinem Anblick erfreut.

»Oh, Mylord de Prendergast!« Der Ritter erhob sich von seinem Platz, bedeutete den Männern zu warten, die ob der Unterbrechung ungeduldig stöhnten, kletterte über die Bank und kam auf ihn zu. »Wir haben Euch schon erwartet, der Earl wird sehr erfreut sein, Euch zu sehen. Und ich gestehe, ich selbst bin auch schon ganz neugierig auf Eure Erzählungen von Irland. Ihr habt ja nicht nur bei einem Fürsten Erfahrungen gesammelt.«

Maurice verengte misstrauisch die Augen. Sein erzwungener Seitenwechsel musste auch hier Gesprächsthema gewesen sein, aber es war ihm nicht möglich zu erkennen, wie de Quincy dazu stand.

»Dann hat der Earl tatsächlich vor, ebenfalls nach Irland zu gehen?«

»So schnell wie möglich, gewiss, Mylord.«

»Wo finde ich ihn denn?«

»Oben auf der Burg, soviel ich weiß, er wollte sich mit dem Fletcher treffen.«

Ein schmerzhafter Stich durchzuckte ihn. Er fühlte sich plötzlich steinalt. »Es gibt einen neuen Fletcher hier?«

»Ja, einen von Usk, den hat Sir Walter Bloet Anfang des Jahres mitgebracht. Der Earl hat Sir Walter mit Raglan Castle belehnt, fünfzehn Meilen nordöstlich von hier, und Sir Walter unterstützt ihn dafür mit Männern, Geld und Waffen.«

Maurice nickte und sah hoch zur Burg, wo er bald zweifelsohne eine Entscheidung würde treffen müssen. Die Bloet Brüder standen bereits lange im Dienst de Clares, ihr Vater hatte schon dem verstorbenen Earl of Pembroke treu gedient. Es war nicht verwunderlich, dass sie auch für den Irlandfeldzug zu haben waren. Anders als die beiden war Maurice aber nicht gerade erpicht darauf, je wieder einen Fuß auf diese Insel zu setzen, von der er gerade so entkommen war.

Mit Besorgnis sah er, dass de Clare schon jetzt ein nicht zu unterschätzendes Maß an Rittern an seiner Seite hatte, und wenn er sich so umsah, bald auch ein ganzes Heer von den besten walisischen Bogenschützen, die es gab. Donnell würde dieser Macht nicht viel entgegenzusetzen haben, und Maurice hoffte, dass er aufgab, anstatt sich im Versuch, sein Land zu halten, töten zu lassen.

»Gottes Segen mit Euch, Sir Robert.« Maurice nickte de Quincy noch einmal zu und nahm den Weg hoch zur Burg, einen nun sehr angespannten Richard an seiner Seite. Der Knappe hatte seinen Vater über ein Jahr nicht mehr gesehen, und Maurice wusste, dass er nicht mehr derselbe war wie damals. Richard hatte in Irland die schreckliche Wahrheit über den Krieg erfahren und war längst kein Junge mehr.

Im Hof war nicht weniger Trubel als unten. Sie kamen durchs Torhaus und hörten schon das Singen von Hammer auf Metall, das so laut war, dass es von mehreren Schmieden kommen musste. Männer versuchten den Lärm mit gebrüllten Befehlen zu übertönen. Karren standen mitten im Hof, gefüllt mit Bündeln voller Pfeile, andere mit Zeltbahnen, Decken und Truhen. Mägde schleppten Säcke voll mit Hafer für die Pferde und gepökeltem Fleisch für die Männer über den Hof, Kinder davonscheuchend, die zwischen ihren Beinen herumsprangen und auf die Karren kletterten.

»Bring die Pferde zum Wassertrog da drüben, und dann suche den Constable, um uns anzumelden«, wies Maurice Richard an und schwang sich aus dem Sattel. Vielleicht würde eine Aufgabe Richard ablenken. Seine Gefolgsmänner streckten inzwischen die Glieder nach dem langen Ritt und spritzten sich Wasser ins Gesicht. Maurice wollte sich gerade dem mächtigen Burgturm zuwenden, als er seinen Freund wie gerufen an der Seite eines jungen, untersetzten Mannes mit sandfarbenem Haar aus einem Turm in der Palisadenwand kommen sah. De Clares roter Schopf leuchtete in der prallen Junisonne. Mit den glatt rasierten Wangen und seinen sanften Zügen wirkte er auf den ersten Blick immer noch wie der Junge von einst.

Es war ein Jahr her, seit er seinen Freund das letzte Mal gesehen hatte, und Maurice fühlte sich fast ein wenig befangen, nach allem, was in Irland vorgefallen war.

De Clare klopfte dem jungen Mann auf die Schulter und sah dann über ihn hinweg direkt in seine Richtung.

Maurice hob die Hand und setzte ein Lächeln auf, das sich bei de Clares erfreutem Ruf und seinem plötzlichen Strahlen aber in ein ehrliches Lachen verwandelte. »Ihr habt nach mir geschickt, Mylord of Striguil?!«, rief er mit einer spöttischen Verbeugung über den Hof.

De Clare fiel in das Lachen ein und kam mit eiligen Schritten über den Hof auf ihn zu.

»Ich wusste es! Ich wusste, ich kann mich auf dich verlassen!« Ungebremst prallte er gegen Maurice, zog ihn in seine Arme und drückte ihn fest. »Du bist wirklich hergekommen! Ich wusste es! Treuer Maurice, es tut so gut, dich wiederzusehen.«

Maurice klopfte seinem Freund, der einen übermäßigen Geruch nach Waffenfett verströmte, auf den Rücken und schob ihn von sich. Aus der Nähe betrachtet fiel ihm auf, dass de Clares rotes Haar bereits von grauen Strähnen durchwebt war und sich Sorgenfalten in seine Stirn gegraben hatten. Sie waren wohl wirklich alt geworden. »Hier hat sich viel getan, seit ich zum letzten Mal da war.«

»Jetzt ist es so weit, Maurice. Ich gehe endlich nach Irland und hole mir, was mir versprochen wurde.«

Ein flaues Gefühl zog durch seinen Magen. »Der König hat dir also endlich die Erlaubnis erteilt?«

De Clare winkte ab und sah sich im Hof um. »Hast du meinen Jungen dabei?«

»Natürlich, ich glaube, er ist reingelaufen, um den Constable zu finden.«

»Da kann er lange suchen, der Constable trifft sich gerade mit dem neuen Fletcher.«

Maurice wies an ihm vorbei zu dem jungen Mann, mit dem de Clare vorhin gesprochen hatte und der sich mit einem noch jüngeren Gehilfen zum Torhaus begab. »Ich dachte, der hier ist dein neuer Fletcher.«

De Clare drehte sich um und schüttelte den Kopf. »Guy? Nein, der schlägt mit seinen Männern Holz aus meinen Wäldern und schneidet es für mich zu Bausätzen, damit ich es nach Irland mitnehmen und dann Burgen dort drüben bauen kann. Wenigstens für den Anfang sollte es reichen. Aber jetzt lass uns reingehen, bei diesem Lärm kann man ja nicht richtig reden.«

Maurice nickte und ließ de Clare den Vortritt auf dem Weg zur Halle im ersten Obergeschoss.

»Dein Schwiegervater und Robert FitzStephen schlagen sich übrigens gut in Irland«, sagte de Clare, als er die Tür seines Privatgemachs schloss und Maurice den Platz in der Fensternische wies. Er selbst zog sich den einzelnen Stuhl heran, der aber mit seinem roten Samt und der vergoldeten Rückenlehne einem königlichen Thron gleichkam. »Hast du schon das Neueste gehört?«

Maurice nickte, wartete mit seiner Antwort aber, da ein Knappe eintrat. Der hellhaarige Bursche brachte Wein, reichte ihn mit einer Verbeugung zuerst de Clare, dann Maurice und verließ das Gemach schnell wieder.

»Dermot hat Dublin eingenommen, heißt es«, sagte Maurice, als die Tür sich hinter dem Jungen schloss. Die Nachricht hatte sich schnell herumgesprochen, und Maurice war zum einen erleichtert, da die Kämpfe um Dublin bedeuteten, dass Ossory in Dermots Kampf derweil außer Acht gelassen wurde. Andererseits hieß der Erfolg seiner Geraldine-Freunde auch, dass Dermot seinen Schrecken weiterhin verbreitete, und es war nur eine Frage der Zeit, bis Donnell an der Reihe war. Maurice vergönnte seinem Schwiegervater und den anderen Geraldines einen Neuanfang auf dieser Insel, die nicht nur Grausamkeit, sondern auch Schönheit und Ehrenhaftigkeit gezeigt hatte. Aber solange Dermot lebte, war der Blutpreis zu hoch.

De Clare winkte mit dem Pokal in seiner Hand ab. »Nicht ganz. Es ging wohl ganz schön drunter und drüber in den letzten Monaten. Dermot wollte ja immer schon Rache an Dublin – es geht irgendwie darum, dass die Dubliner seinen Vater ermordet und ihn dann mit einem toten Hund zusammen begraben haben. Eine besondere Erniedrigung. Jedenfalls sind Dermot und dein Schwiegervater hoch nach Dublin gezogen, um die Stadt einzunehmen, und dort haben sie das Umland verwüstet.«

Maurice schloss die Augen. Er wollte nicht hören, was sein Schwiegervater, zu dem er stets aufgesehen hatte, für Land, Macht und Reichtum opferte. Er wollte nicht hören, dass er der Einzige war, der sich abgewandt hatte, als wäre es etwas Absonderliches, solche Verbrechen zu verdammen. Aber de Clare fuhr unbekümmert fort.

»Robert FitzStephen ist in der Nähe von Wexford geblieben und baut seine erste Burg. Dermot hat sein Versprechen nämlich gehalten und sowohl FitzStephen als auch deinem Schwiegervater Land gegeben. Sogar meinem Onkel de Montmorency hat er stellvertretend für mich Land abgetreten. Jedenfalls bekamen die Dubliner so eine Angst vor dem näher rückenden Heer, dass sie Dermot Geiseln aushändigten und ihm huldigten, damit die Stadt vor der Plünderung bewahrt bleibt.«

Maurice entfuhr ein Schnauben. »Das hält Dermot bestimmt nicht davon ab, weiterhin Feuer und Tod zu verbreiten.«

»Nun, Dermot und dein Schwiegervater waren in Dublin beschäftigt, in der Zwischenzeit hat Donnell O'Brien, der Fürst von Thomond, sich vom Hochkönig losgesagt und sich Dermot angeschlossen, ein weiterer Verbündeter für uns.«

Für uns! Maurice beschloss, erst mal nicht darauf einzugehen. »Der Name ist vielleicht mal gefallen, aber wer genau er ist ...«

»O'Brien ist ein Nachfahre des großen Brian Boru, den die Iren verehren, weil er vor Ewigkeiten die Wikinger besiegt und Irland vereint hat. Sein Land liegt ganz im Westen, es schließt an Ossory an, wo du ja so einige Abenteuer erlebt haben sollst. Eigentlich hieß das Land im Südwesten Irlands ja mal Munster – wo Lady Alice' Familie her ist; dieser O'Brien muss auch irgendwie mit ihr verwandt sein. Aber dann gab es Streitereien um die Thronfolge, Blendungen und Tötungen in der eigenen Familie und so weiter, was uns inzwischen nicht mehr schreckt, die Waliser machen es ja genauso ... Und am Ende hat dann der Hochkönig eingegriffen und das Land in zwei Hälften geteilt: Thomond ist der nördliche Part und Desmond der südliche. O'Brien hat also nur noch die Hälfte dessen, was er als sein Erbe ansieht, und so ist er auf den Hochkönig nicht gut zu sprechen. Außerdem ist er Dermots Schwiegersohn, und der Erfolg der Geraldines hat bestimmt auch dazu beigetragen, dass er die Seiten gewechselt hat. Dem Hochkönig hat das natürlich gar nicht gefallen, und er ist mit einer ganzen Flotte den Fluss hinuntergefahren, wo er in O'Briens Land entlang des Ufers gebrandschatzt hat. Robert FitzStephen musste den Burgenbau unterbrechen und ist gemeinsam mit Meilyr und de Barry nach Thomond gezogen, um O'Brien zu helfen. Es ist ihnen wohl tatsächlich gelungen, den Hochkönig zurückzuschlagen.«

»Du hast dich gut informiert.«

De Clares Augen leuchteten auf, Maurice hatte ihn selten so aufgeregt gesehen. »Verstehst du denn nicht, Maurice? Es ist dieser kleinen Gruppe Normannen nun schon das zweite Mal gelungen, dem *Hochkönig* Irlands die Stirn zu bieten. Zu was werden wir dann imstande sein, wenn ich mit meinem Heer zu ihnen stoße? Ich habe Raymond und Walter Bloet letzten Monat mit einer Truppe vorausgeschickt, weil Dermot so drängt.«

»Ich habe mich schon gefragt, wo Raymond ist. Übersehen kann man ihn ja nicht.«

De Clare nickte anerkennend. »Du solltest sehen, wie Raymond sich verändert hat, seit das Scheusal Griffin nicht mehr in seiner Nähe ist. Fast würde ich ihn schon als Ehrenmann bezeichnen.« Er lachte laut auf. »Wer hätte einst gedacht, dass du mir einen großen Dienst erweist, indem du mich dazu überredest, Raymond in meinen Haushalt aufzunehmen. Er ist nicht nur ein anständiger Mann geworden, sondern auch ein hervorragender Kommandant. Gleich nach seiner Ankunft in Irland hat er mit seiner kleinen Truppe einen großen Sieg gegen eine Übermacht errungen. Gegen die Männer von Waterford, das ist wie Wexford eine Stadt der Ostmänner. Dermot hat also so gut wie ganz Leinster zurück, Dublin huldigt ihm, und FitzStephen und Meilyr haben in Thomond eine weitere Stadt der Ostmänner erkundet – Limerick. Wenn wir die auch noch einnehmen, wird unsere Macht in Irland noch größer. Dermot denkt daran, ganz Irland für sich zu gewinnen und sich zum Hochkönig zu machen, ein Titel, der ihm zusteht, wie er sagt. Und wenn ich dann Aoife heirate und sein Erbe werde …« Er sprang auf, zu erregt allein beim Gedanken daran. »Ich werde König Irlands, Maurice. Mit deiner Hilfe.«

Maurice zuckte nicht zusammen, er hatte ja gewusst, dass das letztendlich das Ziel war. »Weißt du nicht, was für einem Mann du die Krone Irlands verschaffen willst? Weißt du, zu was Dermot fähig ist?«

»Dermot ist steinalt!« De Clare breitete die Hände aus und lachte wie ein kleiner Junge. »Dann schenken wir Dermot eben ein Königreich, Maurice, was kümmert es mich, wenn ich es erbe? Ich werde König, und du und die Geraldines, ihr werdet dort auch wie Könige leben, ihr werdet ein neues Zuhause haben, ein Leben in Wohlstand und Achtung, ohne den ständigen Kampf gegen die walisischen Rebellen.«

»Nein, denn dann werden es irische Rebellen sein.« Maurice'
Herz sank bei dem Gedanken, sich wieder auf Dermots Seite schlagen zu müssen. Er wusste nicht, wie er diesem Mann
auch nur gegenübertreten sollte, ohne sein Schwert zu ziehen.
Auch bezweifelte er, dass Dermot ihn freudig empfangen würde. Schließlich hatte er versucht, Maurice zu töten.

»Herrgott, Maurice!« De Clare warf die Arme in die Luft
und raufte sich das Haar. »Hör auf, mir mit der Stimme der
Vernunft zu kommen!«

»Du hast gewusst, dass sie mit anreist, als du mich hierher-
gerufen hast.«

»Ich wollte dich hierhaben, weil ich mit dir zusammen nach
Irland gehen will! So wie wir es vorhatten!«

Maurice erhob sich fluchend. Er stellte den Pokal scheppernd
auf dem Tisch ab und betrachtete die Pergamente darauf. »Ich
bin von dort weg, Richard, weil ich keinen Tag länger einen
Mann wie Dermot unterstützen konnte. Er ist ein Ungeheuer, und wenn wir ihm helfen, machen wir uns genauso zu Un-
geheuern.«

»Du sollst ja auch nicht Dermot unterstützen, sondern mich!«

Maurice warf ihm einen Blick zu. »Du sagst, Dermot hat sowohl Leinster als auch Dublin. Was du aber nicht weißt, ist, dass
er eine geheime Abmachung mit dem Hochkönig getroffen hat.
Denn ich hatte die Ehre, dem Hochkönig gegenüberzustehen.
Der *Ard Rí* hat Dermot *erlaubt*, diese Gebiete zurückzuerlangen, wenn er danach die Geraldines zum Teufel jagt.«

De Clare lachte laut auf, kam auf ihn zu und legte ihm die
Hand auf die Schulter. Dann nahm er eins der Pergamente zur
Hand. »Ich kenne diese Vereinbarung, aber glaubst du wirklich, Dermot will jetzt aufhören und seine größte Macht da-
vonschicken, wenn er nach allem greifen kann?« Er rollte das
Pergament auf und las vor: »*Wir haben die Störche und Schwal-
ben beobachtet, die Sommervögel sind mit der Bö des Ozeans ge-*

kommen und gegangen. Weder Ostbrise noch Zephyrs Atem haben Eure langersehnte Gegenwart gebracht.« Er sah grinsend zu ihm auf. »So geht es in einem fort weiter, er schreibt, dass Leinster sein ist, dass aber die anderen Fürstentümer mit Leichtigkeit noch eingenommen werden können, und dass er hofft, dass mein Versprechen nur aufgeschoben und nicht gebrochen ist.« Er wandte sich Maurice ganz zu und sah ihm direkt in die Augen, mit seinem stahlgrauen Blick, in dem jetzt etwas Flehendes lag. »Und ich hoffe, das betrifft auch *dein* Versprechen, Maurice: Du hast mir Loyalität geschworen und einst in Pembroke zu mir gesagt, dass du gehst, wohin ich gehe. Also bitte ich dich hiermit, mein bester, treuester Freund: Geh mit mir nach Irland und fang an meiner Seite dort ein neues Leben an.«

Prendergast, Südwestwales, Juli 1170

Maurice zügelte sein Pferd, stieg ab und ignorierte die Verwunderung seiner Männer darüber, dass er mitten im Dorf plötzlich anhielt. Denn als sie Niah mit einem kleinen Kind auf dem Arm aus der kreisrunden Hütte heraustreten sahen, ahnten sie den Grund bestimmt.

»Reitet schon mal hoch zur Burg, aber behaltet die Neuigkeiten aus Striguil für euch, bis ich mit meiner Frau sprechen konnte.«

»Mylord.« Seine Ritter und Richard machten sich auf den Weg und ließen ihn allein zurück. Niah sah nicht zu ihm her, sie küsste den Hals des knapp acht Monate alten Mädchens, bis das Kind vor Lachen Schluckauf bekam. Es war auf den Namen Anneka getauft, was Maurice ein wenig makaber fand. Doch wenn Eyck mit seiner Trauer besser umgehen konnte, wenn er seine Tochter beim Namen der verstorbenen Ehefrau rief, dann war es bestimmt gut so.

Es war ein wunderbares Bild, wie Niah die kleine goldene Anneka hochhob und dann auf den Bauch küsste. Niahs schwarzes Haar war geflochten und dann mit einer Holzspange im Nacken zu einem Kranz gesteckt. Sie sah fremd aus, bodenständig und ganz und gar nicht unheimlich, eher wie eine Mutter. Es war eine Schande, dass sie selbst keine Kinder hatte, sie wäre eine großartige Mutter geworden, dessen war er sicher. Sie sagte, sie konnte wahrscheinlich keine Kinder mehr bekommen, dass es dafür schon zu spät war. Sie war Mitte dreißig, Maurice wusste zu wenig über solche Frauendinge, aber ihm fiel ein, dass die Königin bei Prinz Johns Geburt auch schon gut über vierzig gewesen war.

Ein tiefes Sehnen ergriff Besitz von seiner Seele. Ein weiteres Kind, vielleicht eine Tochter, die er sich schon immer gewünscht hatte. Ein Mädchen, dem er Haarbänder kaufen konnte, das Ebenbild der Mutter … Er sah sie vor sich, mit schwarzem Haar und Mitternachtsaugen, und machte einen Schritt auf Niah zu.

Die Tür der Hütte öffnete sich, und Maurice hielt abrupt inne. Das Bild vor seinem geistigen Auge fiel in sich zusammen, als Eyck herauskam, lächelnd und mit irgendeinem Scherz auf den Lippen, der Niah zum Lachen brachte. Der Fischer war in Maurice' Alter und mit seinem hellbraunen Haar und Bart vermutlich ganz ansehnlich. Und er war verwitwet.

Was war in all den Monaten geschehen, in denen Maurice es nur selten zu Niah geschafft und sie stets betont hatte, dass sie ausgezeichnet ohne ihn zurechtkam? Wenn er unterwegs gewesen war, um sich mit Nachbarn zu treffen, den Steuereintreiber begleitet hatte, um seine Bauern, Hirten, Fischer und Tuchmacher wieder mal alle zu sehen und ein paar Worte mit ihnen zu wechseln, und als er in Striguil gewesen war. Lebte sie immer noch bei Goedele oder längst bei Eyck und dem Kind?

Maurice schüttelte den Gedanken ab und führte seinen Zelter auf die Hütte zu. Die beiden drehten sich zu ihm um, neugierig, nicht erschrocken, als hätten sie etwas zu verbergen.

»Mylord de Prendergast, Gott sei gedankt für Eure wohlbehaltene Rückkehr!«

Maurice nickte dem Fischer freundlich zu. »Wie geht es deiner Tochter? Sie sieht prächtig aus.«

Eyck strahlte stolz, auch wenn immer noch Wehmut in seinen Augen lag. »Sie ist ganz die Mutter, Mylord.«

»Sie wird schmerzhaft vermisst.«

Eyck bekreuzigte sich, und Maurice tat es ihm gleich. Dann wandte er sich an Niah. »Hättest du einen Moment für mich?«

Niah sah an ihm vorbei und zögerte. »Eigentlich erwartet Goedele mich, ich soll ihr …« Sie blickte ihm ins Gesicht, und was auch immer sie darin sah, ließ sie abwinken. »Natürlich, Mylord de Prendergast.« Sie gab die kleine Anneka an Eyck, der sich mit ihr nach drinnen zurückzog, und führte ihn zur Seite der Hütte, wo Eyck sein kleines Ruderboot verkehrt herum abgestellt hatte.

»Du bist hier, um mir zu sagen, dass du zurück nach Irland gehst.«

Maurice sah einen Moment lang stumm auf sie hinab, dann strich er sich mit einem Seufzen ein paar lose Haarsträhnen aus dem Gesicht. »Das kommt davon, wenn man glaubt, einer Seherin Neuigkeiten erzählen zu können.«

Niah lächelte und lehnte sich gegen das Boot. »Nein, Maurice, ich hatte keine Visionen mehr, seit ich Irland verlassen habe.«

»Tatsächlich nicht?«

Ihr Lächeln verwandelte sich in ein Grinsen. »Ich weiß auch nicht, woran es liegt, aber zum ersten Mal im Leben fühle ich mich hier … normal. Vielleicht habe ich schon zu lange keine Rauschmittel mehr genommen, vielleicht liegt es an der plötzlichen Freiheit, aber ich hatte tatsächlich keine … Anfälle mehr. Das wird wohl auch ein Grund dafür sein, dass die Dörfler mich hier so gut aufgenommen haben. Sie haben noch keine Angst vor mir.«

»Das allein ist bestimmt nicht der Grund. Und ich mag das ›noch‹ nicht.«

»Nun, wie dem auch sei, es ist keine Vision, die mir verraten hat, dass du nach Irland zurückgehen wirst. Ich kenne dich einfach nur. Der Earl of Striguil hat nach dir gerufen, und du hast schon in Irland erzählt, dass er vorhat, Dermots Tochter zu heiraten. Außerdem weiß ich noch von meinen alten Visionen, dass sein Weg ihn nach Irland führen wird. Da ist es nicht schwer zu erraten, dass du mitgehen wirst. Du kannst ihn nicht im Stich lassen, es liegt nicht in deiner Natur.«

Maurice strich sich mit der Hand über den Mund, um sein Lächeln zu verbergen. »Du denkst, du kennst mich in- und auswendig, nicht wahr?«

Niah legte den Kopf in den Nacken und sah ihn mit einem Funkeln herausfordernd an, eine Hand in die Seite gestemmt. »Tue ich das nicht?«

Ein heißes Zucken jagte durch seine Brust, nicht unangenehm, aber es beschleunigte seinen Atem. Schnell versuchte er sich mit dem Grund seines Erscheinens abzulenken. »Mir graut davor zurückzugehen, Niah, ich kann mir vorstellen, wie Dermot und die Geraldines auf mich reagieren werden ... und dann noch Donnell.«

»An der Seite des Earls wird niemand es wagen, dich auch nur schief anzusehen.«

»Vielleicht.« Maurice machte einen Schritt auf sie zu, er wollte sie so schrecklich gern festhalten und noch einmal spüren, bevor er fortging, auf eine Insel, die ihm Schrecken und Schönheit gleichermaßen gezeigt hatte. Er hatte sich lange gegrämt, aber im Grunde war seine Entscheidung immer schon festgestanden. Er konnte de Clare nicht allein gehen lassen, und irgendwie hatte er nach seinem überstürzten Aufbruch auch das Gefühl, dort noch etwas erledigen zu müssen, einen Abschluss zu finden, vielleicht auch Donnells Vergebung zu erlangen. Die zerbrochene Freundschaft und besonders sein Vertrauensbruch nagten schlimmer an ihm, als er gedacht hatte. Der einstige Traum von einem neuen Heim in Irland kam ihm in den Sinn, der durch Dermot und seine Iren schnell zerstört worden war. Aber wie würde es an de Clares Seite sein? Und wenn de Clare eines Tages über Leinster herrschen sollte, ein gerechter, sanftmütiger Mann ... Er könnte Niah und seine Kinder nachholen, er könnte wirklich neu anfangen. Elizabeth war ohnehin glücklicher ohne ihn in Prendergast, und seine Söhne mussten bald zu Rittern ausgebildet werden. Warum nicht in Irland? Mit de Clare und den Geraldines zusammen könnten sie Dermot in Schach halten, dessen Grausamkeit ein Ende bereiten. Nur war ihm immer noch bewusst, dass es eine Eroberung war. De Clare wollte ganz Irland, und Maurice betete, dass er es auf friedliche Weise bekam, auch wenn er das für unwahrscheinlich hielt.

Niah hatte einst gesagt, de Clare wäre der Untergang eines Volkes, aber Maurice wollte nicht glauben, dass de Clare den Iren Unglück bringen würde.

»Es tut mir leid, dich hier zurücklassen zu müssen, Niah. Ich hab dich gerade erst gefunden und …«

Abrupt richtete sie sich auf. »Wieso zurücklassen? Ich komme natürlich mit dir!«

»Bist du von Sinnen?«

Ihre Mitternachtsaugen loderten auf, was das blaue Leuchten darin betonte. »Das hat so mancher behauptet, aber ich persönlich glaube nicht daran.«

»Das ist ein Feldzug, Niah, kein Spaziergang, da hat eine Frau nichts verloren, mitten im Heer, es sei denn, sie ist eine … von fragwürdiger Moral.«

Niah lachte verächtlich auf. »Keine Sorge, ich kann schon auf mich aufpassen. Du aber nicht auf dich. Glaubst du wirklich, ich lasse dich zurückgehen auf eine Insel, auf der Dermot, die Geraldines und Donnell alle einen Grund haben, dich einen Kopf kürzer zu machen?«

»Gerade sagtest du …«

»Ja, dein lieber de Clare wird schon ein bisschen Macht haben, aber aus irgendeinem Grund sehe ich deine Zukunft häufiger als alle anderen. Und vielleicht sehe ich wieder etwas, wenn wir in Irland sind, so wie bei der Falle von Donnells Männern! Dann kann ich dich warnen!«

»Niah. Gerade noch hast du gesagt, wie frei und zugehörig du dich hier fühlst, dass dich keine … Anfälle mehr plagen. Wieso das alles aufgeben, um Krieg, Tod und Asche zu erleben, Bilder zu sehen, die dich schon von Kindestagen an quälen. Und weißt du, was passiert, wenn Dermot dich in seine Finger kriegt? Oder irgendein anderer? Hier bist du in Sicherheit.«

»Trotzdem komme ich mit. Ich lasse dich nicht allein, Maurice.«

Er sollte ungeduldig reagieren, ihr befehlen hierzubleiben, und doch waren ihre Worte Musik in seinen Ohren, und er sah sie lächelnd an.

»Mein ganzes Leben lang habe ich von dir geträumt, Maurice – im wahrsten Sinne des Wortes. Ich habe auf dich gewartet, und du hast mich befreit. Ja, ich habe das Leben hier genossen, ich werde die kleine Anneka, Eyck, Goedele, einfach alle hier vermissen, aber ich werde nicht ohne dich hierbleiben. Mir graut allein beim Gedanken, hier eine Vision von dir zu bekommen, dich in Not zu sehen, während du unendlich weit weg bist und ich nichts unternehmen kann.«

»Genauso graut mir davor, dich inmitten eines Krieges zu wissen.«

»Ich komme mit, Maurice, du kannst mich nicht aufhalten.« Sie trat auf ihn zu, hob ihre Hände an seine Wangen, stellte sich auf die Zehenspitzen, und im nächsten Moment lagen ihre Lippen auf den seinigen.

Maurice brauchte nicht lange, um zu reagieren. Vermutlich wusste sie das ganz genau, denn ihre Lippen verzogen sich an seinen zu einem Lächeln, als er sie fest an sich zog und ihren Kuss erwiderte. Sie hatte ihre Wege, ihn zum Verstummen zu bringen, aber das hieß nicht, dass Maurice gedachte, sie mitzunehmen. In dieser Angelegenheit würde er das letzte Wort haben.

Ein scharfes Keuchen an seiner Seite schreckte ihn auf. Niah wich zurück, und Maurice fuhr zu dem Geräusch herum und blickte in das Gesicht einer totenblassen Elizabeth, die mit einem Korb voll mit Brot und Frühäpfeln vor ihm stand. In ihrem nonnengleichen Gewand wirkte sie unschuldig und rein und noch schrecklich jung, während sich ihre Augen mit Tränen füllten.

Ein leiser Fluch entfuhr ihm. »Was machst du hier?« Er hörte, wie unangebracht und dumm sich seine Frage anhörte, sobald er sie ausgesprochen hatte, und aus den Augenwinkeln bemerkte er, wie Niah den Blick senkte.

»Du bist zurück ... und du ...« Elizabeth sah zu Niah hinüber, und von einem Herzschlag zum anderen wich die Blässe einer gefährlichen Röte. »Warst du denn überhaupt fort? Oder warst du die ganze Zeit hier bei ihr?!«

»Was redest du da? Du hast die Männer doch oben gesehen, wir sind gerade angekommen.«

Elizabeths Blick flog zurück zu ihm. »Ich habe keine Männer gesehen, ich habe die Burg schon heute Morgen verlassen, um Pater Nicolas zu sehen. Er ist krank, und jetzt wollte ich Eyck und Anneka noch etwas Essen vorbeibringen!«

Maurice sah sie verdutzt an. »Wieso?«

Ein Luftschnappen entfuhr ihr, dann zeigte sie mit dem Finger auf ihn. »Oh, tu doch nicht so überrascht, Maurice. Ja, deine Frau kennt Mildtätigkeit. Du glaubst, du weißt alles über mich, verurteilst mich. Dabei kennst du mich nicht einmal. Wer ist denn immer hier, während du den Helden spielst? Wer kümmert sich um dein wertes Prendergast, um die Menschen hier? Das bin ich, Maurice! Ich! Du siehst nur das Schlechte in mir, willst gar nichts anderes erkennen, und wenn du hier bist, bin ich Luft für dich.« Sie sah zurück zu Niah, ihr Körper angespannt wie eine Katze vor dem Sprung.

Niah hob besänftigend die Hand. »Ihr beide solltet das in Ruhe besprechen. Es tut mir leid ... Ich muss nach Anneka sehen.« Sie sah noch einmal kurz zu Maurice auf, eine Entschuldigung in ihren Augen, als wäre sie an allem schuld, und ging ruhig davon.

»Anneka!« Erkenntnis leuchtete in Elizabeths Augen auf. »Sie ist die Frau, die Heilerin, die jetzt bei Goedele lebt. Jetzt erkenne ich sie wieder. Was hast du mit der zu schaffen, Maurice? Seit wann … wie …« Sie warf die Arme in die Luft, und Maurice machte einen Schritt auf sie zu und legte ihr die Hand auf den Arm.

»Sie heißt Niah. Du bist ihr schon einmal begegnet … als du gerade zur Welt kamst. Sie war es, die deiner Mutter und dir das Leben gerettet hat und zum Dank nach Irland geschickt wurde.« Elizabeths Augen weiteten sich. »Ich traf sie in Irland wieder, sie lebte am Fürstenhof von Ossory, und als ich die Insel verlassen musste, nahm ich sie mit mir.«

»Und hast sie zu deiner Hure gemacht.«

»Nein.« Das hatte er nicht, trotzdem kam er sich dabei verlogen vor. Denn hätte sich die Gelegenheit ergeben, hätte er es nicht bei einem Kuss belassen. Er wäre mit Niah zusammen gewesen. Er wollte immer noch mit ihr zusammen sein.

Mit schwerem Atem und zitternd sah Elizabeth ihn an, Tränen strömten über ihre Wangen, und Mitleid kam in ihm auf. Sie wusste genauso wie er, dass sie keine Argumente von Treue vorbringen konnte. Sie hatte ihn bei einem Kuss erwischt, er sie bei weitaus mehr.

»Was tue ich noch hier, Maurice?«, flüsterte sie unvermittelt, sichtlich um jedes Wort kämpfend. »Du hast schon lange mit mir abgeschlossen, diese Ehe ist … Wieso schickst du mich nicht in ein Kloster und befreist dich endlich von mir, so schrecklich, wie ich in deinen Augen bin?«

Maurice verschränkte die Arme vor der Brust, um den Drang, sie in den Arm zu nehmen, zu unterdrücken. Sie mochte ihn oft fuchsteufelswild machen, aber wenn sie so verletzt vor ihm stand, sah er sie immer noch als seine junge Braut, die er beschützen wollte. »Ich halte dich nicht für schrecklich, Elizabeth, und wenn du in ein Kloster willst, steht es dir frei zu gehen.«

Sie nickte, ein Schluchzen, das ihren Körper erbeben ließ, unterdrückend. Dann hob sie den Korb auf und sammelte die herausgefallenen Äpfel wieder ein.

»Elizabeth …«

Sie sah zu ihm auf, aus geröteten Augen und so elendig, dass es ihm schon körperlich wehtat, aber es gab nichts, was er tun konnte, um ihr zu helfen. Es war zu spät, um ihre Ehe zu retten, Elizabeth hatte sie doch auch nie gewollt. Und jetzt war da Niah, und er musste wieder einmal fort.

»Ich gehe zurück nach Irland.«

Elizabeth schloss die Augen und atmete tief ein. »Das dachte ich mir.«

»Ich nehme Philip mit.«

Unvermittelt sprang sie auf. »Nein! Er ist zu jung, erst zehn Jahre alt und …«

»Elizabeth … es wird Zeit. Er wird in de Clares Dienst treten, so wie Richard in meinem steht und ich einst in Pembrokes. Ich will ihn außerdem in meiner Nähe haben, ihm Irland zeigen, sein neues Zuhause. Ich möchte meinem Sohn wieder näherkommen – er sieht mich wie einen Fremden.«

Nacktes Entsetzen lag in ihren Augen, sie musste zur Seite ans Boot greifen, so sehr schwankte sie, und Maurice bekam ein schlechtes Gewissen. Es änderte aber nichts an seiner Entscheidung.

»Und wenn Gerald alt genug ist …«, flüsterte sie, ihre Worte kaum mehr als ein Hauch, den die Sommerbrise von ihren Lippen riss. »Dann wirst du auch ihn mitnehmen, nicht wahr? Hast du mich dann genug bestraft?«

»Ich will dich nicht bestrafen. Jungen müssen zu Männern

werden, und dafür kommen sie in einen anderen Haushalt. Es ist der Lauf der Dinge, du hattest sie die ersten Jahre, das ist die Zeit der Mutter. Jetzt beginnt die Zeit des Vaters.«

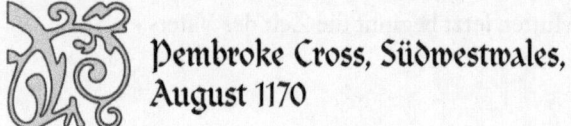

Pembroke Cross, Südwestwales, August 1170

Maurice folgte dem Fußweg die Klippen hoch, während unter ihm das Meer rauschte und Möwen kreischend ihre Runden zogen. Vertraute Geräusche, die ihn trotzdem mit einer kribbelnden Aufregung erfüllten. Die Verladearbeiten gingen zügig voran, und der Wind sollte bald drehen. De Clare würde zufrieden sein, dass sie von hier wegkamen. Er war ohnehin schon so unruhig, seit sie in Pembroke Cross angekommen waren, und der schlechte Wind hatte nicht gerade dazu beigetragen, seine Laune zu bessern. Bevor Maurice aber zu ihm ging, wollte er noch nach Philip sehen, der sich mit den anderen Jungen um die Pferde kümmerte. Sein Sohn hatte sein Heim nicht gerne zurückgelassen, aber gleichzeitig war ihm auch ein gewisser Stolz anzusehen gewesen. Sosehr er Richard auch verachten mochte, war es am Ende doch eine Ehre, in den Haushalt des Earl of Striguil einzutreten und in so jungen Jahren an einem Feldzug nach Irland teilzunehmen. Der jüngere Gerald hatte beim Abschied von seinem Bruder Mühe gehabt nicht zu weinen, aber Maurice hatte ihm versichert, dass er ihn nachholen würde, genauso wie Niah. Er hatte sie letztendlich durch dieses Versprechen dazu bewegen können, in Prendergast zu bleiben, auch wenn ihm der Abschied schwergefallen war. Nur für Elizabeth hatte er keine solche Versicherung gehabt.

Außer Atem kam er in seinem Ringpanzer am Kamm der Klippen an, wo sich billige Spelunken ausgebreitet hatten und die Bucht überblickten. Er wollte sich gerade zu den Verschlägen der Pferde wenden, als ihm eine Gestalt, einen Kopf kleiner als er selbst und flankiert von zwei Rittern, den Weg versperrte. Maurice' Hand rutschte instinktiv zum Schwert.

»Mylord de Prendergast, gut, dass ich Euch hier über den Weg laufe. Ich bin auf der Suche nach dem Earl of Striguil.«

Maurice sah sein Gegenüber prüfend an. Er hatte den Mann schon einmal gesehen, die unangenehm hervortretenden Augen, die über einer roten Knollennase lagen. Die glatt rasierte Haut war von kleinen Narben und Äderchen entstellt, in der rechten Wange grub sich eine tiefe Falte ins Fleisch, was den Mann noch grimmiger aussehen ließ. Seine Kleidung wies ihn als Edelmann aus, und Maurice' Blick fiel auf sein Wappen.

Er nahm schnell die Hand vom Schwertgriff und setzte ein Lächeln auf. Ihm fiel wieder ein, woher er den Mann kannte, auch wenn er nicht ins tiefste Wales passen wollte. Er war Humphrey de Bohun, der Lord High Constable des Königs und damit einer der wichtigsten Herren des Landes.

»Mylord, Ihr habt einen weiten Weg hinter Euch.« Er konnte das Misstrauen nicht aus seiner Stimme heraushalten, aber das schien de Bohun gleichgültig.

»Ich habe keine Zeit für belangloses Gerede, de Prendergast. Befehlt den Männern, die Schiffe zu entladen, und dann bringt mich endlich zum Earl.«

Maurice sah ihn verständnislos an. »Bei richtigem Wind segeln wir morgen Früh.« Er wies auf die zehn in der Bucht liegenden Schiffe und konnte nicht verhindern, dass seine Stimme lauter wurde. »Der König hat de Clare die Erlaubnis für diesen Feldzug erteilt. Alles ist bereit, wovon sprecht Ihr?«

De Bohun seufzte ungeduldig, und die beiden Ritter in seiner Begleitung schienen ebenfalls unruhig zu werden, doch Maurice kümmerte sich nicht um sie. Er sah de Bohun an, der einen Brief in der Hand hielt und mit seinem beringten Finger auf das königliche Siegel klopfte. »Keines dieser Schiffe wird auslaufen, de Prendergast. Besser, Ihr folgt meinem Befehl und lasst gleich alles abladen, oder Ihr werdet die Missgunst des Königs auf Euch ziehen. Es steht Euch natürlich frei, nach Irland zu gehen, aber der Earl of Striguil bleibt hier. Das ist ein ausdrücklicher Befehl Seiner Hoheit des Königs.«

Maurice starrte den Mann an und setzte eine unbewegte Miene auf, auch wenn seine Gedanken rasten. »Folgt mir, Mylord.« Er trat zur Seite und ließ den Constable und seine beiden Ritter hinter sich. Durch all das Gedränge am Hafen kamen sie nur langsam voran, de Clare hatte gut tausend Mann hier versammelt, ein Heer aus Rittern, Fußvolk, Knappen, Bogenschützen und Lanzenträgern. Sie alle genossen den letzten Tag vor dem Feldzug und verabschiedeten sich gebührend von der Heimat. Vorräte und Waffen wurden geladen, de Clares Holzbausätze für Burgen, Bündel um Bündel voller Pfeile. Pferde wurden zum Strand hinuntergetrieben, und jedermann sprach von Strongbows Abreise ins Unbekannte. Es schien völlig absurd, jetzt einfach wieder umzukehren.

Maurice hatte die Briefe Dermots gelesen, die um de Clares Unterstützung flehten. Ohne Strongbow, so sagte er, könne er Irland nicht für sich gewinnen. Und de Clare hatte daraufhin die Erlaubnis des Königs eingeholt, oder etwa doch nicht? Maurice fragte sich, ob er an den Worten seines Freundes zweifeln sollte. Der ursprüngliche Aufruf des Königs zur Unterstützung Dermots hatte ja nur für das verlorene Reich Leinster gegolten, das das Scheusal längst zurückhatte. Jetzt ging es um den Rest Irlands. Hatte der König hierfür wirklich sein Einverständnis gegeben? Verdammt, wieso hatte er nicht eher darüber nachgedacht, warum der König eine vermeintliche Erlaubnis zur Eroberung Irlands gegeben hatte? Henry wollte de Clare doch bestimmt nicht als König Irlands sehen!

Widerwillig führte er den hohen Besuch zum Gasthaus, in dem de Clare untergekommen war, und durchquerte den

Schankraum, in dem aufgeregt geflüstert wurde. Die Nachricht vom Erscheinen des Lord High Constable war anscheinend vor ihnen angekommen, und alle Anwesenden starrten ihnen über ihre Trinkbecher hinweg hinterher, als Maurice die steile Holztreppe hochstieg.

Im Obergeschoss angekommen wies er einen vor dem Zimmer wartenden Pagen an, ihn anzukündigen. Kurze Augenblicke später öffnete sich die Tür, und Maurice erblickte de Clare und seine Ritter Robert de Quincy und Milo de Cogan. »Mylord.« Maurice trat ein und sah de Clare in die Augen, eine stumme Frage stellend.

De Clare schien ihn aber gar nicht zu sehen, er sprang von seinem Stuhl und hatte nur Augen für den Mann, der hinter Maurice stand. »De Bohun?«, stieß er gleich einem Fluch aus. Der unheilsame Besucher sah sich mit selbstzufriedener Miene um.

»De Clare«, säuselte er und nickte den anderen Anwesenden kurz zu. »Damit hättet Ihr wohl nicht gerechnet, was? De Prendergast hier war so freundlich, uns auf dem Weg hierher einen Eindruck von Eurem Heer und Euren Plänen zu verschaffen.« Er hob den versiegelten Brief und wedelte damit durch die Luft. »Es kann sich dabei bestimmt nur um ein Missverständnis handeln, da Seine Hoheit der König Euch doch untersagte, auch nur einen Fuß auf irischen Boden zu setzen.«

Alle starrten den Lord High Constable an, und Maurice spürte, wie sich sein Herzschlag beschleunigte. Das konnte doch nicht wirklich wahr sein. Am liebsten hätte er aufgestöhnt und de Clare eine verpasst, dafür dass er selbst ihn so getäuscht hatte.

»Nun?« De Bohuns Stimme troff vor Häme, während er auf de Clare zuging. Auch die beiden fremden Ritter traten ein und drängten Maurice zur Seite.

»Mylord?«, begann de Quincy, doch de Clare schnitt ihm

mit einer herrischen Handbewegung das Wort ab, dann wandte er sich wieder an den Lord High Constable. »Der König gab mir die Erlaubnis«, erklärte er in die unheilschwangere Stille. »Denkt Ihr etwa, ich würde zum Spaß durch ganz Wales ziehen und ein Heer zusammenziehen?«

De Bohun blickte zu de Clare auf und gluckste immer noch. »Dann nennt mir den genauen Wortlaut Eurer Unterhaltung, Mylord of Striguil.«

De Clare verdrehte unverblümt die Augen. Er war wohl mächtig genug, um sich ein solches Verhalten zu erlauben. Hörbar ungeduldig begann er zu erzählen: »Nun schön, wenn Ihr es denn so haben wollt: Ich erfragte bei Seiner Hoheit die Aussicht auf die Rückerlangung meiner erblichen Titel und Ländereien von Pembroke, die Seine Königliche Hoheit wie erwartet gering einschätzte.« Hierbei schlich sich Wut in de Clares Blick, auch wenn seine Stimme voller Ironie war. »Ich erinnerte den König an die Umstände in Irland und erklärte, dass ich – sofern Seine Hoheit nicht gewillt sei, mir Pembroke zum Lehen zu geben – mein Glück in Irland versuchen würde, so wie Seine Hoheit es selbst in seinem Brief gestattet hatte. Seine Hoheit antwortete, ich möge tun, was ich für klug hielte.«

Ein gurgelndes Lachen aus de Bohuns Kehle erfüllte den Raum. Er lachte so sehr, dass er sich an der Stuhllehne festhalten musste und ihm Tränen über die Wangen flossen. Maurice beobachtete unterdessen de Clare, der seinen Besucher weiterhin ungerührt betrachtete. Es fiel Maurice immer schwerer, sich seinerseits ein Grinsen zu verkneifen. Seinem Freund musste klar gewesen sein, dass diese paar dahingeworfenen Worte keine offizielle Erlaubnis waren. Doch Maurice musste auch gestehen, dass de Clare lange genug vom König zum Narren gehalten wurde, und kam nicht umhin, dessen Schneid zu bewundern, nun seinen Willen auch gegen Henrys durchzusetzen.

Unvermittelt erlangte der Lord High Constable seine Fassung wieder und ließ sich schwer auf den von de Clare freigegebenen Stuhl sinken. Milo de Cogan schenkte Wein ein und reichte dem Unheilbringer schließlich den Becher. Seinen misstrauischen Ausdruck legte er dabei nicht ab.

»Es freut mich, Eurer Erheiterung zu dienen, Mylord«, knurrte de Clare und griff ebenfalls nach seinem Wein, der neben ihm auf dem Tisch stand.

»Nun, mir scheint, Mylord, der König maß Euch größere Klugheit zu, als Ihr besitzt.«

De Clare starrte den Constable an, und Maurice wurde wieder einmal bewusst, dass der Beiname Strongbow nicht allein vom fähigen Umgang mit dem Bogen herrührte. Der Stahl in seinen grauen Augen blitzte vor unterdrücktem Zorn.

»Ihr werdet nicht nach Irland segeln.« De Bohun erhob sich. Jedes Anzeichen von Humor war verflogen, und die runden Glupschaugen ließen ihren Blick über alle Anwesenden schweifen. »Meine Herren«, wandte er sich an Maurice und die anderen Ritter. »Es steht Ihnen frei, dem Ruf der Barbareninsel zu folgen, aber Mylord of Striguil …«, er wies vage in de Clares Richtung, was nicht hätte beleidigender wirken können, »wird als Kronvasall Seiner Hoheit im Reich Seiner Hoheit verweilen und es nicht verlassen, bis Seine Hoheit ihn zu sich ruft und seine Lehnstreue einfordert. Habe ich mich klar ausgedrückt … Mylord?«

In der Stube herrschte betretene Stille. Einzig das dumpfe Lärmen des Gastraums drang von unten herauf, doch das änderte nichts an der nervenzerreißenden Anspannung. Alle warteten auf eine Antwort. Sie kam in Form eines vagen Nickens und einer angedeuteten, fast schon spöttischen Verbeugung seitens de Clare. De Bohun knurrte irgendetwas Unverständliches und verschwand schließlich mit seinen beiden Rittern grußlos aus dem Raum.

»Was werdet Ihr jetzt tun?«, fragte Robert de Quincy sofort.

De Clare ignorierte ihn, riss die Tür auf und packte den wartenden Pagen am Kragen. »Geh in die Tavernen, trommle die Männer zusammen, dann lauf runter zum Hafen und treib sie zur Eile an. Wir laufen aus. Jetzt.«

Überraschte Blicke wanderten in der Stube von einem zum anderen, als de Quincy sich erhob. »Mylord ... die Männer werden allesamt betrunken sein.«

De Clare warf ihm über die Schulter einen Blick zu. »Es wird für so manchen eine unangenehme Reise werden. Aber bis Irland werden sie nüchtern sein. Ihr habt des Königs Wichtel gehört – euch steht es frei, auf die Barbareninsel zu reisen. Euch kann also nichts geschehen. Und ich habe lange genug nach Henrys Pfeife getanzt.«

Maurice schloss einen Moment lang die Augen und atmete tief durch. Dann schüttelte er belustigt den Kopf. Er sollte die Stimme der Vernunft sein, doch ihm ging auf, dass er an de Clares Stelle genauso handeln würde. Sein Freund hatte nichts mehr zu verlieren. Selbst wenn ihn dies den Kopf kosten sollte, so hätte er zumindest versucht, diesen zu krönen, anstatt sich länger demütigen zu lassen. Fast hätte Maurice gelacht – er befürwortete tatsächlich etwas ganz und gar Unkluges: sich offen dem Befehl des Königs zu widersetzen.

Maurice klopfte seinem Freund auf die Schulter. »Ich rufe meine Männer. Wir werden bereit sein.«

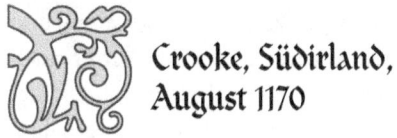 Crooke, Südirland,
August 1170

(M)aurice landete an einem drückend heißen Augustabend an de Clares Seite mit zweihundert Rittern und über tausend weiteren Kämpfern an der irischen Küste.

Schon mit dem ersten Schritt auf den von Steilklippen gesäumten Strand überfiel ihn ein überraschendes Gefühl der Heimkehr. Nie hätte er gedacht, sich über eine Rückkehr in dieses raue Land freuen zu können. Aber es fühlte sich fast an, als sähe er einen alten Freund nach langer Zeit wieder. Der Kreis schloss sich, er war überstürzt verschwunden, aber nun konnte er einen Abschluss finden – oder einen Neuanfang. Er wusste Niah in Sicherheit, genauso seine Familie, und er war an de Clares Seite wie in schon so vielen Kämpfen zuvor. Er hatte erwartet, mehr Widerwillen zu verspüren, nachdem es ihn so gedrängt hatte, von Irland zu verschwinden. Doch dieses Mal unterstützte er einen Mann, der es verdient hatte, eine Familie zu gründen, ein neues Heim zu finden und etwas Glück zu erfahren. Das drohende Unheil durch König Henrys Zorn ignorierte er geflissentlich, damit würden sie sich auseinandersetzen, wenn die richtige Zeit gekommen war. Vorher musste er sich ohnehin den Geraldines und Dermot stellen.

»Wir müssen Waterford einnehmen«, sagte de Clare am nächsten Tag in seinem Zelt. Raymond le Gros und Hervey de Montmorency waren zu ihrer Landestelle gekommen, um ihre Heere zusammenzuführen. »Ihr beide habt die Ostmänner bei Baginbun besiegt, aber wir müssen in ihre Stadt hinein.«

Raymond nickte und schien in Gedanken versunken, während de Montmorency es sich nicht nehmen ließ, Maurice hasserfüllte Blicke zuzuwerfen. Das war zu erwarten gewesen, und Maurice lächelte nur abwesend zurück, was den Ritter noch wütender zu machen schien.

»Dann also nach Waterford.« Maurice erhob sich, verneigte sich spöttisch vor de Montmorency und ließ de Clare, seinen Onkel und seinen Ritter zurück, um die Einzelheiten zu besprechen.

Lieber wollte er nach Richard sehen und nach seinen Pferden, damit für den Marsch morgen alles bereit war.

Das Lager glich einem Ameisenhaufen. Es war überfüllt, überall herrschte Bewegung, und doch gab es auch ein gewisses Maß an Ordnung. Jeder kannte seine Aufgabe und ging seinen Pflichten gewissenhaft nach.

Richard war einer von ihnen, er saß auf einer Kiste und nähte einen Riss in Maurice' Umhang. »Euer Gewand habe ich schon ausgebürstet und Euer Schwert eingefettet«, erklärte er stolz.

Maurice lächelte und hielt sich gerade noch davon ab, ihm durch die dichten schwarzen Locken zu wuscheln. »Hör auf, so fleißig zu sein, kleiner de Clare. Du wirst nicht ewig ein Knappe bleiben, und was mach ich, wenn ich einen neuen brauche? Keiner wird meinen Ansprüchen mehr genügen, nachdem ich von dir verwöhnt wurde.«

Die mit einem kaum sichtbaren Flaum bedeckten Wangen des Jungen färbten sich rot, und seine Augen leuchteten auf. »Muss ich die Pferde nicht versorgen?«, stieß er aus, und Maurice lachte.

»Nach den Pferden sehe ich selbst, schau du dich mal ein wenig um, geh zu den anderen Knappen und mach … Unsinn.«

Richard sah ihn verwirrt an, und Maurice hätte es nicht gewundert, wüsste der Junge gar nicht, was Unsinn war. Er war immer so darauf bedacht, das Richtige zu tun. Vielleicht würde

Philip sich am Ende doch noch etwas von ihm abschauen. Sein Sohn war im Moment aber noch bei de Clare im Zelt, wo er die Versammlung bediente und zweifelsohne den Gesprächen lauschte. Das war auch für Maurice stets das Spannendste an seiner Arbeit als Page gewesen – unsichtbar für die hohen Herren zu sein und dabei so allerhand zu erfahren.

Maurice' Blick fiel zum Geröllhang, an dessen Kamm zwei Wachen die grasbewachsene Ebene überblickten, um einen näher rückenden Feind rechtzeitig ausmachen zu können. Ein paar Wolken zogen über sie hinweg, und Maurice wusste, es konnte von einem Moment zum anderen regnen, aber genauso schnell wieder aufhören.

Mit einem Lächeln auf den Lippen ging er zu den Pferden, die in ein Seilgeviert gesperrt waren, holte Espee heraus und griff nach der Wurzelbürste, um ihm das Fell zu striegeln. Er machte diese Arbeit immer noch gerne, sie war beruhigend und ermöglichte ihm, seinen Gedanken nachzuhängen.

»Die Arbeit eines Stallburschen verrichtend! Von einem Bauern wie Euch hätte ich auch nichts anderes erwarten sollen. Oder seid Ihr nach Eurer feigen Flucht nach Irland zurückgekommen, weil Ihr Euch nicht mal mehr einen Knappen leisten könnt und hier auf bessere Zeiten hofft?«

Maurice drehte sich nicht um. In gleichmäßigen Bewegungen führte er die Bürste über Espees glänzenden Hals.

»Sir Hervey, ich fühle mich geschmeichelt, dass Ihr mir bis zu den Pferden folgt, um Eurer Sorge um mich Ausdruck zu verleihen.« Er warf de Montmorency einen kurzen Blick über die Schulter zu.

Der Ritter hatte sich nicht verändert. Er war immer noch eine hochaufragende, dürre Gestalt, und nur wenige graue Strähnen durchwebten das dunkle Haar. Gutaussehend, aber mit so verkniffener Miene, dass gefällige Gesichtszüge auch nicht mehr halfen.

»Irland bekommt Euch, das muss ich sagen, Sir Hervey.«

Die farblosen Augen verengten sich, aber Maurice wandte sich wieder seinem Pferd zu.

»Glaubt nicht, dass ich vergessen habe, wie Ihr uns im Stich gelassen habt und davongerannt seid.« De Montmorencys Blick bohrte sich ihm in den Rücken, während Maurice dem Hengst gleichmütig über die weichen Nüstern strich und auf die andere Seite ging, um dort weiterzustriegeln. »Nicht nur im Angesicht des Heers des Hochkönigs seid Ihr davongelaufen! Auch als wir Euch nach Leix entgegenzogen!«

Maurice sah den Ritter über Espees Rücken hinweg an. »Oh, Ihr wart damals auch dabei? Hätte ich das gewusst, wäre ich natürlich geblieben und hätte Euch als Erstes persönlich empfangen.« Er überließ es de Montmorency, in seinen Worten Spott oder eine Drohung zu deuten, und sah an ihm vorbei, da er Richard zu ihnen herüberlaufen sah.

»Mylord! Das kann ich doch machen!« Der Knappe blieb abrupt stehen und verneigte sich formvollendet vor de Montmorency. »Oh, Sir Hervey. Braucht Ihr Euer Pferd, ich kann es Euch rausholen, wenn Ihr möchtet.«

De Montmorency sah voller Verachtung auf Richard hinab und drängte ihn zur Seite. »Der Tag wird nie anbrechen, an dem ich dich mein Pferd anfassen lasse, Bastard.«

Maurice hielt mit der Bürste in der Hand inne, sah von Richards plötzlich blassem Gesicht zu de Montmorencys gemeinen Augen und kam um das Pferd herum auf ihn zu. Er legte die Bürste auf den Holzpfahl, an dem Espee angebunden war, straffte die Schultern und hatte bereits eine passende Antwort für diesen aufgeblasenen Gockel auf den Lippen, als ein Schatten auf ihn fiel.

»Ah, Sir Hervey, Ihr bei den Pferden? Ich wusste gar nicht, dass Ihr so ein Tierliebhaber seid. Aber der alte Herr wird sich bestimmt über Euren Besuch freuen.« Aus dem Nichts trat

Raymond le Gros zu ihnen und deutete auf einen braunen Wallach mit durchhängendem Rücken.

De Montmorency kniff die Augen zu zwei schmalen Schlitzen zusammen.

Raymond sah aber nur unschuldig in die Runde, und Maurice warf ihm einen überraschten Blick zu. Es war lange her, seit er den hünenhaften Ritter mit den goldenen Locken zum letzten Mal gesehen hatte, noch länger, seit sie miteinander gesprochen hatten. Der Spott, mit dem Raymond auf de Montmorency herabblickte, wunderte ihn. Hatten die beiden nicht erst vor Kurzem einen großen Sieg miteinander errungen? Wieso sahen sie sich jetzt an, als hätten sie ihren Todfeind vor sich? Maurice kannte diesen Blick sehr genau – so hatte Raymond immer ihn angesehen.

»Richard de Clare!« Raymond wuschelte dem Jungen durchs dunkle Haar. »Dich habe ich ja schon lange nicht mehr gesehen. Wo wächst du denn hin? Bald hast du mich eingeholt. Wie lange noch, bis du zum Ritter geschlagen wirst?«

»Ich ... ich weiß es nicht, Sir Raymond.«

»Ach, das dauert bestimmt nicht mehr allzu lange. Ich soll dich übrigens von deinen Schwestern und deiner Mutter grüßen. Ich habe sie besucht, bevor ich hierherkam, und habe ihnen einen Brief von deinem Vater gebracht. Es scheint ihnen sehr gut zu gehen.«

»Ja, danke, Sir Raymond.«

»Nennt ihn nicht ›de Clare‹«, knurrte de Montmorency, hörbar atemlos vor Zorn. »Er ist kein de Clare.«

Raymond wandte sich ihm lächelnd zu und verbeugte sich erstaunlich elegant für einen so großen, schweren Mann. »Genauso wenig wie Ihr, Sir Hervey.«

De Montmorency schnappte nach Luft, wie ein Fisch auf dem Trockenen. »Er ist ein Bastard! Ein walisischer Bastard!«

»Ein hübscher Bastard, kommt ganz nach der Mutter.« Le

Gros grinste und wuschelte Richard erneut durchs Haar, der das geduldig über sich ergehen ließ und Raymond selig anstrahlte. »Vergesst nicht, Sir Hervey, wir hatten schon Könige, die nicht im ehelichen Lager gezeugt wurden. Dass man aus William, dem Bastard, William, den Eroberer machte, ändert nichts an den Umständen seiner Geburt. Wer weiß, was noch aus dem jungen Richard wird.«

De Montmorency knurrte etwas Unverständliches und wandte sich ab. Ohne einen von ihnen noch einmal anzusehen, stapfte er davon.

Raymond stieß ein Seufzen aus. »Ich hasse diesen Mann.« Er legte einen Arm um Richard und wies zu de Clares Zelt hinüber. »Tu mir einen Gefallen, ja? Sag deinem Vater, dass Sir Walter Bloet nachkommen wird. Er ist aufgebrochen, um Dermot von eurer Ankunft zu berichten. Ich hab vorhin in all der Aufregung ganz vergessen, es zu erwähnen.«

»Sir. Mylord.« Richard nickte ihnen beiden zu und machte sich eiligst davon.

Maurice sah ihm hinterher und wandte sich dann mit fragendem Blick wieder Raymond zu. Er fühlte sich, als wäre er in ein Puppentheater geraten. Raymond le Gros war immer mürrisch und verbittert gewesen, und nun eilte er seinem Schützling zur Rettung. Wäre ihr Verhältnis ein anderes gewesen, hätte er ihm dankbar auf die Schulter geklopft.

»Ich nehme an, du hast bereits von meinem kleinen Disput mit de Montmorency gehört?« Raymond hob die Wurzelbürste auf und reichte sie ihm.

Maurice nahm sie sprachlos entgegen, ging wieder auf die andere Seite seines Hengstes und fuhr mit seiner Arbeit fort. »Nein, ich habe nur davon gehört, dass ihr zusammen einen Sieg errungen habt – bei Baginbun. Den Ortsnamen habt ihr euch ausgedacht, nicht wahr? Nach euren Schiffen la bague und la bonne.«

»Ja, und gesiegt haben wir. Aber du kennst ja de Montmorency. Da kannst du dir seinen Anteil an den Ruhmestaten bestimmt gut vorstellen.« Er knurrte einen Fluch und sah in die Richtung, in die de Clares Onkel verschwunden war. »Ich sag dir, Maurice, ich war kurz davor, dieses alte Wiesel zusammen mit den Iren von der Klippe zu stoßen.«

Maurice hielt inne und blickte Raymond über den Rücken seines Pferdes ins wutverzerrte Gesicht. Die grauen Augen des Ritters wirkten kalt wie die See. »Sind die Gerüchte etwa wahr? Ihr habt die Gefangenen von der Klippe gestoßen?!«

Raymond fuhr sich mit beiden Händen durch die goldenen Locken und verharrte einen Moment lang mit geschlossenen Augen. »Siebzig Mann«, bestätigte er und sah ihn an, verblüffend direkt wie wohl nie zuvor. »De Montmorency ließ ihnen erst die Glieder brechen und warf sie dann kopfüber über die Klippe ins Meer. Siebzig Ostmänner aus Waterford. Allesamt hochgestellte Herren der Stadt.«

Maurice starrte den Geraldine-Ritter entsetzt an und schüttelte dann angewidert den Kopf.

»Es hätte eine Ruhmestat werden können, von der man noch in tausend Jahren spricht«, knurrte Raymond. »Wir waren nur knapp hundert Männer und errichteten dort, wo die Landzunge ins Hauptland übergeht, ein paar Wälle, um uns vor Angriffen zu schützen. Aber den Männern wurde schnell langweilig, wir waren zu wenige, um allein einen Vorstoß zu wagen, und saßen mitten im Feindesland. Also haben wir uns damit begnügt, ein paar Herden Rinder zu stehlen. Doch dann schlossen sich die Iren der Umgebung gegen uns zusammen, dreitausend Mann gegen unsere hundert. Was für ein Spaß, sag ich dir. Es waren hauptsächlich Männer aus Waterford, zu der Stadt ziehen wir ja morgen.«

Maurice griff nach dem Mähnenkamm. »Die konnten sich wohl gut an Wexfords Schicksal erinnern und wollten euch ausmerzen, solange ihr nur so wenige wart.«

»Ja, sie waren schon eine beeindruckende Macht. Nicht nur die Männer Waterfords, auch Donnell aus Ossory und zwei Clanführer, aus Decies und Odrone, haben sich ihnen angeschlossen.«

Maurice hob die Hand, ein flaues Gefühl im Magen. »Was ist aus Donnell geworden?«

Einen Moment lang sah Raymond ihn verwundert an, dann nickte er verständnisvoll. »Ach richtig, ich erinnere mich, du warst ja eine Zeit lang in Ossory. Nun, Donnell geht es gut, er will uns immer noch ziemlich dringend loswerden, wie du dir vorstellen kannst, aber er lebt. Das Heer ist uns entgegengezogen, und irgendwie hat mich die Tollkühnheit übermannt. Den Befehl zu führen, für Ruhm und Ehre sorgen zu können …«

»Du hast den Schutz der Wälle verlassen und dich ihnen auf freiem Feld gestellt? Dreitausend wütenden Iren?«

»Und Norwegern.« Raymond grinste, und Maurice kam es immer noch sonderbar vor, ein so ungezwungenes Gespräch mit dem riesigen Geraldine zu führen. »Ich dachte mir, wir könnten auf der Ebene die Pferde besser einsetzen, so wie du einst, Maurice. Ihr wart vierzig gegen zweitausend, das sollte ich doch auch schaffen. Über deine Heldentat in Ossory spricht man noch immer.«

Das bezweifelte Maurice, eher glaubte er, dass seine Taten *für* Ossory in Erinnerung blieben, aber er schwieg.

»Nun, ich lag falsch. Wir waren eindeutig unterlegen. Irgendwann mussten wir um unser Leben rennen, zurück hinter die Wälle. Aber als wir alle in unser Lager stürmten, gerieten die Rinder, die wir in den Tagen zuvor gestohlen hatten, in Panik. Das brachte mich dann auf eine Idee. Ich schnappte mir ein paar gute Männer, öffnete unser provisorisches Tor und trieb die irren Rinder hinaus, mitten in die Iren hinein. In dem Durcheinander konnten wir angreifen. Bestimmt fünfhundert der Iren sind gefallen, und siebzig Gefangene haben wir gemacht.« Sein

Lächeln und der Stolz verschwanden unvermittelt, und seine Miene verdüsterte sich. »Die Iren und Norweger haben lediglich ihr Land verteidigt, die Ehre verlangte Gnade. Doch de Montmorency war dagegen. Ein Land kann nicht mit Gnade erobert werden. Solche Nettigkeiten können wir uns erst erlauben, wenn das Land uns gehört und die Bewohner uns als Herren akzeptieren. Wir hatten mehr Gefangene als Männer, die sie bewachen konnten. Mit all dem mag er nicht ganz unrecht gehabt haben, aber trotzdem … Dann wäre eine ehrenhafte Hinrichtung besser gewesen, wenn sie denn schon sterben mussten, aber diese Grausamkeit war sowohl unnötig als auch bösartig. Aber was weiß ein Mann wie Hervey de Montmorency schon von Ehre?«

Maurice legte den Kamm weg und verschränkte die Arme vor der Brust. Er konnte sich nicht länger zurückhalten, auch wenn er damit vielleicht diesen beinahe freundschaftlichen Moment zerstörte. Raymonds Wesensänderung war einfach zu auffällig, er musste wissen, ob der Geraldine nur spielte.

»Wie geht es denn eigentlich de Montmorencys Knappen?«

Einen Moment lang sah Raymond ihn nur an, fast erschrocken, dann wich er seinem Blick aus und atmete sichtbar ein. »Deshalb bin ich eigentlich hergekommen.«

»Um über Griffin zu reden?«

Nun blickte er auf und sah ihn wieder so ungewohnt direkt an. »Ja. Über Griffin. Über mich. Über meine kindische Sturheit und Blindheit und meine unverzeihliche Tat, über eine Vergangenheit, die ich lange genug totgeschwiegen habe, aus Scham und Furcht.« Er hob Espees Strick hoch und duckte sich unter diesem hinweg auf Maurice' Seite, wo er vor ihm auf ein Knie niederging.

»Ich weiß, deine Vergebung zu erfragen, ist zu viel verlangt, Maurice, du sollst nur wissen, dass ich mir über alles, was du für mich getan hast, bewusst bin und dass ich Griffin nicht länger folge. Er ist mein Bruder, und Gott weiß, ich liebe ihn wohl mehr als irgendeinen anderen Menschen, aber ich sehe auch, was er für ein Mensch ist. Es ist Zeit, dass ich ausspreche, was ich schon so lange mit mir herumschleppe.« Er wies mit einer Hand auf Maurice' Gesicht. »Griffin und ich waren das, ich war feige und zornig. Du hast uns nichts weggenommen, du hast nicht versucht, mich ertrinken zu lassen, du hast mir nie etwas getan. Wir dir aber schon, und trotzdem hast du dich bei de Clare für mich eingesetzt.«

Maurice wusste nicht, was er sagen sollte, diese Worte kamen zu plötzlich. Im Grunde war er sich aber im Klaren darüber, dass es nur eine Antwort gab. »Ich hab dir schon lange vergeben, Raymond.«

Raymond atmete tief durch und grinste dann befreit. Er reichte Maurice die Hand. »Du kannst ruhig le Gros zu mir sagen, das tun alle.«

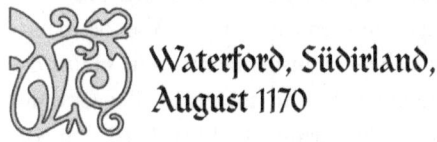

Waterford, Südirland, August 1170

Nehmt euch, was ihr wollt, aber derjenige, der ein Haus entzündet, wird hängen, habt ihr mich verstanden? Wir brauchen die Stadt! Sie darf nicht brennen!« De Clare rief die Worte mit eiserner Stimme, während seine Männer wie eine Flutwelle über die Bresche in der Mauer Waterfords strömten, Jubelrufe des Triumphs ausstoßend. Von der gefallenen Stadt her erschollen bereits die ersten Schreie der Einwohner, und Maurice wünschte, de Clare hätte gar nicht erst die Erlaubnis zur Plünderung gegeben.

»Ihr bleibt hier bei mir.« Maurice sah auf Richard und Philip hinab, die beide zur Stadtmauer starrten. Richard regungslos und ohne sich Gefühle anmerken zu lassen, der jüngere Philip von einem Bein aufs andere tretend und mit leuchtenden Augen.

»Das war … grandios, Vater! Onkel Raymond hat uns allen den Sieg gebracht! Er allein hat Waterford zu Fall gebracht! Er allein!«

»Ja, mein Sohn.« Maurice sah zu le Gros hinüber, der zwar nicht Philips Onkel war, aber Elizabeths Vetter und somit wohl auch Onkel genannt werden konnte. Er saß auf einem kräftigen Rappen, und wie die meisten Ritter ließ er erst mal die Masse an Fußvolk und Schützen in die Stadt eindringen. Die vielen Männer, die ihm Segensworte zuriefen und ihm beim Vorbeilaufen auf den Schenkel klopften, ignorierte er.

Zwei Angriffswellen hatte Waterford abgewehrt, und ihnen

war bewusst geworden, warum die Stadt mit der zu einem Dreieck geformten Mauer, die in jeder Ecke mit einem Turm befestigt war, noch nie eingenommen worden war. Aber dann hatte Raymond eine Schwachstelle ausgemacht – ein Haus, das über die Stadtmauer hinausragte und auf der Außenseite nur von einem Holzpfosten gestützt wurde. Le Gros hatte den Angriff auf diesen Bereich konzentriert und ein paar kettenhemdgeschützten Männern befohlen, den Holzpfosten einzuschlagen. Maurice musste den Geraldine für seinen Geistesblitz bewundern. Wie erwartet war das Haus daraufhin eingestürzt und hatte einen Großteil der Mauer in diesem Bereich mit sich gerissen. Jetzt strömten die Männer in die Stadt, und es klang, als würden sich die Bewohner trotz – oder vielleicht auch wegen – ihrer Erinnerung an die Grausamkeiten von Baginbun mit aller Macht wehren.

»Dürfen wir endlich rein, Vater? Plündern die Männer jetzt die Stadt?«

»Nein, du wartest hier, und ja, sie plündern die Stadt. Der Earl muss es seinen Männern zugestehen, sonst kämpfen sie nicht länger für ihn, wenn er ihnen ihre Beute vorenthält und diese … Freude verwehrt.«

»Dürfen *wir* auch plündern? Ich könnte mir ein Schwert von einem toten Ostmann nehmen!«

Maurice sah auf Philip hinab und zog die Augenbrauen zusammen. Er spürte, dass Richard ihn ansah.

»Nein, Philip, du wirst einmal ein Ritter und Lord von Prendergast. Du stehst über solcherlei Dingen. Du wirst nicht immer verhindern können, dass deine Männer sich unehrenhaft verhalten, irgendwie musst du sie auch bezahlen, aber du selbst wirst *nie* an solch grausamen Taten teilhaben.«

Philip zog einen Schmollmund und blickte sehnsüchtig zurück zur Mauer.

Maurice' Kiefer spannte sich an. Hatte er bei seinem Sohn

versagt? »Sir Robert!« Er winkte seinen treuen Ritter Robert Smith zu sich, der ihn wieder nach Irland begleitet hatte. »Habt ein Auge auf die beiden, ja?« Er wies nach vorne zur Bresche, wo de Clare seine Ritter sammelte, um ebenfalls die Stadt zu betreten, und sich suchend nach ihm umsah.

Sie mussten nicht über den Trümmerhaufen klettern, denn ein paar der Männer waren so geistreich, die Tore zu öffnen. So ritten sie nach Waterford ein, und ihre Pferde mussten gleich über mehrere Tote hinwegtreten, Verteidiger, die im Versuch, das Tor zu halten, gestorben waren.

De Clare verhielt sich ernst, weniger euphorisch über den ersten Sieg, als Maurice angenommen hätte, aber die Schreie der Menschen waren auch schwer zu ertragen. Sie brachten keine Kriegsehre, Ruhm und Glorie, sondern die Realität, die Maurice schon kennengelernt hatte. Bald würde auch Philip sehen, was es bedeutete zu siegen, wie der Sieg sich anhörte, anfühlte und vor allem, wie er stank. Seine Vorstellung vom Triumph in der Plünderung einer Stadt würde sehr schnell erschüttert werden. Das hoffte Maurice zumindest.

»Mylord!« Sir Walter Bloet preschte auf seinem Schimmel zwischen fliehenden Menschen auf sie zu und kam abrupt vor ihnen zum Stehen. »Die Stadtführer haben sich in einem der Türme eingeschlossen! Dem an der Ostseite! Ich habe den Männern befohlen, mit dem Aufbrechen zu warten, bis Ihr eingetroffen seid.«

De Clare nickte grimmig. »Gut, ich will mit ihnen reden, sie sollen in Ruhe gelassen werden.« Er wandte sich Maurice mit ernster Miene zu, seine Stimme wie immer ruhig. »Maurice, ich brauche dich. Du musst ein wenig Ordnung in die Stadt bringen. Irgendwo brennt es, ich rieche es deutlich. Bitte, sieh zu, dass die Feuer gelöscht werden, und dass ... das Töten sich in Grenzen hält.«

Maurice legte sich die Hand auf die Brust. »Seht es als erledigt an, Mylord.« Er zwinkerte de Clare zu, wendete sein Pferd, bedeutete seinem Ritter Godebert, ihm zu folgen, und trug einem anderen auf, Robert Smith mit den Knappen zum Ostturm zu bringen. Dann ritt er zwischen panisch umherlaufenden Menschen hindurch zu den aufsteigenden Rauchschwaden. Er war de Clare dankbar, dass er ihm diese Aufgabe erteilt hatte. Maurice konnte nur schwer ruhig halten, während um ihn herum unschuldige Menschen gequält und getötet wurden. Doch bald musste er erkennen, dass der Befehl zu spät gekommen war. Die Straßen waren übersät von hingestreckten Körpern, alt wie jung, und auf dem schlammigen Boden sammelte sich in Pfützen das Blut.

Maurice sah weiter vorne in einer der engen Gassen eine Handvoll Männer, die eine schreiende, sich windende Frau hochhoben und festhielten. Einer trug ihren Oberkörper und hielt sie an den Achseln, einer umklammerte das rechte Bein, der andere das linke, mit solch einer Kraft, dass die Frau zwischen ihnen in der Luft hing. Ein anderer stand zwischen ihren Schenkeln mit heruntergelassenen Hosen, der Fünfte rieb sich die Hände und wartete darauf, selbst dran zu sein.

Es war kein gänzlich fremdes Bild für ihn, aber er würde sich nie daran gewöhnen. Es erschütterte ihn immer noch genauso wie bei den Raubzügen mit Dermot und erfüllte ihn mindestens mit demselben Maß an Zorn.

Sein Schwert zu ziehen fühlte sich gut an, heute konnte er etwas tun, endlich handeln, anders als einst an Dermots und Kavanaghs Seite. Er hatte gewusst, dass de Clare kam, um zu bleiben, und dass diese Eroberung nicht ohne Blutvergießen stattfinden würde. Er war sich aber auch darüber im Klaren gewesen, dass er an de Clares Seite den Schaden würde in Grenzen halten können, und das war alles, was zählte. *Gwnewch y pethau bychain mewn bywyd – tu die kleinen Dinge im Leben.*

»He!« Er trieb Espee an und gab Godebert ein Zeichen,

ebenfalls sein Schwert zu ziehen. Der Ritter, dessen Gesicht hinter dem Nasenkolben seines Helms kaum zu sehen war, ließ sich nicht zweimal auffordern.

Die Männer warfen ihnen einen kurzen Blick zu, machten aber keine Anstalten, von der Frau abzulassen, was Maurice nicht anders erwartet hatte. Also drängte er Espee so nahe, bis der kräftige Pferdeleib den abwartenden Mann rammte und die Spitze seiner Klinge den Bauch des Kerls berührte, der schwitzend zwischen den Beinen der goldgelockten Frau stand. »Ich fordere dich nur noch einmal auf, sie gehen zu lassen, danach wirst du ein dir wertvolles Körperteil verlieren.« Der Mann sah zu ihm auf, weniger wütend als entnervt, und murmelte ein paar walisische Worte, die nicht sehr freundlich klangen. Er trat aber zurück, wenn auch ohne sich die Mühe zu machen, sich wieder anzuziehen oder die wimmernde Frau sanft zu Boden zu lassen. Mit einem Stöhnen schlug sie auf, und Maurice atmete tief durch, um seinen Arm unter Kontrolle zu halten, der im Verlangen zu handeln, zuckte.

»Ihr werdet keinen weiteren Einwohner dieser Stadt anrühren, habt ihr mich verstanden? Der Earl of Striguil hat euch erlaubt, euch an weltlichen Gütern zu bereichern, aber lasst verdammt noch mal die Menschen in Ruhe.«

Die Waliser verdrehten die Augen. Sich gegenseitig lachend anstoßend, trollten sie sich und zogen unterwegs einem Toten die Stiefel aus.

Maurice fluchte und schwang sich aus dem Sattel. Die Frau lag immer noch auf dem Boden, die Röcke bis zum Bauch hochgeschoben, die Schenkel blutverschmiert. Sie weinte nicht mehr, starrte hoch in den Himmel und murmelte Worte in einer Sprache, die nicht irisch, sondern vermutlich norwegisch war. Jetzt sah er auch, wie jung sie noch war, noch gar keine richtige Frau.

»Hilf mir, Godebert.« Er schob die Röcke zurück nach unten

und hob sie vom Boden auf. Godebert stieß die halb aus den Angeln gerissene Tür im nächsten Haus auf, wo sofort Schreie erklangen. Maurice folgte ihm mit dem Mädchen auf dem Arm und fand sich in einem Raum wieder, in dem sich verängstigte Frauen und Kinder in eine Ecke drängten. Ein vielleicht achtjähriger Junge stand mit einem Messer vor ihnen und streckte es ihnen drohend entgegen. Tränen strömten über seine Wangen.

»Habt keine Angst.« Godebert streckte begütigend die Hand aus. Die Frauen starrten auf das Mädchen in Maurice' Armen, entsetztes Flüstern auf ihren Lippen.

»Kümmert euch um sie.« Maurice ließ die junge Frau auf den Boden ins Stroh gleiten und richtete sich auf. »Sucht Zuflucht in einer der Kirchen, dort wird euch nichts geschehen.«

Er wusste, die Menschen verstanden ihn nicht, sahen ihn als einen Dämon, und er konnte auch nichts mehr für sie tun. Er musste verhindern, dass die Feuer sich ausbreiteten, also verließ er fluchtartig das Haus.

Ein paar weitere Ritter stießen zu ihm, genauso mehrere Bogenschützen und Männer aus dem Fußvolk, die sich nicht am schändlichen Treiben beteiligen wollten. Sie unterstützten Maurice darin, Feuer zu löschen und den Verbrechen gegen die Bevölkerung Einhalt zu gebieten.

Trotzdem war es längst dunkel, als Maurice sich durch die von Lagerfeuern hell erleuchtete Nacht, in der keine Schreie mehr, sondern Siegesgesänge erschollen, zum Ostturm aufmachte. Er war zu Tode erschöpft, aufgewühlt und wieder einmal ernüchtert über die menschliche Natur. Alles, was er wollte, war, einen Moment der Ruhe zu finden.

Er war erstaunt, ein solch mächtiges Steinbauwerk vorzufinden. Der Rundturm in der hafenseitigen Mauer war von Fackeln hell erleuchtet und so gewaltig, dass er die Burg eines Normannen hätte sein können.

Eine Wache stand unten am zersplitterten Tor, eine weitere

führte ihn die steile Wendeltreppe hoch, von der einzelne Gemächer abgingen. Oben angekommen öffnete Maurice eine ebenfalls stark beschädigte Tür und stolperte beinahe über den am Boden hingestreckten Mann.

»Das ist Sitric«, erklärte de Clare von seinem Schemel aus mit einem Wink zu dem Toten, die Worte schwer und lallend. »Und dort drüben liegt noch ein Sitric.« Er nahm einen kräftigen Schluck aus seinem Becher und bedeutete Philip, ihm nachzuschenken.

Maurice konnte seinem Sohn ansehen, dass er sprechen und erzählen wollte, die Aufregung stand ihm ins Gesicht geschrieben. Aber Maurice warf ihm einen warnenden Blick zu und schüttelte kaum merklich den Kopf. Dann sah er sich im Licht der Kerzen im kreisrunden Raum um und fragte sich, was hier geschehen war. Raymond le Gros saß in der Fensternische, die Beine ausgestreckt, den Kopf in den Nacken gelegt, der entblößte Hals über und über mit Blutspritzern übersät. Neben ihm lehnte Walter Bloet, der gemeinsam mit Raymond schon im Mai auf die Insel gekommen war, ebenfalls an einem Becher nippend. Milo de Cogan und Robert de Quincy öffneten gerade ein Fass, das wohl aus dem Keller hochgebracht worden war, und sahen nur kurz in seine Richtung. Am mächtigen Tisch saßen zwei ihm fremde Männer, der eine so dunkel wie der andere hell, beide mit langen Haaren und Bärten, in denen Holzkugeln eingeflochten waren. Sie hatten keine Waffen bei sich, die Äxte und Messer lagen neben le Gros auf dem Boden, aber ihre Haltung war aufgerichtet und stolz, ihr Blick ungebrochen. Hinter ihnen drückte sich eine Gruppe Frauen in den Schatten.

»Darf ich vorstellen.« De Clare winkte in die Richtung der beiden Fremden. »Raghnall, der letzte Stadtführer Waterfords, und Melaghlin O'Phelan, Clanführer von Decies. Dort hinten sind ihre Gemahlinnen und Töchter und auch noch eine Magd.«

Maurice ließ seinen Blick erneut durch den Raum schweifen,

verharrte bei den Toten und sah dann de Clare in die Augen. »Was ist hier passiert?«

»Sie haben uns angegriffen«, erklärte Robert de Quincy. »Wir saßen alle da und besprachen die Zukunft Waterfords, versprachen Gnade und eine hohe Position in der Stadt, wenn sie uns unterstützen, als die beiden plötzlich aufsprangen und den Earl töten wollten – sie wollten lieber ein paar von uns mitnehmen, bevor sie sterben, ehe sie die Stadt kampflos aufgeben.«

»Raymond stellte sich ihnen entgegen«, warf de Clare mit einem dankbaren Blick zu seinem Ritter ein, der nur mit den Schultern zuckte und zurück aus dem Fenster sah. »Sie hatten Mut, sich mit einem Mann wie le Gros anzulegen, das muss man ihnen lassen. Die beiden hier …«, er sah zurück zu den beiden Gefangenen, »… waren klüger. O'Phelan bestimmt aber nur, weil er ja schon das Vergnügen hatte, bei Baginbun gegen Raymond zu kämpfen und damals zusehen musste, wie siebzig Männer dieser Stadt von den Klippen geworfen wurden.«

»Wieso bringt niemand die Toten weg?«

»Sie helfen den beiden Verbliebenen beim Nachdenken«, ließ sich der Geraldine Milo de Cogan mit einem betrunkenen Kichern vernehmen.

»Ist es ruhiger geworden da draußen?«

Langsam wandte Maurice sich seinem Freund zu und sah ihn fassungslos an. Er konnte den Wunsch nachvollziehen, all die Bilder des Tages im Wein zu ertränken, die Resignation, die einen nach dem ersten Hoch eines Sieges befiel, verstehen. Aber trotzdem kam Maurice sich vor, als wäre er in eine andere, fremde Welt geraten. Er hatte diesen Turm als Zuflucht gesehen, als einen Rückzugsort von den Schrecken der Stadt draußen. Doch hier drinnen lagen zwei tote Männer, Christen, die ihr Heim verteidigt hatten, und niemand beachtete sie auch nur, während die beiden Gefangenen an der Tafel inmitten ihrer trinkenden Kerkermeister schon grotesk wirkten.

De Clare sah ihn immer noch abwartend an, und Maurice zwang sich zu einem Nicken.

»Gut, das ist gut.« De Clare leerte den nächsten Becher und winkte erneut Philip, der Zeuge dieser absurden Siegesfeier wurde. »Morgen Früh beginnen wir mit den Aufräumarbeiten. Bei unserer Ankunft in Irland ist ja schon ein Bote zu Dermot gereist, um ihm zu sagen, dass wir nach Waterford ziehen. Jetzt habe ich noch mal einen Jungen geschickt, um Dermot von unserem Sieg zu unterrichten. Er wird bald eintreffen, und wenn er meiner Aufforderung folgt, auch Aoife mitnehmen, um seinen Teil der Abmachung einzuhalten. Lasst uns also beten, dass Dermot nicht allzu schnell reist, denn ich möchte meine Braut nicht gerne inmitten eines Blutbads empfangen.«

Maurice sah de Clare lange stumm in die Augen, schockiert über die Gefühllosigkeit in der Stimme seines Freundes, erschöpft von diesem Tag und abgestoßen vom gesamten Bild, das sich ihm hier in diesem Raum bot. Dann kniete er neben den beiden toten Sitrics nieder, schlug ein Kreuzzeichen über ihnen und warf sich den Älteren, der fast schon ein Greis war, über die Schulter, den beißenden Gestank von Urin ignorierend. »Dann fangen wir mal mit dem hier an«, knurrte er zwischen zusammengebissenen Zähnen in de Clares Richtung und ging hinaus, hoffend, dass de Clare morgen wieder der Alte war.

Sie wird erschüttert sein.« De Clare schlenderte den Wehrgang Waterfords entlang und blickte über die Weiden außerhalb der Stadt, die nur durch hoch aufragende Wälder in der Ferne an Endlosigkeit verloren. Von dort, wo die Sonne gerade über den Wipfeln aufging, würden Dermot und die Geraldines kommen, um den Sieg und eine Hochzeit zu feiern. »Es sind immer noch nicht alle Gefallenen begraben, so viele Häuser sind zerstört …«

»Sie wird kaum etwas anderes erwarten.« Maurice lehnte sich

gegen die Wehrmauer und beobachtete de Clares unruhigen Gang. »Aoife ist in solchen Angelegenheiten bestimmt nicht zimperlich. Schließlich ist sie Dermots Tochter.«

»Willst du mich etwa mit ihm vergleichen?«

Maurice ignorierte die Frage. »Sie hat auch schon ihr eigenes Zuhause brennen sehen. Sie wird wissen, dass diese Stadt gefallen ist und dass sie denjenigen heiraten wird, der dafür verantwortlich ist. Vermutlich sieht sie in dir den Retter ihres Vaters, also musst du dir nicht so viele Sorgen machen. Eine Irin muss ihre Zustimmung zu einer Ehe geben, sonst kann sie nicht verheiratet werden, also wird Aoife diese Verbindung genauso wollen wie du.«

De Clare warf ihm einen ungeduldigen Blick zu. Dunkle Ringe zeichneten sich unter seinen Augen ab, seine Haut war blass, was die Sommersprossen betonte. Er hatte sich länger nicht rasiert, und rotgoldene Bartstoppeln, die teilweise schon etwas grau waren, zeichneten seine Wangen. Er sah schrecklich aus. »Seit wann so verblendet, Maurice? *Du* bist doch immer der Schwarzseher! Du müsstest mir sagen, dass Aoife kaum eine andere Wahl hat, als mich zu heiraten. Irisches Recht hin oder her, sie muss ihrem Vater gehorchen. Ich will nicht wissen, was ihr blüht, wenn sie ihm seine wichtigen Verbündeten vergrault. Du solltest sagen, dass Dermot mich zum Erben ernennen kann, so viel er will, am Ende hat er nach irischem Gesetz gar kein Recht dazu, und ich werde dieses Land mit dem Schwert halten müssen.«

Ein Lächeln hob Maurice' Mundwinkel. »Wieso soll ich dir das alles sagen, wenn du dir sowieso darüber im Klaren bist? Aoifes Gefühle kenne ich nicht. Ich weiß nur, dass sie Glück hat, von einem Mann wegzukommen, der nicht nur grausam und gottlos ist, sondern auch seine eigene Tochter, ohne mit der Wimper zu zucken, zur Schau gestellt und beschämt hat. Sie kommt zu einem Mann, den sie vielleicht jetzt nicht kennt und will, der aber ein tausend Mal besserer Mensch ist als ihr Vater.«

De Clare rieb sich mit einem Seufzen die Augen. »Bin ich so viel besser, Maurice? Wir sind alle Feldherrn und Krieger, wir haben alle Blut an unseren Händen kleben, streben nach Höherem und sind bereit, andere dafür zu opfern. Liegt es in unserer Natur? Unserem Wikingerblut, das uns eigentlich mit den Männern Waterfords vereinen sollte?«

»Der König hat dir übel mitgespielt, und ich verstehe, dass du deinen Namen zu alter Größe führen willst. Die Frage ist nur, wie du das tust.«

Maurice warf einen Blick zurück zu den Weiden, das Gefühl im Nacken, Dermot, Kavanagh und die Geraldines bereits näher kommen zu spüren. Bald sollte er Robert FitzStephen, Meilyr, De Barry, FitzBishop und all den anderen gegenüberstehen. Wie würden sie auf seine Rückkehr reagieren?

»Ich will kein irischer Clanführer werden, Maurice, sondern normannische Gesetze und Gebräuche hier einführen, so wie in Wales. Auch in Wales war es unmöglich, dass eine Frau allein für sich Land hält oder Land über eine Frau an ihren Ehemann weitergegeben wird. Sie sind den Iren nicht unähnlich. Trotzdem hat die Heirat mit der walisischen Prinzessin Nesta dem Normannen Gerald de Windsor einst ein wenig Legitimation über das eroberte Land gebracht. Also wird mir diese Heirat mit Aoife vielleicht auch einen Hauch von Anspruch verleihen. Und den werde ich brauchen, denn kämpfen werde ich müssen. Und ohne Verbündete wird mir das nicht gelingen.«

»Es wird Verbündete geben, Fürsten und Clanführer, die erkennen, dass es klüger ist, sich mit uns zusammenzutun, als sich gegen uns zu stellen. Sie haben unsere Macht oft genug zu spüren bekommen, mit ihren Steine schmeißenden Iren kommen sie nicht gegen uns an. Aber es wird auch genügend geben, die bereit sind zu sterben, um uns zu vertreiben, nicht nur außerhalb Leinsters, sondern auch innerhalb dieser Grenzen.«

De Clare warf die Arme in die Luft. »Und da ist er wieder,

mein Schwarzseher. Solltest du mir nicht eher Ratschläge für meine bevorstehende Ehe geben? Wenn Morice Regan recht behält, treffen Dermot und Aoife bald ein, dann soll noch heute geheiratet werden. Wie wäre es also mit etwas Weisheit in dieser Angelegenheit?«

Maurice stieß sich von der Wand in seinem Rücken ab und klopfte de Clare auf die Schulter. »Was für Weisheiten soll ich mit dir teilen, schau dir meine Ehe an. Aber warte … du solltest gehen und dich rasieren, bevor deine Braut eintrifft, und wenn du ein Gewand findest, das nicht mit Blutflecken übersät ist, wäre das sicher auch von Vorteil. Diesen Ratschlag kann ich dir guten Gewissens erteilen.«

De Clare sah erschrocken an sich hinab, lachte dann aber laut auf. »Wer hätte gedacht, dass wir mal hier stehen, Maurice, damals als Jungen in Pembroke und …«

»Mylord!«

Sie fuhren beide herum und blickten auf den Platz innerhalb der Mauern hinunter, der bereits von den größten Trümmern befreit worden war. Heute, drei Tage nach dem Kampf, hatten auch schon die Ausbesserungsarbeiten an der Mauer begonnen.

»Ist das mein Junge?«

Maurice kniff die Augen ein wenig zusammen und sah tatsächlich Richard zur Wehrmauer laufen. Der Knappe blieb kurz stehen, verneigte sich vor einem Ritter, der gerade seinen Wachdienst antrat, und rannte dann weiter, die Stufen hoch, direkt auf sie zu.

»Was ist denn so eilig, mein Sohn?«

Richard blieb abrupt stehen und sah de Clare einen Moment lang mit leuchtenden Augen an. Es kam bestimmt nicht alle Tage vor, von diesem mächtigen Mann Sohn genannt zu werden. Denn auch wenn de Clare nichts mit dem alten Earl of Pembroke gemein hatte, was den Umgang mit dem eigenen Sohn betraf, so wusste Maurice trotzdem, dass de Clare Richard einschüchterte. Die beiden kannten sich kaum, für Richard war de Clare immer nur Strongbow gewesen, der nach außen hin immer sehr ruhig und kühl wirkte. Und nachdem Richard selten etwas anderes als »Bastard« hörte, berührte es ihn bestimmt, als »mein Sohn« angesprochen zu werden.

Maurice freute sich für ihn und wollte ihm gerade auf die Schulter klopfen, aber da kam der mittlerweile sechzehnjährige Junge zu sich. »Mylord de Prendergast, ich will wirklich nicht stören, aber wäre es wohl möglich, dass Ihr mit mir kommt? Es gibt da eine Angelegenheit, die Eure Anwesenheit erfordert.«

»Könnte er noch vager sprechen?«, lachte de Clare und sah neugierig auf seinen Sohn hinab. »Was ist denn los?«

Richard presste die Lippen aufeinander und sah unschlüssig zwischen ihnen hin und her. »Es ist … also es geht um … einen der walisischen Bogenschützen, Mylord.«

»Was ist mit ihm?«, wollte Maurice wissen und wunderte sich ebenfalls über diese Geheimnistuerei.

Sichtlich unbehaglich strich Richard sich über den Nacken und trat von einem Bein aufs andere. »Also er … ich kann nicht genau sagen … ich glaube, Ihr wollt selbst …« Flehend sah er Maurice schließlich an. »Wenn Ihr einfach mitkommen könntet?« Er warf seinem Vater einen Blick zu und schluckte sichtbar. »Allein?«

Maurice nickte besorgt und gab de Clare einen Klaps auf die Wange. »Du musst dich ohnehin rasieren, du siehst schon aus wie ein Ire.«

»Dann gefalle ich ihr vielleicht besser.«

Lachend gingen sie die Treppe des Wehrgangs hinunter, aber während de Clare sich zu Raghnalls Turm am Flussufer aufmachte, führte Richard Maurice tief ins Herz der Stadt hinein, wo der Alltag wiederaufgenommen worden war. Ganz verbergen lassen konnte sich die Erstürmung der Stadt aber nicht. Häuser standen leer, an manchen Ecken lagen noch von Tüchern bedeckte Tote, andere Leichname wurden auf Karren fortgeschafft, und da es in den letzten Tagen ungewöhnlich wenig geregnet hatte, waren auch überall noch die Spuren von Blut zu sehen.

»Was hat es mit diesem geheimnisvollen Bogenschützen auf sich?«

Richard sah ihn nicht an, sondern eilte weiter zwischen Verkaufsständen und frei laufendem Vieh durch die engen Gassen.

Maurice wusste nicht, wie lange sie sich durch das Gedränge kämpften, bis sie einen Stadtteil erreichten, der sonderbar leer wirkte. Hier hatten die Männer am stärksten gewütet, das wusste er, denn es hatte auch ein paar Feuer gegeben, die Maurice und seine Helfer hatten löschen müssen. Die meisten Häuser standen jetzt leer, nicht nur weil sie nicht mehr zu bewohnen waren, sondern weil ihre Inhaber den Ansturm vor drei Tagen nicht überlebt hatten.

»Richard, was wollen wir hier?«

»Ich dachte zuerst, ich wäre verrückt, und hab mir selbst nicht geglaubt. Es war einfach unmöglich, aber dann …« Der Knappe stieß eine der noch heilen Türen auf und führte ihn in einen finsteren Raum, der lediglich durch dünne Lichtstreifen, die durchs Astgeflecht brachen, erhellt wurde. Zwei Strohlager drängten sich an die gegenüberliegende Wandseite, eine erkaltete Feuerstelle lag in der Mitte der Hütte, daneben lag ein umgeworfener Eisenkessel.

»Großartig, sie ist weg!« Richard drehte sich im Kreis und fluchte, wie Maurice es nie von ihm gehört hatte. »Ich habe ihr gesagt, sie soll hier warten und …«

»Ich bin nicht weg.«

Maurice keuchte beim Klang der Stimme auf und stieß vor Schreck schmerzhaft gegen einen Schemel. Er wusste es, bevor sich ihre Gestalt aus den Schatten zu seiner Linken löste und ins Licht der offen stehenden Tür trat.

»Niah!«

»Ihr habt mir doch aufgetragen, bei den Aufräumarbeiten zu helfen«, drang Richards aufgeregte Stimme dumpf an sein Ohr, während er Niah nur anstarren konnte und sie unverwandt zurücksah. »Dabei sah ich immer diesen kleinen, dürren Bogenschützen, der sich um die Verwundeten kümmerte. Ich hatte einen Verdacht, aber als ich näher ging und ihr ins Gesicht sah … Ich habe mir schon gedacht, dass Ihr nichts davon wusstet und dass die Angelegenheit diskret behandelt werden soll, denn wenn jemand herausfindet, dass eine Frau unter den Bogenschützen ist und dann auch noch …«

»Richard …«, Maurice räusperte sich, »sei so gut, geh zu Raghnalls Turm, und sieh nach, ob dein Vater Hilfe braucht. Richte ihm aus, dass ich mich um meine Männer kümmern muss und später zu ihm stoße.«

Richard sah zwischen ihnen hin und her, dann nickte er, verneigte sich sowohl vor ihm als auch vor Niah und schloss schließlich die Tür hinter sich. Von einem Moment zum anderen fanden sie sich in düsterem Zwielicht wieder, Maurice konnte nur noch Niahs Silhouette ausmachen. In enganliegenden Beinlingen stand sie vor ihm, ein gefüttertes Leinenhemd verbarg ihre weiblichen Kurven. Vielleicht konnte sie von der Ferne als junger, dünner Schütze durchgehen, auch wenn bei ihrem zerbrechlichen Anblick jedermann daran zweifeln musste, wie sie bei einem walisischen Starkbogen auch nur die Sehne einhängen konnte. Er fragte sich, wie sie so lange hatte unentdeckt bleiben können.

»Ich habe mir auf dem Schiff bei der Überfahrt den Arm verletzt«, sagte sie, als hätte sie seine Gedanken gelesen.

Maurice stieß einen Fluch aus und machte zwei schnelle Schritte auf sie zu. Kopfschüttelnd schob er ihr eine Strähne ihres ungleichmäßig kurz geschnittenen Haars hinters Ohr. Ein Lichtstrahl fiel auf ihre Wange, und er konnte nicht glauben, wie jemand in ihre Mitternachtsaugen sehen oder ihre vollen Lippen betrachten konnte, ohne sofort zu erkennen, dass sie eine Frau war. »Was zur Hölle machst du hier?« Er klang weniger zornig, als er beabsichtigt hatte, sein Verlangen, sie in die Arme zu schließen, war zu groß.

Niah zuckte lächelnd mit den Schultern. »Ich habe dir gesagt, dass ich dich nicht allein gehen lasse. Es war leicht, mich unter die Männer zu mischen, und da ich walisisch spreche, fiel ich unter den Bogenschützen kaum auf. Dann warst du auch noch so freundlich, Bögen für alle zur Verfügung zu stellen, die selbst keinen hatten, und so war ich die ganze Zeit über an deiner Seite.«

»Wie konnte ich auch nur einen Moment lang annehmen, dass du auf mich hören würdest?«

Niahs wunderschönes Lachen erklang. »So in Gedanken, wie du immer warst?«

Maurice trat einen Schritt zurück und strich sich frustriert über sein zurückgebundenes Haar. Das konnte doch unmöglich wahr sein! Niah war hier gewesen, inmitten des Blutbads, die ganze Zeit in größter Gefahr. Wie lange hätte sie dieses Spiel noch unbeschadet überstanden, wenn Richard sie nicht entdeckt hätte? Und was sollte er jetzt tun? Wo sollte er sie unterbringen?

»Das Heer wird weiterziehen, Waterford war erst der Anfang …« Maurice stieß einen Fluch aus und begann, in der Enge des Raums auf und ab zu gehen. »Herrgott, Niah, was hast du dir dabei gedacht? Du kannst unmöglich unter den Bogenschützen bleiben. Wenn das auffliegt, wenn es zum Kampf kommt, wenn wir in einen Hinterhalt laufen sollten, wenn …«

»… Kröten vom Himmel fallen …«

Maurice fuhr zu ihr herum und hatte größte Mühe, nicht wieder zu fluchen, auch wenn sein Flüstern stark danach klang. »Das ist nicht lustig.«

»Nein, es ist berührend, wie sehr du dich um mich sorgst.«
Sie ging einen Schritt auf ihn zu, aber Maurice fuhr bereits damit fort, weiter durch die Hütte zu schreiten.

»Du musst in Waterford bleiben, hier ist es wohl am sichersten. De Clare wird eine Garnison zurücklassen, wenn wir weiterziehen, vermutlich auch seine Frau. Ich werde dafür sorgen, dass du als Aoifes Kammerzofe aufgenommen wirst. Wenn ich de Clare die Wahrheit sage, wird uns schon etwas einfallen, um dich bei ihr unterzubringen, und du sprichst ja auch irisch.« Er schlug frustriert gegen die Wand. »Herrgott, ich wollte nie, dass du als Magd arbeiten musst, aber du konntest ja nicht einfach in Prendergast bleiben. Wie soll ich weiterziehen, wenn du hier mitten in der Fremde in einer eroberten Stadt bist und …«

»Ich komme sowieso mit dir.«

Maurice zeigte mit einem Finger auf sie. »Fang gar nicht erst damit an!«

Ihr Lächeln strahlte in der Dunkelheit. »Ich gehe, wohin du gehst, Maurice, wie sonst soll ich auf dich aufpassen?«

»Auf mich?!« Mit einem entrüsteten Laut ging er zwei schnelle Schritte auf sie zu, hielt dann aber abrupt inne, ballte die Hände zu Fäusten und starrte auf sie herab. »Du bleibst entweder hier als Aoifes Kammerzofe, oder ich schicke dich jetzt sofort zurück nach Wales. Wir sind in einer Hafenstadt, Niah, Waterford ist unser, und du kannst dir gar nicht vorstellen, wie schnell ich deinen Hintern auf ein Schiff verfrachten werde, wenn du mir schon wieder nicht gehorchst!«

Niah blieb unbeeindruckt, lächelte immer noch und streckte die Hand nach ihm aus, eine Gelassenheit gegenüber seinem Zorn, der ihn noch wahnsinnig machen würde. Sanft berührte sie seinen Arm, ließ ihre Finger hoch zu seiner Schulter gleiten und sandte ein Vibrieren durch seinen Körper.

»Du unterschätzt mich noch immer, mein Lieber. Ich werde nicht auffliegen, ich kann mich anpassen und mit den Bogenschützen umgehen. Niemand wird je herausfinden, dass ich mich in deinem Heer befinde. Wenn du es willst, wirst nicht einmal du etwas von mir bemerken. Aber nur, wenn du willst, natürlich …« Ihre Hand strich erneut über seinen Arm, und Maurice sog scharf den Atem ein. »Lass mich bei dir bleiben«, flüsterte sie und trat dicht an ihn heran, das Gefühl verstärkend, hier drinnen keine Luft mehr zu bekommen. Der Raum war zu klein für sie beide, und es wurde plötzlich sehr heiß. »Ich will bei dir sein, Maurice.« Sie hob ihre Hände, ließ ihre Fingerknöchel über seinen Hals hoch zu seinem Kinn wandern, ein Finger strich über seine Lippen.

Maurice schluckte, wollte sich beherrschen, wollte sie zur Raison bringen, doch er konnte nicht länger an sich halten. Seine Wut schien sein Verlangen zusätzlich zu entfachen. Gröber als er sollte, ergriff er Niah an den Schultern und zog sie an sich, ihre Münder prallten so heftig aufeinander, dass es schon wehtat, aber der Schmerz verstärkte das Brennen in seinem Inneren nur noch. Er konnte nicht mehr richtig denken. An seinen Gefühlen war nichts zärtlich oder sanft, er spürte nur tiefschwarze Dunkelheit und gleichzeitig blendend helle Flammen, zwei Extreme, die durch ihn strömten, versengendes Verlangen, rasender Zorn und das Fallen in einen tiefen Abgrund.

Irgendwie prallten sie gegen die Tür, Maurice sah kaum noch, wo sie waren, er wusste nur, dass er mehr von ihr spüren musste. Ohne den hungrigen Kuss zu unterbrechen, hob er sie hoch, und Niah schlang sofort ihre Beine um seine Hüften, seinem Drängen mit gleicher Kraft entgegenkommend, ihn küssend, als hätte sie sich genauso lange danach gesehnt wie er.

»Du bleibst trotzdem hier«, keuchte er und packte ihr kurzes Haar am Hinterkopf, damit sie ihm ins Gesicht sehen musste. »Du bleibst hier, hast du mich verstanden?«

Niah lächelte herausfordernd, küsste ihn erneut und biss ihn fest in die Lippe.

Maurice fluchte, drehte sich mit ihr herum und warf einen flüchtigen Blick in den Raum. Er sah das Strohlager, steuerte darauf zu, aber da riss Niah plötzlich seinen Bliaut am Halsausschnitt entzwei und schob ihn von seinen Schultern.

»Den wollte ich zur Hochzeit tragen!« Er ging auf die Knie nieder, ließ Niah ins Stroh neben der Feuerstelle sinken und zog sich sein zerfetztes Gewand mitsamt Unterhemd über den Kopf. Er wollte sich gerade wieder über sie beugen, als Niah ihm die Hand gegen die Brust stemmte und sich aufsetzte.

»Ich hätte dich viel früher wütend machen sollen«, sagte sie mit einem Grinsen und ließ beide Hände flach über seine Schultern gleiten, die Schlüsselbeine entlang und hinunter zur Brust, wo sie einzelne Haare um ihre Finger wickelte und nicht gerade sanft daran zog.

Maurice sog scharf den Atem ein, hielt aber still, als ihre Hände über die zuckenden Muskelstränge an seinem Bauch tiefer glitten. Es war zu viel, er konnte nicht an sich halten und packte ihre Handgelenke. Er wollte ihr das gefütterte Hemd genauso zerreißen, wie sie seinen Bliaut, aber ehe er dazu kam, zog sie es sich schon selbst aus und lag von einem Moment zum anderen obenrum nackt vor ihm. Ihre milchig weiße Haut leuchtete im Zwielicht, und einen Moment lang konnte er nicht anders, als sie anzustarren, wie sie vollkommen schutzlos unter ihm lag, seine Niah. Sie trug zwei Seiten in sich, die er von Anfang an an ihr wahrgenommen hatte. Die Stärke, die das Wissen ihrer Visionen und die damit einhergehende Macht ihr verlieh, eine Stärke, die es ihr möglich machte, Menschen nach ihrem Willen handeln zu lassen. Und dann die Verletzlichkeit, ausgelöst durch ebenjene Visionen, die sie viel zu früh mit den Schrecken dieser Welt vertraut gemacht hatten, die sie zum Spielball Mächtiger hatten werden lassen, Mächtige wie ihr Vater, der Hochkönig Irlands oder Donnell.

»Großer Gott.« Plötzlich kraftlos sank er zurück auf die Fersen, und einen Augenblick lang glaubte er, an dem Ansturm der Gefühle für sie zu ersticken. An der Liebe. Vorhin hatte er keine Zärtlichkeit, nichts Liebevolles für sie empfunden, nur Gier und Zorn. Jetzt wurde er von der Hingabe zu ihr geradezu erdrückt – und von der Furcht, sie zu verlieren.

Sie sah verwundert zu ihm hoch. »So schlecht kann ich nun auch wieder nicht sein«, flüsterte sie und hob ihre Hände, um sich zu bedecken.

Er zog sie zu sich hoch und schloss ihren Mund mit seinem. »Mach das nie wieder«, murmelte er gegen ihre Lippen.

Sie schob sich ein wenig von ihm und sah ihm fragend in die Augen. Maurice nahm ihr Gesicht in seine Hand, die ihm riesig vorkam, wenn er ihre zarte Wange berührte, und wunderte sich, wie heiser seine Stimme klang. »Bring dich nie wieder in Gefahr, schwör es mir, Niah.«

Sie legte den Kopf schief. »Was ist los?«

»Wenn dir etwas passiert …«

Niah sah ihn lange stumm an, dann nickte sie. »Ich verspreche es, Maurice.«

Einen Moment lang rührte sich keiner von ihnen, sie versanken im Blick des anderen, um alles Unausgesprochene zu lesen, ein stilles Verständnis zwischen ihnen. Dann fanden ihre Münder zueinander, und Maurice küsste sie mit einer Schwere im Herzen, die das Wissen mit sich brachte, etwas so Kostbares gefunden zu haben und wieder verlieren zu können. Nur wer so empfand, konnte sich wohl derart gut fühlen, leicht und schwerelos und absolut glücklich, und gleichzeitig von Furcht erfüllt.

Maurice dachte nicht mehr an de Clares Hochzeit und dass sein Fehlen bestimmt auffallen würde. Lieber vertraute er auf Richards Diskretion, dem schon eine Ausrede einfallen würde. Eine reichlich ungerechte Aufgabe für den treuen Knappen, dem es bestimmt schwerfiel, den Vater anlügen zu müssen. Aber Maurice konnte nicht von hier weg, er konnte sich nicht zur

Eile bringen, wenn Niah in seinen Armen lag. Jeder Moment war kostbar, und als er Niah aus den Beinlingen befreite und sie auf die Überreste seines Bliauts bettete, war nichts anderes mehr wichtig als sie beide.

Sie sah ihn aus großen Augen an, als er seine Hände von ihren Hüften hochgleiten ließ, ihren Rippen mit den Fingerspitzen folgte und schließlich ihre Brüste umkreiste, bis er ihre Gänsehaut spürte und ihr scharfes Ausatmen hörte. Er könnte ewig so weitermachen, sie berühren, jede Stelle ihres Körpers kennenlernen.

»Maurice … bitte«, keuchte sie und wand sich unter ihm. Es war eine Herausforderung für seine Selbstkontrolle. Ihr Blick war unverwandt auf ihn gerichtet, voller Verlangen.

Ein Lächeln breitete sich auf seinem Gesicht aus, während er seine Hand ihren Bauch hinabgleiten ließ.

»Meine süße Niah«, flüsterte er und strich ihr durchs kurz geschnittene Haar. »Ich werde dir alles zeigen. Es muss nicht heute sein, wenn du nicht willst, wir können …«

Sie fuhr zurück und sah ihn aus großen, leuchtenden Augen an. »Jetzt«, stieß sie aus. »Zeig mir alles. Jetzt.«

Maurice spürte die Blicke der Missbilligung deutlich. Blicke, die auch ohne dass er die wichtige Hochzeit zwischen de Clare und Aoife am Vortag versäumt hätte, scharf genug gewesen wären. Möglichst ungerührt sah er durch den Raum, blickte in die einzelnen Gesichter. Dermot, der aussah, als würde er an seinem angestauten Zorn bald ersticken. Dass er seine Tochter endlich lukrativ verheiratet und den mächtigen Strongbow als Schwiegersohn an seiner Seite hatte, tröstete ihn wohl nicht darüber hinweg, mit Maurice in einem Raum sein zu müssen und ihn als Verbündeten anzusprechen. Der hinkende Robert FitzStephen, der sich gar keine Gefühle anmerken ließ und ihn weitestgehend ignorierte. Sein Schwiegervater Maurice Fitz-Gerald, der weniger zornig als misstrauisch und besorgt wirkte. Meilyr, der Maurice schon im Treppenhaus abzufangen versucht hatte, um zu fragen, wo er gewesen war, aber sie waren von den Eintreffenden zum Kriegsrat unterbrochen worden. Und die jungen Ritter Robert de Barry und FitzBishop, die voller Tatendrang waren, den Eroberungsfeldzug fortzuführen, und sich wenig um Maurice scherten.

Die Geraldines waren alle in die besiegte Stadt Waterford gekommen, um die Verbindung zwischen einem irischen Königshaus und einem normannischen Adelsgeschlecht zu bezeugen, ein Bund, der die Geschicke dieses Landes in eine neue Richtung lenken sollte.

De Clare wirkte am Tag nach seiner Hochzeit fast so zornig wie Dermot, wenn er in Maurice' Richtung sah. Und seine Ritter Robert de Quincy, Milo de Cogan und Walter Bloet ließen Maurice ihre Ablehnung schon aus reiner Solidarität spüren. Hervey de Montmorencys unzufriedene Miene war hingegen nichts Neues, während Raymond le Gros sich ganz wie seine jungen Vettern weniger der gereizten Stimmung im Raum hingab als der Zukunft.

»Wexford und Waterford sind unser«, sagte er von seinem Platz in der Fensternische von Raghnalls Turm aus, »aber solange Dublin nicht gefallen ist, wird die Herrschaft in Leinster nie gefestigt sein. Wir müssen die Grenzen sichern, ehe wir über weiteres Vordringen auch nur nachdenken.«

»Ich hörte, Ihr habt die Huldigung Dublins erlangt«, richtete de Clare das Wort an Dermot, der mit ihm an der großen Tafel saß, während Morice Regan aus den Schatten übersetzte. »Die Ostmänner haben Euch Geiseln ausgeliefert.«

Dermot knurrte etwas, und Morice Regan breitete mit einem Seufzen die Hände aus. »Diese Huldigung unter Zwang und aus Angst ist nicht genug, werte Lords und Ritter, außerdem kam uns auf dem Weg hierher das Gerücht zu Ohren, dass Dublin bereits wieder dem Hochkönig gehuldigt hat. Zwar haben wir Geiseln …«

De Clare hob die Hand. »Nehmt es mir nicht übel, aber ich persönlich halte nicht viel von diesem Brauch der Geiselauslieferung. Ihr, Fürst Dermot, habt ja sogar einen Sohn in den Händen des Hochkönigs, das hält Euch auch nicht davon ab, nach Höherem zu streben. Wieso sollten die Dubliner also davon absehen, uns zu verraten? Nein, wir müssen in die Stadt hinein, eine Verhandlung außerhalb der Mauern reicht nicht aus, wir brauchen unsere eigenen Männer darin, eine Garnison, die die Macht hält.« Er warf Maurice einen Blick zu, als wollte er ihn nach seiner Meinung fragen. Als er ihn aber ansah, legte er die Stirn in Falten und erinnerte sich wohl an Maurice' unverschämtes Fernbleiben. Er wusste, warum Maurice nicht gekommen war, Richard hatte ihm die Wahrheit gesagt. Der Knappe hatte es nicht geschafft, seinem Vater mit dem Stahlblick standzuhalten, und so konnte de Clare sich schon denken, wo und wie Maurice den gestrigen Tag und die Nacht verbracht hatte.

Und Maurice musste sich entschuldigen. Es tat ihm leid, bei diesem wichtigen Ereignis ferngeblieben zu sein, er hätte de Clare bei seiner Eheschließung zur Seite stehen müssen, aber es wäre ihm unmöglich gewesen, Niah nach dem, was sie geteilt hatten, einfach alleinzulassen. De Clare würde das irgendwann verstehen. Vielleicht nicht unbedingt, wenn Maurice diese Kriegsbesprechung vorzeitig verließ und zurück zu Niah ging, wonach jede Faser seines Körpers sich sehnte. Er war unruhig und konnte sich kaum auf die Gespräche konzentrieren, aus Sorge, was Niah allein in der Stadt alles blühen konnte.

Sie hatte ihm versprochen, nicht weit wegzugehen, und er hoffte inständig, dass sie keine Dummheiten beging. Je eher er wieder bei ihr war, umso besser.

»Mit Dublin haben wir eine weitere Basis mitten an der Ostküste Irlands«, ließ sich Robert FitzStephen vernehmen, der sich schon auf irischem Boden niedergelassen hatte und seine ersten Burgen baute. »Sie ist die wichtigste Stadt der Ostmänner. Der Hochkönig wurde ja auch vor ein paar Jahren in Dublin in sein Amt erhoben, und er hat viertausend Kühe an Steuern verlangt. Fürstentümer wie Ossory oder Clans wie Offelan und Offaly bezahlen hingegen nur zweihundertvierzig Kühe an den Hochkönig. Hier sieht man, wie bedeutend die Stadt ist, und sie hält auch noch enge Handelsbeziehungen zu Bristol. Eine Eroberung ist von größter Wichtigkeit. Von Dublin aus können wir weiter in den Norden vordringen.«

»Und den Einäugigen und den Hochkönig endgültig vernichten«, fügte Morice Regan hinzu, eine Übersetzung von Dermots rachedurstigen Worten. Dermot war bestimmt kein Mensch, der fähig war zu vergeben. Er hatte nicht vergessen, welche Männer ihn verbannt hatten, er nährte seinen Groll gegen die Dubliner. Und er würde auch Maurice' Seitenwechsel ganz bestimmt nicht vergessen, was ihn wachsam bleiben ließ.

»Haskulf, der sich König der Männer Dublins nennt, wird Unterstützung suchen, sobald er erfährt, dass wir gegen ihn ziehen«, warf Meilyr ein. »Er wird nach dem Hochkönig schicken, und der wird sich wieder mit den umliegenden Fürsten gegen uns verbünden. Wir müssen verhindern, dass wir im Falle einer Belagerung zwischen den Mauern Dublins und diesem Heer eingeschlossen werden.«

»Es gibt mehrere Wege nach Dublin«, erklärte Morice Regan in Abstimmung mit Dermot, »die übliche Route führt entlang des Flusses Slaney, man kann aber auch die Küste entlangmarschieren. Der Hochkönig kennt sie beide, und er wird uns erwarten. Man kann aber auch einen der schmalen Hohlwege durch die Berge nehmen. Er wird niemals erwarten, dass wir unsere Streitmacht durch das Gebirge führen.«

»Kann man diese Route überhaupt mit einem Heer nehmen?«, wollte de Clare wissen.

Regan lächelte. »Es wird nicht einfach, Mylord, aber es ist machbar. Und der Vorteil liegt dann auf jeden Fall auf unserer Seite.«

»So sei es. Unser nächstes Ziel ist also Dublin, wir sollten so schnell wie möglich aufbrechen.« De Clare erhob sich und sah in die Runde. »Wenn Ihr mich entschuldigen wollt, ich möchte nach meiner Frau sehen.« De Clare nickte Dermot zu und sah dann eindringlich in Maurice' Augen. »Mylord de Prendergast, wenn Ihr noch einen Moment hättet?«

Maurice nickte und stieß sich von der Wand in seinem Rücken ab. Er spürte die Blicke aller auf sich, teils schadenfroh, teils besorgt, als wäre er zu seiner Hinrichtung gerufen worden, während Maurice die Situation eher mit Humor nahm. De Clare war beleidigt, aber damit konnte Maurice umgehen. Sein Freund würde sich genauso schnell wieder beruhigen, wie er aus der Haut fuhr.

»Mylord?«, fragte er mit einem schwer unterdrückten Lächeln, kaum dass sie im Treppenhaus waren und sich die Tür hinter ihnen geschlossen hatte. Er wusste nicht, was mit ihm los war, aber seit letzter Nacht kam ihm alles um ihn herum klarer, heller und einfach besser vor.

De Clare sah ihn aus verengten Augen an und winkte die beiden Knappen, die auf Befehle warteten, ungeduldig davon.

»Von jedem hätte ich so etwas erwartet, Maurice, nur nicht von dir! Wie konntest du mich mit diesem Pack alleinlassen?«

Maurice warf einen Blick die Treppe hinunter und senkte seine Stimme zu einem Flüstern. »Es tut mir leid! Du weißt, ich werde normalerweise nicht von meinen Gefühlen übermannt … aber sie ist nicht irgendeine Frau für mich.«

Ein Schnauben fuhr ihm entgegen. »Ja, Richard hat mir schon gesagt, wer dein geheimnisvoller Bogenschütze ist. Herrgott, Maurice, diese Frau ist doch nicht ganz bei Trost! Verkleidet sich als Mann und zieht in einem Heer mit! Richtig bei Verstand war sie ja noch nie, und dann lässt du ausgerechnet mich für sie im Stich!«

Maurice ging einen Schritt auf de Clare zu und zog ihn in eine stillere Ecke. Er war von Männern umgeben, die ihm allzu gerne schaden wollten, und Niah wäre das perfekte Mittel dazu. Je weniger von ihr wussten, desto besser, das hatte er auch heute Morgen Richard noch einmal gesagt.

»Ich weiß, ich hätte da sein sollen, aber …«

»… aber die Freuden zwischen den Schenkeln einer Frau sind einem katastrophalen Abend an der Seite eines Freundes vorzuziehen. Eines Freundes, der Stunde um Stunde neben einer Braut verbracht hat, die kaum ein Wort von dem versteht, was ich sage. Das einzige Normannische, das sie kennt und das ihr eingebläut wurde, ist: *Gewiss, Mylord*. Ich fragte sie also: *War die Reise angenehm? Seid Ihr mit dieser Verbindung einverstanden? Habt Ihr alles, was Ihr braucht?* Und auf alles sagt sie: *Gewiss Mylord!*«

Maurice grinste, fast hätte er laut aufgelacht, als de Clare auch schon fortfuhr. Seinen Zorn gegen ihn schien er ganz vergessen zu haben, jetzt überwog wohl das Bedürfnis, die Ereignisse des Vortags mit ihm zu teilen und seinem Frust Luft zu machen.

»Ich wollte Aoife also testen und fragte: *Hat Euer Vater Euch zu dieser Verbindung gezwungen,* und rate mal, was sie darauf erwidert hat? Ich gebe dir einen Tipp: *Gewiss, Mylord!*«

Maurice konnte sich nicht länger zurückhalten und lachte laut. »Sie wird unsere Sprache schon noch lernen, de Clare, und um einen Erben zu bekommen braucht ihr ja auch nicht zu reden.«

De Clare sah ihn ungeduldig an. »Ja, wenigstens in dieser Angelegenheit hat es keine Schwierigkeiten gegeben, wenn es auch sehr … merkwürdig war.« Er schüttelte den Kopf und sah ihn fast schon verzweifelt an, seine stahlgrauen Augen im Licht des schmalen Fensters zeigten weniger Härte als ein stummes Flehen. »Ich bin vierzig Jahre alt und jetzt ebenfalls verheiratet, Maurice, mit einer Irin, und ich stehe hier auf erobertem Boden und bin kurz davor, mir ein eigenes Königreich aufzubauen! Und du haust einfach ab, um der Liebe zu frönen.«

Maurice ging zur Fensternische und warf einen Blick zum Hafen hinunter. »Du hast mich doch nicht gebraucht, de Quincy, de Cogan, Bloet, le Gros und die ganze Geraldine-Bande waren bei dir. Ich bin nur einer unter vielen und …«

»Ja, aber du bist *der* Eine, Maurice! Der Einzige, dem ich die Wahrheit sagen kann. Wie verdammt beängstigend die ganze Lage hier ist, wie hilflos ich mich fühle, wenn ich meine so irrsinnig schöne Frau auch nur ansehe und daran denke, dass ich jetzt für sie, für dieses Bündnis und ihre Heimat verantwortlich bin, dass ich dieses Land mit aller Macht halten muss, während der König sich in Aquitanien vermutlich gerade darüber den Kopf zerbricht, wie er den meinen von den Schultern trennen soll! Für die anderen bin ich Strongbow, Maurice, aber bei dir bin ich einfach nur de Clare, der sich um die Zukunft sorgt. Ich hätte gestern jemanden gebraucht, der mich kennt, der die Situation ein wenig auflockert und … mir einfach zur Seite steht, während ich den machtvollen Lord und eiskalten Feldherrn geben musste.«

Maurice sah seinen Freund schweigend an, schlechtes Gewissen kam in ihm auf, und er schämte sich, dass er eine Frau über die jahrelange Freundschaft zwischen ihnen gestellt hatte. Er wusste, wie unsicher de Clare tief im Inneren war, und er hatte ihn allein den Löwen zum Fraß vorgeworfen.

»Es tut mir leid, dass du dich von mir verraten fühlst, aber nicht, dass ich ferngeblieben bin. Es ist einfach … ich wusste, dass wir weiterziehen werden, ich hatte nur diesen Moment mit ihr, dann muss ich sie hier zurücklassen und … niemand außer Gott weiß, was in Dublin oder auf dem Weg dorthin oder danach geschehen wird. Ich stehe in diesem Kampf an deiner Seite, aber diese Nacht, diesen Augenblick des Glücks, konnte ich mir nicht nehmen lassen. Auch nicht von dir.«

De Clare sah ihn stumm an, es war ihm anzusehen, dass er streng dreinschauen wollte, aber es gelang ihm nicht besonders gut. »Du liebst sie, hm?«

Maurice musste nicht überlegen. »Ja.«

Ein freudloses Lachen entfuhr seinem Freund. »Nun, es ist ja nicht so, als wüsste ich nicht, wie sich das anfühlt. Für Elen hätte ich alles getan. Gott, wie jung wir damals waren …« Er kam auf ihn zu und legte ihm die Hand auf die Schulter. »Ich bin glücklich, wenn du es bist, Maurice, und nachdem Elizabeth und du euch nicht zusammenraufen konntet, wurde es auch Zeit, dass du wieder eine Frau findest. Aber ausgerechnet Niah? Sie wird dich in Schwierigkeiten bringen.«

Das Grinsen ließ sich nicht unterdrücken. »Sie meint, sie hält mich von Schwierigkeiten fern.«

De Clare verdrehte die Augen und seufzte. »Und was willst du jetzt mit ihr machen? Du wirst Niah wohl kaum als Bogenschütze mit nach Dublin nehmen.«

»Ich hatte gehofft, du würdest sie in Aoifes Dienst stellen.«

De Clare riss die Augen auf und trat einen Schritt zurück. »Großer Gott, Maurice, was verlangst du da von mir? Das sieht dann so aus, als würde ich meiner Frau meine Mätresse unterschieben wollen!«

Maurice tätschelte nicht allzu sanft de Clares Wange. »Na, dann sag ihr die Wahrheit! Sag ihr, dass Niah *meine* Mätresse ist, Aoife wird bestimmt nichts dagegen sagen, sondern nur: *Gewiss, Mylord.*«

»Herrgott, wie habe ich es damals in Pembroke so lange mit dir auf engstem Raum ausgehalten?« De Clare schüttelte lachend den Kopf und stieg die Treppe hinunter, um Aoifes Gemach im unteren Geschoss zu erreichen. Maurice folgte ihm.

»Ich werde sehen, was ich tun kann, Maurice, und mir wohl Regan holen müssen, damit er übersetzt.«

»Aber sei vorsichtig, Richard: Niemand darf die Wahrheit über Niah wissen. Ich will nicht, dass ihr etwas geschieht.«

De Clare warf ihm einen Blick zu. »Du hast dir wirklich Feinde gemacht.«

Maurice nickte ernst. »Ich komme schon damit klar, solange du dich nicht unter sie zählst.«

Ein Lächeln hob de Clares Mundwinkel. »Niemals.«

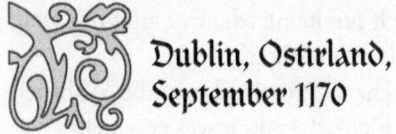 **Dublin, Ostirland,
September 1170**

Maurice stemmte sich gegen den Wind, die Augen zusammengekniffen und den Kopf eingezogen. Der Regen prasselte wie Nadeln in sein Gesicht, und er bereute es, sein Zelt in diesen Nachtstunden überhaupt verlassen zu haben, um sich mit den Wachen abzusprechen. Aber er war nervös, eingesperrt zwischen der Stadt und dem gewaltigen irischen Heer des Hochkönigs, also war er durchs Lager gestreift, bis das Unwetter plötzlich über ihnen hereingebrochen war.

Die Verhandlungen mit Dublin dauerten nun schon drei Tage, der Erzbischof von Dublin Laurence O'Toole und Morice Regan kamen aber zu keiner Einigung. Der Erzbischof war Dermots Schwager und hielt enge Kontakte zu Abteien im Frankenreich. Er war dafür bekannt, die noch sehr keltisch ausgelegte Kirche Irlands an die römische anpassen zu wollen. Aber trotzdem war er zurückhaltend, was seine Zugeständnisse an die Normannen vor Dublins Toren betraf. Er spielte auf Zeit, hoffte, dass der Hochkönig endlich einschritt. Doch der lagerte ein paar Meilen von hier und wartete ebenfalls ab, untätig und zögerlich.

So bot der Erzbischof Geiseln für Dublin, aber Dermot wollte insgesamt dreißig und von höherer Stellung, als Dublin auszuliefern bereit war. Während für de Clare das Gerede von Geiseln ohnehin von keinem Belang war. Wenn sie erst mal innerhalb der Mauern wären, könnte ihnen auch der Hochkönig mit seinen Truppen nicht mehr gefährlich werden.

Aber würde der Hochkönig ihnen in den Rücken fallen, bevor sie Dublin zu Fall brachten? Würde er es wagen? Er hatte ihnen tatsächlich mehrere Fallen auf dem Weg hierher gestellt, aber sie hatten ihn über das Gebirge umgehen können. Sie hatten ihr Ziel erreicht und der Hochkönig seinen Vorteil einer Schlacht zu seinen Bedingungen verspielt.

Donner grollte, so heftig, dass Maurice das Gefühl hatte, die Erde beben zu spüren. Im nächsten Moment hörte er Rufe über den Lärm des Regens. Sie kamen nicht von den Wachen, die den Wald im Auge behielten, um ein Näherrücken des Hochkönigs rechtzeitig zu entdecken, sondern von der Stadtseite. Wagten die Dubliner etwa einen Ausfall bei diesem teuflischen Wetter?

Einen Fluch unterdrückend, rannte Maurice zwischen Zelten und provisorisch aufgespannten Tüchern hindurch und erklomm den schlammigen Erdhügel. Dort traf er auf zwei Wachen, die im Schutz einer Gruppe Eiben die Ebene überblickten.

»Was ist passiert?!«

Die Wachen wandten sich ihm zu und deuteten dann zur Stadt hinüber. Maurice schirmte die Augen mit der Hand vor dem Regen ab und blickte in die Schwärze. Lediglich ein paar tanzende Lichtflecke aus Wachtürmen zeigten, wo die Stadt begann, aber dann entdeckte er dahinter einen rötlichen Schein, der sich ausbreitete.

»Ein Blitz hat eingeschlagen«, sagte einer der Wachen, ohne den Blick von der immer heller scheinenden, brennenden Stadt zu nehmen.

Maurice warf dem Mann an seiner Seite einen Blick zu und sah dann zurück zu den Feuern. Fast wäre ihm ein Lachen entkommen, während er sich bekreuzigte. »Heiliger Mauritius, Schutzheiliger der Heere«, betete er stumm, »du hast uns den Blitz geschickt, und wir werden ihn nutzen.« Dann wandte er sich an die beiden Wachen. »Die Dubliner strömen bestimmt alle zu den Feuern. Hört ihr die Kirchenglocken Alarm schlagen? Die Männer werden abgelenkt sein, außerdem ist die Nacht pechschwarz. Sie werden uns nicht kommen sehen. Solange die Verhandlungen laufen, werden sie auch keinen Angriff erwarten. Das ist unsere Chance!«

»Ihr wollt angreifen?«

»Auf der Stelle.«

»Soll ich den Earl benachrichtigen?«

Maurice nickte und wollte sich ebenfalls auf den Weg machen, um seine Männer zum Kampf zu rufen, als aus dem Nichts, unter fliegenden Erdklumpen, ein Pferd den Hügel von der Stadtseite her hochpreschte und schlitternd vor ihnen zum Stehen kam.

Maurice' Hand fuhr zur linken Seite, in einer fließenden Bewegung zog er sein Schwert und richtete es auf den Reiter. Einen Herzschlag lang glaubte er tatsächlich, die Dubliner hätten doch einen Ausfall gewagt, aber das Lachen einer bekannten Stimme ließ ihn das Schwert kopfschüttelnd zurück in die Scheide stecken.

»Nicht, dass ich es nicht verdient hätte …« Meilyr sprang vom Pferd, klopfte Maurice auf die Schulter und wurde gleich wieder ernst. »Auf die Pferde allesamt. Raymond und de Cogan haben die Stadt erstürmt.«

»Was?!«

Maurice und die beiden Wachen starrten Meilyr ungläubig an, dann sah Maurice an ihm vorbei zur Stadt, von wo tatsächlich Schreie ertönten. Über den Regen und Donner war es schwer auszumachen, und die Menschen Dublins könnten auch wegen des Feuers in Panik geraten sein.

Aus zusammengekniffenen Augen versuchte er in der Dunkelheit etwas auszumachen. Er wusste, Raymond und de Cogan hatten mit ein paar Männern nicht weit von den Mauern entfernt gelagert, während Maurice an de Clares Seite im Hauptheer geblieben war. Aber dass die beiden Ritter tatsächlich mit nur wenigen Getreuen in die Stadt gekommen sein sollten, schien unmöglich.

»Sie haben eine Bresche in die Mauer geschlagen, die war nicht einmal richtig bemannt«, erzählte Meilyr schnell und aufgeregt mit einem Blick über das Lager. »Die Tore stehen jetzt offen. Es sieht zwar nicht so aus, als begegnete ihnen besondere Gegenwehr, aber wir sollten ihnen mit unserer Hauptstreitkraft nachkommen, so schnell es geht.« Er wandte sich an die beiden Wachen. »Steht nicht so dumm herum, los, weckt den Earl und all die anderen auf. Dublin ist unser.«

Die beiden Männer starrten Meilyr an, der mit seinem schwarzen Haar und der dunklen Haut mit der Nacht verschmolz, und bewegten sich erst, als Maurice ihnen einen leichten Stoß verpasste. Er verstand ihre Zweifel, er selbst konnte Meilyrs Worte immer noch kaum glauben. Raymond hatte also wieder einmal seinen Wagemut bewiesen und war tatsächlich in die Stadt gelangt. Maurice fühlte beinahe so etwas wie Stolz in sich aufsteigen. Er hatte schon vor Jahren geahnt, dass aus Raymond einmal ein guter Ritter werden würde, auch wenn er nie geglaubt hätte, wie gut.

»Ich hole mein Pferd.« Maurice wollte sich abwenden und den beiden Wachen folgte, aber da packte Meilyr ihn am Arm. Der Geraldine warf einen Blick zu den beiden Männern, die den Hügel hinunterrutschten, und senkte schließlich die Stimme, so weit das Gewitter es zuließ.

»Du gehst nicht mit nach Dublin, Maurice. Wir beide, wir müssen zurück nach Waterford.«

»Wovon redest du?« Maurice trat einen Schritt zurück.

Ein Seufzen entfuhr Meilyr, und er warf einen Blick zur Stadt. Als er sich schließlich wieder Maurice zuwandte, war seine Stimme aus der Dunkelheit düster. »Es ist Griffin, Maurice. Er ist als Teil der Garnison in Waterford zurückgeblieben.«

Eine schreckliche Ahnung zog mit einem Brennen durch seinen Magen. De Clare hatte Griffin nach Waterfords Fall zum Ritter geschlagen, und während sich sein einstiger Herr de Montmorency um seine neu erworbenen Ländereien kümmerte, war Griffin anscheinend in Waterford geblieben.

»Er hat seinem Bruder eine Nachricht geschickt, sie kam heute Nachmittag an. Raymond bat mich, sie dir zu geben.« Meilyr zog etwas Helles aus seinem Schwertgurt und überreichte Maurice eine Rolle Pergament, die er mit seinem Arm vor dem Regen zu schützen versuchte.

Maurice nahm das Schreiben entgegen, öffnete es aber nicht, da es ohnehin zu dunkel war, um es zu lesen. Auch meinte er zu wissen, worum es darin ging. Maurice hatte von Anfang an kein gutes Gefühl dabei gehabt, Niah in Waterford zurückzulassen, er hatte sich aber gesagt, dass sie in Aoifes Dienst sicher war. Doch in Verbindung mit Griffin spürte er auf einmal eine lähmende Kälte in sich. Was hatte Griffin getan?

Unverwandt sah er Meilyr ins Gesicht, auch wenn er kaum etwas von ihm sehen konnte. Der eisige, schneidende Wind fühlte sich auf seiner Haut auf einmal an wie Klingen.

»Griffin erinnert Raymond in diesem Schreiben an ihre brüderliche Verbundenheit, an den Zusammenhalt der Geraldines und daran, wie er Raymond stets vor dem Vater beschützt hat. Er schreibt, dass sie sich nicht trennen lassen dürfen, dass die Versöhnung mit dir nicht mehr als ein schlechter Scherz sein kann und dass der Moment gekommen sei, dich bezahlen zu lassen. Er schreibt ... er will von Raymond, dass er dich in Dublin hält, so lange es geht, während er in Waterford ...« Meilyr seufzte schwer und legte ihm erneut die Hand auf die Schulter. »In seinen Worten: *Ich habe de Prendergasts Schlampe und weiß ganz genau, was zu tun ist. Sie wird mir beim Fürsten Ossorys viel einbringen. Das ist noch besser, als sie umzubringen oder ihn endlich aus dem Weg zu räumen. Wir verkaufen seine Hure.*«

Maurice ballte die Hände über dem Pergament zu Fäusten. Der in ihm hochkochende Hass schnürte ihm die Kehle zu, auch wenn er sich sagte, dass diese Nachricht nicht so schlimm war wie befürchtet. Niah war am Leben. Aber im Moment tröstete ihn das nur wenig. Wie, wo und wann hatte Griffin von Niah erfahren? Hatte er sie etwa wiedererkannt? Das glaubte Maurice nicht, Niah war noch ein kleines Kind gewesen, und Griffin hatte ihr damals keine besondere Beachtung geschenkt. Das Geheimnis musste sich bald nach seiner Abreise offenbart haben, ein Brief brauchte lang, um von Waterford nach Dublin zu gelangen. Das Gespräch mit de Clare im Treppenhaus fiel ihm ein. War es da gewesen? Oder war Griffin ihm zu Niah gefolgt, als er sich verabschiedet hatte? Er hatte sie noch einmal gewarnt, vorsichtig zu sein, hatte Donnell erwähnt, was passieren würde, wenn jemand wüsste, was Donnell alles dafür tun würde, um sie zurückzubekommen. Wie hatte er nur so unvorsichtig sein können?

»Raymond hat dir also das Schreiben gegeben«, brachte er heiser heraus.

Meilyr lachte unfroh auf. »Er will nichts mit Griffins Tat zu tun haben, kann aber selbst nichts unternehmen. Er muss bei seinen Männern bleiben. Als er den Brief erhielt, stand er noch vor den Mauern Dublins, besessen davon hineinzukommen, nichts hätte ihn von da weggebracht. Er wollte aber, dass du davon erfährst.«

Maurice nickte geistesabwesend, er hatte schon mitbekommen, dass Raymond sich weniger als Ritter gab als als einfacher Kämpfer. Er saß mit den Bogenschützen und Männern aus dem Fußvolk am Feuer, tauschte Geschichten mit ihnen aus und trank und plünderte mit ihnen. Die Männer sahen ihn als einen von ihnen und liebten und achteten ihn, und sie folgten ihm blind, was wohl auch zu Raymonds Erfolgen beitrug. Er hatte Männer, die ohne zu zögern für ihn sterben würden.

»Ich nehme an, Griffin hat einen Boten zu Donnell geschickt, vermutlich durch irgendeinen Ostmann aus Waterford, der den Normannen allzu gerne eins auswischt. Was für ein Verräter. Wenn de Clare oder Dermot wüssten, dass Griffin mit dem Feind konspiriert.«

»Nun, sein Verrat betrifft weder de Clare noch Dermot, sondern nur dich.«

Maurice lächelte. »Ja, und er hat sich den Falschen ausgesucht. Ich werde seine Verbrechen nicht mehr still hinnehmen. Sobald dieses Sauwetter aufhört und es auch nur eine Spur heller wird, reite ich los. De Clare wird mich gehen lassen, Dublin ist gefallen, er braucht mich nicht unbedingt.«

»Du meinst ›uns‹. Er wird uns gehen lassen.«

Maurice sah zu Meilyr auf. »Du willst wirklich mit?«

»Ich weiß, was du in Waterford tun wirst.«

»Und wirst du mir dabei helfen oder mich davon abhalten?«

Stille herrschte, dann erklang Meilyrs schweres Ausatmen. »Das überlege ich mir auf dem Weg dorthin.«

Die Tore Waterfords standen offen, die Männer auf den Wehrmauern konnten Feinde rechtzeitig erkennen und die Stadt verbarrikadieren. Die Bresche in der Mauer war auch schon ausgebessert, und als Maurice in der Nachmittagssonne den Hügel zur Stadt hinunterritt, wirkte es fast, als hätte es nie einen Angriff gegeben. Nur dass über den Türmen de Clares rotgelbes Banner wehte, das allen die Herrschaft der Normannen verkündete.

»Griffin wird dich auf keinen Fall erwarten«, sagte Meilyr an seiner Seite, als sie dem Pfad zur Stadt hinunter folgten. »Hier weiß noch keiner, dass Dublin gefallen ist. Griffin wird uns im Norden wähnen, und wenn wir es geschickt anstellen, kriegen wir ihn gleich in die Finger.«

Maurice nickte nur, er hatte auch die letzten beiden Tage ihrer

Reise kaum gesprochen. Stattdessen stellte er sich Niah vor, in Griffins Händen. Und er stellte sich vor, wie er sich endgültig von Griffin befreite. Er war nicht allein mit Meilyr gekommen. Robert Smith, Richard, ein paar Ritter und Bogenschützen waren an seiner Seite. Mit dem nahen Heer des Hochkönigs und innerhalb der Grenzen Ossorys wäre es töricht gewesen, allein zu reisen. Maurice hatte seinen Männern gesagt, dass der Earl sie zur Verstärkung der Garnison nach Waterford geschickt hatte, jetzt, da Dublin gefallen war. Zwar hatten die Anführer Dublins mit ihren Schiffen fliehen können, aber die Stadt war erobert, und de Clare würde sie auch bald verstärken lassen. Ein weiterer Schritt war getan, und jetzt galt es für Maurice, ein Übel aus der Welt zu räumen, von dem er sich schon viel eher hätte befreien sollen.

Die Wachen am Tor erkannten Maurice, entweder am Wappen oder an seinen Narben, die deutlich zu sehen waren, da er keinen Helm trug.

»Mylord de Prendergast, was führt Euch denn hierher? Wo ist der Earl?«

Maurice warf einen Blick durchs offene Tor in die Stadt hinein, die sich nur als eine Aneinanderreihung von Häusern aus Flussgestein und Weidengeflecht zeigte. »Wo ist Griffin Fitz-William?«, verlangte er zu wissen, ohne sein Erscheinen näher zu erklären. Er musste Niah finden.

Der Ritter auf der Mauer beugte sich über die Brüstung und sah ihn verwirrt an. »Wer?«

»De Montmorencys ewiges Anhängsel. Raymond le Gros' Bruder! Wo ist er?«

Die Männer sahen sich an und blickten ihm dann ratlos entgegen. »Den haben wir schon ewig nicht mehr gesehen. Wir haben aber auch nicht unbedingt Ausschau nach ihm gehalten. Irgendwo wird er sich schon herumtreiben. Fragt doch in Raghnalls Turm.«

Maurice fluchte und trieb sein Pferd an, die schlimmsten Befürchtungen schlichen sich in seinen Kopf. Was, wenn Griffin die Stadt mit Niah verlassen hatte? Er war lange nicht gesehen worden, und Ossory lag direkt außerhalb Waterfords. Was, wenn Griffin Niah zu Donnell gebracht hatte? Was, wenn er zu spät war?

»Ich reite mit deinen Männern zu Raghnalls Turm, wenn du willst«, rief Meilyr, »dann kann ich Aoife und den Männern dort von Dublins Fall berichten, und wenn Griffin dort ist …« Er warf einen Blick zu Maurice' Männern, die hinter ihnen entlang der schmalen Straßen folgten, und senkte seine Stimme. »Wenn Griffin dort ist, ergreife ich ihn. Reite du erst mal zu … deinem geheimnisvollen Mädchen. Vielleicht ist sie ja zu Hause, vielleicht hat Griffin sie gar nicht …«

Maurice schüttelte ungeduldig den Kopf. »Sie ist keine Norwegerin, Meilyr, sie lebt nicht hier, sie dient Aoife.«

»Also ist sie eine Irin?«

Maurice fluchte erneut, da ein voll mit Fässern beladener Wagen ihm den Weg verstellte. »Aus dem Weg!«, rief er. »Schert euch zum Teufel! Macht Platz!«

Richard eilte nach vorne und packte mit an, um den Wagen von der morastigen Straße, an deren Rändern eine Brühe aus Unrat hinabfloss, in eine Seitengasse zu ziehen.

Kaum war das Hindernis fort, galoppierte Maurice an, die verwunderten Blicke seiner Männer, die ihn so nicht kannten, ignorierend. Mit dem Gefühl, dass ihm die Zeit davonrann, bahnte er sich seinen Weg zu Raghnalls Turm, wo Aoife sich einen komfortablen Wohnort eingerichtet hatte. In dem von Wirtschaftsgebäuden gesäumten Hof sprang er aus dem Sattel, noch ehe sein Pferd ganz zum Stehen gekommen war. Die Wachen hier waren nicht minder überrascht von seinem Erscheinen, erkannten ihn aber ebenfalls und behelligten ihn nicht.

Maurice eilte sofort die Wendeltreppe zu Aoifes Gemach hoch, wo ein irischer Bediensteter ihm den Weg verstellte.

»Verschwinde.« Maurice schob den untersetzten Mann zur Seite, öffnete die Tür und gelangte in einen verlassenen Vorraum. Er riss die Vorhänge zum Gemach zur Seite und fand sich schließlich in einem Raum voller Frauen wieder, die ihn mit einem kollektiven Luftschnappen empfingen.

Maurice achtete nicht darauf und ließ seinen Blick von einer Frau zur nächsten gleiten, aber keine von ihnen war Niah.

»Mylord?« Eine der Frauen, deren Haar unter einem Wimpel verborgen war, erhob sich von der Fensterbank und kam auf ihn zu, Furcht in den Augen, ihr grüner Blick flog immer wieder zum Schwert an seiner Seite. Einzelne flammende Strähnen hatten sich aus der strengen Kopfbedeckung befreit und fielen auf die blasse Haut. Aoife war wirklich eine Schönheit, und Maurice konnte sich schon vorstellen, was de Clare darüber sagen würde, dass er seine Frau so erschreckte.

»Madame, vergebt mein Eindringen, ich wollte Euch und Eure Damen nicht ängstigen.«

Aufmerksam sah Aoife ihm ins Gesicht und versuchte wohl, seine Worte zu verstehen. »Mylord de Prendergast«, sagte sie und bedachte ihn mit einem wachsamen Lächeln. Sie hatten sich in den Tagen vor ihrer Abreise nach Dublin kennengelernt. Sie wusste, dass er de Clares Freund war, schien sich aber noch nicht sicher, ob er in diesem Moment eine Gefahr darstellte. Sie sah an ihm vorbei, wo der Bedienstete hereinstolperte und ein paar aufgeregte irische Worte ausstieß. Aus den Augenwinkeln bemerkte Maurice auch Meilyr. Der Geraldine verneigte sich galant, was Maurice vergessen hatte, und setzte holprig zu einer Erklärung in der irischen Sprache an. Maurice starrte verblüfft zu ihm herüber. Wann hatte Meilyr irisch gelernt? Schließlich wandte er sich ihm zu, seine Stimme sehr höflich und ruhig, um niemanden zu alarmieren.

»Wie lautet der Name von Aoifes Kammerfrau, nach der du suchst?«, wollte er wissen und nickte ihm beruhigend zu. Seine

Stimme zeigte nicht die geringste Spur von Missbilligung, was Maurice doch ein wenig überraschte. Er konnte sich vorstellen, was Meilyr dachte, da er es bestimmt nicht gerne sah, wie Elizabeth betrogen wurde. Auf dem Weg hierher hatte der Geraldine nicht näher nach Niah gefragt, vermutlich hatte er gespürt, dass Maurice nicht reden wollte, aber nicht einmal jetzt ließ er sich Gefühle zu diesem Thema anmerken. Das würde sich aber gleich ganz schnell ändern, dessen war Maurice sich sicher.

»Ihr Name lautet Niah.«

Meilyrs Augen verengten sich augenblicklich, es war ihm anzusehen, wie er nachdachte, und dann wurden seine Augen immer größer. »Doch nicht etwa …?«

»Genau die.«

»Aber wie … wann …?«

»Das tut jetzt nichts zur Sache. Frag sie, wo Niah ist.«

Meilyr sah ihn noch einen Moment lang überrascht an, dann wandte er sich an Aoife, die bei diesem Namen erschrocken in Maurice' Richtung sah. Hatte de Clare ihr etwa erzählt, dass Niah Maurice' Geliebte war? Wusste sie, wie wichtig sie ihm war und was ihr Verschwinden für ihn bedeutete?

Hilflos schüttelte sie den Kopf, sprach schnell und deutete zurück zu den anderen Frauen, immer wieder wachsam in Maurice' Richtung sehend.

»Sie ist vor sechs Tagen verschwunden«, übersetzte Meilyr, auch wenn Maurice seine Worte über das Dröhnen in seinen Ohren kaum hörte. »Sie wollte Wasser für den Badezuber holen und kam nicht zurück. Lady Aoife ließ nach ihr suchen, sie wusste … wie nah du ihr stehst, aber sie blieb unauffindbar. Aoife fürchtet … die Männer sagen, dass es wahrscheinlich ist, dass sie in den Fluss fiel und … ertrank.«

Maurice sah Aoife ins Gesicht, er spürte das Zucken seiner Wangenmuskeln und hatte Mühe, sich so weit unter Kontrolle zu halten, um nicht auf irgendetwas in diesem Raum einzuschlagen. Dieser übermäßige, ihn verzehrende Zorn und Hass waren ihm fremd, das Bedürfnis, Schaden anzurichten und jemandem wehzutun. So kannte er sich selbst nicht.

Aoife erkannte sehr genau, wie es in ihm aussah, denn ihr Blick wurde wachsamer. Mit ihren siebzehn Jahren war sie wohl schon genügend Männern gegenübergestanden, die in Raserei verfielen, nicht zuletzt ihrem Vater.

»Sie ist nicht ertrunken.« Maurice zwang sich zu einer knappen Verbeugung, machte auf dem Absatz kehrt und eilte zurück in den Hof. Er brauchte frische Luft.

»Richard, wo ist mein Pferd?!«

Sein Knappe, der gerade auf ihn zugekommen war, hielt abrupt inne.

»Wo willst du hin?« Meilyr kam an seine Seite, während Richard sich eiligst davonmachte.

Maurice schüttelte den Kopf, er wusste es nicht. Aber er konnte nicht untätig bleiben, und wenn er die ganze Stadt auf den Kopf stellen musste.

»Wieso wartest du nicht einfach ab bis zum Abend?«, sprach Meilyr weiter, »Griffin wird bis dahin bestimmt auftauchen, und dann können wir ihn uns schnappen und herausfinden, wo er Niah hingebracht hat.«

»Bis dahin hat er längst gehört, dass wir hier sind. Er wird sie für immer verschwinden lassen.«

»Und was hast du jetzt vor?«

Maurice antwortete nicht, denn Richard brachte bereits sein Pferd zurück, das noch nicht abgesattelt gewesen war. Ohne Meilyr weiter zu beachten, ging Maurice auf seinen Knappen zu und nahm ihm die Zügel aus der Hand. »Erinnerst du dich an die Gegend, die beim Angriff verwaist wurde?«

Der Knappe nickte und sah ihn ernst an. Er konnte sich bestimmt denken, dass Maurice nicht so aufgebracht war, weil er gekommen war, um die Garnison zu verstärken. »Ich will, dass du dort jedes Haus nach Niah durchsuchst, wenn du sie nicht findest, kommst du sofort hierher zurück. Wenn doch, bring sie zu Lady Aoife, und bewach sie mit deinem Leben, bis ich zurückkomme.« Er beugte sich hinunter, zog das Kurzschwert aus der Scheide an Richards Gürtel und drückte es ihm in die Hand. »Nimm dir ein Pferd und sei vorsichtig. Sollte Niah nicht allein sein, kommst du hierher zurück und wartest auf mich, außer du wirst entdeckt. Dann … bringst du denjenigen um, der sie festhält.«

»Maurice!«

Er ignorierte Meilyr, der seinen Arm packte, und legte Richard die Hand auf die Schulter. »Selbst wenn es Griffin Fitz-William ist, hörst du? Bring ihn um, er wird nicht zögern, dich zu töten, solltest du ihn entdecken.«

Richard nickte grimmig, rein gar nicht erschrocken oder verwirrt über diesen Auftrag, sondern wie immer gehorsam. Er wollte sich gerade abwenden und Richtung Stall davongehen, als Meilyr ihm den Weg verstellte.

»Du kannst ihn nicht einfach alleine losschicken, Maurice! Was, wenn er Griffin tatsächlich findet? Wie soll Richard mit seinem Messerchen irgendetwas ausrichten? Ganz zu schweigen von der Tatsache, dass er einen Geraldine angreifen würde!«

Maurice lächelte. »Richard ist de Clares Junge, Meilyr, du hast ihn noch nicht kämpfen sehen, ich aber schon. Ich habe ihn ausgebildet und weiß sehr genau, wozu er fähig ist. Richard kann Griffin mit einem Löffel besiegen, wenn er will. Und was die Geraldine-Angelegenheit betrifft – Richard, du handelst in meinem Auftrag, mach dir keine Sorgen, ich kümmere mich um die Folgen.«

»Mylord.« Richard verneigte sich mit dem Schwert in der Hand und eilte zum Stall, während Meilyr einen frustrierten Laut von sich gab.

»Das kann nicht dein Ernst sein, Mann! Und wohin willst du jetzt?«

Maurice schwang sich in den Sattel. »Ich reite die Stadtmauer ab und rede mit den Männern der Garnison. Vielleicht wissen sie, wo Griffin sich für gewöhnlich herumtreibt ...«

»Um ihn dann umzubringen?!« Meilyr winkte einem der Stallburschen und verlangte ebenfalls sein Pferd, dann kam er auf ihn zu und griff ihm in die Zügel. »Er ist mein Vetter, Mann, ein Geraldine, du kannst doch nicht einfach ...«

»Du solltest dem Jungen sagen, dass er deinen Gaul nicht vom verdienten Hafer wegreißen soll, wenn du es nicht erträgst, das Ende deines Vetters mitanzusehen.«

»Griffin ist mir scheißegal, er hat es verdient. Es ist schrecklich, *dich* so zu sehen! Du bringst nicht einfach so Leute um, du bist die Ehre in Person, die verdammte, ewig nervende Gerechtigkeit und unser aller Gewissen! Du ziehst nicht durch die Stadt und bringst einen um, der dir dumm kommt, ohne dass es dich zerstört.«

»Mir dumm kommt?!« Maurice beugte sich hinunter und riss die Zügel an sich, er konnte sich gerade noch davon abhalten, Meilyr zur Seite zu treten. »Ich weiß, ich kann nicht von dir erwarten zu verstehen, was Niah für mich ist. Ich verstehe es ja selbst noch nicht ganz. Du liebst eine Frau immer nur für den Moment, und wenn der Wind sich dreht eine andere. Und das ist in Ordnung. Aber ich glaube, ich liebe Niah schon mein ganzes Leben, und Griffin wird bereuen, sich auf meine Ehre verlassen zu haben. Wenn es um Niah geht, hab ich keine, frag Donnell aus Ossory.« Er richtete sich auf, wollte angaloppieren, aber Meilyr ließ ihn nicht vorbei.

Das Bild der Irin bei den Plünderungen in Ossory flackerte vor Maurice' geistigem Auge auf. »Glaubst du wirklich, ich habe noch nie etwas getan, das auf meinem Gewissen lastet? Griffin auszuschalten werde ich verkraften.« Er deutete auf sein Gesicht. »Sieh nur, wohin mich meine Ehre gebracht hat. Ich hätte das hier schon vor langer Zeit tun sollen! Griffin wird nie aufhören, in seinem kranken Kopf einen Weg zu ersinnen, mich zu treffen. Also geh mir aus dem Weg.« Er schlug die Schenkel in den Pferdebauch und preschte aus dem Hof.

Hast du ihn gefunden?« Meilyr kam ihm im Schein der Fackeln entgegen, kaum dass Maurice eingeritten war. Der Geraldine führte sein Pferd am Zügel.

Maurice schüttelte den Kopf. »Bist du gerade angekommen?«

»Ich habe mich in der Stadt umgehört, bei den Kirchen und am Hafen … nichts. Was sagen die Männer?«

»Sie haben Griffin nur selten gesehen. Er kommt aber wohl hin und wieder zum Essen, aber meistens fehlt von ihm jede Spur. Sie nehmen an, er hat ein Mädchen in der Stadt gefunden.« Maurice glaubte, an den Worten zu ersticken, wenn er daran dachte, was für eine Frau Griffin wirklich gefunden hatte. »Dass er zu den Essen kommt, heißt wohl, dass er die Stadt noch nicht verlassen hat.« Er sah sich im Hof um. »Wo ist Richard?«

»Er ist noch nicht zurück. Ich habe vorhin im Stall gefragt, ob eure Pferde wieder da sind.«

Ein Fluch entfuhr ihm. »Es kann nicht so lange dauern, die paar Häuser zu durchsuchen, er hätte längst wieder da sein müssen.«

»Vielleicht hat er sich noch anderswo umgehört, oder er streunt nur durch die Stadt, vielleicht …«

»Nicht Richard. Er tut immer genau, was man ihm sagt.«

»Er ist auch schon sechzehn. Vielleicht nutzt er die Gunst der Stunde und macht die Tavernen unsicher.«

»Nicht Richard«, wiederholte Maurice und riss sein Pferd herum. »Ich geh ihn suchen.«

»Warte, verdammt noch mal.« Meilyr saß ohne zu zögern auf. Als sie gemeinsam durch die düsteren, gespenstisch leeren

Straßen ritten, sah Maurice zu ihm herüber. »Falls ich das noch nicht erwähnt habe. Danke … mein Freund.«

Meilyrs Grinsen leuchtete in der Dunkelheit. Sie passierten die Kirche der Heiligen Dreifaltigkeit, vor der de Clare und Aoife geheiratet hatten, und begaben sich dann tiefer in die Stadt hinein, wo das Gebiet lag, das von den Feuern größtenteils zerstört worden war. Maurice fürchtete keine Überfälle, die Bewohner dieser Stadt wussten es besser, als sich mit zwei normannischen Rittern in ihren Rüstungen anzulegen. Trotzdem war er so angespannt, dass das kleinste Geräusch ihn aufschreckte, als lauerte Griffin hinter jeder Ecke, bereit, Niah vor seinen Augen hinzurichten.

»Wann fing das mit euch beiden an?« Meilyrs tiefe Stimme brach die Stille, und Maurice wünschte, er hätte geschwiegen.

»Ich traf sie in Ossory an Donnells Hof.«

Meilyr lachte leise auf. »Was für ein Zufall. Als hätte das Schicksal euch füreinander bestimmt.«

Maurice warf ihm einen Blick zu, konzentrierte sich aber gleich wieder auf die Straßen, die immer finsterer wurden. Sie verließen die Gegend der besser betuchten Menschen, die sich Kerzen und Lampen leisten konnten und deren Lichtschein auf die Straße fiel, und erreichten die finstere Ecke, wo Maurice Niah zuletzt gesehen hatte.

Angestrengt lauschend sah Maurice sich um, er schwang sich aus dem Sattel und warf die Zügel über die Überreste eines Zauns. Er wollte nicht von Hufklappern verraten werden, und Meilyr tat es ihm gleich.

Auf jeden Schritt bedacht gingen sie durch die abgebrannten Häuserreihen hindurch. Maurice warf einen Blick in den Schlund einer halb verfallenen Hütte und horchte auf Geräusche, aber es war alles still.

Als er gerade umdrehen wollte, erklang plötzlich das Schnauben eines Pferdes. Angestrengt blickte Maurice in die Dunkelheit und erkannte Richards Rappen weiter vorne. Im nächsten Augenblick erklang das tiefe Brummen einer Männerstimme aus der Ferne, gedämpft und kaum vernehmlich.

Maurice warf Meilyr einen Blick zu, der so leise wie möglich das Schwert aus seiner Scheide zog. Maurice tat es ihm gleich und flüsterte ihm zu: »Geh außen herum.«

Meilyr nickte und duckte sich unter dem Fenster hinweg, um von der Rückseite einzudringen.

Maurice hingegen blieb mit dem Rücken zum Astgeflecht der Wände stehen und warf vorsichtig einen Blick durchs Fenster. Eine einzelne, fast abgebrannte Kerze war im Inneren entzündet. Sie stand in einer Schale auf dem Boden und leuchtete so schwach, dass man den Lichtschein von draußen nicht hatte erkennen können. Doch jetzt beleuchtete sie Griffin, der gelassen gegen die Wand lehnte, sein Schwert auf Niahs Schulter abgelegt.

Maurice presste die Lippen aufeinander, fast hätte er einen Laut von sich gegeben. Niah war hier, sie lebte! Doch Griffin musste sein Schwert nur ein winziges Stück zur Seite führen, um Niahs Kehle durchzuschneiden.

Ruhig, regungslos und stolz stand Niah da, die Hände auf dem Rücken gefesselt und den Blick auf Richard gerichtet, der sich deutlich angespannt neben der Tür hielt.

»... und auch dein werter Vater kann dir nicht helfen, Junge«, sagte Griffin gerade voller Hohn. »Wieso gehst du nicht endlich zurück und bringst deinem Herrn meine Botschaft? Er fragt sich bestimmt schon, wo du bleibst.«

»Ich lasse sie nicht allein.« Richards Finger öffneten und schlossen sich um den Schwertknauf. Wie lange stand der Junge schon so da, unfähig, Griffin anzugreifen, da der elende Bastard Niah als Schutzschild benutzte? Maurice betrachtete de Clares Sohn einen Moment voller Stolz und Zuneigung, bevor sein Blick zurück zu Niah flog.

Sie sah nicht aus, als hätte Griffin ihr etwas angetan. Ihr

Gewand war schmutzig, aber heil, und Maurice konnte auch keine Verletzungen an ihr erkennen. Vielleicht hatte Griffin um seinen Preis gefürchtet, wenn er ihr etwas antat. Auch erinnerte Maurice sich daran, dass er sich bei den Plünderungen nie an Frauen vergriffen hatte. Seine Zurückhaltung würde ihn aber nicht retten.

Krampfartig schloss er seine Finger um den Schwertgriff und atmete tief durch. »Du hast eine Botschaft für mich?« Er stieß die Tür auf und trat neben Richard, dem er die Hand auf die Schulter legte. »Danke, mein Junge.« Dann richtete er seinen Blick sofort auf Niah, die mit einer Mischung aus Angst und Erleichterung zu ihm hochsah. Ihre Lippen formten tonlos seinen Namen.

Griffin fuhr vor Schreck zurück, sammelte sich aber zu schnell, um etwas gegen ihn zu unternehmen. Er packte Niah an der Schulter und zog sie vor sich, das Schwert nun an ihrem Hals. Maurice' Körper spannte sich augenblicklich an, doch er zwang sich, ruhig zu bleiben und gelassen zu wirken.

»Das hat aber lange gedauert, de Prendergast. Dein Knappe kam schon vor Stunden zu mir.«

Maurice sah ihn mit hochgezogener Augenbraue an, während seine Handfläche um den Schwertgriff feucht wurde aus Angst, Griffin würde vor seinen Augen kurzen Prozess mit Niah machen. »Dachtest du wirklich, dein Bruder würde dich nicht verraten?«

Griffins Augen verengten sich und loderten im Schein der Kerze voller Hass. »*Du* warst das. Von Anfang an hast du versucht, dich zwischen uns zu drängen. *Du* hast ihn mir weggenommen.«

»Ach, dafür soll ich heute leiden? Ich dachte, es wäre mein Pech, ein erstgeborener Sohn zu sein, was deinen Hass schürt. Oder meine Freundschaft zu de Clare oder dass ich deinen Bruder vor dem Ertrinken retten wollte. Wann entscheidest du dich endlich?«

»Ich muss mich nicht entscheiden! Du bist vom Teufel höchstpersönlich geschickt, schau dich an, mit deiner Narbenfratze! Du lebst nur, um anderen ins Leben zu pfuschen und ihnen wegzunehmen, was du haben willst. Schau dir meine arme Cousine an! Treibst es mit einer dreckigen Irin!«

Eine Welle der Erleichterung durchzuckte ihn. Griffin erkannte sie nicht als Niah von Pembroke, er hielt sie für irgendeine irische Kriegsgefangene.

»Wenn du ihr auch nur ein Haar krümmst, kommst du hier nicht mehr lebend raus.«

»Große Reden, in denen warst du schon immer gut, nicht wahr? Dabei wissen wir beide, dass du mir nichts tun wirst, Maurice, ehrenhaftester aller Ritter.« Griffin spuckte angewidert aus.

Ein Lächeln, das sich grotesk anfühlte, verzog sein Gesicht. »Vielleicht hast du recht, vielleicht sollte ich Mitleid mit dir haben, dein Geist ist krank, vielleicht hat dein Vater dir einfach den Verstand herausgeprügelt …«

Griffins Hand zuckte, und Maurice hielt den Atem an. Er durfte aber keine Schwäche zeigen, er musste die Oberhand behalten und Griffin zu einem Fehler zwingen. »Das Wissen um deine Vergangenheit mag mich vielleicht einst davon abgehalten haben, die Welt von dir zu befreien, aber heute nicht mehr. Nicht nach dem hier.«

»Dann spielt es ja auch keine Rolle, was mit der Hure hier geschieht. Du bringst mich so oder so um.«

»Nein, er bringt dich nicht um, Vetter.« Meilyrs Stimme kam aus dem Nichts, noch nicht einmal Maurice hatte sein Eindringen bemerkt.

Griffin fuhr zu ihm herum, ließ einen winzigen Augenblick lang seinen Schwertarm sinken, und in dem Moment fuhr Meilyrs Klinge hoch in seine Nieren. »Aber ich schon.«

Maurice keuchte auf, starrte auf Griffin, der fiel wie ein Stein, und seine Klinge fiel scheppernd zu Boden. Niah taumelte zurück, und Maurice fand aus seiner Starre, um sie in seine Arme zu ziehen. Fest presste er sie an sich, befreite sie von ihren Fesseln und spürte ihre Hände, die sich an ihn klammerten.

»Ich wusste, dass du kommst, ich wusste es.«

Maurice nahm ihr Gesicht in seine Hände und betrachtete sie besorgt. »Hast du mein Kommen etwa vorausgesehen?«

»Nicht in einer Vision, nur in meinem Herzen.« Maurice zog sie zurück an seine Brust und sah über sie hinweg zu Meilyr, der über seinem toten Vetter stand. Er sollte sich erleichtert fühlen, befreit, aber er sah nur das Entsetzen in Meilyrs blassem Gesicht, über das die Kerzenflammen flackerten.

»Gütiger Gott im Himmel«, stieß Richard aus, und Maurice bekreuzigte sich, genauso wie er.

»Meilyr …« Er fand keine Worte, sah den Geraldine nur an, der bemüht gleichgültig mit den Schultern zuckte.

»Er hätte nicht aufgehört, Mann. Nie. Entweder hätte es dich getroffen oder deine Liebste. Und um mich ist es auch nicht mehr schade, ich habe keine Ehre und kein Gewissen, das wissen wir beide.«

Maurice fiel das Atmen auf einmal schwer. Ohne den Blick von seinem Freund zu nehmen, schob er Niah sanft von sich und ging auf ihn zu. Meilyr hatte seinen eigenen Vetter umgebracht, für ihn. Damit er nicht mit dieser Tat leben musste.

»Schau mich nicht so entsetzt an, verdammt, ich hab die Welt von einem schlimmen Übel befreit, ich …«

Ungestüm schloss Maurice Meilyr in die Arme. »Du bist ein verdammter Narr, weißt du das?«

»Wieso?« Meilyrs Stimme klang dumpf an seiner Brust. »Wir sagen, er ist betrunken in den Fluss gefallen und ertrunken! Keiner wird ihm eine Träne nachweinen und …«

Maurice trat einen Schritt zurück. »Es war meine Aufgabe! Du hättest nicht …«

»Ach, komm mir nicht damit, dass die Rache dein hätte sein müssen, dass es dein Mädchen ist.«

»Darum geht es nicht. Aber … er war dein Vetter.«

»Bei Gott nicht der Einzige und schon gar nicht der Beste.« Meilyr wich seinem Blick aus, er konnte nicht verbergen, dass ihn seine Tat alles andere als unberührt ließ. Maurice' schlechtes Gewissen bereitete ihm Übelkeit. Jahrelang hatte er seinen Freund büßen lassen, hatte ihm gar nicht die Möglichkeit gegeben, sein Vertrauen zurückzugewinnen. Er hatte ihn immer spüren lassen, dass Elizabeth zwischen ihnen stand, und sein Verhalten hatte Meilyr zu dieser Tat getrieben. Wie sollte er diese Schuld je wiedergutmachen?

»Ich danke dir, Meilyr.« Aus dem Nichts kam Niah heran und schloss Meilyr unvermittelt in die Arme. »Du hast nicht nur mich gerettet, sondern auch Maurice. Ich bin dir zu ewigem Dank verpflichtet.«

Meilyr verneigte sich mit der Hand auf der Brust. »War mir eine Ehre. Und schön dich wiederzusehen, Niah.« Er warf Maurice einen Blick zu. »Aber pass besser auf dich auf, ja? Kummer mit Frauen hat der hier schon genug gehabt.«

Maurice schüttelte belustigt den Kopf, lächelte dann befreit und legte einen Arm um Niahs Schultern und einen um seinen alten Freund.

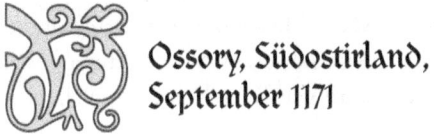 Ossory, Südostirland,
September 1171

Ich verstehe es nicht!« De Clare wanderte entlang der Seitenwand seines Zeltes auf und ab und bemerkte die vielen verwunderten Blicke seiner Ratgeber und Verbündeten gar nicht. »Die Iren haben Waterford belagert, sie haben Dublin belagert – erfolglos. Dermot ist tot, und so gut wie ganz Leinster hat sich gegen mich aufgelehnt, und trotzdem sind wir noch hier. Wir haben ein vereintes Irland mit nur wenigen hundert besiegt, ein Heer von dreißigtausend Mann, das uns an Land einschloss, während eine Flotte Norweger den Zugang vom Meer blockierte! Die Iren haben uns Fallen gestellt, auf jedem Pfad, den wir durch dieses Land gingen. Sie haben Bäume gefällt und uns den Weg abgeschnitten, sie haben uns mit Steinen beworfen, ja, sogar den guten Meilyr bewusstlos geschossen.«

»Aber ich leb noch.« Meilyr prostete de Clare von seinem Platz an der Tafel aus zu, aber de Clare ignorierte ihn und fuhr fort.

»Am Ende haben wir sie immer geschlagen, ihre Anführer getötet und ihre Heere zerstreut! Wie kann es also sein, dass ein Mann … ein einzelner Mann, immer noch den Nerv hat, sich gegen uns zu stellen? Was ist los mit diesem Donnell aus Ossory?« De Clare fuhr zu Maurice herum und sah ihm ins Gesicht, als müsste er die Antwort doch kennen.

Maurice wüsste eine, er erinnerte sich noch an Donnells Worte, dass er lieber sterben würde, als aufzugeben, aber das wäre im Moment wohl nicht besonders hilfreich.

Es war Donnell O'Brien, der Fürst von Thomond, der sich

räusperte und das Wort ergriff. »Ich habe Euch zweitausend Männer gebracht, vereint mit Eurem Heer sollte Ossory kein Problem mehr darstellen.« Gemächlich lehnte er sich in seinem Stuhl zurück und streckte die Beine aus. »Wir überrennen seine armselige Bande mühelos, denn wie Ihr schon erkannt habt – Ihr seid nicht zu besiegen.«

»Ossory wird nicht so leicht fallen, wie Ihr glaubt«, wandte Maurice ein und sah O'Brien in die grünen Augen, die so hell waren, als wäre er das Wechselbalg von Feen. Maurice mochte ihn nicht, der Ire, der ein Nachfahre des berühmten Brian Boru war, hängte seine Fahne immer nach dem Wind. Er war ein treuer Gefolgsmann seines Schwiegervaters Dermot gewesen, und nach dessen natürlichem Tod im Frühling hatte er zunächst auch de Clare unterstützt, um seinen Anspruch als Erbe Leinsters durchzusetzen. Aber dann war der Hochkönig gegen sie gezogen und hatte sie in Dublin belagert, gemeinsam mit den meisten Fürsten Irlands, um die Fremden endgültig aus ihrem Land zu vertreiben. O'Brien war zum Hochkönigs übergelaufen, im Glauben, auf der Siegerseite zu stehen. Sobald sich aber abgezeichnet hatte, dass die Normannen mit ihren wenigen hundert die Oberhand gewannen, hatte er erneut die Seiten gewechselt und saß nun als treuer Anhänger in de Clares Lager, als hätte er ihn nie verraten.

De Clare konnte es sich nicht leisten, Verbündete abzuweisen, aber Maurice blieb misstrauisch. Er mochte den Ausdruck der Verschlagenheit in O'Briens scharf gezeichnetem Gesicht nicht, die Härte und Entschlossenheit. O'Brien kannte keine Loyalität, nur seine eigenen Ziele.

»Was schlagt Ihr denn vor?«, fragte der Fürst in seinem gebrochenen Normannisch in Maurice' Richtung. »Sollen wir Donnell auf einen Becher Ale einladen und ihn fragen, ob er wohl freundlicherweise davon absehen würde, in unsere Ländereien einzufallen?«

»Zum Beispiel.«

Raunen brandete im Zelt auf. Maurice war es aber gewohnt, wunderlich zu wirken, als Mann, der schon für Ossory gekämpft, die Hochzeit des Earls versäumt hatte und im Sommer freiwillig ins Lager des Hochkönigs gegangen war, um Friedensverhandlungen zu führen. Gut, seine Worte waren auf taube Ohren gestoßen, der Hochkönig war nicht bereit gewesen, de Clare als Fürst von Leinster und Herrscher über die Städte der Ostmänner anzuerkennen, auch nicht unter seiner Vorherrschaft. Aber nachdem sie mit einer kleinen Gruppe ausgebrochen und sein gewaltiges Heer besiegt hatten, war sein Zugeständnis auch nicht mehr nötig gewesen. Der Hochkönig hatte bei ihrem überraschenden Angriff gerade im Fluss gebadet und war nur knapp mit dem Leben davongekommen. Er würde es nicht so schnell wagen, die Normannen noch einmal herauszufordern. Donnell allerdings war nicht so umsichtig, er würde bis zuletzt kämpfen, egal wie seine Chancen standen.

»Wir sollten mit ihm verhandeln, ihm Zugeständnisse machen, ihm anbieten, unter der Vorherrschaft Leinsters als Clanführer Ossorys weiter zu herrschen. Dann ist er vielleicht bereit, die Waffen niederzulegen.«

»Ich weiß nicht, ob das genügt.« De Clare hielt inne und sah ihn an. Er wusste, wie ungern Maurice gegen Donnell kämpfen wollte. Maurice hatte den Fürsten bei den Verhandlungen mit dem Hochkönig vor Dublin wiedergesehen, er war Teil des vereinten Heeres gewesen. Dabei hatte er seine aufmerksamen, fast schon neugierigen Blicke deutlich gespürt, doch sie hatten nicht miteinander sprechen können. Er wusste also nicht, inwieweit Donnell ihm noch grollte, ob er sich eher an ihre Freundschaft oder an seinen Verrat erinnerte. Doch Maurice wollte tun, was er tun konnte, um Ossory vor der Plünderung und Donnell vor dem Tod zu bewahren. »Lasst mich mit Donnell sprechen, Mylord. Lasst mich nach Kilkenny reiten.«

»Damit er mir deinen Kopf zurückschickt? Bist du des Wahnsinns?« De Clare strich sich über die roten Bartstoppeln an seinen Wangen und seufzte.

Meilyr schüttelte ebenfalls den Kopf. »Das ist Selbstmord, Mann.« Maurice' Schwiegervater FitzGerald nickte zustimmend. »Du hast erzählt, Donnell und du, ihr habt euch nicht im Guten getrennt, seine Männer wollten dich schon damals umbringen.«

Maurice blickte sich in der Runde um. Von Kavanagh brauchte er sich keine Hilfe zu erwarten. Dermots Bastardsohn stand zwar treu zu de Clare, auch nachdem sein Vater gestorben war, doch er und Maurice konnten sich nach wie vor nicht ausstehen. Und Raymond hüllte sich in Schweigen und wich seinem Blick aus. Seit der Nachricht vom Unfall seines Bruders sprach er kaum noch mit Maurice. Er war nie unfreundlich oder feindselig, er ging ihm einfach aus dem Weg. Maurice wandte sich wieder de Clare zu.

»Donnell hat damals verhindert, dass seine Männer mir auch nur ein Haar krümmten. Er ist ein Mann der Ehre, er wird keinem Boten etwas zu Leide tun.« Aber vielleicht dem Mann, der ihm seine Seherin gestohlen hat, fügte er stumm hinzu, aber das mussten die anderen ja nicht wissen.

Hoffnungsvoll sah er weiter zu den beiden jungen Geraldines FitzBishop und de Barry, die stets für ein Abenteuer zu haben waren, aber auch sie sahen skeptisch drein.

Der Einzige, der sich wohl für Maurice' Fortgang ausgesprochen hätte, war Hervey de Montmorency. De Clares Onkel hätte bestimmt nichts dagegen, wenn man ihn einen Kopf kürzer machte. Vor allem seit Maurice mit weitreichenden Ländereien innerhalb Leinsters belehnt worden war. Aber de Montmorency war aufs Festland gereist, um die Wogen mit König Henry zu glätten. Schon Raymond hatte im Sommer versucht, den König zu besänftigen, der von de Clares Erfolgen in Irland alles andere als angetan war. De Clare hatte Henry zwar angeboten, ihm all seine eroberten Ländereien zu übergeben und unter seiner Vorherrschaft zu halten, aber der König wollte nichts davon wissen. Schließlich hatte de Clare seinen Befehl missachtet.

Der Geraldine Milo de Cogan war auch nicht hier, er hielt Dublin für de Clare und verstärkte es, während Robert FitzStephen in irische Gefangenschaft geraten war. Als der Hochkönig Dublin belagert hatte, war FitzStephen auf seiner eigenen, neu errichteten Burg angegriffen worden. Er hatte der Belagerung mit nur wenigen Männern standgehalten, doch dann hatten ihm die Bischöfe von Wexford und Kildare geschworen, dass Dublin gefallen und de Clare mit all seinen Männern getötet worden war. FitzStephen hatte sich ergeben, und nachdem er schon jahrelang ein Gefangener des walisischen Fürsten Rhys gewesen war, hockte er nun in einem irischen Verlies.

Ein weiterer Grund, nach all den Rebellionen und Scharmützeln endlich Frieden mit den Iren zu schließen, und Donnell wäre ein Anfang.

»Mit Dermots Neffen Murtough, der sich schon König von Okinselagh nennt, hast du inmitten Leinsters einen Feind, den du nicht unterschätzen darfst«, beschwor er de Clare, »du kannst es dir nicht leisten, dich mit einem Krieg gegen Ossory aufzuhalten, wenn du mit Donnell einen Freund und Unterstützer gewinnen kannst. Reiche ihm die Hand, und du kannst Murtough mit diesem neuen Verbündeten an deiner Seite ein Zeichen der Stärke setzen, damit er dir ebenfalls huldigt. Lass mich zu ihm gehen.«

De Clare lehnte die Stirn gegen den Stützpfeiler des Zeltes und atmete sichtbar ein. Dann warf er ihm einen Blick zu. »Du glaubst, er wird dich anhören?«

Maurice hoffte es eher, nickte aber entschlossen.

»Dann geh. Möge Gott seine schützende Hand über dich halten.«

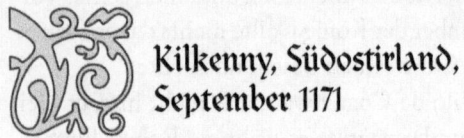

Kilkenny, Südostirland, September 1171

(D)aurice sah den Rundturm des Klosters von St. Canice schon von Weitem, und er wusste auch, dass er gesehen wurde. Es war erst Mittag, de Clares und O'Briens Heere lagerten gut zwei Stunden von hier entfernt, bereit, Ossory mit Blut und Feuer zu unterwerfen. Dies war Maurice' letzte Möglichkeit, einen Mann zu retten, dem er einst Treue geschworen und dann verraten hatte.

Richard hatte ihn begleiten wollen, genauso Robert Smith und Meilyr, aber Maurice wollte nicht mit einer halben Kriegstruppe hier erscheinen. Er wollte allein mit Donnell reden. Und sollte dieser doch beschließen, Boten für ihre Nachricht büßen zu lassen, traf es wenigstens Maurice allein und nicht seine Freunde. Also hatte er seine Begleiter eine gute Meile von hier zurückgelassen.

Ein paar Reisende befanden sich auf der Straße und sahen erschrocken zu ihm auf, als er sie passierte. Sie waren wohl auf dem Weg zum Kloster oder zum Fürstensitz für einen Gerichtstag. Als sie bemerkten, dass Maurice sie kaum beachtete und keine Gefahr darstellte, hörte er sie Verwünschungen zischen, die er ignorierte. Er wusste selbst, wie unwillkommen sie hier waren, er glaubte aber fest daran, dass Männer wie Kavanagh und die Clanführer Leinsters, die de Clare folgten, recht hatten: Wenn de Clare, die Geraldines und andere normannische Lords erst einmal in Irland Fuß gefasst hatten, könnte das Land Frieden erfahren. Ständigen Clanfehden, Grenzstreitigkeiten, Raubzügen,

Blendungen und Morden in der eigenen Familie würde ein Ende gesetzt werden. Kavanagh und die anderen sahen in de Clare einen Weg zum Fortschritt, zu einer Herrschaft, die Frieden und Wohlstand brachte. Sie blickten nach England und ins Frankenreich und sehnten sich fort von den Barbareien ihres eigenen Volkes. Sogar Kavanagh, der wohl nie ein friedfertiger Mensch werden würde, der aber nichts gegen ein gesichertes Land hatte.

Leider gab es trotzdem noch genug Menschen, die die Normannen lediglich als Schlächter sahen, die sich nahmen, was ihnen nicht gehörte und Blut und Schrecken verbreiteten. Maurice konnte sie verstehen, doch nach seinem Verständnis von Recht, dem normannischen Recht, mit dem er aufgewachsen war, hatte de Clare durch seine Heirat auch einen Anspruch auf Leinster. Die Iren bestimmten ihre Könige, indem sie sich gegenseitig umbrachten, bis nur noch einer übrig war, so wie er es von den Walisern kannte, aber irgendwann mussten sie die Vorteile einer geregelten Erbfolge einsehen. Donnell musste es einsehen.

Vor ihm erstreckten sich die Gehöfte und Katen der Hirten und Handwerker auf gepachtetem Clanland, und zwischen ihnen kam ein Reiter auf ihn zu.

Maurice war nicht überrascht, in Empfang genommen zu werden, auch wenn er eine ganze Wachtruppe erwartet hätte. Als der Reiter mit dem rabenschwarzen Haar und Bart aber näher kam, hielt Maurice vor Verblüffung sein Pferd an.

»Ein wunderbarer Tag für einen Ausritt, nicht wahr?« Donnell ritt an seine Seite, ein Lächeln im Gesicht, das Maurice nicht ganz deuten konnte. Es erreichte durchaus seine Augen, wenn sie auch eher Belustigung als Wohlwollen zeigten. In seinem einfachen Gewand und ohne seinen Goldreif hatte er aus der Ferne wie ein einfacher Reiter gewirkt, doch es war tatsächlich der Fürst höchstpersönlich. »Hast du dich verlaufen, mein Freund?«

»Du nennst mich deinen Freund?«

Donnell hob die schmucklosen Hände und wog sie hin und her. »Das kommt darauf an. Bist du denn als mein Freund hier?«

Maurice musste nicht überlegen. »Ja.« Er sah an Donnell vorbei zur Siedlung, aber dort blieb alles ruhig. Keine Kriegstruppe, keine Wachen, keine Schaulustigen, die dieses Treffen beobachteten. Maurice hatte erwartet, in eine Halle voller feindseliger Iren schreiten und sich vor Donnell demütigen zu müssen, aber der Fürst wendete sein Pferd und ritt fort von seinem Heim.

»Na, dann komm, lass uns reden.« Er wies über die Weiden und schlug den Weg zum Fluss ein, den sie schon einmal gegangen waren, als Donnells Männer einen Verrat geplant hatten. »Ich nehme nicht an, dass du gekommen bist, um dich mir anzuschließen.«

Mit beinahe leichtem Bedauern schüttelte Maurice den Kopf, da die Vertrautheit, die sie einst verbunden hatte, nach all der langen Zeit sofort wieder da war. »Nein.«

»Und meine Seherin hast du auch nicht dabei?«

»Nein.«

Ein leises Lachen erklang. Donnell strich sich über den Bart, als versuchte er, seine Erheiterung zu verbergen, und sah ihn an. »Hattest du erwartet, ich würde dich mit der Axt begrüßen, weil du dich von einer Zauberin hast einwickeln lassen? Ein Mann wie du, der Retter der Unschuldigen und Hilflosen, der Frauen und Kinder, Verteidiger der Ehre und Gerechtigkeit, konnte gar nicht anders handeln. Es war wohl mein Fehler, es nicht früher zu sehen.«

»Ich glaube nicht, dass es ihr bei dir schlecht ergangen wäre, ich konnte sie trotzdem nicht bei dir lassen.«

»Natürlich nicht, denn dann wäre sie ja nicht bei dir gewesen, nicht wahr?« Er schüttelte lachend den Kopf. »Und jetzt bist du hier, weil deine Freunde an meine Tür klopfen und gerne eingelassen werden möchten. Der Hochkönig hätte Dermot und seine Fremden damals vor zwei Jahren ausschalten sollen, als er die

Möglichkeit dazu hatte, aber er hielt euch ja für keine richtige Bedrohung. Das sieht er jetzt bestimmt anders. Heute würde er sich nicht mehr mit Geiseln zufriedengeben.«

»Die Geiseln wurden nach der Belagerung Dublins hingerichtet, darunter auch Dermots Sohn. Ich denke, der Hochkönig hat seine Genugtuung bekommen.«

Die dunklen Augen des Fürsten verengten sich, die ewige Heiterkeit schwand. »Genugtuung? Welche andere Wahl hatte O'Connor denn, als seine Drohung wahrzumachen, nachdem Dermot das Abkommen in den Staub getreten und immer mehr Fremde in unser Land geholt hat? Nach Dublin hat Dermot in Meath und Breifne gewütet und geplündert, hat O'Rourke herausgefordert und sich dann gewundert, dass die Geiseln bezahlen mussten? Gott hat schon gewusst, warum er Dermot zu sich rief und uns von ihm befreite.« Donnell hielt sein Pferd an und wendete es, um Maurice gegenüberzustehen. »Weißt du, was das Konzil in Armagh befunden hat? Dass ihr die Vergeltung Gottes seid! Unsere gerechte Strafe für die englischen Sklaven, die wir halten, und dass wir euch nur loswerden, wenn wir alle Engländer freilassen. Diese Narren!«

Maurice rang sich ein Lächeln ab. »Und hast du deine Leibeigenen freigelassen?«

»Nein, denn man kann euch auch anders loswerden. Mit Waffengewalt.«

»Das dachte der Hochkönig einst auch.« Maurice seufzte und fuhr sich durch die Haare. Er hatte gewusst, dass Donnell stur sein würde. »Donnell, wir haben euch geschlagen, unzählige Male, egal wie hoch eure Zahl war, wir haben euch immer wieder besiegt. Gib auf um der Liebe Christi willen, stirb nicht für eine verlorene Sache.«

Ein zynisches Lächeln breitete sich auf dem Gesicht des Fürsten aus, das stets so schnell zu einem Lachen und Freundlichkeit bereit war. Einen Moment lang sah er ihm in die Augen, dann schwang er sich aus dem Sattel und ging durch das hüfthohe Gras zum Fluss hinüber, wo sie schon einmal zusammengestanden und sich verabschiedet hatten. »Was für ein Angebot sollst du mir machen, mein Freund? Denn dafür bist du ja hergekommen.«

»Und du bist mir entgegengeritten, ohne deine Haushaltstruppe und Berater, weil du reden willst, weil du tief im Inneren einsiehst, dass nur noch Verhandlungen dein Fürstentum retten können.«

»Ich bin dir entgegengeritten und habe die anderen zurückgelassen, denn sosehr ich mir auch wünschte, anders zu fühlen, will ich deinen Kopf nicht auf einem Speer und deinen leblosen Körper nicht im Maul der Hunde sehen. Ich hielt es für klüger, dich abzufangen, bevor du zu nahe an diejenigen meiner Männer herankommst, die sich nichts sehnlicher wünschen als deinen Tod. Auch wollte ich mir anhören, was du zu sagen hast, das stimmt. Ich möchte in Ruhe nachdenken können, ohne dass mir ein wohlwollender Berater reinredet. Also sag mir, was der Earl von mir will.«

Maurice legte hoffnungsvoll seine Hand auf Donnells Schulter. »Komm mit mir nach Odogh, wir lagern in der Wildnis von Dinin. Hör dir an, was der Earl zu sagen hat, zeige guten Willen, und er wird dir Ossory lassen.«

»Unter seiner Vorherrschaft.«

»Ja.«

Donnell schüttelte den Kopf und trat von ihm weg. »Wieso sollte ich das tun? Wieso sollte ich mich ihm unterwerfen, statt gegen ihn zu kämpfen?«

»Weil du deine Landsleute liebst und nur für sie gekämpft hast. Doch dein Land wird brennen, du kannst es nicht mit Gewalt verhindern. Donnell O'Brien aus Thomond ist mit zweitausend Mann zu uns gestoßen, es gibt nichts mehr, das du tun kannst. Du kannst nicht gewinnen.«

»So mächtig seid ihr nicht.«

»Nicht?« Maurice sah seinen Freund bedauernd an. Er hob einen Stein auf, um ihn über die ruhige Wasseroberfläche springen zu lassen. »Du warst in Dublin, Donnell. Wir haben euch mit einer Handvoll besiegt, wie willst du gegen eine Übermacht bestehen?«

Donnell wandte sich ihm zu, hämisch lächelnd und entschlossen. »Du sprichst immer nur von euren Siegen, aber was ist mit euren Niederlagen? Was ist mit dem Hinkenden, der auf einer Insel vor der Küste gefangen gehalten wird? Was ist mit eurem König Henry, der ein Handelsembargo verhängt hat, sodass ihr weder Männer noch Vorräte noch Waffen nach Irland schaffen könnt. Ihr seid hier ganz allein auf euch gestellt, und es heißt, der König hätte dem Earl längst alle seine Ländereien in England, Wales und der Normandie entzogen. Auch hat euer König jedem Mann Strafe angedroht, der dem Earl weiterhin folgt. Galt das Ultimatum nicht bis Ostern? Wie viele Männer habt ihr bereits verloren, die sich nicht gerne mit Henry Plantagenet, der vom Teufel abstammt, anlegen wollten? Ostern ist längst vorbei, und der König wird nicht ewig die Alleingänge seines mächtigen Earls mitansehen. Es heißt, er stellt bereits ein Heer auf, um nach Irland zu kommen und deinen geschätzten de Clare ein für alle Mal zu vernichten. Und bis es so weit ist …«

»… thront dein Kopf auf einem Speer.« Donnell hatte zwar recht – der König wurde immer mehr zur Gefahr und hatte de Clare auch tatsächlich seine Ländereien entzogen und die irischen Häfen unter ein Embargo gestellt. Aber das war auch ein Grund gewesen, weshalb sie in Dublin den gewagten Ausbruch mit nur wenigen hundert Männern gegen ein Heer von dreißigtausend gewagt hatten. Maurice' Schwiegervater hatte mit seinen Worten den Nagel auf den Kopf getroffen: Für die Engländer waren sie zu Iren geworden, während sie für die Iren immer noch Engländer waren. Sie hatten nichts mehr zu verlieren gehabt, aber gerade die Gefahr des Königs machte es noch wichtiger, dass de Clares Position in Irland gefestigt wurde. Und deshalb würde er auch keine Gnade gegenüber Ossory walten lassen, wenn Maurice keinen Erfolg hatte. »Wir haben dein zweitausend Mann starkes Heer immer und immer wieder vernichtet, noch bevor der Earl auch nur in die Nähe dieser Insel kam! Du kannst unsere Stärke nicht einfach ignorieren und darauf hoffen, dass der König dem Earl die Zügel anlegt. Der König ist nicht hier, *wir* sind hier. Wir sind in deinem Land, Donnell, und nur du allein kannst es noch vor dem Untergang bewahren. Du hast lange und tapfer gekämpft, aber sogar der Hochkönig hat sich zurückgezogen. Gib auf!«

Donnell starrte ihn an, regungslos und leer, als hätte Maurice ihm mit diesen Worten das Herz rausgerissen. Seine Lippen pressten sich zu einer Linie, die hinter dem schwarzen Bart verschwand, und seine Haut nahm eine fahle Farbe an.

»Ossory hat zu stark geblutet, um jetzt aufzugeben«, sagte er schließlich rau, ohne den Blick von ihm abzuwenden. »Ich bin es meinen Leuten schuldig …«

»… zu erkennen, wann du nicht mehr gewinnen kannst. Darin liegt keine Schande.«

»Wieso sollte ich euch trauen? Ich gehe in euer Lager und komme nicht mehr lebend raus.«

»Ich gebe dir mein Wort.«

Donnell sah ihn unverwandt an. Schließlich breitete sich ein Lächeln auf seinem Gesicht aus. »Wenn ich mit dir gehe, dann nur unter einer Bedingung.«

Maurice' Kiefer spannte sich an, sollte er es tatsächlich geschafft haben? War ein Frieden ohne Blutvergießen zwischen de Clare und Ossory möglich?

»Ich will die Seherin zurück.«

Er stieß ein verächtliches Schnauben aus, und seine Hände ballten sich zu Fäusten. »Vergiss es.«

Ein Lächeln hob Donnells Mundwinkel, sein prüfender Blick ruhte auf ihm. »Du liebst sie.«

»Ja.«

»Dann hast du mich nicht aus einer Laune heraus betrogen. Das ist gut zu wissen. Wo ist sie jetzt?«

Maurice' erster Impuls war zu lügen, aber er musste Donnell wohl ein Zeichen des Vertrauens schenken, wenn er wollte, dass er ihm in ein feindliches Lager folgte. »Sie ist in Dublin, an Lady Aoifes Seite.« Bald wollte er sie aber auf sein Land nahe Wexford bringen, wo demnächst die Bauarbeiten für eine Burg beginnen sollten. Vorher musste er aber Donnell überzeugen.

»Der Earl hat dir sicheres Geleit zugesagt.« Maurice zog ein Schreiben mit de Clares Siegel aus seinem Gürtel und wollte es Donnell reichen, doch der schüttelte den Kopf.

»Du hast mir dein Wort gegeben, das genügt mir.«

Maurice war beinahe nervöser als Donnell, als er ins normannisch-irische Lager einritt. Sie hatten es am Fluss Dinin mit angespitzten Pfählen, einem schnell errichteten Graben und einem nicht besonders hohen Erdwall gesichert. Die Männer an ihren kleinen Feuern blickten bei ihrer Ankunft auf und begannen aufgeregt zu flüstern. Nieselregen hatte eingesetzt, und die meisten hatten sich unter den Schutz der Bäume zurückgezogen. Andere hatten ihre Umhänge auf Stöcken über sich gespannt oder sich darin eingewickelt. Es war ein grauer, trostloser Abend, aber die Ankunft des Fürsten von Ossory und seiner Haushaltstruppe sorgte für etwas Aufregung – eine willkommene Abwechslung nach dem langen Warten.

Ein prächtiger Anblick waren seine Begleiter auf jeden Fall, in ihren Clanfarben und bis auf die Zähne bewaffnet, angeführt von Donnell, der mit seinem Goldreif wahrhaft königlich wirkte.

»Ihr seid tatsächlich ziemlich viele.«

Maurice warf Donnell einen Blick zu und zuckte mit den Schultern. Zu sagen brauchte er nichts, er hatte versucht, seinem Freund die Macht ihres Heeres zu beschreiben, aber durch das Lager hindurchzureiten machte es deutlicher, als es ihm mit Worten möglich gewesen war. Die Erkenntnis seiner Niederlage war spürbar, während der Fürst mit ausdrucksloser Miene die vielen Bogenschützen betrachtete, die schweren Schlachtrösser, die Zelte der Ritter und Lords und die Banden irischer Krieger. Er wusste, wie es sich anfühlte, das Surren der Pfeile zu hören und einen Nebenmann von einem der treffsicheren Waliser hingestreckt zu sehen, wie es war, eine Reihe schwerer Schlachtrösser auf ihn zupreschen zu sehen, während sich die Lanzen der Ritter senkten und es keinen Weg zurück gab.

Sie erreichten den Fluss, wo sich ein Zelt erhob, dessen Größe an so manche Halle eines irisches Fürsten herankam. Maurice wusste, dass seine Ankunft bereits angekündigt worden war, und wappnete sich innerlich für die kommende Verhandlung. De Clare und vor allem O'Brien würden es Donnell nicht leicht machen, und Donnell war stolz und stur. Maurice wusste, er müsste zwischen den beiden Seiten vermitteln, wenn sie hier zu einer Einigung kommen sollten.

»Mylord de Prendergast. Schön, Euch wohlbehalten wiederzusehen.« Robert de Quincy kam aus dem Zelt auf ihre kleine Gruppe zu, einen flüchtigen Blick zu Donnells Haushaltstruppe werfend, zweifelsohne ihre Zahl und Ausrüstung abschätzend. »Manch einer hat nicht an Eure Rückkehr geglaubt. Bei denen weiß man ja nie.« Er deutete mit dem Kopf in Donnells Richtung und hob vielsagend die Augenbrauen. Der Ritter hielt als de Clares Standartenträger eine hohe Position und trug diese mit einer Überheblichkeit Donnell gegenüber zur Schau, dass Maurice unwillkürlich die Fäuste ballte.

»Gib deine Waffen ab.« De Quincy schnippte ungeduldig

mit den Fingern und deutete auf die langstielige Axt an Donnells Gürtel. Als Donnell sich aber nicht rührte und den Ritter von seinem Pferd aus mit seinen dunklen Augen niederstarrte, wandte de Quincy sich Maurice zu.

»Mylord, könntet Ihr diesem Barbaren wohl irgendwie verständlich machen, dass er hier im Lager des Earl of Striguil ist und ganz sicher nicht bewaffnet vor ihn treten wird?«

»Sagt es ihm selbst, Sir Robert, denn dieser Barbar spricht Eure Sprache fließend, anders als Ihr die seine. Ebenso beherrscht er Latein. Sucht Euch eine Sprache aus. Nur diesmal versucht es mit dem nötigen Respekt, Ihr steht einem Fürsten gegenüber.«

De Quincy riss die Augen auf, Röte breitete sich in seinem runden Gesicht aus, und sein Mund öffnete und schloss sich in schnappenden Bewegungen.

Maurice hatte nicht das geringste Mitleid mit ihm. Er hatte einen Mann an seiner Seite, der wohl der geringste Barbar in diesem Lager war, und er bezweifelte, dass de Clare es guthieß, einen potenziellen Verbündeten derart zu behandeln.

»Nun?« Maurice machte eine auffordernde Bewegung. Er hatte nicht vor, es de Quincy leicht zu machen, und Donnells amüsiertem Blick nach zu schließen, hatte ihn dieser Schlagabtausch schon gnädiger gestimmt. Er wartete ab, die Hand auf seiner Axt, bis de Quincy zitternd Luft holte und Maurice einen zornglühenden Blick zuwarf.

»Euer Gnaden.« Er verneigte sich steif vor Donnell, jedes Wort war mehr ein Knurren als ein Sprechen. »Wenn Ihr erlaubt, ich müsste Eure Waffen und die Eurer Männer entgegennehmen.«

»Aber natürlich, Sir Robert!« Donnell breitete mit einem höflichen Lächeln die Hände aus und zwinkerte Maurice zu. Dann bellte er seinen Männern ein paar Befehle in der irischen Sprache zu, die murrend ihre Äxte und Messer an die Knappen übergaben. Schließlich warf Donnell seine Axt in hohem Bogen de Quincy zu, der einen Schreckenslaut von sich gab und zurücktaumelte, sodass die schwere Waffe vor ihm zu Boden fiel. Bei seinen Messern zeigte Donnell Gnade. Anstatt sie zu werfen, überreichte er sie Maurice, der sie einem vor Wut bebenden de Quincy weitergab.

»Wollen wir?«

Donnell sah ihm in die Augen und atmete sichtbar ein. Er schwang sich vom Rücken seines Pferdes und hieß seine Männer vor dem Zelt warten.

Maurice stieg ebenfalls ab und wartete darauf, dass de Quincy vor ihm eintrat und Donnell ankündigte.

Dann war es so weit, und Maurice betete wieder einmal zu St. David, der gesagt hatte: *Gwnewch y pethau bychain mewn bywyd – tu die kleinen Dinge im Leben.* Diese Verhandlung mochte nichts Herausragendes sein, und wahrscheinlich würde sich niemand an sie zurückerinnern, aber sie könnte viele Leben schonen.

»Mylord.« De Quincy trat zur Seite und hielt die Tuchbahn fest, damit sie eintreten konnten. Maurice nickte Donnell zu und ließ ihm den Vortritt, bemüht, sich seine Anspannung nicht anmerken zu lassen.

Das Zelt war hell erleuchtet, Kerzen in Ständern und Lampen schufen ein goldenes Licht, in dem die Ringpanzer der Normannen und der reiche Schmuck der Iren funkelten. Bunte Banner zierten die Zeltwände, und Schilde waren entlang der Seiten aufgereiht. Auf den ersten Blick hätten sie sich in einem Turmgemach befinden können und nicht mitten in einem Feldlager.

Ausdruckslose Gesichter sahen ihnen entgegen, niemand regte sich, und Maurice' Magen machte einen Satz. Sie waren alle da: de Clare und seine Ritter, die Geraldines, Kavanagh und ein paar verbündete Clanführer.

»Mylord of Striguil.« Er verneigte sich vor de Clare und wies auf Donnell neben sich. »Ich bringe Euch den Fürsten von Ossory, Donnell Mac Gillapatrick, der in Frieden gekommen ist, um die Zukunft des Landes mit Euch zu besprechen.«

De Clare erhob sich von seinem Stuhl an der Stirnseite der Tafel. Er sah Donnell gar nicht an, nur Maurice, sein Gesicht eine Maske des Bedauerns und der Schuld. Kaum merklich schüttelte er den Kopf, eine stumme Botschaft, und Maurice verengte die Augen. Sein Blick flog zu den anderen, er sah über die Schulter zur zugefallenen Tuchbahn und hörte die plötzlich aufbrandenden Rufe der Iren aus Donnells Begleitung. Zorn, Flüche und Warnungen an ihren Fürsten – um das zu verstehen, musste er kein Ire sein.

Donnell wich zurück und sah ihn entsetzt an. Er drehte sich um, wollte zurück ins Freie, aber da kamen drei Wachen mit ihren Lanzen herein und schoben ihn wieder ins Zelt. Er fuhr zur Versammlung herum und griff an seinen Gürtel, aber er hatte keine Waffen mehr bei sich. »Du hast mir dein Wort gegeben, Maurice!«

Maurice konnte selbst nicht glauben, was hier geschah. »Er ist bereit zu verhandeln!« Wütend funkelte er de Clare an, der ihm auch jetzt nicht in die Augen sehen konnte. »Was zum Teufel hat das zu bedeuten?!«

»Ossory wird sich nie unterwerfen, solange Donnell lebt.« De Clare schluckte sichtbar und hob dann den Blick, sah ihn gerade an. »Ich weiß, du bevorzugst den Weg des Friedens, Maurice, und ich wünschte, Verhandlungen würden uns Blutvergießen ersparen, aber du kennst die Iren. Sie sind wie die Waliser. Sie huldigen dir im einen Moment, und sobald sie dir den Rücken zudrehen, planen sie neuen Verrat. Unsere Lage ist zu instabil, als dass wir uns eine solche Bedrohung an unserer Flanke länger leisten können.«

Maurice starrte de Clare an, er konnte nicht fassen, dass sein ältester Freund ihn derart hinterging. »Das sind O'Briens Worte, nicht deine.« Er schoss einen tödlichen Blick in die Richtung des Fürsten von Thomond, der ihn mit seinen unheimlichen Feenaugen ungerührt ansah, und wandte sich dann wieder de Clare zu. »Du hast mich losgeschickt, um Donnell hierherzuholen, ich habe ihm *mein Wort* gegeben!«

Beinahe höhnisch ließ O'Brien verlauten: »Ihr wart der Einzige, der ihn hierherbringen konnte.«

»Damit Ihr ihn umbringen könnt?!« Maurice sah zu Donnell, der sich ihm mit einer Gelassenheit zuwandte, die seine Resignation zum Ausdruck brachte.

»Es tut mir leid, dich ebenso betrogen zu sehen, mein Freund.«

Maurice schüttelte den Kopf, ein ungläubiges Lachen entfuhr ihm. Erneut sah er sich im Zelt um, auf der Suche nach Unterstützung. »Wo ist Meilyr?« Er blickte von einem betretenen Gesicht ins andere, aber der Geraldine war nicht hier.

»Er konnte nicht an dieser Besprechung teilnehmen«, sprach sein Schwiegervater, der ehrenvollste Mann, den Maurice kannte, sein Vorbild aus der Kindheit, das er gerade aber nicht mehr in ihm fand. FitzGerald war schon Mitte sechzig, hatte seine Frau und seine Kinder nach Irland geholt, war mit Land belehnt worden und hatte sich hier ein Heim aufgebaut, nachdem er seines in Wales an die Waliser verloren hatte. Aber war es das wert? Die Ehre zu verkaufen und einen Mann, der unter sicherem Geleit hergelockt worden war, kaltblütig zu ermorden? Sie waren Normannen, sie waren Christenmenschen des Fortschritts, der Ritterlichkeit und Tugend, sie waren keine Barbaren, wie sie die Waliser und Iren bezeichneten. Sie waren hier, um gerecht zu herrschen!

»Wo haltet Ihr Meilyr fest?« Er sah zu den anderen Geraldines, zu Raymond, der aber nur den Kopf schüttelte. Der Hüne hatte Schuldgefühle, zweifelsohne, er hatte Griffins Brief an Maurice weitergegeben, und nun war sein Bruder tot. Raymond wusste bestimmt, dass Griffin es verdient hatte. Trotzdem war es sein Bruder gewesen, und er konnte Maurice noch nicht einmal mehr in die Augen sehen. Er würde bestimmt nicht für ihn aufstehen.

Niemand hier würde etwas unternehmen, sie würden Donnell einfach abschlachten wie einen tollen Hund. Aus politischen Gründen war das vielleicht klug, aber kein Land durfte auf solch einer Sünde aufgebaut werden.

Außer sich vor Zorn und Enttäuschung riss er das Pergament mit de Clares Siegel aus seinem Gürtel und warf es seinem Freund vor die Füße. »Sicheres Geleit!« Er sah durch die Runde und zurück zu den Männern, die den Ausgang versperrten. »Ich habe mein Wort gegeben, und verdammt will ich sein, wenn einer von euch glaubt, mich zwingen zu können, es zu brechen.« Er riss sein Schwert aus der Scheide und küsste das Kreuz am Heft, ehe er die Spitze auf de Clare richtete. »So lange, wie dieses Schwert oder dieser Arm Kraft haben, ich schwöre bei dem Kreuz, das Herr über alles ist, bei der Treue und Ehre von Noblen und Rittern ...«, er wandte sich Donnell zu und stellte sich demonstrativ vor ihn, »... wer Euch berührt, Fürst, durch diese Hand soll er fallen!«

De Clare machte einen Schritt auf ihn zu, aber Maurice ließ die Klinge nicht sinken, und so musste der Earl stehen bleiben, um nicht hineinzulaufen. »Du stellst dich auf *seine* Seite? Auf die Seite eines Iren? Eines Barbaren, der in unser Land einfällt und nichts als Blut und Tod verbreitet?«

»Der Einzige, der im Moment Blut und Tod verbreitet, seid Ihr, Mylord.«

De Clare fuhr zurück, als hätte Maurice ihm einen Hieb versetzt, und in diesem Moment durchzuckte es ihn wie ein Blitzschlag.

Niah hatte es gewusst! Es war dieser Moment, den sie vorausgesehen hatte. *Dieses Land, von dem ich sprach – Richard de*

Clare wird sein Untergang sein, aber du wirst auf der Seite der Gerechtigkeit stehen.

»Ich weiß, ich bin nur einer, und Ihr seid viele.« Maurice spürte, wie sich hinter ihm die Wachen näherten und weitere ins Zelt kamen. »Aber ich werde nicht gehen, ohne noch ein paar von Euch mitzunehmen. Also trefft Eure Wahl.« Er sah zurück zu de Clare, der weiß wie eine gekalkte Wand vor ihm stand, und ihn mit solchem Schreck in den Augen ansah, dass Maurice Mitleid gehabt hätte, wäre die Situation eine andere. »Tötet mich und den Fürsten, oder lasst uns gehen, und erkennt Donnell Mac Gillapatrick als Herrscher Ossorys und Euren Verbündeten an.«

»Das ist doch Wahnsinn, mein Sohn. Willst du wirklich die eigenen Gefolgsleute angreifen?« FitzGerald erhob sich und streckte besänftigend die Hand aus.

»Kommt her, und findet es heraus«, knurrte Maurice und sah sogleich denselben Schrecken im Blick seines Schwiegervaters, der ihm auch schon aus de Clares Gesicht entgegensah.

»Einmal ein Verräter, immer ein Verräter«, murmelte O'Brien, was Maurice laut und verbittert auflachen ließ.

»Ihr seid genau der Richtige, das zu sagen, nicht wahr?«

»Maurice ...« Ein Flehen lag in de Clares Stimme, aber Maurice zog seinen Dolch mit der freien Hand aus dem Gürtel und reichte ihn Donnell. »Kommt.« Er wandte sich zum Zeltausgang. »Ich geleite Euch hinaus.«

Donnell sah ihn stumm an, weniger erstaunt als zufrieden mit sich selbst, als hätte er etwas bestätigt bekommen, das er schon lange gewusst hatte. Er nahm den Dolch entgegen, nickte ihm zu und baute sich genauso wie Maurice vor den Wachen auf, die ihnen den Weg verstellten. Maurice hob sein Schwert, bereit, sich seinen Weg hinauszukämpfen, als die Männer, vermutlich auf ein Zeichen de Clares hin, zur Seite traten und sie hinausließen.

»Ihr lasst ihn gehen?!«, hörte er noch O'Brien hinter sich,

aber in diesem Moment empfing ihn schon der Aufruhr im Lager. Donnells unbewaffnete Männer waren vor dem Zelt, wie Schafe zusammengepfercht, von einem Kreis aus Rittern umstellt, die ihre Lanzen auf sie richteten und so unter Kontrolle hielten. Die Ritter sahen verwirrt zu ihnen herüber, sie hatten Donnell bestimmt in Fesseln oder tot erwartet. Robert Smith, ein paar weitere seiner Männer und Richard traten zu ihm.

»Sir Robert, trommelt ein paar Reiter und Schützen zusammen, wir geben dem Fürsten und seinen Männern Geleitschutz zurück. Richard, hol die Pferde.« Die beiden zögerten keinen Augenblick und machten sich auf den Weg, während sich die Ritter bei den Gefangenen verständnislos ansahen.

»Lasst die Iren gehen.«

»Das können wir nicht, Mylord de Prendergast, wir haben Befehl ...«

»Ich bitte Euch nicht noch einmal.« Maurice sah dem Mann, den er für den Befehlshaber hielt, unverwandt in die Augen, als er hinter sich eine Bewegung vernahm. Er fuhr herum und sah sich de Clare gegenüber, der ihn aber keines Blickes würdigte.

»Lasst sie gehen.«

Du weißt, du bist jetzt wieder Maurice von Ossory, und mein Hof soll dein Zuhause sein.« Donnell ließ sich auf dem Teppich bunten Herbstlaubs nieder, das im goldenen Licht der Abendstunden schimmerte, und hieß ihn neben sich Platz nehmen.

Maurice sah sich auf der Waldlichtung um, immer noch einen plötzlichen Angriff erwartend. Doch Donnells Männer und seine eigenen blieben wachsam und legten ihre Waffen nicht ab, als sie die Pferde am Bachlauf tränkten.

»Ich bin nicht Maurice von Ossory«, sagte er und setzte sich mit einem Seufzen hin. »Bei Sonnenaufgang reite ich zurück.«

»Dann bist du entweder sehr mutig oder sehr dumm. Ich tippe auf Letzteres.«

»Was sollen sie machen? Mich in Ketten legen und damit meine zweihundert Mann daran erinnern, dass es vielleicht klüger wäre, dem Befehl des Königs zu gehorchen und nach Hause zu gehen?«

Mit einem Lächeln nahm Donnell seinen Goldreif ab und legte ihn mit einem befreiten Aufatmen neben sich ins Laub. »Ich hätte auch nichts gegen deine zweihundert Männer, mein Freund.«

Maurice seufzte und wischte sich übers Gesicht. Wenn er so aussah wie Donnell, war auch seine Haut von Blutspritzern übersät. O'Brien hatte den Ausgang ihres Zusammentreffens nicht akzeptiert und ihnen seine Männer hinterhergeschickt. Doch mit Maurice' Rittern und Schützen und Donnells wütenden Iren hatten sie sie vernichtend geschlagen. Nun rasteten sie, ehe Donnell weiter nach Kilkenny ritt.

»Ich kann nicht hierbleiben, Donnell. De Clare ist mein Lehnsherr. Er mag es in Wales nicht mehr gewesen sein, aber hier in Irland halte ich Land für ihn. Ich habe ihm Treue geschworen. Außerdem ist er mein Freund, und ich kann ihn nicht im Stich lassen.«

»Du hast dein Schwert gegen ihn erhoben.«

Maurice lächelte. »Ja, weil er trotzdem nur ein Mann ist, ein Sterblicher aus Fleisch und Blut, und meine Treue einem Mann gegenüber niemals über Gott und meinem Gewissen steht.« Er hob eine Augenbraue. »Das solltest du doch wissen.«

»Ah, meine kleine Niah.« Donnell lachte laut auf. »Hatte dein Treuebruch mir gegenüber wirklich etwas mit deinem Glauben an Gerechtigkeit zu tun oder eher damit, dass sie dich um den Finger gewickelt hat und du ein liebeskranker Narr bist?«

»Vermutlich ein wenig von beidem.«

»Und was ist aus deiner schönen Ehefrau geworden?«

Maurice zuckte mit den Schultern. »Sie ist immer noch schön.«

»Aber sie ist nicht Niah.«

»Nein.«

Mit einem Seufzen legte Donnell sich zurück ins Laub und blickte hoch ins Blätterdach, das allmählich in Dunkelheit verschwand, während die Männer ein Feuer entzündeten. »Du weißt, ich habe dir vergeben, nicht wahr, mein Freund?«

Maurice sah auf ihn hinab. »Ich habe dir dein Leben gerettet, das Mindeste, das du tun kannst, ist, mir deine Seherin ohne Groll zu überlassen.«

Ein Lachen stieg aus Donnells Kehle. »Nein, Maurice, das meinte ich nicht. Nicht jetzt habe ich dir vergeben, sondern schon vor langer Zeit. Sonst hätte ich den Männern heute Morgen erlaubt, mir deinen Kopf zu bringen.« Er setzte sich auf und sah ihm mit einem Grinsen ins Gesicht. »Niah hatte recht. Unsere Schicksale waren miteinander verwoben, und sie hat diesen Moment im Lager vorausgesehen.«

»Das hat sie.«

Donnell legte ihm die Hand auf die Schulter. »Richte ihr aus, dass sie es gut erwischt hat und ich euch beiden Gottes Segen wünsche.«

Maurice nickte lächelnd. Lange hatte er sich wegen seines Verrats Donnell gegenüber gegrämt. Nun hatte er einen neuerlichen Verrat begangen und somit Donnells Freundschaft zurückgewonnen. Ein seltsamer Kreislauf der Dinge. Aber er bereute nichts, denn wie er schon Donnell erklärt hatte, stand de Clare nicht über Gott, vor dem Maurice seine Taten eines Tages verantworten musste.

Gwnewch y pethau bychain mewn bywyd – Er konnte diesem Land allein keinen Frieden bringen und sie alle in Freundschaft vereinen. Aber er hatte zumindest eine schändliche Bluttat verhindern können.

»Du weißt, es ist noch nicht vorbei. Du kannst diesem Heer nichts entgegensetzen, das hat sich nicht geändert. Du bist gerade mit dem Leben davongekommen ...«

»... und glaube nicht, dass ich dir das je vergesse.«

Maurice winkte ab. »Ein Bündnis ist jetzt wichtiger denn je. Beweise dem Earl deine Größe, indem du ihm trotz seines Verrats huldigst und ihm Geiseln aushändigst. Schreibe ihm, dass du Ossory unter seiner Vorherrschaft halten wirst, und er wird akzeptieren. Ich werde ihm klarmachen, dass er akzeptieren *muss*. Dann bist du fürs Erste sicher.«

»Weil der Earl ja so gut auf dich hört.« Donnell gab einen entnervten Laut von sich. »Dieser Mann hat seinen treuesten Ritter betrogen, um mich unter einem falschen Frieden in sein Lager zu locken und dort heimtückisch zu ermorden. Jetzt sagst du, ich soll ihm huldigen?«

»Ich sage, du sollst überleben.«

Betretenes Schweigen herrschte, als Maurice am nächsten Morgen mit seinen Männern zurück ins Lager ritt. Die Gespräche verstummten so abrupt, und Männer drehten sich derart synchron nach ihm um, als lenkte sie eine fremde Macht. Aber das war nicht das Einzige, das an diesem Vormittag anders war am Lager. Ein Gutteil der Iren fehlte.

Maurice konzentrierte sich im Moment aber lieber auf das gelbrote Zelt am Fluss, das sich über alle anderen erhob. Er war nicht überrascht, dass die Nachricht seiner Wiederkehr ihm vorausgeeilt war und Robert de Quincy ihn bereits empfing.

»Mylord de Prendergast.«

Maurice schwang sich aus dem Sattel und warf die Zügel Richard zu. »Sir Robert.«

»Wir haben Euch nicht zurückerwartet.«

»Ach nein?« Maurice wandte sich seinen Rittern zu. »Habe

ich gestern nicht gesagt, dass ich Fürst Donnell Mac Gillapatrick Geleitschutz gebe?«

»Das habt Ihr, Mylord.« Robert Smith grinste, auch wenn die Falten an seinen Mundwinkeln zuckten und seine Nervosität nicht gänzlich verbergen konnten.

Maurice zwinkerte ihm zu und wandte sich wieder an de Quincy. »Nun, der Fürst ist wieder sicher zu Hause, also bin ich wieder hier.«

De Quincys Wangen färbten sich rot, seine taubenblauen Augen schienen Blitze zu schleudern. »Ihr habt hier nichts mehr verloren, Ihr seid ein Verräter, immer schon gewesen, jetzt hat es auch endlich der Earl erkannt.«

Maurice verdrehte die Augen und tätschelte de Quincys Schulter, was den Ritter empört nach Luft schnappen ließ. Er wollte zurücktreten, aber Maurice schloss seine Finger fester um seinen Arm und hinderte ihn daran wegzugehen. Mit einem Lächeln auf den Lippen lehnte er sich vor und senkte seine Stimme. »Zieht Eure Waffe, Sir, und sagt das noch einmal.«

Mit einem Keuchen wich der Ritter zurück, aber Maurice achtete nicht länger auf ihn, warf die Zeltbahn zurück und war nicht überrascht, de Clare umringt von seinen Beratern und Verbündeten vorzufinden.

Die Männer fuhren zu ihm herum, starrten ihn an, feindselig, überrascht, erleichtert, es war eine Mischung aus allem, und bei Meilyrs Anblick war er froh, wenigstens einen Menschen hier zu sehen, der ihn im Moment nicht von der Brücke in den Dinin werfen wollte.

De Clare blickte wohl am finstersten drein, Maurice hatte ihn selten so wütend gesehen, sein Gesicht war blass und von roten Flecken gezeichnet, die sich mit seinen Sommersprossen stachen. Seine Brust hob und senkte sich deutlich und viel zu schnell, und sein Stahlblick wirkte kalt wie eine mit Frost überzogene Klinge. Er holte Atem, wollte etwas sagen, aber ehe er dazu kam, breitete Maurice die Arme aus und drehte sich von einer zur anderen Seite, sodass alle ihm ins Gesicht sehen konnten.

»Was ich de Quincy gerade erklärt habe, gilt für Euch alle. Wer mir etwas zu sagen hat, möge vortreten, mit einem Schwert in der Hand, und die Angelegenheit ein für alle Mal klären. Wer schweigt, soll mich gefälligst in Ruhe lassen und sich Gedanken darüber machen, wie wir Murtough dazu bringen, dem Earl zu huldigen und Leinster unter ihm vereinen, bevor König Henry mit einem verdammten Heer hier übersetzt!«

Die Männer starrten ihn an, warfen sich Blicke zu und sahen dann wieder zu ihm hoch.

Maurice wartete darauf, dass Kavanagh oder Raymond die Gelegenheit ergriffen und seine Herausforderung annahmen. Aber die beiden regten sich nicht und blieben stumm, so wie alle anderen auch. Niemand war gewillt, gegen ihn anzutreten und die Ehrenhaftigkeit seiner Tat infrage zu stellen. Noch nicht einmal Hervey de Montmorency, der sich überraschenderweise wieder unter den Anwesenden befand und ihn missbilligend ansah.

»Sir Hervey, Ihr seid zurück.« Maurice warf de Clare einen Blick zu, um abzuschätzen, welche Nachricht der Ritter vom König gebracht hatte. De Clares Ausdruck nach zu schließen war es keine gute gewesen. Oder es war lediglich Maurice, der ihn so verdrießlich dreinsehen ließ, was er insgeheim hoffte.

»Ich kam heute Nacht an«, brummte de Montmorency und lehnte sich mit verschränkten Armen in seinem Stuhl zurück.

Maurice nickte langsam und sah sich schließlich die Anwesenden noch einmal genauer an. »Wo ist O'Brien?«

»Der ist gegangen«, kam es von Robert de Quincy, der das Zelt betrat, immer noch feuerrot und zornbebend. »Euer Verrat und dann Euer … Überfall auf seine Männer …«

»*Mein* Überfall?«

»… haben ihn dazu veranlasst, nach Thomond zurückzukehren. Ein Earl, der seine eigenen Männer nicht unter Kontrolle halten kann und der bereit ist, mit einem Verräter wie Donnell aus Ossory zu verhandeln, braucht weder ihn noch seine zweitausend Männer. Außerdem ist der König tatsächlich mit einem Heer auf dem Weg hierher.« Er wies zurück zu Hervey de Montmorency, der grimmig nickte.

Die Gerüchte waren also wahr. Die Konsequenzen ihrer Entscheidung in Pembroke Cross hatten sie tatsächlich eingeholt. Der König wollte mit Waffengewalt gegen de Clare vorgehen.

»Lasst mich mit Lord Prendergast allein.«

Alle blickten auf und sahen de Clare an, der sich abwandte und die Anwesenden ohne aufzublicken hinauswinkte.

»Mylord, seid Ihr sicher …« De Quincy trat auf ihn zu, aber de Clare fuhr zu ihm herum und ließ seinen Stahlblick wirken.

»Habt Ihr etwas am Gehör, Sir Robert?«

Der Ritter riss die Augen auf und hätte nicht beleidigter aussehen können. Dies war wirklich nicht sein Tag, und Maurice war nicht überrascht, von einem hasserfüllten Blick getroffen zu werden.

»Kriech ihm in den Hintern, wenn es sein muss«, flüsterte Meilyr ihm auf dem Weg nach draußen zu, »wir können es uns nicht leisten, uns untereinander in die Haare zu kriegen, Mann.«

Maurice nickte seinem Freund zu und wartete, bis die Tuchbahn vor das Zelt fiel und er allein mit de Clare zurückblieb, ehe er das Wort ergriff.

»Mylord?«

De Clare sah ihn nicht an und ging auf den Tisch zu, wo er eine Schriftrolle mit gebrochenem Siegel aufhob. »König Henry zieht ein Heer zusammen, er ist fest entschlossen, nach Irland zu kommen. Mein Onkel sagt, dass er die Gelegenheit nutzen will, um sich beim Papst gutzustellen, der Henry ja schon länger damit in den Ohren liegt, Irland in den Schoß der römischen Kirche zu führen. Und nach Erzbischof Beckets Tod ist der König nur zu gerne bereit, sich in ein gemachtes Nest zu setzen und Irland für sich zu erschließen.«

Maurice lauschte schweigend, er hatte Geschrei und wilde Gesten erwartet, aber stattdessen sprach sein Freund ganz ruhig, beinahe beiläufig. Vielleicht hatte er tatsächlich Wichtigeres zu bedenken als Maurice' Auftritt gestern.

Der Tod des Erzbischofs von Canterbury letztes Jahr war in aller Munde gewesen. Der Erzbischof und der König hatten ein zerrüttetes Verhältnis gehabt. An ihre frühere Freundschaft hatte sich kaum noch jemand erinnern können, vor allem nachdem Becket Bischöfe exkommuniziert hatte, die treu zu Henry gestanden hatten. Der König hatte in einem seiner berühmten Wutanfälle gerufen, man solle ihn doch endlich von diesem Mann befreien. Ein paar seiner Getreuen hatten ihn beim Wort genommen und den Erzbischof in der Kathedrale vor dem Altar getötet.

Henry war wohl mindestens genauso geschockt gewesen wie die restliche Christenheit, und nun wollte er in Irland Buße tun.

»Wirst du dem König deine Ländereien übergeben?«

De Clare rollte das Pergament auseinander und sah ihn immer noch nicht an. »Ich habe kaum eine andere Wahl. Mein Onkel drängt mich, sofort überzusetzen und Henry noch in England zu treffen. Ich soll ihm huldigen und Leinster und die Städte der Ostmänner übergeben. Der König schien von diesem Angebot nicht abgeneigt zu sein, als Hervey es ihm unterbreitete. Es geht Henry wohl nur darum, dass ich vor ihm zu Kreuze krieche.«

»Und wirst du kriechen?«

»Was bleibt mir anderes übrig?« Er ließ das Pergament wieder sinken und wandte ihm den Rücken zu. »Was ist aus Donnell geworden?«

Maurice verschränkte die Arme vor der Brust. »Er ist bereit, dich als seinen Fürsten anzuerkennen, sofern du sein Gebiet mit deinem Heer sofort verlässt.«

Unvermittelt fuhr de Clare zu ihm herum und sah ihn an. »Er ist was?«

»Ein größerer Mann, als du es bist.«

De Clare wurde blass, aber Maurice war noch nicht fertig. Er hatte gedacht, sich an diesem Vormittag rechtfertigen und sich de Clares Vorwürfe anhören zu müssen, aber plötzlich erkannte er, dass er seinen eigenen Zorn nicht im Zaum halten konnte. »Ich habe ihm mein Wort gegeben, de Clare! Du wolltest mich zu einem feigen Meuchelmörder machen. Wie konntest du mich nur derart hintergehen?«

»Ich dich? Du hast ein verdammtes Schwert auf mich gerichtet, vor all meinen Männern! Du hast mich bloßgestellt, meine Autorität infrage gestellt ...«

»Ich habe meine eigene Ehre bewahrt! Die lasse ich mir von niemandem nehmen, de Clare – von keinem Earl, von keinem Fürsten und von keinem König. Du bist in einer schwierigen Lage, das sehe ich ein, aber was glaubst du, hätte es bewirkt, Donnell umzubringen? Was hattest du davon, auf O'Brien zu hören?! Zwischen uns und O'Brien liegt immer noch Ossory. Bevor du in den Garten blickst, solltest du dein eigenes Haus sichern! Leinster und Ossory sind von größter Wichtigkeit, du kannst nicht ständig damit rechnen müssen, innerhalb deiner eigenen Grenzen von aufrührerischen Clanführern angegriffen zu werden. Du brauchst Bündnisse mit den Iren, mit Donnell, wenn du dich verdammt noch mal hier halten willst. Aber wer soll ein Bündnis mit dir schließen, wenn du nicht zu deinem Wort stehst und Verbündete einfach heimtückisch ermordest?!«

»Donnell hätte sich niemals unterworfen, er war eine ständige Gefahr ...«

»Er hat sich dir aber unterworfen, und das, nachdem du ganz

Irland gezeigt hast, dass man dir nicht trauen kann! Willst du in Frieden hier leben? Oder mit Grausamkeit den Hass der Bevölkerung schüren? Das hat ja in Wales schon so gut funktioniert! Du hast ein Recht, hier zu sein, de Clare, du hältst das Land im Namen deiner Frau! Du bist nicht hier eingefallen, um zu erobern und zu plündern. Du hast einem irischen Fürsten sein Land zurückerobert, und es gehört deinen Erben! Wieso willst du diesen rechtmäßigen Anspruch verspielen?«

De Clare ballte die Hände zu Fäusten, seine Gesichtsmuskeln waren angespannt, was die Falten vertiefte und die dunklen Ringe unter seinen Augen betonte. Von einem Moment zum anderen sah er alt aus, und Maurice fühlte sich ebenfalls zu Tode erschöpft. Müde und den Kampf so leid. Vor allem den Kampf im eigenen Lager.

»Willst du, dass ich mit dir zum König komme?«

De Clare biss sichtlich die Zähne zusammen, er wollte ihn offensichtlich nicht einfach so vom Haken lassen. Eine Ewigkeit schien zu vergehen, in der sie sich gegenüberstanden und dem anderen in die Augen sahen. Schließlich räusperte de Clare sich und wandte den Blick ab. Nicht schnell genug, um zu verbergen, wie verletzt und zugleich beschämt er war.

»Ja. Komm mit mir zum König.«

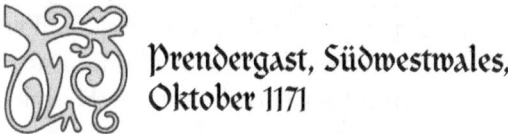 **Prendergast, Südwestwales, Oktober 1171**

Elizabeth kniete vor dem Grab seines Vaters, den Kopf über die gefalteten Hände gesenkt und Gebete murmelnd.

Ein Stein knirschte unter seinen Stiefeln, und sie fuhr zu ihm herum, ein leises Keuchen auf den Lippen, das sich bei seinem Anblick in einen Schrei verwandelte.

Sie sprang auf und schlug sich die Hände vor den Mund. »Du bist zurück! Wann … wieso? Der König ist auch hier … in Wales, meine ich … aber das weißt du bestimmt schon. Gerald ist mit dem Constable irgendwo unterwegs, ich kann ihn suchen … ist Philip bei dir? Hast du …?«

Maurice ging auf sie zu und zog sie in seine Arme, was ihren Körper vor Schreck erstarren ließ. Aber nur einen Moment lang, dann seufzte sie zitternd auf und erwiderte seine Umarmung.

»Philip ist hier«, murmelte er und strich ihr über den von einem Schleier bedeckten Kopf. Er wusste nicht, wieso es ihn derart berührte, zurück in Prendergast zu sein und seine junge Ehefrau in den Armen zu halten. Er wusste nur, dass er sie immer noch beschützt und gut aufgehoben sehen wollte. Das war am ersten Tag so gewesen und hatte sich seither auch nicht geändert. Sie hatten nie wirkliche Zuneigung zueinander gefunden, aber Maurice wünschte ihr nichts Schlechtes. »Philip hat Gerald schon entdeckt, jetzt sind sie auf dem Heuboden und tauschen Geschichten aus.«

Elizabeth drückte sich von ihm weg und sah mit tränenüberströmten Wangen zu ihm hoch. »Bist du hier, um Gerald zu holen?«

Der Schmerz in ihren Augen tat ihm selbst weh, und er wollte, er könnte ihr erfreulichere Nachrichten bringen, aber er nickte. »Nicht sofort. Aber bald. Ich gehe mit dem Heer des Königs zurück nach Irland, und wenn dort alles geregelt ist, befestige ich mein Land und werde Gerald zu mir holen.«

Elizabeth nickte steif und wandte sich ab, über die Gräber zur Kapelle blickend. »Das habe ich mir schon gedacht. Der Durchmarsch des Königs mit seinem gewaltigen Heer ist uns ja auch nicht verborgen geblieben, und es hat geheißen, der Earl of Striguil wäre an seiner Seite. Und wo Richard de Clare ist, bist du ja auch nicht weit.« Sie sah zu ihm auf, doch anstatt des üblichen Vorwurfs schien sie ihm nur müde.

Maurice war ebenfalls erschöpft. Er hatte den König an de Clares Seite in England getroffen, wo die beiden zu einer Übereinkunft gelangt waren. De Clare erhielt seine Titel außer Pembroke zurück und übergab dem König dafür seine Ländereien in Irland, die er aber unter seiner Vorherrschaft weiter verwaltete. Für den König war die Irlandangelegenheit damit aber nicht abgeschlossen, er wollte die gesamte Insel unter seine Herrschaft bringen, einerseits um den Papst damit zu besänftigen, andererseits um sein Reich und seine Macht zu vergrößern, bevor de Clare es am Ende tat.

»War hier alles in Ordnung?«, wollte er wissen und bedeutete Elizabeth, ihm zurück zur Burg zu folgen. Er würde später noch einmal wiederkehren, um in Ruhe am Grab seiner Eltern zu beten. »Gab es Schwierigkeiten mit den Walisern?«

Elizabeth schüttelte den Kopf und kam an seine Seite. »Sie verhielten sich ruhig, so wie du gesagt hast.«

»Das wird sich auch nicht ändern, Elizabeth. Der König hat sich mit Rhys getroffen und Frieden geschlossen. Henry kann sich jetzt nicht mit aufständischen Walisern herumschlagen, wenn er sein Heer für Irland braucht. Also hat er Rhys hier zum mächtigsten Mann weit und breit gemacht und ihm die Vorherrschaft über das Fürstentum seines Großvaters gegeben. Alles, was Rhys je wollte, das Land der Waliser zurück in der Hand der Waliser. Außerdem ist Rhys nur zu gewillt, Henry in der Irlandsache zu unterstützen, führt Irland ja immer mehr Normannen fort aus seinem eigenen Land.«

Elizabeth gab ein wenig damenhaftes Schnauben von sich. »Einen walisischen Fürsten hebt der König hoch hinauf, während er uns allen, seinen normannischen und flämischen Lords aus Südwales, Drohnachrichten geschickt hat, weil wir den Earl of Striguil auf seiner Reise durch das Land nicht aufgehalten haben.«

»Darüber musst du dir keine Sorgen mehr machen, die beiden haben sich wieder vertragen. Dass der König sich uns gegenüber so streng gibt, hat einen ganz anderen Grund.«

Elizabeth sah zu ihm auf, und Maurice lächelte. »Er hat seine Taktik geändert, Werteste. Er versucht nicht länger, Wales zu erobern, indem er die einheimischen Fürsten bekriegt und einen Kampf nach dem anderen gegen sie verliert. Lieber gibt er sich als den strengen Vater, der seinen Normannen die Zügel anlegt und die Waliser unterstützt. Dasselbe macht er jetzt in Irland.« Er legte ihr die Hand auf die Schulter und brachte sie zum Stehen. »Ich habe gute Nachrichten für dich, Elizabeth. Die Iren haben dem König einen Boten geschickt. Sie wollen Robert FitzStephen in seine Obhut übergeben. Dein Onkel ist also bald frei.«

Elizabeth schloss die Augen und atmete erleichtert ein. »Das ist fürwahr eine erfreuliche Nachricht. Nach Griffins Tod, der schon ein Schlag für meine Familie war, traf uns Onkel Roberts Gefangenschaft besonders. Es ist schwer zu glauben, dass die Iren ihn einfach so freigeben.«

»Nun, die Iren sind nicht dumm und wissen, wer ihnen entgegenzieht. Da stellen sie sich lieber schnell auf Henrys Seite. Er wird die Huldigung der meisten irischen Fürsten und Clanführer erhalten, die ihn jetzt schon als ihren Befreier preisen. Mir persönlich ist ja gleich, wie der König oder die Iren die Sache darlegen, Hauptsache, es kommt endlich Frieden ins Land.«

»Und der Rest meiner Familie?«

Maurice sah hoch zur Burg. Er hatte Niah, die im Dorf auf ihn wartete, und eine hell strahlende Zukunft schien vor ihm zu liegen. Er wünschte, er könnte Elizabeth dasselbe schenken, aber Meilyr spielte mit dem Gedanken, bald zu heiraten. Vielleicht sollte sie das nicht unbedingt erfahren.

»Deinem Vater geht es gut. Man merkt ihm sein Alter überhaupt nicht an, er kämpft immer noch wie ein junger Mann. Deine vielen Vettern machen sich alle einen Ruf als ausgezeichnete Ritter, allen voran Raymond und Meilyr.« Er ließ den Namen in der Luft hängen und warf Elizabeth einen flüchtigen Blick zu.

Dankbar sah sie zu ihm hoch, ergriff unvermittelt seine Hand und drückte sie. »Maurice ... ich möchte dich um etwas bitten.«

Er blieb stehen und sah auf sie hinab, neugierig, aber auch ein wenig besorgt.

»Ich habe lange nachgedacht«, begann sie und ließ ihren Blick über das Umland schweifen, ein Land, das in diesen Jahren vielleicht eine Heimat für sie geworden war. »Du bist fort, hast dein neues Leben in Irland, und bald sind auch meine Söhne nicht mehr hier. Prendergast ist mir ans Herz gewachsen, aber ganz alleine will ich hier nicht sein. Daher ...«, sie sah zu ihm auf und straffte die Schultern, »... bitte ich dich um deine Erlaubnis, einem Konvent beizutreten.«

Maurice riss die Augen auf, das hatte er nicht erwartet. »Du willst in ein Kloster?!« Ungläubig sah er sie an. »Du hast doch immer gesagt, du würdest eingehen in einem Kloster, dass das die schlimmste Strafe wäre!« Er ergriff ihre Schultern, beugte sich zu ihr hinab und sah ihr in die Augen. »Elizabeth, für dich ist immer ein Platz in Prendergast, es ist dein Zuhause, und die Jungen werden dich oft besuchen. Du hast selbst gesagt, du bist für die Leute im Dorf verantwortlich, und jetzt willst du dich in einem Konvent einsperren?«

Elizabeth hob ihre Hand und legte sie an seine Wange, Zärtlichkeit in ihrem Blick, was ihn verwirrte. »Ich wäre nicht eingesperrt, Maurice. Im Gegenteil. Ich habe lange mit Vater Nicolas gesprochen. Angeblich plant Rhys, einen Konvent nicht weit von hier zu stiften. Ich wäre von Anfang an dabei, hätte eine Aufgabe, endlich wieder einen Sinn in meinem Leben und wäre meiner Heimat und vor allem Gott näher. Um Prendergast kann sich auch der Constable kümmern, bis die Jungen alt genug sind, oder du gibst es an die Kirche. Für mich wäre der Konvent ein besseres Dasein, als die verlassene Lady Prendergast zu sein.«

»Elizabeth ...«

Sie schüttelte den Kopf und führte ihre Hand von seiner Wange über seinen Mund. »Ich habe es versucht, Maurice. Wir beide haben uns Mühe gegeben, sind aber gescheitert, und es wird Zeit zu akzeptieren, dass unser gemeinsamer Weg vorüber ist. Wir beide ... wir haben einander nie glücklich gemacht. Lass uns in unterschiedliche Richtungen gehen und unser Glück getrennt finden. Das will ich für dich, auch wenn du es mir nicht glauben magst. Ich will, dass du deinen Frieden in Irland findest, in deinem neuen Heim, also bitte gib mir auch meinen Frieden, im Einklang mit Gott und mir selbst.«

Maurice führte seine Hand unter ihr Kinn, hob ihren Kopf und legte sanft seine Lippen auf ihre. »Werde glücklich, Elizabeth, auf welchem Weg auch immer du das tust. Du bist frei jeden Weg einzuschlagen, den du möchtest.« Er küsste sie noch einmal auf die Stirn und sah sie schließlich aufmerksam an, prägte sich ihren Anblick ein und nahm Abschied. Sie war die

Mutter seiner Söhne und hatte sich nicht nur um seinen Vater gekümmert, sondern auch sein Heim gut verwaltet. Sie war immer bemüht gewesen, ihm eine gute Ehefrau zu sein, während er lange nur ihren Betrug gesehen hatte. Es fühlte sich befreiend an, ihr jetzt in die grünen Augen zu sehen, seinen Finger über die zarte Wange ihres herzförmigen Gesichts zu streichen und eine goldene Locke zurück unter ihren Schleier zu schieben. Zum ersten Mal seit langer Zeit sah er nur Elizabeth vor sich und nicht ihr schreckerstarrtes Gesicht, als er von Bristol zurückgekommen war.

Elizabeth lächelte und nickte, als würde sie verstehen. Dann wandte sie sich ab und rief nach Philip, während Maurice den Weg zum Dorf einschlug.

Vor Goedeles Hütte empfing ihn Niahs glockenhelles Lachen. Die kleine Anneka führte gerade mit ihren fast zwei Jahren einen Tanz vor, und Niah machte ihn nach, was das Mädchen vor Lachen auf den Hintern fallen ließ. Es sah zu ihm herüber und deutete auf ihn, woraufhin auch Niah aufblickte. Ein Lächeln, das ihre Mitternachtsaugen zum Strahlen brachte, breitete sich auf ihrem Gesicht aus, das kinnlange Rabenhaar flog um ihren Kopf, und Maurice musste stehen bleiben, da er von Glück übermannt wurde.

Es war immer noch schwer für ihn zu verinnerlichen, dass sie sein war und er mit ihr gemeinsam zurück nach Irland gehen würde, um sich dort ein gemeinsames Leben mit ihr aufzubauen. Kopfschüttelnd ging er weiter auf sie zu. Er hatte alle Zeit der Welt, um sich daran zu gewöhnen.

Nachwort und Danksagung

Die normannische Eroberung Irlands war das erste Thema, mit dem ich mich bei meinem Wunsch, einen historischen Roman zu schreiben, auseinandersetzte. Schon damals, vor mehreren Jahren, faszinierten mich die Geraldines und vor allem auch der für seine Ehre in die Geschichte eingegangene Maurice de Prendergast.

Doch gerade meine Begeisterung für die Familie der Geraldines machte mir schnell klar, dass ich nicht mittendrin einsteigen konnte und an den Anfang zurückgehen musste. So widmete ich mich zuerst den Gründern der Familie in »Die Tochter des letzten Königs«, behandelte den walisischen Freiheitskampf, der in diesem Roman nur am Rande von Bedeutung ist, ausführlich in »Das Blut der Rebellin« und freue mich, dass ich in diesem dritten Band zu Maurice zurückkehren konnte. Er war mein erster Schreibversuch in diesem Genre, und ich bin froh und dankbar, dass seine Zeit nun gekommen ist und ich seine Geschichte erzählen durfte.

Maurice de Prendergast ist kein richtiger Geraldine. Man ist sich aber ziemlich sicher, dass er mit einer verheiratet war. Mit wem genau, ist nicht überliefert, weshalb ich Elizabeth erfand. Über Maurice' Kindheit und Jugend ist nichts bekannt, und so entsprangen seine Ausbildung in Pembroke und seine Beteiligung am Bürgerkrieg meiner Fantasie.

Genauso weiß man kaum etwas über die Jugendjahre von Richard de Clare (Strongbow). Es ist aber sehr wahrscheinlich, dass er, die Geraldines und die Flamen von Südwales eine enge Beziehung hatten. Schließlich hatten sie so einige Kämpfe gegen die Waliser zu bestreiten und gemeinsame Interessen. Vermutlich wuchsen viele von ihnen zusammen auf. Raymond le Gros trat auch tatsächlich de Clares Haushalt bei.

Und Henry II nahm de Clare auch wirklich bald nach seiner Krönung Pembroke weg. Zum letzten Mal unterschrieb Richard als Earl of Pembroke – »comes de Pembroc« – am 1. November 1153 den Vertrag von Westminster zwischen König Stephen und Henry. Später trat er als »comes de Striguil« oder »comes Ricardus« auf, wobei Pembroke zu seinen Lebzeiten nicht mehr zurück in die Hände seiner Familie fiel.

Die Geschehnisse rund um die Eroberung Irlands sind gleich von mehreren Quellen genau geschildert und geben ein farbenprächtiges Bild der damaligen Zeit. Einer der Erzähler dieser Ereignisse ist der Geraldine Gerald de Barry, Robert de Barrys Bruder, besser bekannt unter dem Namen Giraldus Cambrensis. Seine Werke waren mir schon bei meinen vorhergehenden Romanen über Wales eine große Unterstützung, und so griff ich auch hier wieder auf seine Bücher zurück.

Giraldus Cambrensis beschreibt nicht nur die Ereignisse der Eroberung sehr genau, sondern auch das Aussehen und den Charakter seiner Verwandten und anderer wichtiger Persönlichkeiten, wie Richard de Clare oder Hervey de Montmorency. Dabei ist natürlich eine starke Bevorzugung der Geraldines zu spüren, aber zusammen mit der Lektüre unabhängigerer Quellen und jenen der irischen Seite bekommt man eine gute Vorstellung. So haben sich die Ereignisse rund um die Eroberung Irlands großteils tatsächlich so wie im Roman geschildert zugetragen.

Maurice de Prendergast fällt besonders bei den Kämpfen in Ossory auf, als Donnell die Normannen nach den grausamen Beutezügen verfolgt. Es war tatsächlich Maurice, der im Angesicht der Überzahl und der Flucht seiner irischen Verbündeten den Kopf behielt. Er zog mit den Reitern in höheres Gelände, um die Pferde einsetzen zu können, und ließ die Bogenschützen im Hinterhalt warten. Auch sein Seitenwechsel zu Donnell hat so stattgefunden, wobei seine Beweggründe unbekannt sind. Manche Quellen sehen den Grund in Dermots Grausamkeit, andere in der Gefahr durch den Hochkönig. Als er sich weigerte, gegen die Geraldines zu kämpfen und Donnells Männer ihn töten wollten, stand Donnell auch wirklich zu ihm, wofür Maurice sich später in de Clares Lager revanchierte. Er zog sein Schwert gegen die eigenen Leute und gab dem Fürsten sicheres Geleit, was Giraldus Cambrensis unter den Tisch kehrte und geflissentlich verschwieg – die Iren aber in ihren Werken priesen.

Ossory wurde zuvor von einem gewissen Donough regiert, der Dermots Sohn Enna blenden ließ. Nach seinem Tod soll es dann aber, anders als in meinem Roman, zwei oder drei Fürsten in Ossory gegeben haben (je nach Quelle), wobei zwei aus der Familie der Mac Gillapatricks stammten und verwirrenderweise beide Donnell hießen. Für diesen Roman habe ich sie zu einer Person zusammengefasst, denn es ist nicht klar, zu welchem Donnell Maurice diese Verbindung hatte.

Über Maurice' Leben, abseits seiner Heldentaten, ist so gut wie nichts bekannt. Denn so wie man nicht genau weiß, mit welcher Geraldine er verheiratet war, kennt man natürlich auch nicht seine Beziehung zu dieser Frau. Ihren Betrug mit Meilyr habe ich mir ausgedacht, genauso Niah, die das Mystische von Wales verkörpert, das meiner Ansicht nach immer noch deutlich in diesem Land zu spüren ist. Giraldus Cambrensis schreibt in seinen Werken ausführlich über die in Wales vorkommenden Awenyddion, die ihre Gabe von ihren Vorfahren, den Trojanern, haben sollen.

Eine weitere walisische Legende, die Ihnen bestimmt bekannt ist, erfreute sich zu dieser Zeit ganz großer Beliebtheit:

König Arthur und seine Tafelrunde. Geoffrey Arthur soll sich tatsächlich an alten walisischen Legenden orientiert haben, und an einem walisischen Buch vom Erzdiakon Oxfords. Mit diesem Werk über Merlin, Arthur und seine Ritter löste er im Hochmittelalter sozusagen einen Hype aus, und er konnte sich über Übersetzungen in viele Sprachen freuen.

So war es etwas unfair von mir, ihn in meinem Roman quasi als Bösewicht darzustellen, aber das damalige Aufkommen der Arthur-Geschichten, die Legende der *Awenyddion* und die Vorhersagungen Merlins zu Irland passten einfach zu gut zusammen, um sie zu ignorieren. Denn der Waliser Merlin the Wild (6. Jhdt.) soll tatsächlich Irlands Eroberung durch die Normannen vorhergesehen haben:

First flares the flaming torch, then blazes up the fire;
as the spark lit up the torch, kindles that torch our pyre.

(»Erst flackert die brennende Fackel, dann lodert das Feuer auf; und wie der Funke die Fackel erleuchtete, so entzündet die Fackel unseren Scheiterhaufen.«)

Mit dem Funken soll die erste Landung der Geraldines und Flamen gemeint sein, die Fackel hingegen stellt Strongbow dar und die Entzündung des Scheiterhaufens die Landung König Henrys und die Unterwerfung der Iren.

Aber zurück zu Maurice und seinen Weggefährten: Maurice hatte tatsächlich zwei Söhne, die auf den Namen Philip (der Name seines Vaters) und Gerald (ein weiterer Hinweis auf eine Geraldine-Ehefrau) getauft waren.

Von welcher Frau Strongbows illegitime Kinder Richard, Basilia und Alina stammen, ist nicht bekannt, weshalb ich Elen und ihre Familie erfand.

Robert de Barry, der im Roman kurz vorkommt, wurde beim Sturm auf Wexford tatsächlich von einem von der Mauer geworfenen Stein getroffen. Sechzehn Jahre später sollen ihm deshalb Zähne ausgefallen sein, die sofort wieder nachwuchsen.

Meilyr hatte höchstwahrscheinlich einen Bruder mit dem Namen Robert, der ebenfalls nach Irland zog, den ich aber der Übersicht halber und da er, anders als Meilyr, durch keine besonderen Taten auffiel, unterschlagen habe. Generell habe ich mich nur auf die auffallendsten Persönlichkeiten bei der Eroberung Irlands beschränkt und bin nicht auf alle Teilnehmer genau eingegangen. Manche habe ich gar nicht erwähnt, weil das einfach den Rahmen gesprengt hätte. Aber es gab noch mehr Geraldines und normannische Ritter, die nach Irland übersetzten.

Die Geraldines, de Clares Gefolge und einige Ritter, die von Henry II in Irland eingesetzt wurden, verbanden sich schnell, indem sie selbst und ihre Kinder untereinander heirateten. Hervey de Montmorency heiratete zum Beispiel Nesta, die echte Tochter von Maurice FitzGerald (Elizabeth hatte ich ja erfunden). Meilyr heiratete die Tochter eines Ritters aus König Henrys Gefolge; de Clares illegitime Töchter Alina und Basilia heirateten Ritter aus seinem Gefolge, während Maurice de Prendergasts Sohn Philip wiederum Basilias Tochter ehelichte.

Die Ankunft von König Henry II in Irland wurde von vielen Iren als Segen angesehen, auch wenn ein Großteil Irlands damit unter englische Vorherrschaft fiel. Aber sie sahen den König als jemanden, der Ordnung brachte und dem Kriegstreiben der Geraldines und de Clares ein Ende bereitete. Die Normannen, die sich auf der Insel niederließen, wurden trotzdem nie gerne gesehen oder akzeptiert, und so kam es immer wieder zu Rebellionen und Kämpfen.

Maurice de Prendergast war aber nach Romanende nicht mehr lange an den politischen Ereignissen beteiligt. Er war für seine Dienste mit weitreichenden Ländereien in Irland belohnt worden, seine Nachfahren zählten noch über Jahrhunderte zum führenden Adel dort. Im Jahr 1177, sechs Jahre nach Romanende, überschrieb er Prendergast dem Orden der Ritter von St. John von Jerusalem, dem er in Kilmainham, in der Nähe von Dublin, selbst beitrat. Die Hauptaufgabe des Ordens in Kilmainham bestand darin, Pilgern und Reisenden Unterkunft und Verpflegung zu bieten sowie die Armen zu versorgen. Da es sich aber um einen militärischen Orden handelte, dienten die Ritter auch als Verteidiger und Grenzposten der normannischen Gebiete. Maurice starb im Jahr 1205 in Kilmainham als Prior des Ordens.

Die Arbeit an diesem Roman war sehr intensiv, und ich hätte sie nicht ohne die Unterstützung meiner Familie geschafft. Besonders mein Mann verdient einen Orden, da er sich nicht nur jeden freien Moment um unsere Kinder kümmert und mir die nötigen Zeitfenster schafft, sondern auch dem britischen Wetter auf meiner Recherchereise getrotzt hat. Tausend Dank an Anna, die sich geduldig meine Ideen anhört und sich von Textschnipseln und halb fertigen Kapiteln bombardieren lässt. Meiner Lektorin Maria Runge bin ich wie immer für die Freiheit dankbar, die ich bekomme, was Romanlänge und auch Inhalt betrifft, für ihre grandiosen Verbesserungsvorschläge, die genau das aus dem Roman machen, was ich mir ursprünglich vorgestellt hatte, aber allein nicht hinbekomme. Vielen Dank an meine Agentur für den Beistand, und ein großer Dank gebührt auch allen, die mir bei der Recherche geholfen haben, besonders bei human- und veterinärmedizinischen Fragen.

Sabrina Qunaj

Sabrina Qunaj wurde im November 1986 geboren und wuchs in einer Kleinstadt der Steiermark auf. Nach der Matura an der Handelsakademie arbeitete sie als Studentenbetreuerin an einem internationalen College für Tourismus, ehe sie eine Familie gründete und das Schreiben zum Beruf machte. Sabrina Qunaj lebt mit ihrem Mann und ihren zwei Kindern in der Steiermark.

Sabrina Qunaj im Goldmann Verlag:

Der erste König. Historischer Roman

Die Geraldines-Reihe
Die Tochter des letzten Königs. Historischer Roman
Das Blut der Rebellin. Historischer Roman
Der Ritter der Könige. Historischer Roman
Die fremde Prinzessin. Historischer Roman

(alle auch als E-Book erhältlich)